KB077699

서녘이 밝아오면

서녘이 밝아오면 1

초판 1쇄 펴낸 날 | 2016년 10월 17일

지은이 | 밀밭
펴낸이 | 서경석

편집책임 | 강다윤
마케팅 | 서기원 경영지원 | 서지혜, 이문영

임프리트 | MUSE
주소 | 경기도 부천시 원미구 부일로 483번길 40 서경B/D 3F (우) 14640
전화 | 032-656-4452 팩스 | 032-656-4453
이메일 | roramce@naver.com 블로그 | bolg.naver.com/roramce

발 행 처 | 도서출판 청어람
출판등록 | 1999년 5월 31일 제387-1999-000006호
어람번호 | 제11-0040호

ISBN 979-11-04-90969-6 04810
ISBN 979-11-04-90968-9 (SET)

뮤즈는 도서출판 청어람 단행본사업본부의 임프린트입니다.

※ 파본은 구입하신 서점에서 교환하여 드립니다.
※ 저자와 협의하여 인지를 붙이지 않습니다.

서녘이 밝아오면
1
밀밭 장편소설
MUSE

목차

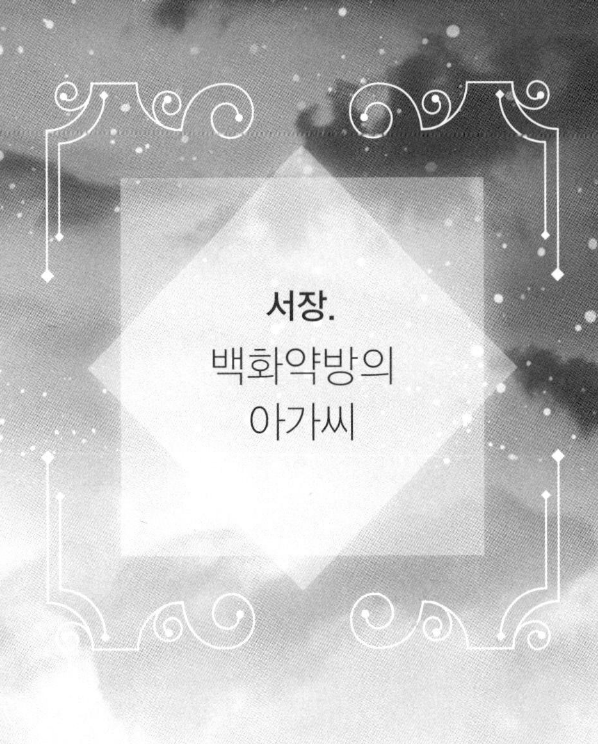

서장.
백화약방의 아가씨

"……어?"

이 층 창가에서 지루한 얼굴로 약재를 빻던 서효의 눈이 휘둥그레졌다. 산머루처럼 까만 눈이 커다랗게 일렁였다.

절굿공이가 떼구르르 탁자 위를 굴렀다. 큰길 저편에서 오고 있는 사람은 '그 집'의 하인이었다. 황갈색 모자의 양쪽 모서리에 달랑거리는 빨간 수술이 눈길을 끌었다. 처음 봤을 때부터 왠지 잡아당기고픈 모양새였다.

그뿐이랴.

하인은 역시 황갈색 상의에 조끼를 덧입었는데, 조끼에 새겨진 자수는 나비와 벌 모양이었다. 귀여운 아기의 꼬까옷 장식이라면 그러려니 하겠지만, 텁수염 난 중년 사내가 입고 다니기엔 다소 위화감이 드는 것이었다.

'그분'이 데리고 온 하인들은 죄다 똑같은 옷차림이었다.

어쩔 수 없다. 조금 우스꽝스럽긴 했지만 집집마다의 규율이란 게 있을 터. 혼담이 오고가는 집 하인의 복식을 트집 잡으면 곤란하다.

서효는 얌전치 못한 소리를 내면서 순식간에 계단을 달려 내려갔다.

"꺄! 왔어, 왔어! 답장이 왔어!"

이번엔 제발 다정한 답이기를. 그녀가 원하는 이야기가 담겨 있기를. 제발, 제발, 제발, 부탁이니까.

봉투를 내미는 하인은 뜻을 읽기 힘든 표정이었다. 그는 정중하게 서신을 건넨 뒤 역시 정중한 태도로 돌아갔다. 심호흡을 한 번 후, 하고 봉투를 열었다. 서신을 찬찬히 읽어 내려가는 서효의 얼굴이 어두워졌다.

서효 낭자, 당신은 좋은 분입니다…… 어쩌고저쩌고…… 아무래도 제겐 과분한…… 구시렁구시렁…… 모쪼록 아름다운 인연을 만나시길.

"이럴 수가."

그녀의 손에서 서신이 떨어졌다. 하얗고 검은 종이가 팔랑팔랑 흙바닥으로 내려앉았다.

좋은 분, 좋은 분. 망할 좋은 분.

사내들은 결코 '좋은 분'과 혼인하지 않는다. '좋은 분'은 혼담을 거절하는 데에 있어 마땅히 둘러댈 변명이 없고, 그렇다고 상대 욕을 할 수도 없을 때 아무렇게나 갖다 붙이는 말이었다.

매달리지 않을 테니까 제발 이유라도 솔직하게 알려달라고 부탁하고픈 심정이었다.

아, 이게 매달리는 건가?

그놈의 좋은 분. 하도 들어서 이젠 뭐라 말도 나오지 않았다. 어쩜 다들 하나같이 거절 문구도 똑같은지.

서효는 마당 한구석의 돌로 조각한 의자에 앉아 망연히 허공을 올려다보았다. 고추잠자리가 그녀 앞을 춤추듯 지나갔다.

"……망했어어어."

구슬픈 목소리가 그녀에게서 흘러나왔다.

"끝났어. 난 틀렸어. 으아아."

한낱 미물인 고추잠자리도 알고 있을 것이다. 남자에게 이토록 많이 거절당한 여신(女神)은 천계, 인간계, 하계를 탈탈 털어도 서효 하나뿐이라는 사실을. 불명예도 이런 불명예가 없었다.

"하루 이틀 일도 아니고 적당히 해두시죠."

울적함에 빠진 서효의 뒤로 익숙한 중저음이 들렸다.

어깨에 모란 수가 놓인 포를 입은 집사 차언이 산더미만 한 빨랫감을 옮기고 있었다. 그의 손길이 닿은 빨래들은 눈부시게 새하얬다.

분명 서효가 맡아 할 때와 같은 빨래판에 같은 비누, 같은 방망이를 쓸 텐데 어째서 결과물은 이토록 다른 것인지 이해가 가지 않았다. 서효가 절대 집안일을 못하는 것은 아니지만 차언의 실력과 비교하면.

글쎄다. 뭐, 각자 잘하는 분야가 있는 거니깐.

"차언, 또 같은 소리야. 좋은 인연 만나시래."

그는 이제 대꾸도 하지 않았다. 마당을 가로지르는 빨랫줄에 옷가지와 수건이 주름 하나 없이 정갈하게 널렸다.

"이번엔 정말 분위기가 괜찮았단 말이야……. 모르겠어. 뭐가 문젤까? 너무 거리낌 없이 대했나? 너무 큰 소리로 웃었나? 너무 혼인에 목맨 여자처럼 보였을라나?"

서효가 작은 면경에 얼굴을 비췄다. 손바닥만 한 면경에 오밀조밀한 얼굴이 다 들어갔다. 화려한 미모는 아니지만 이래 봬도 귀엽다는 소리는 제법 들었다. 먼젓번의 사내에게선 '작고 어여쁜 흰나비 같다'는 칭찬까지 들은 몸이다.

으음, 차언에게 뻐기듯이 말해줬더니 '그거 배추벌레라고 욕한 거 아니냐'는 말이 돌아왔지만.

서효의 눈꼬리가 풀 죽은 강아지처럼 축 처졌다.

"나 별론가 봐."

배추벌레, 배추벌레. 배추벌레는 나중에 허물을 벗고 나비가 되기라도 하지. 별다른 이유도 모른 채 정혼을 거절당하기나 하는 자신에게 희망은 있을까.

지루한 표정으로 빨래를 널던 차언이 그제야 제 주인에게 눈길을 주었다. 그는 덤덤한 나머지 살짝 무례하게까지 보이는 눈으로 서효의 머리부터 발끝까지를 느리게 훑었다.

"확실히, 미인이라고 하긴 좀 그렇죠."

낮게 울리는 부드러운 목소리로 신랄한 평을 쏟아냈다.

"눈이 큽니다, 일단. 너무 커요. 마주 보기가 부담스러울 정도니까요."

크면 컸지, 마주 보기 부담스럽다는 건 또 뭔가. 모르는 사람이 들으면 서효 눈이 무슨 왕방울만 하다고 오해할 만한 발언이었다. 그냥 크고 또렷하다 정도에서 그치면 안 되나. 조용히 투덜대는 서효였다.

거기서 끝나나 싶었는데 혹평은 아직 더 남아 있었다.

"바람 불면 훽·날아갈 것 같은 몸매도 문제고요. 도대체가 영

양식을 해다 먹이는 보람이 없습니다."

차언이 한숨을 푹 내쉬었다.

그렇게 심각하게 한탄할 것까지야. 서효는 왠지 억울한 심정이 되어 자신의 어깨와 팔뚝, 허리를 만져 보았다. 모두 한 목소리로 노래를 부르는 듯한 착각이 들었다.

아담아담, 보들보들, 나긋나긋.

죄다 성숙한 아가씨와는 거리가 먼 느낌이었다. 서효의 눈이 허공에서 다소 위태롭게 흔들렸다. 그녀는 필사적으로 자신의 승부처를 쥐어짜 냈다. 에이, 차언이 제대로 못 봐서 그런 말을 하는 거야. 딴 건 그렇다 쳐도 내가 어머니를 닮아서 가슴은…….

서효의 손이 말캉한 가슴에 닿았다. 굴곡 확인, 촉감 확인, 크기까지…… 이 정도면?

"음."

"아무리 제가 집사라지만 엄연히 사내인데."

"괜찮은 것 같은데."

서효는 아직 혼자만의 세계에 머물고 있었다.

"괜찮은 거…… 아닌가?"

"대낮부터 실연당하고 가슴 만지는 모습이 참 괜찮아 보이네요."

목소리는 부드럽지만 말에 가시가 박혀 있었다. 그는 늘 이런 식이었다. 태연한 얼굴로 주인 아가씨의 머리에 얼음물을 들이붓는 식.

서효는 그제야 현실로 돌아와 괘씸한 집사에게 눈을 흘겼다. 그러고 보니 우리 집사가 너무 기다렸다는 듯이 주인 흉을 보네. 서효의 볼이 부루퉁해졌다.

"올해 들어 벌써 셋이나 반려를 만났다잖아."

흰 매화나무로 유명한 백화약방에 청첩장이 세 번이나 날아들었다.

제일 화사한 봉투는 축제의 여신 것으로, 붉은 바탕에 수십 송이의 꽃을 금박으로 새겨 봉투만 보고 있어도 밤새 터지는 폭죽 소리가 들릴 지경이었다. 먼 길이라 참석은 못 했지만 들리는 소문에 의하면 사흘 내내 웃고 떠드는 소리가 끊이질 않았다고 한다.

즐거웠겠지. 축제여신의 혼사인데 어련할까.

혼례야말로 인생에 있어 다섯 손가락 안에 꼽는 잔치다. 놀 기회라고 하면 사흘 밤낮을 멀다 않고 달려가는 여신 아희가, 자신의 혼례라는 크나큰 놀이판을 마다할 리 없었다.

후회 없이 기쁜 시간을 보냈을 것이다.

서효가 턱을 괴고 하늘을 바라보았다. 그녀의 마음을 아는지 모르는지 초가을 하늘은 무심하게도 맑았다.

"차언."

"예."

"벌써 가을인데, 나 올해 안에는 시집갈 수 있을까?"

"……백오십 년 하고도 열아흐레 짭니다. 이쯤 되면 슬슬 포기하시는 게."

가차 없는 말투.

서효는 기품과는 동떨어진 소리를 내며 탁자 위로 풀썩 엎어졌다. 남들은 잘도 만나는 짝을, 자신은 대관절 무슨 잘못을 해서 여태 못 만나고 있단 말인가. 서효의 목은 길어지다 못해 이제는 간당간당 떨어질 판이었다.

하늘이 점지한 반려. 대체 누구신가요? 얼굴만, 아니, 옷깃 한 번이라도 좋으니 스쳐 지나가기라도 해주세요.

이쯤 되니까 솔직히 하늘을 쳐다보며 대놓고 물어보고 싶은 심정이었다.

저기요, 천제님! 그 사람 태어나긴 한 거 맞죠?

"하던 일이나 마저 하시죠."

그러나 돌아온 것은 차언의 매정한 타박뿐. 언제 들고 왔는지 그녀가 이 층에 두고 온 절구를 돌 탁자 위에 내려놓았다. 원망을 품은 서효의 입술이 댓 발이나 나왔다. 괜히 미움의 화살이 차언을 향했다.

지난번 사내도, 지지난번 사내도 서효와 단둘이 있을 때는 분위기가 좋다가 차언을 보면 흠칫했다.

눈을 제대로 못 마주치는가 하면, 찻잔이 달그락달그락 떨릴 만큼 손을 떨기도 했다.

"왜 그러세요? 몸이 안 좋으세요?"

갑작스런 변화에 서효가 걱정하며 물으면 다들 짜기라도 한 듯이 억지 미소를 지었다. 사실 차언이 관련되어 있다는 것도 몇 번의 혼담이 실패로 끝나고서야 깨닫게 된 것이었다. 곰곰이 생각해 보니 모든 사내들이 비슷한 모습을 보였던 거다.

이러다 삼백 년 뒤에도 차언이 시키는 일이나 하면서 사는 건 아니겠지? 그때까지 혼인도 못 한 채로?

"안 돼애애……."

서효의 머릿속만큼이나 새하얀 빨랫감들이 바람에 하늘하늘

날렸다. 그 앞에 서 있는 차언은 향후 천 년은 거뜬할 모습으로 서효를 쳐다보고 있었다. 자긴 혼인할 생각이 눈곱만큼도 없다던 그의 말이 떠올랐다.

서효는 약재를 빻고, 빻고, 혼신의 힘을 다해 또 빻았다. 눈물이 찔끔 나온 건 기분 탓이 아니었다.

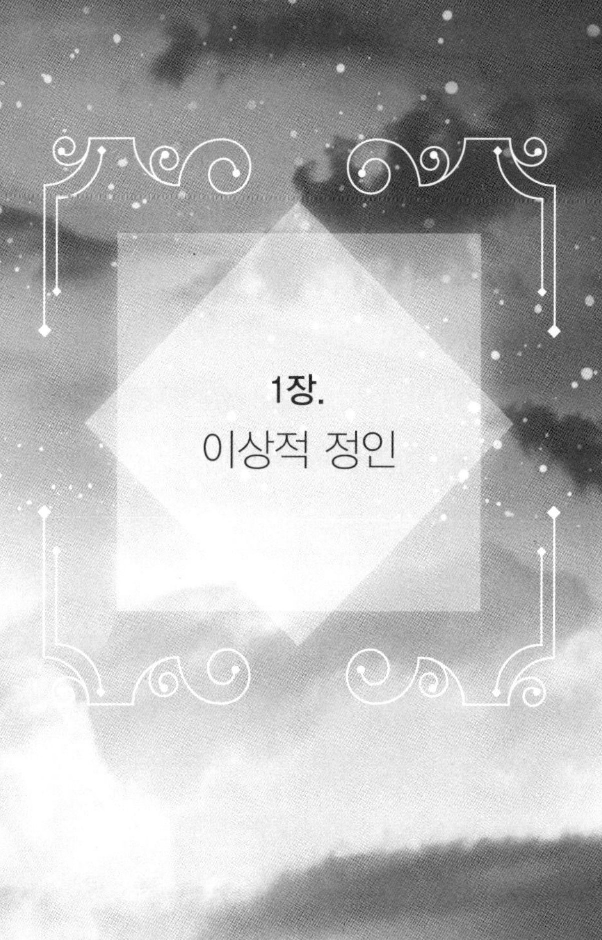

1장.
이상적 정인

세상엔 사람들이 알고 있는 것보다 훨씬 많은 신들이 있다. 하늘의 천제, 저승의 대왕, 사해의 용왕이야 다들 알겠지만 깊이 들어가 보면 신기할 만큼 그 종류가 다양한 것이다.

이렇게 사소한 데까지 신이 깃드나, 고개가 갸우뚱할 정도여서 신들 사이에는 이런 농담도 돈다고 한다.

'신발의 신(神)도 있는데 도대체 어떤 신이 없겠나.'

겉으로 보기에 평범한 약방 주인 아가씨인 서효는 그중에서도 '잃어버린 것'을 담당하는 여신이었다. 약방의 한쪽 벽 전체를 가득 메우고 있는 약재함 속에는 그녀가 잠시 맡아두고 있는 것들이 있었다.

미처 닫지 못한 싸리문 사이로 나간 새끼 고양이. 졸음을 참고 겨우 완성했으나 길바닥에 흘려 버린 서당 숙제. 옛집에 두고 온 낡은 인형부터 소중하지만 슬픈 기억.

모두 그녀의 손님이었다.

다행히 주인의 품으로 돌아가는 것들도 있었고, 수십 년 그대로 서랍 한구석에서 쓸쓸히 잊히다가 주인의 죽음과 함께 사라지는 것도 있었다. 주인의 생사와 상관없이 저 스스로의 숨이 다하여 끝나는 것도 많았다.

바닥과 가까운 두 번째 서랍 안에서 곤히 자던 새끼 고양이가 바로 그러했다.

아직 주먹보다 조금 더 큰 녀석이지만 돌려보내라는 소식이 서효에게 날아들었다. 어미의 보살핌이 필요한 시기에 거리로 떨어졌으니 살아남기 힘든 것일 터. 작은 육신은 골목 어딘가에서 느리지만 사늘하게 식어가는 중이었다.

서효는 약재함을 열어 졸린 눈을 한 녀석의 영을 꺼냈다.

"나비야, 집에 가자."

애옹.

아직 잠이 덜 깨 가물가물한 눈으로 새끼 고양이가 잠투정을 부렸다. 서효는 녀석을 안아주고 가르랑거릴 때까지 턱 밑을 긁어주었다. 더 이상 시간을 지체할 수 없어진 쯤에야 서효는 허공에 부드럽게 호를 그렸다. 이계와 이어지는 검은 통로가 모습을 드러냈다.

"무서워할 것 없어. 쭉 가면 돼."

새끼 고양이의 털이 바짝 섰다. 끝 모르게 이어진 어두운 통로에 겁을 집어먹은 것 같았다. 서효는 주춤거리며 뒷걸음질 치는 녀석의 엉덩이를 톡톡 두드려 주었다.

"더는 춥고 배고프지 않을 거야. 너도 구름 위를 걷는 걸 좋아하게 될 거야."

그녀의 말을 알아들은 듯 경계심이 다소 줄어들었다. 그러나 녀석은 여전히 앞으로 나아가지 못했다.

서효는 쓴웃음을 지은 뒤 통로를 향해 날갯짓처럼 손을 저었다. 그러자 칠흑처럼 어둡던 길은 순식간에 오색찬란한 무지개로 덧씌워졌다. 난생처음 보는 광경에 새끼 고양이의 눈동자가 커다랗게 변했다.

황홀하고, 신기하다. 좋은 냄새도 나는 것 같다. 하지만…….

녀석이 고개를 돌려 다시 한 번 울었다. 정말 가도 되냐고 묻는 듯한 모습이었다.

"어서 가보렴."

그녀의 말을 끝으로 녀석은 용기를 냈다. 처음 한 걸음 내딛기가 어려웠지, 걸을수록 신이 나는 듯 보였다. 무지개 위를 구르고 달리는 녀석의 뒤로 강아지 몇 마리와 늙은 고양이가 따랐다.

서효는 작은 것들의 모습이 보이지 않게 될 때까지 자리를 지키다가 통로의 문을 닫았다. 그녀가 해줄 수 있는 건 여기까지다. 저릿하고 쓰린 가슴께를 꾹 누른 채 그녀는 몸을 일으켰다.

서랍 몇 개가 비었다. 빈 공간은 서효가 들여다보기 무섭게 다른 존재로 채워졌다.

"이런, 연서를 잃어버리면 쓰나."

일부러 혀를 크게 차며 허한 마음을 달래보려 했다. 거의 매일 아침마다 하는 일이지만 그렇다고 익숙해질 일은 아니다.

그나저나 연서라니 달달하네. 사람들은 어떤 말을 정인에게 보내는지 좀 볼까. 남의 서신을 몰래 읽는 거라 양심이 살짝 찔리지만 호기심은 어쩔 수가 없다. 혹시 누가 아나. 약속 시간 같은 중요한 정보가 담겨 있을지.

"인연의 신이 따로 있는 건 아실 테고."

정인의 입술을 붉은 동백꽃에 비유하는 대목까지 읽었는데, 차츰 도취되는 감상을 깨뜨리는 누군가가 있었다. 한적한 약방에 또 누가 따로 있겠나. 여지없이 차언이었다.

"내일 현감 댁에서 달포 치 약을 타러 올 겁니다. 그때 돼서 우는 소리 마시고 미리 해두세요."

서효의 눈이 세상에서 제일 얄미운 인간을 향했다.

동네 아가씨들의 마음을 모조리 차지하는 외모면 뭐하나. 시원하게 튼 눈매에선 무심함이 뚝뚝 떨어지고, 빈말로라도 다정하게 대해주지 않는다. 곰곰이 생각해 보면 차언이 이상하리만치 따스했던 날도 있는 것 같다.

그게…… 지금으로부터 한 백오십 년 전쯤?

눈가를 살짝 덮는 앞머리를 쓸어 올리며 그가 서효를 채근했다. 단정한 손등에 도드라진 핏줄은 혼인에 목매단 주인 아가씨의 가슴을 술렁이게 할 법도 하다.

입만 안 열면 말이지.

"아무리 신이라도 인간의 형체를 하고 있는 이상 먹어야 합니다."

저놈의 잔소리.

"밥을 먹으려면 쌀을 살 돈이 필요하죠."

"네, 네, 제가 잘못했네요."

"그런 말투는 좋지 않습니다."

도대체 천제님은 하고많은 시종 중에 왜 저런 사내를 곁으로 보내셨을까. 아무리 생각해도 궁합이 맞지 않았다. 태평하고 낙천적인 그녀는 차언만 아니라면 해가 중천에 걸리도록 침상에서 일어나질 않을 터였다.

허리가 끊어지기 일보 직전이 되어서야 마지못해 일어나서는 낚싯대를 챙겨 들에 나갈 것이다.

물고기가 잡히면 좋고, 안 잡혀도 그만이다. 배고프면 숲에 들어가 산열매랑 과실을 따 먹으면 되니까. 정 안 되면 약재를 이웃집의 쌀과 맞바꿀 수도 있다. 늴리리야 니나노.

그러다 약재가 똑 떨어지는 날 아가씨는 굶어 죽을 거라고, 십사는 싸늘하게 폭언했다. 솔직히 틀린 말은 아니지만 그걸 차언의 입에서 다시 듣고 싶진 않았다.

"점심을 확 그냥 수정교자 먹자고 할까 보다."

수정처럼 투명한 만두피에 신선한 새우와 부추, 다진 돼지고기를 넣어 만드는 요리는 손이 많이 가서 웬만하면 아침, 점심으로는 먹지 않는 요리다.

초가을에 부엌에서 땀 삘삘 흘리게 만들어줄까. 정작 차언에겐 말하지도 않을 심술궂은 생각을 해보는 서효였다.

"오라는 내 짝은 안 오고, 엉뚱한 사람 짝이 나타났네."

서효는 마땅히 시선 둘 데를 찾지 못하고 허공을 응시했다. 괜히 왼쪽으로 시선을 옮겼다가 오른쪽으로 돌리기도 했다. 지금 이 자리가 너무도 불편한 그녀였다.

깔고 앉은 방석 솜이 뭉친 것도 아닌데 자꾸만 엉덩이가 들썩거리고, 마치 숙제 안 하고 서당 훈장님 앞에 꿇어앉은 아이처럼 몸이 틀렸다.

이유인즉 간단했다. 두 손으로 찻잔을 감싸 쥐고 말갛게 눈을 빛내고 있는 건너편 아가씨 때문이었다.

"차언님과 혼인할 생각을 하니 가슴이 떨려요!"

그렇다. 나타나라, 나타나라. 정화수 떠놓고 백오십 년 넘도록 기도해온 서효의 반려 대신, 차언과 혼인하고 싶다는 아가씨가 백화약방에 등장한 것이다.

왠지 옆자리에서 빠득, 이 갈리는 소리가 들린 것 같았다.

반 시진 전.

서효는 피부 고와지는 약을 내어달라며 통사정하는 부인을 달래는 중이었다. 말이 좋아 통사정이지, 실상은 막무가내로 떼를 쓰는 거나 다름없었다.

"아주머니께서 들으신 건 피부병을 가라앉히는 약이에요."

"그래, 그거. 나도 그거 바르면 뽀얘질까?"

"뽀얗게 보이게 하는 건 화장품이고요. 저흰 약방인걸요."

서효는 제발 이쯤에서 부인이 알아듣기를 빌었다. 같은 말을 하고 또 하고. 몇 번을 반복하고 있는 건지 알 수가 없었다.

"곽 씨 아저씨가 따님 주려고 받아 가신 건 버짐 약이었어요."

"나도 봤어. 그 집 딸 피부가 모과 껍질보다 거칠었는데 아주 고와졌더라고!"

"병이 나은 거지요."

약이란 늘 부작용이 존재하는 법. 병도 없는 사람이 환자에게 쓰는 약을 먹었다간 멀쩡한 몸을 망칠 수도 있었다.

슬슬 차언이 나와서 상황 정리를 할 때도 되었건만 그가 등장하지 않는 까닭은, 서효가 어떻게든 혼자 해보겠다고 말했기 때문이다. 그때 차언의 표정이 아주 볼만했는데. 업신여김 그 자체랄까.

"곽 씨 댁 따님이 쓰신 약, 드릴까요?"

서효의 말에 부인이 옳거니 하는 표정을 지었다. 역시 세상에 안 되는 건 없어. 일단 물고 늘어지면 다 통하게 마련이라니까. 부인의 속마음이 얼굴에 훤히 드러났다.

"대신 분명히 알려드리죠. 아주머닌 병이 없는데도 독한 약을 쓰시는 거니까 조만간 피부가 발라당 뒤집어질 거예요."

서효가 짐짓 무서운 표정을 지으며 말했다.

"모과 껍질이라고 하셨는데, 쯧쯧."

부인의 코앞에서 검지를 흔들었다.

"그냥 모과 껍질도 아니고 백 년 전에 벗긴 모과 껍질이 되실걸요!"

"히이익!"

머릿속에 잠깐 그림이 스쳤는지 부인은 그 자리서 펄쩍 뛰었다.

"악담도 그런 악담을!"

"하지만 사실인걸요."

그러니 괜히 필요하지도 않은 약을 사려고 돈 쓰지 말고 이 약재 달인 물로 아침저녁 세수하시라 권하며 작은 포를 꺼내는 서효였다.

원래 자기가 쓰려고 따로 빼둔 것이었지만, 이걸로 부인을 돌려보낼 수만 있다면 하나도 아깝지 않았다. 새로운 물건의 등장에 부인의 눈이 빛났다.

"한 백 년 됐나요. 절세 미녀로 유명했던 매비 아시죠?"

"매비 알지."

"이게 매비가 썼던 그거."

"이게? 진짜야?"

"그럼요. 제가 직접 봤……."

서효가 황급히 입을 다물었다. 오랜만에 약을 팔려니까 말실수까지 덤으로 나온다. 서효는 활짝 웃으면서 고쳐 말했다.

"제가 직접 봤죠. 유명한 약술 서적에 기록되어 있어요."

"그으래?"

부인의 돈주머니가 호쾌하게 열렸다. 아예 작정하고 온 사람을 빈손으로 돌려보내기란 쉽지 않다. 그럴 바에야 뭐라도 사게 하는 편이 낫다. 서효가 판 약재는 실제로 피부에 좋은 거니까 거짓말을 한 것도 아니다.

다만 차언에게 들키면 곤란한 것이, 원가의 절반 가격으로 팔았다는 점인데.

"아주머니 생신이 내일모레라고 했으니 선물 드린 셈 치지 뭐."

차언이 들었으면 두 배의 업신여김이 돌아왔을 발언이었다.

드르륵.

"어서 오세요."

낭랑하게 인사하자 조금 망설이는 목소리가 돌아왔다. 서랍 밖으로 삐져나온 것을 정리하느라 손님 얼굴을 보지 못했던 서효는, 제 또래 아가씨의 등장에 미소 지었다.

이 아가씨는 아픈 사람처럼 보이지는 않는데 무슨 일일까? 그렇다고 집에 환자가 있는 사람처럼 보이지도 않았다.

인간계에서 약방을 꾸려온 지도 꽤 되었다. 이제 서효는 건강한 사람과 아픈 사람, 그리고 본인이 아프지는 않지만 환자를 보살피느라 지친 사람을 얼추 구분해 낼 수 있었다.

"저……."

아가씨는 옷 보따리처럼 보이는 꾸러미를 안은 채였다. 그러고 보니 낯선 얼굴인데 이 동네 사람이 아닌가.

"뭘 찾으시나요?"

"저기, 저, 그게. 사람을."

오늘따라 손님들이 다 왜 이러신담. 아까 전의 부인은 복용해선 안 되는 약을 찾더니, 이번 손님은 약방에서 사람을 찾는다. 사람이라고 해봤자 여기엔 차언과 서효 둘뿐인데 말이다.

"여기 오면 찾을 수 있을 거라고 해서."

"저, 손님. 죄송하지만 사람에 대해 물을 거라면 여기보다 저쪽 채소 가게가."

그때 전혀 생각지도 못한 이름이 아가씨의 입에서 나왔다.

"저는 차언님을 찾아왔어요."

"네?"

아가씨가 꾸러미를 꼬옥 안았다. 그러고는 재차 말했다.

"여기에 차언님이 계시다고 해서요."

"차언이…… 있긴 한데."

저희 집사에겐 무슨 일로, 라고 물어보려는 찰나였다. 마침 차언이 안채에서 약방으로 통하는 문을 열고 들어왔다. 이와 동시에 아가씨의 얼굴이 환하게 바뀌었다. 정작 차언은 손님에게 눈길조차 주지 않았는데도.

"차언님!"

아가씨가 큰 소리로 외쳤다. 이 순간만을 너무나 기다려 왔다는 듯한 목소리로.

"저와 혼인해 주세요!"

약방 안에 있는 모든 존재들이 뻣뻣하게 굳었다. 약재함 속에서 노닐던 영들마저도 경악했다. 하지만 그 어느 누구도 계산대 안쪽의 서효만큼 놀라지는 않았을 것이다.

차언과 혼인?

세상에서 제일 동떨어진 두 단어가 갑자기 철썩, 한 몸이 되었다.

아가씨의 이름은 미랑. 이곳에서 남서쪽으로 달포를 꼬박 걸으면 작은 강이 하나 나오는데 그곳 신의 딸이라고 했다.

강물 신의 딸이라 물빛 옷을 입었나.

서효는 미랑의 이야기를 들으며 그런 실없는 생각을 했다. 보통 때라면 동네 꼬마의 말에도 귀를 기울여 주곤 했지만 지금은 '보통 때'가 아니었다. 느닷없이 들이닥친 아가씨가 이십 년 전 차언에게 첫눈에 반했다고 고백한 직후다.

수려한 외모 이면의 쓸쓸함이 미랑의 마음을 찡하게 울렸다고 한다.

네, 쓸쓸함. 그렇군요. 차언의 쓸쓸함이라. 서효는 어떻게 대꾸해야 될지 감을 잡을 수가 없었다. 미랑을 통해 그려지는 차언의 모습은 서효가 아는 사람과 너무도 달랐기 때문이다.

"짙은 회한이 묻어나는 눈 그늘, 한숨, 고독한 뒷모습."

그때를 떠올리는 듯 미랑의 목소리에 물기가 어렸다.

"너무 안타까웠어요. 뒤돌아 서 있는 차언님의 등에서 괴로움이 느껴져서."

미랑이 옷소매로 눈물을 찍어냈다.

"이런 저라도 괜찮다면 위로를 해드리고 싶었어요."

"따뜻한 마음씨네요."

"그날부터 계속 차언님이 눈앞에 아른거렸어요. 아버지께 혼인을 하고 싶다고 했더니 아직 너무 어리다고."

당시 태어난 지 오십 년밖에 되지 않은 어린 아가씨였다. 신의 세계에서 그 나이면 인간 기준으로 열 살 남짓한 아이 취급을 받기 일쑤다. 확실히 어리긴 어리다.

그리고 그게 이십 년 전이라면 아가씨는 지금도 어려요! 서효의 입이 간질거렸다.

"저 이래 봬도 신부 수업은 철저히 받았어요."

차언이 등장한 이후로 미랑의 눈은 오로지 미래의 낭군님께만 박혀 있었다.

"분명 좋은 아내가 될 수 있을 거예요."

차언의 아내.

아무리 되뇌어봐도 익숙해지지가 않았다. 딱히 이유를 꼬집어 설명하기 힘든 기분이었다. 이상하고, 어색하고, 뒷맛이 떨떠름한 이 기분을 뭐라고 정의 내려야 할까?

서효는 탁자 맞은편의 미랑을 물끄러미 쳐다보았다.

이제껏 차언에게 고백한 아가씨가 미랑 하나뿐인 건 아니었다. 차언은 늘 인기가 좋았다. 다정한 말 한 마디 없이 냉기를 풀풀 날리고 있어도, 인간 아가씨든 여신이든 한낱 약방 집사에 불과한 그를 마음에 담았다.

서효는 눈을 씻고 찾으려야 찾을 수 없는 매력이 다른 아가씨들 눈엔 잘도 보이는 모양이었다. 한 번은 진지하게 누군가를 붙잡고 물어보려 했으나, 방금 거절당해 울먹이는 아가씨에게 물어볼 만한 건 아니었다.

그렇다고 짝사랑이 진행 중인 아가씨에게 묻자니 하나같이 이해할 수 없는 대답이 돌아올 뿐이었다. 서효는 집사가 인기 있는 이유에 대해 이해하려 애쓰느니 차라리 차언이라는 동명이인이 있다고 여기기로 했다.

어쨌든 그러했다.

수줍게 고백한 사람이 있었다. 용기 내어 말한 사람도 있었다. 하지만 미랑처럼 확신을 품고 말하는 이는 처음이었다. 마음이 받아들여질 거라고 굳게 믿고 있는 그 순진함이 서효를 알게 모르게 불편하게 만들었다.

내가 왜 이러지? 어린 여동생처럼 귀엽게 받아줘야 하는 게 아닐까?

이십 년간 열심히 차언의 신부가 될 준비를 했다고 하잖아. 제법 먼 길을 씩씩하게 오기도 했어.

어머, 대견하기도 하지요. 네, 어서 저 잔소리꾼을 데려가 주세요. 그럼 제 앞날도 한결 편안해질 것 같네요.

왜 이 말이 쉽게 나오지 않는 걸까. 뭐라 형언할 수 없는 이상한 기분이 서효의 뱃속에서 똬리를 틀었다.

"차언님 생각은 어떠세요? 식을 올리려면 언제가 가장 좋을까요?"

미랑이 두 볼을 붉게 물들이며 재잘거렸다.

"추워지기 전이 좋겠지만 저는 겨울도 괜찮아요."

"아가씨."

차언의 말에 양쪽에서 대답이 나왔다.

"응?"

"네?"

차언은 제 실수를 깨닫고 짧게 한숨을 쉬었다. 이윽고 그가 고쳐 불렀다.

"미랑님."

"네, 말씀하세요."

처음으로 차언이 말을 걸어준 것이다. 그는 이제까지 서효가 질문하고 대꾸를 하는 동안 입 한 번 벙긋하지 않았다. 홀로 좋아해 온 사람과의 대화에 미랑의 눈이 별처럼 빛났다. 그가 어떤 말을 하든지 긍정의 답을 줄 기세였다.

반면 서효는 여전히 이상한 기분에서 빠져나오지 못했다. 차언이 부른 사람은 서효가 아닌 미랑이었다.

이게 어때서? 너 오늘 좀 이상해, 서효. 너답지 않게 심술을 부리는 것 같다고.

한편 차언은 본인 성격대로 일을 처리했다. 그녀의 집사는 시간 낭비할 것 없이 본론부터 말했다.

"뭔가 단단히 착각하고 계신 것 같습니다만."

"착각이요?"

"우선 저는 이십 년 전에 그 지역에 없었습니다."

차언의 눈이 서효에게 닿았다. 사늘한 곁눈질에는 주인 아가씨를 한심해하는 티가 역력했다.

"백오강이라고 하셨죠. 제가 알기로 거긴 해주인데, 이십 년 전 저희는 거기보다 훨씬 동쪽 지방에 살았습니다. 말을 타고도 며칠 걸리는 곳이죠."

그의 질문이 방향을 틀어 서효를 향했다.

"아가씨, 표주에 살 때 제가 하루 이상 집을 비운 적이 있던가요?"

"……없었지."

"그렇습니다."

칭찬인 듯 칭찬 아닌 칭찬 같은 말이 덧붙었다.

"약재는 어처구니없는 가격에 팔아치우더니, 그래도 기억력은 쓸 만하시군요."

한 번 더 곱씹고 보니 왠지 칭찬은 아닌 것 같았다. 어쨌든 차언은 원하는 대답을 이끌어낸 것에 만족했는지 '이만하면 됐지?' 라는 투로 미랑에게 말했다.

"그러니까 미랑님이 보신 건 제가 아니다, 그 소립니다."

"그럴 리가요."

미랑의 얼굴이 울 것처럼 변했다. 그녀가 필사적으로 고개를 내저을 때마다 물방울을 총총 꿴 것 같은 머리 장식이 좌우로 흔들렸다.

"차언님이 맞아요. 틀림없어요."

"안타깝지만."

"무덤 앞에 서 계셨잖아요, 그때."

미랑이 애타는 목소리로 말했다. 어린 아가씨는 간청하듯 두 손을 꼭 맞잡은 상태였다.

상대의 기억을 되살려야 한다. 아니면 이대로 돌려보내질 수도 있다. 그런 위기감이 든 게 틀림없었다. 애초에 사람이 다르다고 잘라 말하고 있으니 그럴 가능성도 충분했다.

"그것도 한 번이 아니라 여러 번 오셨어요. 오실 때마다 괴로운 얼굴을 하고 있어서 저는 소중한 분을 잃었나 보다 하고……."

"무덤이라니."

차언이 그거라면 더더욱 아니라는 듯 고개를 저었다.

"처음 듣는 소리네요."

하지만 서효는 보았다. 미랑은 보지 못한 것 같지만 바로 옆에 앉은 서효는, 오랫동안 그를 곁에서 봐온 서효는 알아챘다.

그 말을 할 때 차언의 눈가가 희미하게 떨린 것을. 정확히는 미랑이 무덤 얘기를 꺼냈을 때 차언의 안색이 미묘하게 바뀌었다.

뭐지? 어느 쪽 말이 사실인 거야.

해주의 무덤 이야기라면 서효도 처음 듣는 것이다. 무엇보다도 차언은 그녀가 잃어버린 것들의 신이 된 이후로 한시도 곁을 떠난 적이 없었다. 두 사람은 지난 시간 동안 모든 것을 공유해 왔다.

그런데 지금 서효는 자신의 믿음에 의구심이 들었다.

정말 둘은 '모든 것'을 공유해 왔을까? 왜 서효가 모르는 것을 미랑은 알고 있는 걸까. 게다가 감추고 싶은 비밀이라도 되듯 부인하는 차언이라니. 그것은, 거기에 있는 줄도 몰랐던 벽을 마주한 기분이었다.

서효의 속이 아릿하게 쓰려왔다.

"아닌데. 진짜 차언님이었는데요."

생각지도 못한 반응에 미랑은 금방이라도 울음을 터뜨릴 듯 눈시울을 붉혔다. 그러다가 어떤 생각이 떠올랐는지 차언을 빤히 보았다. 의문과 혼란이 뒤얽힌 눈이 서효에게로 옮겨왔다.

미랑의 입술이 달싹거렸다. 어린 아가씨는 곧 마음을 정한 듯 용기를 내어 입을 떼었다.

"저, 차언님이 이러시는 게 혹시."

멈칫. 아무도 제지하지 않았는데 벌써부터 주눅 드는 미랑이었다. 그리고 서효는 곧 미랑이 그렇게 된 이유를 알 수 있었다.

"혹시…… 이미 마음에 둔 분이 계셔서인가요?"

어린 아가씨는 비로소 다양한 생각을 해보게 된 것 같았다. 물론 차언을 아는 서효는 그게 엉뚱한 질문임을 알았지만.

집사를 연모하는 아가씨들은 많았어도 반대로 차언이 호감을 보인 사람은 한 명도 없었다. 정말 그 많은 사람 중에 단 한 명도 없느냐는 질문에, 또 같은 걸 물으시면 앞으로 저녁밥을 안 주겠다는 위협을 들었을 정도였다.

이건 진짜 없다는 소리다.

어쨌든 여러 가지 경우를 떠올리게 된 건 미랑에게도 좋은 일이었다. 그러나 다음에 이어진 말은 가도 너무 멀리 갔다.

"혹시 '그분'이 서효님이세요?"

아, 다른 건 몰라도 이건 정말 깔끔하게 대답해 줄 수 있겠어. 서효가 오랜만에 자신감 어린 말투로 대답했다.

"아뇨."

서효의 대답을 들은 미랑의 눈이 천천히 차언에게로 향했다. 미랑이 기다리는 게 뭔지 안다. 그래서 서효도 차언을 쳐다보았다.

앞마당의 까치가 다섯 번 울 동안 차언에게선 아무 말도 나오지 않았다. 그저 자신의 앞에 놓인 연녹색 찻잔만 내려다보고 있을 뿐. 미랑의 눈동자가 약하게 흔들렸다. 말간 눈이 다시 서효에게 돌아왔다.

어어, 이게 아닌데. 차언, 왜 아무 말이 없어? 이러면 미랑 아가씨가 오해하잖아?

"그런 거 아니에요."

"그런 거일 수도."

상반된 답이 동시에 나왔다. 미랑의 눈이 커졌다. 서효라고 다른 건 아니었다. 서효는 한 십 년 만에 아무런 생각도 할 수 없을 만큼 머릿속이 새하얘졌다.

우리 집사가 방금…… 뭐라고 한 거야? 아니, 집사님. 저한테 왜 이러세요?

서효는 차언의 어깨를 붙잡고 따져 묻고 싶은 심정이었다. 설마 내가 잘못 들은 건 아니겠지? 내 귀가 이상해진 건 아니겠지? 작년 정월 대보름에 늦잠을 자느라고 아침에 마시는 귀밝이술을 걸렀긴 하지만, 그게 이렇게까지 파문을 일으키진 않을 것이다.

안 그래도 미랑의 등장에 기분이 이상한데 이건 방금 전의 이상함을 한 방에 날려 버릴 정도의 위력이었다.

차언이 나를 좋아한다고?

매일 '이 칠칠맞은 아가씨를 어찌 구슬려서 일을 시키나' 이 생각밖에 안 하고 사는 집사였다. 그런 차언이 난데없이 서효에 대한 감정을 고백하다니.

충격 발언에 그대로 휩쓸려 가려던 서효는 간신히 이성의 끈을 붙잡았다. 물정 모르는 미랑은 말려든다고 쳐도 자기까지 그래선 안 되는 거였다.

이건 핑계였다.

고금을 불문하고 전통적으로 쓰는 방법이다. 고백해 온 사람에게 좋아하는 사람이 따로 있다는 말로 거절하기. 바로 그거였다.

차언은 미랑이 지레짐작으로 먼저 말을 꺼내준 게 고마울 지경일 거다. 서효는 탁자 아래로 차언의 옆구리를 쿡 찔렀다. 그래도 이건 아니죠, 집사님? 애써 웃는 얼굴 아래 그런 뜻을 담아 눈짓했더니 능청스러운 대답이 돌아왔다.

"부끄러워하실 필요는 없습니다, 아가씨."

"내가 언제 그랬다고."

도대체 무슨 말을 하는 거야. 서효가 손가락에 좀 더 힘을 주어 옆구리를 찔렀다. 언제 이렇게 몸을 만들었나 싶을 정도의 단단함이 손끝에서 느껴졌다. 하마터면 튕겨 나갈 뻔했다.

"그러지 말고 인정하시죠."

"뭘 인정해?"

"제 마음을 눈치채고 있었다는 거 말입니다."

눈 하나 깜짝 않고 잘도 거짓말을 늘어놓는다. 서효는 물 없이 고구마를 삼킨 것처럼 가슴이 답답해졌다. 이 남자가 잔소리와 구박과 비웃음에 능한 건 알았지만 연기에도 소질이 있는 줄은 미처 몰랐다.

가만히 있다간 이대로 당할 판이라, 서효는 얼른 제 입장을 말하려 했다. 그러나 차언이 한발 더 빨랐다. 그는 허공에 손을 들어 그녀를 제지시킴으로써 주도권을 잡더니 바로 기습 공격으로 치고 들어왔다.

"그럼 제가 하는 말에 반박해 보세요. 지난번에 제가 목욕 시중을 들어줬습니까, 아닙니까?"

"도와줬지."

서효가 사다리에서 떨어져서 다리가 부러졌기 때문이란 건 쏙 빼놓고 말했다. 차언이 한 일은 그녀를 방에서 욕조까지 옮겨준 것뿐이란 것도 생략했다.

"그날 밤 제가 잠 못 잔 것도 기억하시고요?"

"그렇긴 한데."

그건 옆집 할아버지가 나 죽네 하며 약방 문을 두드렸기 때문이다.

의원을 찾아가면 되겠지만, 할아버지는 배가 아파 도저히 거기까지 갈 수 없다며 가까운 옆집으로 달려왔다. 원인을 알 수 없는 복통에 서효는 열심히 약을 달이고 경과를 관찰했다. 할아버지는 그날 밤새 앓아누워 있었다.

다리 불편한 서효가 깨어 있는데 집사인 차언이 잘 수 있을 리 만무하다. 그날 밤은 두 사람 모두 깨어 있었다. 나도 잠 못 잔 건 왜 빼놓고 말하는 거야?

차언이 픽 웃었다.

"본인 입으로 마땅한 혼인 상대가 없으면 제게 오겠다고 하신 것도 기억하실 테죠?"

"헉."

서효의 숨이 턱 막혔다.

"그게 대체 언제 적 이야긴데."

"하긴 하셨다. 그렇죠?"

"……했어, 했는데. 그거 나 혼자 술 두 병 비우고 완전히."

"취중진담이란 말이 있습니다."

아무렇게나 갖다 붙이지 마.

도저히 말로 이길 수가 없자 서효의 약이 바짝바짝 올랐다. 사건의 진상을 알릴 틈을 주지 않는다. 이쯤 되면 자꾸 대답을 하는 자신이 문제일지도 모르겠다.

서효는 있는 힘껏 자신의 집사를 노려보았다. 당연하게도, 차언은 미동조차 하지 않았다.

"아프다고 하면 밤새 침대 맡에서 간호하고, 먹고 싶은 게 있다고 하면 무슨 수를 써서라도 구해다 바치고, 혼인 타령을 할 때마다 이제 그만 포기하고 제 옆에 계시라 말씀드렸습니다."

차언의 눈이 오롯이 서효를 향했다. 너무 진지해서 소름이 돋는 연기력이었다.

"이만하면 알아챌 법도 하다 싶었는데."

그가 어쩔 수 없다는 듯 가벼운 웃음을 털어냈다.

"역시 둔하군요, 아가씨는."

서효는 완전히 질린 상태가 되어 뻣뻣한 고개를 돌렸다. 차언의 말이라면 팥으로 메주를 쑨다고 해도 믿을 미랑은 이미 그의 말을 진실로 받아들인 모습이었다.

눈물이 그렁그렁, 코끝은 빨개져 있다. 아무리 그게 아니라는 소릴 해봤자 씨도 안 먹힐 것 같았다.

"차언님이랑…… 혼인…… 꿈도 꿨는데, 흑."

끝내 미랑이 눈물을 훔쳤다. 어리고 예쁜 아가씨가 왜 이런 악당을 좋아하는지 조금도 이해가 가지 않았다. 오히려 멀리멀리 도망치라고 하고 싶은 마음이었다.

암, 그렇고말고.

서효는 내내 찌뿌듯하던 기분의 원인을 이걸로 판단 내렸다. 혼인 후 미랑의 모습이 상상되어서 마음이 쓰였던 거다. 어쨌든 일이 이렇게 된 이상 서효는 그녀를 달래보려고 했다.

"저, 노력할게요. 차언님 마음을 돌리기 위해 애써볼 테니까."

손수건으로 눈물을 닦은 미랑이 또박또박 말했다. 탁자 위로 뻗어나가던 서효의 손이 덩그러니 멈췄다.

"열심히 할게요."

미랑은 생각보다 꽤 근성 있는 아가씨였다.

❖

"차언님, 제가 도와드릴게요!"

"어쩜 이렇게 먼지 하나 없이 집을 관리하실 수가 있지요?"

"정말 대단해요."

"차언님은 어떤 성격의 아가씨가 좋으세요?"

약 종이에 한 번 달일 분량의 약재를 포장하던 서효는 안마당을 내려다보았다. 미랑은 아침부터 차언의 뒤를 졸졸 따라다니고 있었다.

미랑이 이곳에 머무른 지도 벌써 사흘이 지났다.

원래 차언이 가차 없이 그녀를 쫓아냈으나, 미랑은 집으로 돌아가지도 동네 여관에 방을 잡지도 않았다.

어차피 집을 나설 때부터 어느 정도 각오는 하고 왔다. 갑자기 들이닥쳐 청혼했으니 놀라신 것도 무리는 아니다. 차언님이 마음을 풀고 들여보내 주실 때까지 기다리겠다. 미랑은 그렇게 말하며 백화약방 출입문 옆에 자리를 잡았다.

약방을 찾은 한 손님이 통행에 불편하다는 말을 하자, 행여 이 말이 차언의 귀에 들어갈까 걱정되었는지 더 멀찌감치 옮기기도 했다.

버림받은 강아지처럼 쪼그리고 하염없이 문이 열리길 기다리는 모습에 서효가 미랑을 안으로 들였다. 어린 아가씨 혼자 먼 길을 오느라 지쳤을 텐데 밤이슬을 맞으면 금세 병이 날 터였다. 밖은 위험하기도 하고.

이에 대해 차언이 한 소리 하긴 했지만 서효를 가로막지는 않았다.

미랑이 조금 가엾긴 해도, 차언의 냉대가 계속되면 제풀에 지쳐 돌아가리란 게 서효의 예상이었다. 그때까지만 해도 서효는 몰랐던 거다.

꾀꼬리처럼 재잘대는 미랑과 찬바람 날리는 차언이 의외로 그림이 된다는 것을.

"차언님, 차언님."

미랑은 서효 자신과는 비교도 안 될 만큼 달콤하게 집사의 이름을 불렀다. 어쩜 사람 몸속에서 저런 소리가 나올까 싶을 정도였다.

백오강 물에 뭔가 특별한 비법이라도 있는 건지, 아니면 사랑에 흠뻑 빠진 소녀들은 모두 저렇게 낭창낭창한 소리를 낼 수 있는 건지 궁금해지는 서효였다.

저 달달한 목소리에 녹아내리지 않으면 그게 사내일까. 당장 서효 자신부터 따끈한 꿀물을 들이켠 기분이 드는데 말이다.

거기다 더 의외인 점은,

"무거우니 건드리지 마세요."

아주, 아주아주 가끔이긴 하지만 차언이 미랑에게 대꾸를 해준다는 것이었다.

"기어코 울린 다음 문밖으로 내쫓을 때는 언제고?"

서효의 볼이 뾰로통해졌다. 줏대 없는 집사에게 슬그머니 화가 났다.

"괜찮아요. 할 수 있어요."

"제 일이니까 제가 하겠습니다."

"도와드리고 싶은데."

"말씀만으로도 충분합니다."

그리고 깨닫지 못한 새 차언의 태도가 조금씩 너그러워지고 있었다. 서효의 눈에 안마당의 두 사람이 들어왔다.

온 세상이 차언으로 가득 차서 황홀해하고 있는 미랑과 그런 미랑을 보며 고개를 젓는 차언. 다음 순간, 서늘한 입가에 슬쩍 웃음기가 비쳤다.

"처음이에요."

미랑의 얼굴이 멍해졌다.

"뭐가 말입니까?"

"제게 웃어주신 거요."

그러자 또다시 웃는다. 아까보다 확실히 더 선명한 웃음이었다.

"제가 뭐라도 되는 양 일일이 반응하시니까 좀 신기해서."

착각일까. 찰나지만 그의 시선이 서효가 있는 이 층을 스쳐 지나갔다.

"제가 모시는 어떤 분과는 많이 달라서."

"정말 기뻐요……. 그런 이유 때문에 웃으셨다면 얼마든지 더 할 수 있어요!"

미랑이 행복한 목소리로 장담했다. 이에 차언은 억지로 노력할 필요는 없다며 그녀를 만류했다. 오늘따라 차언의 태도가 너그러우니 미랑의 얼굴엔 더더욱 환한 웃음이 번져 나갔다.

한편, 두 사람의 분위기가 화기애애하게 바뀌자 외톨이가 된 듯한 기분이 드는 서효였다.

싸우는 것보다야 낫지. 안 그래? 차언이 너무 날카롭게 말해서 아가씨가 상심하고, 목을 매어 죽니 마니 하는 쪽보다 웃으며 대화를 나누는 편이 좋지 않은가 말이다. 그런데 기분이 왜 이럴까.

멍하니 미랑을 쳐다보고 있자니, 어제 여자들끼리만 있을 때

나눴던 대화가 떠올랐다.

미랑은 차언을 처음 본 순간을 똑똑히 기억했다. 어린 자신의 눈에도 그의 상처와 아픔이 선연히 보였다고 했다.

차언은 매년 같은 날 해주의 무덤을 찾았고, 올 때마다 이슬 머금은 생화 한 묶음을 들고 와 무덤 앞에 바쳤다. 그는 무덤 앞에 서서 몇 시진을 보내다가, 올 때보다 더 어두운 얼굴로 쓸쓸히 돌아갔다.

하루는 그가 찾는 무덤 주인이 너무 궁금해서 미랑이 직접 그 앞으로 가보았다고 했다. 늘 그의 뒷모습에 가려져 비석이 제대로 보이지 않았는데, 가까이 다가가 보니 낡은 비석엔 이름조차 새겨져 있지 않았다. 한때 반질반질 빛났을 비석은 세월에 스러져 가고 있었다.

돌은 십몇 년쯤 비바람을 맞는다고 해서 그렇게 퇴색되는 물건이 아니었다.

"적어도 백 년, 아니, 수백 년은 되지 않았을까요?"

이제 겨우 칠십 년을 산 미랑은 그 세월의 깊이가 짐작되지 않는다는 듯 눈을 깜빡였다. 그 생각을 하고 보니 차언이 안쓰럽더란다.

대체 누구를 잃었기에 제대로 된 비석도 세우지 못하고, 매년 기일에나 찾아와 눈물을 삼킬까.

소중한 사람을 잃고 혼자 남은 그가 너무 가여워서 마음이 움직였다고 했다. 어둡게 가라앉은 얼굴에 미소 한 조각을 머금게 할 수만 있다면 얼마나 좋을까, 하고.

"그분의 편히 머물 곳이 되고 싶어요."

미랑이 수줍은 얼굴로 조곤조곤 말했다.

"힘들고 지칠 때마다 제 곁에서 기운을 받아가시면 좋겠어요."

서효는 속으로 조그맣게 중얼거려 보았다. 힘들고 지칠 때마다. 차언과 함께한 지 꽤 오랜 시간이 흘렀지만, 서효는 한 번도 그가 힘들거나 지쳐 하는 모습을 본 적이 없었다. 그녀의 집사는 늘 그대로였다.

문득, 자신이 차언의 속내나 이면에 대해 생각조차 하지 않고 살아온 게 아닌가 하는 깨달음이 들었다.

그저 그의 호의를 받아만 오며 살아온 건 아니었을까. 분명히 차언에게도 감정이란 게 있을 텐데. 누군가에게 털어놓고 싶은 말이 있을지도 모르는데.

"왜 나는 몰랐지."

왜 알려고 하지 않았지. 미처 입 밖에 내지 못한 말이 서효의 안을 맴맴 돌았다.

탁탁탁.

도마에 부딪치는 식칼 소리가 경쾌했다. 똑같은 크기로 잘린 파, 가지, 배추, 버섯이 순서대로 접시 위에 쌓였다가 제각각 볶음 요리가 되고 찜의 재료가 되었다. 재료 준비부터 요리와 뒷정리까지 일사천리로 신속하게 이어졌다.

눈 깜짝할 새 저녁 준비를 마친 차언은 김을 무럭무럭 피워 올리는 솥을 무심한 눈으로 내려다보았다.

오늘 국은 서효가 특히 좋아하는 계란탕이었다. 그저 서효의 취향만 생각해서 만든 건데 아까 부엌을 빼꼼 들여다본 미랑이 웃음꽃을 피운 것은 예상 밖이었다.

"제가 가장 좋아하는 거예요."

"다행이군요."

정중하게 대답했지만 사실 차언의 속내는 이러했다.

관심 없으니 꺼지라고.

어린애의 취향 따위 알고 싶지도 않았다. 해주 백오강 신의 딸 미랑이라 했던가. 고작 칠십 년밖에 안 살았다는 사실에 구애될 것 같으면 이제껏 차언이 제거해 온 자들의 절반은 아직 살아 있어야 했다.

솔직히 혼인 운운할 때부터 너무 귀찮아서 둘만 남게 되었을 때는 여린 목을 꺾을까 생각도 했었다. 예전 같으면 눈 하나 깜짝 않고 치우는 건데 말이다.

이런 걸 보면 서효와 지내는 동안 그녀의 영향을 많이 받은 게 보였다.

십몇 년만 더 있으면 버려진 새끼 고양이를 안고 귀가하게 될지도 모른다. 천하의 차언이 그런 꼴이 될 거라고는 상상조차 가지 않지만 뭐든 함부로 장담해선 안 되는 거니까. 차언은 그것을 뼛속 깊이 알고 있었다.

"하여튼 웃긴 일이군."

그는 이제껏 주제 파악도 못 하고 혼담을 들고 오는 머저리들을 조용히 처리해 왔다. 물론 서효의 눈길이 닿지 않는 곳에서, 그녀 모르게 놈들을 위협하고 곤경에 빠뜨리고 사고에 휘말리게 했다.

하나같이 배짱이라곤 없는 놈들이라 차언의 그림자만 비치면 덜덜 떨게 만드는 건 식은 죽 먹기보다도 쉬웠다.

방법이야 다채로웠다.

원래 놀던 물이 그 물이다. 차언은 잔혹해지려면 얼마든지 그렇게 될 수 있었다. 사내들은 차곡차곡 진행되는 음모에 속절없이 당했고, 그가 계획한 대로 일단 서효와 아름답게 작별한 뒤 서신 한 장으로 헤어짐을 고했다.

그 와중에 짜릿한 것은 주인 아가씨는 집사의 능력에 대해 아무것도 모른다는 점이었다.

장작 패기? 무거운 가마솥 옮기기? 그 정도는 할 수 있어요. 잘하죠. 한데…… 광풍을 몰아치게 해서 사람을 날려 버린다고요? 저희 집사가요?

서효는 아마 까르르 웃음을 터뜨릴 것이다.

저도 못 하는 걸 평범한 집사인 차언이 어떻게 해요.

그 점에 있어서 서효는 완벽하게 둔감했다. 개중에 은근히 차언의 위협에 대해 전하려는 자가 있었으나, 그가 나설 필요도 없이 서효의 선에서 막혔다. 서효는 그럴 리가 없다며 아주 재미있는 농담을 들은 양 반응했다.

혹시나 하던 일말의 걱정이 말끔하게 씻겨 내려갔다. 주인 아가씨는 제 손바닥 안이었다. 그렇다고 놈을 손봐주지 않았다는 뜻은 아니다.

"모르는 게 약이지."

차언은 벽에 등을 기댄 채 팔짱을 끼고 밖을 보았다.

"이대로 쭉 모르고 살았으면 싶은데."

무의식중에 짙은 한숨이 새어 나왔다. 반면 이제 좀 알아챘으면 하는 것만 골라서 알게 만드는 방법은 없을까 하는 생각이 들었다.

가령 백오십 년 동안 이어진 그놈의 혼인 타령을 들을 때마다 자신이 어떤 심정이었는지 같은 거? 썩은 걸레 같이 생긴 놈들이 혼담 상대랍시고 그녀 주변을 얼쩡거릴 때마다 무슨 생각을 했는지 정도?

여기서 귀찮기 짝이 없는 미랑의 쓰임새가 드러났다. 잘만 이용하면 미랑은 서효에게서 또 다른 감정을 이끌어내는 계기가 될지도 모른다. 요 며칠 지켜본 것만으로도 이미 큰 수확이었다.

이번을 계기로 주인 아가씨에게 역지사지의 경험을 시켜주는 건…….

"그만."

차언은 스스로에게 제어를 걸었다. 욕심은 금물이다. 하지만 마음이란 게 생각한 대로 될 것 같으면 세상일의 절반이 지금보다 훨씬 쉽게 풀렸을 것이다.

아는데. 자제해야 하는 걸 머리로는 알고 있는데.

"슬슬 힘들어, 아가씨."

차언의 한숨이 방문 너머에 있을 서효를 향했다.

새끼 고양이가 새를 노리고 몸을 웅크렸다. 도약을 위해 몸을 낮추고 시선을 고정시키는 태세가 제법 고양이다웠다. 알록달록 화려한 빛깔의 새는 새끼 고양이를 도발이라도 하듯이 고개를 까딱거렸다.

웅크렸다가, 뛰었다!

간발의 차로 새는 날아갔고 새끼 고양이는 약이 올라 어쩔 줄을 몰라 했다.

그 모습을 지켜보던 서효는 키득거리며 모조 깃털이 달린 장난감을 흔들어주었다. 또다시 집중할 거리가 생긴 고양이의 눈이 반짝 빛났다.

"정말 귀여워요."

옆에서 구경하고 있는 미랑의 눈도 빛났다.

"이렇게 매일 영들과 놀아주시나요?"

"바쁠 때는 못 하지만 잠깐씩이라도 들여다봐 주는 편이에요."

서효가 줄 달린 막대를 흔들 때마다 새끼 고양이 영의 고개가 휙휙 돌아갔다.

"할 수 있는 게 이것뿐이니까요."

"주인을 기다리는 동안이 힘들지만은 않겠어요."

미랑이 제 손가락 위에 앉은 새의 영을 보며 미소 지었다.

"서효님이 돌봐주시니까요. 서효님이 잃어버린 것들의 여신이라 다행이에요."

미랑의 말에 서효가 쓴웃음을 지었다.

차언도 비슷한 말을 한 적이 있었다. 그의 말투는 미랑처럼 나긋하지는 않았지만 결국 듣고 보면 똑같은 소리였다.

매번 아이들을 위해 할 수 있는 게 이런 것밖에 없다고 슬퍼하는 서효에게, 그는 이보다 나쁜 상황이 될 수도 있었음을 일깨워주었다. 서효가 아니라 만약 다른 사람이 이 직분을 맡았더라면. 그리고 그 사람이 제 직분을 하찮이 여겨 최소한의 의무만 다했다면.

주인 잃은 수많은 영들이 약재함 속에 갇혀 쓸쓸히 지내다가 그대로 사라졌을 거라고 하였다. 철저히 버림받은 기분을 느끼며 바닥으로, 더 어두운 바닥으로 떨어졌을지도 모른다고.

"그러니 지금 아가씨가 하고 있는 행동의 가치를 스스로 깎아내리지 마세요."

완전한 위로가 되지는 않았다. 하지만 차언의 말은 이따금 몹시 슬퍼지고 마는 서효의 마음을 잡아주는 버팀목이 되었다.

"아직 오래 머물지는 않았지만 이곳 분위기가 마음에 들어요."

미랑이 손가락으로 영과 놀아주며 말을 이었다.

"조용하면서도 포근하고, 별다른 일 없이 하루하루가 지나가는 느낌이랄까요."

"그렇긴 하죠."

"무엇보다 귀여운 영들도 잔뜩 있고!"

미랑이 명랑하게 웃으며 새의 깃을 쓰다듬었다. 아직 어려서 그런지 저처럼 어린 동물들과 노는 게 무척이나 마음에 드는 듯하였다.

"사실 이보다 조금 시끄러워도 좋지만요. 제가 살고 있는 백오강에는 물고기도 많고 강가에 놀러 오는 사람도 많고 배도 지나다녀요. 참, 일 년에 한 번씩 축제도 해요! 그때면 밤의 강물에 꽃등을 띄우고 소원을 빌지요. 한숨이 나올 만큼 예쁘답니다."

미랑은 흐뭇한 얼굴로 고향 이야기를 들려주었다. 그런 다음 자신이 차언과 그곳에 함께 서 있는 모습을 그려보는 듯했다. 어린 두 볼이 홍조로 물들었다.

"차언님은 외롭고 쓸쓸하시니까 백오강으로 오시면 좋겠다고 생각했었어요."

또 나왔다. 외롭고 쓸쓸한 차언.

서효는 아무리 들어도 익숙해지지 않는 말에 애매한 표정을 지었다. 미랑이 그리는 차언의 모습은 첫날부터 쭉 한결같았다.

“제가 요리도 해드리고 책도 읽어드리고 함께 손을 잡고 강가를 걸으면 차언님도 점점 행복해지지 않을까 생각했어요. 그게 제가 꿈꾸는 부부의 모습이기도 하고요.”

새가 포르르 다른 곳으로 날아갔다. 미랑은 발그레하게 물든 얼굴로 새의 모습을 눈에 담다가 서효에게 고개를 돌렸다. 순진한 열의로 가득 찬 표정이 그녀를 향했다.

조금 벅차게 느껴진다고 하면 자신은 나쁜 사람일까?

서효의 옆에서 차언과 함께하는 미래를 늘어놓는다. 이랬으면 좋겠다, 저러면 좋을 것 같다. 가슴속에 누군가를 품어온 시간만큼이나 꿈 또한 컸다. 미랑의 이야기 속에서 온 세상은 무지갯빛으로 마냥 아름다웠다.

그 속에 서효는 그림자조차 없었다.

묘한 서운함이나 오랜 시간을 함께해 온 차언에 대한 독점욕 같은 게 앞선다면 그래도 말이 될 텐데, 이상하게 서효의 가슴은 먹먹함으로 가득했다.

먹먹함이라니, 이상하다. 체한 것처럼 답답하다고 하면 더 정확하려나? 아니, 그것도 이상하긴 매한가지야.

미랑이 다른 경우를 염두에 두지 않는 모습을 볼 때마다 서효는 원인을 알 수 없는 불편함에 사로잡혔다.

“어쨌든 제 이상은 이렇답니다.”

서효가 어떤 표정을 하고 있었는지 모르지만 미랑은 순간 아차, 하고 혀를 깨물더니 배시시 웃음을 지었다.

“너무 제 이야기만 했지요.”

“아, 아니에요. 미랑님 이야기는 재미있어요.”

"역시 좋은 분."

미랑은 동경하는 큰언니를 대하는 눈으로 서효를 보았다. 그러고는 고개를 옆으로 살짝 기울이며 질문을 돌렸다. 하염없이 말간 목소리로. 분명히 비슷한 답이 돌아올 거라고 믿는 표정으로.

"서효님의 이상은 어떤 건가요? 오랫동안 혼인을 기다려 오셨다고 들었어요."

"아……."

"이러이러한 분이 짝이었으면 좋겠다, 그런 생각 해보셨겠지요?"

의외의 질문이었다. 그리고 서효를 대단히 난감하게 만드는 질문이기도 했다. 왜냐하면 서효는 지금 미랑의 질문에 딱히 대답할 수가 없었기 때문이다.

생각이야 자주 해보았다. 차언처럼 매일 아침마다 닦달해서 깨우지 않고 서효가 알아서 깨길 기다려 주는 사람. 그러려면 다정하고 느긋해야 할 것이다. 싸우는 건 질색이니까 화를 크게 내지 않았으면 좋겠다. 그래도 집사에게 사내로서 밀리면 안 되니까 어느 정도 풍채가 있어야 한다.

휴, 차언은 주인 아가씨를 막 대하는 편이니 아가씨의 남편에게도 종종 무례한 잔소리를 늘어놓을 테지.

뭐, 그 정도였다. 생각을 안 한 건 아니지만 하나같이 백일몽 정도에 그치는 막연한 그림이었다.

"어, 그러니까 저는……."

대답을 기다리는 사람이 있으니 아무 말이라도 해야 했다. 그래서 입을 떼었는데.

"행복했으면 좋겠어요."

이토록 막연한 이상이라니.

"그냥 같이…… 오래도록 행복하고 즐겁게……."

서효의 표정이 흐려졌다.

"그렇게 살았으면 좋겠어요."

"서효님도 저랑 같으시군요!"

미랑이 그저 해맑게 웃었다. 자신과 서효를 동일시하며 반가워했다. 방금 전까지도 이상하게 답답하던 미랑이 두 사람을 같은 선상에 놓자 서효의 기분이 복잡해졌다. 그게 아니라고 반박하고 싶어도 입이 떨어지지 않았다.

당혹스러운 경험이었다.

올해야말로 시집갈 거야. 꼭 혼인하고 말겠어. 벼르듯, 다짐하듯 이야기해 온 자신의 모습이 떠올랐다.

나, 실은 미랑님과 다를 바 없던 걸까? 다른 사람이 보면 나도 이 어린 아가씨처럼 막연한 꿈을 꾸는 것 같겠지? 지금 내가 미랑님을 보는 것처럼 말이야. 아직도 정신을 못 차렸냐며 고개를 내젓던 차언의 눈길이 생각났다.

"저, 미랑님."

서효가 겨우 입을 열었다.

"미랑님은…… 걱정되지 않으세요?"

"네? 뭐가요?"

미랑이 눈을 동그랗게 뜨며 되물었다.

"꿈이 이뤄지지 않으면 어쩌나 하고."

이런 질문을 하는 까닭은, 방금 서효 자신이 두려워졌기 때문이다.

혼인이니 행복 어쩌고 하는 것을 떠나서 의심 없이 믿고 있던 무언가에 조용히 금이 간 것 같은 기분이었다. 안전하다고 여겨온

발밑이 갑자기 꺼져 버린 듯한 기분.

"이십 년간 차언을 좋아하셨는데 혹시 차언이 끝까지 거절하면."

서효의 말끝이 아주 희미하게 떨렸다.

"아프지 않으시겠어요?"

미랑은 꿈이 산산조각 나는 게 무섭지 않을까.

현실을 염두에 두지 않고 마냥 들뜨기만 한 아이를 바라보는 심정이 이와 비슷할지 몰랐다. 미랑은 서효의 말을 곱씹다가 입을 열려 했다. 이미 그녀의 표정만으로도 어떤 대답이 나올지 예상되었지만.

"지금."

맑고 조곤조곤한 아가씨들의 목소리 위로 딱딱한 중저음이 깔렸다.

"빨래는 다 개고 노시는 겁니까?"

고개를 들자 차언이 두 사람을 내려다보고 있었다. 정확히는 서효를 보고 있는 게 맞았다. 말을 지독하게 안 듣는 골칫덩이를 보는 눈빛이었다.

"할 일을 안 하면 점심은 없습니다."

옆에 미랑이 있거나 없거나 상관하지 않고 제 할 말만 끝낸 뒤 냉기를 뿌리며 가버렸다. 참으로 고맙기 그지없는 집사였다. 내가 이 집에서 깊은 고뇌란 걸 할 수 없는 게 당연해. 서효는 차언이 사라진 쪽으로 눈을 흘겼다. 진짜 감흥이 확 깨지잖아.

"으으으."

그런데 어디서 작게 우는 동물 같은 소리가 들렸다.

"서효니임……."

바로 옆에서 오들오들 떨고 있는 소녀, 미랑이었다.
"무섭지 않으세요?"
"예?"
우스꽝스러운 목소리가 흘러나왔다.
"저는 무엇보다도 차언님이 표정을 굳히시는 게 제일 무서워요."
지금 미랑은 고백이 받아들여지지 않는 미래보다도 당장 차언의 무표정이 무섭다고 하고 있는 건가?
"재, 아, 아니, 차언이 무섭다고요?"
"네, 너무너무 무서워요."
미랑이 허겁지겁 고개를 끄덕였다.
"가끔 웃어주시면 그보다 황홀한 순간이 없는데, 저렇게 무서운 얼굴로 꾸짖으시면 저는 간이 졸아붙어서……."
그냥 하는 말인가 싶었는데 진심이었나 보다. 미랑의 커다란 눈에는 어느새 물기가 그렁그렁하게 걸려 있었다.
"저건 꾸짖은 게 아니라 잔소리한 거예요."
서효는 미랑의 등을 쓸어주며 말했다.
"전 하루에 백 번쯤 듣는걸요? 익숙해지면 아무것도 아니에요."
"아아……. 익숙해질 수 없을 것 같아요. 저, 저는 지금껏 한 번도 저런 꾸중을 들어보지 않아서."
이런 온실 속 화초 같은 아가씨가 다 있단 말인가. 칠십 년간 아이를 키우며 한 번도 심한 잔소리나 화를 내지 않았다니. 백오강의 신은 직분을 잘못 부여받은 게 아닐까? 그분은 강물 신이 아니라 육아의 신 같은 걸 하셨어야 했어.
"아하하."
정말 괜찮은데.

처음 만난 순간부터 지금까지 단 한 번도, 차언이 무서웠던 적은 없었다. 서효는 연신 등을 쓸어주며 잔소리가 심하다는 둥 까다롭다는 둥 차언의 흉을 보았다. 겁에 질린 미랑을 안심시키기 위함이었다.

움츠러든 몸에서 간신히 긴장이 풀릴 때쯤, 미랑이 서효를 신기한 눈으로 바라보았다.

"서효님은 정말 차언님이 편하신 거군요."

"아무래도 그렇죠."

"와……."

미랑은 경탄 어린 한숨과 함께 아버지로부터 들었다는 말을 늘어놓았다.

"혼인은 그런 상대와 해야 한댔어요. 두근거림도 좋지만, 숨 막히는 사랑도 좋지만, 옆에서 함께 나이 들어가는 그림이 그려지는 편안한 사람이요."

"으음."

미랑의 말에 서효가 멈칫했다. 맞는 말인 것 같은데 이 논리를 받아들이면 좀 이상해지는 부분이 있었다. 차언과 서효, 두 사람은 이미 그렇게 살아오고 있다는 점이다. 이미, 벌써, 백오십 년 하고도 서른 하루째! 끔찍할 정도로 편안하게 같이 나이를 먹고 있다.

"흠흠."

괜히 목소리를 가다듬어 보는 서효였다. 위대한 강물 신도 가끔 틀린 말을 할 때가 있을 거라 자신을 설득하면서 말이다.

마당에 들어선 서효를 반긴 것은 화사한 색깔의 옷감들이었다. 구름 문양이 박힌 연푸른 비단부터 자잘한 꽃무늬의 명주, 생생한 연둣빛의 면사까지 방물장수의 물건은 그 종류가 많고도 다양했다.

그것은 시작에 불과했다. 장사치가 펼쳐 놓은 것은 옷감뿐만이 아니었다.

귓불에서 달랑거리는 앙증맞은 진주 귀고리며 비취, 수정, 청금석 등 온갖 유색 보석으로 만든 장신구, 꽃신과 화장품이 안마당의 탁자 위에 올라 있었다.

고즈넉한 약방과는 대조적인 것들이었다. 거동이 불편한 환자에게 약을 배달하고 온 서효는 안마당의 변화를 멍하니 쳐다보았다. 자리를 비운 지 반 시진쯤 되었나? 그 정도도 안 된 것 같은데 어째 집 안 모습이 나갈 때와 사뭇 달랐다.

"서효님!"

밝은 목소리로 그녀를 부르는 이가 있었으니 바로 미랑이었다. 미랑은 방물장수 맞은편 의자에 앉아 이것저것을 만져 보며 한창 구경 중이었다. 방물장수를 집 안으로 불러들인 건 미랑임이 분명해 보였다.

"이리 좀 와보세요. 예쁜 것들이 정말 많아요."

"그러네요."

쭈뼛쭈뼛 다가가 살펴보니 세상에서 예쁜 것들은 죄다 여기에 모여 있었다. 지나다니며 두어 번 본 게 전부인 방물장수는 시시한 분첩이나 다루는 수준이 아니었다. 작은 반지조차도 섬세한 세공이 된 귀중품이었다.

아마 부잣집이나 귀족 저택을 주로 드나들며 물건을 팔아왔을 것이다. 오늘 그를 불러들인 사람은 그를 정갈한 약방 안마당으로 안내했으나, 미랑은 누가 봐도 부잣집 막내딸이라.

장사꾼은 소박한 차림의 서효도 미랑과 다름없이 대해주었다.

"신부가 쓰는 물건도 있나요?"

"아이고, 갓 피어난 은방울꽃 같으신데 벌써 혼례를 올리시려고요?"

듣기 좋은 말로 한껏 추어올리며 커다란 함을 열었다.

"보통 잘 안 들고 다니는데 오늘 마침 있습지요."

그가 하얀 천 위에 올려놓은 것은 신부가 쓰는 화관과 붉은 포였다. 몇 종류나 되는 화려한 장신구에 두 아가씨의 눈이 커다래졌다.

"와아."

"예쁘네요."

"이건 견본입니다. 실제로 주문을 넣으시면 어여쁜 새 물건으로 갖다드립지요."

미랑은 주저 없이 가장 마음에 드는 화관을 써보았다. 아가씨들 시중을 한두 번 들어본 게 아닌 장사꾼이 즉시 커다란 면경을 미랑 앞으로 밀어주었다. 흰 바탕에 하늘색과 금색 장식이 어우러져서 호화롭고 아름다웠다.

가끔 성 안의 시장에 가서 가판대를 구경하는 게 전부인 서효는 조심스레 물건을 들었다 놓으며 한참 동안 구경에서 헤어나질 못했다. 서효님, 이라고 부르는 소리에 겨우 고개를 들었다.

"이게 좋을까요? 아니면 이거?"

미랑이 엄청나게 고민된다는 표정으로 서효를 쳐다보고 있었다. 서효의 눈엔 두 화관의 예쁘기가 막상막하였다. 그런데 잠깐. 벌써부터 혼례식을 준비하나?

"저, 미랑님. 혹시 차언이 좋은 대답을 드렸나요?"

"아직요. 왜 그러시나요?"

음. 어린 아가씨의 마음은 알겠지만 일에는 순서란 게 있지 않을까 싶다.

"기분을 상하게 만들고 싶진 않지만, 혹시 신부 물건부터 보시다가……."

"오, 이것도 귀여운 것 같아요!"

미랑의 눈이 또 다른 화관으로 돌아갔다. 미랑은 그것을 답삭 집어 들더니 뭐라 할 새도 주지 않고 서효의 머리에 씌웠다.

"어, 어어?"

서효가 당황하며 화관을 벗으려고 하자 미랑은 다른 사람이 쓴 모습도 보고 싶다며 그녀를 말렸다. 자기가 쓰고 거울을 보니 감이 잘 안 온다고 덧붙였다.

이에 방물장수는 이쪽 아가씨 말씀이 맞다며, 원래 남이 착용하고 있는 걸 봐야 제대로 판단할 수 있다고 동조했다. 장사치야 미랑의 기분을 맞춰주는 것일 뿐일 터다. 어찌 됐든 서효는 어색하게 화관을 쓴 채 앉아 있었다.

금빛 꽃 장식에 홍옥이 붉은 산수유 열매처럼 박힌 화관은 머리 양옆으로 구슬 장식이 총총 드리워져 있어 특히 어여뻤다.

"이게 제일 예쁜 것 같은데요?"

미랑의 말에 방물장수가 열심히 고개를 끄덕였다. 열렬한 태도를 보아 하니 특히 비싼 것인 듯하다.

"음, 미랑님? 이제 벗어도 될까요? 뭔가 어색해서."

"어? 잠시만요."

미랑이 마침 지나가는 차언을 불렀다. 서효의 고개가 돌아갔다.

"차언님, 여기 좀 와보세요. 화관을 고르고 있어요!"

독서 중이었던 듯, 둥글게 말아 접은 책을 들고 있던 차언이 이쪽을 쳐다보았다. 그의 눈이 화관을 쓴 서효에게 닿았다.

이상하다고 한마디 할 줄 알았다. 아니면 아가씨도 미랑님처럼 사람도 없는데 혼례부터 준비하시는 거냐고 조소를 날릴 줄 알았다. 하지만 차언은 아무 말 없이 가만히 서효를 응시하였다.

저건 조금…… 놀라서 굳은 표정일까?

"차언님 눈엔 어떤 게 제일 예뻐 보이세요?"

평소의 차언이라면 적당히 무시하고 지나갈 법한 말이었지만, 어찌 된 일인지 그가 이쪽으로 다가왔다. 탁자 위에 늘어놓은 장신구를 슥 훑어본 차언은 화관을 쓰고 있는 서효에게 다시 눈길을 돌렸다.

"원래대로라면."

그가 탁자 위의 붉은 포 하나를 집어 서효의 화관 위에 씌웠다. 이와 동시에 시야가 가려지면서 포 안쪽의 작은 세상이 붉은색으로 덧입혀졌다.

"이렇게 신부의 얼굴을 가려야 하니 화관과 포를 함께 고르는 게 맞겠지요."

"아, 맞아요. 듣고 보니 그러네요."

비침 정도나 새겨진 문양, 테두리 장식에 따라 포의 종류도 몇 가지가 되었다. 서효에게 붉은 포를 씌워둔 채 천 밖에서 세 사람이 이야기를 나누었다.

어쩐지 꿔다놓은 보릿자루가 된 기분에 서효는 포를 들춰 벗으려고 손을 올렸다. 나도 다른 거 구경하고 싶은데.

"잠깐."

차언이 짧게 말하더니 서효의 손을 막았다.

"이건 스스로 벗는 게 아닙니다."

그리고 다음 순간, 차언이 천천히 붉은 포를 들어 올렸다. 사방이 꽃처럼 붉은 세상에 환한 빛줄기가 내리쬐었다. 들어 올린 포 아래로 서효와 차언의 눈이 마주쳤다.

한순간이었다. 찰나였지만, 그것은 생각보다 큰 울림이었다.

"아……."

이러니까 내가 차언의 신부가 되기라도 한 것 같아. 문득 든 생각에 서효의 뺨이 붉어졌다. 자신을 내려다보는 차언이 혹시 제 마음까지 꿰뚫어볼까 서효는 얼른 눈을 내리깔고 시선을 피했다.

가슴 한구석이 간지러운 게 무언가 몽실몽실한 것이 피어오르는 듯한 기분이었다.

화창한 날씨였다. 햇볕은 적당하게 내리쬐고 시원한 바람이 종일 살랑살랑 불었다. 아가씨들의 옷자락이 부드러이 나부꼈다.

웬일로 세 사람은 대낮부터 약방 문을 닫고 성 안 구경을 나선 참이었다.

미랑의 열화와 같은 요청이 있었다. 하루쯤은 쉬어도 되겠지, 라며 서효도 응했고 두 아가씨가 바깥에 나가는데 차언 혼자 약방을 지키고 있을 리 만무했다. 그리고 두 아가씨는 각각 다른 의미로 차언을 불편하게 하고 있었다.

일단 미랑.

간단했다. 귀찮았다.

미랑은 강아지처럼 쫄래쫄래 따라다니는 걸로도 모자라 차언의 일거수일투족에 신경을 쓰며 그의 심기를 살폈다. 어린애라 그런지, 그가 무표정을 하고 잠깐만 쳐다만 봐도 자신이 무슨 실수를 저질렀나 싶어 어쩔 줄을 몰라 했다.

안 그래도 별로 마음에 들지 않는데. 그의 숨결 하나에까지 의미를 두는 어린애 따위는 피곤했다.

그리고 또 한 명, 서효.

"오랜만의 외출이라면서요? 서효님도 신나시나 봐요."

옆에 붙어 걷고 있는 미랑이 몇 걸음 앞선 서효를 보며 말했다. 차언은 억지로 한숨을 눌러 삼켰다.

그에겐 온 신경을 기울이는 미랑은 서효에 대해선 참으로 둔하기 그지없었다.

서효는 신난 게 아니라 일부러 차언과 거리를 두고 있는 거였다. 대화할 때도 미묘하게 시선을 비끼고, 차언과 단둘이 있는 상황을 만들지 않으려고 했다. 나름대로 티를 안 내려고 하고 있지만, 애초에 주인 아가씨가 집사를 속이는 건 불가능한 짓이었다.

차언은 언제부터 서효의 태도가 바뀌었는지 정확히 기억하고 있었다. 방물장수가 온 날부터였다. 차언이 그녀의 화관 위로 붉은 포를 들어 올린 순간부터 서효는 이상한 모습을 보이기 시작했다.

고의가 아니었다면 거짓말이겠지.

사악한 집사는 스스로를 자조했다. 신부의 화관을 쓰고 어색한 듯 웃으며 앉아 있는 서효를 본 순간, 그냥 다가가야겠다는 생각밖에 들지 않았다.

그녀도 차언의 돌발적인 행동에 놀란 것 같았다. 붉은 포 아래에서 부끄러워하던 모습은 절대 잊을 수 없을 것이다.

하지만 아무리 당황스럽다 해도 그렇지. 질투나 좀 하랬더니 모르는 사람처럼 멀찍이 피하고 있었다.

"차언님은 어제 본 물건 중에 뭐가 제일 마음에 드시던가요?"

말없이 걷기만 하는 그를 살짝 쳐다본 미랑이 질문을 했다. 봐주는 서효도 없겠다, 이제 끝나나 싶으면 또 이어지곤 하는 질문에 차언은 슬슬 질리는 중이었다. 솔직히 말하면 이미 며칠 전부터 미랑을 굽이치는 백오강에 던져 넣고 싶었다.

그는 인내심이 많은 편이 아니었다. 차언의 모든 좋은 부분은 오직 서효만을 위해 열려 있었다.

"여든 번째 말씀드리는 것 같은데."

한 손을 뒷짐 진 채 걸으며 차언이 나직이 말했다.

"저는 혼인에 뜻이 없습니다."

"네에……."

"이십 년 전 해주 쪽으로 간 적도 없고요."

"네, 그것도 말씀하셨죠……."

"기억하시니 다행이군요."

어차피 성 안의 풍경 같은 것엔 관심이 없다. 차언의 눈은 약방을 나서면서부터 줄곧 서효의 뒤를 좇고 있었다.

"하지만 기왕 물으셨으니 답하자면, 아가씨의 화관이 가장 괜찮았습니다."

"아가씨……. 서효님이 쓰셨던 그거요?"

"예."

이제 미랑도 알았다. 차언이 아가씨라고 부르는 이는 이 세상에 서효 하나뿐이란 것을. 첫날의 작은 실수 이후로 차언은 칼같이 서효와 미랑의 호칭에 다름을 두었다.

서효는 늘 불러온 대로 아가씨. 그만의 아가씨였다.

그러나 미랑은 미랑님일 뿐이다. 정작 당사자인 서효는 눈치채지 못했겠지만 차언과 미랑 사이에는 이에 대한 무언의 규칙이 존재했다.

"뜻밖에 조금 화려한 쪽을 좋아하시네요."

담백하고 청아한 취향일 줄 알았다며 미랑이 재잘거렸다.

그랬던가. 바로 어제 일이긴 했지만 사실 화관 모양은 자세하게 떠오르지 않았다. 그냥 서효가 쓰고 있어서 고와 보였던 것이다. 그렇게만 해도 작은 꽃 같았는데 혼례복을 입고 성장하면 어떤 모습일지 상상조차 가지 않았다.

혼례복 입은 모습 따위, 남에게 보여줄 순 없지. 갑자기 이제껏 처리해 온 혼담 상대자들이 떠올라 괜히 이를 가는 차언이었다.

"서효님은 어떠셨는지 여쭤봐야지."

미랑이 혼잣말을 한 뒤 걸음을 재게 놀렸다.

"서효님!"

뭔가 눈에 들어온 물건이 있는지 그새 좀 더 멀리 떨어진 서효를 향해 걸었다.

그때였다.

차언의 눈에 탑처럼 높이 올려 쌓은 짐수레가 들어왔다. 그리고 수레를 모는 자가 허둥지둥 장터를 향해 달려가는 것도. 제법 선선한 날씨인데도 수레꾼은 온몸이 땀으로 흠뻑 젖어 있었다. 매우 급했고, 아슬아슬해 보였다.

그가 옮기고 있는 물건은 나무 걸상이었다. 짐이 떨어지지 않도록 둘러 묶은 끈은 점점 벌어져 제구실을 못 하게 된 지 오래였다.

"비키쇼! 어이, 급합니다!"

수레꾼이 소매로 이마의 땀을 훔치며 소리쳤다. 사람들에게 길을 터줄 것을 부탁하는 거였다.

사고는 순간이었다.

"어어어어!"

튀어나온 돌 모서리에 수레바퀴가 걸리더니 기어이 수레가 넘어지고 말았다. 위태롭게 쌓인 걸상이 여자들에게로 쏟아졌다. 단단한 모서리에 쇠붙이까지 붙어 있어 위험했다. 바로 달려간 차언이 서효의 팔을 잡아당기려는 순간, 미랑이 비명과 함께 주저앉았다.

"꺅!"

"읏……."

팔뚝을 잡고 주저앉는데 그대로 밀칠 순 없어 안았더니.

와르르르!

"아이고, 아가씨! 괜찮으쇼?"

"아……."

"아이고, 이를 어쩌나. 아이고, 미안하오. 세상에, 이를 어쩌나."

손끝이 서효에게 닿지 않았다.

서효는 떨어지는 걸상을 그대로 맞고 길바닥에 쓰러졌다. 얼굴이 시뻘게져서 사과하는 사내 옆으로 길게 누워 있던 그녀가 이마를 부여잡고 신음했다. 길을 지나가던 어떤 부인이 사내를 도와 서효를 일으켰다.

"아, 아파라……."

서효가 눈물을 글썽이며 연신 이마를 어루만졌다. 다행히 피는 나지 않았지만 벌써부터 벌겋게 부어오르고 있었다.

"아이고, 괜찮으쇼?"

"아, 네. 그런 것 같아요."

무슨 일이 일어나는 줄도 모른 채 걸상에 맞았던 것 같다. 서효는 어리둥절한 눈으로 주위를 둘러보다가 사내의 수레가 넘어져 있는 것을 발견했다. 나무 걸상이 아무렇게나 팽개쳐져 있었다.

"이 많은 걸 혼자 옮기고 계셨어요?"

서효가 휘둥그레진 눈으로 사내를 보았다. 사내는 서효의 몸에 함부로 손을 대진 못하고 여전히 사과를 거듭하다가 고개를 끄덕였다.

"원래 동생 놈이랑 같이 하는데 오늘 녀석이 앓아누워서 말이오. 아이고, 미안하오. 급하게 시간을 대야 해서 서두르다가 그만."

"아……. 좀 아프지만 괜찮아요. 마침 저희 집이 약방이거든요."

서효가 쓰게 웃었다.

"고약을 붙이면 금방 나을 거예요."

"아이고, 그럼 다행이오만."

"급하게 가셔야 한다면서요? 언제까지죠? 얼른 가보세요."

"아니, 아가씨가 이렇게 되었으니."

"전 괜찮아요. 어서 가세요, 아저씨."

서효는 자꾸 자신을 돌보려는 사내를 돌려세우며 그의 등을 떠밀었다. 소동에 걸음을 멈춰 선 젊은 남자에게 부탁해 짐 옮기는 것을 좀 도와달라고도 부탁했다. 사내가 편치 않은 얼굴로 자리를 뜰 때까지 서효는 헤실헤실 웃어 보였다.

그러고는 이마가 진짜 아프긴 하다며 뒤돌아서 울상을 지었다.

"서효님은 정말…… 대단한 분이세요."

오들오들 떨다가 겨우 평정을 찾은 미랑이 멍한 눈으로 중얼거렸다.

“전 절대, 저렇게……. 정말…… 선량한 심성을 지니셨네요.”

“저건.”

차언이 싸늘하게 내뱉었다.

“선량한 게 아닙니다.”

그의 눈은 마치 서효를 잡아먹을 듯 날이 서 있었다.

“제 몸조차 돌보지 못하는 게 뭐가 선량한 겁니까.”

손이 닿지 않았다. 조금만 더 뻗으면 서효를 이쪽으로 끌어당길 수 있었는데, 딱 한 뼘이 부족했다.

서효가 걸상을 맞고 쓰러지는 순간이 자꾸만 차언의 머릿속에서 반복되었다. 그녀가 무사한 것은 다행이지만, 서효가 넘어지는 동안 자신은 아무것도 하지 못했다는 게 화가 났다. 떨어지는 게 걸상이든 칼날이든 그건 중요하지 않았다.

자신은 아무것도 막지 못했다.

이번에도 또.

“차언님, 괜찮으세요? 손이 차가워요.”

얼떨결에 맨살이 닿은 미랑이 놀랐다. 딱딱하게 굳어 식은 것은 그의 손뿐만이 아니었다. 무슨 일이냐 물으며 서효가 어기적어기적 걸어왔다. 오늘 액땜한 것 같다고 고개를 내젓는 그녀를 똑바로 쳐다볼 수가 없었다.

세 사람은 늦은 점심을 먹기 위해 요릿집으로 들어갔다. 걸상이 서효를 덮친 뒤로 두 시진이 지났다. 서효와 미랑은 이내 원기를 회복하여 번화가를 누비고 다녔지만, 그들 뒤를 따르는 차언의 기분은 여전히 검은 늪 바닥을 헤매고 있었다.

도저히 살벌해서 뒤를 돌아볼 수가 없었다. 이는 서효도 미랑도 마찬가지. 왜 당한 사람은 자기들인데 차언의 심기를 살펴야 하는 것인가.

두 사람은 일부러 시선을 피한 채 떠들썩한 기운이 넘쳐 나는 곳으로 골라 다녔다. 그렇게 한참을 돌아다니니 배가 고파졌고 손님들이 한차례 빠져나간 요릿집에 들어온 거였다.

네 명이 앉는 자리에 셋이 앉았다.

서효와 미랑이 서로 마주 보고 차언은 두 사람의 옆에 자리했다. 이것은 여자들끼리의 암묵적인 합의였다. 피하자. 차라리 우리 둘끼리 마주 보자. 고개만 옆으로 안 돌리면 괜찮을지도.

새해의 복주머니만큼이나 토실토실하고 또 그만큼 헛된 바람이었다.

"차부터 드리겠습니다!"

어깨에 행주를 턱 걸친 점원이 차를 날라 왔다. 서효는 다른 누군가의 개입을 반가이 맞았고, 미랑은 이 집 차 맛이 유달리 풍부하다며 칭찬에 칭찬을 거듭했다. 하지만 사람이 안 하던 짓을 오래 할 순 없는 거였다.

미랑과 달리, 본시 집사의 눈치를 보지 않던 서효로서는 점점 이 상황을 끌고 나가는 게 힘들어졌다. 어제 붉은 포 아래 눈이 마주친 이후로 줄곧 어색하게 거리를 두던 차였는데, 아까 전 사건 때문에 모든 것이 무(無)로 돌아갔다.

이쯤에서 서효가 배알도 없이 샐샐 웃어주어야 한다.

아니면 미랑은 밥상을 목전에 두고 급체를 할 것이고, 뒤끝이 긴 그녀의 집사는 침대 머리맡까지 따라와 주인을 노려볼 수도 있었다. 휴, 도대체 누가 상전인 거야. 속으로 절레절레 고개를 젓는 서효였다.

"차언?"

집사는 칼 수백 자루를 갈고 있는 표정으로 서효를 쳐다보았다. 그 살기와 서늘함에 서효조차 움찔할 정도였다.

"인상 좀 풀어."

"제가 왜요?"

"체할 것 같아. 밥도 안 나왔는데 이미 급체에 걸린 것 같다고."

차언이 말없이 서효를 보더니 그녀의 몸 쪽으로 시선을 내렸다. 양해도 구하지 않고 팔을 가져가 소매를 걷어 올렸다. 뽀얀 피부 위로 검푸른 멍이 올라오고 있었다.

"이런, 들켰네."

차언이 빠득, 이를 갈았다.

"날 먼저 죽일지 아저씨를 죽일지 아니면 미랑님을 죽일지 고민하고 있는 거야?"

완전히 주눅 들어 있다가 갑자기 이름이 언급된 미랑이 어깨를 떨었다. 반면 서효는 세상에서 가장 태평스러운 얼굴이었다.

"그러지 마, 차언. 다 같이 사는 세상이야."

"그걸 피해야지 맞고 있었습니까?"

"못 봤어."

대답 한번 명쾌했다.

"내가 눈이 뒤에 달린 것도 아니고 그걸 어떻게 봐."

"하."

차언이 식탁 위에 올린 손을 그러쥐었다. 주먹을 쥐었다가 펴길 반복했다. 아마 상상 속에서 누군가의 목도 접었다 펴고 있을 것이다. 치밀어 오른 화를 간신히 한숨으로 내리누른 뒤 그가 말했다.

"그럼 잘못한 놈에게 한마디라도 하던가요."

부드러운 보따리도 아니고 무려 단단한 걸상을 산처럼 쌓고 가는 주제에 끈으로 둘러매는 것도 어설펐다. 아무리 급했다고 한들 짐꾼의 기본조차 지키지 않은 것이다. 끈으로 제대로 매기만 했어도 서효가 피할 시간은 충분했다.

그런데 속도 없이 오히려 다치게 한 사람을 배려했으니, 차언은 그게 마음에 들지 않는 것이었다.

"이미 일어난 일인걸. 아저씨도 진심으로 사과하셨고……. 거기서 내가 뭐라 한다고 해서 이마의 혹이 사라지는 것도 아니고."

뚱하니 대꾸하던 서효는 차언의 표정이 다시 심상치 않게 변하는 것을 눈치채고 얼른 얼굴을 바꾸었다.

웃어야 한다. 무조건.

예로부터 웃는 얼굴에 침 못 뱉는다고 하였다. 하지만 역시 그녀의 집사는 남들과는 다른 존재였다. 그는 생긋생긋 웃는 서효를 빤히 보더니 낮게 깔린 목소리로 질문하였다.

"이마엔 혹, 팔뚝에는 멍. 매일 고약을 최소 네 개는 써야 합니다. 누구 잘못입니까?"

서효의 얼굴이 웃는 낯 그대로 굳었다. 집사는 아마 침을 뱉으려는 모양이었다.

"으음……. 나인가?"

"만약 아가씨가 이보다 더 다쳤다면 그동안 누가 아가씨 일을 대신했겠습니까?"

"……차언?"

"제가 평소에 본인 안전을 가장 중시하라고 말씀드렸습니까, 아닙니까?"

"매일 하지. 아주 매일."

귀에 딱지가 앉을 정도로, 라는 뒷말은 생략하는 게 좋을 것 같았다. 서효에게도 그 정도 분별은 있었다.

원하던 답을 들은 듯 차언의 분기가 다소 가라앉아 보였다. 아니면 이 이상 서효를 닦아세워 봤자 소용없다는 결론에 이르렀을 수도 있었다.

"고기찜, 숙주볶음, 새우탕에 쌀밥 세 그릇 나왔습니다!"

먹음직스러운 요리가 식탁에 올랐다. 미랑은 눈치를 보며 우물쭈물 젓가락을 들었고, 서효는 그녀에게도 괜찮다는 듯 웃어 보였다.

"자, 자, 요리가 나왔어요. 밥상 앞에서 화내는 거 아니에요, 집사님."

서효가 젓가락을 들더니 가장 커다란 고기 한 점을 집어 차언의 밥그릇에 올려주었다.

"이거 먹고 그만 화내는 거예요, 응?"

차언 앞으로 고개를 기울인 서효가 말갛게 웃었다. 이제까지 한 번도 차언에게 애교 비슷한 걸 부린 적이 없는 서효였다.

애교라니, 그 무슨 쓸데없는 짓인가. 주인 아가씨란 집사에게 애교를 부리는 존재가 아니었다. 그럴 필요도 없었다. 모름지기 주인 아가씨란 집사의 야단에 뿌루퉁하게 대꾸하거나 귀를 막고 안 들리는 시늉을 해야 정상이었다.

적어도 서효는 늘 그래왔다.

그래도 오늘만큼은 차언의 비위를 맞춰주는 게 좋을 것 같았다. 오늘 차언은 진짜 진짜 화가 나 보이니까.

솔직히 자신이 생각하기엔 이렇게까지 과민 반응할 필요는 없을 것 같은데, 아까 차언의 온몸이 경직되어 있었다는 미랑의 말이 조금 신경 쓰였다.

"앗, 미랑님도 드셔야죠."

서효는 두 번째로 큰 고기를 미랑의 앞에 놓아주었다. 그리고 자기도 요리를 덜어 먹었다. 미랑이 젓가락을 움직이고 한참이 지나서야 차언이 식사를 시작했다. 그의 화가 제대로 풀렸는지는 알 수 없었지만 서효는 일단 이것만으로도 성공이라며 한숨 돌렸다.

차언 말대로, 정작 다친 사람이 이 사람 저 사람 상태를 살피고 다니는 게 평범한 모습은 아닐 것이다.

뭐, 그럼 어때. 서효가 속으로 혀를 날름 내밀었다.

그게 자신이다. 어쩔 수 없는 서효의 본모습이다. 몸의 상처는 금방 낫겠지만 당장 아픈 것 때문에 벌컥 화를 내고 돌아서면 나중에 마음이 정말 좋지 않았다. 스스로 견딜 만한 상태라면 다른 사람이 먼저 눈에 들어온다.

아무래도 차언은 이런 주인이 마뜩잖은 눈치지만.

"많이 먹어, 차언."

여전히 웃지 않는 집사를 보며 다시 애교를 부리는 아가씨였다.

방으로 돌아온 서효는 탁자 위에 고약과 연고, 붕대를 늘어놓고 의자를 끌어다 앉았다. 면경을 들여다보니 이마의 혹이 점점 부풀어 오르고 있었다.

"아야……."

신경 써서 고약을 붙인 뒤 앞머리를 내려 가렸다. 얼른 들여다본 면경 속에는 감쪽같아 뵈는 자신이 있었다. 물론 바람에 날려 앞머리가 젖혀지기라도 하면 일곱 살 말괄량이처럼 떡하니 고약을 붙여놓은 이마가 드러나겠지만, 그래도 이쯤이면 양호한 편이었다.

"하필 거기서 걸상이 떨어질 게 뭐람."

그런 줄도 모르고 아이처럼 바람개비 장난감에 정신이 팔려 있었던 자신이 부끄러웠다. 다른 색깔, 다른 크기의 바람개비들이 살랑거리는 바람에 일제히 돌아가는 게 예뻐서 쳐다보고 있었는데, 미랑의 목소리가 들리더니 바로 다음에 우당탕탕.

차언에게는 바람개비를 보고 있었다는 소린 꺼내지도 못했다.

바람개비요? 지금 딴 것도 아니고 바람개비를 보느라 사고가 날 때까지 알아채지 못했다는 소립니까?

상상만으로도 차언의 준엄한 목소리가 들리는 것 같았다. 특히 눈빛이 아주 인상적일 터.

"으으."

서효가 부르르 떨었다. 어찌 된 일인 게 그녀의 집사는 이제 자리에 없는데도 바로 옆에 있는 것처럼 오싹함을 느끼게 하는 존재가 된 듯했다.

"팔은 제가 발라드리죠."

"꺄악!"

서효의 솜털이 바짝 섰다. 고개를 돌리자 차언이 등 뒤에 와 있었다.

"으아아, 대체 언제 들어온 거야?"

"……인기척도 내고 문도 두드리고 들어왔습니다. 대답이 없으셔서 이상하다 생각은 했지만."

차언의 시선이 서효를 내리눌렀다. 무언의 비난에 주인 아가씨의 고개가 슬그머니 다른 곳으로 돌아갔다. 안 보인다. 안 들린다. 무슨 이유로 이러는 건지 도무지 모르겠네.

"낮에도 이러다 다치셨죠."

"그랬던가."

"아가씨는 좀 더 경각심을 가지셔야 합니다."

오래도록 들어온 잔소리가 새로이 시작되었다. 차언은 다른 것에도 잔소리를 했지만 유독 서효의 안전에 대해서는 지나친 면이 있었다.

그중에서도 피를 보는 건 최악이었다.

저번에 말린 약재를 썰다가 칼날에 베여 피가 난 적이 있었는데, 차언은 서효의 손가락이 잘리기라도 한 것처럼 굴었다. 오늘 행여 피가 나기라도 했다면 차언은 모두를 가만두지 않았을 것이다. 짐꾼 아저씨는 물론이고, 다친 서효도, 지나가던 애먼 강아지의 목도 짤짤 흔들었을지 모른다.

우리 집사가 좀 분노를 주체하지 못하는 성격인가? 하루에도 몇 번씩 생각해 보는 서효였다.

다친 것도 서러운데 눈치까지 봐야 한다니, 주인 아가씨의 가여움이 이루 말할 수 없을 정도였다.

"이렇게 딴생각 그만하시고."

"귀신같네."

서효가 나직하게 투덜거렸다.

"이마엔 고약을 붙이셨군요. 그럼 팔은 제가 도와드리겠습니다."

"마음은 고맙지만 저도 멀쩡한 눈과 손이 있네요, 집사님. 손이 안 닿는 것도 아닌데 내가 할 수 있다고요."

"그 멀쩡하다는 거, 확실합니까?"

명백한 힐난.

이번엔 서효도 눈을 흘겼지만 집사는 역시 꿈쩍도 하지 않았다. 그는 서효의 소매를 걷어 올리고 점차 시커멓게 짙어지는 멍을 뚫어져라 쳐다보았다. 아까 요릿집에서 본 것보다 더 심해진 색깔에 당황한 쪽은 서효였다.

이게 언제 이렇게 됐지? 그래봤자 고작 멍일 뿐인데 너무 심각하게 보이잖아?

차언이 말없이 팔뚝을 내려다보다가 연고 통을 열었나. 톡 쏘는 듯한 풀 냄새가 공기 중에 퍼져 나갔다.

아가씨는 집사의 눈치를 살피다가 말을 꺼낼 기회를 잡았다. 집사가 왼쪽 팔에 약을 바른 다음 오른쪽으로 넘어가려는 때였다.

"부주의해서 신경 쓰도록 만든 건 미안한데."

차언은 약 바르는 손길을 멈추지 않았다.

"내가 아기도 아니고 팔에 약 바르는 것쯤은 할 수 있다니깐?"

"그렇겠죠."

차언이 약병을 내려놓았다. 그러고는 여전히 굳은 얼굴로 붕대를 집어 들었다.

서효는 당장 아프지만 않으면 자신이 다쳤다는 것도 까먹고 환부를 아무렇게나 취급하니, 약이 흡수될 때까지 붕대로 감아둘 필요가 있었다. 붕대로 감으면 평소와 달리 뻣뻣한 느낌이 들어 다친 사실을 상기시키기도 하니 일석이조였다.

어쩌면 차언은 붕대로 나를 꽁꽁 묶어놓고 싶어 할지도 몰라. 아무 데도 가지 못하게, 어떤 사고도 치지 못하게 말이지. 이어질 그의 말을 기다리던 서효는 문득 그런 생각을 해보았다.

"아가씨 혼자 하실 수 있다는 것, 저도 알고는 있습니다."

차언이 약간의 간격을 둔 다음 말했다.

"하지만 제가 해드리는 편이 아가씨를 더 불편하게 만드니까요."

"뭐라."

"침묵과 눈초리와 비난의 화살에 어쩔 줄 몰라 하며 제 눈치를 보시잖습니까. 팔을 빼고 싶지만 빼지도 못하고 안절부절."

차언이 능숙하게 붕대 끝을 매듭지었다.

"그걸 원했습니다. 벌이죠."

"진짜……."

서효가 잠시 말을 잇지 못했다.

자신이 불편할 것을 알고 일부러 그리했다니. 참으로 사려 깊고 훌륭한 집사의 자세가 아닐 수 없다. 그러나 서효의 말문을 막히게 하는 일은 따로 있었다. 차언이 수건에 손을 닦은 후, 서효더러 뒤로 돌아서라고 한 까닭이다.

이유를 묻자 옷을 벗고 등을 보이라는 답이 돌아왔다. 요릿집에서야 바깥이니 등까지 확인할 순 없었다고 했다.

"괜찮아, 등은 무슨……. 갑자기 그런."

"걸상이 등에 떨어지는 걸 봤습니다. 지금쯤 욱신거릴 텐데요?"

"그렇긴 하지만."

서효의 얼굴이 노을처럼 붉게 물들기 시작했다. 팔은 그렇다 쳐도 등은 전혀 다른 문제였다. 소매를 걷는 것처럼 간단한 게 아니다. 등을 보이려면 일단 옷을 벗어야 했다.

그러면 속옷이 보일 텐데.

"등이야말로 아가씨 손이 안 닿는 부분이죠."

"으응."

"설마 부끄러워하시는 건 아니겠죠."

설마, 라니. 당연히 그렇거든. 완전, 진짜, 정말로 그렇거든. 반박하고 싶은 나머지 서효가 입을 오물거렸다.

차언은 그녀의 부끄러움이 얼마나 모순적인 것인 줄 아느냐며 눈을 굴렸다.

“새삼스럽군요. 아가씨의 속옷을 백오십 년 넘게 빨기 전에 그런 부끄러움을 보여주셨더라면 참 설렜을 텐데 말이죠.”

윽. 생각지도 못한 반전에 서효가 입술을 뿌루퉁하게 내밀었다. 차언의 말이 맞았다.

집사는 아주 오래전부터 빨래를 비롯한 집안일 전반을 도맡고 있다. 매일 아침이면 오늘의 빨래거리를 내놓으라며 서효의 속옷과 손수건, 깨끗한 것 같아서 한 번 더 쓰려고 의자 등받이에 걸쳐 둔 수건 따위를 탈탈 털어가곤 했다.

그러니까 집사는 그녀의 속옷을 보기만 한 게 아니라 만지고 주무르고 꽉꽉 비틀어 짜기까지 해온 것이다.

이제까지 단 한 번도 그게 부끄럽거나 어색하다고 생각한 적이 없었다. 차언의 일이라고, 당연하다고만 생각해 왔다.

그래도 속옷을 빨랫감으로 내놓는 것과 입고 있는 모습을 보여주는 건 다른 느낌이었다. 차언이 모순적이라고 해도 어쩔 수 없는 것이다.

“그냥.”

“빨리 도세요.”

말을 다 하기도 전에 막혀 버렸다. 서효는 우물쭈물하다가 느린 속도로 뒤를 돌았다. 옆구리의 매듭단추를 만지작거리던 손이 결국 첫 단추를 풀었다. 두 번째 단추를 푸는 속도는 이보다 더 느렸다. 세 번째를 풀고 나면 상의를 내리는 것밖에 남지 않는다.

서효의 귀가 빨개졌다. 땋아 내린 머리카락에 가려 차언에게는 보이지 않기를 바랄 뿐이었다.

으, 이상해.

서효는 머뭇거리다가 천천히 살구색 겉옷을 끌어 내렸다. 움츠러든 여린 어깨가 먼저 드러났고, 하얀 팔이 그다음이었다. 팔을 타고 부드러운 옷이 스르르 흘러내렸다. 꽃이 수놓아져 있는 붉은 속옷이 티 없이 뽀얀 피부와 야릇한 대조를 이루었다.

목 뒤로 끈을 묶게 되어 있는 속옷은 등이 훤히 드러나는 모양새라, 옷을 다 벗지 않고도 약을 바를 수 있었다.

등 뒤로 닿는 차언의 시선이 느껴졌다. 피부에 열이 오르는 이유가 그의 눈빛 때문인지 서효 자신의 부끄러움 때문인지 알 수 없었다.

"여기도 어김없이 멍이 들었군요."

한숨 쉬는 듯한 목소리가 사실을 확인시켜 주었다. 서효는 가슴 앞으로 옷을 끌어 모은 채 어서 이 시간이 끝나길 기다렸다.

"앗……."

등에 차가운 감촉이 느껴졌다. 움찔 놀란 서효는 가만히 있으라는 차언의 말에 등에 힘을 넣었다. 꼿꼿하게 허리를 펴고 있으려고 해도 차언의 손가락이 닿을 때마다 저절로 몸을 웅크리게 되었다.

꼭 새우등 같다, 그치.

어색함. 그리고 한없는 부끄러움. 편치 않은 기분을 지우려고 스스로에게 농담을 던져 봤지만 영 효과가 없었다.

차언의 손가락이 멍 위에 연고를 살살 펴 바르기 시작하자 기분이 이상해지면서 발가락이 곱아들었다. 견딜 수 없는 간지러움이었다. 등도, 훤히 드러난 어깨도, 가슴 한구석도 간지러워서 숨

쉬기가 불편해졌다.

하지만 차언은 서효의 변화를 눈치채지 못한 듯, 상처에만 관심을 쏟았다. 말은 차갑게 했어도 실은 여기저기 다친 게 속상한 모양이었다. 약간이라도 손을 거칠게 쓰면 멍이 눌려 아플 것이라는 염려가 그의 손끝에서 전해졌다.

차언의 손길은 등에 자주 닿는 그의 한숨보다도 가볍고 부드러웠다.

"너무 천천히 바르는 거 아냐?"

서효가 간지러움을 버티지 못하고 물었다. 그가 대번에 되받아쳤다.

"멍이 넓게 퍼진 건 누구 탓일까요?"

"저요……."

"잘 아시니 다행입니다."

차언이 펴 바른 연고 위로 서늘한 입김을 불었다.

서효가 어릴 때, 어머니도 이렇게 해주시곤 했었다. 후후, 부는 게 무슨 도움이 될까 싶겠지만, 시원한 공기가 닿는 걸 느끼고 있으면 아주 잠깐이라도 괜찮아지는 기분이었다. 다친 곳이 빨리 나을 것 같다는 착각도 들었다.

차언이 하고 있는 게 그거였다. 문제는 차언의 숨결에서 어머니 때 같은 다정함이 느껴지지 않는다는 점이었다.

"다른 데는 다치지 않으셨고요? 열이 나는 걸 보면 몸이 안 좋으신 것 같은데."

차언이 말할 때마다 서효의 등에 사느란 숨결이 닿았다. 기분이 너무 이상해. 이대로라면 등까지 빨개졌을 거야.

서효는 고개를 숙인 채 도리질을 했다. 움츠러든 몸을 도무지

펼 수가 없었다. 이때 차언의 손이 앞으로 넘어와 서효의 이마를 짚었다. 열을 확인하려는 것이다.

"끄응."

저절로 앓는 소리가 나왔다.

"당장 자리에 누우세요."

차언이 엄한 목소리로 말하며 손을 뗐다. 커다란 손이 떨어져 나가자 서효의 숨통이 트였다. 차언이 자리를 보기 위해 침상으로 멀어지니 조금 더 살 것 같았다.

설명하기 어려운 기묘한 열감과 이상야릇한 기분은 그가 방을 나가면 언제 그랬냐는 듯 나을 게 틀림없었다.

내가 이상해진 건 차언 때문이야.

아픈 쪽은 목이 아니지만 어쩐 이유인지 입이 떨어지지 않았다. 자긴 약을 발라드렸을 뿐인데 왜 이상해졌냐고 물으면 달리 할 말이 없기 때문이다.

서효는 별수 없이 차언의 말에 따랐다. 등에 바른 약이 마를 때까지 엎드려 있으라고 해서 그렇게 했다. 그사이 몸이 식지 말라고 허리까지 이불을 덮어주는데 차언의 손끝이 서효의 맨살을 스쳤다. 이번엔 앓는 소릴 내는 대신 눈을 꾹 감았다.

나는 변태가 아니야. 절대 변태 같은 게 아니야. 차언이 문을 닫고 나갈 때까지도 속으로 같은 말을 되뇌고 또 되풀이하는 서효였다.

상쾌한 하루가 밝았다.

오늘따라 약방을 찾는 손님이 많았다. 잘해봤자 하루에 대여섯 명 오곤 하는 가게인데 오늘은 아침부터 손님들이 줄줄이 들이닥쳤다.

서효는 늘 그랬듯이 눈곱도 못 떼고 일어나 아침밥을 먹었다. 그 와중에 일찌감치 약재함 속의 영을 돌려보내는 일을 마친 것이 다행이었다.

눈코 뜰 새 없이 바쁜 오전이 지나가고 점심때가 되었다. 그제야 한숨 돌린 서효는 식사를 하러 집으로 들어가려다가 가게 문이 열리는 소릴 듣고 몸을 돌렸다.

한 아가씨가 두통약을 지으러 들어왔다.

아픈 몸으로 어디 좋은 데라도 놀러 가는지 머리부터 발끝까지 최선을 다해 꾸민 차림이었다. 서효는 병세를 묻고 약을 꺼내기 위해 잠깐 자리를 떴다. 다시 돌아왔을 때는 이미 일이 벌어진 이후였다.

어디서 큰 소리가 난다 싶었더니 미랑과 손님, 두 어린 아가씨가 싸움이 붙은 거였다.

꺙꺙꺙꺙! 떽떽떽떽!

두 사람이 싸우는 모습을 소리로 표현한다면 이런 느낌이 될 터다. 듣자 하니 언쟁의 시작은 손님이었다.

이전에도 몇 번 약방을 찾았던 아가씨는 내심 차언을 좋아하고 있었는데, 얼마 전부터 서효 무리와 어울리는 미랑이 신경 쓰인 듯하였다. 미랑은 외출했을 때도 차언에 대한 호감을 숨기지 않고 붙어 다녔으니 아가씨의 심기가 불편해진 것은 당연지사.

결국 오늘 약을 짓는다는 핑계 차 약방을 찾아본 거였다. 원수는 외나무다리에서 만난다고, 마침 서효가 자릴 떴을 때 미랑과 마주쳤다.

"당신은 새로 온 하녀인가요?"

아가씨는 미랑을 불러 세운 뒤 그렇게 물었다. 서효보다 화려한 차림새를 보면 미랑을 하녀로 착각할 일이 없다. 그럼에도 하녀냐고 물었다는 건 아가씨의 불만이 꽤 큼을 의미했다.

당신은 누구냐, 이 댁과 어떤 관계냐, 혹시 주인 아가씨의 친척이냐.

묻고자 마음먹는다면 얼마든지 다른 식으로 질문할 수 있었다. 하지만 아가씨는 바로 하녀를 운운했고, 아무것도 모르는 맑은 영혼의 미랑은 순순히 답했다.

"아뇨, 차언님과 혼인할 사람이에요."

"……지금 뭐라?"

전쟁은 그때부터 시작이었다. 서효가 돌아왔을 때는 이미 둘 다 울고불고 난리가 난 상태였다. 서로 머리채를 잡고 쥐어뜯기 직전이라, 서효가 겨우 그들을 떼어놓았다.

"흐아아앙! 서효님! 저, 저 여자가 차언님은 가질 수가 없다고 그랬어요!"

"너 말이야, 앙? 말이 되는 소릴 해야지! 히끅!"

아가씨는 눈물 콧물 범벅이 된 채로 미랑에게 손가락질을 했다.

"차언님은 혼인 안 하신다고! 끅! 어디서 굴러들어 온 새파란 꼬맹이가 혼인을 하겠다는 거야!"

"할 거야! 할 거야, 할 거라고! 으아앙!"

"못 해! 가만둘 줄 알고!"

"못된 인간!"

대체 어쩌다가 평화로운 약방 꼴이 이렇게 된 걸까.

서효는 한숨을 쉬며 일단 아가씨를 달래 돌려보냈다. 약방 문을 열고 저 앞까지 배웅해 주는 내내 차언을 아무에게도 보내지 않겠다는 약속을 제 나이만큼 해야 했다.

좋겠네, 차언. 네가 영원히 홀로 늙다 죽길 바라는 아가씨들이 이토록 많구나. 다들 뜻이 같으셔.

반면 미랑을 달래는 것은 더욱 어려웠다. 서효는 잠깐 약방 문을 걸어 잠그고 미랑을 안쪽으로 데려왔다. 안마당의 의자에 앉히고 손수건을 건네주었다.

"흑흑, 서효님."

미랑이 쉴 새 없이 흐르는 눈물을 손수건으로 닦으며 서럽게 울었다.

"인간은 잔인해요. 그런 못된 말을, 흑, 아무렇지 않게!"

"그 아가씨도 차언을 좋아하는 모양이에요. 그래서 뾰족한 말이 나왔나 봐요."

"역시…… 차언님을! 흑, 흐앙, 엄마 젖이나 더 먹고 오라는 말도 들었어요. 엄마는…… 이미 돌아가셨는데!"

"저런."

서효가 미랑의 등을 쓸어주었다. 너무 심하게 우는 게 아닌가 싶었지만 가만히 생각해 보면 차언이 정색하고 하는 잔소리에도 파들파들 떨었던 아가씨다.

이제껏 누구에게도 싫은 소릴 듣지 않았다고 했다. 그러니 질투에 눈먼 상대의 말을 버텨낼 수 없는 게 당연했다. 미랑은 한참을 울며 서러운 심정을 토해냈다.

가까워질까 싶으면 이내 얼음벽처럼 냉담해지는 차언의 태도에 알게 모르게 상처가 컸다고 털어놓았다. 자신이 뭘 해도 차언은 싫어하는 것 같다고, 그러다가 침울해져 있으면 연한 미소를 보여줘서 또 기대를 품게 된다고.

"흑, 혼인, 흑흑."

끝에 가선 거의 말도 잇지 못하고 울었다. 안쓰럽기도 하거니와 이대로 울다가는 픽 쓰러져 버리기라도 할 것 같아 걱정이 되는 서효였다. 그때 차언이 이들에게로 다가왔다.

"차언, 마침 잘 왔어."

서효가 울고 있는 미랑을 눈짓하며 말했다.

"미랑님이 손님과 다투고 말았어. 심하게 울어서 목이 마를 것 같거든. 차 한잔 내주면 좋겠는데."

"그것보다."

차언이 약방 쪽을 쳐다보았다.

"대문은 왜 닫으신 겁니까? 손님 둘이 들어오지도 못하고 서성이고 있는데."

"아, 손님 오셨어?"

"나가보시죠. 군입이 늘었으니 쌀도 많이 들거든요."

그러니 손님 올 때 열심히 일하라는 말을 남기고 차언은 집안일을 하러 사라졌다. 차언에게 미랑을 맡기고 일어나려던 서효는 그 자리에서 움직이지 못하고 눈알만 움직였다. 미랑을 슬며시 살피자 어린 아가씨도 차언의 말을 들었는지 커다란 눈을 울먹이고 있었다.

와, 이건 심했어. 차언. 당사자가 울고 있는데 바로 앞에서 '군입' 취급을 하다니.

아, 이런. 운다. 다시 운다.

엉거주춤 일어나 있던 서효가 다시 미랑의 등을 쓸어주었다. 어린 아가씨는 딸꾹질까지 해가며 눈물을 쏟아냈다.

"흐아앙, 제가 생각하던 거랑 너무, 너무너무 달라요. 엉엉."

강물 신의 따님이라 눈물의 양도 남다르다. 서효는 무정한 집사에게 마음을 주고 만 아가씨를 안타까워하며 미랑을 다독여 주었다.

미랑이 긴장 어린 한숨을 쉬었다. 셋이서 함께 산책을 나왔지만 차언은 단둘이 할 말이 있음을 전했고, 서효는 우물쭈물 고개를 끄덕이고는 동네의 점박이 강아지 뒤를 따라갔다. 차언은 강아지와 장난치는 주인 아가씨에게 시선을 두었다.

첫날부터 지금까지, 그는 한결같았다. 알고 있었다. 모를 수가 없었다.

어린 미랑의 눈에도 차언의 확고한 뜻이 보였다. 못 알아챈 척 외면해 온 쪽은 자신이다.

이따금 둘만 남았을 때 그는, 미랑이 어리긴 하지만 빤히 나와 있는 답을 모를 정도로 아둔하지는 않은데 왜 아직 이곳에 남아 있느냐고 물었다.

"혹시 제 언행이 제 뜻을 담아내기에 부족합니까?"

서효에겐 결코 보여주지 않는 눈빛으로 물었다. 이에 미랑은 아무 말도 못 하고 가만히 있다가 피곤해서 자야 할 것 같다며 얼른 자리를 떴다.

사실 답은 하나였다.

아무리 충성심이니 오래 함께해 온 정이니 같은 말을 갖다 붙여도, 미랑의 내면에 자리한 양심은 그게 아니라고 고개를 저었다.

알잖아, 너도 실은 알고 있잖아. 차언님의 미소는 널 위한 게 아니야. 그분의 미소는 다정하고 눈부시지만 모두 서효님의 것이야. 지금 당장은 널 향해 웃는 거라고 해도, 차언님의 눈길은 항상 그분의 아가씨를 향하는걸.

차언이 서효를 등지고 있을 때조차 그의 마음은 오직 한 사람에게 닿아 있었다. 그것은, 미랑이 항상 꿈꿔왔던 정인의 모습이었다.

언젠가 만날 차언에게 바랐던 모든 것이 이미 차언의 안에 있었다. 다른 이에게 줄 것 따윈 하나도 남겨두지 않은 채.

오롯이 서효를 향하여.

"제가 무슨 말을 할지 짐작 가시는지요."

차언이 입을 열었다. 미랑은 잠자코 고개를 끄덕였다.

"집으로 돌아가라고요."

그녀는 지금까지 수십 번 들어온 말들을 조용히 나열했다.

"저와 혼인하실 생각이 없고, 누구와도 하실 생각이 없으며, 그날 무덤 앞에 서 있던 남자는 차언님이 아니라고요."

그는 침묵으로 이 모든 말을 긍정했다.

까르르 웃는 소리가 들려서 미랑은 앞쪽을 쳐다보았다. 서효가 얼굴을 핥으려고 달려드는 강아지를 떼어내면서 밝게 웃고 있었다. 그러다가 문득 두 사람의 시선을 느꼈는지 이쪽을 보았다.

무슨 이야기를 하고 있는지 궁금하다는 표정.

그러나 서효는 달려와 묻는 대신 강아지와 계속 노는 쪽을 택했다. 단둘이 얘기할 것이 있다는 차언의 말을 지켜주는 것이다.

미랑에게 있어서는 고마우면서도 부러운 부분이었다. 만약 자신이 서효였다면 궁금함을 참지 못하고 은근히 끼어들어 버렸을 텐데 말이다.

문득 궁금한 점이 하나 떠올랐다.

왜 차언은 두 사람에게 다가오는 자들을 밀어내면서도 서효와 혼인하려 들지 않는지. 서효가 다가오길 바라는 게 분명한데 그렇다고 차언이 먼저 다가가지도 않았다. 다가가기는커녕, 뭔가 어겨서는 안 되는 금기라도 있는 양 무의식중에 나오는 자신의 호감을 자제했다.

아버지의 허락이 떨어지자마자 그 길로 달려와 차언에게 고백했던 미랑으로서는 쉽게 납득이 되지 않았다. 하지만 끝내 용기를 내어 물어볼 수가 없었다.

대신 미랑은 다른 말을 했다.

"여쭤보고 싶은 게 많지만 그러지 않을게요. 차언님의 말씀, 들을게요."

집으로 돌아간다는 뜻이렷다.

비로소 차언의 눈이 미랑을 향했다. 흔치 않은 기회에 미랑은 최선을 다해 화사한 미소를 지어 보였다.

"무덤을 찾는 분이 궁금했어요. 차마 다가가지는 못하고 마음만 키우다가, 마음이 인내심을 넘어버렸지요. 물어물어 이름을 구했더니 차언님이라는 답이 돌아왔어요. 약방에서 일을 하신다더라고요."

어쩌면 차언과 둘이서 이야기하는 건 이것이 마지막이 될 수도 있었다. 미랑은 자신의 마음을 한 점 아쉬움 없이 전하고 싶었다.

"그때 차언님은 매우 힘들어 보이셨어요. 그래서 전 혼자 막연히 생각했지요. 차언님은 이러이러한 분일 거야, 하고요. 오래도록 소중한 분을 못 잊는 걸 보면 다정한 분일 거라고. 속정이 깊을 것이고, 따스함을 갈구하실 거라고. 그러니까 제가 그 따스함이 되어드려야겠다고."

살짝 웃었다.

미랑은 이제 그게 아닌 것을 알았다.

"정말 혼자만의 상상이었지요."

차언은 다른 말을 덧붙이지 않았다. 미랑은 주먹을 쥐고 숨을 크게 들이쉬어 보았다. 자꾸 몸이 움츠러들 때, 자신이 작디작게 느껴질 때 숨을 한껏 들이쉬어 보라고 들은 적이 있었다.

이런 순간에 작아지고 싶지 않았다.

이건 부끄러운 게 아니다. 자기 자신이 틀렸다고 인정하는 건 큰 용기를 필요로 하는 것이다. 여전히 좋아하는 상대에게 이제 마음을 거두겠다고 전하는 것 또한 그러하다. 미랑이 두 눈을 또렷이 했다.

"약방에서 일하는 자 중에 차언이라는 이름을 가진 사내가 저 말고도 있을 겁니다."

"그 점은."

미랑이 고개를 갸웃했다.

"정말 그 점에 대해서는 뭐라 말씀을 못 드리겠어요. 제 정보가 허술했을 수도 있지만, 서효님과 이야기를 나누다가 약방 안으로 들어오는 차언님을 본 순간 온몸이 짜릿했거든요. 아무 말도 필요 없이 바로 알 수 있었어요. 그래서 앞에 나서는 건 처음인데도 '차언님!' 하고 외쳤던 거예요."

"다른 사람입니다."

차언이 힘을 실어 말했다. 미랑은 그를 올려다보며 생긋 웃었다.

"네, 다른 사람이에요."

이제는 제대로 말할 수 있다.

"설령 같은 인물이었더라도, 그때의 차언님과 지금 제 옆에 계신 분은 다른 사람이에요. 저는 어떤 사람의 단면만 보고 홀로 좋아했던 거예요. 제가 사랑했던 사람은 상상 속의 차언님이었어요. 그러니까…… 다른 사람이 맞아요."

미랑은 자신이 생각하기에 처음으로 '진짜 어른스러운' 미소를 지었다. 이제까지 애써 외면해 왔던 진실을 인정하는 순간, 무언가가 미랑의 안에서 쓰윽 자라난 기분이었다.

아프고 쓰리다. 내내 꿈꿔온 아름다운 결말이 아니다. 그럼에도 불구하고 확실히 무언가가 달라진 느낌이었다.

"전 서효님이 좋아요."

미랑이 차언의 앞으로 두어 발짝 앞서가며 말했다.

"차언님 곁에 있는 사람이 그분이라서 정말 다행이에요."

그리고 미랑은 서효와 강아지를 향해 달려갔다. 사람을 좋아하는 강아지는 폴짝폴짝 제자리에서 뛰어오르며 새로 합류한 미랑을 반겨주었다.

이제껏 그가 보는 앞에서 잔뜩 울었으니까 마지막 고백만큼은 웃는 얼굴로 하고 싶었다. 그러니까 젖은 눈가를 들키지 않게 어서 앞으로 가야지. 미랑이 강아지를 품에 안았다.

촉촉하고 매끄러운 혀가 미랑의 눈가를 핥아주었다.

❖

"네에?"

서효는 귀를 의심했다. 방금 자기가 들은 사실이 믿기지 않았다. 귀지가 귀를 막을 정도로 쌓인 것도 아닌데 상대의 말을 잘못 들은 것 같았다.

"아니, 저, 다시 한 번?"

재차 말하기를 청하자 상대가 목청을 가다듬은 뒤 입을 열었다.

"안녕하십니까, 서효님. 저는 백오강을 다스리는 담녕님의 하인이며……."

"아뇨, 거기 말고 그 뒤에."

"저희 미랑님을 모시러 왔으며……?"

"아뇨, 아뇨. 거기서 더."

서효가 빨리 뒤로 넘기라는 듯 손을 마구 휘저었다. 어디쯤인지 감을 잡지 못하고 상대가 당황하다가 다시 말을 이었다.

"주인님께서 따님을 애타게 기다리고 계시고."

"그렇지! 바로 그 뒤에."

"정혼자께서도 미랑님을 많이 걱정하시니 어서 저와 함께 가셨으면 합니다."

바로 여기였다.

서효의 눈이 충격으로 커졌다가 미랑을 쳐다보았다. 뒷목이 뻣뻣해진 기분이었다. 옆에 팔짱을 끼고 서 있는 차언을 보자 그 역시 어이없는 표정을 하고 있었다. 서효의 목소리가 뒤집어졌다.

"미랑님, 정혼자가 있었어요?"

유리알 같은 눈으로 서효를 말갛게 보던 미랑이 헤, 하고 웃었다. 잠깐만요. 헤, 가 아니잖아? 그렇게 웃고 넘길 게 아니잖아요?

"제가 태어나고 겨우 이십 년 지났을 땐가 혼인이 정해졌어요. 아버지가 아는 분의 아드님인데 저보다 이백 살이 더 많지 뭐예요. 처음부터 아기 취급을 받았고 지금까지 그래요. 어차피 저도 정혼자를 뭐 그리 사내로 보지 않는걸요."

미랑이 뚱하게 대답했다.

"잘생긴 걸로 따지면 차언님이 최고예요!"

"그렇게 해맑게 대답할 게 아니라고요……."

서효가 이마를 짚었다. 혹이 다 나아가나 했더니 새로운 혹이 생길 모양이다. 새 혹은 지끈거리는 머릿속에 생길 터다. 그녀는 앓는 소리를 내며 의자에 주저앉았다.

"제가 워낙 차언님 노래를 불러댔더니 그리 원하면 한번 다녀와 보라고 허락해 주시더라고요."

"아버지께서?"

"둘 다요. 아버지랑 정혼자 둘 다."

"하."

머리가 더욱 지끈거렸다. 저쪽은 정말 미랑을 어화둥둥 우리 아가로 키워온 듯하다. 백오강의 신은 물론이고 이백 살 차이가 난다는 정혼자 모두.

"에…… 미랑님, 그럼 언제쯤 출발하시렵니까?"

하인이 사람들의 눈치를 보다가 슬쩍 운을 띄웠다. 서효는 빈말로라도 방금 왔는데 좀 쉬어야 하지 않겠느냐 물었으나, 하인은 물길을 타고 가면 금방이라며 사양했다.

물길이라. 듣기에 굉장히 불길한 단어였다.

"그건 또 어떤 방법이죠?"

"아, 가장 가까운 강으로 가서 거기서부터 배를 타고 가는 겁니다. 저희야 물을 다룰 수 있으니 보통 사람들이 말을 모는 것보다 몇 배는 빠르지요."

차마 얼마나 빨리 가느냐고 물어볼 수가 없는데 싹싹한 미랑네 하인이 덧붙였다.

"별문제 없는 한 엿새면 족합니다."

"엿새."

서효가 멍하니 되뇌었다.

물길을 타고 오는 방법이 있는 줄 몰랐다. 그냥 미랑이 백오강부터 꼬박 달포를 걸어서 약방까지 온 줄 알았다. 집을 떠나본 적도 없는 어린 아가씨가 길에서 달포를 보냈으니 얼마나 힘들고 지쳤을까 안쓰러웠는데.

물론 미랑에게는 엿새든 달포든 일단 집을 떠나는 것 자체가 모험이었겠으나, 서효는 기이한 허무함을 맛보았다.

이 와중에 옆에 서 있던 차언이 이것 보라는 듯 입꼬리를 올렸다. 서효가 미랑을 살뜰히 챙길 때마다 그렇게까지 할 필요가 없다고 말해왔는데 자신의 말이 들어맞아 흡족한 표정이었다.

얄미워. 그리고 혼란스러워. 서효는 으아아 소리를 내며 앞으로 엎어졌다.

"서효님, 왜 그러세요? 어디 편찮으세요?"

"괜찮으십니까?"

미랑과 하인이 어리둥절한 얼굴로 서효의 상태를 물었다. 하인은 말할 것도 없고 미랑도 그녀가 이러는 이유를 모르는 듯했다.

서효는 미랑이 약방 문을 열고 들어선 날 이후로 머리를 싸매

왔던 모든 시간이 바람에 흩날리는 꽃잎처럼 아스라이 날아가 버리는 것을 느꼈다.

"흐아아!"

서효가 또 한 번 소리를 내며 탁자 위로 몸을 던졌다. 엎어진 그녀 위로 백오강 사람들의 걱정이 차곡차곡 쌓였다.

"실례가 많았습니다."

미랑의 하인이 정중하게 허리를 숙였다. 주인님의 뜻이라며 해주에서 나는 좋은 술을 서효에게 건넨 다음이었다. 그는 미랑의 짐을 등에 진 뒤 대문 쪽으로 걸어갔다. 다음은 미랑이 작별 인사를 할 차례였다.

"서효님, 절 내치지 않아주셔서 감사해요. 덕분에 약방에 머물면서 여러 가지 즐거운 경험을 할 수 있었어요."

차언의 태도에 따라 울다 웃다 마음고생한 기억은 깨끗이 지운 듯 밝은 표정이었다.

반면 여전히 멍한 상태인 서효는 차언에게 인사하는 미랑의 모습을 바라보았다. 두 눈에는 아직 동경의 빛이 생생히 살아 있었지만, 미랑은 짐짓 어른스럽게 미소를 지어 보였다.

"감사했습니다, 차언님. 모쪼록 평안하고 행복하시길 빌게요."

"살펴 가시길."

"네, 그럼 이만."

미랑이 두 사람을 향해 고개를 숙였다. 처음 온 날 입었던 물빛 옷에 하늘색 수정을 꿴 머리 장식을 하였다. 서효의 기분이 더욱 묘해졌다.

조용하던 백화약방에 차언의 혼인이라는 커다란 풍랑을 일으킨 미랑. 어린 아가씨는 첫 등장과 같은 차림으로 약방을 떠나고 있었다.

드르륵.

대문이 열렸다가 닫혔다. 미랑과 하인이 떠난 뒷자리엔 원래 그랬듯 서효와 차언만이 남게 되었다. 너무나 조용한 나머지, 한동안 듣지 못했던 새 지저귀는 소리가 들릴 정도였다.

대체 무슨 일이 일어났던 거지. 멍한 서효를 깨운 것은 차언의 목소리였다.

"미랑님이 물건을 두고 가셨군요."

"응?"

"이거 말입니다. 지난번 장에 갔을 때 샀던."

그가 작고 둥근 부채를 들어 보였다. 거의 손바닥만 한 크기라 실제 부채로 쓰긴 힘들지만 미랑은 그림이 귀엽다는 이유로 흔쾌히 값을 치렀었다. 꽤 마음에 들어 했는데 딴 데 두고 온 걸 알면 속상하겠지. 서효는 주저 않고 차언에게서 부채를 건네받았다.

"아직 멀리 못 갔을 거야. 전해주고 올게!"

생각보다 미랑 일행의 속도는 빨랐다. 서효는 동네 어귀에 이르러서야 간신히 두 사람을 따라잡을 수 있었다. 서효의 부름에 미랑이 고개를 돌아보았다. 손끝에서 흔들리는 부채에 미랑의 얼굴이 확 밝아졌다.

"그걸 두고 왔군요. 감사합니다. 내내 아쉬울 뻔했어요."

"여기요."

서효가 웃으면서 부채를 주었다.

미랑이 기뻐하며 손안에서 빙글 돌렸다. 그저 두고 간 물건을 전해주러 나왔을 뿐이지만 이렇게 미랑을 보니 하고 싶은 말이 떠올랐다. 하인은 서효의 뜻을 눈치채고 말씀들 나누시라며 느리게 걷기 시작했다.

서효가 미랑을 나지막이 불렀다.

"괜찮으시겠어요?"

비록 정혼자의 존재를 함구하긴 했어도, 차언에 대한 마음만은 진심이었다. 그걸 알기에 서효는 어린 아가씨가 염려스러운 것이었다.

미랑은 눈을 동그랗게 뜨고 서효를 쳐다보다가 이내 천천히 웃었다. 그녀의 손에서 부채가 한 바퀴 돌았다.

"괜찮을 거예요."

미랑이 말했다.

"물론 돌아가는 내내 하인에게 투덜거리고, 밤이면 베갯잇을 눈물로 적시고, 집에 가서도 오랫동안 울적해할 테지만요. 그래도 결국엔 괜찮아질 거예요."

"이십 년이나 차언에게 마음을 주셨는걸요."

신들에게야 짧은 시간이지만 인간들에게는 강산이 두 번 바뀌는 시간이었다. 사실 신들에게도 그리 짧지만은 않은 시간일 수 있다. 어떻게 보냈는지가 관건일 터.

자신의 존재조차 모르는 사람을 좋아하며 보낸 시간. 미랑이 서효의 말뜻을 알겠다며 다시 웃었다.

"이것부터 말씀드리고 싶어요, 서효님. 저는 정말 행복했다고요. 비록 바라던 분과 맺어지지는 못했지만 차언님을 그리며 기뻐하고, 설레고, 꿈속의 혼인을 한 스무 해가 절대 허무하지 않아요. 네, 이게 제 마음이랍니다. 후회는 없어요. 차언님의 말씀대로 제가 본 분이 영 다른 사람이었더라도 그간의 행복이 물거품이 되는 건 아니니까요."

어린 아가씨는 또렷한 목소리로 말했다.

"행복했던 시간은 그것 자체로 의미가 있었어요."

맑은 목소리로 전해지는 이야기는 서효에게 뜻밖의 울림이 되었다. 행복했던 시간은 그 자체로도 충분하고 의미가 있다고. 어쩌면 강물 신께서는 퍽 놀라실 수도 있겠다는 생각이 들었다. 처음 왔을 때와 달리 미랑은 성장했다.

작지만 큰 걸음을 한 발짝 내디뎠다.

들은 것을 조용히 되새겨 보고 있는 서효에게 상대는 무슨 이유에선지 힘을 실어주는 이야기를 더했다.

"서효님, 제가 생각에 생각을 거듭해 봤는데요. 해주의 무덤 앞에 있었다던 분…… 아무래도 차언님이 아닌 것 같아요."

"네?"

"헷, 사실 차언님은 처음부터 아니라고 하셨잖아요. 제가 억지를 쓰며 안 믿었던 거고. 그런데 계속 생각해 본 결과, 그분은 차언님이 아니었어요."

이유를 말씀드리겠다며 말을 이었다.

"사람에겐 익숙한 분위기란 게 있잖아요. 옷차림도 그중 하나죠. 제가 뵈었던 그분은 그런 면에서 차언님과 전혀 달랐어요. 머리부터 발끝까지 대부호의 느낌이 물씬 풍겼달까요. 자주 입고 오셨던 검보라색에 은실 자수가 놓인 옷은 화려한 위엄이 흘렀지요. 아…… 옷자락 끝에 수놓인 날개 문양이 정말 멋졌는데요."

미랑은 말하다 보니 아직 식지 않은 감정이 벅차오르는지 애틋한 한숨을 쉬었다. 그러다가 상대의 모습을 털어내려는 듯 고개를 저었다.

"어쨌든 차언님과 너무 달라요. 곁에서 본 차언님은 항상 단정한 포만 입으시던걸요. 게다가 빨래 후에 갠 옷을 가져다 드린다는 핑계로 살짝 방에 가본 적도 있는데, 그분이 쓰시던 물건 같은 건 흔적도 없었어요. 옷이야 해진다 치더라도 장신구는 멀쩡할 텐데 말이죠."

"그새 방에……."

"히, 죄송해요. 여하튼 키와 생김새가 비슷해서 제가 착각한 것 같아요. 그러니 서효님, 안심하시고 차언님을 아껴주세요."

미랑이 말을 끝맺은 다음 하인의 뒤를 따라갔다.

서효는 자신이 차언을 아낄 이유가 무엇이며, 거기다 어째서 안심까지 해야 하는지 물어보고 싶었다. 그런데 딴생각 때문에 목소리가 나오질 않았다.

방금 미랑이 묘사한 옷을 어디서 본 기억이 있었다. 이마를 찌푸려 가며 열심히 기억을 더듬던 서효는 예전에 딱 한 번 그런 차림의 차언과 마주친 기억을 떠올렸다.

"주무신다고 하시지…… 않았습니까?"

"으응, 자고 있었어. 목이 말라서 일어난 거야. 근데 옷이 왜 그래?"

그때 차언이 뭐라 대답했더라.

"바람이 찹니다. 얼른 들어가세요."

잠결이라 어영부영 넘겼지만 지금 생각해 보니 미랑이 말한 옷이 맞았다. 검보라색 바탕에 끝자락의 날개 문양. 독특해서 기억이 난다.

"한데 그때는 미랑님이 태어나기도 전인데."

뭐가 뭔지 종잡을 수 없게 된 진실에 서효는 그 후로도 한참 동안 길에 서 있었다.

2장.
영원한 사랑의 맹세

미랑이 돌아가고 보름의 시간이 흘렀다. 백화약방의 일상은 언제 그런 일이 있었냐는 듯 평범해졌다. 서효는 늘 하던 대로 집사가 이불째 들어 던져 버리겠다고 위협할 때까지 늦잠을 자려 했고, 차언은 게으름 피우는 아가씨를 닦달하며 하루하루를 이어 나갔다.

제삼자가 개입하면서 은근히 자극받았던 아가씨의 감정은 일상을 되찾은 약방처럼 본래대로 돌아갔다.

얼핏, 돌아간 것처럼 보였다.

"속옷이 좀 낡은 것 같아."

서효는 약재함 속의 영을 향해 말했다.

"바꾸는 게 좋겠지? 색깔은 무엇으로 할까?"

노마님의 방문이 열리기만을 기다렸다가 뒤도 안 돌아보고 탈출한 강아지의 영이 아가씨 속옷 따위에 관심을 가질 리 없었다.

강아지는 다른 영들과 놀기에 바빴고, 서효라고 딱히 들으라고 하는 말이 아니었다.

거의 혼잣말에 가까운 고민이 이어졌다.

"차언이 보기에도 예쁜 거. 내보이기에 부끄럽지 않은 그런."

약재를 포장하던 서효의 손이 멈췄다.

"내가 지금 무슨 소릴 하는 거야?"

드르륵. 문이 열렸다. 서효는 얼른 약재함 서랍을 닫고 주변을 정리했다.

"저, 저기."

"네, 어서 오세요."

손님의 목소리에 서효는 밝게 인사했다. 손을 닦고 물건을 치우느라 미처 손님 얼굴은 확인하지 못한 상황이었다.

"처방전을 갖고 오셨나요?"

"여기, 여기가……. 내, 내, 내……."

"처방전을."

"……내놔."

약을 타러 오는 손님 중엔 몸이 불편한 자도 많다 보니 말을 더듬는 것쯤은 익숙했다. 아예 말을 하지 못하는 사람들도 능히 응대하는 그녀였기에 웬만한 손님에는 동요하지 않았다.

하지만 이번은 달랐다.

저도 모르게 행동을 멈춘 서효는 그제야 손님을 제대로 쳐다보았다.

불콰한 얼굴은 술기운 때문이 아닌 듯했다. 오히려 자신이 무엇을 원하는지 똑똑히 알고 있다 못해 흥분한 모습이었다. 눈자위가 퀭하고 전체적으로 안색이 좋지 않았다. 마른 체구였지만 어쨌든 젊은 사내라는 점에서 서효가 움찔할 만했다.
"……네?"
"다, 다 알고 왔어. 어서, 내놓으라고."
대낮의 절도범인가. 그렇다고 하기엔 손에 든 것이 아무것도 없었다. 게다가 여긴 금붙이 하나 없는 약방이다. 훔쳐갈 거라고는.
"저, 혹시 약값이 부족하신 거라면 말해주세요. 그냥 드릴 수 있어요."
"무, 무슨 허튼소리야! 내놔! 돌려달라고!"
서효의 짐작이 틀렸는지 사내는 더욱 흥분하며 그녀에게 다가왔다. 사내의 움직임에 따라 그녀도 슬금슬금 안쪽으로 피했지만, 허리 높이의 계산대가 얼마나 둘 사이 거리를 벌려줄 수 있을지 의심스러웠다.
차언은 물을 뜨러 갔나? 입안이 바싹 말라왔다.
"여기가! 잃어버린 걸 맡아놓는다고 다 알고 왔어! 그러니 어서 돌려줘. 주인이 찾으러 왔잖아!"
서효가 그대로 굳었다.
십 년마다 자리를 바꾸면서 약방을 꾸려왔다. 신이 아닌 인간에게 정체를 들킨 일은 없었다. 그렇다고 눈앞의 사내가 인간 형체를 한 신처럼 느껴지지는 않았다. 아무리 누추한 몰골을 하고 있다 해도 신들 사이에는 서로를 알아보는 눈이 있다.
사내는 인간이었다. 이런 일이 처음이었기에 서효는 사내를 어찌 대해야 할지 몰랐다.
어디까지 알고 있나. 다 알고 왔다는데 그게 정말 '전부'를 말하는가. 그녀가 맡아두는 것들은 주인의 의지로 '찾아지는' 것이지만, 그 의지란 게 약방을 찾아와 위협하는 것은 아니었다. 서효가 보관하고 있는 것들은 영(靈)일 뿐이다.

사내는 그녀가 제 뜻대로 움직여 주지 않자 조급증이 났는지 단숨에 거리를 좁혀 계산대를 뛰어넘었다.

"꺅!"

순식간에 일어난 일이었다. 솔직히 서효는 사내에게 그만한 기력이 남아 있을 줄은 예상치 못했다. 광기 어린 인간의 힘을 얕본 대가다.

서효보다 머리 하나가 더 큰 사내는 서슴지 않고 그녀의 목을 졸랐다. 앙상한 손에는 숨통을 죄어 죽이기 충분한 힘이 실려 있었다. 사내의 손을 떼어내려고 발버둥을 쳤지만 그녀의 힘으로는 역부족이었다.

숨을 못 쉬겠어. 너무 괴로워.

서효의 얼굴이 고통스레 일그러졌다. 사내가 길길이 날뛰며 하는 말의 절반도 채 귀에 들어오지 않았다.

뭔가 내리칠 게 없을까.

잡히는 대로 치기 위해 손을 뻗어봤지만 바위처럼 굳게 닫힌 약재함밖에 없었다. 영들도 겁을 먹었는지 문을 꽁꽁 걸어 잠갔다.

"당장 내……. 으아악!"

눈물이 흘러내리려는 순간 사내의 손이 떨어져 나갔다. 서효는 급히 숨을 몰아쉬면서 어찌 된 일인지 고개를 들었다. 언제 돌아왔는지, 차언이 한 손으로 사내의 멱살을 잡고 그를 벽에다 밀어붙이고 있었다.

쾅!

상황은 역전되었다.

사내의 발끝이 바닥에서 떨어졌다. 차언은 조금도 흔들리지 않는 표정으로 날카로운 가위 날을 사내의 목에 들이댔다.

질긴 옷감도, 두툼한 약재 뭉치도 잘라내는 가위. 피부 아래 혈맥 정도는 가볍게 그어버리리라.

서효는 현실감이 돌아오지 않아 멍하니 그 광경을 지켜보다가 이대로 두면 차언이 정말 그를 죽일 거란 사실을 깨닫고 황급히 저지했다. 이미 사내의 목에서는 붉은 피 한 줄기가 흘러내리고 있었다.

"그만둬! 그거 내려, 차언!"

"괜찮으십니까?"

"응, 난 괜찮아. 다친 데도 없어. 잠깐 목이 졸렸을 뿐이니까."

마지막 말은 하지 않는 게 좋았다. 평온해서 더 무서운 차언의 눈이 차갑게 빛났다.

"……죽이죠."

"억지 부리지 마. 그리고 어서 가위 좀 치워."

"아가씰 죽일 뻔했습니다."

사내의 발끝이 점점 더 바닥과 멀어졌다.

"살려둘 필요가 있습니까?"

차언은 낯선 동시에 익숙했다.

서효의 안전에 유난스러운 모습은 항상 봐오던 것이었다. 그러나 이번엔 반응하는 정도가 달랐다. 미랑이 있을 적, 걸상에 맞았을 때도 분위기가 심상치 않았지만 이 정도까지는 아니었다.

아무리 서효가 공격당했다고 한들 단지 그 이유만으로 산목숨을 죽여 버리자는 것은 도에 지나친 처사였다.

집사가 점점 나밖에 모르는 것 같아. 걱정될 정도로.

사정 모르는 사람이 들었으면 차언이 정인이냐고 물었을 말이었지만 서효는 나름대로 심각했다.

"내 정체를 알고 왔어. 여기가 그냥 약방이 아니란 것도."

"그럼 더더욱 죽여야겠군요."

"물어볼 거야."

서효는 그의 말을 정정하듯 힘주어 대답한 뒤 사내를 향해 물었다.

"뭘 찾으러 왔죠?"

사내가 켁켁, 목 졸린 소리를 내며 몸을 뒤틀었다. 서효는 말을 할 수 있게 내려놓으라고 눈짓했다. 차언은 그녀가 재차 명하고 나서야 마지못해 사내를 바닥에 내려주었다. 방금 전에 서효가 그랬듯, 사내는 가쁜 숨을 몰아쉬며 목을 어루만졌다.

"여기가 잃어버린 걸 맡아두는 데라고 누가 그래요? 누구에게 들었죠?"

"……동곳."

사내는 간신히 목소릴 낼 수 있게 된 후에도 제 할 말만 했다.

"내 동곳을, 소, 소중한 거."

"동곳이요? 동곳 같은 게 여기 있던가……. 어떻게 생겼어요?"

"기, 길이는 네 치, 진산(晉山)의 백금으로 대를 잡고 머리엔 순은 세공을 한 취옥을 물렸소. 아주, 아주 섬세한 넝쿨 문양으로 장식을 넣었는데."

갑자기 말을 제대로 하는 것 같지만 자잘한 의심은 접어두자.

사내의 물건은 듣기만 해도 꽤 값이 나갈 듯했다. 사내는 차언의 경계 어린 눈길을 받으며 품속을 더듬었다. 반듯하게 접힌 종이가 그의 품에서 나왔다.

"이거요."

종이에는 방금 그가 말한 동곳이 그려져 있었다. 솜씨 좋은 화공에게 맡겼는지 문양이나 빛깔이 사실적이었다.

서효는 그림을 뚫어지게 쳐다보며 제 기억을 더듬었다. 차언이 심부름을 시키면 꼭 하나씩 빼먹고 들어오는 그녀지만, 유실물에 대한 기억만은 어느 누구도 따라올 자가 없었다. 조그만 골무 하나까지 기억한다.

아무리 기억을 더듬어보아도 이런 동곳은 본 적이 없었다. 적어도 약방 안에서는.

이상한 일이었다. 분명 오늘 처음 보는 그림인데 왠지 모르게 낯설지가 않았다. 그렇다고 맡아둔 기억이 있는 것도 아닌데.

그럼 약방 밖에서 보았다는 말인가.

도무지 앞뒤가 들어맞지 않는 상황에 서효가 미간을 찡그렸다. 그녀는 사내에게 어떤 가게에서 산 물건인지 물었다. 가게 물건이라면 그녀가 어딘가에서 본 듯한 기분도 설명이 된다.

사내는 이름 모를 장인에게 특별히 주문한, 세상에서 단 하나뿐인 물건이라고 대답했다. 절로 앓는 소리가 나왔다.

"미안하지만 제가 맡아둔 물건이 아니네요."

서효는 종이를 돌려주며 쓴웃음을 지었다.

"죄송합니다."

"……그럼 찾아줘."

사내가 서효를 똑바로 쳐다보며 말했다.

"신이잖아. 곤경에 빠진 인간을 위해 그 정도는 할 수 있는 거 아닌가?"

같은 신이라도 능력엔 차이가 있다. 서효의 능력은 약방 안에서만 유효했고, 하물며 우산 없이 소나기를 피할 능력조차 없었다.

아주 작디작은 신이다. 그녀가 잠시 맡아두는 영들의 존재만큼이나.

"잃어버린 물건을 맡아두기만 한다니 그게 뭐야. 정작 주인은 잃어버린 사실조차 모를 때도 많은데. 그게, 그게 정말 중요하거나 기한이 있는 거면 어떡하느냐고."

사내의 말투에선 책망이 짙게 배어 나왔다.

"한 번도 먼저 찾아주려고 한 적은 없지?"

차언은 더 들을 이유가 없다는 듯 다시 사내의 목을 졸랐다. 굳이 피를 볼 필요도 없이 그의 힘만으로도 목을 꺾을 수 있을 것 같았다.

그만, 하고 서효가 말렸다. 가느다란 목소리가 형편없이 떨렸다. 그 맥없음에 그녀 스스로도 놀랄 정도였다.

서효는 아까 전에 국수 그릇을 비웠는데도 남은 계란 고명을 집었다 놓았다 하며 자리를 뜨지 않았다. 다섯 번 집었다가 차언을 힐끗 보고, 열 번째엔 작게 한숨을 내쉬었다. 차언이 제 그릇을 비운 뒤 젓가락을 내려놓는 순간 그녀가 입을 열었다.

"차언."

"안 됩니다."

서효의 입에서 에엥, 소리가 흘러나왔다.

"나 아직 시작도 안 했는데?"

"무슨 말을 하실지 빤하니까요."

차언이 입을 닦고 일어났다. 그는 바로 수저와 빈 그릇들을 치우기 시작했다. 다 먹었으면 저리 가라는 무언의 압박에 서효가 입술을 삐죽 내밀었다.

"내가 무슨 말을 할 줄 알고?"

"안 넘어가요. 제 쪽에서 먼저 꺼내지 않을 겁니다."

"진짜 얄밉네."

서효는 눈을 흘겼다. 자기가 과하게 티를 냈나 싶기도 했지만 역시 그걸 감안해도 집사는 너무 매정했다. 하루에도 세 번쯤 때려주고픈 충동이 인다.

"농곳 찾아주고 싶어."

차언은 아예 못 들은 척, 그녀 쪽을 쳐다보지도 않았다.

"그 사람이 좀 난폭하긴 했어도 간절함만큼은 진심처럼 보였어. 소중한 사람에게 받은 정표라잖아. 이젠 다신 볼 수 없는 사람이라니 가여워."

사내에게 동곳의 의미는 크다. 성년이 되어 머리를 틀어 올렸다는 상징이자 어엿한 어른이 되었다는 징표다. 형편이 좋지 않은 사람들도 동곳만큼은 제대로 된 것을 마련하려 한다.

그것을 사내에게 건넸다는 것은 혼인을 약속하는 정표(情表).

정인을 잃은 슬픔에 사내는 그런 몰골로 변한 것일까. 물을 얻어 마시고 세수까지 한 사내는 보기보다 멀끔했다. 걸친 의복도 낡거나 기운 흔적이 없었다. 필시 예전엔 단정한 맵시의 청년이었을 것이다.

그런 사내의 절망이 안타까웠다. 하지만 차언은 단 한 마디로 그녀의 말을 잘라냈다.

"거짓말입니다."

차가운 말투는 일말의 고려할 가치도 없다는 듯 단정적이었다. 무조건 안 된다고 하는 것과는 또 달랐다. 세모꼴이던 서효의 눈이 이내 의문으로 변했다.

차언은 왜 이렇게 그 사람에 대해 부정적이지. 서효는 설득하려던 태도를 잠시 밀쳐 두었다.

"그걸 어떻게 알아?"

그릇들 위로 물을 붓던 차언이 멈칫했다. 그러나 서효의 착각이었나 싶을 정도로 굳어 있는 시간은 짧았고, 그는 이내 하던 일을 계속했다.

"혹시 아는 사람이야?"

"아뇨, 오늘 처음 본 자입니다. 하지만 필요 이상의 동정과 연민을 걷고 본다면 누구나 그 너머의 거짓을 깨달을 수 있을 겁니다."

동정과 연민.

서효는 마치 자신이 공격받은 것처럼 흠칫했다. 항상 차언이 주의를 주는 부분이었다. 어느 정도까진 괜찮다. 그 이상은 선을 넘지 마라. 아가씬 까딱하면 감정에 휩쓸리니, 도적 떼도 구구절절 사연을 늘어놓으면 가진 물건을 다 털어줄지도 모른다.

오늘 낮의 사내에게도 마음이 흔들린 것은 사실이다. 끝없이 자책하며, 잃어버린 정표에 혼이 나간 모습이 안타까웠다. 그렇지만 서효의 마음이 진짜 움직인 부분은 따로 있었다.

기억엔 없지만 분명 그 동곳을 어딘가에서 보았다. 기억과 본능의 충돌에 서효는 몸을 움직여 보기로 했다.

"하긴, 뻔뻔한 놈이었지만 수 하나만은 제대로 쓰더군요."

차언이 마른 수건에 손을 닦으며 몸을 돌렸다.

"아가씨의 죄책감."

서효와 그의 눈이 마주쳤다.

"그걸 건드렸잖습니까."

차언의 고요한 눈이 서효의 속을 꿰뚫었다. 거기까지 보았구

나. 서효는 잘못을 저지른 이처럼 시선을 피하며 이미 파악당한 마음을 숨겨보려 했다.

차언의 말은 어디 하나 틀린 데가 없었다. 사내가 꼬집은 부분은 그녀가 늘 껄끄럽게 여기던 것이다.

하지만 동곳에 대한 기묘한 감정은 그런 집사조차 모를 터. 감정의 주인인 서효 본인부터가 설명하기 힘들었다. 왠지 차언에게는 밝히고 싶지 않다는 생각이 들었다. 기이한 감정에 대해 말하느니 차라리 주인 아가씨의 변덕 정도로 밀어붙이는 편이 좋으리라.

그래서 서효는 전략을 바꿔 생글생글 웃는 낯으로 저녁 설거지를 도맡았다. 식후의 과일 차까지 바치며 비위를 맞췄는데도.

집사는 눈 하나 깜짝하지 않았다.

또다시 때려주고 싶다는 충동이 서효의 뱃속에서 꿈틀거렸다.

"누구의 사주를 받았지?"

"우으……. 윽, 캑캑!"

사내의 발끝이 원래 무릎 높이만큼이나 올라갔다. 땅과 떨어진 몸. 어둠 속에서 사내는 발버둥을 쳤다.

"빨리 실토하는 편이 좋을 거야. 난 인내심이 없는 편이거든."

검은 장갑을 낀 상대가 느리게 웃었다.

"없다기보다 아예 그런 걸 모른다는 말이 맞겠군."

애초에 체격 자체로도 승부가 되지 않는다. 사내는 숨을 쉬기 위해 바르작거렸다. 손톱을 세워 상대를 떼어내려고도 했지만 장갑 위만 의미 없이 할퀼 뿐이었다.

의식이 멀어지기 직전에 목이 풀렸다. 사내는 헛구역질을 하며 숨을 몰아쉬었다.

이러기를 벌써 다섯 차례. 하나같이 숨통을 놓아주는 시기가 절묘했다. 상대는 이런 위협에 이골이 난 자였다.

"어디서 거짓 따위로 분탕질이야."

"누, 누가 거짓말을 해, 했다고."

"다시 볼 수 없는 소중한 사람…… 있기는 한가?"

상대의 입꼬리가 호를 그리며 올라갔다. 당장에라도 짓밟아 죽일 수 있는 미물을 보는 시선이 사내에게로 쏟아졌다.

그러나 이상하게도 사내의 눈에는 두려움이 없었다. 오히려 그 말을 들자 일그러진 미소를 지었다. 사내는 어둠에 몸을 묻은 상대를 향해 키득키득 웃었다.

"다시 볼 수 없는 소중한 사람, 있기는 한가?"

상대의 말을 그대로 따라 한 다음 우스운 농담을 들은 양어깨를 떨었다. 실성해 버렸나. 다시 한 번 몰아붙이기 위해 손을 뻗은 순간 사내는 모든 표정을 지운 섬뜩한 얼굴로 상대를 쳐다보았다.

"그러는 너는, 다시 보니 좋더냐?"

상대의 손이 허공에서 멎었다.

온몸이 굳어버린 틈을 타 사내는 급히 자리를 떴다. 후들거리는 다리를 재촉하여 허둥지둥 달렸다. 돌담을 짚고 골목으로 꺾는다. 사내의 형상이 골목 안으로 사라지기 무섭게 남자가 뒤를 쫓았다.

충격에 굳었던 건 찰나였다. 목숨을 앗아버리고 말겠다는 의지가 치밀어 올랐다. 그러나 휑한 골목엔 인적이라고는 없었고, 적

막한 어둠만이 그를 맞을 뿐이었다.

❖

"하늘을 보니 비는 안 올 것 같고."

서효는 창밖을 내다보며 머리를 다시 묶었다. 옷에 붙은 먼지를 툭툭 털고 그림통을 등 뒤로 매면 외출 준비 끝이다. 그림통 안에는 이틀 전 서효의 목을 졸랐던 사내, 가(賈) 공자의 동곳 그림이 들어 있었다. 오늘부터 이에 대해 수소문해 볼 생각이었다.

흔하지 않은 모양새니까 생각보다 쉽게 실마리를 얻어낼 수 있을지 몰라.

일단 동곳을 찾아낸다. 그러고 나면 묘하게 찜찜한 감정의 이유도 밝혀지지 않을까 하고 희망을 걸어보는 서효였다.

"어?"

한데 집 대문을 나서기도 전에 난관에 부딪칠 줄 몰랐다. 집 대문이 뭐냐. 서효는 아직 방을 나서기도 전이었다.

"내 신발들이 다 어디로 갔지?"

뒤가 트여서 편한 실내화에서 외출용 신발로 바꿔 신으려던 서효는 텅 비어 있는 장(欌)을 보고 당황했다. 어젯밤까지만 해도 가지런히 정돈되어 있던 네 켤레의 신발이 감쪽같이 사라진 것이다.

없어진 건 외출용 신발뿐만이 아니었다. 비 올 때 신는 나막신도, 좋은 날에만 신는 예쁜 가죽신도 자취를 감췄다.

이게 어찌 된 영문이람. 서효는 어안이 벙벙한 얼굴로 방문 앞을 서성이다가 마침 지나가는 차언을 불러 세웠다.

"차언, 내 신발이 사라졌어."

"그럴 겁니다."

태연하게 대답하고는 다시 저만치 가버렸다. 서효는 집사의 말을 되새겨 보다가 실내화 차림으로 그 뒤를 쫓았다. 걸음을 옮길 때마다 뒤축이 바닥을 쓰는 소리가 났다.

"그게 무슨 말이야? 내 신발 어쨌어."

"빨았습니다."

"네 켤레를 동시에?"

"네 켤레 다 더러워서요."

거짓말이다.

서효는 신발을 신고 일부러 진흙탕을 밟는 나이도 아닐 뿐더러, 네 켤레 모두 빤 지 열흘도 되지 않은 것들이었다. 이건 주인 아가씨가 나가지 못하도록 하려는 차언의 계획임이 틀림없었다. 차언은 가 공자 이야기를 입에 담는 것조차 꺼려했다.

아무리 그렇다 해도 이건 너무 유치한 거 아냐? 서효는 쌀 포대를 옮기는 차언의 뒤를 흘겨보았다.

"그래, 그럼 나막신은? 그것까지 빨 순 없었겠지?"

나막신은 어떻게 씻을 수 있는 게 아니니까. 비 오는 날도 아닌데 나막신을 신고 나갈 생각은 아니었지만, 어떻게든 집사에게서 항복의 말을 듣고 싶었다.

"빌려줬습니다."

"뭐?"

"건너 건넛집에서 따님 나막신을 만드는 데 견본이 필요하다더군요."

그게 말이 된다고 생각해? 집사의 등을 한 대 때리고 싶을 만큼 어이없는 대답이었다. 서효는 눈을 가느스름하게 뜬 채 최후의 수를 던져 보았다.

"내 가죽신까지 빌려준 건 아니지? 그건 아껴 신는 건데."

자, 이젠 무슨 핑계를 댈 셈이냐. 무거운 쌀 포대를 한꺼번에 두 개씩 옮긴 차언이 손을 털며 서효를 돌아보았다. 양심의 가책이라고는 느끼지 않는 표정이었다.

"찾아보시죠."

너무도 뻔뻔한 얼굴이라 서효는 자신이 잘못 들은 것인지 의심해 봐야 할 지경이었다.

"집 안 어딘가에는 있을 겁니다."

"내놔."

차언은 못 들은 척 제 소맷부리를 내려다보았다. 서효는 최대한 위협적인 표정을 지으며 을러댔다. 무슨 다섯 살 꼬마도 아니고 수백 년을 산 자가 신발을 감춰놓고 못 나가게 한단 말이냐.

가끔 차언이 막무가내로 군다는 걸 알고는 있어도 이건 너무 심한 거였다.

"안 주면 나 이대로 나갈 거야!"

"잘됐네요. 그렇게 바닥에 끌리는 부드러운 신발로는 어차피 멀리 못 갈 테니까요."

"이보세요, 집사 양반."

"보아하니 점심은 집에서 드실 것 같은데, 특별히 먹고 싶은 건 있습니까?"

이대로는 안 되겠다. 아예 말이 통하지 않을 모양새다. 서효는 빠른 판단 끝에 제 방으로 돌아갔다. 토라진 아가씨가 방에 틀어박힌 줄 알고 안심하던 차언은 이윽고 방 밖으로 나온 서효의 모습에 아연실색했다.

연보랏빛의 예쁜 옷 아래로 너덜너덜하게 낡은 신발이 코를 내밀고 있었다.

"그거 팔 년 전에 제가 버리게 한 신발 아닙니까?"

"용케 기억하네?"

서효가 뿌듯하게 웃었다.

"버리는 척하고는 차언이 식사 준비하는 새 다시 주워왔지. 이만큼 편한 신발 찾기도 쉽지 않거든."

"그걸."

"이걸 숨겨둔 보람이 있었네. 다녀올게, 차언."

뒤돌아서자마자 바로 뒷덜미가 잡혔다. 어미 개가 새끼를 무는 것도 아니고 매번 이럴 때마다 어린아이 취급을 당하는 기분이었다. 서효가 인상을 북 썼다.

돌려세워지자 차언의 진지한 표정이 눈에 들어왔다. 답답한 듯 한숨을 쉬는 모습에 서효의 인상이 슬그머니 풀렸다.

"내어드리겠습니다. 갈아 신으세요."

"안 준다며."

"기어코 나가실 모양인데 그 신발로 다니면 갈라진 밑창으로 흙모래가 들어올 겁니다."

차언이 외출용 신발을 가지고 왔다. 빨았다던 말과 달리 물기 하나 없는 상태였지만 서효는 집사의 한숨이 더 신경 쓰였다.

차언과 함께해 온 지 꽤 오랜 시간이 지났지만 이렇게 이유도 알려주지 않고 무작정 반대하는 모습은 처음이었다. 아무리 막무가내로 굴어도 자기 나름의 이유는 있었는데 말이다.

그는 직접 서효의 신발을 갈아신겨 주었다. 나가지 못하게 하려고 신발까지 감췄던 사람치고는 세심한 손길이었다. 허리를 굽히고 앉았던 차언이 일어서자 대번에 눈높이가 바뀌었다.

"인상 쓰지 마."

서효가 차언의 미간을 꾹 눌렀다.

말해주면 좋을 텐데. 뭐가 그의 신경을 거슬리게 하는 건지, 왜 요즘 들어 어두운 표정을 짓는지 알려주면 함께 고민해 줄 텐데.

받기만 하는 게 편치 않았다.

차언은 서효의 집사. 그 자신보다 주인 아가씨의 안위를 우선하는 게 당연한데도, 어느 순간부터 서효는 저 또한 차언에게 도움이 되었으면 싶었다.

미랑에게서 들은 이야기 탓일까. 미랑이 차언으로 착각했다던 그 남자, 쓸쓸하고 괴로운 얼굴이었다고 했지. 자신이 모르는 곳에서 차언도 그런 표정을 짓는 건 아닐까. 이유는 서효에게 말해주지 않은 채. 앞으로도 영원히 모르게. 그런 건 생각만으로도 싫었다.

"또, 또 인상 쓴다. 뭐가 그리 신경 쓰이는 거야?"

차언이 서효를 응시했다. 뭔가 진지한 대답이 나오려는 표정이기에 조금 기대하던 서효는 곧이어 자신의 볼을 잡아당기는 손에 발을 굴렀다.

"아! 아아! 아푸다거어!"

말랑한 볼이 찹쌀떡처럼 잘도 늘어났다.

"아가씬 가만있어도 여기저기서 사건이 들러붙는 몸인데 말이죠. 아예 문밖에 나갔다가 사고가 꼬리에 꼬릴 물고 터질까 봐 그럽니다. 예? 알겠습니까, 응?"

"아아아! 놔저어!"

"알기나 하냐고, 응?"

"아아!"

찹쌀떡 같은 볼이 꽃물 먹인 듯 발갛게 변하고서야 놔주는 못된 집사였다. 서효는 분한 마음에 집사의 정강이를 차려다가, 또다시 볼을 꼬집으려고 달려드는 손에 비명을 지르며 달아났다.

콰당탕탕.

대문을 뛰쳐나가고도 한참을 더 달렸다. 서효는 그제야 울상을 지으며 얼얼한 볼을 어루만졌다.

"못된 차언. 아주 못돼 먹었어. 걱정했던 거 취소야."

기껏 물었는데 주인 아가씨 마음도 몰라주고. 흥이다, 흥이야. 서효는 입을 삐죽거리며 원래 가려던 목적지로 걸음을 재촉했다.

"시궁창에 박혀 있는 게 아니라면 필시 장물로 나왔을 테지."

일단 서효는 자신이 알고 있는 가장 번듯한 가게를 찾아갔다. 세상에 대놓고 장물 취급하는 곳은 없기에 해당 가게도 밖에다가는 '서책(書冊)' 간판을 걸어두었다. 실제로 책을 빌려주고 파는 일도 한다. 주인장의 은밀한 부업은 아는 자만 아는 사실이다.

"이렇게 생긴 동곳이고 한 해 전에 성 안에서 잃어버렸다던데."

서효는 염소수염을 한 주인장에게 종이를 들이밀었다.

그의 외동아들이 배앓이로 고생할 때 서효가 권해 준 약을 먹고 나은 이후로, 그는 인기 있는 책이 들어오면 서효에게 우선권을 주는 식으로 은혜를 갚고 있었다.

"한 해 전이면 찾기 어려울 텐데요……."

주인장은 영 떨떠름한 얼굴로 종이를 들여다보았다. 눈썰미로 먹고사는 직업이다. 그는 그림을 딱 두 번 훑어 내린 뒤 고개를 저었다.

"모릅니다. 적어도 여길 거친 적은 없어요."

"다른 지방으로 넘어갔을 가능성은요?"

"글쎄요."

주인장이 턱 밑에 가느다랗게 난 수염을 매만졌다.

"세공이 독특하긴 하나 유명인의 유품도 아니고 옛 왕실의 보물도 아니군요. 다른 지방에서까지 경쟁하여 가져갈 물건은 아니란 소리지요. 아직 성 안에 남아 있든지, 누군가가 이미 소장하고 있든지 둘 중 하나일 듯합니다."

주인장은 다른 장물 가게 몇 군데를 알려주었다. 밝게 웃으며 고맙다는 서효에게 그가 께름칙한 눈길을 보냈다.

"한데 아가씨 혼자 다니는 건가요?"

서효가 반짝반짝한 눈을 깜빡였다. 천진함을 만방에 과시하는 모습에 주인장의 얼굴이 더욱 굳었다.

"하인은요?"

"집사예요. 오늘은 저 혼자 나왔어요."

왠지 내일도, 내일의 내일도 계속 서효 혼자일 것 같지만.

뒷말을 아껴도 주인장은 이미 알아들은 모습이었다. 자꾸만 차언의 존재를 아쉬워하는 태도에 서효는 그제야 장물 가게 목록을 다시금 들여다보았다.

"많이 위험할까요?"

"아예 발도 들여선 안 될 곳은 적지 않았습니다만."

혀를 차는 주인장의 마지막 말이 자꾸만 서효의 귓가를 맴돌았다.

"지키는 이 없는 꽃은 홀랑 낚아채 가고 싶어지지요."

"……꽃도 제 의지가 있을 건데 말이야."

서효는 가게 목록을 갈무리하며 중얼거렸다.

"내가 그렇게 무방비해 보이나?"

주인장이 적어준 가게는 죄다 성 안에 있었다. 서효의 약방이 위치한 곳은 성 바깥 마을. 이각(二刻: 대략 30분) 정도 걸으면 닿는 거리다. 그녀는 내친김에 성 안으로 들어가 장물 가게를 돌기 시작했다.

기세 좋게 움직였으나 연달아 허탕을 쳤다. 빈손으로 돌아가는 것과는 별개로 서효의 배짱만은 두둑해졌다. 다들 큰길에서 가까웠고, 출입문 너머로 행인의 기척이 느껴졌다.

주인장의 가게만큼 환한 분위기는 아니지만 괜히 겁먹을 필요는 없을 듯하다. 서효는 다음 날도 씩씩하게 성으로 향했다.

그리고 목록의 마지막 가게에서 주인장이 염려했던 상황과 맞닥뜨렸다.

"그거 눈에 익은 물건인데?"

힐끗 쳐다본 사내는 한눈에도 경박한 불량배 같아서 웬만하면 대꾸하고 싶지 않은 상대였다. 몸에 걸친 옷은 비단이지만 질이 낮았고, 부채에 단 선추(扇錘) 또한 고상함과 거리가 멀었다.

실제로는 그렇지도 않으면서 겉으로만 부잣집 공자 흉내를 내는 것이다. 도박장이나 기루 앞에서 얼쩡거리면 딱 들어맞을 품새였다.

하지만 그를 무시하기에 서효는 제법 지친 상태였고, 동곳에 관한 그 어떤 말이라도 좀 듣고 싶었다. 가게 안에 자기들 말고도 사람이 두 명 더 있다는 사실 역시 힘이 됐다.

"어디서 보셨죠?"

서효의 물음에 사내는 득의양양한 미소를 지었다. 그녀의 주의를 끌게 돼 기쁜 모습이었다.

"그러니까 이 동곳이."

사내는 자연스레 동곳이 그려진 종이를 빼앗아가려 했다. 아는 물건이라면 다시 볼 필요가 없지 않느냐는 서효의 뾰족한 말에노 전혀 주눅 들지 않았다. 가까이서 제대로 맞춰보고 싶다고 대꾸하면서 끝끝내 그림을 가져갔다.

사내는 서효의 탐탁지 않은 눈길 속에서 대충 그림을 훑었다. 아아, 역시, 같은 추임새를 넣어가며 고개를 끄덕였다.

"정표?"

떠보는 말이란 걸 안다.

여인에게 비녀가 가지는 의미만큼 동곳의 뜻도 정해져 있으니까. 그냥 아름다운 물건이라 해서 생일 선물처럼 쉽게 안겨주는 게 아니라는 소리다. 아가씨가 동곳을 착용하려고 찾아다닐 리는 없고, 그렇다면 가장 쉬운 추측이 정표란 것. 서효도 알고 있었다.

그래도 만에 하나란 게 있다.

이 껄렁껄렁한 자로부터 실마리를 얻을 수 있다면 몇 마디 맞장구쳐 주는 것쯤을 감내할 의사가 있었다. 서효는 딱히 반박하지 않았다.

"낭자의 소박한 차림새와는 안 어울리는 물건이지만……. 근데 이걸 상대에게 준 거요, 아님 상대한테 받은 거요?"

"장소만 말씀하시죠?"

"어이쿠, 꽤 앙칼지시네."

사내가 빙글빙글 웃으며 지레 놀란 척을 해 보였다.

"얼굴값을 하려면 예사 성질은 아니겠어. 뭐, 혼자서 이런 델 드나드는 걸 보면 대강 각이 나오지만."

내가 불을 관장하는 신이었으면. 하다못해 벌레를 맡고 있기라도 했다면 개미 떼를 끌어와 등짝을 물라고 시켰을 텐데. 온몸이 간지럽고 따가워서 잠도 제대로 못 자게 해줄까나.

웬만한 일은 좋을 대로 넘어가는 서효지만, 가끔씩 자신에게 너무 작은 힘이 허락된 게 아쉬울 때가 있다.

바로 지금 같은 상황.

더 듣고 있기가 싫어 그림을 돌려받으려 하자 사내가 워워, 하며 손을 피했다.

"장물이 아닌 건 확실해. 도박장에서도 본 적이 없고. 그렇지 않나, 주인장? 내가 이래 봬도 성 안에선 이런 쪽에 빠삭한데 말이지."

어느 순간 자연스럽게 하대를 하고 있다. 별달리 꾸미지 않은 서효를 아랫사람으로 취급하기로 결정한 듯하다. 계산대 너머의 주인은 그저 고개만 끄덕였다.

약점이라도 잡혀 있나?

그걸 본 서효는 가게 안에서 지금보다 더한 일이 벌어지더라도 주인과 점원이 크게 도움 되지 않으리란 걸 깨달았다. 사내와 안면 있는 것을 넘어 사내의 아래에 위치한 자들이었다.

어쩐지 별 탈 없이 풀리더라니. 어제오늘 아무 일도 일어나지 않아서 안일해졌나 보다. 보아하니 특별한 정보도 없는 것 같다. 그냥 재수 없는 일을 당한 셈 치고 나가는 게 좋겠다.

서효는 대꾸하지 않고 그림을 낚아채려 했다. 사내는 제 키를 이용해 그녀의 손이 닿지 않는 높이로 그림을 들어 올렸다.

"아니, 정보를 준다는데 이러면 안 되지."

"사양할게요. 그림이나 돌려주세요."

"까치발 하는 게 제법 귀엽네?"

집에 돌아가면 방대한 약재함을 열어 이자의 머리를 찾아봐야 겠다.

머리를 잃어버렸네. 뇌가 없어. 아, 잃어버린 건 예의범절 쪽인가? 너 말이야. 내가 누군 줄 알고 이토록 무례한 거야? 앞으로 사람 건드릴 땐 조심하라고. 힘없는 여자라고 건드린 게 실은 무시무시한 신의 현신(現身)일지도 모르거든?

서효는 더 이상 손을 뻗치지 않고 사내를 노려보다가 그가 팔을 내린 순간 홱 낚아채려 했다. 물론 실패했고, 사내의 웃음소리만 가게 안에 울려 퍼졌다.

말간 얼굴이 분노로 붉어졌다.

동곳을 잃어버린 자가 따로 모사한 그림은 없다며 건넨 자료였다. 혹시 몰라 서효가 한 장 더 만들어두려 했지만, 넝쿨 문양은 그렇다 치고 취옥의 오묘한 빛깔은 어떤 물감으로도 색을 낼 수가 없었다.

저것뿐이다.

실물과 가장 흡사한 자료가 저것뿐인데 바보 같이 빼앗기고 말았다.

자신과 사내로 인한 화가 뒤엉켜서 호흡이 가빠졌다. 관아에 가서 따질 수도 없는 일. 자리를 비운 새 사내가 그림을 폐기해 버리면 그만이다.

두고 봐. 내 힘은 비록 요만하지만 내 친구들은, 친구의 친구들은. 서효가 주먹을 꼬옥 쥐었다.

작은 신의 친구들 역시 작디작은 신이다. 인간 세상에 묻혀서, 작지만 그 나름 소중한 직분을 다해 가고 있다.

개중엔 인간에게 꿔준 돈도 제대로 돌려받지 못하는 어수룩한 자도 있었다. 풍작이 아닌데 갚으라고 하기가 좀 그래. 머리를 긁적이며 멋쩍게 웃고 만다. 천천히 갚으라고 하지 뭐. 무엇보다 우리에겐 시간이 많으니까.

빌려간 자가 노쇠해 죽고 그의 손자가 장성해 감자 한 광주리를 내밀었을 때도 어쩔 수 없다는 듯 웃었다. 허허, 감자도 좋지. 옛날보다 감자 값이 많이 올랐더라고. 이 정도면 됐어.

다들 관아에 고발해라, 어떻게든 받아내라 발을 동동 구르면서도, 찐 감자를 소금에 찍어 먹으며 올해 감자가 달다고 기뻐했다.

그런 존재들이다.

서효의 복수를 해준다고 해도 기껏해야 영원히 신발을 감춰서 매번 신발을 찾아다니게 하는 정도다.

차라리 온몸에 힘을 실어 들이받은 뒤 잽싸게 종이를 뺏어 달아날까.

입술을 깨물며 씩씩거리고 있는데 사내가 커다란 손을 뻗어왔다. 정확히 서효의 가느다란 팔을 노리고 오는 손길이었다. 앗, 위험하다. 잡히고 끌어당겨져서 안기면 그다음엔.

"부녀자 희롱죄는 곤장 열다섯 대라는 걸 말씀드릴까요?"

탁.

사내의 팔을 저지하는 누군가가 있었다. 통나무 같은 팔뚝은 다른 이에게 잡힌 후로 옴짝달싹도 하지 못했다.

"뭐야?"

익숙한 목소리에 서효의 고개가 돌아갔다.

"차언?"

서효에게서 놀란 목소리가 나왔다. 자칫 우스꽝스럽게 들릴 만큼 말끝이 제멋대로 올라가 있었다. 그 정도로 놀랐다.

차언의 등장이라니. 내가 여기 있는 줄은 어떻게 알고.

그는 미풍(微風)에 흩날리는 머리카락만큼이나 온화한 표정이었지만, 서효는 사내의 팔이 부들부들 떨리는 것에서 차언이 만만찮은 힘을 쓰고 있음을 깨달았다. 건장한 사내의 얼굴이 고통으로 일그러졌다.

수작 걸던 아가씨 앞이라 짐짓 아닌 척하려 해도 견딜 수가 없는 모양이다. 능글대던 얼굴은 금세 시뻘건 대춧빛으로 변했고 앓는 소리가 절로 새어 나왔다.

"이 자식이!"

사내가 차언의 얼굴을 향해 주먹을 날렸다. 온 힘을 실은 일격이었으나 집사는 너무도 가볍게 몸을 피하며 손을 놓았다. 오히려 잡혀 있던 팔이 자유로워지면서 기우뚱한 쪽은 사내였다. 사내는 바닥에 코를 깰 뻔한 상황을 가까스로 면했다.

"행동거지가 변변찮은 공자시군요."

차언은 방금 무슨 일이 있었냐는 듯 태연하게 말했다.

"따로 사과를 요구하진 않겠습니다. 진심으로 사과할 리도 없고 그딴 걸 받아 뭐하겠습니까. 저희 아가씨의 물건만 돌려주시죠."

그가 소매를 털었다. 사내와 잠깐 닿은 순간조차 털어내듯이.

"그걸로 봐드리겠습니다."

"뭐야, 이 새끼는?"

사내가 노성을 질렀다. 예상 밖의 상황에 내몰리자 대번에 상스러운 말이 튀어나오는 것이 시정잡배다웠다.

그러다가 아가씨 운운하는 소릴 떠올렸는지 눈을 험악하게 부라렸다. 서효와 차언의 관계를 파악한 거다. 희롱하려던 계집의 하인. 낮고 하찮은 존재다. 완력이 좀 세다고 주눅 들 필요가 없었다.

"찢어 죽일 놈이 감히 내가 누군 줄 알고."

"별로 알고 싶지 않으니 물건이나……."

"이 방태주가 말이야!"

사내가 고래고래 고함을 쳤다.

"밑으로 거느린 놈들이 도합 스물인데!"

차언은 속으로 한숨을 눌러 삼켰다. 이렇게 자기 부하 수를 밝히는 놈은 혼자 죽기 억울해서 말하는 걸까. 한배를 탔으니 함께 죽여 달라는 뜻인가?

미랑 일이 해결되었더니 또 다른 문제가 튀어나왔다.

동곳. 가 공자. 그리고 이상하리만치 의욕을 보이는 서효.

이건 우연의 일치일 수가 없었다. 차언이 모르는 새 뭔가가 진행되고 있음이 분명했다. 가 공자라니, 그놈은 또 뭐지? 대체 빌어먹을 정체가 뭐냐고. 잔뜩 신경이 날카로워져서 말도 안 되는 짓을 저지르기도 했다.

서효의 신발을 감춰놓은 것. 체면 따위 집어던지고 한 일이었지만, 서효가 대문 밖으로 나가지 못하게 하려면 이보다 더한 짓도 할 용의가 있었다.

신발은 좀 약한가. 다음엔 옷을 싹 감춰볼까. 이런 생각도 서슴지 않은 차언이었다.

그 와중에 눈앞의 사내가 들어온 것이다. 차언이 가게 밖에서 정황을 살피려고 마음먹기 무섭게 놈은 서효를 향해 손을 뻗었다.

앞뒤 생각할 것 없이 본능적으로 몸부터 나갔다. 놈은 제법 몸을 단련한 듯했지만, 애초에 인간 사내가 차언의 상대가 될 리 만무했다. 팔을 잡은 그대로 부러뜨려 버릴 수도 있었다. 부러뜨릴 수 있는 게 어디 팔뿐일까. 놈은 상상할 수도 없는 일을 차언은 손가락 하나로 처리할 수 있었다.

한데 이 멍청한 놈은 자신이 봐준 줄도 모르고 하룻강아지처럼 설치고 있었다.

"어디서 굴러먹은 연놈들이 이 방태주를 몰라보고!"

연놈? 차언의 눈썹이 움찔했다. 지금 내가 잘못 들은 건가. 이 목소리만 큰 멍청한 놈이 지금 서효를 뭐라고 부른 거지?

문득 바깥이 소란스러워지더니 쏴아아, 하는 물소리가 들렸다.

무거운 빗방울이 땅을 때리는 소리가 온 사방을 메웠다. 마른 흙바닥에 구멍을 낼 듯한 기세로 소낙비가 퍼부었고, 행인들은 갑작스러운 비에 놀라며 처마 밑으로 흩어졌다. 처녀와 아이들이 새된 비명을 지르며 내달렸다.

"공자에겐 정말 관심 없으니까 그림이나 돌려달라고요."

차언의 등장에 용기를 얻은 서효가 그림을 향해 손을 뻗었다. 그러나 사내는 서효의 손을 거칠게 쳐내며 손에 쥔 종이를 구겼다. 차언이 주먹을 말아 쥐었다.

"어이쿠!"

험악한 분위기에 눈치를 살피던 점원이 창밖을 보고 깜짝 놀랐다. 순간 강렬한 섬광이 사방을 비췄다가 사라졌다. 소낙비에 번개라니. 다음엔 천둥 차례다. 점원은 갑작스러운 날씨의 변화에 당황하며 반쯤 열린 창문을 닫고 다녔다.

차언은 속으로 천천히 다섯을 세었다.

"그림을 넘겨주시겠습니까?"

사내를 응시한 채 물었다. 사실 분란을 일으키는 동곳 그림 같은 건 불에 타 사라져도 알 바 아니지만, 서효가 그걸 원하는 이상 어쩔 수 없었다.

넌 너무 물러. 차언은 씁쓸하게 자신을 비웃었다.

그녀가 원하는 거라면 배알도 없이 바닥을 길 테지. 무슨 짓을 해서든 구해다 줄 테지. 그게 너 자신에게 해롭든 말든 상관하지 않고 말이야.

그래도 괜찮다고, 내면의 목소리가 말했다. 서효의 미소를 볼 수만 있다면야.

꾸르릉. 저 멀리서 천지를 울리는 소리가 들렸다.

"흐음, 이게 그리도 중요한가?"

사내가 차언을 아래위로 훑다가 그림을 흘깃 보았다. 마지막으로 시선을 고정한 방향은 서효 쪽이었다. 다음 순간, 사내는 보란 듯이 눈앞에서 그림을 모로 찢었다.

"앗!"

서효가 외마디 비명을 내질렀다. 사내는 종이를 겹쳐 재차 찢고는 마구 구겨 버린 다음 그녀를 향해 던졌다. 구겨진 종잇조각이 서효의 안면에 부딪쳐 떨어졌다.

"저자 계집이 반반하여 몇 마디 섞어줬더니 시건방진 놈이 딸려왔군그래."

사내가 바닥에 침을 퉤 뱉었다.

"주인장, 당장 진향루에 가서 내 부하들을……."

콰광쾅쾅!

"아악!"

사내는 뒷말을 이을 수가 없었다. 벼락이 가게 벽에 내리꽂히면서 사내의 뒤로 벽돌과 장식장이 무너져 내렸다. 순식간에 뻥 뚫린 벽으로 소낙비가 들이쳤다.

방금 전까지도 큰소리를 쳤던 사내는 무참히 깔린 채 신음을 흘렸다.

"으으……. 으윽, 흑."

죽지 않고 숨이 붙어 있으나 사지를 벌벌 떠는 게 심상찮아 보였다. 놀란 가게 주인과 점원이 벽돌을 치운 뒤 사내를 꺼냈다. 고통스럽기도 하거니와 갑자기 당한 일에 식겁했는지 얼굴색이 완전히 허옇게 질려 있었다.

밖에서 비를 피하던 사람들도 놀란 얼굴로 안을 들여다보며 수군거렸다. 누군가 의원을 불러오겠다며 소리쳤다. 안으로 들어와 피를 닦아주는 사람도 있었다.

차언은 놀라서 굳어버린 서효에게 다가갔다. 여기서는 더 건질 게 없다며 잡아끌자 주인 아가씨가 미련이 남은 목소리로 웅얼거렸다.

"하지만 그림이 망가졌어. 다시 주워서……."

"모양을 기억해 두었습니다. 시끄러워지기 전에 가시죠."

팔을 잡고 밖으로 끌었다. 여전히 아연한 얼굴로 뻥 뚫린 벽과 쓰러진 사내를 번갈아 보던 서효가 차언의 손길에 걸음을 옮겼다.

반면 집사는 주인 아가씨와는 사뭇 다르게 싸늘한 표정이었다. 그는 뒤도 돌아보지 않은 채 바닥에 쓰러진 사내를 향해 차갑게 내뱉었다.

그러게 누가 선을 넘으래? 이제 놈은 한동안 여자에게 수작을 걸려고 할 때마다 등 뒤로 벽이 무너져 내린 기억을 떠올리게 될 것이다.

차언은 모쪼록 오늘의 충격이 오래오래 가길 빌었다.

어떻게 이런 일이.

가게 문을 나서는 순간까지도 서효는 방금 목격한 사고가 믿기지 않았다. 가끔 동네 어귀의 커다란 나무가 벼락을 맞았다는 이야기는 들었다. 벼락 맞은 대추나무가 좋은 운을 불러와서 그걸로 장신구나 도장을 만든다는 이야기도 들었다.

벼락 맞는다, 천벌을 받는다.

노인들로부터 말만 들었지, 실제로 벼락을 맞는 건 사람이 아니라 길고 커다란 나무일 때가 많았다.

그런데 눈앞에서 사내가 벼락을 맞았다.

정확하게는 가게 벽으로 벼락이 내리꽂혀서 장식장까지 한꺼번에 무너진 것이지만. 제게 무례한 짓을 저지른 사내가 바로 응징당하는 모습을 보니 당혹스럽기도 하고 섬뜩하기도 했다.

꼭 하늘에서 누가 보고 있었던 것 같은 기분이 드네. 서효는 가볍게 몸을 떨었다.

오싹한 느낌이었다.

"으으."

잊어버리자. 그래도 죽지 않았으니 천만다행이야. 아까 보니 다리도 움직일 수 있던데 그것도 다행이야. 그냥 크게 혼쭐난 거라고 생각하자. 서효가 주의를 돌리려고 고개를 살짝 흔들었다.

무엇보다 차언이 동곳 모양과 색을 정확히 기억하고 있다는 게 안심이었다.

차언의 기억력은 믿을 만하다. 귀가하는 대로 새 그림을 그리는 게 좋겠다. 그런 생각을 하며 손차양을 했다.

물에 빠진 생쥐 꼴이 되길 각오하고 걸음을 내딛는데 그보다 한발 앞서 머리 위로 씌워지는 것이 있었다.

우산이었다.

"왜 갑자기 멈추십니까?"

차언이 서효의 손에 우산을 쥐어주었다. 이어서 제 몫의 우산을 펴 들었다. 느긋하게 걸어가는 뒷모습을 보던 서효는 만약의 상황을 가정하며 주위를 둘러보았다.

없다.

소낙비가 쏟아지면 기다렸다는 듯 좌판을 펼치는 우산 장수들이 오늘따라 코빼기도 비치지 않았다.

이 사람들은 비의 신으로부터 하루 전에 쪽지를 받기라도 하나. 어쩜 매번 비가 쏟아지는 시간을 기가 막히게 알고 나오는 건가.

약간 분해하기까지 하면서 우산을 사곤 했었는데. 서효는 제 우산을 올려다보았다. 차언의 우산도 보았다. 이거 물어봐도 되는 거겠지? 나 혼자 이상하게 생각하는 거 아니지? 물웅덩이를 밟지 않으려고 애쓰면서 그의 뒤를 쫓아가 물었다.

"이 우산 우리 거야?"

차언은 오늘 들은 말 중에 가장 별난 소릴 방금 들었다는 듯 그녀를 힐끔 보았다.

"도둑질하는 취미는 없습니다."

"그러니까 우리 거란 말이지. 차언이 가져왔다는 거지."

서효는 스스로를 향해 같은 말을 두 번 해봤다. 입 밖에 내고 나니 더 이상하게 들렸다.

"오늘 소낙비 올 줄 어떻게 알고?"

"그걸 왜 모르죠?"

왜 모르냐니. 아침부터 가을 하늘답게 청명하고 햇볕이 쨍쨍 내리쬐었는데. 서효의 표정이 이상야릇하게 변했다.

"아가씨 빼곤 다 알았을 겁니다."

서효는 잠시 걸음을 늦추고 거리를 살폈다. 우산을 쓴 두 사람 옆으로 쫄딱 젖은 무리가 걸음을 재촉했다. 좌판 행상들은 여전히 물건을 옮기는 중이었다. 우산을 든 자는 한 명도 없었다.

"어서 가죠. 곧 그칠 것 같네요."

아니, 그러니까 도대체 어딜 봐서 곧 그칠 기세인데 이게.

저 혼자 바보가 된 기분으로 차언의 뒤를 따르던 서효는 성문을 지나자마자 거짓말처럼 뚝 그치는 비에 다시 한 번 어안이 벙벙해졌다.

기가 막힐 일이었다.

"간다, 간다. 또 서효 방으로 가려는 거야. 미야옹!"

"음흉한 차언! 내가 잔반을 훔쳐 먹는 가게 주인보다 더 음흉해. 컹컹!"

"낮에는 눈 부라리고 잔소리만 하면서!"

"밤에는 살금살금 아가씨 방에 가지요, 짹짹!"

때는 벌써 삼경(三更: 밤 11시에서 새벽 1시 사이)이 지난 시각.

약재함 안의 영들이 서랍에 달라붙어 재잘거리고 있었다. 오늘 서효가 외출을 다녀온 뒤 실컷 놀아준 터라 다들 기분이 하늘 끝까지 올라간 상태였다. 그건 겁을 상실했다는 뜻이기도 했다.

"흐이익!"

줄무늬 고양이의 영이 긴 꼬리를 너구리처럼 부풀렸다.

"노려본다!"

"우리 목도 꺾으려고? 짹짹!"

"그럼 서효가 슬퍼할걸. 서효가 우는 꼴은 못 보지."

"힉! 이쪽으로 오잖아!"

"오지 마, 오지 마!"

수십 마리의 영들이 서랍 안쪽에 있는 작은 고리에 달라붙었다. 까르르 웃으며 놀릴 때는 언제고 직접 당사자가 이쪽으로 오니까 그제야 겁이 덜컥 들었나 보다. 약재함 밖의 사람은 아직 손끝 하나 까딱하지 않았는데 벌써부터 용을 쓰며 고리를 사수하고 난리였다.

차언은 서랍을 열지 않고도 다 보이고 다 들린다는 듯 노려보았다. 그 서늘함에 작은 영들은 바들바들 떨었다.

"왜 우리 귀여운 서효에게 저런 흉악한 놈이 집사로 딸려 있는 거지?"

"엊그제 무지개다리를 건넌 앵무새 할아범에게 단단히 일렀는데? 천제님을 만나면 꼭 얘기하라고 말이야. 저 심술궂은 녀석 좀 다른 녀석으로 바꿔달라고."

"으꺅! 들었나 봐!"

"손 올린다! 못된 차언!"

영들의 눈이 왕방울만큼 커졌다.

서효는 차언의 실체에 대해 모른다. 하지만 작은 영들은 약재함에 들어온 첫날부터 집사에게 입막음을 당한 상태였다.

차언은 주인 아가씨가 없을 때의 제 언행에 대해 떠벌리지 못하도록 위협했다. 그는 영들이 안전하게 하늘로 돌려보내지기 전에 아예 영 자체를 소멸시켜 버릴 수 있다고도 했다.

본보기가 토끼 형제의 영이었다. 녀석들은 도가 지나치게 까불거리다가 영체(靈體)가 투명해지기 직전까지 대갚음을 당한 적도 있었다. 약재함에 오래 눌러 붙어 있는 영들은 두고두고 이에 대해 이야기하곤 했다.

하루에도 세 번쯤 그 사실을 잊고 촐싹대긴 하지만 말이다.

"입조심."

차언이 바닥에 깔릴 듯 낮은 목소리로 을러댔다.

"낮에도 내 심기를 거스르는 놈이 있어서 벼락을 내렸거든."

"……역시 못돼 먹은 성질머리."

"다 들린다."

"끽!"

작은 영이 낡은 옷 속으로 숨었다. 오래된 영들은 어쩐지 오늘 날씨가 멀쩡했는데 갑자기 비바람이 몰아치고 하늘이 찢어질 듯 쾅쾅거렸다며 속닥거렸다.

"네 녀석들이 무슨 이야길 하든 상관없지만 큰 소리를 낸다면."

차언이 눈으로 약재함 전체를 훑어 내렸다.

"혹시 서효가 깨게 만든다면."

"그, 그럴 일은 없다, 미야옹!"

"어, 어, 어서 하던 일 하시지, 짹짹!"

새털처럼 가벼운 존재들이 약재함 안에서 파들거리는 게 느껴졌다. 차언은 다시 한 번 눈으로 주의를 준 뒤 걸음을 옮겼다. 그의 손에는 숙면과 안정을 돕는 향이 들려 있었다. 인간들 사이에서 전해지는 용법을 보고 직접 만든 거였다.

자신의 힘은 죄다 무언가를 파괴하는 데 쓸 수 있었다.

벼락을 내리는 것? 땅을 요동치게 만들고 수백 개의 집들을 일시에 날려 버리는 것?

가능했다. 다른 존재들이 두려워해야 마땅한 위력이었다. 그러나 정작 서효가 아플 때는 방법이 없었다.

밤에 잠 못 이룰 만큼 심한 감기를 앓을 때는 매일 탕약을 달이고, 배 속을 일일이 파내어 찜을 만들어 먹였다. 감기 몸살보다 큰 병에 걸리면 더 많은 노력을 들였다. 병이 낫는 속도는 그의 성에 차지 않을 때가 많았다.

누구도 두려울 게 없는 차언이 무력함을 느끼는 때가 바로 그때였다.

"내가 할 수 있는 게 이런 것뿐이군."

서효보다 훨씬 큰 체격이지만 안마당을 가로지르는 그에게선 작은 소리 하나 나지 않았다. 그는 서효의 방문을 열고 안으로 들어섰다.

탁자 위에 놓인 모과 바구니에서 향긋하고 달콤한 냄새가 났다. 따로 향낭을 차지 않는 서효에게 어울리는 향기였다. 그의 주인 아가씨는 한번 잠이 들면 쉬이 깨지 않았다. 그건 예전부터 그랬다. 어디까지 깨어나지 않고 버티나, 조금 심술궂은 기분이 들 때도 있었다.

"지금 눈 뜨지 않으면…… 나쁜 짓을 저지를지도 모릅니다."

보드라운 손가락을 쓸어내리며 그와 비슷한 위협을 하기도 했다. 낮에는 생각조차 못 할 일이라는 걸 알고 있었다. 비겁하기 그지없다.

이 또한 예전부터 그랬던 것이다.

"서효."

잠든 머리맡에 앉아 조심스레 이름을 불러보았다. 이젠 이름만큼이나 익숙해진 호칭을 붙여보기도 했다.

"서효 아가씨?"

쌕쌕, 숨 쉬는 소리만 들릴 뿐.

곤히 잠든 서효에게서는 아무런 대답도 돌아오지 않았다. 차라리 이러고 있는 편이 나았다. 서효가 눈을 뜨고, 작은 입술을 열어 종알거리고, 그의 옆에 달라붙어 '차언, 차언' 이름을 부르면 정신이 흐트러지니까.

"사람이 이렇게 예쁠 일인가……."

차언은 약재함의 영들이 들었으면 깃털을 퍼덕거리며 오그라들 말을 아무렇지 않게 중얼거렸다.

그는 진심이었다.

길게 뻗은 속눈썹이며, 오밀조밀하면서도 예쁜 이목구비까지. 분칠 한 번 안 해도 매끄러운 살결은 어떻고. 그가 손을 뻗어 낮에 찹쌀떡처럼 잡아당겼던 볼을 연하게 쓸었다. 닿는 것만으로도 아찔하게 가슴 한구석이 죄어들었다.

어떻습니까, 아가씨.

달은 맑고 공기는 청량하고 밤새가 조용히 울고 우리 둘이 이곳에 있군요. 더는 함부로 굴지 않기로 다짐했는데, 요즘 같아서는 대문을 걸어 잠그고 세상과 연을 끊고 싶네요.

아무도 우릴 보지 못하게. 찾지 못하게. 네가 나가지 못하게.

그럼 소중한 이 순간이 조금이라도 더 오래가지 않을까.

"지금 꾸는 꿈속에는 내 자리가 있을지."

차언이 나직하게 말했다가 이내 픽 웃었다. 잊어버려, 서효. 욕심이 뚝뚝 묻어나는 말은 흘려듣고 그냥 단꿈만 꾸는 겁니다.

"……오늘 향은 괜찮군."

차언이 침상 기둥에 머리를 기대었다. 맞닿아 있는 손 아래에서 서효의 가는 손가락이 움직였다. 그의 입가에 은연한 미소가 번졌다. 이대로 시간이 멈췄으면.

애틋하고 달콤한 순간이었다.

서효는 노천 의자에 쓰러지듯 주저앉았다. 점원이 달려와 주문을 받아가더니 가게 안에 들어가기 무섭게 접시를 가지고 나왔다.

달콤한 간식과 차를 넣어야 할 시간이었다. 숨도 쉬지 않고 냉수 한 잔을 쭉 들이켠 그녀는 비로소 살았다는 듯 한숨을 내쉬었다. 집사가 따라준 차를 홀짝이며 하얀 앙금 넣은 과자를 베어 물었다. 가을바람이 선선한 게 천만다행이었다.

"사서 고생하실 필욘 없었습니다."

차언이 무감정한 목소리로 말했다.

"그날 저를 말리지 않으셨으면 놈은 일찌감치 죽었고, 아가씨가 뙤약볕에 돌아다닐 일도 없었고, 우리 모두 행복했을 겁니다."

서효는 차 한 모금으로 입안의 과자를 삼켰다.

"진이 빠지는 일이지. 같이 다녀줘서 고마워. 차언, 그런데 죽인다는 소리 좀 고만해."

"물건은 잃어버린 놈이 찾아야죠."

"맞는 말이지만."

"그럼 지금이라도 집에 돌아가시죠. 보나마나 남은 곳도 허탕 칠 겁니다. 녀석이 목 졸린 앙갚음을 하는 것 같은데."

서효가 이제 두 개 집어 먹은 과자 접시를 들어 올렸다.

"이거 먹으면 힘이 날 거야. 단 거 먹고 기분 좋아지면 마지막 집에 가보자, 응?"

"제가 아가씨도 아니고."

차언이 서효를 비껴 보았다.

"단 걸로 무마시키기엔 지난 며칠간의 고생이 심했다고 생각하지 않습니까?"

발단은 가 공자였다.

그는 서효가 혼자 있는 틈을 용케 알고 찾아와 목록을 내밀었다. 증거를 찾을 수 있을 거라 짐작되는 곳을 추렸다고 했다.

이걸 알면 왜 직접 찾아가지 않느냐고 묻자, 댁의 하인이 몸을 상하게 한 탓에 거동이 불편하다고 쏘아붙였다. 실제로 가 공자의 목에는 검푸른 멍이 들어 있어서 서효는 아무런 대꾸도 하지 못했다.

사고 친 자식을 둔 어머니 신세가 되었달까. 그나저나 차언이 정말 심하게 조르긴 했나 보다. 모르는 사람이 보면 가 공자가 자진하려고 목을 맨 줄 오해할 정도였다.

그가 넘겨준 목록은 자그마치 열 군데.

대체 이런 곳까지 왜 뒤져야 하나 싶을 만큼 외진 곳도 많아서 차언의 도움을 안 받을 수가 없었다. 물론 차언이 그녀를 혼자 보내지 않는 까닭도 있었다.

오늘로 닷새째였다. 마지막 한 곳이 남았다.

"혹시 헛걸음하더라도 가 공자를 죽이러 뛰쳐나가면 안 돼."

서효는 만약을 위해 당부했다. 차언이 코웃음을 치며 목을 축였다.

"어차피 놈의 주소도 모릅니다."

거처를 알려주지 않은 건 가 공자가 한 행동 중에 제일 잘한 것이었다. 서효는 허기를 채운 뒤 마지막 집을 향해 걸음을 옮겼다. 딱히 번듯하지도, 그렇다고 빈한하지도 않은 집 대문에 두 사람이 당도했다.

평범한 살림집이었다. 이번에야말로 증거를 얻었으면 좋겠는데.

서효는 옷매무시를 정돈하고 나서 대문을 두드리기 위해 손을 뻗었다. 가볍게 쥔 주먹이 미처 대문에 닿기도 전에 안에서 벌컥 문이 열렸다.

"요 앙큼한 계집애!"

한 아가씨가 열두어 살로 보이는 소녀의 귀를 틀어잡고 대문 밖으로 내쳤다. 어차피 아가씨의 힘이라 소녀는 나동그라지지 않았지만, 잔뜩 주눅 든 얼굴을 하고 있었다. 아가씨와 눈을 마주치지 못한 채 움찔움찔 떨었다.

"벌써부터 불여우 짓을 하고 있어!"

아이는 기에 눌려 반박도 하지 못했다. 울음을 터뜨릴 법한 상황인데도 입술만 깨무는 게 안쓰러웠다.

"일을 시켰더니 아버지 방에 들어가 누워 있고 말이야. 서녀라는 말도 너무 고상해서 못 쓰겠다, 얘!"

"아, 저기."

일방적으로 몰리는 게 가여워서 서효는 이쯤에서 개입하기로 했다. 문밖에 다른 사람이 있는 줄 몰랐던 아가씨는 깜짝 놀랐다가, 서효 뒤에 서 있는 자를 보고 두 눈을 크게 떴다.

"저, 안녕하세요. 낭자. 저는 백화약방의 주인인데……."

"어머, 차언님이 다 찾아오시다니."

"이렇게 찾아뵌 것은 다름이 아니라."

조심스레 말을 이어가던 서효는 문득 아가씨가 제 말을 똑바로 듣고 있는 건지 의문이 들었다. 어쩐지 눈동자가 풀리고 넋이 나간 것처럼 보였다. 그러다가 뜬금없이 홍조가 돌기도 하면서.

"낭자?"

"네."

대답은 바로 하는데.

사람을 앞에 두고 그러면 안 되지만 서효는 아가씨의 얼굴 앞에서 손을 좌우로 흔들어봤다. 뭐 하는 거냐고 기분 나빠 해야 정상인데 살며시 미소를 짓는다.

서효 뒤에 서 있는 사람은 한 명뿐이다. 본인의 영향력을 알고 있으면서도 전혀 동요하지 않는 자. 무관심한 미남자.

차언을 데려온 게 잘한 짓일까.

아가씨의 경계심을 단번에 해제시킨 건 좋지만, 이쯤 되면 혼이 빠진 인형과 대화하는 것과 다를 바 없다. 서효는 가벼운 헛기침으로 상대를 일깨우려 시도해 보았다. 역시 부질없는 짓이었다.

"낭자, 그럼 말씀 좀 물을게요. 혹시 이렇게 생긴 동곳에 대해 아시는지요?"

서효가 종이를 펼쳐 들었다. 뒤에 서 있는 집사가 애타게 찾고 있다는 거짓말을 곁들였더니 그제야 아가씨가 동곳에 관심을 가져 주었다. 이번엔 과하게 열성적으로 그림을 살피더니 아쉬운 표정을 지었다.

"잘 모르겠는데요."

맥 빠지는 대답이었지만 지금 이 순간, 이 아가씨만큼 자신의 무지를 안타까워하는 자는 없을 것이다. 어떻게든 도움이 되고 싶다. 대화의 실마리로 삼고 싶다. 하지만 모르는 건 모르는 것이다.

어디서 본 것도 같다며 말끝을 흐리려 해도 어지간히 처음 보는 물건이어야지. 아가씨는 재차 기억을 쥐어짜 내려 애쓰다가 미련이 짙게 밴 한숨을 쉬며 고개를 저었다.

“처음 보는 거예요. 차언님의 물건인가요? 잃어버리셨나요?”

차언은 팔짱을 끼고 옆으로 비껴선 채 아무 말도 하지 않았다. 서효는 그가 당장에라도 가 공자를 잡아 죽이러 가지 않는 상황에 감사했다. 한목숨이 꺾이는 것보다야 아가씨의 무안함을 지켜보는 쪽이 나았다.

“그건 아니지만 중요한 물건이라서요.”

서효는 집사 대신 말을 받으며 아쉬운 눈으로 그림을 내려다보았다. 가 공자가 어떤 근거로 목록을 뽑아낸 것인지 궁금했다. 방문 장소의 사람들은 하나같이 처음 보는 물건이라고 답했다.

“저, 저기. 언…… 아가씨.”

잠시 한구석에 밀려나 잊혀져 있던 소녀가 꺼져 가는 목소리로 말을 걸었다. 엉겁결에 ‘언니’라고 부를 뻔했다가 서둘러 ‘아가씨’로 고쳐 말하는 대목에서 소녀가 받는 대우를 짐작할 수 있었다.

“시키신 청소는 다 했어요. 다해서 나가려고 하는데 아버…… 나리께서 좀 쉬다 가라고 하셔서. 정말 그러면 안 됐지만 뿌리칠 수도 없어서. 정말 잠시만 앉아 있었는데.”

소녀의 나뭇가지 같은 손안에서 치맛자락이 구겨졌다.

“졸아버리고 말았어요. 죄송해요…….”

“밤에 그렇게 자놓고 낮에 또 잠이 오니!”

아가씨는 동경하는 사람과의 시간을 방해받아서 더 화가 났는지 날카롭게 내쏘았다.

서출이 구박받는 것은 어제오늘 일이 아니다. 정실 자녀의 입장에서는 아버지가 어머니를 두고 다른 여자를 총애해 아이까지 본 것이니 양쪽에게 화가 날 법도 하다. 아이야 무슨 죄가 있겠느냐만 사람 마음이란 게 말처럼 쉽지가 않다.

다만 소녀를 향한 아가씨의 눈초리에는 단순한 얄미움 이상의 것이 담겨 있었다.

저건 무슨 감정일까. 증오? 복수심? 물론 그런 것도 뒤섞여 있지만 자괴감이 비치는 것은 어째서?

명확하게 규정지을 수 없는 타인의 눈빛 속에서 서효는 묘한 기시감(旣視感)을 느꼈다.

소녀가 무슨 말을 했다. 몽롱한 꿈속 같은 기분에 잠긴 서효의 귀에는 소녀의 말이 들리지가 않았다. 너무 작고 떨리는 목소리라 사실 차언에게도 닿지 않았을 것이다. 그러나 소녀의 말은 아가씨의 분노를 제대로 자극했다.

아가씨의 손이 파들파들 떨렸다. 아이를 때리지 않기 위해 마지막 안간힘을 쓰듯이.

"웃기지 마! 내가, 내가 너 따위를 예뻐해 줄 것 같아?"

왜 시퍼런 칼날 같은 말을 쏘아붙이는 쪽이 오히려 울먹이고 있는 건지.

"네가 무슨 짓을 해도 동생으로 받아줄 생각 따위 없어! 이 분수도 모르는 게!"

차언은 슬슬 자리를 뜰 낌새인데 서효의 발이 움직이질 않았다.

어째서……. 왜 온몸이 이렇게 얼음장처럼 변한 걸까.

"진짜 내일 서쪽에서 해가 떠도 봐주나 봐라! 어림도 없으니깐!"

눈앞이 휘청, 했다.

그런 경험은 처음이었다. 자신의 몸이 무너지는 걸 자각하고 있는데도 서효는 손 하나 까딱할 수 없었다. 여린 몸이 아주 느리게 넘어갔고 소녀를 윽박지르던 아가씨가 놀라서 이쪽을 쳐다보는 게 느껴졌다.

바닥에 닿기 전에 차언이 서효의 몸을 받아 안았다. 지루해 보이던 얼굴은 어느새 당혹스럽게 변해 있었다.

"아가씨."

차언이 서효를 불렀다. 눈을 뜨고 있지만 시야가 흐릿했다. 초점이 잡히질 않았다. 차언의 목소리가 들리는데 대답을 할 수가 없었다. 갑자기 끝없는 수렁 속으로 떨어지는 듯한 기분에 서효는 가늘게 떨었다.

"몸이 차갑잖아……. 대체 왜 이러는 겁니까?"

차언이 맥을 짚고 서효의 팔을 주물렀다. 차언의 손이 따뜻하게 느껴질 만큼 서효의 살갗은 서늘히 식어 있었다.

울고 싶을 정도로 제 몸을 통제할 수가 없었다. 사람들이 가위 눌렸다고 말하는 게 이런 기분인지 모르겠다.

서효는 온 힘을 다해 손가락을 그러모았다. 간신히 그러모아 따끔함이 느껴질 정도로 주먹을 쥐었다. 손톱이 손바닥을 파고들었다. 반달 모양으로 푹 팬 자국이 남을 때까지 서효는 힘을 풀지 않았다.

그 덕분인지 아니면 차언이 도운 덕인지 모르겠지만 차츰 몸을 움직일 수 있게 되었다. 갑갑하던 숨통도 트이고 시야도 조금씩 맑아졌다.

"으……."

서효가 미간을 찡그리며 이마를 짚었다. 설명하기 힘든 경험이었다. 기분이 이토록 순식간에 나빠질 수 있다니 놀라운 일이다. 아가씨도, 소녀도 당황한 얼굴로 서효를 보고 있었다.

으, 이게 무슨 창피람. 예고 없이 종종 쓰러지는 가련한 여자처럼 보이진 않을까.

주목받는 일에 익숙지 않은 서효는 서서히 얼굴이 달아오르는 것을 느꼈다. 정신이 들었는데 여전히 차언의 품에 안겨 있는 것이 부끄러웠다.

얼른 자리를 털고 일어나려 했지만 아까의 여파인지 두 다리에 힘이 들어가지 않았다. 서효는 어어, 하는 우스꽝스러운 소리를 내며 중심을 잃고 휘청거렸다. 한 발짝도 더 떼기 전에 바로 품에 안겨서 들렸다. 이번엔 대문 앞을 지나가던 행인도 서효를 쳐다보았다.

"차, 차언. 내려줘. 이게 뭐야. 다들 쳐다보잖아."

"이러고도 저보고 그놈을 죽이지 말라고요?"

"이거랑 가 공자가 무슨 상관이야. 잠깐, 잠깐만. 낭자에게……."

"가만있으세요."

차언은 아랑곳하지 않고 서효를 안아 든 채 걸음을 옮겼다.

"집에 돌아가자마자 탕약을 먹일 겁니다."

서효의 얼굴이 울상으로 일그러졌다.

"탕약? 싫어. 쓰단 말이야. 맛없어. 그거 인간들이나 먹는 거잖아."

"한 마디만 더하면 어깨에 짊어지고 갈 테니까 계속 해보시죠."

서효가 입을 조개처럼 다물었다.

차언이 화가 났다. 자신이 아까처럼 쓰러진 일이 없어서 크게 놀랐을 것이다. 대경실색 다음에 오는 분노는 보통의 화보다 훨씬 격렬하다. 보통 화났을 때의 차언도 어찌하지 못하는 주인 아가씨에겐 반항의 여지가 없었다.

비련의 여인처럼 안겨서 집까지 간다고 해도, 동네 사람들이 호기심 어린 눈으로 쳐다봐도 그저 감내해야 하는 것이다.

하지만 이건 너무 심한걸. 자신이 말하지 않으면 그가 이대로 큰길로만 걸을 것 같아서 서효는 작은 용기를 내봤다.

"저기, 난 등에 업혀 가는 것도 괜찮아."

차언이 냉기가 풀풀 날리는 눈으로 쏘아보았다. 서효는 냉큼 입을 다물고 눈을 감았다. 죄인은 입이 두 개라도 할 말이 없다. 옮겨지는 방식에 대해서 토를 달지 말았어야 하는 거였다.

차언은 왜 집안일과 목 조르기에만 능한 걸까. 땅을 접어 달리는 능력이라도 있다면 부끄러운 시간이 조금이라도 줄어들 텐데.

서효는 눈을 질끈 감은 채, 집사의 능력에 대해 아쉬워했다.

"차언, 물."

"차언, 물이 덜 시원해."

"차언, 저기, 꿀 좀 타줄래?"

"차언, 내 보료 밑에 콩알 비슷한 게 깔려 있는 것 같아."

집에 돌아간 당일부터 서효는 꼼짝없이 환자 신세였다. 숨이 다한 영을 돌려보내는 아침 시간 잠깐을 제외하면 방 밖으로 나오질 못했다.

거기다 차언이 달인 탕약을 시간마다 맞춰 비워야 했다. 좋은 약재는 다 때려 부었는지, 이제껏 먹은 그 어떤 탕약보다도 고통스러운 맛이었다.

이틀째 되는 날 서효의 인내심이 바닥났다. 그리고 사흘째 되는 날부터 주인 아가씨는 잔머리를 살살 굴리기 시작했다.

차언, 으로 시작된 부름은 해 뜰 때부터 부엉새가 우는 밤까지 이어졌다. 집사에게 전하는 요구 사항의 사소함이란 깊고도 다양해서, 서효는 조만간 차언이 두 손을 들리라 예상했다. 이제 그만 일어나 혼자 움직이셔도 될 것 같다. 이 말을 듣는 게 목표였다.

하지만 집사의 끈질김은 그녀의 상상 이상이었다. 서효가 제 방에 갇힌 지 거의 이레가 되어서야 차언의 입에서 '예'가 아닌 말이 나왔다.

"차언, 나……."

"아가씨."

그가 굉장히 차가운 눈길로 서효를 응시했다.

"혹시 저 몰래 회임이라도 하셨습니까?"

퓹!

얼음 띄운 과즙을 홀짝이던 서효는 마침 입안에 머금고 있던 내용물을 장렬히 뿜고 말았다. 하마터면 차언의 얼굴에 대고 뿜을 뻔했으나 천만다행으로 이불만 적셨다. 농담이 아니다. 차언은 농담을 할 바에야 비웃고 냉소하는 쪽이니까.

서효는 손수건으로 급히 입가를 훔치며 차언을 살폈다. 그는 이불이 더러워진 것보다 서효의 격한 반응에 의미를 싣고 있었다.

"왜 그런 생각을."

"종일 단 것, 새콤한 것, 시원한 것을 찾고 평소보다 예민해 보여서요. 물론 한 번도 그런 적 없는 분이 대낮에 쓰러진 것도 이상합니다."

"더위를 먹었다고 했잖아."

서효는 자신이 더 사고를 치기 전에 과즙이 담긴 그릇을 옆으로 옮겼다.

달고 새콤한 걸 찾는 이유는 온종일 움직이지도 못하고 누워 있으니까 소화가 안 되어서다. 영양 가득한 식사를 세 끼 내내 먹기도 힘들다. 시원한 걸 찾는 까닭은 집사 양반이 깃털 넣은 이불로 꽁꽁 싸맸기 때문이다.

예민한 건…….

서효가 눈을 도르륵 굴렸다. 예민하게 굴기 위해 제법 애를 썼다. 그러나 차언은 어디서 서툰 거짓말을 둘러대느냔 듯 코웃음을 쳤다.

"추분(秋分)이 지난 지가 언젠데요."

차언이 조용히 이를 갈았다.

"동곳을 찾았다고 하죠."

"응?"

"동곳을 찾았다고 하면 놈이 약방으로 올 겁니다. 그때 목을 꺾어버리겠습니다."

가 공자의 유약한 목이 차언의 손안에서 똑 부러지는 광경이 머릿속을 스치고 지나갔다. 차언은 아직도 이유 모를 적의를 불태우고 있었다.

이래서 첫인상이 중요하다는 건가. 가 공자가 물불 가리지 않고 서효에게 달려들지 않았더라면 차언의 분노도 지금 같진 않았을까. 서효는 고개를 절레절레 저었다.

"희임한 거 아니네요. 그리고 그때는…… 나도 모르겠어. 그냥 좀 어지러웠어."

차언은 서효가 또 아프다고 한 것처럼 인상을 굳힌 채 곁으로 다가왔다.

"걱정하지 마, 차언."

"걱정을 안 하게 생겼습니까."

그가 서효의 말간 얼굴을 내려다보았다.

티 없이 해사해서 자칫 그대로 투명해져 버릴 것 같은 느낌의 얼굴이다. 어느 날 서효가 풀썩 쓰러지고, 육신이 나비와 꽃잎으로 변해 날아가 버려도 남은 자는 아무 말도 할 수 없을 위태로움이 은연중에 있었다.

지상(地上)과 그녀를 잇는 끈이 실낱같이 희미한 느낌이었다. 서효가 차언을 올려다보며 눈을 가늘게 떴다.

"자꾸 이러면 내가 어리광을 피우게 되잖아."

"얼마든지요."

"어어? 난 기회를 놓치지 않을 거야. 차언이 잘해주다니 이게 얼마만이야, 하면서 실컷 부려먹을 거라고."

차언이 쓰게 웃었다. 그는 서효가 일부러 분위기를 밝게 하려고 으름장 놓는 것임을 알고 있었다.

"누가 들으면 제가 평소 아가씰 노비처럼 굴리는 줄 알겠군요."

"당연하지. 약재 빻아라, 포장해라, 이거 해라, 저거 해라. 주인을 이렇게 막 굴리는 집사가 어딨어."

그러니까 각오해 두는 게 좋을 거라고, 서효가 덧붙였다.

차언은 그런 서효를 말없이 쳐다보다가 평소대로 돌아왔다. 적어도 오늘까지 탕약을 먹지 않으면 새해를 방에서 맞을 거라고 말했다. 매번 약그릇 밑에 가라앉은 부분을 남기는 걸 모를 줄 알았느냐고도 말했다.

"내일부턴 돌아다니셔도 됩니다. 무엇보다 저기, 약재함의 시끄러운 녀석들과 놀아주시죠. 제가 다른 건 해도 그것만은 못 해주니까요."

손이 올라오기에 또 볼을 잡아당기나 했다. 하지만 커다란 손은 서효의 머리를 가볍게 쓰다듬어 주었다.

서효는 잠시 동안 간질간질한 기분을 느끼며 그의 손길을 만끽했다. 차언의 보살핌을 받는 게 좋아. 입가에 작은 미소가 스몄다.

오늘은 그리 쌀쌀한 날이 아닌데도 서효는 모자 달린 외투 차림이었다. 걷고 또 걷다가 잠깐 쪽지 같은 걸 확인하고는 다시 걷는다. 서효의 발길이 멈춘 곳은 낡은 집 앞이었다. 골목 끝이기도 하지만 앞, 뒤, 옆집 모두 인기척이 느껴지지 않았다.

폐가라기엔 심한 감이 있고, 그저 쓸쓸한 분위기가 자욱한 곳이다. 서효는 주변을 살핀 뒤 문고리를 잡고 두드렸다.

잠깐의 시간차를 두고 안에서 사람이 나오는 소리가 들렸다. 누구냐고 묻는 소리가 없었다. 누가 찾아올지 정확하게 알고 있다는 뜻이다.

끼익. 문이 열렸다. 안에서 나온 사람과 서효의 눈이 마주쳤다.

"가 공자."

서효가 가볍게 목례했다.

여전히 안색이 파리하긴 하지만 깨끗한 의복에 건(巾)까지 갖춰 쓴 그는 학문을 수양하는 서생처럼 보였다. 눈에 서린 광기도 놀랄 만큼 차분히 가라앉아 있었다. 지금 모습만 보면 일전에 괴성을 지르며 서효의 목을 졸랐던 사람과 동일인이라곤 믿기지 않을 정도다.

"낭자."

가 공자가 답례했다.

"와주셔서 감사합니다."

"미리 일러둘 게 있어요."

사람이 달라져도 너무 달라지니까 오싹해지려고 한다. 서효는 일부러 대화의 주도권을 잡았다.

"전 공자가 부탁하신 대로 차언 몰래 이곳으로 왔어요. 이건 자주 있는 일이 아니에요. 얼핏 저는 집사의 말에 토를 달고 멋대로 행동하는 주인처럼 보이겠죠. 하지만 그가 옳다고 여겨질 땐 차언의 말을 따라요. 늘 그의 의견을 존중하고요."

서효의 목소린 조용했지만 한 마디 한 마디마다 진심이 담겨 있었다.

"제가 책방에 간다고 차언을 속이고 나온 게 즐겁지만은 않았음을 알아주셨으면 해요. 제게 무슨 일이 생긴다면 저는."

서효의 말이 잠시 끊어졌다가 잔잔히 흘러가는 물처럼 다시 이어졌다.

"저는 무엇보다 차언에게 미안할 거예요."

"낭자의 뜻은 잘 알겠습니다."

"한 가지 더."

자신은 제 목을 졸랐던 사내의 집에 위험을 무릅쓰고 온 것이다. 대비책은 많으면 많을수록 좋았다.

"그럴 일이 없길 바라지만, 만약 공자께서 저를 해하려 드는 순간 제가 데려온 아이들이 공자를 막아설 거예요. 여기서 막아선다는 건 그냥 '하지 마세요'라고 외치는 게 아니에요."

서효는 큰 나무가 담장 너머로 우거진 골목 저편을 쳐다보았다. 가 공자의 시선도 그녀를 따라갔다.

담벼락 밖으로 고개를 빼꼼 내밀고 있는 두 소녀가 있었다. 종이에 찍어낸 듯 판박이인 두 소녀는 긴장한 표정으로 대문 쪽을 보고 있다가 가 공자와 눈이 마주치자 뾰족한 이를 드러냈다. 세 치에 달하는 손톱도 매우 날카로워 보였다. 손톱을 세워 할퀸다면 반드시 피를 보리라.

그러나 결정적으로 소녀들의 얼굴엔 어린 티가 진하게 돌았다.

게다가 풍성한 머리카락 사이로 쫑긋 서 있는 여우 귀가 지나치게 귀여워서 기껏 날을 세운 손톱이 눈에 들어오지 않는 결점이 있었다.

"귀엽게 보지 마세요. 저래 봬도 아주 사나운 아이들이니까."

서효가 단단히 경고했다. 가 공자의 눈은 여전히 소녀들에게 머물러 있었다. 캬르릉, 하고 소리를 내며 손톱을 더 세워본다.

형편없이 귀여웠다. 위협적이라고 믿고 있는 것은 자기들 셋뿐인 듯한데.

하지만 가 공자는 이를 지적하는 대신 고개를 끄덕였다. 반박이라도 했다간 소녀들이 울음을 터뜨릴지도 모르므로.

"결코 낭자를 해치지 않겠습니다. 약조합니다."

"좋아요."

서효가 소녀들에게 눈짓을 했다. 그런 다음 가 공자의 안내를 받아 집 안으로 들어갔다. 사람의 손길이 오랫동안 닿지 않은 마당을 지나 아담한 방으로 들어가 앉자, 그가 변변찮은 살림이라며 끓인 물을 내어왔다.

농사지으면 남는 게 없다고 아쉬운 소릴 하는 이웃집 할아버지도 매일 떫은 차를 마신다. 귀족 관리들이 음용하는 것과는 급이 다른 싸구려지만 그래도 목이 마르면 한 잔씩 들곤 한다.

가 공자의 집엔 그런 싸구려 찻잎조차 없는 것이다. 서효는 끓인 맹물이 담긴 잔을 소중하게 받았다.

"사실 그 동곳은, 죽은 제 누이동생의 물건입니다."

가 공자는 금세 먹물처럼 어두워진 얼굴로 이야기를 시작했다.

"어머니께서 돌아가시자 누이동생이 거리로 나섰습니다. 생전 어머니께서 하시던 노점 찻집을 이은 겁니다. 행상이었던 아버지가 돌아오신 건 일 년 하고도 달포 뒤. 손에는 조그만 진주 달린 비녀가 쥐어져 있었지요."

가 공자가 그때를 회상하듯 흐린 눈으로 말을 이었다.

"아버지는 달포 뒤 다시 길을 떠나셨습니다. 떠나기 전 작은 목합(木盒)에 비녀를 넣으면서 동아가 혼인할 때 주마, 하셨지요. 동아는 제 누이동생의 이름입니다."

과거에 낙방한 오라비를 뒷바라지하기엔 너무도 곱고 아까운 아이였다고 덧붙였다.

"다행히 살림이 피기 시작했습니다."

시장 사람들은 혼자 꿋꿋이 노점을 이어가는 소녀를 응원해 주었다. 그리고 이 년 뒤, 아버지가 이제 그만 행상 일을 접어야겠다며 집으로 돌아왔을 때 누이동생은 기쁨에 눈을 반짝이며 말했다.

"진주 비녀를 주세요……. 동아는 그렇게 말했습니다."

가 공자가 물을 한 모금 마셨다.

자신의 몫이라고 내어온 것은 끓이지도 않은 맹물이었다. 서효는 아직 모락모락 김이 나는 잔과 가 공자의 잔을 가만히 번갈아 보았다.

"아버지는 이제 세 식구가 오붓이 살려고 했는데 벌써 시집가 버리는 거냐며 아쉬운 소릴 하셨지만, 동아가 워낙 좋아하자 이내 웃으셨습니다. 흐뭇해하시며 서더러 다음 날 놓아 볼래 상대를 살펴보고 오라 하셨고요."

상대는 누이동생의 말대로 준수하기 그지없는 자였다.

시장 노점에 앉아 차를 마시는데도 대갓집 응접실에서 차를 즐기고 있는 듯한 분위기를 풍겼다. 걸친 비단옷은 화려한 듯 고상했고, 누이동생을 향한 말투는 다정하면서도 호방했다. 거리를 걷는 모든 여인들의 눈길이 상대에게 꽂혀 있었다.

뭔가 찜찜했다.

"동아는 정말 고운 아이였습니다. 그러나 그래봤자 행상인의 딸일 뿐. 그토록 귀한 사내가 미래를 약조했다는 사실이 믿기지 않았습니다."

처음엔 딸이 고생할 가난한 집보다는 여유로운 집안 출신이 낫다던 아버지도 가 공자의 말이 이어질수록 얼굴을 굳혔다. 누이동생이야 첫 연정에 빠져 모든 것이 달콤하겠지만, 한발 물러나 지켜보면 아무래도 이상한 선택이었다.

사내는 정말 행상인의 딸과 혼인할 것인가? 순진한 처녀를 희롱하려는 게 아님을 어찌 증명할 수 있겠는가?

행여 마음이 상하지 않도록 두 부자가 최대한 둥글게 말하자, 누이동생은 이미 예상한 반응이라는 듯 연하게 웃었다.

"사내는 다음 날 동아와 함께 저희 집을 찾아왔습니다. 다음 날도, 그다음 날도 찾아와 예를 갖췄지요. 그는 비로소 함께하게 된 세 식구를 떼어놓기 싫다며, 신혼집을 처가 근처에 구하겠다고도 말했습니다."

누이동생의 행복이 달린 문제다. 가 공자는 상대가 몸을 낮출수록 더 경계해야 한다고 생각했다. 사랑에 빠진 사내가 그 어떤 말을 아낄까.

그러나 애초에 누이동생을 감복시켰던 사내의 정성은 가랑비에 옷이 젖듯 완고한 두 부자의 마음을 적셔갔다. 저도 모르는 새 조금씩. 시간이 갈수록 점점.

믿고 싶어졌다.

"우리 동아는 그만큼 훌륭한 아이라고. 저 사내는 동아의 가치를 알아본 거라고. 그런 생각이 들었습니다."

부자가 고개를 끄덕인 날, 누이동생은 손뼉을 치며 아비와 오라비의 뺨에 입을 맞췄다. 사내도 기뻐하며 여러 가지 선물을 보내왔다.

무엇보다 남매의 아버지는 '동아가 저리도 좋아하는데 별수 없지'라며 한발 물러섰다. 어린 나이부터 고생한 누이동생에게 마음의 빚을 지고 있는 건 가 공자뿐만이 아니었던 것이다.

"동아는 꼭 아버지의 진주 비녀를 꽂고 식장에 서겠다고 했지요. 그러면서 미안한 얼굴로, 본인도 예비신랑에게 의미 깊은 물건을 주고 싶다고 했답니다."

부자가 마다할 리 없었다. 집안 사정도 예전처럼 어렵지 않아 누이동생의 청을 들어줄 수 있었다. 은이면 족하다는 것을 백금으로 고집한 것도 아버지였다. 무리하는 한이 있어도, 좋은 집에 시집가는 딸에게 힘을 실어주고 싶었던 거였다.

누이동생은 아름다운 동곳을 상대에게 건네며 평생의 정표로 삼아달라 했다. 그렇게 행복이 오는가 싶었다.

누이동생이 조금 상심한 얼굴로 집에 돌아오던 날.

그날이 오기 전까지는.

"오늘 뱃놀이를 가자셨는데 한 시진을 기다려도 안 오셨어. 찾아가 보니 주무신다고 하인이 말하더라. 요 며칠 너무 바쁘셨대."

"저는 사내가 맡고 있는 일의 규모를 들은 바 있었습니다. 젊은 나이에 대단하더군요. 그래서 저는 사내를 책망하기보다 동아를 달랬습니다. 일과 혼례 준비가 겹쳐서 피곤했을 거라고요. 동아는 뭔가 더 말하고 싶은 눈치였으나 일단은 고개를 끄덕였습니다."

그게 잘못 꿴 첫 단추였을까.

누이동생이 굳은 얼굴로 돌아오는 날이 잦아졌다. 한번은 장이 파하고 한참을 있어도 안 오기에 가 공자가 직접 찾으러 나서기도 했다.

마침 집 앞 골목에서 마주쳤는데, 딱히 추운 날씨가 아닌데도 누이동생의 안색이 창백했다. 어쩌다가 늦었냐는 물음에도 미안하다는 말밖에 하지 않았다. 미안하다고 말하는 목소리에 힘이 하나도 들어가 있지 않아서 가 공자는 그 이상 물어볼 수가 없었다. 한 마디만 더 물어보면 누이동생은 그대로 하얗게 재가 될 것 같았다.

그리고 보름 뒤, 누이동생은 뒷산에서 목을 맨 채로 발견됐다.

"끌어 내린 동아를 안는데 몸이 너무 가냘팠습니다. 저는 그

아이를 끌어안고……. 왜 이런 선택을. 그래도 저와 아버지가 있는데."

가 공자의 눈시울이 붉어졌다. 서효는 무슨 말로도 그를 위로할 수 없음을 깨닫고 그저 고개를 떨구었다.

내심 예측 가능한 결말이었지만, 한편으로는 자신이 틀리길 바랐다. 모두의 예상을 깨고 두 정인이 이루어졌으면 했다. 남편의 사랑을 듬뿍 받다가 안타까운 사고나 병환으로 눈감은 것이길 빌었다. 한때 가 공자가 바란 것처럼.

그 누구보다도 남매의 아버지가 바랐듯이.

딸의 죽음을 제때 막지 못했다는 죄책감에 아버지는 급속도로 병약해졌고, 이듬해를 넘기지 못하고 숨을 거두었다.

나란히 선 세 무덤 앞에서 가 공자는 피를 토하며 울었다.

그러다가 누이동생의 무덤 위로 떨어진 목련 꽃잎에 시선이 빼앗겼다. 꽃잎의 흰 빛깔을 보고 있자 문득 진주 비녀가 떠올랐다. 그러고 보니 어느 순간부터 눈에 안 보였던 것 같았다.

"온 집 안을 뒤집어봐도 동아의 비녀는 찾을 수 없었습니다."

가 공자는 그때서야 처음으로 사내의 집을 찾아갔다. 과연 사내의 집은 호화로웠다. 대낮부터 비파 뜯는 소리가 웃음소리와 어우러져 담장을 넘었다.

정혼녀의 장례에도 하인만 보냈던 자. 분노가 치밀지만 이제 와서 그를 원망해 봤자 죽은 누이동생이 살아 돌아오는 것도 아니다. 가 공자는 사내와의 만남을 청했지만 돌아가시라는 답밖에 들을 수 없었다.

결국 문전박대인가.

더 버텼다가는 무력을 동원할 낌새기에 너무도 허탈하고 실망스러워 발길을 돌렸다. 집을 나와 터덜터덜 걷고 있는데 뒤에서 그를 부르는 소리가 들렸다.

쫓아 나온 이는 그 집의 어린 하녀였다.

"그 아인 저를 불러 세워놓고 정작 자기가 눈물을 글썽였습니다. 무턱대고 죄송하다 사과를 했지요."

그리고 가 공자는 어린 하녀로부터 누이동생이 죽게 된 전말을 전해 들었다. 듣고 있는 내내 눈이 돌아가고 땅이 꺼져서 두 다리로 서 있기가 힘들었다.

"낭자."

가 공자가 서효에게 시선을 맞춰 왔다.

"세상에서 가장 변하기 쉬운 게 인간의 마음이라던가요. 슬프고 안타깝지만, 이미 변해 버린 마음은 어찌할 수 없는 것입니다. 동아도 그것까지는 받아들일 수 있었을 겁니다."

그러나 조롱은 달랐다.

한때 영원한 사랑을 약속했던 사내가 모두의 앞에서 그녀를 조롱하는 순간, 누이동생의 몸과 마음은 금이 가기 시작했다.

잔치 자리 중앙에 세워놓고 시문을 읽게 시켰다. 읽지 못하자 촌스러운 무지렁이라고 비웃었다. 제 옆에 끼고 있는 기녀처럼 요염한 춤을 춰보라고 했다. 하지 못하자 흥취도 모른다며 손가락질했다.

도대체 어디서부터, 무슨 이유로 변해 버렸단 말인가.

사내는 잔혹하게 조롱하다가도 갑자기 놀림이 지나쳤다고 사과했다. 고통스러워서 떠나려는 순간마다 그는 진심 어린 옛 정인의 얼굴을 하고 그녀를 잡았다. 실망과 혼란과 희박한 기대 속에서 아가씨는 비참하게 시들어갔다.

"동아에게서 빼앗다시피 한 진주 비녀를 거지에게 던져 줬다는 말에 제 이성이 끊어졌습니다. 사내는 곧 가산을 정리해 자취를 감추었고, 저는 죽지 못해 살았습니다."

정확히 말하면 복수를 위해 살았다.

가 공자는 사내의 행방을 수소문하는 데 남은 재산을 쏟아부었으나 사내는 흔적조차 보이지 않았다.

그러다가 일 년 전, 두 사람은 거리에서 우연히 재회했다. 사내는 가 공자를 보자마자 허리 숙여 깊이 사죄했다. 과거의 죗값을 치르기 위해 무엇이든 할 용의가 있다고 했다. 사내는 눈물을 흘리며 참회했다.

그의 사죄를 견딜 수 없었다.

"제가 돌로 머리를 내리찍으려 하자 주변 사람들이 말렸습니다. 과거에 무슨 짓을 저질렀건, 지금 그는 선행을 베풀고 있다고요. 가난한 자를 돕고 굶주린 아이를 먹이며 늘 겸허하게 산다고 하였습니다."

가 공자가 이를 악문 채 말을 이었다.

"낭자, 말해주십시오."

그의 목소리가 울분으로 떨렸다.

"사죄와 후회는 나락까지 떨어졌던 인간에게 새 삶을 부여하는 명분이 될 수 있습니까? 정녕 그것이 가능합니까?"

끝내 그의 눈에서 뜨거운 눈물이 흘러내렸다. 낡은 무명옷 위로 눈물 자국이 얼룩졌다.

"제가 왜 그래야 합니까?"

이쪽은 여전한 고통과 원망에 몸부림치고 있는데 상대는 멋대로 참회해 버렸다. 그러라고 허락해 주지도 않았거늘 저 혼자 뉘

우치고 선한 삶을 살았다. 짐승으로 마주쳐야 할 놈이 인간의 모습으로 나타났다.

가 공자의 눈에서 섬뜩한 빛이 일었다.

"반드시 동곳을 찾아주십시오."

그가 한 마디 한 마디 힘주어 뱉었다.

"누이동생이 주었던 동곳을 그자의 심장에 박아 넣고, 슬픔에 목맨 혼을 깊이 새겨주겠습니다."

약방으로 돌아오는 발걸음이 무거웠다. 그저 소중한 사람이 남긴 정표를 찾는 것인 줄 알았는데, 진실은 쓰고도 괴로웠다.

어떻게든 동곳을 찾아준다면 가 공자는 반드시 복수할 것이다. 그리고 오로지 복수만을 위해 살아온 그는, 뜻을 이루는 즉시 가족들의 뒤를 따를 터다. 행여 자결을 막는다 해도 생에 뜻을 잃은 자의 육신이 오래 버틸 리 없다.

결국 동곳은 두 목숨을 앗고서야 진짜 '유품'으로 남을 것이다.

"어려워……."

서효의 표정이 어두워졌다. 차언의 말이 맞았던 걸까. 각자에겐 각자의 소임이 있다. 그저 찰나의 동정과 연민에 휩쓸려 주어진 것 이상을 해내려는 것 역시 오만이다.

인연을 담당하는 신. 상별을 담당하는 신. 생과 사를 담당하는 신.

모두 따로 존재한다. 서효에게 주어진 책무는 잃어버린 것들의 영을 관리하는 것. 그 이상을 욕심내선 안 된다.

"알아. 아는데."

뜻대로 되지 않는다. 가끔 자신이 지금보다 더 단순한 성격이었으면 어떨까 생각해 본다. 복잡하게 생각하지 않고 딱 주어진 것에만 만족하는 성격이라면 어떨까.

그럼 매일 작은 목숨들을 돌려보내며 마음 아파하지 않아도 될 텐데. 차언의 속도 썩이지 않고, 인간들의 삶에 끼어들지도 않고 평범하게 살 수 있을 것인데.

하지만 그랬다면 가 공자의 이야길 들어주는 이도 없었겠지. 서효의 어깨를 스치는 바람에서 쓸쓸함이 묻어났다.

누군가는 들어주었으면 했다.

아무도 신경 쓰지 않는 이들의 이야기를. 잃어버린 줄도 모르는 주인을 두고 세상 한편에서 잊혀져 가는 존재들의 소리를.

직접 나서서 해결해 주진 못하더라도 서효는 그들의 이야길 들어주고 싶었다. 듣는다는 것은, 잠시나마 같은 순간에 머무른다는 것. 저마다 제 목소릴 내려는 세상에서 그녀 하나쯤은 조용히 듣기만 해도 되지 않을까.

서효가 멈추었다. 어느새 약방의 대문 앞이었다. 문을 열고 들어가자 익숙한 풍경이 그녀를 맞았다.

"생각보다 늦으셨네요."

계산대를 닦던 차언이 그녀를 돌아보며 말했다. 약재함과 같은 빛깔의 계산대는 차언의 손길 아래 반질반질 윤이 났다.

"한데 책방에 오래 있다 온 것치곤 손에 든 게 없으십니다?"

그가 서효의 빈손을 지적했다. 이크, 들켰구나. 평소였다면 가슴이 철렁해서 핑계를 짜내기 위해 머리를 요리조리 굴렸을 것이다. 그러나 오늘 서효는 조금 달랐다.

늘 그녀의 사소한 데까지 신경을 쓰는 차언.

냉정한 듯 타박해도 언제나 그 너머엔 애정이 있다는 걸 알고 있다. 차언이 없는 일상은 상상할 수도 없다.

그런 차언이 변해 버린다면.

서효는 그와 함께한 지 백오십 년이 지나서야 비로소 차언의 변심이 두려워졌다. 자신은 무슨 근거로 차언의 마음이 영원할 거라고 굳게 믿어왔을까. 서효가 그를 빤히 쳐다보았다.

그가 없는 일상, 그가 곁에 있어주지 않는 나날에 대해 생각도 해보지 않았다. 자신은 그의 존재를 당연시하고 있었다. 그것은 결코 당연한 것이 아닌데도.

"……아가씨?"

뭔가 이상함을 감지한 듯 차언이 수건을 내려놓았다. 꼼꼼하면서도 재빠르게 서효의 상태를 살피는 눈길이 느껴졌다. 서효는 그에게 달려가 안겼다. 너른 품에 안겨 꼭 끌어안았다.

"차어언."

저도 모르게 목소리가 어리광을 피우듯 늘어졌다. 이런 모습을 보이려던 건 아닌데. 좀 더 어른스럽고 진지하게 말하고 싶었다. 진심을 전하고 싶었다. 하지만 매달리는 듯한 태도만은 어쩔 수 없었다.

갑자기 덜컥 겁이 났다.

"곁에 있어줘서 고마워. 날 떠나지 않아줘서 고마워."

"아가씨."

"앞으로 차언 말 잘 들을게. 동트면 일어나고, 약재도 제때 빻아놓고, 말없이 밖에 나가 마음고생 시키는 것도 그만할게."

눈물이 날 것 같이 코가 찡했다. 그렇지만 여기서 눈물까지 보였다간 차언이 진짜 큰일이 난 줄 알고 다그칠 것이다. 서효는 실룩이는 코를 보이지 않으려고 더욱 얼굴을 파묻었다. 서효를 마주 안지도 못 하고 그대로 굳은 차언의 목소리가 들렸다.

"혹시 어디 아픈 겁니까?"

"아니."

"열은요? 어지럽진 않고요?"

"괜찮아."

몸이 아픈 문제가 아니라고 해도 차언은 일단 그것부터 의심했다. 그는 뻣뻣하게 굳은 손을 들어 서효의 이마를 짚고 체온을 확인했다.

다음 순서는 진맥이었다. 손목을 잡은 뒤 어두운 표정으로 맥을 짚었다. 달리 이상 증세는 없다. 서효의 말은 사실이었다. 몸이 아픈 게 아니라면 대체 아가씨가 이러는 이유가 뭘까 짐작하던 차언은 나름의 결론을 내린 듯 보였다.

"도대체…… 이번엔 얼마나 큰 사고를 쳤으면."

평소 집사가 주인 아가씨를 어떻게 생각하는지 고스란히 드러나는 순간이었다. 뭐, 나는 만날 사고만 치고 다니는 줄 알지? 한마디 쏘아줄 법도 한데 서효는 고개만 도리도리 저었다.

"아니야, 그런 거."

"갑자기 변해서 무서운 건 인간만이 아닙니다. 겁주지 마시죠."

"그런 거 아니라니깐."

서효가 그의 품속에서 웅얼거렸다.

"어떤 책을 읽고 왔는데 거기서……. 소중한 사람이 떠나고서야 후회하는 이야기가 나왔어. 그걸 보고 나니까 내가 차언에게 너무 막 대했나 하는 생각도 들고."

차언이 여전히 굳어 있다가 서서히 긴장을 풀었다. 서효에게 무슨 일이 생긴 건 아님을 깨달은 거다. 그가 서효의 등을 쓸어내렸다. 아주 예전, 서효가 악몽을 꾸고 울먹일 때 그랬던 것처럼 부드러운 손길이었다.

"아직 더위를 먹고 다니십니까?"

토닥토닥.

"아가씨가 절 서운케 한 적은 단 한 번도 없죠. 저는 결코 아가씨 곁을 떠나지 않을 거고."

"나 더위 먹은 거 아니거든."

"저번엔 더위 탓을 하더니? 게다가 얼굴도 점점 뜨거워지는 것 같은데요. 뒤늦게 열이 오르는 거 아닌가요?"

투정 부리듯 대꾸했다가 본전도 못 찾았다.

그야 차언이 다정한 말을 하니깐. 거기까지 말하지는 못하고, 서효는 다시 고개를 파묻었다.

떠나지 마. 변치 말아줘. 이기적인 부탁이겠지. 하지만 지금까지 그래왔듯 내 곁에 있어줄 수 있어, 차언?

오늘 너무 슬픈 이야기를 들었거든. 그런데 어린 아가씨가 겪은 일을 나도 겪을지 모른다는 생각을 하니까 갑자기 너무 겁이 났어. 차언이 없어진다는 건 꿈에서도 생각해 본 적이 없는걸. 이런 속마음까지 다 말하면 차언은 바보 같다고 웃으려나?

실은 모두 털어놓고 싶었다. 위로를 받고 싶었다. 평소엔 서효가 다른 이들을 위로하고 다니는 편이지만 오늘만큼은 달랐다.

들은 이야기의 무게가 너무 커서, 서효조차도 누군가에게 기대고만 싶어졌다. 위로하는 이에게도 때론 위로가 필요한 법이다.

그리고 이럴 때, 제일 먼저 떠오르는 이는 다른 누구도 아닌 차언이었다.

"아가씨가 읽으셨다는 책 제목이 궁금하군요."

"그건 왜?"

우물우물 물어보자 차언이 등을 부드럽게 쓸어내리며 웃었다.

"제가 이날 이때까지 해온 수고가 얼만데 말이죠. 고작 책 한 권으로 아가씨에게 다시 평가받는다는 게 신기하기도 하고 괘씸해서요. 도대체 어떤 책이기에 우리 철딱서니 없는 아가씨 정신을 차리게 했을까."

차언은 아마 책 제목을 알 수 없을 것이다. 찾지 못할 것이다. 애초에 그런 건 존재하지 않으니까.

"몰라. 기억 안 나."

"참 편리하기도 한 기억력이지 말입니다."

오늘의 차언은 이상하다. 서효의 말이 허점투성이인데도 더 이상 캐묻지 않는다. 바른대로 이실직고하라고 다그치기는커녕 다정하게 위로해 준다. 감싸 안아준다. 오늘 서효가 정말 힘든 것을 알기라도 하듯이.

쿵쿵, 쿵쿵.

어디서 이상한 소리가 들린다 했더니 제 심장 소리였다. 서효는 지그시 가슴께를 눌렀다. 설마 그럴 린 없겠지만 혹시라도 차언이 소리를 들을까 봐 지레 걱정이 되었다.

얼굴은 둘째치고 가슴은 왜 콩닥거리는지 영문을 모르겠다.

책상 위와 서랍을 속속들이 뒤졌는데도 찾는 물건이 나오지

않았다.

"다 썼나."

서효는 고개를 갸우뚱하며 부엌을 향해 물었다.

"차언, 내 붉은 먹 못 봤어?"

"애처로울 만큼 조그맣게 남아 있던 그 조각을 말씀하시는 거라면 이미 치웠습니다."

"애처롭다니! 아직 보름은 거뜬히 쓸 수 있을 텐네."

칼이 도마 위를 두드리는 경쾌한 소리가 이어졌다.

"잘못 기억하시는 거 아닌가요? 제가 봤을 땐 아가씨 엄지손톱만 하던데."

"차언이 잘못 본 거야."

서효가 재잘거리며 창고로 가다가 몸을 틀었다. 다른 좋은 생각이 떠오른 것이다. 당장은 많이 필요한 게 아니니까 굳이 새 먹을 찾아 쓸 필요가 없을 듯했다. 창고는 멀고 차언의 방은 가깝다.

서효는 그의 책상에서 쓰기 딱 좋은 상태의 먹을 발견했다.

"잠깐만 빌려보실까."

기쁜 얼굴로 방을 나가려던 서효는 뭔가 알 수 없는 기분에 그 자리서 멈췄다. 달려온 것도 아닌데 묘하게 숨이 가빴다. 손을 들어 가슴께에 대자 빠른 박동이 느껴졌다.

쿵, 쿵, 쿵.

손바닥이 울릴 만큼 세게 요동치고 있었다. 이게 무슨 일이지?

아프진 않았다. 이것은 고통이 아니다. 그렇다고 얼마 전, 차언의 품에 안겼을 때 곤란할 정도로 콩닥거렸던 설렘도 아니었다. 굳이 말하자면 서효 스스로도 설명하기 어려운 감각이 그녀의 모든 신경을 한곳으로 이끌고 있다 할까.

돌연 방 안이 암흑처럼 어두워지고 오로지 한 곳만 환히 빛나는 것 같았다. 신기함에 그 빛을 따라가 볼 법도 한데 서효의 본능은 다른 말을 했다.

따라가지 마. 미혹되어서는 안 돼.

“미혹되다니……. 무엇에?”

그러자 기묘한 감각이 즉시 반박했다.

미혹이 아니야. 시야를 틔워주려는 거야.

“시야를 틔워주겠다고?”

방 중간에 우두커니 서서 혼잣말을 하는 서효는 몹시 해괴한 모습이었지만, 이곳엔 그녀를 현실로 끌어올 차언이 없었다.

저기 세 번째 서랍을 열고 안쪽을 헤쳐 봐.

감각은 여전히 서효에게 말을 건넸다. 주인이 없는 방에서 주인 몰래 그의 소지품을 뒤진다. 의외의 부분에서 서효의 행동에 제어가 걸렸다. 아무리 차언과 제 사이가 스스럼없을지라도 그의 물건에 손을 대긴 싫었다. 이건 붉은 먹을 가져가는 것과 별개의 이야기였다.

이건 꼭 봐야 해. 놓치면 후회할 거야.

기묘한 감각이 그녀를 부추겼다. 서효의 발이 주춤주춤 서랍장으로 향했다. 세 번째 서랍 문고리에 손을 걸었다. 반쯤 당기자 가지런히 개어놓은 옷가지가 눈에 들어왔다. 안쪽을 보려면 조금 더 당겨야 한다. 서효가 입술 안쪽의 여린 살을 깨물었다.

“정말 이래도 될까?”

봐도 안 봐도 후회하긴 마찬가지야.

이제껏 분한 듯 입을 다물고 있던 본능이 말했다. 틀린 말은 아니었는지 기묘한 감각도 반박하진 않았다. 서효는 그게 무슨 뜻인지 이내 알게 되었다. 옷가지로 덮어둔 상자 안에는 그림으로만 봐왔던 동곳이 들어 있었다.

가 공자가 애타게 찾았던 바로 그 동곳이었다.

이게 왜 차언의 방에 있지?

서효는 서랍장에 등을 기대고 주저앉아 하염없이 동곳을 내려다보았다. 세심한 넝쿨 문양에 청아한 색의 취옥까지, 보면 볼수록 그림과 빼 박았다.

생각을 하면 할수록 안 좋은 기분에 잠식되어 갔다. 자신이 어디까지 어두워질 수 있는지 바닥을 본 것 같았다.

혼자 생각하지 마. 아무리 생각해도 답이 나올 문제가 아니야. 이럴 바에야 차언에게 물어보자. 차언은 거짓말을 하지 않으니까. 설명을 듣고 나면 적어도 기분 나쁜 의심과 혼란은 멎을 거야.

서효는 부엌으로 걸어갔다. 다리가 뻣뻣해서 잘 움직여지지가 않았다. 차언은 깨끗이 씻은 무를 도마 위에 올리는 참이었다.

오늘 저녁은 뭇국이랬지. 심각한 중에도 언뜻 낮에 들은 저녁 상차림이 떠올랐다.

"차언."

몇 번 망설이다가 어렵사리 말을 걸었다. 그가 무에 식칼을 댄 자세 그대로 서효를 쳐다보았다. 더할 나위 없이 일상적인 모습이었다. 서효가 무슨 말을 꺼낼지 상상조차 하지 못할 터.

그의 평온함을 깨뜨리기가 싫었다.

하지만.

"미안해. 나 붉은 먹을 찾으러 차언의 방에 들어갔는데."

그냥 거두절미하고 본론부터 말하자. 괜히 이야길 끌었다간 그녀 본인부터가 대화에서 도망치고 싶어질 것 같으니.

"가 공자의 동곳을 왜 차언이 가지고 있어?"

서효가 등 뒤에서 동곳을 꺼내 들었다. 늦은 오후의 햇살이 맑은 취옥을 투영하고 지나갔다. 동곳을 본 차언의 표정이 굳었다. 그러나 차언은 이내 고개를 돌려 도마 위의 무를 반으로 잘랐다.

어떻게 찾았는지, 붉은 먹은 핑계고 처음부터 탐색이 목적이었던 건 아닌지, 하물며 서효의 생각이 어떤지조차 묻지 않았다. 말을 하고자 한다면 얼마든지 많은 말을 할 수 있을 텐데 그가 택한 것은 침묵이었다.

서효는 듣고 싶은 게 많았다.

"왜 이걸 차언이 갖고 있느냐고."

그가 무를 다시 반으로 갈랐다.

"제가 찾았으니까요."

"차언이 찾은 거라고?"

뜻밖의 대답에 서효는 잠시 할 말을 골랐다. 그렇다. 가 공자가 동곳을 찾아달라고 윽박지르는 자리에 차언도 함께 있었다.

그렇다면 앞에서는 서효더러 괜한 일에 나설 것 없다고 말리고 뒤로 차언이 손을 써서 동곳을 찾은 것인가. 답을 하나 들었는데 또 다른 질문이 꼬리에 꼬리를 물었다.

"왜 찾았다고 말하지 않았어? 아니, 그보다도, 어디서 어떻게 찾은 거야?"

"갖고 있던 자가 제게 주었습니다."

"그 사내가?"

동아의 정혼자를 찾아갔단 말인가. 하지만 진주 비녀도 아무렇게나 처분한 사내이니 동아가 정표로 건넨 동곳도 그의 손을 떠났을 가능성이 있었다. 도대체 어디서부터 물어야 할지 당황해하는 서효를 향해 차언이 말했다.

“동곳에 대해 더 들으신 모양이군요.”

그가 칼을 내려놓고 손을 닦았다.

“저는 물건을 받기만 했을 뿐 상세한 이야긴 듣지 못했습니다. 그…… 가 공자가 뭐라 했는지 말씀해 주시겠습니까?”

차언은 서효의 이야기를 전부 들었다. 가 공자가 복수를 다짐하며 상대의 심장에 동곳을 꽂겠다는 데까지 들었을 때 그는 말없이 고개를 끄덕였다. 얼떨결에 가 공자와 따로 만난 것을 알리고 말았는데 차언은 이에 대해 트집을 잡지 않았다. 그는 잠시 생각을 정리하는 것처럼 보였다.

“저는.”

그가 입을 열었다.

“아가씨가 혼자 움직일 때를 이용했습니다. 놈, 그러니까 가 공자의 뒤를 밟아 협박하여 그의 생년월일시를 알아냈죠. 그걸 들고 인연의 신을 찾아갔습니다. 마침 멀지 않은 곳에 계시더군요. 저는 가 공자와 얽힌 모든 선연과 악연을 물었고, 그에게 남은 연은 세 가닥임을 들었습니다. 하나는 아가씨, 하나는 이미 죽은 연, 그리고 남은 하나가.”

“그 사람이었구나.”

차언이 시선을 내린 채 살짝 고개를 끄덕였다.

“사내를 찾아가 동곳에 대해 물었더니 떨리는 손으로 넘겨주더군요. 그때 당시로는 제가 알아듣지 못할 말을 하기도 했습니다.”

“그 사람 지금 어딨어?”

차언이 서효를 담담히 바라보았다. 속뜻을 짐작하기 어려운 표정이었다.

"죽었습니다."

"죽었다고?"

서효의 말끝이 절로 올라갔다.

"제가 찾아갔을 땐 이미 오늘내일하는 처지였습니다. 저는 생사의 신이 아니지만 얼핏 보기에도 그가 사흘 밤을 넘기기 어려워 보였죠. 아마 젊은 시절 몸을 방탕히 굴린 탓일 겁니다."

사내에 대해 이야기하는 차언의 말투가 왠지 무정하게 들렸다.

"어쨌든 저는 그렇게 동곳을 받아왔고 제 방에 두었습니다."

"내게 말하지 않은 이유는."

"말하면 아가씨께선, 가 공자에게 동곳을 갖다 주실 겁니까?"

서효의 말문이 막혔다. 동아의 이야기를 듣기 전까지는 서효도 동곳 찾기에 의욕적이었다. 찾자마자 가 공자에게 달려가 안겨주리라 마음먹고 있었다.

하지만 며칠 전부터 서효의 생각은 달라졌다.

가 공자의 사정은 안타깝지만 누군가의 목숨을 앗을 걸 알면서 물건을 내어주기란 마음이 편치 않았다.

게다가 사내가 죽으면 가 공자도 죽는다. 동곳을 찾아다 주는 것은 가 공자의 손에 양날의 검을 쥐어주는 거나 다름없었다.

차언은 서효의 복잡한 마음까지 꿰뚫어본 것일까. 아니면 이미 이성을 잃고 번들거리는 가 공자의 눈에서 어렴풋하게나마 이면의 진실을 알아본 걸까.

서효의 손이 맥없이 떨어졌다. 차언은 내려뒀던 칼을 잡았다. 자신은 이것으로 할 말을 다 했다는 듯한 태도였다.

일정한 간격으로 무를 써는 소리가 부엌에 울려 퍼졌다. 신기한 일이었다. 평범하고도 단순한 그 소릴 듣고 있으니 어지러웠던 서효의 마음이 차츰 가라앉았다.

"의심스러우신가요?"

문득 차언이 물어왔다.

"물건을 찾고도 말하지 않고, 따로 행동하고, 잠깐이지만 아가씨 속였습니다. 의심스러워 보이시겠죠. 충분히요."

칼질을 하는 그의 손이 조금 느려졌다.

"변명이나 해명은 세 체질이 아닙니다. 다만 한 가지 알려드리고 싶은 것은."

이 말을 할 때만큼은 확실히 서효를 응시했다. 왠지 두 눈을 피하고 싶을 정도로 쏟아지는 시선이었다.

"전 아가씨가 행복하기만 하면 된다는 것. 혹여 행복한 그림 안에 제 자리가 없어도, 울지 않겠습니다."

마지막 말을 할 때 차언은 희미하게 웃고 있었다. 그리고 차언이 웃자 눈물은 서효에게로 돌아왔다. 둘 중 한 명은 울어야 하는 자리인가 보다. 서효는 동곳을 내려놓고 차언의 곁으로 다가갔다.

이미 다듬어놓은 숙주나물을 괜히 건드려 봤다.

아직 풀리지 않은 몇몇의 의문보다도 눈앞의 차언이 소중했다. 지난번, 가 공자의 이야기를 듣고 온 날 차언의 품에 안겨 어리광을 피웠었는데 그때 든 위기감이 지금 또 발현했다.

차언이 사라질지도 몰라. 마음이 바뀌면 어떡하지.

"갑자기 왜 그런 말을 하는 거야. 그런 말 하지 마. 난 울 거야. 차언이 없으면 울 거라고."

눈길이 그의 손끝에 닿았다.

"그리고 차언이 없으면 누가 뭇국에 들어갈 무를 이렇게 예쁘게 썰어?"

그가 황당한 실소를 터뜨렸다.

"지금 제 존재 가치가 채썰기 정도로밖에 인정받지 못하는 겁니까?"

"아니야."

서효가 그의 팔뚝에 머리를 콩 박았다.

"차언은 깍둑썰기도 잘하잖아."

"잘하죠."

그가 이젠 웃지도 않고 말을 받았다.

"어슷썰기도 기가 막히고."

"당연한 거 아닌가요."

"……무로 꽃 모양은 낼 수 있어?"

그날 저녁 식탁에 오른 뭇국 안에는 온갖 기기묘묘한 모양의 무가 들어 있었다. 서효는 따끈한 국물을 마시며 건너편 사람을 보았다.

역시 잃기 싫다. 따뜻한 국물과 함께 못다 한 말이 꿀꺽 삼켜졌다.

"반드시 동곳을 찾아주십시오."

낡은 대문을 올려다보고 있자 그날 가 공자의 청이 들리는 것 같았다. 죽이고야 말겠다고 다짐하던 눈빛을 꿈에서도 잊을 수가 없었다. 서효는 어두운 얼굴로 한숨을 푹 내쉬었다.

어떻게 말해야 좋을까. 동곳을 찾았어요. 한데 찾으시던 사람은 이미 죽고 없어요.

가 공자는 과연 이 말을 믿으려 할까.

오늘은 여우 소녀들 없이 서효 혼자 찾아왔다. 무슨 말을 해야 가 공자의 마음을 돌릴 수 있을지 아직 생각해 내지 못한 상태였다. 그럼에도 낡은 집을 찾은 것은, 유야무야 시간을 보내봤자 달리 방법이 없다는 생각이 들었기 때문이다.

가 공자는 서효가 이야기를 듣고 돌아간 이후로도 쪽지를 보냈다. 먹물이 번진 모양새가 글씨 주인의 불안함을 보여주고 있었다.

덜덜 떨리는 글자에서 심각함을 느낀 서효는 조만간 그를 찾아봐야겠다고 생각했다.

동곳 주인의 죽음을 알려주면 자결. 그냥 두면 병사할 판이다.

"나는 작은 신이야. 생사 같은 건 너무 어렵다고……."

서효가 머리를 감싸 쥐며 괴로운 신음을 흘렸다.

무뢰배와 맞닥뜨릴 때는 좀 더 큰 힘이 있었으면 싶었다. 그런데 서효의 바람은 절반만 먹혀들어간 모양이었다. 큰 힘은 내려오지 않았다. 대신 작은 직분으로 해내기에 벅찬 책임만이 지워졌다.

'저기요, 천제님. 전 잃어버린 물건의 주인조차 찾아주지 못하는 작은 존재예요. 반면 이번 일은 사람의 목숨이 달려 있는 일이죠.

담당할 신을 잘못 찾으신 게 아닐까요.

차언에게 또 핑계나 둘러대고 나온 저보다 훨씬 훌륭하고 대단한 분들이 많으신걸요.

생사의 신이나 인연의 신이나 희망의 신 같은 분들. 저와는 비교도 할 수 없을 연륜과 지혜를 갖추신 분들. 그분들이라면 더

현명한 방법으로 가 공자를 도우실 수 있을 거예요.

“많고 많은 신들 중에 왜 하필 저죠.”

서효가 어깨를 축 늘어뜨렸다. 자신이 할 수 있는 건 들어주기, 오직 그것뿐이다. 그리고 이미 가 공자의 사연은 들을 대로 들었다. 서효가 해줄 수 있는 건 이미 끝난 것이다.

“살아주세요…….”

여린 목소리로 조그맣게 속삭였다.

“부디 살아주세요, 공자.”

왜 살아야 하느냐고 묻는다면 대답할 수가 없다.

죽은 가족들도 공자가 이러는 건 원치 않을 거예요. 가장 먼저 떠오른 말이지만 서효가 절대 꺼내고 싶지 않은 말이기도 했다.

이건 도움이 되지 않아. 경험이 일천한 서효조차도 본능적으로 알 수 있었다. 이 답답함을, 무력함을, 안타까움을 어떻게 전할 수 있을까.

“제발 도울 수 있길.”

똑똑.

서효는 가 공자 댁 대문을 두드렸다. 주먹을 쥐고 벌서듯이 서 있는데 한참을 기다려도 아무 소리가 들리지 않았다. 재차 두드렸지만 인기척이 느껴지지 않기는 마찬가지였다.

“무슨 일이지?”

병약한 몸으로 외출을 했을 리는 없고 낮잠이라도 자는가 싶었다. 굳이 낮잠을 떠올린 이유는 그보다 나쁜 생각을 하고 싶지 않기 때문이다.

“불안한데.”

서효의 얼굴이 흐려졌다.

힘주어 대문을 밀어보자 끼이익, 하고 열리는 게 불안을 더욱 심하게 만들었다. 갑자기 한기가 드는 것 같아 팔을 감싸 안은 채 안으로 들어섰다.

"실례합니다."

지난번 찾아왔을 때 쓸쓸한 분위기가 감돌던 집은 어느새 황량한 느낌으로 바뀌어 있었다. 그새 마당의 잡초가 이렇게 자랐나? 저번에 왔을 때도 이처럼 거미줄이 쳐져 있었던가? 공자의 병세가 심해졌다면 집을 손볼 수 없는 게 당연하지만, 모든 걸 감안하고서라도 이상한 뒷맛을 지울 수가 없었다.

"계세요? 백화약방의 서효예요."

크지도 않은 집의 방문을 다 열고 다녔지만 사람의 흔적은 보이지 않았다. 무엇보다 부엌 찬장에 먼지가 내려앉은 찻잔이 마음에 걸렸다. 저렇게 보얀 먼지가 내려앉을 정도로 사람이 드나들지 않았다는 건 이상했다.

서효는 수년 전이 아니라 이달에 가 공자 댁을 찾았다.

테두리에 이가 나간 모양새는 저번에 공자가 내온 찻잔임이 틀림없는데, 어찌 이전 왕조 무덤에서 발굴한 것처럼 흙먼지가 묻어 있는 걸까.

"뭐지……. 사람들에게 물어봐야겠어."

서효는 대문을 나섰다.

앞, 뒤, 옆집은 비어 있지만 건너 건넛집은 사람이 살고 있는 걸 예전에 보아두었다. 문을 두드리자 조금의 시간차를 두고 '뉘시오' 하는 소리가 들렸다.

"아, 안녕하세요. 골목 끝에 사는 공자에 대해 여쭤보려는데요."

"응?"

서효가 고개 숙여 인사한 뒤 본론을 말하자 중년 사내의 표정이 의아해졌다. 사내의 뒤로 마당에서 고추를 말리고 있는 부인이 보였다. 그 옆에선 계집아이가 동생과 흙장난을 하고 있었다. 여유로운 살림은 아니라도 확실히 가 공자의 집에 비해서 생동감이 넘치는 모습이었다.

서효는 눈이 마주친 부인에게도 고개를 숙여 보였다.

"여보, 무슨 일이래요?"

"응? 아니, 이 아가씨가 골목 끝 집에 대해서 물어보는구먼."

"그 폐가는 왜요?"

"폐가요?"

서효가 부인의 말을 따라 하며 되물었다.

"골목 끝 집에 대해 물어보려는 거 아니오? 대문에 검은 얼룩이 묻은 집."

"네, 맞긴 한데……."

"거긴 수십 년째 빈집이오만. 내가 안사람과 예서 살기 시작한 게 이십 년이 넘었는데, 그전부터 쭉 빈집이었소. 처음엔 나도 분위기가 찜찜했지. 한데 이 집을 판 노인이 시끄러운 것보다는 조용한 편이 나을 거래서 그냥 그러려니 한 거요."

중년 사내가 턱을 긁으며 물었다.

"그런데 그 빈집에 누가 산다고?"

"공자요. 가 씨 성을 가진 공자인데 이십대 중반에 낯빛이 안 좋아요. 서생 옷차림이고요."

"듣는 게 처음인데."

중년 사내가 부인을 향해 눈짓했다. 부인도 영 모르겠다는 듯 고개를 저었다.

"황 씨 청년이라면 맞은편에 살고 있소. 대장간에서 일하지."

"제가 찾는 분은 골목 끝에 사는 서생이에요."

"그러니까 이상하단 거요."

허허, 하고 헛웃음을 흘리다가 서효를 다시 보는 표정이 별로 좋지만은 않았다.

"공자라는 자가 아가씨한테 거짓말을 한 건 아니오? 일부러 틀린 주소를 알려줬다거나."

"저, 그러면."

서효는 얼른 다른 질문을 꺼내보았다.

"동아라는 아가씨는 아세요? 시장에서 노점 찻집을 했었는데."

"모르겠소."

"두 사람이 남매거든요. 수년 전이라서 기억이 잘 안 나실 순 있어요."

"아가씨."

중년 사내가 서효를 불렀다. 아까는 서효가 기분 나쁜 장난을 치는 건가 떨떠름해하던 표정이었는데, 이제는 서효를 조금 안되었다는 눈으로 보고 있었다. 어떻게라도 실마리를 잡아보려고 하는 모습이 보인 것이다.

"찾는 이가 누군지는 모르나 골목 끝 집이 수십 년째 빈집이라는 건 내 장담할 수 있소. 기억이 안 나는 것도 아니고 그냥 이건 사실이오. 정 뭣하면 이 골목에 사는 사람들에게 다 물어보시구려. 나보다 오래 산 사람도 부지기수인데, 아마 다들 같은 말을 할 거요."

"아……."

"아무래도 잘못 찾아온 것 같소만."

서효가 입술을 달싹거렸다.

얼떨떨한 표정으로 인사를 한 다음 통나무 같은 다리를 움직여 걸었다. 중년 사내가 거짓말을 한다는 생각은 들지 않았다.

그래도 만약이라는 게 있다.

서효는 대문이 닫히길 기다렸다가 맞은편 집 문을 두드렸다. 이후로도 세 집에 같은 것을 물어봤지만 돌아오는 답은 똑같았다.

"저긴 종일 인기척이라곤 없는 빈집이야. 수십 년째 그래왔지."

가 공자는 빈집을 자기 집인 척하고 반나절 동안 자신을 대접한 걸까. 그럼 그는 평소 어디에 머물렀을까. 지금 어디 있을까. 살아 있기는…… 한 걸까.

약방으로 돌아가기 전, 서효는 마지막으로 골목을 돌아보았다.

벌써 잎이 다 떨어진 앙상한 나무 한 그루가 골목 끝에서 그녀를 배웅하고 있을 따름이었다.

서효는 멍하니 약재함 서랍만 열었다 닫기를 반복했다. 밖에 다녀온 뒤로 계속 이런 상태였다. 열었다가 닫았다가. 이번엔 자리를 옮겨서 다른 쪽을 열어봤다가 닫았다가.

이러니 차언의 눈길을 안 끌래야 안 끌 수가 없었다. 이 층에 약재를 옮기고 온 집사가 삐딱하게 서서 주인 아가씨를 쳐다보았다. 그 와중에도 열었다가 닫았다가.

드르륵, 탁.

"녀석들과 놀아주는 새로운 방법인가요?"

"으응?"

차언이 약재함 속의 영들을 턱으로 가리켰다.

"서랍이 닫히기 전에 고개를 내밀었다 집어넣기. 뭐 그런 놀이인 겁니까?"

"놀이 아닌데."

"저 녀석들은 놀이인 줄 아는군요."

차언의 말대로 작은 영들만 신이 났다. 다들 발을 동동 구르며 어느 서랍이 열릴까 기다리다가 한 곳이 열리기 무섭게 그쪽으로 달려갔다. 온갖 신나는 소리가 약재함 안쪽에서 터져 나왔다.

반면 서효는 멍한 얼굴이었나. 주인 아가씨는 십사를 향해 웅얼거렸다.

"잃어버린 걸 찾고 있어."

차언의 눈썹이 위로 치켜 올라갔다.

"잃어버린 거요? 누가 뭘 잃어버렸는데요?"

"내가 가 공자님을 잃어버렸어."

드르륵, 탁.

서효의 입꼬리가 아래로 축 처졌다.

"아까부터 기다리고 있는데 안 들어오네."

"그놈은 왜 기다리죠. 아니, 애초에 잃어버렸다는 말이 이상하군요."

가 공자가 언급되자마자 차언의 인상이 싸늘하게 바뀌었다. 그는 아예 팔짱을 끼고 벽에 기대기까지 했다. 불량한 자세였다. 여전히 공자는 차언에게 불쾌하기만 한 존재인 것 같았다.

"아까 공자 댁에 갔는데 집이 텅 비어 있더라고. 주변 사람들에게 물어보니까 수십 년째 비어 있는 집이라고 했어. 뭔가 귀신에 홀린 기분이기도 하고."

신이 이런 말을 하니까 우습긴 하다. 서효는 웃는 듯 우는 듯 이상한 표정이 되었다.

"나쁜 마음을 먹은 건 아닌지, 살아 있긴 한지. 머리가 복잡해."

"집을 찾아갔다고요?"

차언이 팔열지옥(八熱地獄)에서나 들을 법한 목소리를 끌어냈다. 이젠 감출 것도 없다. 서효는 순순히 고개를 끄덕였다.

"차언, 죽으려고 마음먹은 사람의 마음은 어떻게 돌릴 수 있을까?"

차언에게 하는 말 같았으나, 실은 서효 스스로 계속 되풀이해서 묻고 있는 질문이었다.

"어떻게 해야 극복하게 할 수 있지? 극복 못 한다면 그저 버티기라도 해야 하는데. 그냥 시간이 흘러가길 기다리기라도 해야 하는데."

서효가 약재함에 머리를 쿵 박았다.

"어떻게 하지?"

"하아."

차언이 땅이 꺼질 듯 한숨을 내쉬었다.

"하아."

서효도 답답한 숨을 토해냈다.

"하."

"한숨 쉬지 마."

차언이 두 번째로 깊은숨을 내쉬려고 할 때 서효가 눈을 흘기며 말했다.

"이젠 한숨도 못 쉽니까? 아가씨 목을 조른 정체불명의 인간 집을 혼자 찾아갔다고 하시는데, 집사인 전 한숨도 쉬지 말라고요?"

"속으로 통쾌해하는 거 다 알아."

서효의 눈은 점점 더 가늘어지고 표정은 점점 더 부루퉁해졌다.

"처음엔 공자가 너무 흥분한 상태여서 그랬지, 그 뒤로는 점잖은 태도였어. 안타까운 사연도 있잖아. 한데 차언은 죽일 놈 살릴 놈 하며 아주 눈엣가시처럼 여기기만 하고."

과한 처사가 따로 없었다.

"이제 공자가 없어졌으니 속이 시원하겠지?"

"아가씨가 절 어떻게 생각하시는지 잘 알겠군요."

차언이 슬슬 어두워지는 바깥을 내다보며 말했다.

"그리고 거짓말은 넣어두죠. 예, 앓던 이가 빠진 것처럼 개운합니다."

"으아아!"

서효가 얄밉다는 듯 주먹으로 제 무릎을 두드리다가 이내 맥 빠진 얼굴로 약재함에 머리를 기댔다. 잠시나마 잊고 있었던 우울함이 살아난 것이다. 정말 가 공자는 어디로 간 걸까. 몸도 안 좋아서 멀리 못 움직일 텐데 말이다. 그렇게 필사적으로 찾아달라던 동곳 소식은 듣지도 않고 사라지다니.

차언이 침울해진 서효를 가만히 보았다.

"어떻게 마음을 붙잡느냐고 물으셨는데."

분기도 장난기도 느껴지지 않는 어조였다.

"아마 그 방법은 천제께서도 모르실 겁니다."

"그래? 그냥…… 내가 부족해서 모르는 게 아니라?"

"아뇨."

차언이 고개를 저었다. 서효의 말은 사실이 아니라는 듯 필요 이상으로 여러 번 고개를 저었다.

"아가씨가 부족한 게 아닙니다."

그의 얼굴에 씁쓸한 미소가 천천히 번졌다.

“절대로요.”

“그래…….”

차언의 단호한 말을 듣자 조금은 위로가 되었다. 한편 천제님도 모르는 일을 어떻게 작디작은 자신이 해결하도록 맡기셨는지, 원망 비슷한 의문이 들었다.

얼마나 무력한지 깨닫게 해서 겸손한 신으로 만드는 시험이라면 서효는 제외 대상이었다.

저는요, 평소에도 제가 얼마나 무력한지 철저히 알고 지낸답니다. 이렇게까지 안 하셔도 된다고요.

“공자, 죽지 마세요…….”

저도 모르게 부탁하는 말이 새어 나왔다.

이에 차언은 한숨을 쉬더니 구시렁거리면서 자리를 떠났다. 천하의 차언도 무한히 위로하기는 지칠 터. 서효는 풀 죽은 얼굴로 약재함 고리를 만지며 어딘가에 있을 가 공자를 떠올렸다.

달그락, 탁.

쇠고리가 나무 서랍에 부딪치는 소리를 듣고 있는데, 집 안으로 들어간 줄 알았던 차언이 문을 열고 나타났다.

“오시죠.”

표정은 굳어 있고, 방금 전까지 계속 구시렁거린 모습이지만 서효의 손목을 잡아끄는 손길은 부드러웠다. 영문도 모른 채 끌려간 서효는 마당 한편을 조용히 빛내고 있는 밀초 앞에 서게 되었다.

줄지어 선 밀초 끝엔 불빛이 아른거리고 있었다.

“정주에 살 때 기억 안 나십니까? 그 지역만의 풍습이 있었죠.”

“나이만큼 초를 켜고 비는 거?”

"기억하시네요."

차언이 단 위의 밀초들을 가리켰다.

"아무리 저라도 백오십 개를 당장 준비하는 건 힘드니."

십 년당 하나씩이라고 덧붙였다.

서효는 차언을 쳐다보다가 물결처럼 흔들리는 촛불에 눈을 돌렸다.

예전에 살았던 정주라는 곳에는 한 해의 운을 걸 만큼 간절히 빌고 싶은 소원이 있을 때, 자신의 나이만큼 초를 켜놓고 기도하는 풍습이 있었다. 기도가 끝날 때까지 촛불이 하나도 꺼지지 않으면 소원이 이루어진다는 내용이었다.

차언은 그걸 기억해 낸 것이다. 두 사람 다 풍습을 믿는 편은 아니었지만 누구나 어딘가에 기대고 싶을 때가 있는 법이었다.

"나 기도할래."

서효가 두 손을 모으고 가슴 앞에 깍지를 꼈다. 눈을 감았다가 다시 떴다.

"차언도 해."

"제가 왜요?"

"맞는다? 같이 해. 같이 하면 효력도 두 배일 거야."

"지금 꺼낼 수 있는 밀초는 이게 전부라서."

결국 서효는 차언의 옆구리를 찔렀다. 미랑과 마주 앉았을 때도 느낀 거지만 오히려 제 손가락이 아플 만큼 단단했다.

"같이 해. 응? 공자가 무사하길 빌어줘."

"하아."

차언이 세상에서 이보다 내키지 않는 일이 없다는 표정으로 손을 모았다. 서효는 밝게 웃은 다음 눈을 감았다.

천제님. 저보다 큰 힘을 가진 여러 신들이시여. 부디 가 공자가 무사하게 도와주세요. 그분에게 두 번째 기회를 허락해 주세요. 잃어버린 것들의 신, 서효가 이렇게 간절히 빕니다. 그분이 다시 웃을 수 있도록 도와주세요.

눈을 떴을 때 촛불이 꺼지지 않았길 바라고 또 바랍니다…….

차언은 눈을 떴다.

고개를 돌린 그곳에는 두 손 모아 기도하는 서효가 있었다. 밀초의 은은한 빛이 말간 낯을 비추었다.

한 해의 남은 운을 잘 알지도 못하는 사내의 무사함에 바치고 있는 서효. 사내가 들려준 이야기가 거짓일 거라고는 믿지 않는 서효. 한때는 그런 모습을 어리석다고 여긴 적이 있었다.

자신이야말로 어리석었던 시기였다.

그리고 지금은.

'하, 아직도 돌아올 힘이 남아 있나.'

차언은 어깨로부터 뭉근하게 퍼지는 기운을 느끼고 쓴웃음을 지었다. 눈 감은 서효는 보지 못하겠지만 검푸른 기운이 그의 팔뚝을 타고 손끝까지 뻗어 내려가고 있었다.

'이제 난 뭘 할 수 있지?'

스스로도 감이 잡히지 않았다. 이미 그는 벼락을 내리고 땅을 뒤엎을 수 있는데 여기서 더 할 수 있는 건 무엇일까. 이 이상의 힘은 필요가 없는 것 같은데 말이다.

'망나니 아가씨가 언제 어디로 이동하는지 알 수나 있었으면 좋겠는데.'

차언은 혼자 생각하다가 꺼질 듯 줄어드는 촛불을 발견했다.

즉시 바람을 멎게 하자 열다섯 개의 촛불은 안전해졌다. 여전히 힘을 거두지 않은 채 그는 옆에 선 서효를 바라보았다.

깊이 잠들었을 때나 기도를 할 때, 그녀가 눈을 감았을 때야 비로소 안심하고 지켜볼 수 있는 처지.

차언의 손이 저도 모르게 가냘픈 어깨로 올라갔다.

끌어안고 속삭이면 조금 더 나아지지 않을까. 그녀와 감정을 나누고 싶었다. 이제는 나도 그럴 수 있게 되었다고, 내게 기대어도 좋다고 나직하게 말해주고 싶었다.

하지만.

어깨에 닿기 직전까지 뻗어나간 손이 허공에서 멈췄다.

'……네가 감히?'

주저하던 손은 그대로 거두어졌다.

"와, 차언. 촛불이 살아 있어! 하나도 꺼지지 않았어!"

불안한 표정으로 실눈을 뜬 서효가 웃음을 터뜨리며 기뻐했다.

"밤이 되면 바람이 제법 부는데 신기하다, 그치? 다행이야. 이게 꼭 효력이 있었으면 좋겠네."

"그러게 말입니다."

어여쁜 웃음소리가 듣기 좋아서 서효가 직접 초를 불어 끄기 전까지 힘을 거둬들이지 않았다. 후, 후, 후. 차언은 연이어 피어오르는 회색 연기에 아릿한 마음을 흘려보냈다. 그녀가 기뻐하니 다행이야, 라고 거듭 생각하면서.

3장.
야릇한 연습

"아가씨, 일어나시죠."

"흐으응."

서효가 이불 속에서 번데기처럼 몸을 말았다. 잠은 일각 전에 깼지만 침상 밖으로 나가고 싶지 않았다.

게으름 때문이 아니었다. 가 공자가 사라진 이후로 우울감이 계속 남아 있는 탓이었다. 평소엔 괜찮다가도 눈을 뜨면 더럭 안 좋은 기분이 들었다. 공자가 위험한 상황에 처한 꿈을 꾸고 난 이후면 침울함은 더 심해졌다.

차언도 이에 대해 알고 있었다. 그가 자신의 기분을 풀어주기 위해 노력하고 있음을 알고 있는데도, 그 마음에 보답할 수가 없었다.

차언 때문이 아닌데 왜 난 차언에게 어리광을 부리고 투정하는 거지. 이러고 싶지 않아. 미안하단 말이야. 나도 양심이 있다고.

하지만 현실은 이불을 머리끝까지 뒤집어쓰는 것이었다. 서효는 다음에 이어질 차언의 행동을 알고 있었다.

아침 식단에 대해 이야기한다. 점심과 저녁 식단도 알려준다. 자신이 좋아하는 것들로만 가득한 식단을 곰곰이 되짚고 있으면, 차언은 이불 째로 서효를 말아서 욕실에 갖다 넣는다. 두툼한 이불을 홱 걷어가면 절로 몸을 오들오들 떨게 된다.

얇디얇은 침의 차림인 서효는 몸을 데우기 위해서라도 따뜻한 목욕물에 들어갈 수밖에 없는 것이다.

한데 오늘은 좀 달랐다.

"깨어 있는 거 압니다. 그럼 전 일이 있어서 이만."

냉담한 말투는 아니었다. 어제처럼 다정한 목소리긴 한데 문제는 태도가 너무 담백하다는 데 있었다.

"차언?"

"예, 쉬세요."

문이 닫혔다. 이게 뭐야. 서효의 표정이 이상하게 일그러졌다.

"진짜 갔어?"

이러고 뒤를 돌아보면 뻔뻔하게 웃으면서 '속으셨군요'라고 하는 건 아닐까. 차언은 발소리를 죽이고 다니는 거로 유명하니까 그럴 수도 있다.

그러나 고개를 돌린 그곳엔 차언이 없었다. 정말 나가 버린 거다. 가만히 귀를 기울이고 있자니 집 안에서 차언이 돌아다니는 소리가 났다. 뭔가를 챙기고, 걸어서, 나가는 것 같은데.

"뭐야."

서효는 이불 밖으로 나왔다. 침의 위에 실내용으로 입는 두꺼운 장삼을 걸치고 옷깃을 여민 채 문을 열었다. 빼꼼 열어본 틈새로 막 안마당을 떠나는 차언이 보였다.

"진짜 나가잖아?"

재빨리 머리를 굴려봤다. 차언이 나갈 일이 뭐가 있는가 하고 따져 봤지만 떠오르는 게 전무했다. 아침 시장이야 어제 다녀왔고, 약방을 열기도 전에 배달을 나갈 리도 없을 터.

"날 깨우지도 않고 어딜 가는 거야."

이상한 기분이었다. 호기심과 심통이 반반 섞이면 이런 기분이 될까.

서효는 뾰로통한 얼굴로 차언이 사라진 쪽을 보다가 얼른 옷을 갈아입었다. 행여 놓칠까. 세수하고 양치를 하는 손이 바빴다. 입술연지도 찍어 바르지 못하고 달려 나갔더니 차언은 벌써 골목 저쪽을 걷고 있었다.

간만에 서효는 숨이 턱 끝까지 차도록 달려봤다. 심장이 터질 듯 쿵쾅거리고 호흡도 거칠어졌다. 머리까지 띵한데 차언은 좀처럼 걸음을 멈출 생각이 없어 보였다.

"어디까지 가는 거야?"

들키지 않게 뒤를 밟았다. 차언은 주인 아가씨가 제 뒤를 밟고 있다는 생각은 꿈에도 하지 못할 것이다. 왜냐면 서효조차 자신이 이러는 이유를 설명하지 못하니까.

그냥 소리 내어 불러 세운 뒤 어딜 가냐고 물어보면 되지 않을까. 떳떳하지 못한 구석이 있는 것도 아닌데 왜 이러는 거야.

"어, 어어?"

차언은 성 안으로 들어갔다. 무뢰배를 다시 혼내주려고? 가 공자의 행적을 조사하려고? 웬만한 일은 약방이 있는 마을에서도 처리할 수 있었다. 차언이 아침부터 성에 온 이유는 점점 미궁 속으로 빠져들었다.

약 반 각 뒤.

서효의 표정은 돌이킬 수 없을 정도로 험악하게 바뀌었다. 차언이 한 치의 망설임도 없이 들어간 건물이 마음에 들지 않았다. 이해도 되지 않았다.

"차언이 왜 여기로 들어간 거지?"

야화루(夜花樓). 이름부터 노골적인 그곳은 기녀들이 사내를 맞이하는 기루였다.

"공자님, 맛있는 요리 드시고 가세요!"

"아직 밤 장사 시간은 멀었지만 다른 걸 드셔도……."

"어머, 얘! 너무해!"

"거기, 나리. 들어오세요. 요리가 맛있는 야화루랍니다."

기녀들은 간드러진 목소리로 까르르 웃었다. 이곳은 특이하게 낮에는 음식을 팔고, 밤에는 남자 손님을 받았다. 낮과 밤에 일하는 기녀들이 다르다고 했다.

서효도 지나가면서 여러 번 본 기억이 있었다.

계절에 상관없이 하늘하늘한 옷을 입고 손수건을 흔드는 기녀들이 눈길을 잡아끌었다. 아무리 요리가 맛있다고 하지만 기녀가 호객하는 가게다. 아가씨나 아이 딸린 손님은 야화루로 들어가지 않았다. 오로지 사내들만이 이 층의 기녀들을 가리키며 웃는 얼굴로 들어가고 있었다.

"차언이 야화루 음식을 싸올 리는 없을 테고."

이곳 요리를 먹어본 적은 없지만, 차언은 웬만한 숙수보다 훨씬 요리를 잘했다. 그러니까 굳이 먼 길을 와서 음식을 싸간다는 건 이상했다.

"그럼……."

서효의 눈초리가 위로 치켜 올라갔다.

"설마."

입술이 실룩거렸다. 두 주먹에 힘이 들어갔다.

"잘생긴 놈은 얼굴값을 하고, 못생긴 놈은 꼴값을 한다더니."

동네 아가씨들에겐 그렇게 냉기를 풀풀 날려놓고 이래선 안 되는 거다. 실수투성이에 게으름 피우는 주인이라도 주인은 주인. 차언의 주인인 서효는 그를 기루나 드나드는 녀석으로 가르친 적이 없었다.

야화루로 들어가던 사내들이 계단 앞에 선 서효를 힐끔거리며 안으로 들어갔다.

"내 이 녀석을 당장!"

분에 떨던 서효는 야화루 안으로 진격했다.

이곳은 향락의 끝이로군.

야화루 일 층을 순식간에 둘러본 서효의 감상이었다.

아직 사시(巳時: 오전 9시에서 11시 사이)도 채 지나지 않았는데 구석에서는 도박판을 벌이고 있었다. 요리를 먹으며 떠드는 사내들 옆에는 나긋한 기녀가 앉아서 시중을 들었다. 벌써 술을 주문하는 자도 몇 되었다.

이보세요. 지금 시간이 몇 시인지는 다들 알고 계시는 거죠?

서효의 눈이 데굴데굴 굴러갔다. 일단 일 층엔 없다. 그럼 이 층으로 올라갔다는 뜻인데. 중앙 계단으로 올라가려는데 두 명의 기녀가 앞을 막아섰다. 머리카락 끝을 꼬고 옷소매를 만지작거리면서 서효의 아래위를 훑어보았다. 품평하는 듯한 시선이었다.

"여긴 아가씨 출입 금지예요."

"조용히 나가주세요."

서효는 입술을 실룩이며 이 층을 눈으로 살폈다. 떠들썩한 아래층과 달리 자릿값을 더 준 손님을 모시는 곳이었다. 방마다 탁자 세 개를 들여놓고 문을 달아놓았다. 저 문을 닫으면 시끌벅적한 아래층과는 완전히 단절되는 것이다.

"말썽 부릴 아가씨로는 보이지 않는데 계속 안 나가면."

"사람을 찾으러 왔어요."

서효가 목을 빼고 이리저리 차언의 자취를 찾았다. 그녀의 말에 기녀들이 입을 가리고 웃었다.

"왜 웃죠?"

"아가씨 같은 분들이 자주 오니까요. 정인 찾으러 온 분, 남편 찾으러 온 분, 동생 단속하러 온 분. 말하자면 끝이 없지요."

"안됐지만 여긴 사내들의 공간이라."

기녀가 일 층 구석에 서 있던 자를 눈짓으로 불렀다. 소란을 피우거나 꼼수 쓰는 손님이 있으면 험상궂은 인상으로 무언의 위협을 하는 자였다.

"조용히 집에 가서 기다리세요."

"어?"

서효의 눈이 번쩍 뜨였다. 반쯤 열린 문 사이로 익숙한 목소리가 새어 나온 것이다.

"이 바보가."

망설임 없이 그대로 달려 올라갔다. 그녀 뒤로 당황해하는 기녀들의 목소리가 들렸다. 복도에서 중간 방. 그곳의 문을 열어젖히자 차언이 눈에 들어왔다.

그는 옅게 웃음을 띤 얼굴이다가 서효를 발견하고는 한동안 눈을 깜박이는 것도 잊었다. 벽옥 같은 미남자의 얼굴에 의아함이 번지기 시작했다.

왜 여기에 왔느냐고 따지려는데 그제야 방 안 사람들의 이목이 느껴졌다.

꽤 넓은 방에는 다섯 명이나 되는 기녀가 저마다 요염한 자세로 앉아 있었다. 차언과 대화 중이었던 듯하다. 쌀쌀해진 날씨에도 봉긋한 가슴을 절반쯤 드러낸 옷이 기녀다웠다.

"아니, 이러시면 안……."

"어머."

기녀들이 서효에게 손을 뻗으려다 차언을 보고 수줍게 눈을 내리깔았다.

"차언님."

"소란을 피워서 죄송해요."

"이 아가씨가 사람을 찾는다며 마구잡이로 뛰어 올라와서 말이지요."

자신들의 잘못이 아님을 피력했다. 이 상황, 굉장히 마음에 들지 않아. 서효는 허리에 두 손을 올리고 차언을 실눈으로 보았다. 해명할 테면 해명해 보라는 뜻이었다.

"얼른 내보내도록 할게요, 차언님."

"손대지 말아요!"

서효가 다람쥐처럼 잽싸게 몸을 피하며 다시 한 번 차언을 노려보았다. 입이 있으면 말을 하란 말이다.

"그 아가씨는."

차언이 드디어 입을 열었다.

"제 일행입니다."

서효가 이제 됐냐는 듯 기녀들을 쳐다봤지만 그들은 여전히 곤란한 표정이었다.

"저기, 차언님도 아시겠지만 야화루는 규수의 출입을 금하고 있어요."

"예외를 두면 저희는 루주님께 혼날 거예요."

고로 서효가 나가거나 차언과 서효가 함께 나가야 한다는 게 요지였다. 그러자 차언과 대화 중이던 다섯 명의 기녀가 일제히 항의하는 소리를 냈다.

"안 돼요! 저흰 아직 본론도 꺼내지 못했다고요."

"부탁할 약이 있단 말이에요."

"아직 가시면 안 돼요, 차언님!"

기녀들이 그러거나 말거나.

서효는 오직 차언에게 시선을 고정하고 무슨 말을 하나 두고 보았다. 어린애처럼 귀를 잡고 끌고 갈까. 아니면 모두가 보는 앞에서 엉덩이를 차줄까. 아침에 가 공자 때문에 우울했던 건 까맣게 잊힐 만큼 화가 났다.

노려보는 서효와 한목소리로 매달리는 기녀들. 그 사이에 낀 차언은 어쩔 수 없다는 듯 웃었다.

"안심하세요. 여기 서 있는 아가씨는……."

그래, 실토해야지. 모시고 있는 주인님이라고 말하고 여길 떠나는 거야. 집에 돌아가기만 해봐. 최소한 사흘은 말을 안 걸 테니까. 혼자 벼르고 있던 서효는 다음에 이어진 차언의 말에 입을 딱 벌리게 되었다.

미랑 때도 느낀 바지만, 집사는 너무도 거짓말에 능했다.

"제 하녀니까요."

저번엔 연모하는 사람이라더니 이번엔 하녀냐고!

서효는 아무런 말도 못 하고 주먹만 불끈 쥐었다. 황당해도 유분수지. 머리에서 김이 피어오르는 것만 같았다.

어이가 없어서 굳어버린 서효와 달리 방 안의 분위기는 대번에 풀어졌다. 규수는 곤란하지만 하녀는 문제가 없다고 했다. 이제야 납득이 간다는 듯 고개를 끄덕이는 건 또 뭐람?

기교를 부려 틀어 올린 머리에 자줏빛 꽃을 꽂은 기녀가 서효를 훑어보았다. 아까 계단참에서 두 기녀가 한 것과 똑같은 눈짓이었다.

"하녀치고는 제법 깔끔한 차림이네요."

그 말을 기점으로 여기저기서 평가의 시선이 날아들었다. 누군가가 안에 입은 옷은 그렇다 쳐도 겉의 감색 장삼은 사내들이 주로 입는 게 아니냐고 말했다.

"외모와 어울리긴 해요."

간드러지게 웃는 소리가 이어졌다.

저건 칭찬이야 욕이야? 서효는 부은 볼을 하고 제 옷차림을 내려다보았다. 그제야 실내용으로 걸치는 장삼을 그대로 입고 나온 걸 깨달았다.

차언의 옷을 만들고 애매하게 남는 옷감이 있어, 같은 모양으로 크기만 줄여 만든 것이었다. 품이 넉넉하고 몸에 들러붙지도 않아 편히 입기 좋았다. 원래 서효가 입는 예쁜 외투가 있는데 정신없이 준비하다 보니 그냥 이걸 걸치고 나온 모양이었다.

무늬 없이 하얀 포에 흰 치마, 겉에 입은 감색 장삼. 몸태를 드러내는 것과는 거리가 멀다. 양 갈래로 땋은 머리의 빨간 나비매

듭이 그나마 귀여움을 살려주고 있었다.

다른 곳에서라면 평범한 차림일 텐데 하필 장소가 장소인지라. 서효가 하녀라는 말도 먹혀드는 거였다. 서효는 차언에게 다가가 탁자 아래로 발등을 지그시 밟으며 속삭였다.

"지금 이게 뭐하는 짓일까, 집사님?"

"차언님이라고 부르시죠."

건방진 집사가 발을 빼며 말했다.

"혹은 주인님이라거나."

"정녕 우리 집사가 빗자루로 맞고 싶은 게지?"

"주인님이래도."

차언이 서효의 옷깃을 부드럽게 잡아당겼다. 서효가 끌려 내려가자 그는 미소를 지우지 않은 얼굴로 속삭였다.

"저기 맨 오른쪽 연두색 옷을 입고 있는 기녀가 보이십니까?"

서효는 뚱한 표정으로 눈을 돌렸다. 가냘픈 허리가 인상적인 기녀가 보였다. 볼에 연지를 발랐는데도 낯빛이 창백했다. 쌀쌀한 날씨에 저렇게 얇은 옷을 입고 있으니 몸이 언 게 분명하다는 생각이 들었다.

"몹쓸 병에 걸렸습니다. 기루에서 제일 꺼리는 병이죠. 약을 먹고 연고를 바르면 치료가 가능한데도 남들에게 병환을 알릴 수가 없습니다."

알려지는 즉시 맨몸으로 쫓겨난다고 한다. 쓰던 물건은 모조리 불태운다고도 하였다. 전염을 막으려는 뜻이겠지만 한 공간에서 생활하는 정도로 옮겨지지 않는 병인데 너무 과한 처사였다.

가진 것 없이 쫓겨난 기녀는 약을 살 수가 없고, 그대로 두면 몸 자체가 쇠약해져 죽게 된다.

차언은 아픈 기녀를 무리에 끼워 불러내 일하는 시간을 빼주곤 하였다. 때로는 그 기녀만 지명해 차를 마시기도 했다. 다른 사람이 눈치채지 못하게 하기 위함이었다.

"오늘은 약을 전해주려던 건데 다른 기녀들까지 몰려든 겁니다."

아아, 그래. 인기가 많아서 좋으시겠어.

"한데 아가씨까지 오실 줄이야."

"흥."

"어차피 순순히 돌아가실 것 같진 않으니 잠깐만 장단을 맞춰주시죠."

서효는 내키지 않았지만 방구석에 애처로이 앉아 있는 기녀가 마음에 걸렸다. 불면 날아갈 듯 가냘픈 몸과 달리 나이는 그리 어려 보이지 않았다. 이 방에서 두 번째, 또는 세 번째 순으로 나이가 많을까. 그래봤자 스물다섯 언저리겠지만 말이다. 늘 화려하게 단장하고 배곯지 않는 직업이지만, 꽃의 수명은 너무도 짧았다.

'흑, 난 안 될 거야. 이렇게 물러 터져선.'

서효가 차언만 보이도록 고개를 끄덕였다. 병이 나쁘지, 아픈 사람은 무슨 죄냐는 생각이 들었다.

"착하군요."

그래도 차언이 씩 웃는 걸 보니 뒷맛이 개운치 않았다. 역시 서효가 동의할 줄 알았다는 눈빛이랄까. 기다렸다는 듯 웃으면 얄밉단 말이야.

"자, 그럼."

차언이 주의를 환기시켰다.

"필요한 약을 차례로 말씀해 주실까요? 다음에 전해 드리겠습니다."

"꺄, 나부터요!"

"내가 더 급해요, 언니!"

차언의 앞으로 대번에 줄이 만들어졌다. 아픈 기녀는 힘이 없는지 굳이 무리 중에 끼어들지 않고 마지막 순서를 자처했다.

이곳이 아프다 저곳이 어떻다. 기녀들이 늘어놓는 증세는 끝이 없었다. 목적은 분명했다. 차언과 조금이라도 길게 이야기를 나누고 싶은 것이다. 차언도 이를 모르는 바가 아닐 텐데 일일이 호응하며 들어주었다.

이건 음모임이 확실했다.

연두색 옷을 입은 기녀가 병을 앓는 건 사실이라도, 차언이 지금 이 순간을 길게 늘일지 말지는 그의 재량이었다.

내 처지가 재미있는 거지? 그렇지, 못된 집사?

아닌 게 아니라 차언은 하녀가 필요 없는 일에도 자꾸 서효를 개입시켰다.

"먹물이 좀 연한 것 같은데 갈아보겠느냐?"

글자만 알아볼 수 있으면 되는 거 아닌가. 서효가 보기에 먹물은 쓸 만한 농도였다. 하지만 '주인님'은 완고했다. 이런 사소한 일을 시키기 시작하더니.

"목이 마른데 차를 가져오련."

이러지를 않나.

"어깨가 뻐근하구나. 네가 안마를 했으면 싶은데."

안마 명령에는 서효 말고도 다수의 지원자가 열의를 보였으나 이번에도 '주인님'은 제 하녀를 지목하셨다. 콩콩콩. 성의 없이 어깨를 두드리자 대번에 상냥한 꾸중이 날아왔다.

"새가 부리를 쪼아도 이보다는 낫겠구나."

쿵쿵쿵. 분노를 담아 마구 두드렸더니 혀를 찼다.

"넌 이보다 잘할 수 있는데."

해보자는 거지? 언제까지 트집을 잡나 싶어 강도를 몇 번이나 바꿔 두드렸다. 마지막 사람, 연두색 옷을 입은 기녀 차례가 되고서야 칭찬이 떨어졌다.

"이제 좀 괜찮군."

"기뻐서 눈물이 날 시셩이네요, 주인님."

주인님 세 글자에 힘을 주어 말했더니 차언의 입꼬리가 올라갔다. 다른 기녀들이 무슨 하녀가 저리 무례하냐고 한 소리씩 해도 차언은 혼자 만족스러운 표정이었다.

"항상 감사합니다."

기녀가 고개를 숙였다. 차언은 예를 차릴 것 없다며 손을 내저었다.

모두가 무례한 하녀 서효에게 정신을 팔고 있는 순간, 그는 기녀의 치마폭으로 작은 봉지와 연고함을 떨어뜨렸다. 기녀는 조용히 그것을 소매 안으로 집어넣었다. 곁눈으로 지켜본 서효는 이제 모든 게 끝났다는 생각에 안도의 한숨을 쉬었다.

오전의 역할극은 끝인 것이다. 약방으로 돌아가 차언의 등에 구멍이 뚫릴 때까지 노려봐 주는 일만 남았다.

"차언님!"

한데 엄청난 방해물이 나타날 줄이야.

"이대로 가시긴 서운하니까 저희 연습을 좀 도와주세요."

"연습이라뇨?"

눈 밑에 애교점을 찍은 기녀가 흰 종이를 들어 보였다.

"입에서 입으로 종이 옮기기요!"

나머지 기녀들이 손뼉을 치며 반겼다. 차언이 난감한 듯 웃다가 서효를 쳐다보았다. 눈이 마주쳤다. 왠지 안 좋은 예감이 들었다.

"입에서 입으로 종이 옮기기를 할 거예요. 도와주세요!"

기녀들이 두 손 모아 간청했다. 한 손님이 시작한 놀이는 야화루 전체에 퍼져 이제 손님들이 가장 선호하는 술자리 놀이가 되었다. 흰 종이를 호흡만으로 빨아들인 채 옆 사람에게 옮겨준다. 얼핏 쉬운 것 같아도 잠깐만 숨을 내쉬거나 하면 종이가 떨어진다.

기녀들은 남자 손님의 호흡을 따라가기가 벅차다고 호소했다. 손님들이 걸려서 술을 마셔야 하는데 번번이 자기들이 벌주를 걸리고 만다는 것이다.

"저게 연습을 한다고 되나……."

서효는 혼자 조그맣게 중얼거렸다. 차언과 어떻게든 엮여보려는 노력의 일환이 아닌가 싶었다. 하지만 중요한 건 그게 아니었다.

"이거 참 난감한데……. 그럼 순서는 어떻게 정할까요."

거기서 왜 호응을 하는 거냐고! 문제는 차언이 요청을 냉큼 수락한 데 있었다.

뭔가 굉장히, 아주, 대단히 찜찜하면서도 불길한 전개였다. 기녀들이 손뼉 치며 기뻐하는 소리가 들렸다. 서효의 표정은 더욱 굳어졌다.

"제가 차언님 오른쪽!"

"앗, 그럼 난 왼쪽!"

"뭐야, 이런 식은 불공평하다고!"

기녀들이 대번에 투닥거렸다. 차언은 마치 남의 일인 양 방관하다가 서효를 슬쩍 보았다.

또 저런 눈짓. 뭐야, 무슨 속셈인 거지? 그냥 집에 돌아가겠다고 하고 어서 여길 나가잔 말이야. 누가 봐도 목적이 빤한 부탁이 잖아.

서효가 눈빛으로 항의했지만 차언은 옅은 웃음을 머금은 채 시선을 돌렸다.

"공정하게 제비뽑기를 하죠."

차언의 말에 다들 시선을 교환하다가 그게 좋겠다고 결론을 내렸다. 누가 차언의 옆에 앉을지 입심으로 겨루다가는 해가 저물도록 결정하지 못할 것라는 판단이었다. 차언이 먼저 제비를 뽑았다.

그의 번호는 육(六)이었다. 기녀들 사이에선 오(五)나 칠(七)을 뽑고 말겠다는 투지가 활활 타올랐다.

서효는 못마땅한 얼굴로 왜 제비가 일곱 개나 있는지 노려보았다. 기녀 다섯 명과 차언이 제비를 뽑는데 왜 하나가 더 들어가 있는 것인지. 재미를 위한 속임수일까.

"난양이가 다섯 번째를 뽑았어!"

"어쩜."

"아쉬워라. 난 간발의 차로 네 번째인데."

오(五)를 뽑은 난양이란 기녀는 연두색 옷의 주인공이었다. 차언에게 약을 받아 쓰는 기녀다. 이로써 남은 제비는 두 개. 제비뽑기 통을 앞에 둔 마지막 기녀가 눈을 빛냈다.

확률은 반반. 이중에 일곱 번째 제비가 있는 것이다.

"으, 뽑혀라. 뽑혀라. 뽑혀라!"

눈을 질끈 감고 뽑은 제비 끝에는 일(一)이 써져 있었다. 차언이 남은 제비를 들어 공연히 끝을 확인했다. 그의 오른쪽에 앉을 칠(七).

"이런, 서효야."

그가 순서가 적힌 제비를 서효 쪽으로 내밀며 재미있게 되었다는 표정으로 말했다.

"네가 마지막이구나."

"뭐?"

얼떨결에 짧은 소릴 내버린 서효가 영 입에 붙지 않는 존댓말로 고쳐 말했다.

"저도 같이하는 거였어…… 요?"

"그저 놀이 연습일 뿐인데 뭘 그리 긴장하느냐."

"누가 긴장했다고…… 요."

"와서 앉아라."

차언이 제 옆자리를 가볍게 탁탁 쳤다. 기녀들은 아쉬움이 가득한 얼굴로 순서에 맞춰 앉고 있었다. 둥근 탁자에서 서효의 자리만 비어 있게 되었다. 머뭇거리고 있자 차언의 재촉이 이어졌다.

"어서 앉으래도."

"진짜……."

모두가 서효를 부러운 눈으로 보았지만 당사자의 입장은 달랐다. 차언이 기녀들과 요상한 놀이를 하는 건 내키지 않았지만, 그렇다고 자신이 차언 옆을 지키고 싶은 건 아니었단 말이다.

"그럼 시작할까요?"

누군가의 말을 시작으로 첫 번째 기녀가 종이를 입술에 갖다 댔다.

기루에서 하는 야한 놀이라고 하면 언뜻 종이가 얇디얇을 것 같지만 의외로 빳빳하고 두꺼워 보였다. 그쪽이 호흡으로 잡고 있기가 어려워서였다.

일부러 실수를 유발하는 놀이라니 짓궂고 질이 나쁘다.

세 번째 기녀가 유난히 요령이 없는지 자꾸만 종이를 놓쳤다. 진짜 술자리였으면 넌 이미 벌주를 몇 잔은 마셨을 거라는 핀잔이 잇따랐다. 보는 사람이 다 애타는 놀이였다. 저도 모르게 숨죽이고 종이를 지켜보던 서효는 어느새 제 순서가 되었음을 깨달았다.

턱이 부드럽게 잡혔다. 고개가 옆으로 젖혀졌다. 호흡으로 종이를 빨아들이고 있는 채, 차언이 그녀를 응시했다.

눈과 눈이 마주친 순간 서효는 아까의 불길함을 떠올렸다. 장난기가 비치는 그의 눈빛이 다음에 이어질 행동을 암시했다.

그리고 서효는,

'나 머리가 좀 이상해졌나 봐.'

두근거림을 느꼈다.

"읏!"

두꺼운 종이를 사이에 두고 차언이 입술을 내리눌렀다. 어찌나 세게 밀어붙이는지 종이 너머로 입술의 모양과 열기, 촉촉함이 느껴질 정도였다. 서효는 숨을 쉬어야 할지 말아야 할지 판단을 내릴 수가 없었다. 눈을 감을지 말지도 모르겠다.

'입술이 너무 뜨거워.'

그중에서도 가장 부끄러운 건 차언이 서효를 빤히 쳐다보고 있다는 사실이었다. 아무리 놀이라도 입술을 거의 맞대고 있는데 시선을 피할 수가 없다니.

하지만 여기서 눈을 감으면 더 이상하게 보일 것이다.

'얼굴이 빨개진 것 같아.'

순식간에 온몸에 열이 올랐다. 당황과 부끄러움에 눈물까지 고이려는 순간, 차언이 입을 뗐다.

툭.

종이는 즉시 두 사람의 사이로 떨어졌다.

"그렇게 오래 대고 있었는데도 못 버티다니."

차언이 종이를 주우며 서효를 나무랐다. 입꼬리가 좀처럼 내려가지 않는, 웃는 얼굴이었다.

"생각보다 형편없구나, 서효."

당연히 종이 옮기기는 다시 해야 했다. 이걸 또 한다니. 서효의 머릿속이 새하얗게 비워졌다.

다과상이 들어왔다. 알록달록 곱게 물들인 과자와 달콤한 꿀을 넣은 전병, 신선한 과일과 차가 탁자 위에 가득 차려졌다.

기녀들은 술을 안 마셔도 된다니 얼마나 기쁜지 모르겠다며 다과를 먹고 마셨다. 아침을 거른 채 차언의 뒤를 쫓아오느라 배가 고팠던 서효도 일단 배 속을 채웠다.

입안에 넣자마자 사르르 녹아버리는 맛에 눈이 번쩍 뜨였다. 야화루 요리가 근사하다는 말은 거짓말이 아니었다. 이것도, 이것도, 그리고 저것도 모두 맛있었다.

입가에 하얀 가루가 묻은 줄도 모르고 열심히 먹고 있자 기녀들이 입을 가리고 웃었다. 서효가 처음 등장했을 때만 해도 대놓고 경계하더니, 가게 요리에 푹 빠진 모습이 마음의 벽을 다소 허물어준 모양이었다.

사위들이 처갓집에 가서 복스럽게 먹는 이유가 있었던 거다.

서효는 씁쓸한 차로 입가심을 하며 창밖을 내다보았다.

"서효님."

바람결에 실려 오는 가냘픈 목소리. 돌아보자 난양이 뒤에 서 있었다.

"실은 차언님의 주인 아가씨지요? 가끔 이야기를 들어왔습니다. 기녀 난양입니다."

정식으로 인사드린다며 고개를 살짝 숙였다.

난양은 예상대로 스물다섯의 아가씨였다. 기녀로 치면 나이가 많은 편이다. 아직 청초한 미모 덕분에 이 년 정도 야화루에 머물 수 있지만, 그 뒤로는 따로 가게를 차려 나가든가 부유한 사내를 잡아 첩으로 들어가든가 결정을 해야 했다.

난양은 다른 기녀들과 정이 들었다며 루주에게 잘 말해 이곳에 남고 싶다고 했다. 가끔 비파를 연주하고 수습 기녀들을 관리하면 좋을 거라고 했다.

"남들은 이런 저를 이해 못 한답니다. 지긋지긋한 기루 생활, 뭐가 좋아서 남느냐고요. 언니들도 늦기 전에 비첩이 되어 나가라고 권하지요."

난양이 희미하게 웃었다.

"서효님께도 제가 이상하게 보일까요?"

"전 아가씨에 대해 모르니 함부로 말하기 저어되지만."

서효가 고개를 저었다.

"뭘 선택하든 그건 아가씨 마음이죠. 여기 남겠다는 결정도 하루 이틀 만에 정한 게 아닐 텐데요. 다 뜻이 있을 거라 생각해요."

"네, 실은 제가 평생을 맡기고 싶을 만큼 좋아하는 분이 없어요. 이런 말을 하면 언니들은 난리가 나요. 기녀에서 벗어나는 것 자체가 엄청난 행운인데 분에 넘치는 소릴 한다고요."

그러나 난양에겐 기녀나 첩이 크게 다르지 않아 보였다. 기루의 울타리가 저택의 몇 겹 둘러싼 담장으로 바뀌는 것뿐.

그럴 바에야 정든 이가 있는 야화루에서 여생을 보내고 싶었다. 진짜 나이가 들어 관리직조차 맡을 수 없게 되면, 그때는 근처에 집을 얻어 비파 선생을 하며 살고자 했다.

"제 병을 들키면 안 되는 이유가 그거랍니다."

성 안에는 소문이 빨리 돌 것 같아서 일부러 멀리 떨어진 마을까지 걸어갔다. 의원으로 들어가려다가 아는 사람을 마주칠까 두려워 돌아 나오길 반복했다.

지체할수록 나빠지는 안색.

안 되겠다. 어떻게든 말을 잘해서 약이라도 구해 가자. 의원의 처치보다는 효과가 떨어지더라도, 조금이라도 낫게 할 수 있는 방안이 있다면.

거의 쓰러지기 일보 직전의 그녀를 발견한 게 차언이었다.

"고마운 분이세요. 제가 기녀라는 걸 알고 난 이후에도 태도에 변함이 없으셨어요."

아마 차언은 이 나라의 왕이나 고관대작을 만나더라도 비슷한 태도일 것이다. 그럴 일은 없겠지만, 천제님과 마주쳐도 여전히 같은 태도일 거다. 앞의 이유는 차언이 평범한 인간이 아니기 때문이다. 많은 신들이 인간계의 신분 지위에 신경을 쓰지 않았다.

한데 뒤의 이유는,

"흠."

서효가 목을 가다듬었다. 저건 그냥 우리 집사가 성질이 더럽다는 뜻이 아닐까, 하고 생각하는 아가씨였다. 물론 속사정을 모르는 난양에게는 차언이 세상에 둘도 없는 군자처럼 보이겠지만 말이다.

"차언님께서 저와 함께 계실 때 말이지요. 말수가 많지 않았으나, 한번 입을 열었다 하면 그건 죄다 서효님 이야기였답니다."

"……네?"

갑자기 난양이 눈을 가느스름하게 뜨며 웃었다.

그제야 서효는 상대가 기녀라는 사실을 새삼 깨달았다. 금방이라도 쓰러질 듯 위태로운 분위기가 감돌지만 오히려 서효보다도 많은 사내를 대해본 경험자인 것이다. 난양의 눈꼬리에서 야릇한 색이 묻어났다.

"그런데 보아하니 저리 잘난 차언님도 맘고생깨나 하실 것 같네요."

"네?"

난양은 점점 모를 소리만 했다.

서효가 눈을 동그랗게 뜨고 반문하자 그녀는 몰라도 된다며 손을 저었다. 혼자 재밌어 하는 모습에 서효는 눈치라곤 약에 쓰려야 없는 어린애가 된 기분이었다. 난양이 차언을 눈으로 가리키며 말했다.

"골려주고 싶으시죠?"

서효가 눈을 반짝 떴다. 딴 건 몰라도 이것만은 알아듣겠다. 난양이 가까이 와보라고 말했다. 서효는 냉큼 귀를 갖다 댔다. 기녀가 속닥속닥 전해주는 말은 얼핏 이해가 가지 않는 방법이었다.

진짜 이게 골려주는 방법이라고? 정말?

난양은 자신만 믿으라며 가슴을 두드렸다. 이래 봬도 괘씸한 사내에게 복수하는 데엔 서효보다 자기가 빼어날 거라 단언했다.

'그야 맞는 말이지만…….'

마지막으로 기름을 부은 건 난양의 한 마디였다.

"당황해서 놀라는 차언님의 모습을 보고 싶지 않으세요?"

"엄청요."

"그럼 두 번째 판을 시작하는 거예요."

가냘픈 체구에서 힘찬 응원의 기운이 뿜어져 나왔다. 서효는 새삼 든든함을 느끼며 고개를 끄덕여 보였다. 입에서 입으로 종이 옮기기. 두 번째 판이 시작되었다.

'이놈의 제비, 신기하기도 하지.'

서효는 손에 든 제비 끝을 빤히 보았다.

차언은 아까 순서를 그대로 유지하고, 나머지 사람들이 새로 뽑았다. 방 안의 계급을 다시 정리해 보자면 차언이 맨 위고 그다음이 기녀들, 꼴찌가 하녀 서효여서 그녀에겐 다른 선택권이 없었다. 다른 사람이 뽑고 남은 제비가 서효 차지였다.

기가 막히게도 서효에게 돌아온 순서는 오(五). 차언의 앞이었다. 맞은편에 앉은 난양이 눈빛으로 응원을 보내왔다.

'이게 웬 기회예요? 알려준 대로 힘내세요, 서효님!'

난양도 절묘한 순서에 놀라는 것 같았다. 이는 서효도 마찬가지였다. 난양이 알려준 방법을 쓰려면 차언 옆에 앉는 수밖에 없었는데, 놀랍게도 운이 따라준 것이었다.

"시작할게요!"

새로운 종이로 시작한 놀이는 아슬아슬하게 이어졌다. 아까와 달리 계획한 바가 있다. 다소 긴장한 서효는 옆 사람에게서 종이를 넘겨받았다.

고개를 돌리자 눈에 띌 듯 말 듯 희미한 미소를 띤 차언이 그녀를 쳐다보았다. 아까는 너무 놀라서 당하고만 있었지만 이번엔 다르다. 서효는 종이를 빨아들인 상태로 천천히 차언에게 다가갔다.

창가에서 난양은 이렇게 속삭였다.

"눈빛을 적극적으로 바꾸고 진짜 입을 맞출 듯이 차언님께 다가가세요. 처음엔 여유롭겠지만 서효님이 들이밀수록 슬슬 당황하게 되실 거예요."

"적극적으로요?"

"이른바 도발이랄까요."

"도발."

백오십 년 넘게 살아왔지만 일상생활에서 도무지 쓸 일이 없던 말이었다. 난양은 바로 그거라는 듯 고개를 끄덕였다.

"한 번도 서효님 쪽에서 먼저 다가간 적 없으시죠? 품에 안기거나 아니면 촉촉한 눈빛으로 바라본다거나 하는?"

"으엑, 저흰 그런 사이 아니에요."

그 말을 들은 난양이 왜 동정하는 눈으로 차언을 보며 혀를 찼는지는 모르겠다. 어쨌든 난양의 요지는 평소 안 하던 행동으로 상대를 당황하게 만들란 거였다.

유혹하는 듯 장난스러운 눈빛. 그런 건 어떤 거지.

'가령…… 이런 식일까?'

서효는 차언의 입술을 바라보았다. 사내지만 은은하게 붉은빛이 도는 입술은 오래도록 보고 있자니 제법 요염해 보였다. 아까 종이 너머로 잠시나마 닿았던 입술이었다. 다시 닿게 된다면 어떤 기분일까.

차언은 몸이 서늘한 편이라 입술도 손처럼 차가울 줄 알았는데.

'의외로 따스했어.'

서효가 조금씩 가까이 다가갔다. 차언의 입술이 가까워졌다.

연한 미소를 띠고 있던 입술은 서효의 진지한 시선을 알아채자마자 그대로 굳어버렸다. 오호라? 정말 효과가 있는가 싶어서 좀 더 열의를 담아 쳐다보았더니 입 주변 근육이 미세하게 떨리는 것 같았다.

웬일이니, 이거. 진짜 효과가 있네.

난양이 가르쳐 준 대로 호흡법을 바꾸니 종이를 빨아들이는 것도 한결 수월했다. 서효는 이제껏 보지 못한 집사의 모습에 신이 나기 시작했다.

이번엔 눈을 마주쳐 볼까.

거의 차언의 바로 앞에 다다랐을 때쯤, 서효는 느릿하게 시선을 올렸다. 차언의 뺨과 코를 지나 검게 자리한 눈동자까지. 빨리 움직이는 법을 못 배운 사람처럼 아주 느리게 움직였다. 마침내 차언과 시선이 마주친 순간 서효는 눈으로 생긋 웃었다.

집사가 움찔했다.

더 다가가 볼까? 종이가 없는 것처럼, 진짜 입을 맞출 것처럼 다가가 볼까?

서효가 한 치 다가가면 차언은 세 치 뒤로 물러났다. 재미가 붙어서 정인들이 입 맞출 때 그러듯 살포시 눈을 감는 시늉을 하자 차언은 더더욱 움찔했다.

차언도 이런 재미를 보려고 그동안 자신을 놀려온 것일까. 그런 거라면 이제 이해가 간다.

서효는 차언 뒤쪽에서 작게 들려오는 불평 소리에 정신을 차렸다. 집사를 놀리는 재미가 심해서 그만 다른 사람들이 동석했다는 사실을 잊고 말았다. 신기한 반응을 더 보고 싶지만 오늘은 이걸로 만족하자.

'나중에라도 난양 아가씨에게 감사 표시를 해야겠네.'

서효는 속으로 웃으며 차언의 입에 종이를 넘겨주려고 했다. 흔히들 말한다. 사고는 순간이라고. 서효의 사고 또한 전혀 예측하지 못한 순간에 찾아왔다.

너무 오래 종이를 빨아들이고 있었던 탓인지, 정작 상대에게 넘겨주려는데 호흡이 끊겨 버린 것이다.

쪽.

보드라운 입술이 차언의 입술 바로 옆에 닿았다. 찰나였지만 닿은 감촉만은 생생하게 느껴졌다.

"……흡!"

서효가 손바닥으로 제 입을 덮은 채 홱 떨어져 나갔다. 입술에 낙인이 찍힌 듯 뜨거웠다. 커다란 눈동자가 충격으로 흔들렸다.

'진짜 닿았어.'

동네의 귀여운 꼬마와도, 혀를 내밀고 헥헥거리는 강아지와도 얼마든지 할 수 있는 가벼운 볼 뽀뽀 정도였지만, 상대가 차언이라면 말이 달랐다. 게다가 방금 한 건 뺨 한가운데나 이마도 아니고 입술 바로 옆.

자칫 입을 맞출 뻔했다. 다른 누구도 아닌 차언과.

서효의 얼굴이 잘 익은 홍시처럼 붉어졌다. 한편 차언은 두 사람 사이에 떨어진 종이를 주워 들었다. 두 번째로 하는데도 여전히 못한다느니 핀잔이 나올 차례였다.

하지만 그는 아무 말도 하지 않고 그저 주먹을 말아 쥐었다. 차언의 귀가 제 얼굴처럼 붉어 보인다면 착각일까.

서효는 달아오른 뺨을 감싼 채 집사의 귀를 물끄러미 쳐다보았다.

모두가 놀랐다.

서효는 차언의 입술 옆에 닿았다는 충격에 굳어버렸다. 기녀들은 진하게 입을 맞춘 것도 아니고 '고작' 닿은 것만으로 서효가 어쩔 줄 몰라 하는 광경에 놀랐다.

그리고 차언은, 이 상황에서 제일 큰 충격을 받은 건 자신인데 어떻게 남들에게 들키지 않을지 머리를 짜내야 했다.

난양이 서효의 귀에 속삭이는 걸 봤을 때 대충 눈치챘다. 한데 눈치채면 뭐하나.

서효가 제 입술을 지나치게 빤히 쳐다보는 순간부터 맥박이 빨라지기 시작했으니 말이다. 어떤 일이 일어날지 아는 것은 마음의 준비를 하는 것과 관계가 없었다. 오히려 역효과만 불러일으켰다.

눈앞에서 서효가 달콤한 입술을 들이밀었다. 둘 사이엔 우습지도 않은 흰 종이 하나만 있을 뿐.

다가온다. 더 가까이 온다.

실제로 서효에겐 진짜 입맞춤을 할 배짱이 없다. 차언은 알고 있었다. 그런데도 움찔거리게 되는 이유는 뭐란 말인가.

뭘 기다리는 거지. 넌 뭘 기대하는 거냐. 요 말괄량이 아가씨는 그저 자신이 평소와 다른 모습을 보이는 게 재밌을 뿐이다. 진짜 입술이 닿는 일 따위 일어날 리 없다. 그렇게 생각했는데.

쪽.

말랑하고 촉촉한 입술이 귀여운 소리와 함께 멀어졌을 땐 잠시 이성을 붙잡고 있기가 힘들었다. 상상하고 원하기만 했지, 아주 오랫동안 닿지 못했던 입술이었다.

'……다 나가라고 해, 말아?'

사람들을 내보내고 무슨 짓을 하게, 이 음흉한 자식.

차언은 헛웃음을 삼키며 자조했다. 여기 있는 누구도 그의 심정을 이해하지 못할 것이다. 서효와 닿았다는 게 어떤 의미인지 모를 것이다. 놀라서 입을 가리고 있는 서효조차도 모를 터다. 그는 간신히 정상적으로 들리는 목소리를 낼 수 있었다.

"어쨌든 시작한 판은 끝내야겠죠."

서효에게 넘겨받을 때와 달리 아주 덤덤한 태도로 옆 사람에게 종이를 옮겼다. 다른 사람들은 알아차리지 못했겠지만, 그는 종이를 빨아들이는 게 아니라 입술 바로 위에 띄운 상태였다.

아까 첫 번째 판에서도 이런 식으로 종이를 넘겨받았다. 물론 서효에게 옮길 때는 남들과 다른 방법을 썼다. 마지막 기녀가 맨 처음 시작한 기녀에게 종이를 옮김으로써 놀이가 끝났다. 다들 좀 얼떨떨한 상태여서 차언과 서효가 실수를 만회하지 않은 사실조차 까먹은 듯하였다.

'이걸 다시 했다간 내 피가 다 마르겠어.'

기녀들의 얕은 술수에 모르는 척 합세해 서효를 골리려 했었다. 한데 제 꾀에 제가 넘어간 꼴이었다. 차언 자신이 주인 아가씨에게 얼마나 약한지를 간과한 대가였다.

"즐거웠습니다, 여러분. 전 이만 돌아가야 할 것 같군요."

"벌써 가시게요?"

"좀 더 있다 가시지."

기녀들이 저마다 아쉬운 소릴 했다. 차언은 방을 빠져나오기 직전, 모든 것의 주범인 난양을 날카롭게 흘겼다. 역시 병을 앓니 몸이 쇠약해졌느니 해도 오래 묵은 기녀는 기녀다. 난양은 차언의 눈빛에 악의가 담겨 있지 않은 것을 파악하고 미소를 지어 보였다.

"어이, 여기 탕국 추가!"

"여기 만두 좀 더 내와!"

방을 나와 계단으로 내려서자 시끌벅적한 소리가 들렸다.

"꺄, 나리. 이러지 마셔요."

웃음과 앙탈이 섞인 기녀들의 소리도 들렸다. 차언은 그대로 계단을 내려가려다가 뒤를 돌아보았다.

서효는 여전히 한마디도 하지 못한 채 엉금엉금 차언을 따라오고 있었다. 아무리 헐렁한 옷차림에 얼이 빠진 표정이라도 어여쁜 미모가 어디 가는 건 아니었다. 적어도 차언의 눈에는 위험 수준이었다. 더군다나 여긴 탐욕 어린 사내들이 득시글한 소굴이다.

"앗, 차언."

서효가 화들짝 놀라 차언을 쳐다보았다. 그는 서효를 제 옆에 끌어다 여린 어깨 위로 팔을 둘렀다. 누구의 보호를 받고 있는지 똑똑히 알려주려는 뜻이었다. 감히 더러운 눈으로 한 번이라도 훑었다가는 무사히 집에 돌아가지 못할 것이다.

"이, 이거 놔. 어색하게 왜 이래?"

바르작거리는 서효를 힘주어 끌어안았다. 그리고 야화루를 나서는 순간 바로 떨어져 걸었다. 주인 아가씨가 저보다 키가 한참 작아 다행이었다. 눈은 마음을 비춘다고 하는데, 만약 서효가 제 키와 비슷했다면 틀림없이 떨리는 눈빛을 발견했을 테니 말이다.

일이 어쩌다 이 지경까지 되었는지 모르겠다. 자신은 그저 난양의 도움을 조금 받아 집사에게 복수를 해주려고 했을 뿐인데.

서효는 옆으로 두 발짝 떨어져 걷는 차언을 몰래 쳐다보았다.

마을로 돌아가는 길. 차언은 내외하며 걷다가도 짐수레나 젊은 사내가 나타나면 거리를 좁혔다.

특히 길 저편에서 마차가 달려올 때는 당장에라도 서효를 들어 안을 듯 가까이 다가왔다. 그만 와. 그만 오란 말이야. 난 더 이상 비킬 데가 없다고. 바로 옆은 논두렁이라고.

수확을 마친 남의 논두렁으로 떨어질 순 없었다. 길이 그리 좁지도 않아서 마차와 행인이 함께 다녀도 될 것 같은데도, 차언은 마차가 지나갈 때까지 경계를 늦추지 않았다. 경쾌한 말발굽 소리와 함께 마차가 지나가고 난 다음에는 나직하게 중얼거렸다.

속도가 너무 빠르다는 게 불만의 이유였다.

'차언은 내가 무슨 갓난아기인 줄 아나 봐.'

정작 주의가 필요한 곳에 무신경하고, 경계심이 적고, 아무에게나 친절하고, 그래서 사고를 몰고 다니고, 이 모든 이유 때문에 맞은편에서 마차가 달려올 때도 어깨를 꼭 안아 보호해야 한다.

'늘어놓고 보니 내가 엄청 모자란 사람처럼 느껴지잖아?'

항의할까 하다가도 차언이 이러는 게 어제오늘 일이냐 싶어 그만두었다. 고치느니 포기하는 게 편하다는 말을 옆집 아주머니에게 들은 적이 있다. 주의할 점은, 이게 사실이긴 한데 상대가 알게 되면 대단히 불쾌해한다고 한다.

고칠 점이 있다는 것을 인정하기 싫고, 고쳐지지 않는다는 것도 인정하기 싫다. 그런데 포기했다는 말은 다른 의미로 불쾌하다. 뭐 이런 식이라나.

'어……. 옆집 아주머니는 이 말을 남편 분을 두고 말했는데.'

문득 생각에 제동이 걸린 서효였다.

계절이 바뀌고부터 부쩍 자신과 차언의 관계를 부부지간에 빗대어 생각하게 되었다. 딱 들어맞는 비유를 찾았는데 알고 보니 부부 사이에 통용되는 말이었다던가. 그런 경우가 잦았다.

우연이겠지. 어쩌다 보니 그런 걸 거야.

서효는 머릿속에서 부부와 관련된 주제를 지워 버렸다. 불길하다. 백화약방의 서효, 혼삿길 막히는 소리가 들리는 것 같았다.

그리고 문제는 이게 아니었다. 중요한 것은 따로 있었다. 바로 차언의 오해를 막는 일! 그럴 일은 없겠지만 행여나 차언이 오해를 하면 골치가 아프게 될 터다.

서효는 괜히 길가에 난 풀을 잡아 뜯었다. 길쭉한 이파리를 손가락에 뱅뱅 감았다가 풀기를 반복했다.

"차언?"

서효의 부름에 그가 돌아보았다. 역시 야화루에서 본 건 착각이었나. 차언의 귀가 불그스름하게 변한 것 같았는데 지금 돌아보는 그의 얼굴은 언제 그런 일이 있었냐는 듯 평온한 표정이었다.

호수의 수면처럼 잔잔했다. 동요가 없었다. 입술이 닿을 뻔한 순간을 계속 떠올리는 건 서효 혼자인 듯했다.

"오해가 없었으면 싶은데. 아, 아까 전에 그건 장난이었어."

"장난."

평온한 수면 아래에서 왠지 음산한 목소리가 올라왔다.

"어, 그러니까 차언을 좀 골려주려다가 호흡이 딸려서."

"그렇단 말이죠."

"응. 다른 뜻이 있었던 게 아니라……. 혹시라도 내가 차언을 조, 조, 좋아해서 일부러 종이를 떨어뜨렸다는 오해는 말았으면 좋겠어!"

"오해."

차라리 다른 반응을 보이던가 하지. 집사는 오싹하게도 계속 서효가 한 말을 짧게 되뇌었다. 서효는 일부러 시선을 피한 채 열심히 고개만 끄덕였다. 어쩨 말을 하니까 몸이 더워지는 기분이었다.

한동안 시골길을 걷기만 하던 차언이 서효를 힐끗 쳐다보며 물었다.

"설마 아직도 야화루 생각 중이셨습니까?"

"응?"

"무슨 생각을 그리 하시나 했더니, 성을 나온 지가 언젠데 아직까지."

차언이 웃었다. 아주 여유로운 웃음이었다.

"별로 신경 쓰지 않습니다."

"그래……?"

난 신경 쓰이는데. 엄청나게 신경 쓰여서 견딜 수가 없는데. 옆으로 한 치만 더 갔어도 내 첫 입맞춤이 날아가는 거였다고. 차언이 내 입맞춤 상대가 되는 거였다고!

한데 차언은 아무렇지 않단 말일까.

"아가씨, 설마 그걸…… 야화루에서의 일을 아슬아슬하게 입맞춤, 뭐 그런 걸로 받아들이진 않으셨겠죠?"

"으응?"

간신히 말끝을 올려서 반문 비슷하게 만들었다. 하마터면 '응'이라고 할 뻔했다. 차언이 일곱 살 귀여운 꼬마를 보는 듯한 눈으로 서효를 바라보았다.

"아무리 아가씨가 사내와 교류가 적다고 해도 살아오신 햇수가 있는데, 그렇죠?"

"아, 하하."

“제 기우일 겁니다.”

“하하.”

웃는 게 웃는 게 아니다. 그럼 차언은 입술이 닿을 뻔한 일을 단순 사고 정도로 생각하는 건지 궁금했다. 밥 먹다가 탁자 아래로 젓가락을 떨어뜨리는 것만큼이나 별일 아닌 건가. 가는 손가락에 풀을 말아 감는 속도가 빨라졌다. 손톱 밑까지 풀물이 들면 귀찮은데. 어른스럽지 못한 행동인 걸 알고 있는데.

‘이게 뭐야.’

서효는 땅만 보고 걸었다.

“아가씨도 아시겠지만 자고로 입맞춤이란 건 입술이 가볍게 닿는 정도로는 부족하죠. 입술을 빨고 핥고 살짝 깨물기도 했다가.”

서효의 고개가 자동으로 들렸다.

“벽으로 밀어붙이고 확 들어 올려서 숨을 몰아쉴 때까지 혀를.”

뭐? 방금 뭐라고? 혀를 뭐? 뭐? 뭐? 어디를 뭐 어떻게?

서효의 눈은 커질 대로 커졌는데 정작 말을 하는 사람은 고금의 진리를 논하는 군자처럼 진지하고 스스럼없는 태도였다.

“설왕설래 아시죠?”

차언이 서효를 보며 허물없이 웃었다. 서효는 못 볼 것이라도 본 사람처럼 고개를 돌려 정면을 응시했다. 죄를 지은 것도 아닌데 자신이 왜 이러는지 이해가 가지 않았다.

“다 알잖습니까, 우리.”

아니, 나 몰라. 너만 아나 봐. 이보세요, 집사님. 왜 혼자만 알고 그러세요. 한 번도 이런 얘길 한 적 없으면서 왜 어제도 하고 오늘 또 하는 사람처럼 자연스러우세요?

서효의 얼굴 근육이 고장 난 인형처럼 실룩거렸다. 천연덕스럽게 웃어 보이려 했지만 이놈의 몸이 주인 말을 듣지 않았다. 어색한 티가 풀풀 날까 걱정이다. 서효는 억지로 소리를 내어 웃었다.

표정 관리가 안 되니 소리라도 낼 수밖에.

"하, 하, 하."

좀 더 크게 웃을까?

"그, 그렇지. 나도 지나친 걱정을 한 거였네. 하하. 설왕설래. 하하."

"괜찮습니다."

차언은 아량을 베풀어 서효의 무지를 이해한다는 듯 대꾸했다. 그러면서 어깨에 팔을 두르고 서효의 땋은 머리카락을 살짝 건드리는 게 아닌가. 친밀함을 나타내는 뜻이었겠지만, 서효는 침을 꼴깍 삼키고 말았다.

"한 번 시작하면 끝을 봐야죠."

차언이 부드러운 미소를 띤 채 말했다.

"입맞춤이든 뭐든. 전 그렇게 알고 있는데 말입니다."

"그래."

서효의 머릿속이 펑 터졌다. 오늘치 부끄러움과 당혹스러움이 한계를 넘었다. 얼굴이 빨개졌든 내가 알게 뭐람. 거울을 들여다본 건 아니어도 서효는 제 발가락까지 뜨거워졌음을 확신했다.

얼굴이 문제가 아니야. 지금 심장까지 김을 피워내며 익었을지도 모른다고.

"우리 집사는 참 열심이어서 좋아. 무슨 일에든 말이야."

방향이 엇나간 공치사를 둘러댔다.

"어쨌든 오해하지 않았다니 안심이네. 다시 말하지만 나, 이상한 사심 같은 거 없다?"

들판을 무슨 정신으로 걸어왔는지 모르겠다. 서효는 어느새 마을 어귀가 보이는 것을 보고 냅다 달렸다. 불리한 상황일 때는 튀는 게 최선이다.

특히 상대가 차언일 때는.

"와, 벌써 도착했어. 그럼 난 빨리 씻고 싶어서 먼저 갈게!"

오늘은 천제님께서 서효를 운동시키기로 작정한 날인 듯하다. 그녀는 본의 아니게 또 집까지 달리고 말았다. 가슴이 터질 것 같아 좀 천천히 걸을 만하면 벌써 뒤에 차언의 모습이 보여서 결국 달리고 달렸다.

그래서 아가씨가 떠난 뒤로 집사가 한 혼잣말을 듣지 못했다.

"……그런 사심은 언제든 환영입니다."

어떤 의미로 다행이었다. 만약 서효가 들었다면 안 그래도 불붙은 머릿속에 기름을 붓는 격이었을 테니.

서효는 함정에 빠졌다. 이건 음모였다. 주모자는 그녀의 집사, 차언.

야화루에서 돌아온 뒤로 그는 전혀 예상치 못한 순간에, 예상치 못한 방식으로 서효를 곤란에 빠뜨렸다. 문제는 집사의 장난에 서효가 번번이 걸려든다는 거였다. 소리 죽여 웃는 모습을 보고서야 또 속았구나, 무릎을 치게 된다.

솔직히 이쯤 되니 뭐가 뭔지 헷갈릴 지경이었다. 차언의 말대로 예민한 서효가 자꾸 환청을 듣는 것인지, 아니면 그가 일부러 오해할 만한 말만 골라서 하는 건지. 지금도 그런 경우였다. 함께 저녁을 먹고 그릇을 치우는데 차언이 자연스럽게 말을 건넸다.

"먼저 씻으시겠습니까?"

요즘은 아침이 아니라 저녁에 목욕을 한다. 예전처럼 서효가 침상에서 우울하게 번데기가 되는 일도 없고, 싸늘한 아침부터 씻었다가 재채기를 연거푸 했기 때문이다.

질문 자체로만 본다면 이상할 게 없는 문장이었다. 크지 않은 집에 욕실은 하나. 둘뿐이지만 씻는 데엔 순서가 있으니까.

그런데 차언은 꼭 이다음에 한 마디를 덧붙였다. 바람결에 흩어질 듯 작은 목소리로. 하지만 바로 옆 서효의 귀에는 분명히 들릴 만한 크기로.

"아니면 같이?"

"응?"

서효가 고개를 홱 돌려 쳐다보면 그제야 완전한 문장을 말하는 것이다.

"같이 설거지를 한 다음에 씻으시겠습니까?"

"아."

"뭐죠, 그 반응은."

차언이 미지근한 물에 그릇을 밀어 넣으며 물었다.

"반응이 이상한데요."

"이상한 건 차언이야."

"또 엉큼한 생각을 하신 겁니까?"

"어, 엉큼하다니. 누가 할 소리를!"

"쯧쯧."

집사가 고개를 내저었다. 달그락달그락, 그릇이 넓은 대야 안에서 부딪치며 소리를 냈다. 그는 밥을 지을 때 빼놓은 쌀뜨물을 대야 안에 부었다. 이대로 잠시 불렸다가 씻으면 끝이다. 식탁도 치웠겠다. 손의 물기를 닦은 차언이 서효를 보며 재차 혀를 찼다.

"요즘 너무 그런 쪽으로만 생각하시는 거 아닌가요? 혼인, 혼인, 아주 입만 열면 혼인을 달고 사시더니 결국 멀쩡한 말도 야하게 듣고 마는 우리 아가씨."

"오해하도록 끊어 말한 누구 탓은 없고요?"

"이거 참."

차언이 손을 뻗어왔다. 말랑한 볼을 꼬집히고 말았다. 아프진 않지만 어린애 취급을 당하는 기분이 생생했다. 하나로는 부족한가. 차언은 양쪽 볼을 잡고 을러대듯 말했다.

"이대로는 안 되겠습니다. 위험해요. 주변과 아가씨 양쪽에 다 안 좋습니다. 자, 따라 하세요. 야한 생각을 하지 않는다."

할까 보냐. 서효가 인상을 찌푸리고 입술을 달싹이자 볼을 꼬집는 강도가 세졌다.

"아? 아아."

"얼른 따라 하세요."

"싫어어."

"야한 생각을 하지 않는다."

"……야한 생각을 하지 않는다."

속으로 이건 모두 집사 탓이라는 말을 덧붙였다. 혀를 날름 내밀기도 했다. 물론 속으로.

"한 번 더."

"야한 생각을 하지 않는다."

"다시 한 번."

"야한! 생각을! 하지! 않는다!"

"기세가 아주 마음에 듭니다."

드디어 풀려났다. 뜨거운 물을 푸러 가기 전에 분풀이로 차언의 종아리를 찼지만, 망할 집사가 숨만 쉬고 몸만 만들었는지 심지어 정강이조차 단단한 거였다. 힘껏 찬 보람이 없을 지경이다.

서효는 씩씩거리며 뜨거운 물을 날랐다. 일부러 골탕 먹이려는 속셈인지 차언은 아가씨의 이마에 땀이 맺히는 것도 모른 척했다. 서효 혼자서 커다란 나무욕통 안을 채웠다.

이쯤이면 되었다 싶어 한숨 돌리는데 차언이 새 수건을 갖다주었다. 또 야릇한 말을 하기만 해봐라. 반쯤 벼른 채 차언을 올려다보았다.

"다행입니다. 다시 씩씩해져서."

차언이 장난기를 지운 얼굴로 말했다.

"가 공자가 사라진 이후 끝없이 늪으로 빨려 들어가는 것 같았는데 말입니다."

서효의 볼을 손끝으로 톡톡 건드린 뒤 부엌으로 돌아갔다. 차언이 자리를 뜬 후로도 한참 동안 그 자리서 움직이지 않던 서효는 뒤늦게 찾아온 깨달음에 나직이 탄성을 흘렸다.

"설마 나를 자꾸 정신 못 차리게 만든 이유가……."

그런 이유 때문이었나.

서효는 멍하니 제 손에 들린 수건을 내려 보았다. 반듯하게 접어놓은 수건에선 깨끗한 냄새가 났다. 차언의 손길이 닿은 수건. 마치 인형처럼 품에 꼭 안자 포근함이 느껴지는 것 같았다.

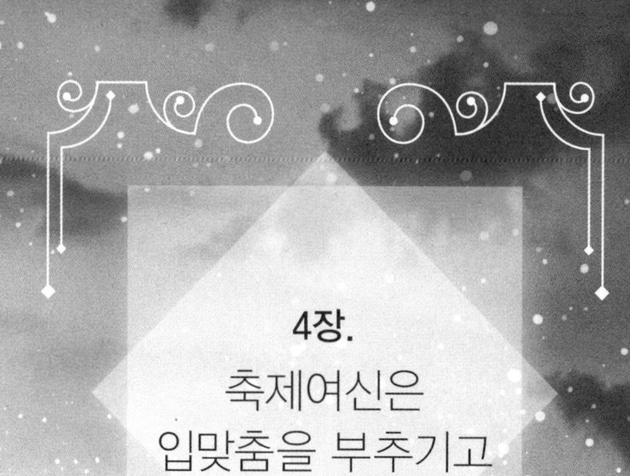

4장.
축제여신은 입맞춤을 부추기고

정오쯤, 새 소식이 약방으로 날아들었다. 서효는 별생각 없이 종이를 펼쳤다가 파랗게 질려갔다. 바깥일을 보고 온 차언이 약방으로 들어서던 중 서효의 안색에 멈춰 섰다. 종이를 든 손이 파들파들 떨리고 있었다.

"무슨 일인가요?"

차언의 목소리가 대번에 심각해졌다.

"……안 돼."

서효가 고개를 저으며 중얼거렸다. 이건 꿈이야. 이건 꿈이라고. 이게 현실일 리 없잖아? 그렇지 않나요? 누가 몹쓸 장난을 친 거라고 말해줬으면 좋겠다. 그녀는 떨리는 손으로 내용이 적힌 면을 차언에게 돌렸다.

"아희 무리가 이쪽으로 온대."

웬만해선 꿈쩍도 하지 않는 차언의 눈가가 희미하게 떨렸다.

"재앙이군요."

아희는 축제의 여신 이름이다. 금년에 혼인한 여신으로 그이의 곁에는 늘 악공, 재주꾼, 무희, 배우가 머물며 흥을 돋우었다.

떠들썩하고 즐거운 무리임은 확실하다. 그들과 함께라면 풀 한 포기 없는 삭막한 곳도 금세 축제의 장이 되었다. 하나같이 유쾌하다. 술과 맛있는 요리를 좋아한다. 새로운 놀이를 찾아 눈을 빛낸다.

그러니까 그게 하루 이틀이면 괜찮은데 이들은 일 년 내내 축제 기분이라는 게 문제였다.

도무지 지치지를 않는다.

꽃노래도 삼세번이라는 말이 있다. 사람들과 어울려 흥겨운 시간을 보내는 것도 좋지만, 모든 일에는 적당한 선이란 게 있는 법이다. 이들에겐 그 '선'이 없었다.

서효도 밝고 낙천적인 걸로 치자면 다섯 손가락 안에 꼽히지만, 서효의 밝음과 아희의 밝음은 성질이 달랐다. 그래서 서효는 아희 무리와 어울리고 난 다음 날이면 항상 몸 여기저기가 쑤셨다.

한데 지금 그들이 오는 것이다. 방문하기 고작 반나절 전에 통보해 오는 것도 아희다웠다.

'축제를 싫어하는 사람은 없지!'

벌써부터 마냥 해맑은 목소리가 들려오는 듯하다.

한편 차언은 냉소가 묻어나는 눈길로, 정갈한 자태를 뽐내는 약방과 뒷문 너머로 이어지는 마당 등을 훑어보았다. 매일 아침마다 그가 쓸고 닦고 정리하는 공간이었다.

"또 대책 없이 민폐를 끼쳐대겠군요."

그의 입꼬리가 한껏 올라갔다.

"모든 그릇과 접시가 기름진 요리로 얼룩지고, 잔은 깨지고, 설거지는 산처럼 쌓이고, 밤새도록 노랫소리가 그치질 않다가, 우리는 패잔병의 몰골로 그들을 환송하게 되겠죠."

"우리 집사는 꼭 최악의 상황을 가정한단 말이야."

그리 대꾸하는 서효도 웃는 듯 우는 듯 이상한 얼굴이었다. 오십여 년 전에 아희 무리를 맞은 적이 있다. 그때도 별 예고 없이 들이닥치다시피 했었다. 십 년마다 이사를 하는 두 사람이 유일하게 오 년을 못 채우고 마을을 떠난 해였다.

그때 아희네가 어떤 짓을 저질러서 그런 거였더라?

잠깐 기억을 더듬어보던 서효는 부르르 어깨를 떨었다. 정확히 기억은 나지 않지만 떠올리고 싶지 않은 것은 분명했다.

"미리 보약을 먹어두시는 게 좋을지도요."

차언이 약재함을 힐끗 눈짓하며 말했다. 농담으로만 하는 말이 아니었다. 서효 역시 농담으로 받아들이지 않았다.

해가 기울었다. 오늘따라 노을이 슬프도록 아름다웠다. 앞으로 서효네가 겪을 일을 미리 알아차리고 위로하는 것만 같았다.

'저 해가 이 생에서 보는 마지막 해는 아니었으면.'

서효는 부디 내일도 무사히 해를 볼 수 있길 기도하며 어둠을 맞았다. 동네 여기저기에서 밥 짓는 연기가 피어올랐다. 사정 모르는 사람이 보기에는 더없이 평화로운 풍경이었다. 그렇게 반 시진쯤 지났을까.

동네 어귀에서부터 피리 불고 노래하는 소리가 들려왔다.

서효가 약재함을 쳐다보며 요리에 감수(甘遂)를 섞어 넣을까 진지하게 고민하던 찰나였다. 원래는 체한 것을 낫게 하고, 몸에 쌓인 안 좋은 진액과 수분을 배출하는 작용의 한약재다.

'모든 약에는 부작용이 있지.'

양 조절만 잘하면 아희 무리는 뒷간에서 축제를 열어야 할지도 모른다.

"……진짜 거기서도 노래를 부르는 건 아니겠지."

볼이 푹 꺼지고 눈 밑이 퀭하게 변해서도, 필사적으로 콧노래를 부르는 모습이 떠올라 서효는 진저리를 쳤다.

안 된다. 아파서 드러누우면 당장 놀이판을 벌이지는 못 할 것이다. 하지만 몸이 회복될 때까지 한 달이고 두 달이고 머무를 위험이 있다. 어차피 겪어야 할 일이라면 얌전히 목을 내놓자.

그나마 위안이라면 아희 무리가 자주 방문하는 게 아니란 점이었다. 방방곡곡을 주유하고 저들끼리 놀다 보면 수십 년은 금방이라. 서효는 전력을 다질 겸 크게 심호흡을 했다.

"온다……."

무시하려야 할 수 없는 소리의 덩어리가 방향을 꺾는 게 느껴졌다. 지금 이때를 대비해서 동네와 다소 떨어진 곳에 약방을 연 것은 아니다. 일부러 귀 어두운 할아버지를 이웃으로 고른 것도 아니었다.

하지만 이 순간만큼은 그 모든 사실이 다행으로 다가왔다. 다시 한 번 꺾고 직진. 온다. 점점 더 가까워진다. 그들은 은은히 빛나는 등이 걸린 약방을 볼 테고, 제대로 찾아왔다고 손뼉을 칠 것이다.

그리고 이제 곧.

"서효오오오오!"

비파보다도 낭랑한 아희의 목소리가 약방 전체에 울려 퍼졌다.

그녀의 놀이 친구들이 뒤따라 들어섰다. 작은 약방은 금세 시끌벅적한 상태가 되었다.

"아희."

서효가 말갛게 웃으며 그들을 맞이했다. 어쩐지 벌써부터 맥이 풀리는 것 같았다. 집을 나서기도 전에 다시 집으로 돌아가고 싶은 기분이랄까.

"어쩜! 오랜만이야. 혼례식 때 못 왔지? 너무 섭섭했어! 서효도 사흘간 이어진 잔치에 참석했어야 하는 건데. 불을 뿜고 칼을 삼키고 한밤중에 무지개까지 띄웠다구! 천제님께 혼날까 봐 얼른 내리긴 했지만 무척 재밌었어."

그건 진짜 혼날 만한 일인 것 같은데. 서효는 키득키득 웃는 아희 앞에서 애써 하고 싶은 말을 삼켰다. 하늘도 이제 어지간해선 아희를 혼내진 않는 것이다.

즐거움을 위해 얼마나 기상천외한 일들을 저지르는지. 그걸 일일이 지적했다간 아희는 슬픔에 몸져누울 터였다. 인간들에게 무해한 수준이면 적당히 봐주는 모양이다.

그래도 한밤중에 무지개라니. 왕실 사람이나 천문관 어쩌고 하는 관리들이 봤으면 기함했을 텐데 말이다. 상서로운 징조냐? 귀한 태몽이냐? 아니면 내년의 풍흉과 관련이 있는가? 깜짝 놀라 토론하는 모습이 머릿속에 그려졌다.

"축하 선물로 무지개를 띄워주세요! 정말 신날 거예요!"

눈앞에 있는 여신의 한 마디에서 비롯된 것인 줄은 꿈에도 생각지 못한 채.

"매일 해야 하는 일이 있으니깐 자릴 비우기 힘들었어. 못 가서 미안."

"괜찮아, 괜찮아. 그래서 우리가 이렇게 왔잖아!"

아희가 웃자 무리가 덩달아 웃었다. 별일 아닌 걸로도 참 잘 웃는다. 자주 웃는다. 솔직히 서효는 이들이 우는 날도 있을지가 궁금했다.

"서 있지 말고 안으로 들어와. 어, 일단 짐을 풀어야겠지? 미안한데 방이 넉넉지 않아서 아희만 독방을 쓰고 나머지는 큰 방을 함께 써야 할 것 같아……."

아이 서넛쯤은 거뜬히 어깨에 올릴 수 있을 것 같은 곡예단 사내와 꽃 같은 무희가 뒤섞여 있는 무리다. 아무래도 불편하지 않을까 싶었는데, 염려한 이는 서효 하나뿐인 듯했다.

다들 그런 것쯤은 문제가 안 된다는 듯 손을 내저었다. 안내를 받아 방으로 들어가는 내내 웃고 떠들었다. 짐을 풀고 마당으로 안내하자 아희가 탄성을 질렀다. 마당에는 서효와 차언이 오후 내내 만든 요리로 주안상이 차려져 있었다.

"청채볶음, 생선찜, 묵무침……. 와아."

아희가 눈을 커다랗게 뜨며 말했다.

"차언은 여전히 건강한 풀 요리를 고집하는구나!"

"하하."

풀 요리라니. 서효는 간신히 웃음을 지어 보였다. 모르는 사람이 들었으면 통배추와 쑥갓, 미나리 따위를 생으로 내놓은 줄 오해하리라.

지금 부엌에선 간장 양념을 발라 구운 닭이 준비되고 있다고 말하자 아희는 큰 소리로 일행들에게 알렸다.

"구운 닭 요리도 있대!"

기쁨과 안도의 물결이 일행들 사이로 확 퍼져 나갔다.

"닭이 있대."

"오, 닭 요리가 나오는군!"

"좋아, 안심이야. 이봐요, 닭이 나온대요."

"휴, 정말 다행이지 뭔가."

이 엄청난 행복의 기운은 뭐지? 서효는 얼떨떨했다. 지난번 방문 때 결코 이들을 굶긴 기억이 없는데 말이다. 차언은 어금니를 악문 채 노비처럼 일했고, 서효는 간간이 그를 도우랴 자신에게 건네는 술잔을 받으랴 정신이 없었다.

한 부대를 먹일 만큼의 음식을 주었던 것 같은데.

"그래도 역시 다다익선이겠지?"

아희가 손뼉을 치자 몸이 날렵한 사내들이 방에서 찬합을 날라 왔다. 인상적인 크기이자 인상적인 양의 찬합이었다. 그들은 부엌이 어디인지 묻고는 알아서 찬합을 옮겼다.

"가져오느라 다 식었을 거야. 데워줄 수 있을까? 우리 애들도 할 수 있는데 차언이 워낙 부엌에 들어가는 걸 꺼려서 말이지."

아니나 다를까 찬합 사내들은 엉덩이를 걷어차이기라도 한 듯 재빨리 마당으로 뛰어왔다. 차언이 소리를 지르진 않았지만, 칼질을 멈추고 눈을 부릅뜨기 정도는 한 모양이다. 시장할 텐데 먼저 들고 있으라고 한 뒤 서효는 부엌으로 향했다.

차언은 부엌문 앞에 수북이 쌓인 찬합을 노려보며 이를 갈고 있었다. 찬합의 개수대로 목을 따고 싶은 얼굴이었다.

찬합 뚜껑을 열어본 서효의 눈이 휘둥그레졌다.

"이걸 언제 다 먹는대……."

각종 튀기고 볶은 요리에 찐득찐득하게 꿀과 물엿을 뿌려 만든 떡, 과자, 과일이 뚜껑을 비집고 나올 만큼 가득 들어 있었다. 다시 데우는 과정은 수고스러울 것이다. 기름과 양념으로 얼룩진 그릇을 씻는 건 더욱 고생스러울 터다.

"일부러 담백한 음식으로 준비했는데요."

차언은 짜증이 역력한 표정으로 말했다.

"접시를 비우는 족족 데워서 내줘야겠군요. 음식이 빨리 떨어질수록 빨리 떠나겠죠."

"그럴까?"

서효는 확신 없는 말투로 대꾸했다. 바깥이 벌써부터 소란스러웠다. 적어도 오늘 밤엔 무지개가 뜰 일은 없다는 게 유일한 위안이었다.

무지개 대신 무엇이 등장할지는 전혀 모를 일이다만. 가령 불꽃으로 만든 용이라든가. 근데 곡예단에서 그런 것도 만들어낼 수 있나?

"으으……."

모르겠다. 아희 무리가 여기 머무를 동안 대체 무슨 일이 일어날지 감히 상상도 할 수 없었다. 인간들이 소스라치게 놀랄 일만 삼가주길 바랄 뿐. 서효는 갑자기 스며드는 한기에 몸을 떨었다.

문득 등골이 오싹했다.

아희 무리가 온 첫날을 한 단어로 요약하자면 이랬다. 전쟁터. 그냥 전쟁터도 아니고 백만 대군끼리 맞붙는 전쟁터였다.

그럼 두 번째 날은 어땠을까?

답은 '첫날과 같다'이다. 무정한 시간은 느리고 또 느리게 흘러 이제야 사흘째가 되었다. 서효와 차언은 이미 삼십 일 정도를 보낸 기분이었다.

"우하하하! 다음! 다음 묘기를 보여주게!"

"여기 술이 떨어졌어!"

"어디 벌칙 안 받고 도망가려고? 엉덩이를 차줄 네나!"

"용은 지겨워. 인간들이 어찌나 용을 좋아하는지 만날 용만 만들래."

"그렇다면 이번엔 봉황이다!"

"주작은 어떤가? 날아오르라 주작이여!"

미쳐 버렸다. 그 말밖에 할 수 없었다. 부엌 문가에 기대어 잠깐 숨을 돌리던 차언은 마당에 펼쳐진 모습을 그렇게 평가했다.

이것들이 미치지 않고서야 어찌 이리 굴어? 서효가 말랑하게 대하니까 아주 눈에 보이는 것이 없지? 일진광풍 한 번이면 대륙 끝까지 날아갈 것들이 무도하게 굴고 있어.

미랑은 너무 눈치를 살펴서 거슬리더니, 아희 무리는 눈치라곤 쥐뿔도 없어서 사람을 한계로 몰아갔다. 진짜 다음번엔 사람 발길이 닿지 않은 산골에 들어갈까 고민하는 차언이었다. 인간이고 신이고 할 것 없이 두 사람을 찾을 수 없도록. 적어도 이딴 일을 겪지 않아도 되도록.

"서효님은 귀여워요!"

"꺅, 보들보들한 게 솜으로 만든 인형 같답니다!"

"어째 점점 더 귀여워지는 것 같으시죠?"

"하, 하, 하."

무희들에게 둘러싸여 어색한 웃음을 짓고 있는 건 서효였다. 저들끼리 서효 머리를 땋았다가 틀어 올렸다가 꽃을 꽂았다가 난리도 아니었다. 떨떠름해하는 서효의 태도가 재밌는지 웃음을 멈추지 않았다.

사내 무리가 아니어서 이제껏 봐주고 있었는데 슬슬 한계에 다다르고 있었다. 스스럼없이 서효를 만져 대는 게 마음에 들지 않았다. 좋은 냄새가 난다며 머리카락에 코를 대고 킁킁거리는 것도 불쾌했다. 너무 오랜 시간을 독차지했다.

그만의 서효를.

옆에 두고 가만히 보기만 해도 아까운 아가씨를.

이쯤 되면 자신에게 남녀 구별이란 무의미한 걸지도 모르겠다. 그냥 자신은 서효를 온전히 독차지하고 싶은 것이다.

"어이쿠, 나는 이만 눈 좀 붙여야겠네."

그때 누군가가 자리에서 일어났다.

"아침 내내 코를 드르렁드르렁 골며 자놓고 또 잔단 말인가?"

"어딜 가나? 가지 말게. 냉큼 앉으라고."

"안 돼, 안 돼. 난 무리일세."

"이보시오들! 중달이 도망간다!"

키는 팔 척에 달하고, 사자의 갈기처럼 덥수룩한 머리를 한 사내가 휘청거리며 걸음을 옮겼다. 워낙 험상궂게 생겨서 축제용 가면이 따로 필요 없다는 농담을 듣곤 했다. 차언은 그가 동물 가면을 쓴 모습을 본 적이 있는데 시꺼먼 소의 얼굴이 아주 잘 어울렸다. 화려한 사자 얼굴도 그럴듯했다.

하여튼 덩치로 보나 얼굴로 보나, 인간 형상보다는 짐승 모습이 더 어울리는 자였다. 실제로는 술 두 잔에 헤헤 웃고 마는 실없는 놈이지만.

"어머, 중달! 벌써 들어가는 건 아니겠지?"

"아희님."

중달이 저보다 훨씬 체격이 작은 아희에게 고개를 숙였다. 덩치가 아깝도록 굽실거렸다.

"저는 아무래도 졸려서 말입니다."

"이런, 곤란해. 중달이 빠지면 무슨 재미로 놀아?"

"죄송합니다요. 몸이 좀 식는 것 같아서."

"그럼 옷을 껴입고 오는 게 어때?"

아희의 말에 그가 눈을 껌뻑껌뻑하다가 제 옷차림을 내려다보았다. 싸늘한 가을밤에 가슴팍을 드러내고 있었다. 옷감 자체도 여름에나 어울릴 것처럼 얇았다. 그는 의문이 풀렸다는 듯 머리를 긁으며 웃었다.

"그렇군요. 옷이 얇았네요."

"중달도 참. 이런 데서 어수룩하니 귀엽다니까."

안 귀여워. 차언이 입가를 불만스레 실룩였다. 저런 물소처럼 생긴 놈 따위, 너나 귀여워하시지. 차언은 꾸벅 허리를 숙여 인사하는 중달을 노려보았다. 아희는 그가 어수룩해서 귀엽다고 하고, 서효는 순박한 자니까 너무 매섭게 굴지 말라고 한다.

어수룩하다. 순박하다. 차언은 아마 천 년을 수행해도 얻지 못할 품성이었다.

"우우, 옷을 더 껴입자. 옷을 더, 많이많이."

아니, 말은 바로 하자. 저건 그냥 모자란 거 아닌가? 우우거리며 머리 긁는 걸로 동정과 호감을 얻고 싶진 않다고.

"차언은 얄미워."

불현듯 언젠가 들었던 서효의 말이 떠올랐다.

"항상 내 머리꼭대기에 있는 것 같아. 한 번도 지는 법이 없다니깐? 귀여운 구석이라곤 없으니 슬픈 노릇이야."

"귀여움이라."

조용히 되뇌어본 차언은 이내 잡생각을 털어내듯 머리를 흔들었다.

"그딴 귀여움 안 받고 말지."

서효의 미소에, 서효의 눈짓에 일희일비하긴 하지만 아직 그렇게까지는 절박하지 않다.

……절박하지 않다고 믿고 싶다.

"응?"

잠시 딴생각을 하던 차언은 중달이 향하는 방향을 보고 몸을 일으켜 세웠다. 중달은 여전히 우우거리는 소리를 내며 서효의 방으로 들어갔다. 방의 주인이 밖에 있었기에 망정이지 하마터면 큰일이 날 뻔했다. 차언은 웬 놈이 허락도 없이 서효 방에 들어간 것만으로도 열이 뻗치는 상황. 한데 서효가 방 안에 있었다면?

잔치는 여기서 끝났을지도 모른다. 아니면 끝나는 건 놈들의 목숨 쪽일 수도 있었다. 이러나저러나 다 끝내 버리고 싶은 게 차언의 본심이었다.

"우으으, 따뜻하구나."

차언이 서효 방 앞에 다다랐을 무렵, 안에서 중달이 나왔다.

웃음이 흠뻑 밴 그는 아주 만족스러운 얼굴이었다.

중달의 손엔 하얀 침의가 들려 있었다. 서효가 매일 밤 갈아입고 잠자리에 드는 옷. 바로 오늘 아침만 해도 서효의 살갗이 닿았을 옷. 차언의 표정이 겨울 서릿발보다 차게 얼어붙는 것을 알아채지 못한 채 중달이 흐헤헤 웃었다.

"포근하고 따뜻한 것이 냄새도 좋구나."

서효의 잠옷은 중달의 손안에서 마치 보자기처럼 보였다. 절대 한 줌의 보자기로 따스함을 느낄 수 없을 텐데. 마냥 좋아하는 걸 보면 이미 만취한 모양이다.

"내려놔라."

"으악! 누, 누구냐!"

중달은 덩치에 어울리지 않게 화들짝 놀랐다. 그러다가 차언의 얼굴을 확인하고 다시 웃었다.

"헤, 저는 이게 마음에 드는데 말입니다."

"……싫다는 건가?"

"따뜻하고 부드러운 게."

중달이 침의에 얼굴을 묻었다.

"선녀님 날개옷인가? 이건 뭐지요? 헤헤."

차언은 여전히 정신없는 잔치판을 힐끗 쳐다본 다음, 주먹을 그러쥐었다. 중달이 다음 헛소리를 입 밖에 내기도 전에 단단한 주먹이 뻗어나갔다.

"서효님, 잔 받으세요!"

"바보 같으니. 이번엔 아희님 차례라고."

"어이, 누구 내 허리띠 본 사람?"

"술이 모자랍니다!"

서효가 자리에서 일어나 빈 그릇을 겹쳐 들었다. 그대로 혼돈의 중심에서 빠져나와 부엌으로 향했다. 스물 댓 명이 정신없이 노는 자리다. 집주인이 자리를 비워도 누구 하나 눈치채는 이가 없었다.

부엌은 전쟁터였다. 적군은 아귀처럼 끝없이 술과 요리를 원하는 손님들이었고, 두 개의 솥은 그들을 먹일 구이와 볶음과 탕을 만드느라 지옥 불처럼 달궈진 채였다.

그곳엔 유일한 병사 차언이 있었다. 평소 아무리 힘든 집안일을 할 때도, 정갈히 매듭단추를 채운 포를 입고 우아한 태도를 고수하던 그였다. 그런 차언이 단추를 가슴팍까지 풀었다. 양쪽 소매는 가차 없이 걷어붙인 채 그릇을 씻는 중이었다. 단정한 이마엔 땀으로 젖은 머리카락이 붙어 있었다.

"안녕, 차언."

"……예."

"나 왔어."

"예."

같은 집 안에 있는 게 믿기지 않을 지경이다. 그렇다고 집이 궁궐처럼 넓은 것도 아니다. 두 사람은 정말 순전히 '바빠서' 말도 제대로 나누지 못한 것이다. 주인과 집사는 한 시진 만에 재회에 성공했다.

차언의 시선이 서효가 들고 온 그릇에 닿았다. 이젠 한숨도 쉬지 않는다. 서효는 그의 옆에 자리를 잡고 남는 솔을 집었다.

젖혀진 옷깃 새로 드러난 근육에 눈길조차 가지 않다니. 자신이 지치긴 지쳤나 보다. 그리고 저보다 지친 건 차언이겠지. 그녀는 옆 사람을 힐끔 보고선 말을 걸었다.

"미안해, 차언. 몸이 안 좋다는 핑계를 대서라도 일행을 돌려보냈어야 했어."

아희 무리를 맞은 지 사흘째. 서효는 혼이 나갔다. 손님들과 어울리는 틈틈이 빈 그릇을 치우고, 휘청거리는 이를 뒷간 또는 방으로 안내해 주고, 부엌일을 돕느라 완전히 지쳐 버렸다.

손님들은 저녁부터 농트기 한 시진 전까지가 활동 시간이었다. 딱 밤의 축제 시간이다. 아쉬워하는 그들을 방으로 들여보낸다. 몇 시진 후면 다시 난장판이 될 테지만 그래도 나동그라진 술병을 놔둘 순 없는 일.

의미 없는 뒷정리를 대충 한 뒤 자리에 눕는다. 베개에 머리를 대자마자 의식을 잃다시피 잠드는 나날의 연속이었다.

몸살이 날 법도 하건만 차마 그러지 못하는 건 차언이 있기 때문이다.

얼마나 피곤할까. 얼마나 주안상을 뒤엎고 제 성질대로 한기를 뿜어내며 내쫓고 싶을까. 차언이 여태 그러지 않는 것에 대해 서효는 그저 감지덕지할 따름이었다.

딸그락.

그가 돼지기름 범벅이 된 그릇을 집어 들며 말했다.

"아가씨께서 미안하실 일이 아니죠. 제가 아가씰 봐온 시간이 있는데요. 설령 몸이 안 좋으셨더라도 문 앞에서 손님을 쫓아 보낼 순 없었을 겁니다."

솔질에 필요 이상의 힘이 실려 있었다.

"아가씬 상냥한 분이니까요."

그는 그릇의 푸른 문양을 지워 버릴 기세로 문지르고 또 문질렸다. 조금만 더 세게 하면 그릇이 두 동강 날 태세였다.

"그, 그렇게 말해주는 것만으로도……."

"제가 화난 쪽은, 아가씨가 아닙니다."

차언이 부드럽게 웃는 낯으로 말했다. 웃으면서 그런 말을 하니까 훨씬 무서웠다.

"나쁜 건 염치를 모르는 놈들이죠. 창고를 바닥내 놓고 수고비조차 없이 떠날 무리들입니다. 그런 주제에 행운의 신과 혼인했더군요. 뻔뻔하고 뺀질뺀질한 동류끼리 아주 잘 만났습니다."

나긋한 중저음으로 듣는 이야기는 이 자리에 없는 아희의 남편까지 깎아내리는 내용이었다. 서효는 괜히 마당의 동태를 살폈다. 왁자지껄한 와중에 혹시 험담을 들은 이가 있을는지.

"하하하하하!"

마당 쪽에서 폭죽 같은 웃음이 터져 나왔다. 쓸데없는 걱정이었다.

"저들이 가고 나면 차언은 푹 쉬어. 한동안 밥도 짓지 말고 빨래도 하지 마."

"제가 쉬면 누가 한단 말입니까. 아가씨요? 그건 싫습니다."

쉬라고 하면 좋아할 줄 알았다. 씩 웃으며 이제 철이 들었다느니, 평소 게으름 부린 값을 치르라느니 할 줄만 알았다. 차언의 말은 의외였다.

"똑똑, 서효?"

그때, 아희가 입으로 문 두드리는 소리를 내며 불쑥 등장했다. 취기 탓에 뺨이 연지를 바른 듯 발그레했다.

"혹시 중달 못 봤니? 옷 좀 껴입는다고 일어서더니 방에도 없고 아무 데도 안 보이네."

머릿속으로 이름과 외양을 맞춰본다고 머뭇거리자 아희가 그의 외모를 설명했다. 양쪽에 둥근 귀고리를 하고 사자처럼 덥수룩한 머리에 덩치가 크다는 설명을 듣고서야 서효가 아아, 하는 소리를 냈다. 큰 덩치답게 힘은 장사지만 순박한 이였다.

"그런데 나도 못 봤어."

"그래? 어디 있지……. 어디 밖에 나가 곯아떨어져 있나?"

마침 궁금해서 물은 것이지 딱히 큰 걱정은 안 하는 듯 보였다. 아가씨가 사라졌으면 모를까, 중달이라는 자는 다 큰 사내 둘이 옮기려고 해도 힘든 거구다. 서효도 당장 찾아봐야겠다는 생각은 들지 않았다.

아희가 놀이판으로 돌아갔다. 그릇을 닦던 서효는 웬일로 차언이 입을 다물고 있었음을 깨달았다. 비록 저녁 내내 부엌에 갇힌 신세긴 했지만 그렇다고 해서 바깥 사정을 모를 차언이 아니다.

그는 아희 무리가 들이닥친 당일, 스물다섯 명의 이름을 모두 외웠고 오십 년 전과 비교했을 때 구성원이 절반 이상 바뀌었음을 집어냈다. 바쁜 와중에 마당을 슬쩍 보는 것만으로도 어디서, 어떤 자가, 무엇을 하고 있는지 바로 파악했다.

왜 아무 말도 거들지 않았을까. 서효의 눈길이 언뜻 차언의 손등을 스쳤다. 어딘가에 긁힌 듯한 붉은 줄이 눈길을 사로잡았다. 차언은 결코 식칼에 다치지 않는다. 이에 관해서라면 서효는 감히 약재함의 소중한 존재들을 내걸 수도 있었다.

그렇다면 어디서 다친 건가. 오늘 낮에만 해도 그의 손등은 멀쩡했다.

"차언, 다친 거야?"

서효가 상처를 눈짓하며 물었다.

"별것 아닙니다."
차언은 그녀의 의문을 가볍게 일축했다. 뽀드득, 뽀드득. 그릇 닦는 소리가 한동안 이어졌다. 한쪽에 쌓인 그릇이 다 깨끗해졌을 무렵, 그가 문득 떠올랐다는 양 서효에게 말했다.
"나중에 아희님더러 약방 이 층도 살펴보라고 하시죠. 어쩐지 그쪽에서 중달이란 자를 본 것 같아서요."
서효가 눈썹을 치켜올렸다.
"약방 이 층? 거기엔 왜……. 아니, 그것보다 왜 이제야 말해?"
"방금 생각났거든요."
거짓말. 서효는 집사를 흘겨보지 않기 위해 애써야 했다. 한데 중달은 왜 아무도 가지 않고 궁금해하지도 않는 약방 이 층에 갔을까. 만취해 몸을 가누지 못하는 자들도 죄다 마당 한구석이나 방문 앞에 널브러져 있다. 굳이 계단을 올라 사람들 눈에 잘 띄지도 않는 곳을 갈 까닭이 뭐란 말인가.
잠깐. 서효가 재차 차언의 손등을 확인했다. 어딘가에 긁힌 것 같은 상처……. 단단한 치아 정도일까?
"때리지 않았지?"
서효가 솔과 그릇을 내려놓았다.
"때려눕혔어? 피도 났어? 아직까지 돌아오지 않았다면. 차언, 설마……."
서효의 눈이 점점 커졌다.
"죽여 버린 건 아니겠지?"
차언은 아무 말이 없었다. 서효의 머릿속이 아득해졌다.
"아니지? 그렇지? 그냥 기절한 거야……. 못써, 차언. 손님을 때리면 안 된다고! 아, 안 되겠어. 내가 가볼게."

황망한 얼굴로 부엌을 나가려던 서효는 순식간에 허리를 낚아채여 끌려갔다. 그녀는 눈 깜짝할 사이 차언의 옆에 찰싹 달라붙게 되었다.

"그자는 말이죠."

여전히 허리를 풀어주지 않은 채 차언이 말했다.

"춥다고 중얼거리면서 아가씨 방에 들어가더니, 멋대로 아가씨의 잠옷을 어깨에 두른 채 방을 나왔습니다."

안 그래도 시끄럽고 무례한데, 라며 차언은 나지막이 짓씹었다.

"좋은 말로 할 때 내려놓고 큰방으로 들어가라 했지만 오히려 냄새가 좋다느니 포근하다느니 하며 얼굴을 비볐어요."

서효의 허리를 끌어안은 팔뚝에 힘이 들어갔다.

"대취하여 제정신이 아니었지만, 그렇다고 죄가 덜해지는 건 아니거든요."

"그래서…… 남들이 보지 않는 곳으로 끌고 가 팼어?"

"매를 벌잖습니까."

그는 당연하다는 듯 반문했다. 더러운 것이 묻은 잠옷은 아궁이에 넣고 태워 버렸다고 덧붙인다. 뭐라 대꾸해야 할지 몰라서 입만 벌리고 있는 서효에게 그가 말을 이었다. 한 손으로 잘도 큰 쟁반을 헹구면서.

"몰염치한 놈들의 수발을 드는 건 끔찍하지만, 아가씨의 평판이 안 좋게 퍼지는 것은 더 싫습니다. 어쨌건 인간들의 사랑을 받는 유쾌한 무리죠. 제 성질머리대로 한다면 악평은 고스란히 아가씨께 돌아갈 겁니다."

기적적으로 깨끗해진 그릇들이 차곡차곡 쌓였다.

"그리고 아가씬 저와 무리들 사이에 끼어 양쪽을 달래려 어쩔 줄 모르실 테고요. 생각만으로도 싫군요."

차언이 자연스럽게 팔을 풀었다. 서효는 그제야 편히 숨을 쉴 수 있었다. 몇 겹의 옷 너머로 느껴지는 차언의 몸이 뜨거워서, 조금 이상한 기분이었다.

"그래도 잠옷은 도를 넘었습니다. 손이 먼저 나가더군요. 마침 다른 걸 쥐고 있지 않았던 것을 다행으로 여겨야 할 겁니다."

차언이 손님을 때렸다는 이야길 들었을 때, 서효도 손을 쓸 뻔했다. 아무렇지 않은 듯 말하는 등짝을 때려주고 한 소리 하려고 했다. 친밀한 사이에 그러는 것처럼.

무척 가까운 주인과 집사. 혹은 남매지간. 친우와 원수 사이쯤에 머무는 관계에 어울릴 행동이었다.

서효는 그리하지 못했다. 그것이 예기치 못하게 붙은 몸 때문인지, 아니면 그녀를 위한 마음이 스며나는 차언의 말 때문인지. 어느 쪽이든 서효는 술렁이는 마음을 다잡기가 힘들었다.

최전선에서 고군분투한 지 나흘째. 지옥으로 탈바꿈한 백화약방에도 한 줄기 서광이 비췄다. 아희 무리가 사흘 뒤 떠나겠다고 한 것이다. 부지런히 달려서 이웃 나라의 추수제를 즐기겠단다.

어차피 서두를 거면 하루라도 빨리 출발하는 게 좋지 않을까 권유했지만, 아희는 방긋 웃으며 괜찮다고 대답했다.

'이쪽이 괜찮지 않아서 그래.'

서효는 차마 하지 못할 말을 삼키고 마주 웃었다. 그래도 희소식이라면 희소식이다. 지난번 아희네는 열흘을 머물렀었다. 그에

비해 며칠이 줄어든 거다. 기한이 정해지자 마음이 다소나마 가벼워졌다.

그로부터 세 시진 뒤. 서효는 성급하게 안심했던 자신을 저주했다. 일이 완전히 끝나기 전에 마음을 놓아선 안 되는 거였다. 그날 저녁도 어김없이 놀이판이 벌어졌다. 서효는 적당히 맞춰주다가 큰 방으로 가려 했다. 다들 놀이에 정신이 팔린 탓에 요리가 천천히 줄어들고 있었다.

그럼 부엌 쪽은 급하지 않다. 모두가 밖으로 나왔을 때, 난장판으로 변해가고 있는 큰 방을 살피는 게 좋겠다. 하하 호호 웃는 틈에 일어서려던 서효는 대번에 발목이 잡혔다.

"서효님, 어디 가십니까?"

하필 목청이 우렁찬 자가 물었다. 덕분에 모두가 서효를 주목했다. 그녀는 반쯤 몸을 일으킨 자세 그대로 굳었다.

"아, 뒷간에 가려고."

"요리는 손도 안 대고 겨우 술만 세 잔 드셨는데요?"

놀이에 몰두하고 있는 줄 알았는데 아니었나 보다. 사내의 말이 끝나자 모두가 크게 탄식했다. 저들이 미처 서효를 챙기지 못해서 그녀가 자리를 뜨는 줄 착각한 것이다.

"이런 낭패가!"

"이렇게 죄송할 데가!"

다들 지나치게 미안해하며 자책했다. 본인들이 자책해야 할 지점을 잘못 잡은 줄은 모르고.

"저, 정말 뒷간에 가려는 거야."

"서효님은 다정하기도 하시지."

"미물을 보살피시는 분이라 역시 다른가 봅니다."

"우리 아희님이었으면 진즉에 놀이를 바꾸라고 하셨을 텐데."

양반은 못 된다고, 잠시 자리를 비웠던 아희가 돌아왔다. 기분 좋게 웃는 얼굴로 상석에 앉으며 물었다.

"내가 뭐? 무슨 얘길 하고 있는 거야?"

"오오, 아희님. 우리 즐거운 아희님."

"서효님이 흥이 나지 않아 자리를 뜨려고 하고 있었사옵니다."

"뭐라구?"

아희는 그보다 끔찍한 일이 없다는 듯 서효를 쳐다보았다. 주인이나 수하들이나 똑같다. 집주인인 서효를 즐겁게 해주지 못했다는 충격에 아희의 입이 벌어졌다.

"이런, 이런, 이런."

뒷간 핑계는 실패인가. 서효는 이어서 옷을 껴입고 오겠다고 했으나 아희의 수하 중 한 명이 잽싸게 그녀의 방으로 달려갔다. 부엌을 살피고 오겠다는 핑계도 실패했다. 이제 아희 무리는 서효의 어떤 말도 믿지 않았다.

오히려 서효가 다른 구실을 꺼낼수록 그들의 착각은 사실처럼 굳어가는 것 같았다.

"나무통을 돌리자!"

하늘이 무너진 얼굴로 고민을 거듭하던 아희가 제안했다. 그러자 일행은 저마다 손뼉을 치며 옹호했다.

나무통을 흔들어서 통 바깥으로 떨어진 패에 적힌 대로 따르는 놀이다. 전원에게 돈 받기부터 우스꽝스러운 차림으로 뛰어다니기 등 좋은 것과 나쁜 것이 섞여 있었다. 거부할 시, 벌주로 마실 술은 상시 대기 중이었다.

술을 잘 마시는 것도 아니고 그렇다고 좋은 패를 뽑을 자신도 없는 서효는 애매한 얼굴로 사양했다.

그러나 제안자는 아랑곳하지 않고 나무통을 가져오라 외쳤다. 운을 걸고 하는 놀이는 취약이라고 해도, 규칙이 어렵지 않으니까 괜찮을 거라고 답한다. 그 뜻이 아닌데. 이처럼 신기한 불통(不通)도 드물다.

"여기 나무통이 왔습니다!"

걸걸한 목소리가 놀이의 시작을 알렸다. 환호가 터져 나왔다. 제안자가 먼저 나무통을 흔들었다. 찰찰찰. 길쭉한 나무패가 통 안에서 구르고 튀었다.

아희는 눈을 가린 채 제자리에서 스무 바퀴를 돈 다음 직진하는 벌칙에 걸렸다. 당연하게도 만취한 사람처럼 비틀거리더니 몇 걸음 안 가 바닥에 엎어졌다. 우스운 모습에 모두가 즐거워했다.

아희의 옆자리에 앉은 만담꾼은 이 자리에서 가장 무서운 사람에게 한 냥을 빌려오는 벌칙에 걸렸다. 다들 약속이나 한 듯이 부엌 쪽을 쳐다보았다.

"저는 못 합니다. 이 벌칙은 너무하네요."

그는 오두방정을 떨며 벌주를 마셨다. 다음은 서효 차례였다. 그냥 한 번 놀아주고 자리를 떠야겠다는 생각이 들었다. 어차피 흥이 오르면 서효를 신경 쓰지 않을 것이다. 좋은 패까지는 바라지 않는다. 최악만 나오지 말아라. 어디까지가 최악인지는 생각해 보지 않았다.

찰찰찰.

"떨어졌습니다!"

작은 술병을 깨끗이 비운 만담꾼이 직접 패를 주워 들었다. 그는 비밀 서신이라도 보는 양, 패를 넓은 소매로 가린 채 읽었다.

옆에서 본 그의 입가는 아주 재미있다는 듯 늘어나 있었다.
"말해요! 알려줘요!"
"서효님은 어떤 패를 고르셨나?"
"……하하하, 이거 흥미롭습니다."
만담꾼이 일동을 향해 패를 흔들어 보였다.
"그저께 밤새 나무통을 돌릴 때 한 번도 떨어지지 않았던 겁니다. 각자 하나씩 써서 넣었는데 제가 쓴 것만 안 나왔었거든요. 한데 서효님 손에 빛을 발하게 되었군요."
만담꾼은 진심으로 기뻐하며 친히 패의 내용을 읽었다.
"흥취가 가득한 놀이지요. 바로 입에서 입으로 술을 받아 마시깁니다!"
"……아?"
"남쪽에선 입술을 꽃에 빗대어 화접화(花接花)라고도 부르는데 실로 멋진 이름입니다."
남쪽에서 이걸 뭐라 부르는지 궁금하지 않다. 서효가 알기로 이건 민간에서 즐긴다기보다 주로 기루에서 행해지는 짓궂은 놀이였다. 술자리에서. 정인도 아니고 모르는 사람들끼리. 마구 입으로 술을 넘겨주는 게 민간 놀이일 리 없지 않나!
사리 판단이 불가능할 정도로 마신 것도 아니다. 이리 맑은 정신으로 다른 사람과 입을 맞춰 댈 순 없었다.
거기다 서효는,
"저기."
아직 한 번도 누군가와 입을 맞춘 적이 없는데.
"벌주를 마실게!"
차라리 지긋지긋한 술을 마시는 게 낫겠다. 그게 아무리 세숫

대야처럼 커다란 그릇에 가득 담긴 독주라고 해도 그편을 택하고 말 서효였다. 문득 예전에 기루에서 있었던 일이 떠올랐다. 차언과 아슬아슬하게 입술이 닿을 뻔했던 기억. 정작 집사 본인은 아무렇지 않게 넘기긴 했어도, 서효는 한동안 달아오른 열이 식지 않아 낭패였다.

차언이랑도 그랬는데 아희의 놀이 친구들 중 한 명과 입맞춤을 하다니. 그냥 단순한 입맞춤도 아니고 입에서 입으로 술을 받아 먹다니.

그러나 다들 기겁하며 그녀를 말렸다.

"연달아 벌주는 곤란합니다. 흥이 깨져 버려요."

"다다음이었다면 괜찮지만 바로 다음이시라 어쩔 수 없어요."

그건 또 누가 정한 규칙이야. 왜 너희들끼리만 규칙을 정하세요. 나도 좀 알고 당하고 싶어요. 서효가 어떤 말로 좋게 빠져나가야 하는지 고민하는 사이, 한쪽에선 길쭉한 패를 상 위에 올리고는 뱅그르르 돌렸다. 기세 좋게 돌아가던 것도 잠시.

벌칙이라 적힌 패 끝이 한 사람을 향한 채 멎었다. 함께 벌칙 수행할 상대를 뽑는 것이었던 듯하다.

모두의 박수를 받으며 웃는 이는 제법 준미하게 생긴 극단 배우였다. 그는 요 며칠, 술자리 분위기가 무르익으면 마당 한쪽을 무대 삼아 공연하곤 했다. 호탕한 영웅호걸을 연기하다가 바로 표정과 목소리를 바꿔 경국지색 미녀를 보여주기에, 서효도 피곤함을 잊고 구경했다. 아희가 자랑스레 데리고 다닐 만한 재주꾼이었다.

그래, 신기했어. 좋았어. 아희의 무리 중에 제일 미남인 건 인정해. 서효는 자신을 보며 싱긋 웃는 청년을 향해 뭐라 말해야 할지 몰랐다.

'그렇다고 입을 맞출 생각은 없다고!'

청년이 술잔을 채워 서효의 옆으로 옮겨왔다. 그는 이게 어떤 놀이인지 자각하지 못하는 게 분명했다. 사실 놀이판의 모든 이가 별생각이 없어 보였다. 꺅꺅, 즐거운 비명만 지른다.

"미안하지만 이건 아무래도 싫어. 벌주를 두 번 마시면 안 될까? 아님 다른 걸로 대체하고 싶은데."

"이런, 서효님. 제가 성에 차시지 않는 겁니까? 조금 상처받았습니다."

청년이 가슴에 손을 올리며 연극조로 말했다.

"걱정 마세요. 가만히 계시면 됩니다."

"걱정하는 게 아니라."

"혀를 얽거나 하진 않을 테니까."

뭐를 어떻게 한다고? 귀를 의심하는 서효와 달리 모두가 환호했다. 청년의 이름을 연이어 외치면서 벌칙 수행을 재촉했다. 아희를 쳐다보며 말려달라고 했지만 정작 아희는 뭐가 문제인지 모르는 표정이었다. 도저히 안 되겠다 싶어 벌떡 일어나려는데 청년이 서효를 끌어 앉혔다.

"도망가지 마시고요. 자, 가만히."

술잔 안의 술이 청년의 입속으로 사라졌다. 그가 미소 띤 얼굴로 천천히 서효에게 다가왔다. 일어나려고 꼼지락거렸지만 의외로 사내의 힘이 실려 있어서 팔을 떨칠 수가 없었다.

안 돼, 점점 가까워져. 이대로 첫 입맞춤이 술과 함께 날아가는 거야? 서효는 할 수 있는 최대한 몸을 빼다가 눈을 질끈 감았다. 그리고 손으로 입을 가렸다. 분위기가 싸해진다 해도 어쩔 수 없었다.

"서효님, 손을 떼세요."

"어딜 귀엽게 빠져나가십니까?"

입에 술을 머금고 있어 말하지 못하는 상대 대신 주변에서 반칙을 지적했다. 청년은 서효가 이럴 줄 알았다는 듯 그녀의 손을 내렸다.

이젠 완전히 옴짝달싹도 할 수 없다. 닿는다. 닿는다. 닿고 만다. 그 순간.

"꺅!"

누군가 새된 비명을 질렀다. 아무리 기다려도 닿아야 할 것이 닿지 않기에 서효는 한쪽 눈을 떴다. 다른 쪽 눈을 뜨기도 전에 그녀는 놀란 숨을 들이켰다.

차언이었다. 어느새 이까지 왔는지 모르겠지만 차언이 둘 사이에 끼어들었다. 청년의 뒷머리를 틀어잡은 채 그의 목을 확 꺾은 상태로.

입안의 술을 빨아들이고 있었다.

무리 중 누군가가 떠든 것처럼 한 방울도 안 남길 태세였다. 청년은 순식간에 일어난 일에 꼼짝도 하지 못하고 술을 빼앗겼다. 서효의 눈앞에 훤히 드러난 청년의 목젖이 꿀렁였다.

'술이 되게…… 많나 봐.'

머금고 있던 술 양이 많은 걸까. 아니면 지금 이 순간 시간의 흐름이 멈춘 걸까. 서효는 멍하니 제 눈앞에서 벌어지는 일을 바라보았다.

"푭!"

차언이 입술을 뗌과 동시에 청년이 급히 숨을 몰아쉬었다. 말 그대로 숨도 한 번 쉬지 못했던 듯하다.

모든 것이 끝났다. 차언은 청년의 머리채를 거칠게 놓았다. 그는 젖은 입술을 소매로 훔치며 좌중을 훑었다. 반박할 테면 해보라는 얼음장 같은 눈빛에 누구 하나 입을 열지 못했다.

짝짝짝. 대신 손뼉을 쳤다. 짝짝짝. 짝짝짝.

상상도 못 한 일이라며 떠받드는 목소리가 뒤를 이었다. 뿔피리를 불어대는 자도 있었다.

"차언님, 최고! 대단하세요!"

"차언님, 차언님, 알고 보니 재미있으신 분!"

"난 상상도 못 했지 뭔가? 아하하!"

꺄르르 웃고 자지러지는 모습이 자칫 위험해 보이기까지 했다.

'저기, 얘들아. 참신하고 재미있으면 다 괜찮단 말이니?'

서효는 멍한 눈으로 아희 무리를 바라보았다.

한편 일을 벌인 당사자는 그야말로 없던 정마저 다 떨어진 모습이었다. 차언의 눈매가 급속도로 날카로워지더니, 옷자락이 펄럭일 만큼 냉기를 풍기며 사라졌다. 얼떨떨한 상태로 굳어 있던 서효는 잠깐의 간격을 두고 그의 뒤를 따랐다.

집사를 혼자 내버려 둬선 안 된다는 생각뿐이었다.

어디 있나. 어디까지 갔나.

아담한 집 안에서 사라져 봤자 거기서 거기다. 서효는 버드나무가 늘어진 우물가에서 그를 발견했다.

차언은 허리를 꺾은 채 격렬하게 헛구역질을 하는 중이었다. 아주 내장까지 뽑아 올릴 기세여서, 청년이 봤다면 자기가 정말 그 정도로 혐오스러운 건가 회의에 빠질 모습이었다.

달리 나올 것도 없다. 집사는 기름 냄새에 질렸다며 저녁을 걸렀다. 차가운 우물물을 들이켠 그는 이내 땅이 꺼질 듯 한숨을 쉬었다. 한탄이나 혐오보다는 짜증에 가까운 기색이었다.

서효는 '제가 죄인입니다'라고 이마에 써 붙일까 고민하다가 그냥 다가갔다. 이게 모두 백 년 전, 쓸쓸해하는 아희를 달래준 그녀 탓인 것을 하늘도 알고 땅도 안다.

아희는 딱 그날 하루 우울했던 것인데 서효가 지레짐작하고 말았다. 그날을 기점으로 두 여신의 인연이 시작되었다. 잊을 만하면 한 번씩 찾아와 모든 기력을 탈탈 털고 가는 인연 말이다.

그래, 차언도 알 것이다. 이미 알고 있는 것을 괜히 상기시킬 필요는 없겠지. 분노만 더 돋울 테니까. 서효가 쭈뼛쭈뼛 말을 걸었다.

"……아희넨 사흘 뒤면 떠난대."

"사흘은 무슨. 제가 숨 세 번 쉬는 동안 이 땅에서 사라져야 할 겁니다."

차언이 허공을 노려보며 말하다가 서효에게 시선을 틀었다.

"자의든 타의든 아가씨의 평판이 나빠지는 건 싫다고 했었죠. 정정해야겠습니다. 제가 어리석었어요."

그의 눈에서 섬광이 뿜어져 나왔다.

"상대를 봐가면서 부려야 할 욕심이었습니다."

급기야 '쓸어버릴까'라는 말이 차언의 입에서 나왔다.

폭풍우로 쓴다. 벼락으로 찢어발긴다. 땅을 뒤집어엎는다. 하늘로 쏘아 올렸다가 지옥 끝까지 떨어지도록 만든다.

여러 가지 사안을 두고 고민하는 걸 보니, 서효는 지금이야말로 알아서 기어야 할 때임을 실감했다. 우리 집사는 목 조르기밖에 할 줄 모르는데. 주어지지 않은 힘을 갈구할 만큼 화가 머리끝까지 났구나.

서효는 그의 분노가 수그러들길 기다리며 가만히 곁을 지켰다. 어쨌든 차언의 파격적인 행동 덕분에 서효는 자리를 빠져나올 수 있었다.

고맙다면 고마운 일이다.

한데 얌전하게 있으려는 그녀의 머릿속을 자꾸 휘젓는 장면이 있었다. 눈을 감아도 떠오르고, 눈을 떠도 신경이 쓰였다. 누군가와 입 맞추는 차언. 엄밀히 말하면 대신 벌칙을 받는 것이었지만, 차언의 그 모습이 머릿속에 깊이 각인되었다.

젖은 입술, 붉은빛, 소매로 입가를 닦을 때 드러나던 손목. 모든 것이 묘한 충격으로 다가왔다.

서효의 눈이 저도 모르게 차언에게 머물렀다. 누군가와 입을 맞추는 차언은 상상도 못 했지만, '그걸' 할 때 차언이 그토록 강하게 밀어붙일 줄이야. 그러고 보니 저번에 야화루에서 돌아올 때도 상당히 놀라운 말을 들었다. 잠깐 잊고 있던 기억이 다시금 스멀스멀 떠올랐다.

"벽으로 밀어붙이고 확 들어 올려서 숨을 몰아쉴 때까지."

표정 하나 바꾸지 않고 말하던 차언.

"설왕설래 아시죠?"

주인 아가씨를 퍽 당황스럽게 만들었었다. 차가우면서도 평온한 평소와는 완전히 다른 모습. 영 딴사람 같은 모습을 떠올리는 동안 서효의 기분이 야릇해졌다.

“어느 안전이라고 그따위 짓을.”

어차피 거리는 가깝다. 한 발, 또 한 발 움직이니 벌써 그의 옆자리였다. 여전히 화를 삭이지 못하는 그를 가만히 쳐다보던 서효는 제 행동에 대한 자각 없이 손을 뻗었다. 아까부터 계속 신경이 쓰였던 그의 입술을 향해 손을 움직였다. 가느다란 손가락 끝이 물기가 남아 있는 입술에 닿았다.

“……아가씨?”

촉촉했다. 매끄럽고, 약간 차갑고, 그리고 부드러웠다. 이런 감촉이었구나. 야화루에서 아슬아슬하게 닿지 못했던 차언의 입술은 이런 느낌이었다. 서효의 눈이 흐려지며 손끝으로 전해지는 감각에만 빠져들었다. 낯설지만 왠지 거부감이 전혀 들지 않는 게 신기했다.

조금만 더. 이 까닭 모르게 애타는 기분을.

“벌주는 제가 마셨습니다만.”

“으응.”

“지금 상황이 좀 위험한 거 알고는 계십니까?”

“그런가.”

차언이 낮은 목소리로 말했다.

“화접화……. 웃기는 이름이라고 생각했는데, 확실히 아가씨라면 꽃이겠군요.”

“응?”

뒤늦게야 정신이 들었다. 서효는 자신이 손가락을 차언의 입에 밀어 넣기 직전임을 깨닫고 황급히 손을 거뒀다. 본능적으로 후다닥 내리고 나자 열기가 뻗쳐 올라왔다. 얼굴이 뜨거워 고개를 들 수가 없었다.

나, 대체 무슨 짓을 하려던 거지? 입술을 만지고, 거기서…….

차언이 말을 걸어주지 않았더라면 어디까지 저질렀을지 모른다. 서효는 어디다 눈을 두어야 할지 당황스러웠다.

"아, 아무래도 취기가 도나 봐."

미안하다고 할 여유도 없었다. 그녀는 먼저 가보겠다는 말을 웅얼거리며 빠르게 자리를 떴다.

바람의 신이 자신을 도와줬으면 좋겠다. 더 빨리, 더 멀리 도망칠 수 있도록 등을 밀어줬으면.

아니면 밤과 어둠의 신이라도 좋다.

별빛마저 보이지 않게 어둠을 내려주면 지금 제 얼굴이 어떤지 차언이 보지 못할 테니까.

'미쳤어. 미쳤어. 도대체 무슨 생각이었지?'

차언을 뒤에 두고 얼굴을 붉힌 채 달아난다. 저번에도 이런 일이 있었던 것 같은데 이상한 일이다. 주인 아가씨는 강렬한 기시감을 느끼며 달아나기에 바빴다.

"고작 세 잔에?"

그녀의 뒤로 나직이 중얼거린 집사의 말은 듣지 못한 채.

"봤지롱. 나는 봤지롱."

수건을 개던 서효는 축제여신의 장난스런 목소리에 고개를 들었다.

웬일로 이른 오후에 일어난 아희는 서효의 방문 앞에서 생글생글 웃고 있었다. 뭘 봤다는 소린가 싶어 눈을 치켜뜨자 아희가 가까이 다가왔다.

"아가씨를 위해 사내와의 입맞춤도 불사하는 충심이랄까."

"아."

차언의 이야기다. 안 그래도 어젯밤부터 줄곧 신경 쓰이는 부분이라 즐겁게 맞장구를 칠 수가 없었다. 아희가 서효의 맞은편에 앉더니 소리 죽여 웃었다.

"나 정말 깜짝 놀랐지 뭐야. 차언의 그 표정은 누가 봐도 무시무시해서 속으로 간이 졸아붙었는데, 눈치 없는 우리 애들 덕분에 넘어간 것 같아."

이 말을 들으니 그래도 아희 하나는 사리 판단이 가능한 상태였구나 싶다. 요리 대신 자기네들이 가마솥에 삶아지는 게 아닐까? 순간 온갖 생각이 들었다고 한다.

아무리 화나도 차언이 그럴 것 같진 않다고 생각하던 서효는 어젯밤 그의 혼잣말을 떠올렸다. 음, 아희의 말을 아예 부정하긴 어려울 듯하다. 정확히 기억나진 않지만 기름이니 솥이 어쩌고 하는 말을 들은 것도 같았다.

"그러게. 모두에게 큰 고비였지."

그냥 웃고 넘기려 했는데 아희는 이 화제를 계속 끌고 나가고 싶은 듯 말을 이었다.

"그래서 말인데 혼인하고 나면 차언은 어떻게 할 거야?"

"……어떻게 하느냐, 라니."

아희답게 뜬금없는 질문이었다. 서효가 이제껏 한 번도 생각해 보지 않은 질문이기도 했다. 아희의 눈이 반짝거린다. 혹시 아희가 진짜 묻고 싶었던 건 이쪽이 아닐까 싶었다. 노는 것만큼이나 궁금한 걸 못 참는 아희가 이른 시간에 일어난 이유. 그것과는 별개로 서효의 대답은 정해져 있었다.

"내 혼인이랑 차언이 무슨 상관이야?"

"계속 같이 살 거야?"

이건 또 무슨 말이람.

서효는 수건 개던 손을 멈추고 아희를 쳐다보았다. 단 한 번도 차언과 떨어져 사는 것을 생각해 보지 않았다.

이유 같은 건 없다. 이건 그냥, 태초부터 너무도 자연스러운 조합이다. 최근 들어 가 공자의 일 때문에 두 사람 사이를 다시 생각해 보긴 했다. 혹시 차언이 변심하면 어쩌나 걱정도 해보았다. 하지만 서효 자신이 그를 내친다는 건 상상도 해보지 않았다.

내가 왜 차언과 헤어져? 혼인을 하면 차언과 함께 살 수 없어?

아희는 상대가 대답하지 않았지만 대충 답을 들었다는 듯 허공을 쳐다보았다. 이럴 줄 알았다는 표정이었다.

"생각해 봐. 서효의 낭군님은 밤낮없이 부인과 달라붙어 있는 차언이 불편할 거고, 차언은 행여 천제의 아드님이라도 서효의 짝으론 부족하다고 여길 거야. 그런 사내 둘이 한 지붕 아래서 평화로울 수 있을까? 답은, 아니올시다."

서효의 머릿속이 더욱 엉켜들었다. 전혀 생각지도 못한 부분을 아희가 꼬집고 있었다. 다른 문제라면 가볍게 넘기겠지만 다름 아닌 차언과 관련된 이야기다.

제 혼인과 차언. 게다가 아희는 저보다 스무 해 늦게 태어나긴 했지만 이미 혼인을 한 몸이다. 경험자의 말을 무시할 순 없었다.

"두척님도 네 주변인을 불편해하셨어? 잘생긴 배우들도 많고, 아희 주변엔 사내들이 한가득이잖아. 두척님도 그러셨어?"

아희의 남편 이름을 대자 그게 어떻게 같으냐는 표정을 지어 보였다.

"난 우리 애들과 매일 어울리지만 특정한 누군가와만 놀진 않는다고. 그리고 말은 똑바로 해야지, 서효. 내 수하 중엔 차언만큼 대단한 미남이 없네요. 차언은 왜, 같은 사내로 하여금 경계심이 솟구치게 하는 사람이잖아."

"경계…… 심?"

서효는 태어나서 말을 처음 배우는 아이처럼 느리게 반복했다. 아희는 열렬히 고개를 끄덕였다.

"너희 아직 수도에 가서 살아본 적 없지?"

없다. 시끄럽고 복잡한 것을 싫어하는 두 사람은 최대한 시골 마을을 돌며 살아왔다.

"차언 데리고 수도 가면 큰일 날걸."

아희가 짐짓 겁을 주듯 말했다. 서효의 눈동자가 위태롭게 흔들렸다.

수려하게 생긴 줄은 알았지만, 늘 차가운 표정이니까 참으로 쓸데없는 미모라고 여겼다. 목소리가 낮고 그윽한 줄은 알고 있었으나, 입만 열면 잔소리니까 그 또한 과분하다고 생각했다. 한 번도 다른 사람이 차언을 어떻게 볼지에 대해 깊이 생각해 보지 않았다.

그의 시선이 어딜 향하는지는 알고 있으니까.

차언에겐 서효가 최우선이다. 그거면 충분하다고 믿어왔다. 더 파고들 것도 없는 단순한 관계였다. 한데 요즘 들어 두 사람 사이를 어렵게 만드는 문제들이 하나둘 고개를 드는 기분이다. 이번엔 아희가 조용한 연못에 돌을 던졌다. 서효의 안에선 파문이 크게 일었다.

내 낭군님이 차언을 싫어하면 어쩌지? 난 차언과 떨어져서 살 수 없는데, 차언을 내보내라고 하면 어쩌지?

아희가 한동안 대답 못 하고 있는 서효를 보더니 씩 웃었다.

"중이 제 머리 못 깎는다더니 서효가 딱 그 모양이네."

쌓인 수건을 집어서 무릎 위에 올려놓고는 각을 잡아 개었다. 집안일과는 전혀 무관한 삶을 살 것 같은 아희였지만, 의외로 나쁘지 않은 모양새가 나왔다.

아희는 태평했다. 서효는 아니었다.

원래라면 아희 못지않은 느긋함을 자랑하는 서효였는데 왜 갑자기 이런 모양새가 되었는지 모르겠다.

"잘난 남자를 너무 오랫동안 독차지한 벌이야, 서효."

벌써 수건을 다섯 장이나 갠 아희가 얄밉게 까륵까륵 웃었다.

이거, 벌인가?

백 년 전이었다.

서럽게 울고 있던 아희와 길을 지나가던 서효가 만난 것은.

극심한 가뭄으로 논밭이 쩍쩍 갈라지고 사람들의 인심도 흉흉해진 해였다. 아직 어린 신이었던 아희는 작년과 너무도 다른 분위기에 적응할 수가 없었다. 먹고살기 어려운 것은 안다. 눈이 멀쩡한 자라면 말라붙은 논밭을 볼 수 있을 테니까.

"철없이 굴려던 게 아니었는데……."

아희가 쏟아지는 눈물을 닦았다. 다들 힘들지만 조금이라도 기운을 냈으면 했다. 그저 안타까웠던 것뿐이다. 지난해에만 해도 함께 웃고 떠들던 이웃집 사람들이 원수처럼 악다구니를 쓸 수밖에 없는 게 너무 슬펐던 것뿐인데.

"쯧쯧, 아직도 이리 물정을 모르느냐?"
"자중해도 모자랄 시기에."
"어리긴 어리구나."

소소하게나마 사람들이 어울리는 자리를 만들어보려던 아희는 다른 신들에게까지 핀잔과 꾸짖음을 듣고 말았다.

"흑……."

그때 길을 지나가던 서효가 다가왔다.

"축제여신님?"

잎사귀가 말라 떨어진 나무 아래. 가던 길을 멈추고 흙바닥에 나란히 앉아 해주었던 말.

"세상엔 설명하기 힘들 만큼 벅찬 기쁨이 있어. 반면 어떻게 해도 도와줄 수 없는 슬픔도 있지. 지금이 그때야. 사람들은 '살아내는' 것만으로도 너무 지쳐서 웃을 여유를 잃은 거야. 그리고 기쁨의 순간과 지금처럼 힘든 나날이 차곡차곡 쌓여서 인생이 돼."
"인생……."
"그들이 지금 원하지 않는다고 해서 아희의 존재가 하찮아지는 게 아니야. 이것만은 확실히 말해줄 수 있어."

서효는 눈물로 젖은 아희의 손을 그러쥐었다.

"아희도 차차 알게 될 거야."

그날로 서효는 아희의 친구가 되었다.

"꺄!"

순식간에 수건을 다 갠 아희가 흥분을 주체할 수 없다는 듯 발을 굴렀다. 아희는 이 상황이 어지간한 축제보다 재미있는 것 같았다.

"내가 서효에게 조언을 해주는 날이 오다니!"

이유는 단 하나. 차언 때문이었다. 인정하기 께름칙하지만 제 주인보다 잘난 점이 많은 그녀의 집사.

"그러고 보면 일찍 혼인하길 잘한 것 같아! 내가 혼인하지 않았더라면 서효는 이번에 내 말을 귀담아듣지 않았을 테지?"

"그렇긴 하지만……."

단지 그 이유만으로 혼인하길 잘한 것 같다고 하면, 아희의 남편이 좀 서운하지 않을까. 이 자리에 없는 친구의 남편을 떠올려 보는 서효였다.

몇 번 만난 적은 없지만 항상 소탈한 웃음을 짓고 있던 행운의 신. 행운을 맡고 있다고 하면 왠지 빠릿빠릿한 느낌의 상인일 것 같지만, 실제로 만난 그는 느긋한 도사에 가까웠다. 물론 아희를 눈엣가시로 여기는 차언의 입에선 좋은 소리가 나오지 않았다.

"시장에 점집을 차리고 앉아 멀끔한 얼굴로 부인네들이나 홀리면 딱 어울릴 겁니다."

우리 집사는 참 속속들이 비틀렸어. 새삼 감탄이 나올 정도라니깐. 서효는 속으로 고개를 내저었다. 그런 집사와 자신이 자꾸 엮이고 있다니 믿기지가 않았다.

아희와 행운의 신은 잘 어울리는 한 쌍이다. 부인이 어떤 기상천외한 일을 저지르든 허허 웃고 넘기는 남편과 발랄한 소녀 같은 부인. 신들 사이에서도 잘 맺어졌다는 평이 돌곤 했다. 하지만 서효와 차언은 뭐랄까.

"하나만 물을게."

아희가 딱 손뼉을 치며 주의를 환기시켰다.

"차언 없이 살 수 있겠어?"

"응?"

"차언이 없는 삶을 상상해 본 적 있냐고."

있긴 있다. 그것도 최근 들어서의 일이긴 하지만 말이다. 아희가 대답을 듣고 싶다는 듯 연신 물었다.

"있다면 어땠어?"

"……별로 좋지만은 않았는데."

"어허."

사랑하면 닮는다더니, 아희는 어느새 제 남편의 언행을 따라하고 있었다.

"솔직하지 못해, 서효. 상세하지도 않고 성의도 없어."

"네가 꽤 신나 보인다면 착각일까."

"별로 좋지만은 않았다. 그냥 그 정도야?"

아니다. 사실은 떠올리는 것만으로도 충격이라서 가슴 한구석이 뻥 뚫린 듯 쓰라렸다. 겁이 덜컥 들기도 했다. 차언이 없는 일상은 감히 상상도 할 수가 없었다. 하고 싶지 않았다.

"설마…… 떠올리기도 싫다거나 그런 건 아니겠지?"

서효의 눈동자가 위태롭게 흔들렸다.

"그런 거야? 세상에, 세상에나. 그런 거구나!"

아희가 엉덩이를 들썩였다. 정신이 혼미해질 정도의 호들갑이었다.

"둔하고 둔한 우리 서효. 답은 이미 나온 것 같은데."

"답이라니?"

"예, 아니오로만 대답해 봐. 단순명료하게 말이야. 서효, 차언이 싫어?"

"음, 잔소리 퍼부을 때는."

"예, 아니오로만 대답하라니까. 차언이 끔찍하게 싫어?"

방금 전 질문과는 어감이 좀 다른 듯하다. 가끔 싫긴 해도 끔찍하게 싫은 건 전혀 아니었다. 왠지 질문자가 의도하는 쪽으로 끌려가는 느낌이지만, 어쨌든 서효는 대답을 했다.

"아니."

"차언 없는 일상은 상상할 수 없다고 했지?"

"응."

"여전히 혼인은 하고 싶은 거고?"

"응."

"차언이 너와 내가 아는 남자들 중에 제일 잘생겼다는 거에 동의하지?"

굉장히 짙은 의도가 느껴진다. 서효가 눈을 가느스름하게 뜨자 아희는 냉큼 대답이나 하라며 옆구리를 찔렀다.

"그래. '굳이' 객관적으로 보자면 말이야."

"차언이랑 닿으면 싫어?"

손이라든가 몸이 닿으면 거리끼는 마음이 드느냐고 부연 설명을 덧붙였다. 이 점 또한 서효가 신경 쓰지 않았던 부분이었다.

집사링 몸이 닿는 게 싫었을 것 같으면, 이미 옛날 옛적에 볼을 꼬집지 못하도록 소리쳤을 것이다. 거리에서 쓰러진 자신을 차언이 들어 안았을 때도 부끄러움과 까닭 모를 콩닥거림만 느꼈을 뿐이었다.

"아니."

"가장 중요한 것. 차언은 네 혼인에 대해 뭐라고 했어?"

어찌 잊을 수 있으랴.

서효는 꿈엔들 잊을 수 없을 명대사를 또박또박 읊어주었다.

"그냥 포기하고 저랑 사시죠."

"헉."

오히려 질문했던 사람이 당황하는 모습을 보였다. 얼굴에 열이 오른다며 손부채질을 하기도 했다. 오늘 아희가 발을 몇 번 구르는 건지 모르겠다. 이건 자기도 정말 몰랐던 부분이란다. 낯이 뜨거워서 더는 들어줄 수가 없다며 한숨을 푹푹 쉬었다.

"서효."

아희가 새삼 비장한 표정으로 친구의 이름을 불렀다.

"증거 수집은 끝났어. 보통 인간들은 이런 상황을 두고 뭐라 하는지 알아?"

"……뭐라고 하는데?"

"땡잡았다."

서효의 얼굴이 이상하게 일그러졌다.
"으응?"
"다른 무엇도 아닌, 바로 이런 상황을 두고 '땡잡았다'고 표현한단다."
서효도 아는 표현이긴 하다. 그런데 저 표현을 지금 상황에 쓸 수 있을까. 여전히 헤매는 친구가 안타깝다는 듯 아희가 한 마디로 상황을 정리해 주었다.
"그냥 차언과 혼인하는 게 어때?"
서효의 입이 천천히 벌어졌다.
미랑, 청혼, 야릇한 감정, 두근거림, 질투, 가 공자의 이야기, 불안, 애틋함. 그리고 소중함. 이제껏 서효의 안에서 잡힐 듯 잡히지 않던 희뿌연 감정이 아희의 한 마디로 명료해지는 기분이었다.
누군가 쇠못으로 두드려 꽝꽝 잠가놓기라도 한 상자가 열린 것만 같았다. 한 번도 생각해 보지 않았다. 차언과 혼인. 둘은 언제나 별개의 존재였다. 그러나 방금 아희의 일깨움은 두 단어 사이에 특별한 조사를 하나 추가시켰다.
차언과의 혼인.
"세상에……."
머리가 핑 어지러웠다.
"세상에, 라니. 그건 내가 하고 싶은 말이야. 마침 잘생기고 집안일도 잘하고 서효에게 함부로 할 걱정이 없는 남자가 바로 옆에 있었잖아. 밑져야 본전이니 한번 물어나 볼까 싶었는데 이런 반전이라니."
아희가 눈을 도로록 굴렸다.
"차언은 나만 보면 염라대왕님 저리 가라 할 표정을 지으니까 엄두도 못 냈지. 한데 서효에겐 진짜 뜨겁네!"

"뜨, 뜨겁다니."

아희의 표현은 죄다 직설적이고 적나라하다. 뜨거운 건 차언이 아니라 지금 내 얼굴이라고. 머릿속이 끓는 냄비 같단 말이야. 서효가 두 뺨을 감싸 쥐었다.

"뜨겁지. 평소엔 그리 냉기를 풀풀 날리고 다니면서 서효에겐 대놓고 호감을 표했다는 뜻이잖아. 으으, 솔직히 난 네 말이니까 믿는 거지, 다른 사람이 차언의 말이랍시고 들려주었다면 말도 안 된다고 소리쳤을 거야."

"차언이랑 혼인……. 헉, 차언이랑."

"아가씨, 정신 차리시죠."

너무 큰 충격에 해롱대는 서효를 아희가 일깨웠다.

"내일 당장 혼인하라는 것도 아닌데 벌써 이럼 쓰나."

"으어어, 아희. 나 지금 기분이 엄청 이상해."

"보는 나는 재밌어."

서효가 눈을 흘겼다. 하지만 이 또한 너무도 아희다운 반응이라, 강 건너 불구경하지 말라느니 뭐라 할 수가 없었다. 사실 남을 타박할 정신도 없었다. 서효의 머릿속은 오직 차언과의 혼인으로만 가득했다.

"싫은 건 아니지?"

"이건 싫다, 좋다 답할 문제가 아닌 것 같은데."

애초에 한 번도 생각해 보지 않은 거라고! 호불호는 그다음에 따라오는 문제인 것이다.

한편 친구가 너무 복잡하게 파고들어가려는 낌새를 보이자, 모든 사건을 단순하게 만들어 버리는 재주가 있는 아희는 묘수를 냈다.

머리 쥐어뜯을 것 없다. 이것만 괜찮으면 남녀 사이에 진전을 생각해 볼 만하다. 남들 보기에 쭈그러진 표주박 같아도 당사자가 '이것'이 가능하면 상관없는 거다. 반면 미의 신(神)이 울고 가는 천하의 미장부라도 '이것'을 함께 하기 싫으면 끝이다.

어찌나 그럴싸하게 약을 파는지, 서효는 얼른 아희의 묘책을 듣고 싶어 안달이 날 지경이었다. 마음을 판가름하는 기준이 도대체 뭐란 말일까.

"그래서, 그게 뭔데?"

"입맞춤."

아희가 눈썹을 들썩였다.

"요렇게 쪽, 하는 뽀뽀 말고."

아희의 입술이 서효의 뺨에 살짝 닿았다가 떨어져 나갔다. 귀여운 아기들에게 하듯 입술 새로 내는 소리가 경쾌했다.

"그거 있잖아, 그거."

갑자기 아희의 눈빛에 유부녀의 농염함이 덧씌워졌다. 외모는 열일곱, 열여덟 소녀인데 눈빛은 끈적끈적하니 상당히 이상한 모습이었다.

"상대와 입 맞추고 싶은 생각이 들면 일단은 된 거야."

"그거라고 표현하면……."

속 시원히 알려달라고 하려던 서효의 귓가에 언젠가 들었던 낮은 목소리가 울렸다. 집으로 돌아오던 길. 차언의 입술 옆에 쪽, 닿고 말았던 그날이었다.

"설왕설래."

"오호라, 요건 좀 알아듣네!"

아희가 기특하다는 양 서효의 어깨를 마구 두드렸다. 서효는 여전히 멍한 상태로 친구의 칭찬을 받아들였다.

집사와 혼인하라는 제안은 충격이긴 해도 다소 모호한 구석이 있었다. 차언이 낭군님이 된다? 충격 자체가 너무 커서 오히려 와 닿지가 않았다. 하지만 그와 입술을 맞댄다는 생각을 하면…….

'저번에 자긴 입맞춤할 때 어쩐다고 그랬더라?'

서효가 갑자기 몸을 부르르 떨었다. 또렷하게 기억이 나진 않는다. 그런데 그냥 이대로 떠올리지 않는 편이 좋을 것 같았다.

아희의 제안은 충격적이었다. 그러나 곱씹을수록 맞는 말이었다. 서효는 언젠가부터 차언과 있으면 술렁이는 제 마음에 대해 제대로 알고 싶었다. 만약 이것이 남녀 간에 생기는 호감이라면.

"혼인……."

서효가 조용히 중얼거렸다. 몇 번을 입 밖에 내본 말이었지만, 여전히 익숙해지지 않았다.

"혼인에 목매지 말고 일단 내 마음을 확실히 알아보자."

스스로를 납득시키듯 말했다. 모든 일에는 순서라는 게 있으니까. 그리고 다행히도 그녀와 집사는 평범한 인간이 아니라 시간적인 면에 있어서 구애를 받지 않았다.

그래, 그러니까 일단 입맞춤부터다.

저번에 야화루에서의 일은 '사고'에 가까웠다. 서효의 원래 의도는 그게 아니었다. 아예 처음부터 입 맞추자는 생각을 하고 다가가면 결정적인 순간에 마음이 바뀔지도 모른다. 역시 이상하다거나, 싫다거나. 서효는 아희의 제안대로 본능을 따라보기로 했다.

그런데 여기엔 한 가지 문제가 있었다.

차언과 입을 맞춰보자고 마음을 먹고 나니 도무지 일상생활이 불가능해진 것이다. 언제, 어떤 식으로 물어야 할지 몰라서 그저 넋을 놓고 집사의 입술만 쳐다보기 일쑤였다.

아직 아희 무리가 떠나지 않았다. 도합 스물다섯을 대접해야 한다. 모든 체력과 정신력을 끌어모아야 하는 시기다. 한데 주인 아가씨가 실수 연발이니 집사의 눈에도 의심스러운 기색이 깃들었다.

"안 되겠습니다."

차언이 한숨 쉬며 앞머리를 쓸어 올렸다. 한쪽만 보여도 날카로운 눈은 양쪽이 훤히 드러나면 뇌리에 강하게 남는 인상이 되었다. 방금 서효의 손에서 미끄러지는 그릇을 아슬아슬하게 잡아낸 집사가 말했다.

"아가씬 쉬세요."

말이야 쉬라고 하지, 더는 사고 치지 말라는 경고와 다를 바 없었다. 이게 다 차언이 혀로 마른 입술을 살짝 핥는 것을 넋 놓고 본 탓이다.

입맞춤. 입맞춤. 서효의 귓가에서 아기 새들이 짹짹대는 것 같았다. 번갈아 가며 오른쪽, 왼쪽 귀에 대고 입맞춤을 일깨웠다.

"아니야. 나 별로 한 것도 없는데."

"한 게 없긴 왜 없습니까?"

차언이 깨끗이 씻은 그릇을 선반 위에 올려놓으며 대꾸했다.

"다림질을 맡아 하시겠다더니 옷을 태울 뻔했죠. 약재를 빻으려다가 손가락까지 빻을 뻔했습니다. 지나가던 사람한테 부딪치질 않나."

집사는 서효의 행적을 고스란히 되새겨 주었다.

"무례한 녀석들 사이에서는 아가씨 정신이 빠진 이유에 대한 추측이 분분합니다."

그런 일도 있었나. 제 코가 석자인 서효는 전혀 몰랐던 사실이었다.

"아프신 건 아닌 것 같고."

"으응, 아프지 않아."

"그렇다면 방에 가서 쉬시죠."

잠시나마 차언의 눈에 머물렀던 걱정이 지워져 나갔다.

"여긴 저 혼자로도 충분합니다."

오히려 혼자 대접하는 쪽이 여러모로 편할 것 같다고 덧붙였다. 도대체 어떻게 할 작정이기에 '여러모로' 편하다는 건지 알 수 없었으나, 아프지도 않은데 혼자 들어가 쉬는 것은 서효의 마음을 불편하게 했다.

다른 이유도 아니고 입맞춤에 정신이 팔렸기 때문이라니. 어디 가서 토로할 수도 없고 팔짝 뛸 노릇이었다.

"차언, 그게……."

"들어가세요."

"저기."

"다음엔 무슨 사고를 칠지 몰라 불안해서 안 되겠으니까."

몸이 홱 돌려세워졌다. 서효는 결국 방으로 돌아가게 되었다. 방문을 닫으려는 찰나, 저쪽 편에서 떠들던 아희와 눈이 마주쳤다.

'아직이야?'

아희가 눈으로 물어왔다.

'응, 아직……'

'밀어붙여, 서효. 여자는 박력이야!'

아희의 눈에서 불꽃이 튀는 것 같았다. 남 일이라고 쉽게 말하지 말아주련? 게다가 어감도 뭔가 이상하다고. 애초에 차언에게 입 맞춰보라는 지령을 내린 인물이다. 아희의 앞섶을 잡고 이거 못 해 먹겠다고 하소연하고 싶었지만, 친구의 눈이 너무도 순진해서 맥이 빠졌다.

입맞춤. 입맞춤. 방 안에 틀어박혀 있는 내내 아기 새들이 재잘대었다.

두 시진 뒤.

서효는 결국 아희의 눈빛 응원과 아기 새들의 독촉에 지고 말았다. 스스로도 더 이상 견딜 수가 없었다.

때마침 시끌벅적한 무리가 성 안에 놀러가 보겠다고 말했다. 잠시나마 시끄러움에서 해방되는 순간이었다. 차언은 잠도 거기서 자고 오라며 싸늘히 말했다.

아예 이대로 떠나는 것도 좋다고 했지만, 눈치 없기로 유명한 무리는 '역시 차언님은 재밌으셔!' 하고 한바탕 폭소했다. 집사의 이마에 빠직 힘이 들어가는 게 보였다. 어쨌든 함께 있는 것만으로도 정신없는 무리가 빠져나갔다.

오랜만에 집 안에 평화가 찾아왔다.

차언은 간만의 여유를 즐기려는지 책을 들고 나와 볕 잘 드는 마당에 앉았다. 천천히 책장이 넘어갔다. 서효는 독서하는 집사를 멀거니 보다가 다구(茶具)를 준비해 나갔다.

탁자의 맞은편에 앉아 차를 만들었다. 향기로운 국화차를 만드는 내내 집사를 힐끔거렸다.

"그대로 두면 물 식습니다."

차인이 책에서 눈을 떼지 않은 채 말했다. 일부러 주의를 끌려던 건 아니었다. 차는 그저 옆에 앉아 있을 핑계였는데, 집사가 이쪽을 신경 쓰는 줄 몰랐다.

서효는 눈길을 거두고 얼른 차 내리기에 집중했다. 맑은 향을 위해 첫 번째 물을 따라낸 뒤 한 잔을 완성했다. 아릿하게 피어오르는 향기를 맡은 서효는 조심스레 차를 머금어보았다. 온도나 향미 모두 자신의 취향에 맞았다.

사람이 앞에 있는데 혼자 홀짝이기는 좀 그렇다. 차언도 줄까, 물으려던 서효는 찻잔을 쥔 그대로 굳었다.

언제부터일까.

집사가 한 팔로 턱을 괸 채 서효를 물끄러미 쳐다보고 있었다. 슬쩍 내리깐 눈이 닿는 곳은 어디인지. 촉촉한 물기마저 배어 나오는 듯한 느낌에 서효의 가슴이 콩 내려앉았다.

이건 충동이 아니야. 난 계속 묻고 싶었어. 기회라면 기회겠지.

서효의 눈이 연한 붉은빛을 띠는 차언의 입술에 가 닿았다. 열의가 이만저만이 아닌 아희는 기습 입맞춤까지 운운했지만 그러고 싶지는 않았다. 아직까지는 말이다. 그러니까 정식으로 물어보자. 피하지 말고. 더는 외면하지 말고.

"차언."

서효가 찻잔을 내려놓으며 말했다. 차언은 듣고 있다는 듯 눈으로 대답해 왔다. 말해봐, 서효. 얼른 물어봐.

"입 맞춰주지 않을래?"

이윽고 집사의 손에서 책이 툭 떨어졌다.

인간들은 이성이 끊어지는 소리를 으레 '툭'이라고 표현한다. 그 말을 듣는 순간 이성이 툭 끊어졌다. 견딜 수 없는 분노에 이성이 툭 끊겼다. 이런 식이다. 그러고 보니 제 손에 들려 있던 책도 툭 떨어졌다. 탁자 위에 널브러진 책이 꼭 끊겨 버린 제 이성을 닮았다는 생각이 들었다.

"입 맞춰주지 않을래?"

서효가 말했다. 순진하고 말갛고 진지한 얼굴로 말했다. 장난일 것이다. 어디서 이런 못된 장난을 배워온 거지? 술렁이는 가슴을 억누르며 머리를 굴려보는 차언이었다.

어디긴 어디야. 멀리 갈 것도 없이 대번에 특정 인물이 떠올랐다. 현란한 말과 어수선한 태도로 서효를 뒤흔들 수 있는 인물. 발랑 까진 축제여신 아희. 그 한 명뿐이다.

진지하게 받아들이지 말자. 아희가 무슨 말로 서효를 꼬드겼는지 모르겠지만, 어쨌든 서효는 친구의 장난에 넘어간 것뿐이다. 그러니까 이런 장난에 일일이 설레지 말라고. 차언은 눈치 없이 두근대는 심장을 향해 낮게 경고했다.

"차언……?"

장난의 첫 번째 희생자인 서효가 고개를 갸웃거리며 그의 눈치를 살폈다. 그게 또 예뻐서 가슴이 욱신거렸다. 열이 확 오르고 난리도 아니다.

'미치겠네.'

이쯤 되면 장난 수준을 넘었다. 알고 보면 아희는 서효를 조종해서 매번 놀이판의 김을 새게 하는 차언을 제거하려는 속셈일지도 모른다. 눈치가 꽝인 것 같아도 이상한 부분에서는 촉이 좋은 축제여신이었다. 아무것도 모른다는 듯 생생 웃으면서 차언의 약점을 파악한다.

오호라, 약점이 서효란 말이지? 해맑은 서효를 구워삶아서, 눈엣가시인 집사 심장을 직격! 와, 축하해 주세요. 아희님의 공격이 성공하셨습니다.

축제여신의 의도가 이거였다면 여지없이 들어맞은 셈이었다. 그저 입 맞춰 달라는 한 마디를 들은 것뿐인데도 차언의 입술은 바싹바싹 마를 지경이니까.

'정신 차려. 옳다구나 하고 너까지 넘어가지 말란 말이다.'

차언은 전력을 다해 평온한 모습을 꾸며냈다. 너무 어이없는 말을 들은 나머지 책을 놓친 것처럼 굴었다. 천천히 책을 집어 올린 뒤 있지도 않은 먼지를 털어내는 척했다.

"입 맞춰보자고."

툭.

애써 연기한 보람이 없다. 또다시 책이 손에서 떨어졌다. 아희 무리가 집을 비운 건 신의 한 수였다. 그들이 있는 상황에서 이 말을 들었다면 자신은 어떻게 버텼을까.

행여 지나가던 누군가가 서효의 말을 듣기라도 했다면.

일단 진정해라, 차언. 이 아가씨와 하루 이틀 살아온 게 아니잖아. 어떤 식으로 반격해야 하는지 이미 알고 있다고. 호들갑 떨지 말고 오히려 강하게 나가. 그럼 서효는 깜짝 놀라서 자리를 피할 테니까.

"곤란한데요, 아가씨."

차언은 자신의 자제력을 믿지 않았다. 제 안에는 시커먼 욕망이 뱀처럼 똬리를 틀고 있다. 그리고 그것은 기회만 되면 얄팍한 벽을 뚫고 나와 서효를 속속들이 집어삼키려 한다.

야화루 사건이 좋은 예시였다. 그때는 몸이 멋대로 움직였다. 원래 의도는 침울해진 서효의 주의를 다른 데로 돌리는 것이었는데, 결국 제 욕심을 채우는 장이 되고 말았다.

그러니 애초에 시작도 하지 않는 게 좋다. 서효에게도, 자신에게도 여지를 주지 말자.

"입을 맞춰 달라고 하셨는데."

차언이 서효를 응시했다. 열성적인 눈빛에 하마터면 기침이 터져 나올 뻔했지만 가까스로 위기를 넘겼다.

"저번에도 말하지 않았던가요. 전 한 번 시작하면."

일부러 목소리와 눈빛 모두 무섭게 바꿨다.

"도중에 그만둘 생각 없습니다."

서효의 동공이 점점 커졌다.

"입맞춤 정도로 멈추지 않는다고요."

커다란 눈동자가 더욱 흔들린다. 아, 잘하고 있다. 이번에도 먹혀들었다. 차언은 스스로를 칭찬했다. 매번 실패의 여지도 없이 먹혀들어서 좀 속이 쓰리긴 하지만.

"와."

이쯤이면 충분하겠지 싶어 그만두려던 차언이 움찔했다. 서효에게서 평소와 다른 반응이 나왔다. 얼굴을 붉히며 도망가거나 그렇게까지 말할 것 없지 않느냐며 되받아치는 게 아니라.

"와아."

대단한 말을 들은 양 감탄하고 있었다.

"와아아!"

"와아아, 가 아니잖아."

차언의 표정이 험하게 바뀌었다.

"지금 한 말이 무슨 뜻인지나 알고 감탄하시는 겁니까?"

"굉장한데……."

"솔직히 말하세요. 아희님이 뭐 이상한 음료라도 마시게 하던가요?"

그러지 않고서야 서효가 이런 반응을 보일 리 없었다. 왜 도망치지 않는 건가. 왜, 왜, 왜!

"아희는 이상한 걸 먹이지 않았어."

"그럼 어째서."

"차언이랑 혼인하라고만 했지."

차언은 입을 다물었다. 아무 말도 할 수가 없었다. 도대체 자신이 무슨 말을 할 수가 있겠는가?

"아희가 중요한 점을 몇 가지 짚어줬어. 그래도 혼인은 너무 갑작스러워서 내가 망설이니까 입맞춤부터 해보라고."

차언이 눈을 감았다. 눈가를 어루만지는 김에 이마를 짚어보았다. 관자놀이도 꾹꾹 눌렀다. 골이 띵하다는 게 무슨 뜻인지 알겠다. 장난으로 던진 돌에 개구리가 맞아 죽는다고 한다. 지금 제 꼴이 딱 그 모양이다.

생각 없는 아희와 자신이 불러일으킬 여파를 모르는 서효. 두 아가씨가 차언을 손안에 쥐고 흔들고 있었다.

"확인…… 같은 거군요, 입맞춤은?"

차언이 피식 웃었다. 뒷이야기를 알고 나니 허무하기 짝이 없었다. 혼자 끓어올랐다가 기대했다가 식고 만다. 이번에도 또다시.

사실 자신에겐 그러한 기대조차 과분한 것인데도.

"한데 확인할 게 있긴 한가요? 애당초 아무 끌림도 없는데 무작정 입을 맞춘다고 해서 뭘 알 수 있겠습니까."

오히려 거부감만 들 것이다.

"그만두시죠. 절 놀라게 하는 게 목적이었다면, 오늘 아가씨는 성공하셨습니다."

"있으면……?"

서효가 조그맣게 되물었다. 그리고 차언의 귀가 그 말을 놓칠 리 없었다.

"끌림이 있으면?"

"……그게."

"해도 되는 거야?"

산머루처럼 까만 눈동자가 차언을 직시했다. 차언의 세계가 거꾸로 뒤집어졌다. 세찬 풍랑을 맞이한 밤바다의 조각배처럼 이리저리 휩쓸렸다. 갑자기 숨통이 조여드는 기분이었다.

지금 이 아가씨가 무슨 말을. 차언은 떨리는 손을 등 뒤로 감추며 일어섰다. 오롯이 받아내기 버거운 서효의 시선이 그의 움직임을 따라왔다.

"거절하겠습니다."

대답을 기다리지도 않고 바로 자리를 떴다. 달리는 것처럼 보이지 않으려고 걷는 속도에 신경 썼는데, 그럼에도 줄행랑처럼 보였을 듯했다. 이제까지 피하는 쪽은 서효였다. 하지만 오늘부터 전세가 역전될 것 같은 예감이 들었다.

모두들 알겠지만 안 좋은 예감은 늘 적중하는 법이다.

거절했다. 차언이 입맞춤을 거절했다. 그러고는 못 들을 소릴 들은 것처럼 쌩하니 도망쳐 비렸다. 뒤도 안 돌아보고, 너무나 재빠르게.

오만이라고 해도 좋다. 근거 없는 자신감이었대도 할 말이 없다.

주인 아가씨는 솔직히 집사에게 거절당할 줄 몰랐다. 말을 꺼내는 시기나 방식에 대해서만 고민했지, 대놓고 퇴짜를 맞을 줄은 몰랐던 거다. 창피한 일이었다. 왜 이까지 생각하진 못했던 걸까. 정중히 부탁만 하면 될 거라고 믿었던 건가.

'사실 속내는 그랬지.'

서효는 두 손에 얼굴을 푹 파묻었다. 시간을 되돌리고 싶었다.

괜히 그런 소릴 했나. 아니면 방법이 틀렸던 걸까. 돌아서는 차언의 모습이 꽤 화가 난 듯 보였는데, 내가 그 정도로 잘못을 한 것일까.

언뜻 차언이 흘리던 말과 눈빛. 아희가 짚어준 부분들. 자신의 마음. 서효는 이 모든 것을 곰곰이 되짚어보았다. 그러자 이상한 일이 일어났다. 생각하면 생각할수록 뭔가 약이 오르는 거였다.

'그렇게 쌀쌀맞게 거절할 것까진 없잖아.'

애초에 설왕설래니 뭐니 하며 아가씨 마음을 들었다 놓은 쪽이 누구냔 말이다.

쉽게 포기가 안 되는 제 마음도 이상한 점 중 하나였다. 한 번 신경 쓰기 시작하자 서효의 호기심은 걷잡을 수 없이 번져 나갔다. 끝을 보고 싶었다. 이제는 진짜 확인이 필요해졌다. 정말 간절했다.

"차언!"

그리하여 서효는 제 안에서 양심과 부끄러움이라는 것을 들어냈다. 중요한 것은 오직 확인! 확인! 입맞춤 한 번뿐이었다.

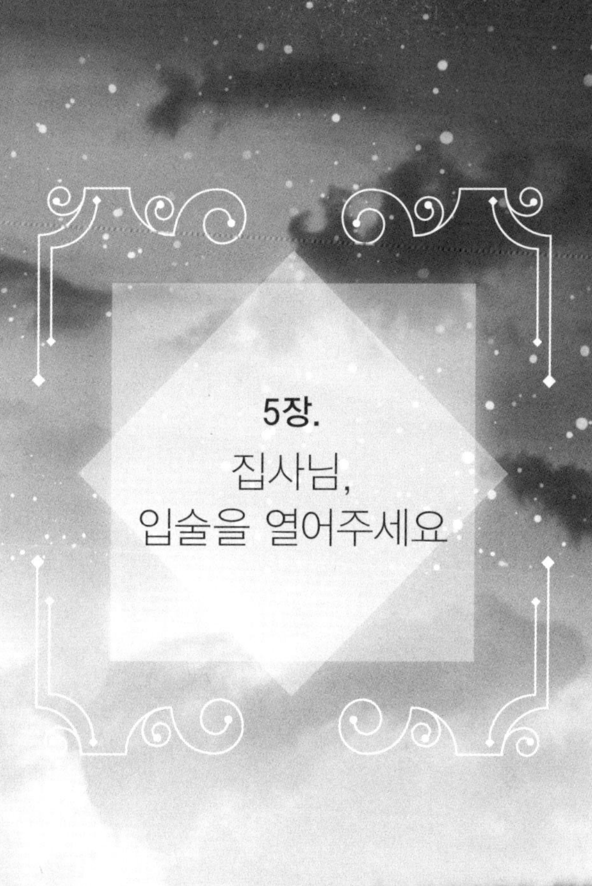

5장.
집사님, 입술을 열어주세요

다음 날.

동 트기 직전에야 비척비척 귀가한 아희 무리는 여전히 숙면 중이었다. 여러 이유로 잠을 설친 차언 앞에 아침과 거리가 먼 누군가가 등장했다.

"좋은 아침! 내가 빨래 다 걷어놨어."

별처럼 눈을 반짝이는 서효를 향해 차언이 의심스러운 표정을 지었다.

"일찍 일어나셨네요."

"응, 날이 밝자마자 바로 일어났지."

"왜 이러세요, 무섭게."

"무서워할 것까지야. 차언이 늘 잔소리…… 아니, 바라왔던 거잖아. 일찍 일어나고 열심히 일하기."

깔끔하게 개어놓은 빨래 위로 차언의 시선이 스쳤다. 최선을 다해 각 잡아놓은 게 보였다. 심지어 다림질까지 완료된 상태니 그의 눈이 더욱 가늘어졌대도 놀랄 건 없었다.

"잘하셨습니다만."

"잘했지? 나 잘했지?"

서효가 상을 원하는 티를 잔뜩 내며 차언 가까이 다가섰다. 눈을 깜빡일 때마다 고운 속눈썹이 날개처럼 팔락거렸다.

"뭐 하시는 겁니까?"

"상 줘."

"뭘 잘했다고 상까지 줘야 하죠?"

"개과천선한 주인 아가씨를 북돋워줘야지. 원래 처음에 잘했다고 칭찬을 듬뿍 해줘야 다음에도 계속할 의욕이 나는 거라고."

"어이가 없으니 못 들은 걸로 하겠습니다."

차언이 부엌으로 가려 했다. 서효가 다급하게 앞을 막아섰다.

"상 줘. 응? 응? 딱 한 번만."

"이렇게 맡겨둔 것처럼 받아가는 상이 어디 있습니까?"

"입술. 응?"

차언이 휘청거렸다. 찰나지만 다리에 힘이 풀린 듯했다. 아니면 그건 서효의 착각이고, 실제론 그냥 걸음이 꼬인 걸 수도 있었다.

어쨌거나 서효는 집사의 팔을 잡고 흔들었다. 인간은 물론 신에게도 양심과 부끄러움은 대단한 거였구나 싶었다. 그걸 내려놓으니 뭔 짓을 해도 당당할 수 있다. 가령 집사에게 입맞춤 좀 해보자고 매달리는 거라든가.

"차어언."

"거절합니다."

"한 번만, 응? 소원이라고 치고 들어주면 안 될까?"

"아가씨."

갑자기 차언이 눈꼬리가 접힐 만큼 화사하게 웃었다. 의아하게도 사람은 웃고 있는데, 아까보다 사악함의 정도가 올라간 기분이었다.

"그새 잊으신 모양이군요. 아가씨는 올해 남은 운을 그놈의 가 공자에게 탈탈 털어 쓰셨지 않습니까."

서효가 우뚝 멈춰 섰다. 이 말을 하려고 환히 웃은 거구나. 게다가 '그놈의' 가 공자라니. 여전히 가 공자를 안 좋게 보고 있는 티가 났다.

"본인이 뒤끝 심한 거 알지, 차언?"

"물론이죠."

차언은 웃는 표정을 유지한 채 서효의 팔을 떼어냈다.

"그리고 전 저더러 성격 안 좋다고 하는 분과 입 맞추지 않을 겁니다."

"어?"

"절대로."

"어어."

뒤늦게야 아차 싶었다. 서효의 코앞에서 부엌문이 닫혔다. 상으로 요구하는 작전은 실패로 돌아갔다. 철벽처럼 보이는 부엌문 앞에서 서효는 반드시 입맞춤에 성공하고야 말겠다는 의지를 불태웠다.

너무도 열심히 타오르느라, 누군가 저 멀리서 숨죽여 웃는 것을 알아차리지 못했다.

"차언, 나 좀 도와줘. 너무 무거워!"

서효가 방문 밖에 대고 소리쳤다. 이미 세 번의 실패 전적이 있기 때문일까. 도움 요청에도 집사는 순순히 모습을 드러내지 않았다. 아가씨가 진짜로 힘을 써서 서랍장을 들어 올리자 그제야 문간에 슬그머니 나타났다.

서효는 의복과 잡다한 물건으로 가득한 서랍장을 가리켰다. 낑낑 힘든 티를 냈다.

"이걸 책상 옆으로 옮기려는데 너무 무거워."

"아가씨."

차언이 팔짱을 낀 채 무심한 표정으로 말했다.

"안에 든 물건을 꺼낸 뒤 옮길 생각은 안 해보셨습니까?"

"해봤지."

한데 그렇게 하면 차언을 부를 핑계가 없다는 게 문제다. 서효는 제자리서 꼼짝도 않는 서랍장을 재차 움직이려 애썼다.

"시간이 너무 오래 걸릴 것 같아서 말이야."

"어차피 녀석들은 곯아떨어진 상태입니다. 저녁때까진 시간이 많죠."

"도와줄래?"

서효는 최대한 납작 숙인 태도를 유지했다.

"이번만 도와주면 다시 귀찮게 하진 않을게."

"……하, 속는 저도 문제군요."

차언이 한숨을 내쉬더니 방 안으로 들어왔다. 서효가 같이 도우려고 몸을 숙이자 그냥 비켜 계시라고 말을 하였다. 하긴 언제 차언의 일을 도와줬어야 말이지. 서효는 쭈뼛거리며 동선에서 물러났다.

“책상 옆으로?”

“응. 부탁해.”

차언이 빈 공간을 확인한 다음 서랍장 양쪽을 잡았다. 그러더니 무게 때문에 바닥에 대고 밀어도 밀리지 않는 서랍장을 들어 올렸다. 볼 때마다 신기한 일이었다.

이건 힘이 좋아서 가능한 걸까? 차언에겐 따로 주어진 신력이 없으니 본연의 힘으로 움직이는 것일 터. 인간들 중에서도 특출하게 장사인 사람이 있으니까, 아예 불가능한 건 아닌 듯한데. 아무리 그렇다 해도 신기하긴 하단 말이지.

잠시 딴생각을 하던 서효는 집사가 임무를 완수하기 전에 얼른 움직였다. 어찌나 성큼성큼 걸음을 옮기는지 자칫 기회를 놓칠 뻔했다.

“우웃!”

서효의 입술이 장렬하게 가로막혔다. 길게 뻗은 단단한 손가락이 서효의 입술을 집게처럼 잡고 있었다.

“아가씨.”

차언이 몹시 보잘것없는 하수(下手)를 대하는 눈으로 그녀를 쳐다보았다.

“자각을 가지세요. 아가씨는 이래 봬도 여신입니다. 인간들 위에 군림하는 신이란 말이에요.”

“우우.”

그냥 여신도 아니고 ‘이래 봬도’ 여신이란 건 무슨 뜻이냐. 말꼬투리를 잡고 싶었지만 입술이 꽉 묶인 상태이니 이상한 소리밖에 낼 수 없었다.

"너무 막 들이대는 거 아닌가요?"

나도 알고 있어. 하지만 내가 좀 급하단 말이야. 머리로는 느긋해도 된다고 생각하는데, 자꾸만 빨리 확인을 해보고 싶은 걸 어떡해. 하고 싶은 말이 많다. 그리고 서효의 모든 말은 우스꽝스러운 소리로 고스란히 전달되었다.

"으으으."

"티가 나는데도 혹시 몰라 들어오긴 했습니다만."

"우으으."

"계속 이러시면 허튼 생각 못 하도록 뺑뺑이를 돌려줄 겁니다. 새벽별 보고 일어나 밤에 녀석들 대접까지 하고 나면 입맞춤 같은 건 먼 나라 얘기가 되겠죠."

"우웅."

"다신 하지 않는 겁니다?"

고개를 끄덕였다. 차언이 의심 어린 눈으로 입술을 풀어주었다. 서효는 아린 입술을 문지르며 조용히 중얼거렸다.

"한 번만……."

"이거 아가씨가 옮기세요."

차언이 한 손으로 들고 있던 서랍장을 즉시 내려놓았다. 서효는 방의 한가운데, 아주 어정쩡한 장소에 내려지고 만 서랍장을 쳐다보며 울상을 지었다. 이러면 진짜 안에 든 물건을 다 빼내고 옮겨야 한다. 다른 이의 도움을 받으려고 해도 저녁이 되고 나서야 가능할 것이다.

잘못했다고 싹싹 빌었지만 차언은 코웃음도 치지 않았다. 깊은 탄식이 절로 나왔다. 이번 작전도 실패로 돌아간 거다. 무거운 물건을 옮기게 하면 손을 못 쓸 테니까 괜찮을 줄 알았는데.

"힝."

서효가 묵직한 서랍장에 등을 기대고 쪼그려 앉았다. 아침부터 줄줄이 실패하니 이쯤 되면 맥이 빠질 만도 했다.

"이러다 입맞춤도 못 해보고 안식에 드는 여신이 될지도 모르겠어."

아마 천계의 기록상 처음이지 않을까. 혼잣말로 한 건데, 마침 방을 나서는 차언의 귀에 들렸는지 그가 뭐라 중얼거렸다. 워낙 낮은 목소리라 또렷하게 들리지 않았다. 차언 역시 혼잣말인 듯했다.

누가…… 못 해봤대……?

저게 무슨 뜻이야. 집사가 남기고 간 말의 파편을 이리저리 맞춰보던 아가씨는 곧 머리를 싸매고 드러누웠다. 몰라, 몰라. 에잇! 모르겠다. 지쳐 쓰러진 유실물의 여신에게 또 다른 여신의 손길이 닿은 것은 늦은 오후쯤이었다.

"어때? 진전이 있어?"

"재미난 소식 하나 들려줄까, 아희?"

서효는 침상에 드러누운 채 발끝을 까딱거렸다. 모로 누운 작은 몸은 남에게 보여주기 민망할 정도로 완전히 뻗은 상태였다. 말 그대로 데친 시금치처럼 흐물흐물 널브러졌다.

"난 신들 사이에서 최초로 집사에게 쫓겨난 신이 될지도 몰라."

"으잉? 그게 무슨 소리야."

"우리 집사의 철벽이 너무나도 강건해서, 전쟁의 여신님을 모셔와도 무너뜨리지 못할 거란 소리야."

"오."

연이은 패전의 비보에도 아희는 눈 하나 꿈쩍하지 않았다. 오히려 군침이 돈다는 얼굴을 하고 입맛을 다셨다. 재물을 마주한 상인처럼 두 손을 비비기도 했다.

"이거 재미있게 돌아가는데?"

"저기, 아희. 당사자인 내가 이토록 안달이 나는 거면…… '확인'이 따로 필요 없지 않을까?"

'이런, 서효의 이성이 돌아오려고 하잖아?'

축제여신은 서둘러 자신의 장기를 펼쳤다. 그녀는 얼른 논점을 흐리는 말을 현란하게 늘어놓아 친구의 정신을 쏙 빼놓았다. 본격적인 재미는 이제부터 시작일 텐데 벌써부터 주인공이 빠져나가면 곤란했다.

그믐달이 구름 뒤로 숨은 밤.

달콤한 한숨이 얽혔다. 단단한 손바닥이 꽃잎처럼 매끄러운 어깨를 쓸었다. 애틋한 웃음과 더운 숨결이 오갔다. 두 개의 손이 깍지를 낀 채 꼬옥 겹쳐졌다.

남자는 휘늘어진 달보다 고운 눈썹에 입술을 대었다. 여인이 가쁜 숨을 내쉬며 미소 지었다. 호흡이며 쿵쾅대는 심장이며, 어느 쪽도 좀처럼 쉬이 가라앉질 않았다.

"대인, 밤이 깊었습니다."

아직 앳된 얼굴의 여인이 나직이 말했다.

"얼른 잠을 청하셔야 내일 또 일을 하시죠."

자꾸만 뺨을 쓸어내리고 머리카락을 지분대는 손을 두고 하는 말이었다. 이에 남자가 슬며시 웃었다.

"언제까지 대인이라는 존칭을 쓸 겁니까?"

"그건……."

"닷새가 지나면 혼례식인데요. 그때도 절 대인이라 부를 건가요? 정 바꾸지 않을 요량이면 저도 생각이 있습니다. 이름 대신 계속 '백(白) 호위'라고 할 겁니다."

여인이 곤란하다는 듯 미간을 살짝 찡그렸다.

그녀는 남자의 호위무사였고 닷새 뒤 신부가 될 예정이었다. 본명은 백화운. 백 호위는 첫 만남 때부터 그가 써온 호칭이었다. 아직 공적인 장소에서는 그녀를 여전히 백 호위라고 부르지만, 둘만 있을 때는 부드럽게 이름을 부르곤 했다.

그는 자신을 마치 깃털처럼 조심스럽게 대해주었다.

숙부가 이끄는 표국(鏢局)에서 사내들과 어울려 자란 화운에게 남자의 태도는 낯설고 간지러웠다. 그녀가 검을 쓸 때마다 불안한 눈으로 쳐다보니, 이거 어느 쪽이 호위무사인지 알 수가 없었다.

거기다 남자의 무예는 화운 자신보다 뛰어난 것 같기도 하고.

"그러는 대인께선 언제까지 제게 말을 높이실 생각이죠?"

"이상한가요?"

"이상하진 않지만……. 흔하지도 않잖아요."

"쉽게 고치긴 힘들겠는데요."

남자가 화운의 머리카락을 손에 그러쥐며 말했다.

"습관이 되었다고나 할까."

"다른 사람들에겐 잘만 하대하시면서."

왜 제게만. 화운이 입술을 오물거렸다. 남자가 쿡쿡 웃으며 알겠노라 대답했다. 두 사람이 누운 침상 옆에는 아리따운 혼례복이 나붓이 걸려 있었다.

❖

자리에서 일어나던 차언은 제 몸이 옆으로 기우는 것을 느꼈다. 얼른 균형을 잡아 바로 세웠다. 모든 게 수면 부족과 과다한 긴장 때문이었다.

미치고 팔짝 뛸 노릇.

그저께부터 일그러진 일상을 표현하는 말로 이보다 들어맞는 게 없었다. 천만다행인 점은 오늘 지긋지긋한 아희 무리가 떠난다는 사실이었다.

드디어 꺼지는군. 예전 같으면 기뻐 마지않았을 텐데, 이번엔 왠지 뒷맛이 찜찜했다. 주인 아가씨는 친구가 떠나고서도 계속 집사에게 입맞춤을 요구할까? 지금처럼 집요하게 굴까?

이렇게 되면 걱정되는 쪽은 차언 자신이었다. 서효야 그렇다 치고, 자신이 계속 자제력을 발휘할 수 있을지가 의문이다. 지금은 보는 눈 때문에 예의상이나마 이성의 끝을 잡고 있다. 하지만 시끌벅적한 존재가 사라진다면 어떨까.

호젓한 집 안에 서효와 단둘이 남게 되면.

"하."

차언이 괴로운 한숨을 내쉬었다. 아가씨가 이쪽 마음을 좀 알아채 줬으면 좋겠다던 과거의 나, 죽어라. 부쩍 어두워진 눈 그늘을 한 집사는 휘청대며 방문을 열어젖혔다.

오늘도 긴 하루가 될 것 같았다.

"차언, 우리 얘기 좀 해."

"얘기 안 할 거잖아요."

차언이 끝까지 듣지도 않고 뒷말을 뎅겅 잘라냈다.

"아가씨가 할 건 말보다 행동 쪽이지 않습니까. 그리고 저, 안 할 겁니다."

거절도 수백 번 당하니 무뎌진다. 이렇게 말할 수 있으면 좋으련만. 서효는 울컥하는 기분을 가라앉히려 애썼다.

거절을 들을 때마다 자신의 심장이 가볍게 긁히는 느낌이었다. 눈에 보이진 않아도 그곳에 작은 상처가 나는 것은 분명했다. 밀리고, 또 밀려나고. 아무 아가씨라도 상관없으니 어서 저 잔소리꾼을 데려가면 좋겠다고 생각하던 때가 있었다. 지금은 어림도 없는 일이지만 말이다.

"정말…… 내가 그 정도로 싫은 거야?"

물끄러미 쳐다보며 묻자 차언의 턱이 서서히 아래로 떨어졌다.

"딱 한 번도 허락해 주기 싫을 정도야?"

자신과 아희가 차곡차곡 정리해 본 조짐들은 죄다 착각이었을까. 계속되는 거절에 서효 안의 자그만 확신마저 사라지는 것 같았다.

"하긴 내가 너무 막무가내긴 했지. 너무 성급했고."

"……죽이려면 빨리 죽이세요."

"응?"

"아, 아가씨한테 한 말이 아닙니다. 천제님이나 대왕이나 뭐 그런 분들에게."

차언이 말하다 말고 눈을 질끈 감았다. 방금 것은 헛소리니까 잊으시라는 말을 덧붙였다. 집사가 평소와 다소 달라 보였다. 다른 누구도 아닌 차언이 헛소리라니. 서효의 기분이 더욱 바닥으로 가라앉았다.

"차언."

한 걸음 다가서자 집사가 움찔하며 뒤로 한 걸음 물러났다.

"미안해."

"아뇨, 뭔지 모르겠지만 미안해하지 마세요. 미안할 일도 만들지 말고."

"나 혼자 너무 들떴었나 봐."

한 걸음 또 다가갔다. 서효를 가뿐히 안아 들 체격의 그가 궁지에 몰린 사람처럼 뒤로 한 발짝 물러섰다. 혹시라도 그녀가 달려들까 염려되었는지 손을 살짝 앞으로 내민 채였다.

"오해였던 걸까."

"저, 아가씨."

"아희가 옆에서 막 부추기니까, 정말 차언도 내가 괜찮은가 보다 하고."

한 걸음, 두 걸음 다가가자 멈칫멈칫 물러났다. 차언의 신발 뒤축이 벽에 닿았다. 이제 몸을 돌려 도망치지 않는 이상 물러설 곳은 없었다.

"진짜 싫은 거라면 이제 그만둘게. 대신…… 이유라도 들었으면 해서."

"아."

차언이 갑자기 이마를 짚더니 두 손바닥으로 얼굴을 여러 번 쓸었다. 그러다가 서효 쪽은 쳐다보지도 않고 심호흡을 했다. 어찌나 심각해 보이는지, 서효는 차마 말을 걸 엄두도 내지 못했다.

"이건 해도 해도 너무하신 것 아닙니까."

"응?"

자신에게 한 말인가 싶어 되물었지만 차언의 눈은 하늘을 향하고 있었다.

"고문도 작작 해야지."

"차언?"

"아주 피가 말라 죽을 지경이라고."

"저기요……?"

"그냥 내 머리 위로 벼락을 내리는 게 낫겠군. 그게 빠르겠어."

우리 집사가 끝내 넋을 놓은 것이 아닐까 걱정이 되는 순간이었다. 아희 무리가 머물고 있는 큰 방 쪽이 시끄럽더니 하나둘씩 세면도구를 들고 나왔다. 해가 떨어지기 전에 약방을 떠날 모양이었다.

"오, 서효님. 안녕하십니까."

"좋은 아침입니다!"

"이미 해가 중천에 떴으니 좋은 오후라고 해야 맞지 않을까?"

"에이, 일일이 따지고 들지 말게나."

무리가 한꺼번에 나온 것도 아니고 아직 일부가 나왔을 뿐인데, 벌써부터 집 안이 소란스러웠다.

대충 눈인사를 하던 서효는 차언이 말도 없이 자리를 뜨는 것을 눈으로 좇았다. 집사의 걸음걸이가 다소 위태로웠다. 아무래도 혼이 나간 것 같은데.

"오오, 차언님! 역시 일어나 계셨습니까."

"이거 신세가 많았습니다."

"저희가 떠나고 나면 서효님께 다정히 대해주시옵소서. 서효님도 고생하셨을 텐데 차언님이……."

누군가 듣기 좋은 인사치레를 늘어놓을 때였다. 휘적휘적 제 방으로 돌아가고 있던 차언이 그 자리에 멈춰 서더니 주먹을 그러쥐었다. 넓은 어깨에 힘이 들어가는 것이 멀리 떨어진 서효의 눈에도 보였다.

기운에도 색깔이 있다면 지금 차언 주변을 떠도는 기운은 검은색일 터다. 위험스런 보랏빛마저 띠는 검디검은 색.

쾅! 콰광, 쾅! 쾅!

"히이익!"

차언에게 맞은 전적이 있는 중달이 덩칫값을 못 하고 펄쩍 뛰었다. 막 양치를 하려던 무리들도 두 눈을 크게 뜨고 차언을 쳐다보았다.

벽이 무너졌다. 차언이 맨주먹으로 벽을 무너뜨린 것이다. 그러쥔 주먹에는 피 한 방울 맺혀 있지 않았다.

"으아아, 이게 무슨 소리야?"

아직 눈에 잠기운이 가득한 아희가 제 방에서 튀어나왔다.

"폭죽이야?"

재차 묻는 질문이 참으로 저다웠다.

서효는 집사가 몸을 홱 돌려 달려오는 게 아닐까 싶었다. 벽을 무너뜨린 것처럼 자신을 괴롭히는 주인도 두들기지 않을까 몸을 사리고 있었다. 한데 전혀 다른 곳에서 웃음과 박수가 터져 나왔다. 양치를 하러 나온 아희의 무리였다.

"대단하십니다, 차언님! 굉장한 묘기예요!"

"이건 뭐 깜짝 송별 같은 겁니까?"

"와하하하!"

무섭다. 너희도 무섭고 차언도 무서워.

서효는 더욱 몸을 움츠렸다. 무너진 창고 벽이 다시금 눈에 들어왔다. 저건 지푸라기로 만든 벽이 아니었다. 아무리 힘이 장사라지만 주먹으로 벽을 무너뜨리는 건 말이 안 된다.

내가 알고 있는 차언은 진짜 일부분일 뿐이었어. 그제야 충격에 오들오들 떠는 아가씨였다. 누, 누구냐, 너.

"서효, 잘 지내야 해."

"아희도 조심히 가렴. 두척님께도 안부 전해주고."

"지금 헤어지면 언제 본담. 휴……. 우리 집 근처로 이사 올 생각은 없지?"

아희가 아쉬움이 뚝뚝 묻어나는 얼굴로 물었다. 서효의 미소가 잠깐이나마 흔들렸다. 아희는 참 좋은 친구다. 소중한 인연이다. 알고 지내는 여신은 아희 말고도 몇몇 되지만, 누군가 친구의 이름을 대라면 제일 먼저 나올 이름은 아희였다.

그런데 그건 그거고. 아희네 옆집으로 이사 가는 건 별개의 일이랄까.

내 집이 네 집이고 너희 가족이 곧 우리 가족이지!

아희의 이웃이 된다는 건 스물이 넘는 대가족을 제 식구로 받아들임을 뜻했다. 천성이 유유자적 느긋한 걸 즐기는 서효는 견디기 힘들 것이다. 차언은 말할 것도 없다.

"하하, 아무래도 어려울 것 같아."

서효가 이해해 달라는 듯 웃자 아희의 시선이 슬쩍 옆으로 향했다. 하늘 끝까지 어둠의 기운을 발산하고 있는 차언이 거기 있었다.

"음, 역시 힘들겠지."

아희도 납득한 눈치였다. 그러다가 차언의 고개가 비껴간 틈을 타 입 모양으로만 물었다.

'성공했어?'

'망했어.'

서효도 소리 없이 입술을 움직였다.

'알고 보니 우리 집사는 무서운 존재였어.'

'그게 무슨 소리야?'

'아까 못 봤어? 차언이 분노한 나머지 창고 벽을 무너뜨렸다고. 맨주먹으로!'

'헉, 나 잠결이라 정신이 없었어.'

아희의 안색이 하얘졌다. 자기가 누구의 심기를 건드렸는지 깨달은 듯했다. 눈치를 보며 슬그머니 한 걸음 물러선다. 되도록 차언과 거리를 두고자 하는 뜻이 느껴졌다.

'나 죽거든 부디 양지 바른 곳에 묻어줘, 아희.'

'이상해. 분명 차언은……'

'뒷일을 부탁해.'

아희가 이상야릇한 표정을 짓다가 비장하게 고개를 끄덕였다.

'살아남아야 해, 서효!'

열심히 입 모양으로 대화를 나누던 두 사람은 문득 목덜미가 오싹함을 느꼈다. 언제부터 보고 있었을까. 차언이 먹잇감을 앞에 둔 맹수 같은 표정으로 두 사람을 응시하고 있었다. 요 녀석들이 또 무슨 수작을 꾸미나. 뭘 생각해 내든 내 손바닥 안일 텐데. 그런 눈초리였다.

"하하, 아하하."

아희가 어색하게 웃었다. 그러더니 다시 옆으로 물러났다.

"진짜 이만 가봐야겠네, 하하."

"……말로만 하지 말고 가시죠."

차언이 아희를 뚫어지게 쳐다보았다.

"이러다 해가 지겠습니다."

"그, 그렇지? 나도 똑같은 생각을 하던 차였어."

처음에 일을 벌인 건 아희지만 차언과 홀로 남는 사람은 서효였다. 저지르는 사람 따로, 뒷감당하는 사람 따로 있는 거다. 하지만 서효는 차마 친구를 원망하지는 못하고 손만 흔들었다. 넙죽 따르고 만 자신의 책임도 있으니까.

떠들썩한 무리가 골목 모퉁이를 접어드는 것까지 지켜본 두 사람은 약방 안으로 들어갔다.

끼익.

서효가 먼저 들어가자 차언이 문을 닫았다. 하루에도 수십 번 여닫는 문인데 오늘따라 소리가 섬뜩하게 들리는 건 무너진 벽의 충격 때문일 터.

내가 왜 그랬을까. 아, 시간을 돌리고 싶다. 우리 집사가 열 받기 전으로 돌아가면 좋겠어. 그럼 입맞춤이니 확인이니 헛소리는 넣어두고, 바짝 엎드려 비위를 맞출 텐데.

'휴, 다 소용없는 일이지.'

뒤늦게 후회해 봐야 무엇하랴. 서효는 차언과 말을 섞을 엄두도 내지 못한 채 그대로 방으로 들어갔다.

방 안에 있는 동안 열심히 고민을 하였다. 내일 외출할 핑계를 짜내기 위해서였다. 하는 김에 모레와 글피에 둘러댈 핑계도 만들어냈다. 한동안 집사와 거리를 두는 게 좋을 것 같았다.

아가씨가 이토록 눈치를 살피는 것을 아는지 모르는지. 혹은 아예 신경을 쓰지도 않는 건지. 집사는 온종일 서효를 혼자 내버려 두었다. 골칫덩이들도 사라졌으니 이제 정리 정돈을 도우시라며 방문을 열어젖혀야 정상인데 어찌 된 영문일까.

그렇다고 괜히 주변을 얼쩡거릴 수도 없는 노릇이었다.

슬쩍 내다본 창틈으로 무너진 벽을 수리하는 차언이 보였다. 깨진 벽돌은 다시 쓸 수 없는 것이라, 새 벽돌을 구해 와 창고 벽을 쌓아 올리는 그의 뒷모습이 여전히 위험해 보였다.

뭔가 중얼거리는 것처럼 보이는데 혹시 주인 아가씨를 향한 저주일까?

"아직은 못 나가겠어."

서효는 부르르 떨며 창문을 닫았다. 홀로 방 안에서 버티는 시간은 참으로 느리게 흘러갔다. 여신은 결국 허기와 갑갑함에 지치고 말았다. 물 세 잔은 가뿐히 마실 수 있을 만큼 목도 말랐다.

살금살금. 서효는 발끝으로 걸으며 부엌으로 향했다. 차언은 어디 갔는지 보이지 않으니 지금이야말로 기회였다.

"일단 물부터."

주전자 뚜껑을 열자 투명한 물 대신 연황색의 찻물이 보였다. 피어오르는 향기가 달콤한 수국차였다. 얼른 한 잔을 따라 마시자 엷은 단맛이 입안에 향기로이 퍼져 나갔다.

마실 것은 해결되었으니 다음엔 배를 채울 거리다. 적당한 게 없을까 하고 주변을 둘러보던 서효는 본능적으로 주변 공기가 달라졌음을 느꼈다. 둔한 그녀마저 예민하게 만드는 위력. 잠깐 밖에 나간 줄 알았던 집사가 부엌 문간에 서 있었다.

"차언, 언제 왔어?"

서효는 최대한 자연스러운 척 연기하며 찻잔을 내려놓았다. 내면의 자신이 필사적으로 소리치고 있었다. 달아나! 달아나!

"왔으면 기척을 내지 그랬어."

"제가 언제 소리를 내며 다니던가요?"

흔들리는 쪽은 서효였다. 자신이 방에 틀어박혀 있는 동안 무슨 일이 일어난 건지 모르겠지만, 집사는 아침의 '그 집사'가 아니었다. 아침의 차언은 뒷걸음질을 치기까지 하면서 평소답지 않은 모습을 보였었다.

한데 지금은 언제 그런 일이 있었냐는 듯 태연한 표정이었다. 무너진 벽을 수리하면서 무너진 제 모습도 같이 되찾은 것인지.

"하긴."

서효는 어색하게 웃었다. 아직은 마음의 준비가 되지 않았다. 무조건 후퇴다. 밤에 몰래 나와서 먹는 한이 있어도 다시 방으로 돌아가자.

"벽은 다시 고쳐 놓았습니다."

"그래? 빠르네."

굳이 벽을 언급하는 건 자기 분노가 아직 가라앉지 않았다는 경고인가.

"잘했어. 고마워. 나도 돕고 싶은데 아무래도 피곤이 몰려와서."

서효는 짧게 끊어 말하며 문 쪽으로 향했다. 대강 둘러대면서 부엌을 빠져나가려는 의도였는데, 차언은 좁은 문간에서 비켜주질 않았다.

"내일은 꼭 같이 치울게. 아, 아니면 차언도 오늘은 쉬어."

"문제는 그게 아니지 않습니까."

"응?"

"아침에 졸졸 따라붙던 아가씨는 어디 가고 소심함만 남았죠?"

그 아가씨는 먼지처럼 사라졌거든. 차언이 부순 벽과 함께 말이야. 서효가 속으로만 말을 삼키며 눈을 굴렸다. 반면 차언은 느긋한 태도로 팔짱을 꼈다.

"입을 맞춰 달라."

천천히 내뱉는 말에 부끄러운 기억이 왈칵 떠올랐다.

"확인을 하고 싶으시다?"

"저, 그건."

벼르고 벼른 기미가 스며 있었다. 이만하면 아희네도 제법 멀리까지 가지 않았을까. 당장 난감한 상황을 피하기 위해 친구의 이름을 팔아볼까 잠깐 고민이 됐다. 서효는 조심스레 집사를 올려다보았다. 아가씨를 빤히 보는 눈빛이 예사롭지 않았다.

"그럼 하죠."

이어진 차언의 말에 서효가 숨을 멈췄다. 방금 차언이 뭐라고 한 거지? 귀를 의심할 만큼 믿기지 않는 말을 들어버렸다. 여전히 할 말을 찾지 못하고 멍하니 서 있는 그녀를 향해 차언이 말을 되풀이했다.

"확인, 하자고요."

손가락 하나 까딱할 수가 없었다.

그가 말하는 확인이 문단속 확인이나 방청소 확인 같은 게 아니란 것쯤은 차언의 눈빛을 보면 알 수 있었다. 이상한 표현이긴 하지만, 아주 잔잔한 수면 아래서 물이 펄펄 끓고 있는 것처럼 보였다.

아무것도 모르고 손을 넣으면 뜨거움에 깜짝 놀라고 말 터.

아가씨가 원하시는 대로 하겠다. 입맞춤을 하겠다. 하지만 순순히 따르지는 않겠다. 서효가 차언의 기세에 압도되어 있는 틈을 타 집사가 자기 조건을 말했다. 제법 고심한 티가 묻어나는 조건이었다.

"첫째, 이게 처음이자 마지막입니다."

"아니……."

"제 말 아직 안 끝났습니다. 그리고 아가씨는 수정을 요구하실 수 없습니다."

그럼 내가 할 수 있는 게 뭔데. 서효는 속으로 투덜댔다. 종종 느끼는 거지만 어느 쪽이 상전인지 구분이 안 갈 때가 있다. 지금이 그런 때인 듯했다.

"둘째, 제 허락 없이 제 몸에 손대지 마세요."

"헉."

"이해하신 걸로 알고 넘어가겠습니다."

"잠깐만."

서효가 손을 내저었다. 보통 남녀의 입장이 뒤바뀐 듯한 느낌은 접어 둔다 치자. 아무리 자신이 남녀 간의 일에 경험이 없다고는 하나, 진짜 이것만은 너무하다는 생각이 들었다.

상대에게 손을 대지 않고 입 맞추는 건 도대체 어떻게 하는 거지? 할 수는 있어? 자세는 어떻게 해야 되는 거야? 서당 훈장님처럼 뒷짐 지고 입술만 뿌우 내밀어야 되나?

"이상해."

"뭐가 이상하다는 거죠?"

"아무리 떠올려 봐도 그림이 안 나온다고."

"그럼 그냥 떠올리지 마세요."

"되게…… 웃길 것 같아. 보통 팔을 어깨에 걸친다든가. 뭐 어떻게든 해야 하지 않아?"

뒷짐 지고 뿌우, 는 이상하단 말이다. 오리도 아니고 입술만 뾰족하게 내민다니. 게다가 막상 뒷짐을 지면, 훈장님 자세도 아니고 엉덩이를 뒤로 엉거주춤하게 뺄 것 같아서 더 우스꽝스러울 것 같았다.

하지만 서효의 대답이 마음에 들지 않은 것인지. 차언이 눈을 섬뜩하게 번득였다.

"웃길 것 같다고요?"

그걸 본 서효의 눈동자가 어색하게 옆으로 돌아갔다. 삐걱삐걱 고장이라도 난 듯이 어색하게.

"아……."

원래는 웃길 것 같았는데 방금 그런 걱정이 사라졌다. 집사는 이참에 원수를 갚을 작정이라도 한 걸까. 지금 차언의 눈빛은 입맞춤을 하려는 게 아니라 서효를 물어뜯을 것처럼 보였다.

"이게 웃겨?"

"……잘못했습니다."

말도 막 짧아지고 장난이 아니다. 서효는 손톱 끝을 만지기 시작했다. 손거스러미라도 일어났으면 그것에 신경 쓰는 척이라도 할 텐데, 자신의 손은 매끈하고 깨끗하기만 했다. 그저 의미 없이 손톱 끝만 만져 댔다.

"제가 알아서 할 테니까 아가씬 꼼짝 않고 있는 겁니다."

"석상이 되란 말이지? 알았어."

"셋째."

진짜 인간적으로 입맞춤 한 번 하는데 조건을 세 가지나 달아야 되나. 한숨이 절로 나오는 순간이었다. 그러나 집사는 아랑곳하지 않고 말을 이었다.

“이 일을 재차 언급하지 마세요.”

움직이지 말라더니 이젠 말도 하지 말란다. 정말 내가 할 수 있는 게 뭐야, 차언? 되묻고 싶은 마음이 굴뚝같았지만 서효는 고개를 끄덕였다. 그가 내세운 조건을 수락하지 않으면 ‘확인’도 없다. 차언은 고개를 끄덕이는 서효를 미덥지 못한 눈으로 보았다. 침묵이 길어졌다.

‘이거 좀…… 많이 어색하네.’

서효는 부엌 안을 쳐다보았다. 허기를 잊은 지 오래다. 다시 시선을 바깥으로 옮겼다. 자리를 이동해도 될까.

“지금 당장 할 게 아니면.”

“지금 할 건데요.”

“응? 이, 이렇게 바로?”

당황해서 되묻자 차언이 망설임 없이 답했다.

“어차피 오늘 할 일은 다 했습니다. 집 안팎도 정리하고, 벽도 고치고, 설거지까지 완료. 남은 일과는 이것뿐입니다.”

저기요, 집사님. 남은 일과라기엔 아직 남아 있는 시간 자체가 너무 많은데요. 아직 저녁 먹기 전까지 두 시진은 남았다고요.

서효는 서산 너머로 질 생각이 전혀 없어 보이는 해를 올려다보았다. 몹시도 밝고 화창한 오후였다. 집사가 너무 오랜 시간을 ‘확인’에 배정한 게 아닐까 싶었다.

“음, 으음, 그러니까 난.”

서효가 슬금슬금 부엌문을 나섰다. 뒷걸음질하며 자기 방 쪽으로 이동했다. 차언이 아가씨의 행동을 보더니 거리를 좁혀 다가왔다.

"준비, 시작. 이런 예고는 따로 없습니다."

서효의 걸음이 멈췄다. 벽과 집사 사이에 갇힌 자신이 너무도 자그맣게 느껴졌다.

"눈을 감는 편이…… 좋지 않을까요?"

"그럴까?"

"그쪽이 견디기 수월할 겁니다."

차언의 말만 들으면 입맞춤이 아니라 진짜 보복을 하려는 것 같았다. 이를 세워 물지는 않겠지? 슬그머니 걱정이 드는 아가씨였다. 하지만 그 이상 생각을 이어 나갈 수가 없었다.

한 걸음 더 다가온 그가 서효의 뺨을 부드럽게 감싸 쥐었기 때문에.

평소 볼을 꼬집던 손길과는 너무도 달랐다. 더는 시선을 맞출 자신이 없어서 스르르 눈을 감고 말았다. 그와 동시에 온 세상이 어두워졌다. 오직 뺨에 닿아 있는 차언의 손만이 느껴질 따름이었다.

연한 숨결이 다가왔다.

다음에 닿은 것은 살짝 건조한 입술.

그것은 물기를 머금고 있는 서효의 입술을 가만가만 건드리다가, 둘로 벌어져 꽃잎을 빨아들였다.

야화루에서 둘 사이엔 종이라는 존재가 있었다. 박력으로만 따지면 그때의 차언이 훨씬 거침없었다. 지금은 오히려 조심스럽고 부드럽다.

'그런데 왜 심장이 터질 것 같을까? 어째서 그때보다 아찔한 기분일까?'

대답은 하나. 실제로 닿아 있기 때문이다.

차언이 고개를 슬며시 틀자 서효의 미간이 흐려졌다. 가슴이 간질간질해서 견딜 수가 없었다. 저도 모르게 손이 움직였다. 그가 제 뺨을 만지고 있는 것처럼 자기도 손을 뻗고 싶었다.

"안 된다고, 하지 않았습니까."

차언이 입술 바로 위에서 말했다. 서효는 아쉬움에 두 손을 말아 쥐었다. 이대로 끝인가 했는데, 그는 서효가 약속을 지키는 것을 보고 다시 입맞춤을 이어갔다.

'어째 점점 숨이…… 가빠지는데. 보통 언제까지 하는 거지?'

달달한 꿀사탕을 먹는 것처럼 쪽 빨렸다. 처음엔 완전히 굳어 있었으나 서효의 긴장이 천천히 풀려갔다. 대신 예민한 신경이 곤두서기 시작했다. 손을 대지 말라고 했으니까. 달리 말하면…… 손만 안 대면 되는 거겠지?

온몸이 간지러워서 도무지 목각 인형처럼 가만히 있을 수가 없었다. 서효는 차언이 하는 것처럼 그의 입술을 가벼이 빨아들였다. 불면 날아갈 깃털처럼 그녀를 대하던 차언이 갑자기 벼락을 맞은 듯 우뚝 멈췄다.

"흣……!"

눈 깜짝할 새였다. 차언이 순식간에 서효를 들어 안더니 엄청난 기세로 밀어붙였다. 점잖던 입술 사이로 뜨거운 혀가 나와 서효를 얽었다. 민들레 홀씨처럼 간지럽던 입맞춤은 갑자기 한여름의 초야보다 격정적으로 변했다.

"자, 잠깐! 읍! 너무, 읍!"

차언보다 더 높은 위치에 있게 되었다. 어지럽기도 하고, 돌변한 태도가 당황스럽기도 해서 그의 어깨를 두드렸다. 정신이 없었다. 혼이 빠진다는 게 이런 뜻이구나.

"차언, 흐읏……."

돌기가 쓸릴 때마다 머릿속이 새하얘졌다. 뿌리가 얼얼하도록 빨리자 저도 모르게 야한 소리가 새어나왔다. 그 소리가 또 다른 자극이 되었는지, 그의 몸에 힘이 들어갔다. 차언은 말 그대로 서효를 집어삼키고 있었다. 가녀린 숨결 하나까지도, 모두 들이마시려는 듯 폭주하였다. 거칠게 몰아쉬는 그의 숨소리가 낯설었다.

"하아, 하, 하아."

"아……."

간신히 입술이 떨어진 건 그로부터 오랜 시간이 지난 다음이었다. 서효는 멍한 표정으로 가쁜 숨을 몰아쉬었다. 차언의 눈에는 초점이 없었다. 언제나 차갑고 담백한 백자 도자기 같았던 그의 얼굴이 열기로 가득했다.

내 얼굴도 차언처럼 빨간가? 서효가 제 얼굴에 손등을 대어봤다. 이건 빨간 정도가 아니라 아주 그냥 푹 익었겠어.

"으응?"

이제 그만 내려줘도 될 것 같은데 차언은 그대로 서효를 안고 방으로 걸어갔다. 뭐, 뭐지? 끝난 거 아냐? 예상보다 훨씬 진한 입맞춤을 한 뒤다. 꿈에 또 나올까 걱정이 될 정도다. 그런데 차언이 자신을 놓아주지 않았다.

"남은 일과는 이것뿐입니다."

아까 들었던 차언의 말이 새삼 떠올랐다.

'설마 더 하려고?'

여기서 더 하다간 서효의 머리가 펑 터지든가 심장이 터지든가 입술이 남아나질 않든가 셋 중 하나일 터. 게다가 차언의 눈빛이 심상치 않았다.

"차언?"

"아가씨."

집사의 목소리는 지독한 감기에 걸린 것처럼 낮게 잠겨 있었다.

"지금부터 제가 시키는 대로 따르세요. 두말 않고 하는 겁니다."

"뭘…… 시킬 건데?"

아가씨의 머릿속에 온갖 야릇한 상상이 떠오르기 시작했다. 앗, 부끄러워. 앗앗, 안 돼. 난 도대체 무슨 생각을 하는 거야? 내가 차언보다 이상하고 야한 것 같아. 그만 상상하라고. 그사이 차언이 서효의 방문을 열었다. 그러고는 서효를 사뿐히 내려놓았다.

"일단 문을 닫으세요."

"문을?"

차언이 아직 밖에 있는데. 그녀가 머뭇거리는 걸 본 집사는 제 손으로 방문을 탁 닫았다. 문 너머에서 지시가 이어졌다.

"안쪽에서 잠글 수 있죠?"

"응."

"잠가요."

괴상한 지시지만 어쨌든 따랐다. 모든 문이 그렇듯 장정이 힘주어 몸을 치받으면 문짝이 나가떨어지는 문이다. 이건 왜 잠그라는 거지? 의도는 모르겠지만 굉장히 무의미하게 느껴지는데?

"잠갔습니까?"

"응."

"좋아요. 전 이제 잠깐 산책을 하고 올 겁니다."

"어?"

갑자기 산책은 왜? 찬바람을 쐬는 거라면 서효도 하고 싶었다. 열기를 식힐 필요가 있었다. 차언과 나란히 걸을 자신은 없지만 말이다.

"거기서 백까지, 아니, 오백까지 세고 나오세요."

차언은 대문 닫히는 소리가 들리고도 한참을 있다가 나오라고 거듭 당부했다. 오백까지 세면 걸음 빠른 집사가 동네를 벗어나고도 남을 시간이었다.

"아셨죠?"

"알긴 알겠는데……."

"갑니다."

집사는 정말 일말의 망설임도 없이 집 밖으로 나갔다. 방 안에 있는 서효가 어떻게 알 수 있느냐면, 엄청 빠른 발소리가 들렸기 때문이다. 집사의 발소리. 웬만해선 들을 수 없는 소리다.

"휴."

간신히 백을 넘긴 서효는 이후로 숫자 세는 것도 잊고 있다가 밖에 나왔다. 텅 빈 집 안에 여전히 묘한 열기가 고여 있는 것 같았다.

차언은 걸었다. 빠른 속도로 걸었다. 웬만한 사람들이 달리는 것과 차이가 없는 걸음이었다. 누가 보면 범이나 포졸에게 쫓기기라도 하나 의문이 들 정도다. 차라리 그런 거라면 좋으련만. 범이나 포졸은 제거해 버릴 수 있기라도 하지.

하지만 서효를 없앨 순 없었다. 그대로 선을 넘고 싶은 충동에 시달리는 차언 자신은 어떻고. 목을 맬 수도 없는 노릇이다.

'오만한 놈. 여전히 스스로를 과대평가하지. 멍청하기 짝이 없

는 자식.'

행인과 어깨가 부딪쳤다. 그러나 십 리 밖에서부터 시커먼 기운을 뿜어내는 그에게 항의할 배짱이 있는 자는 아무도 없었다.

'조건? 하, 네가 조건을 걸어?'

웃기지도 않는다. 자신은 뭘 믿고 서효의 요구에 응했단 말인가. 그래놓고 서효더러 움직이지 말라고 했다. 제 몸에 손도 대지 말라고 했다.

넌 실컷 만진 주제에.

만지기만 했다 뿐인가. 실낱같이 희미하게 남은 이성이 제어를 걸지 않았더라면 어디까지 갔을지 모를 일이었다.

"미쳤지."

차언이 한숨을 내쉬었다.

"잠시 정신이 돌아버린 게 분명해."

이대로 성까지 갈 기세였다. 그리고 차언은 실제로 동네를 벗어나 성까지 갔다. 일부러라도 서효와 자신을 떨어뜨려 놓을 필요가 있었다. 성으로 들어서자 여러 노점들이 그를 맞았다.

차언은 눈에 띄는 아무 노천 찻집에 앉은 다음 심호흡을 되풀이했다. 깊이 들이쉬고, 잊는다. 끝까지 내쉬고, 생각하지 않는다. 다시 들이쉬고.

"차언, 잠깐! 읍! 조금만!"

자신을 비웃듯이 떠오른 건 어깨를 콩콩 두드리던 서효의 모습이었다. 예쁜 입술. 보드라운 감촉. 미치도록 달콤한 향기.

"어서 오십쇼, 손님! 뭘 드시겠습니까?"

점원이 쾌활한 태도로 그를 맞았다. 기본으로 제공되는 싸구려 엽차부터 한 잔 내려놓았다. 술을 마실까 생각했다. 기억이 씻겨 내려가도록 독주를 퍼부으면…….

'지금도 위험한데 취한 정신으로 무슨 짓을 하려고?'

행여 만취한 상태로 약방에 돌아가면 큰일이다. 서효가 집이 아닌 다른 곳에서 잘 일은 없다. 그 말은 아무것도 모르는 말간 얼굴로 집사를 기다릴 거란 뜻이다. 부끄러워 어찌할 바를 모르면서도 자신의 귀가를 기다릴 아가씨. 휘청대는 자신을 부축이라도 하려고 하면.

'끝이지.'

차언은 일어나지도 않은 상황의 자신을 향해 이를 갈았다.

"그 음흉한 속내를 모를 줄 알고?"

"……예, 손님?"

점원이 당황하여 대꾸했다. 차언은 주문 판에 보란 듯이 적혀 있는 술에서 시선을 거두고 말했다. 왜 주문을 하는데 턱에 힘까지 넣고 악쓰듯 말하는 건지. 점원으로선 이해가 가지 않는 모습이었다.

"일단 냉수부터 한 잔."

잇새로 나오는 목소리가 음산했다.

"살얼음이 떠 있는, 뼛속까지 시린 물로 내오게."

머리도 몸도 얼음물에 식으면 얼마나 좋을까마는. 이루어지기 힘든 바람이란 것은 차언 본인부터가 똑똑히 알고 있었다.

희미한 물안개가 깔린 연못. 호수라고 해도 과언이 아닐 만큼 넓은 그곳엔 수정처럼 맑은 물이 고요히 담겨 있었다. 연못 옆으로는 오색 빛깔의 기화요초(琪花瑤草)가 가득했다. 꽃향기도 풀 냄새도 아닌 은은한 향내가 돌았다.

물안개 사이로 정자 하나가 보였다. 그리고 정자에는 관을 쓴 중년 사내가 서 있었다.

키는 그리 큰 편이 아니었고, 체구는 평범했다. 인상은 여느 동네에서 볼 수 있는 인자한 필부와 같았다.

하지만 눈처럼 흰 우단(羽緞)과 그 위를 수놓은 반짝이는 검은 자수가 아니더라도, 사내는 어딘가 신비로운 분위기가 감돌았다. 모든 풀과 꽃들이 인사하듯 사내 쪽으로 고개를 돌리고 있는 것도 기묘했다.

사내는 정자에 서서 석판을 내려다보고 있었다. 회색 석판은 얼핏 보면 돌로 만든 탁자처럼 보였다. 평범한 돌 탁자와 다른 점이 있다면 사람들이 움직이는 풍경이 비친다는 것.

"흐음."

사내는 아까부터 석판에 비친 풍경을 들여다보았다.

"벌써 반 시진이 흘렀다는 건 알고 계십니까?"

전설 속에 나오는 신선처럼 긴 백발을 늘어뜨린 자가 말을 걸어왔다. 어딘가에서 불쑥 등장한 자는 깊은 바다만큼 푸른 옷차림이었다.

"요즘 들어 더욱 자주 이곳을 찾으시는 것 같습니다."

"그런가, 허허."

"어제도 바람을 쐬신다더니 여기에 오시지 않았습니까."

"자네가 그토록 내 생각을 할 줄은 몰랐구먼."

"징그러운 소린 넣어두시고요."

신선 같은 자가 넓은 옷소매로 두 팔을 집어넣은 채 석판 쪽으로 왔다. 그는 사내가 보던 풍경을 힐끔 쳐다보았다. 낯설지 않은 광경이었다.

"여전히 신경 쓰이시는지요."

그 말에 사내가 미소 지었다. 의미를 알기 어려운 표정이었다.

"왜 아니 그렇겠나."

"서효님도 천제님 마음을 아시면 좋을 텐데요."

"자네, 인간 세상에선 그걸 두고 뭐라 부르는 줄 아나?"

상대가 멀뚱한 표정을 지었다.

"뭐라 하는데요?"

"과욕이라 부르네. 과욕."

천제라고 불린 사내가 여전히 쓴웃음을 띤 채 고개를 저었다. 인간 세상을 비추는 석판에는 서효의 모습이 떠올라 있었다.

괜히 방 정리를 하기도 하고 연거푸 세수를 하기도 했다. 예정에도 없던 약재 포장도 했다. 집사가 시킬 때는 귀를 막고 못 들은 척하던 일이었다.

"다 순리대로 잘되라고 하시는 일이지 않습니까. 굳이 과욕이라며 깎아내릴 건 없지요."

"과연 저 아이도 그렇게 생각할까?"

"서효님이라면……."

기억의 신이 서효의 모습을 재차 보았다.

"지금의 서효님이라면 모르겠지만 그래도……."

"허허."

천제가 수염을 쓸었다. 그가 다른 손으로 석판 위의 풍경을 휘젓자, 생생하던 모습이 마치 연기처럼 흩어졌다. 기억의 신이 천제를 바라보았다. 많은 물음을 담은 눈빛이었다.

"어떤 것 같으십니까?"

풍경이 사라지고 없는 석판은 평범한 돌 탁자로 돌아와 있었다. 그것을 가만히 내려다보던 천제는 연못 너머로 시선을 던졌다. 물안개가 천천히 걷히기 시작했다.

"슬슬 때가 된 것 같으이."

풀꽃들이 제 주인을 향해 살랑거렸다.

백일몽의 순간은 떨어진 단추를 꿰매다가도, 양치를 하다가도 찾아왔다. 딴생각을 할 조금의 여유라도 있으면 여지없이 차언과의 입맞춤이 떠올랐다. 잊으려야 잊을 수 없는 강력한 기억이었다.

주르륵. 몽롱한 눈으로 기억을 더듬다 보면 턱을 타고 양칫물이 흐르기 일쑤. 서효는 책상을 닦다 말고 또 딴생각에 빠져들었다.

"입맞춤의 신은 없으시나?"

있다면 이게 정상인지 좀 여쭤봤으면 싶었다. 다른 사람들도 입맞춤을 할 때 다들 이러냐고. 떠올리기만 해도 숨이 가빠오고 온몸이 깨나른해지냐고. 차언이 아닌 다른 사람과 해도 이럴까.

"입맞춤의 신…… 은 없으시지만 정사(情事)의 신은 계신데."

두어 번 뵈었나. 키는 구 척에 어깨는 떡 벌어진 데다 매우 준수한 생김새였다. 갑옷을 입히고 검이나 창이라도 들게 하면 천계를 지키는 대장군이라고 해도 믿겠지만, 사실 무기 같은 건 조금도 다루지 못했다.

오히려 외모가 아까울 정도로 난감하달까. 우스운 분이랄까.

"우리 꼬마 아가씨가 금년 몇 살이더라?"

웬만한 신은 그보다 어린 연배였기 때문에 말을 낮춰도 이상하지 않았다. 그는 서효를 볼 때마다 꼬마 아가씨라고 부르며 어깨를 두드렸다. 첫 만남이 사십 년, 두 번째 만남이 백십 년 되는 해던가.

뭐, 나이 같은 건 상관없었다. 서효가 고작 어제 태어난 따끈따끈한 신이라고 해도, 그분은 우렁찬 웃음을 터뜨리며 등짝을 두드릴 분이었다.

"이제 으쌰으쌰 해야지? 응? 으쌰으쌰! 으쌰으쌰!"
"하하."
"꼬마 아가씨는 생일이 언제인고? 아주 예쁜 춘화도나 교본 같은 걸……."

그러면 부부지간인 사랑의 여신이 뜨거운 사랑으로 이글대는 손을 날리곤 했다.

"애 데리고 뭐하는 거예요!"

사랑의 여신은 미의 신과 남매지간이다. 보고만 있어도 눈이 황홀해지는 아름다움이었다. 어떤 꽃에도 비교할 수 없이 아름다운 분이 불꽃 손바닥을 날리는 광경은 정말 이색적이었다. 게다가 그분들에게 조언을 구하면 어떤 일이 펼쳐질지 서효는 알고 있었다.

"어머, 사랑이네요. 두근두근한 사랑의 시작인 거네요, 서효님."
"무슨 소릴 하는 거요. 이건 틀림없는 으쌰으쌰의 전조야."
"……흥을 깨는 소리 하지 말아요."
"부인이야말로 뭔가 착각하는 게 아닌가 싶은데."
"사랑이에요, 서효님. 첫사랑이죠."
"으쌰으쌰! 으쌰으쌰!"
"바보 말은 무시하세요."
"사랑과 으쌰으쌰는 한 몸이오, 부인. 우리가 한 몸이듯이 말이오."
"누가 당신과 한 몸이래요? 이렇게 잘도 떨어져 있는데."
"그럼…… 어서 한 몸이 됩시다."

안 봐도 빤하다. 서효는 으아아, 소리를 내며 머리를 흔들었다. 그들 부부는 별 도움이 되지 않을 듯했다.
미야옹.
익숙한 고양이 소리가 들려서 고개를 들었다. 줄무늬 고양이의 영이 창가에서 꼬리를 살랑살랑 흔들고 있었다. 예상보다 훨씬 진한 입맞춤을 한 게 이틀 전. 차언은 그때부터 약재함의 영들을 심부름꾼으로 활용하기 시작했다.
특히 똘똘한 줄무늬 고양이가 자주 쓰이고 있었다. 서효는 고양이의 머리와 미간을 부드럽게 긁어주며 물었다.
"왜 불렀니?"

먀. 녀석이 입을 오물거리며 뭔가를 먹는 시늉을 했다.

"밥 먹으래? 점심 다 됐대?"

먀. 고개를 끄덕인다.

"그래, 고마워. 다시 약재함에 넣어줄게."

녀석을 원래 있던 곳으로 돌려보낸 뒤 부엌 옆방으로 갔다. 평소 차언과 식사를 하는 장소다. 방에 들어서자마자 맛있는 냄새가 났다. 식탁엔 정갈한 상이 벌써 준비되어 있었다.

"먹고 더 드시고 싶으면 말하세요."

차언이 뜨거운 차를 따르며 말했다. 서효는 아침에도 그랬던 것처럼 쭈뼛쭈뼛한 태도로 자리에 앉았다. 집사는 아가씨와 눈을 마주치지 않았다.

이건 이틀 전부터 계속된 것이다. 서효도 아무 일 없었다는 듯 굴기가 부끄러워서 집사의 태도를 언급하지 않았다. 솔직히 눈을 마주치지 않으니까 조금 살 것 같았다. 이렇게 빤히 차언을 봐도 민망하지 않고.

"입술."

차를 한 모금 마신 차언이 지적했다.

"그만 봐요."

"내, 내가 언제 봤다고."

"한 번만 더 봤다간 뚫어질 지경인데요."

"안 봤거든."

"입맛도 다시지 말고."

"안 다셨거든요?"

대낮부터 진짜 이상한 말을 한다며 오히려 큰소리를 쳤다. 하지만 서효의 속은 꼬리를 밟힌 좀도둑처럼 쿵쾅거렸다. 느껴졌나? 보면 얼마나 오래 봤다고 그걸 느껴? 하여간 쓸데없이 예민하다니까. 속으로 투덜대며 밥을 먹었다.

단추를 엉뚱한 곳에 달아버리는 자신과 달리 집사의 일 처리는 완벽했다. 바뀐 건 거리를 두는 태도뿐이지, 요리며 다림질이며 어느 것 하나 어긋남이 없었다. 차언은 이미 평정을 되찾은 것처럼 보였다.

입술. 자꾸 생각나는데.

"딴생각 말고 어서 드시죠."

야박하도다. 어찌 저리 인정이 없어. 서효는 불만을 품은 채 밥그릇을 비워갔다.

한편 지적을 하면 말을 듣는 건 그때뿐. 아가씨는 여전히 틈만 나면 집사의 입술을 보았다. 마치 입맛을 다시듯 혀끝으로 살짝 입술을 핥기도 했다.

모두의 안전을 위해 집사는 특단의 조치를 내렸다. 커다란 손수건으로 얼굴 절반을 가린 것이다. 복면은 콧등부터 턱 아래까지를 완벽하게 차단했다.

"너무해……."

"이게 다 아가씨 때문입니다. 잊지 마세요."

아가씨가 불퉁한 표정을 지었다. 빨간 입술이 툭 튀어나왔다.

이런 감정을 갖고 다른 사람과 혼인할 순 없다. 그게 서효의 결론이었다.

문제는, 기껏 결론을 내리고 마음을 정했는데 상대가 철벽 방어를 한다는 점이었다. 복면 다음에는 가면이라고 협박까지 했다. 도움이 필요하다. 한데 제대로 된 조언을 구할 수 있는 사람이 생각나지 않았다.

같은 신들에게도 물어볼 수 없고, 이제 쾌유했다고 소식을 전해온 야화루의 난양도 어째 으쌰으쌰님과 비슷한 말을 해줄 것 같았다. 버들가지처럼 청순한 난양과 으쌰으쌰님이 어째 겹치는 건진 알 수 없지만.

어쨌든, 서효는 여러모로 궁리를 하다가 책방으로 향했다.

"오랜만입니다, 아가씨."

염소수염을 한 주인장이 웃는 얼굴로 맞아주었다.

"안녕하세요."

"저번에 물어보셨던 건 어떻게 잘 해결되었습니까? 물건을 찾았나요?"

가 공자의 동곳을 이르는 말이었다. 서효가 장물에 대해 물어본 건 그때가 처음이었다. 주인장도 은근히 신경 쓰였던 모양이다. 서효는 애매한 미소를 지어 보였다.

"이미 누군가의 소유물이더라고요."

"그럴 거라 생각했습니다."

하지만 주인장도 동곳이 서효의 집 안에서 나올 줄은 까맣게 몰랐을 것이다. 누군가에게 털어놓기엔 너무 이상하게 들리는 이야기. 서효는 적당히 웃음으로 얼버무렸다.

"찾으려던 분도 그쯤에서 포기하셨어요."

"그렇군요."

"오늘은 진짜 책을 빌리러 온 거예요."

주인장의 표정이 더욱 밝아졌다. 새 책으로 가득한 서가를 가리키며 신간이 많이 나왔다고 설명했다.

“마침 방금 전에 반납하고 간 최신간도 있습지요.”

“네, 한번 둘러볼게요.”

“천천히 보시지요.”

서효는 예의상 신간이 꽂힌 서가 앞으로 다가갔다. 슥 훑어 내리는데 찾고 있는 종류의 책은 없었다. 모두 소설 필사본이다. 소설은 필요 없어. 지금 필요한 건 실기라고. 책방에 드나든 게 한두 해가 아니기 때문에, 어디에 어떤 책이 꽂혀 있는지는 눈 감고도 찾아낼 수 있었다. 그럼에도 이렇게 미적대는 까닭은 다소 부끄럽기 때문이었다.

아저씨 어디 안 나가시나? 아니면 옆 가게 아저씨나 다른 손님이라도 놀러 왔으면.

서효는 신간이 꽂힌 서가를 떠나 슬금슬금 옆으로 이동했다. 아무 책이나 꺼내 들었다. 난초 기르는 법에 관한 책이었다.

‘윽, 지루해.’

한두 장만 넘겨봐도 무슨 뜻인지 모를 말로 가득했다. 책을 제자리에 꽂은 뒤 다음 서가로 갔다. 다음, 그다음. 네 개의 서가를 지난 다음에야 서효는 비로소 원하던 곳에 이를 수 있었다.

“와…….”

대부분이 황갈색이나 흰색 표지인 다른 책들과 달리, 그 서가만은 무지개처럼 다채로운 빛깔을 자랑했다. 분홍색, 살구색, 은은한 하늘색, 앵두처럼 빨간색. 제목 또한 남달랐다. 지금 당장 빌려가야 할 듯 위기감을 자극하는 제목들이 서효 앞에서 꼬리를 흔들었다.

[싸늘하고 도도한 군자를 사로잡는 법.]

[편련(片戀) 낭자 필독 도서: 나는 이렇게 그의 정인이 되었다.]

[팔(八)색조로는 부족하다. 구(九)미호가 되어라.]

"인간 세상이 언제부터 이렇게 적극적인 아가씨들과 상술로 넘쳐 났지……."

서효는 혀를 내두르며 한 권을 뽑아 들었다. 책은 서당에서 배우는 교본처럼 열 개의 소단원으로 나뉘어 있었다. 빠르게 눈으로 훑으면서 책장을 넘기던 서효의 눈에 '새침데기가 되자'라는 항목이 들어왔다.

내용인즉 이러했다.

[그의 마음을 손에 쥐고 흔드는 새침데기가 되어보자. 그리하려면 첫째, 상대방을 칭찬하려거든 겉으로는 책망하는 것이 좋다.]

"응?"

이해가 잘 되지 않았다. 서효는 다음 내용으로 넘어갔다.

[둘째, 상대방에게 사랑을 보여주려거든 짐짓 성난 표정을 드러내 보이자.]

"뭐라고요?"

그다음에 이어지는 내용은 더더욱 어처구니가 없었다.

[셋째, 상대방과 친해지려거든 뚫어질 듯 쳐다보다가 부끄러운 듯 돌아서야 한다. 그리고 마지막 조항. 가장 결정적인 조항이다. 바로 믿음에 관한 것.

낭자 여러분, 붉은 먹으로 밑줄을 세 번 그으시라.

넷째, 상대방이 나를 꼭 믿게 하려거든 의심하게 만든 뒤 기다려야 한다.]

"……이 책은 좀 이상한 듯."

서효는 들고 있던 책을 얼른 책장에 꽂아 넣었다. 워낙 책이 많다 보니 별별 이상한 이론도 나오는 모양이다. 책에서 설명한 '새침데기'가 자신이 알고 있는 누군가를 떠올리게 한다는 사실은 고이 접어 넘겼다.

수많은 책 중에서도 서효의 눈길을 확실하게 사로잡은 것은 따로 있었다. 지금 그녀가 처한 상황을 엿보기라도 한 듯 뚜렷한 지시였다.

"좋은 건 두 번 해라."

서효는 조용히 그 부분을 읽었다.

"좋았는가? 자꾸 생각나는가? 꿈에서도 나올 정도인가? 그렇다면 또 해라. 인생은 한 번. 후회를 남기지 말자. 좋은 건 두 번 해라."

쉬우면서도 명확한 지시였다. 자꾸 차언의 입술을 힐끔거리던 아가씨가 딱 듣고 싶은 조언이기도 했다.

그래, 신생(神生)은 한 번이지. 서효는 선 자리에서 해당 항목을 다 읽은 뒤 주인장의 눈치를 보았다. 꽤 오랜 시간을 보낸 것 같았는데 빈손으로 나가기는 미안하다. 무난해 보이는 다른 책 한 권을 뽑아든 뒤 계산대로 향했다. 장부에 책 제목을 기입하려던 주인장이 흠칫했다.

"이걸…… 빌리시려고요?"

"네, 왜 그러세요?"

혹시 야릇한 책을 꺼내오고 말았나 싶어 제목을 확인했다.

다행히 그런 류는 아니지만 주인장이 흠칫한 이유를 알 것도 같았다.

[특선 요리 비결: 집에서 어선방 맛내기.]

"요리를 하시려고요?"

"으음."

"언제부터 아가씨가…… 요리를 했다고."

슬슬 이 동네를 떠야 될 것 같다. 책방 아저씨조차 나에 대해 너무 잘 알고 있어. 서효는 눈썹 근처를 긁으며 딴청을 피웠다.

"차언 갖다 줄 거예요."

"이젠 궁중 요리까지 시키시려고……."

"냉큼 기록하세요."

서효는 뻔뻔하게 고개를 들어 올렸다. 그리고 지나가는 사람 누구나 제목을 볼 수 있도록 책을 품에 안았다. 집에 돌아와 차언에게 책을 내밀자 주인장과 비슷한 소리를 했다.

"염치를 알아야죠, 아가씨."

그런 거 없다, 뭐. 어쩔래. 서효는 모른 척하며 제 방으로 돌아갔다. 그녀의 머릿속은 아까부터 딱 하나의 생각으로 가득했다. 좋은 건 두 번 하라던 지침.

네, 알겠습니다. 아가씨는 허공에 대고 다짐했다. 재차 의지를 불태웠다.

"차언."

서효가 물빛 봉투와 편지를 들고 집사의 방에 들어섰다. 염치를 알라, 이젠 하다하다 궁중 요리냐. 딱딱한 목소리로 내뱉던 집사는 몸을 반쯤 누일 수 있는 의자에 앉은 채 팔짱을 끼고 있었다. 눈가는 책을 펼쳐 덮었다.

서효가 빌려다준 책이었다. 새침데기. 서효의 머릿속에 책방에서 본 명칭이 떠올랐다.

"차언, 자?"

"자고 있었습니다."

"근데 안 자네?"

"지금은요."

책을 내릴 생각이 없는지 느른하게 뒤로 젖힌 자세 그대로 말을 받았다. 서효는 아무래도 상관없겠지 싶어 말을 이었다.

"백오강에서 소식이 왔어. 곧 미랑님의 생일이라네."

대답할 가치를 느끼지 못한 것인가. 차언은 대꾸하지 않고 서효의 말을 듣고만 있었다.

"잔치에 참석할 순 없어도 선물 정도는 보내는 게 좋겠지. 뭘 보낼까?"

서효가 선물 후보를 적은 목록을 꺼내 들었다.

아직 어린 아가씨니까 달콤한 과자를 보내는 것도 괜찮을 듯하다. 음식이라면 몰라도 건조한 과자나 사탕 같은 것은 상하지 않을 것이다. 아니면 예쁜 장신구도 무난하겠다. 재미난 이야기책은 어떨까. 내가 미랑님을 너무 아기 취급하나? 정혼자가 있다고 들었으니 혼례에도 쓸 수 있는 물건을 보내는 게 좋을라나.

"차언, 뭐가 좋을까?"

"엿 보내세요."

"그래, 엿도 나쁘지 않겠어. 달달한…… 아니. 그 엿이 아니지, 지금?"

서효가 집사의 어깨를 찰싹 때렸다.

"그럼 못써."

"아가씨가 사자 한 쌍을 보내든 다 쓰고 남은 비누 토막을 보내든 전 관심 없습니다. 미랑님 선물쯤은 알아서 하세요."

아주 담백한 선 긋기였다. 미랑에게도 긋고 서효에게도 짝짝 긋는 선. 아무래도 이건 혼자 처리해야겠다. 서효는 발랄한 내용으로 가득한 편지를 접어 봉투에 넣었다. 목록이 적힌 종이도 같이 넣었다.

그럴 동안 집사는 여전히 뒤로 기댄 채 눈을 감고 있었다. 무방비해 보인다면 위험한 발언일까.

연홍색 입술. 차언의 입술. 보들보들, 쪽쪽 같은 묘한 소리가 떠오르면서 서효를 부추겼다.

책에서도 나왔잖아. 이때야. 기회라는 말은 이럴 때 쓰는 말이라고. 한 번만 더 해보면 차언의 반응을 정확히 알 수 있을 거야. 이틀 전의 입맞춤이 정도를 넘은 건 그냥 실수에 불과했는지.

아니면 그도 무언가를 느꼈는지.

서효는 괜히 봉투를 만져 부스럭거리는 소리를 냈다. 자신이 아직 옆에 있는 건 차언도 알고 있다. 방을 나가지 않은 이유를 둘러대야 했다. 종이 소리를 내면 선물 고민을 하는 중이라고 생각하지 않을까.

"이만 나가시지요, 폐하."

차언이 삐딱하게 말했다.

"궁중 요리는 워낙 재료부터 손이 많이 가는지라, 당장 오늘 저녁으로는 불가할 듯합니다."

"누가 당장 오늘부터 해달래?"

"책 내밀 때의 뻔뻔함이 장난 아니었거든요."

요, 요, 요 입. 못된 말만 잔뜩 하는 새침데기의 입.

"그 태도를 봤을 때 당장 오늘 저녁으로 요구한다 해도 놀랍지 않아서."

얄미운 입. 앙큼한 입. 서효는 집사의 입을 흘겨보았다. 오늘따라 붉은빛을 띠는 것이 나비와 벌을 불러들이는 복숭아꽃 같았다. 복숭아는 서효가 가장 좋아하는 과일이다.

봉투를 품 안에 갈무리한 서효는 차언이 눈을 감고 있는지 다시 한 번 확인했다. 확실히 감고 있는 것 같았다. 거기다 책까지 덮고 있으니.

더는 생각할 것 없었다. 서효는 차언의 뺨을 두 손으로 잡고 입술을 내렸다.

"……읍?"

전혀 예상치 못한 습격이었을까. 차언은 그대로 석고상처럼 굳고 말았다. 그와 닿는 모든 부분이 힘이 바짝 들어가 굳어 있었다. 말랑하게 부드러운 건 오직 입술뿐.

쪼옥.

서효는 차언의 아랫입술을 물고 소리가 날 정도로 빨아들였다. 역시 무슨 일이든 여러 번 해볼수록 는다고, 이틀 전보다 여유가 있었다.

그래, 바로 이 느낌이야. 새콤달콤하고 짜릿짜릿한 기분. 이틀 동안 꿈에 자꾸 나와서 서효를 괴롭혔던 그것의 정체였다. 이렇게 오물거리다가 고개를 조금 틀어주면.

'한데 언제까지 차언은 굳어 있을 거지?'

서효만 신난 것 같았다. 아무리 쪽쪽 물고 빨아도 상대가 반응이 없으니, 이거 정말 나쁜 짓을 하고 있는 건 아닌지.

'입술 뗄까?'

그만해야 하려나. 좀 시무룩해져서 감흥이 달아나려 했다. 이틀 전은 단순한 충동이었던 건가. 그런 것 같진 않았지만 어쨌든 오늘의 기습은 여기서 끝내야겠다.

서효는 한 손으로 차언의 어깨를 짚고 일어나려 했다. 반쯤 누워 있는 사람에게 입을 맞추려다 보니 어쩔 수 없이 자세가 이상해져 있었다. 일어나려면 지지할 곳이 필요했다.

'응?'

어깨를 짚은 손목이 그대로 잡혔다. 책이 바닥에 떨어지는 소리가 났다. 눈 깜짝할 새 서효는 차언의 아래에 깔려 버렸다. 묵직한 무게가 서효를 의자 쪽으로 짓눌렀다.

"읏!"

숨이 막혔다. 호응하기 버거운 열기가 덮쳤다. 어느새 뒤로 넘어간 차언의 손이 제 허리와 의자 사이를 파고드는 게 느껴졌다. 그는 좁은 틈새로 서효를 한껏 어루만지다가 자신의 단단한 몸을 향해 끌어당겼다. 의자에서 떨어지지는 않을까 걱정될 만큼의 뜨거움이었다.

진짜 입맞춤은 지금부터 시작이었다.

탁, 하는 소리와 함께 서효 앞에 밥그릇이 내려졌다.

"으악."

아가씨의 입이 벌어졌다. 표정은 일그러지고 귀는……. 만약 서효가 강아지였다면 귀도 축 처지는 게 보였을 것이다.

윤기 자르르 흐르는 기름진 쌀밥은 어디가고 꽁보리밥이 나왔다. 쌀에 보리를 섞어 맛을 더한 것이 아니었다. 쌀이 부족한 집에서 먹는, 인정사정없는 진짜 꽁보리밥이었다.

탁. 이번엔 국그릇.

그냥 된장국에도 깊은 맛을 내는 재료를 아끼지 않던 집사는 어디 갔단 말인가. 무, 파, 버섯, 갖가지 해산물과 고기는 눈을 씻고 찾아봐도 없었다. 정말 희멀건 국. 뜨거운 물에 된장 가루를 넣고 휘휘 저어 내놓은 국이었다.

"이게 뭐야."

뒤를 이어 나오는 반찬들도 채소뿐이다. 하다못해 계란부침 하나 없다.

반면 차언의 앞에 차려진 것들은 탕수완자에 화려한 빛깔과 향미를 자랑하는 반찬들이다. 서효가 빌려다준 궁중 요리책에 나온 요리인 듯 보였다. 젓가락을 들어 완자를 하나 집으려는데 중간에 딱 가로막혔다.

"선 넘지 마세요."

"먹는 거 가지고 치사하게."

"비겁한 쪽이 누구죠? 가만히 있는 사람을 덮쳤으면서."

차언이 서효의 가슴께를 눈짓했다. 널빤지에 줄을 달아 만든 목걸이가 서효의 목에 걸려 있었다.

거기엔 날렵한 붓글씨로 '뽀뽀 도둑'이라고 적혀 있었다. 차언이 손수 만든 목걸이다. 벗어도 된다고 허락하기 전에는 감히 벗을 생각 말라고 단단히 엄포를 놓았다. 저지른 죄가 있는 아가씨는 입술만 삐죽일 수밖에.

그렇지만 아무리 생각해 봐도 억울한 점은 있었다. 서효만 도둑으로 몰리기엔 찜찜하다는 거였다.

"그래, 덮쳤다."

"아예 동네 사람들 다 들리게 자랑을 하시죠?"

"덮쳤어. 내가 먼저 덮치긴 덮쳤는데."

서효가 원망스러운 눈으로 차언을 쳐다보았다.

"그 뒤로 완전히 전세가 역전됐잖아. 차언이 막 끌어안고 짓눌러서."

"과장하지 마요."

"정신 나간 사람처럼 막 볼이랑 목에도 쪽쪽거리고."

차언이 채소 반찬 하나를 빼앗아갔다. 데친 나물을 짭조름한 두부로 버무려 놔서 그나마 먹을 만했던 반찬이었다.

"제가 언제요."

"세상에, 세상에. 날 거짓말쟁이로 몬다 이거지? 흥, 보여줘? 아직 자국 남아 있을걸? 여기, 여기 목에."

서효가 목깃을 끌어 내리려 했다. 이번엔 깨를 뿌린 버섯볶음이 휙 사라졌다. 이제 서효의 앞에 남은 건 배추나물 하나.

"진짜 완전 치사해."

"보리밥에 국도 뺏기고 싶으면 계속해 보시죠. 아, 반찬도 아직 한 개 남았네요."

"이건 직권남용이야. 천계에 고발할 거야."

"수고하세요."

서효가 부들부들 떨었다. 분노, 억울함, 약 오름. 또 뭐가 있지. 하여튼 술 마시고 기억을 잃은 것도 아닌데, 멀쩡한 정신에 저질러 놓고 기억 안 나노라 발뺌하는 집사가 얄밉기 짝이 없었다.

서효는 건너편을 수시로 흘겨보면서 밥을 먹었다. 다 먹은 빈 그릇을 설거지통에 빠뜨리기까지 했다.

그러자 집사는 딴생각 하느라 이제까지 일 미룬 거 다 안다며, 세 가지 일거리를 한꺼번에 주었다. 서효가 다 먹기만을 기다렸다는 티를 내면서 말이다. 지쳐 나가떨어지게 하려는 수작이다. 흥, 누가 모를 줄 알고?

첫 번째 일을 하던 서효는 목에 걸린 널빤지를 내려다보았다. 뽀뽀 도둑이라니. 누가 누구보고 도둑이래. 붓에 먹물을 묻힌 뒤 가로로 죽 그었다. 밑에다 새 글자를 적는 아가씨였다. 동글동글 귀여운 글자가 널빤지 위에 새겨졌다.

"좋았어."

일을 끝낸 뒤 두 번째 일을 하러 이동하던 차였다.

"잠깐. 거기 서세요."

차언이 매의 눈으로 바뀐 문구를 잡아냈다. 수려한 눈썹이 위로 치켜 올라갔다. 그는 새 문구가 마음에 안 드는 모양이었다.

"다음에 계속?"

"치."

"이게 무슨 몇 부작으로 나뉘는 인형극인 줄 아십니까? 뭐, 다음에 계속?"

"안 들려."

"어림도 없습니다."

차언은 서효를 그 자리에 세운 채 새로운 문구를 죽 그었다. 한 번 긋고, 두 번 그었다. 아예 형체도 알아볼 수 없게끔 먹칠을 한 그는 아래에 다시 새 경고를 썼다. 접근 금지. 특별히 붉은 먹으로 쓰기까지 했다. 이건 무슨 맹수도 아니고 역병도 아니고 처지가 참으로 불쌍하다.

"차언도 좋았잖아."

"이제 일하러 가세요."

"좋았으니까 역으로 덮친 것 아냐?"

"표현에 주의하세요. 어디서 덮쳤다고 그럽니까?"

"흥, 솔직하지 못한 새침데기."

이걸로도 충분치 않다고 느꼈는지 차언은 앞으로 '쪽쪽'이나 '말랑말랑', '보들보들', '입술' 이런 말을 쓰지 말라고 경고했다. 특정 행위를 떠올리게 하는 말을 아예 금지시켰다. 여아(女兒)가 그런 알량한 위협에 뜻을 꺾을까 보냐.

"낼름낼름."

"아, 좀."

차언이 이마를 짚었다. 골이 띵한가 보다. 그러게 누가 아닌 척하라고 했나. 하고 싶은 바를 외면하려 애쓰니까 머리가 아픈 거다. 서효는 누가 들었으면 '네가 그런 말을 할 처지는 아닐 텐데?' 하고 황당해할 생각을 떠올렸다.

"응? 인정해, 차언. 정말 좋았다고 인정해."

"하아……."

속이 답답한 듯 냉수를 찾아보는 집사였다.

"인정하면 편해져. 부끄러워할 필요가 없다니깐."

이젠 대답할 가치도 못 느끼는지, 차언은 대꾸도 하지 않고 우물가로 향했다. 맑고 차가운 물을 한 바가지 퍼서 그대로 입으로 가져갔다. 뒤를 졸졸 따라온 서효가 예기치 못한 말을 던졌다.

"난 눈에 별이 튀었는걸."

"푸흡!"

차언은 숨도 쉬지 않고 차가운 물을 들이켜다가 장렬하게 뿜어냈다. 사레가 들고 만 것이다. 콜록거리며 기침을 하는 광경은 백오십 년 동안 보지 못한 장면이었다. 등을 두드려 줄까 했지만 어찌나 날카로운 눈을 하고 째려보는지.

감히 손을 뻗지도 못했다.

❖

“차언.”

차언은 문밖에서 들려오는 낭랑한 목소리에 몸을 굳혔다.

“……자니?”

“지금 시각이 삼경입니다, 아가씨.”

으르렁거리는 소리가 절로 새어 나왔다. 적갈색 장포 아래 근육이 움찔 떨렸다. 신경 쓰지 마라. 개의치 말라고. 네가 건드릴 상대가 아니니까, 얌전히 있어. 몸 안 깊은 곳에서 들끓는 열기를 향해 나직이 경고했다.

서효는 잠긴 문을 부수고 들어오지는 못한다. 덩치 좋은 장정이라면 모를까 서효의 체구로는 어림도 없다.

그러니 자신이 방 안에만 틀어박혀 있으면 저렇게 문 앞을 서성이다가 돌아갈 것이다. 단념하고 돌아갈 때까지 좀 귀찮겠지만 그뿐. 문제는 서효가 아니다. 문제는 항상, 차언 자신이다.

“아까 가위바위보 내가 이겼잖아.”

그랬지. 서효는 저녁 설거지 당번을 핑계로 가위바위보를 하자고 했다. 이긴 사람 소원 들어주기를 상으로 내걸었다. 빤히 보이는 수법이었다.

이제껏 차언은 그 어떤 내기에서도 서효에게 진 적이 없었다. 아가씨는 속임수를 모르는 사람이다. 머리를 써서 속이느니 아예 처음부터 배짱을 부리는 유형이었다.

‘안 들려. 안 해. 아아아, 안 들린다고.’

귀를 막고 모른 척한다. 배를 째보라고 들이댄다. 그게 서효였다. 한데 그런 서효에게 지고 말았다. 세 판 해서 세 번 내리 졌다. 이제 이 세상을 뜰 때가 다 됐군. 너무 어이가 없는 나머지 차언은 헛웃음을 흘리지도 못했다.

서효는 뜻밖의 횡재에 신이 나서 어쩔 줄 몰라 했다. 기뻐하던 그녀가 내건 소원은 다름이 아니라.

"하루에 한 번 어때?"

저렇게나 해맑고 발랄한 목소리로 그의 명줄을 끊어놓을 말을 잘도 하였다. 여기서 무엇을 하루에 한 번 하자는 건지는 말하지 않아도 알 터. 그놈의 입맞춤이다. 지긋지긋하고 끔찍한 입맞춤. 너무 유혹적이라서 꿈에서까지 나오는 바로 그것.

"하루에 세 번은 너무 많다며. 두 번도 싫다고 했으니까 그럼 한 번. 어때? 이 정도면 받아들일 만하지 않아?"

어디가? 도대체 어떤 점에서 수긍해야 하는 건데.

차언은 강한 의지를 가지고 귀마개 대용으로 쓸 만한 물건을 찾기 시작했다. 저 말도 안 되는 소리를 듣느니 죽고 말지. 아예 귀를 틀어막으면 좀 나으려나. 현실이 이렇다 보니 평소엔 하지 않는 생각마저 하게 되었다.

"내가 모르는 무슨 일이라도 생겼나."

서효는 늘 자신의 작은 직분에 대해 만족하면서도 아쉬워했다. 이참에 천제께 요청해 새로운 직위를 받기라도 한 걸까. 인간들이 부업을 뛰듯이 말이다. 그렇다면 새로운 직위는 어떤 것일까. 유혹의 신? 파멸의 신?

아니면 자기도 모르는 새, 잃어버린 것들의 신 직분이 차언 본인에게 넘어왔을지도 모르는 일이었다.

진심으로 약재함을 뒤져 볼까 하는 충동이 일었다. 거기서 자신이 잃어버린 것을 찾을 수 있다면 참으로 좋을 텐데. 자제력이라든가. 자제력 비슷한 것이라든가. 그것도 아니면 자제력 같은 서.

"차언, 인정해."

서효가 영롱한 방울 같은 목소리로 신경을 긁었다. 차언에게 안 된 일이 있다면 아직 귀마개로 쓸 만한 도구를 못 찾은 거였다. 어째 방에 솜뭉치 따위도 없는지! 쓰레기가 생기는 즉시 바로바로 치우는 평소 습관이 원망스러운 순간이었다.

그사이 서효가 다시 한 번 나긋하게 유혹했다.

"다른 걸 추가로 요구하지 않을게. 안아달라거나 저번처럼 들어 올려 달라거나 뭐 그런 거 말이야. 그냥 딱 뽀뽀만. 하루 한 번 뽀뽀만."

"……저 말에 넘어가면 내가 개다."

왈왈. 소름 끼치게도 동네 어디선가 개 짖는 소리가 들려왔다. 이 동네에 개를 키우는 집이 있었던가? 있다고 해도 밤에 짖는 소리는 한 번도 들은 기억이 없는데?

심히 불길한 징조였다. 갑자기 목이 타는 것 같았다. 차언은 요즘 자주 갈증을 느끼곤 했다. 탁자로 다가가 찻주전자를 들어 올리는데 지나치게 가벼웠다. 뚜껑을 열자 밑바닥에 아슬아슬하게 남은 한 모금의 찻물이 보였다.

털어 마셔봤지만 갈증이 해결되기엔 턱없이 부족했다. 항상 차는 떨어지지 않도록 신경 써서 채워놓는데 오늘따라 이게 무슨 일인가.

왈왈. 동네 개가 또 짖었다. 개는 짖지, 물은 없지, 서효는 문밖에서 재잘거리지. 짜잔! 차언을 위한 지옥이 바로 여기 있었다.

"아희님, 새가 편지를 가지고 왔네요."

수하의 말에 아희가 눈을 반짝 떴다. 갑자기 얼굴에 생기가 도는 축제여신이었다. 누구에게서 온 편지인지, 여신은 이미 알고 있었다. 올 곳은 하나뿐.

수하가 하얀 새의 발목에서 도르르 말린 종이를 풀었다. 아희는 새로운 놀이를 시작하려던 것도 잊고 편지를 받아 챙겼다.

"난 잠깐 방에 갈게. 너희들끼리 놀고 있으렴."

"어어? 이제 시작인뎁쇼?"

"같이 안 하시는 건가요?"

"먼저들 놀고 있어!"

축제여신이 놀이를 사양하다니 보통 일이 아니었다. 도대체 무슨 내용의 편지기에 노는 자리도 마다하고 방으로 뛰어가신단 말인가.

모두들 어리둥절해져서 서로를 쳐다보았다. 그나마 다행인 것은 나쁜 일은 아닌 것 같다는 점이라. 안 좋은 일이라면 아희가 저렇게 신난 얼굴을 할 순 없을 테니까 말이다.

"무슨 신나는 일이라도 있으신 걸까?"

"자넨 뭐 들은 것 없나?"

"따로 떠오르는 건 없는데. 그러는 자네야말로 아희님께 듣지 못했나?"

"아희님이 편지 쓰시는 건 봤는데 무슨 내용인지는 잘……."

얼떨떨한 수하들을 뒤로하고 방으로 달려간 아희는 일단 문을 닫았다. 어떤 내용이 쓰여 있을지. 기대가 이만저만이 아니었다.

"답장이 은근히 빨리 왔네!"

놀놀 말린 종이를 펴자 깨알 같은 글씨가 눈에 들어왔다. 작은 종이에 최대한 많은 내용을 눌러 담겠다는 의지가 엿보였다.

"좋아. 훌륭한 자세야, 서효."

내용을 읽기도 전에 아희는 퍽 흡족해졌다. 그녀는 연신 고개를 끄덕이다가 자세를 고쳐 앉고 편지를 읽었다. 한 문장이 끝날 때마다 아희는 어린 소녀처럼 기쁨의 비명을 질렀다.

수줍수줍. 분홍분홍.

작은 종이 안에 향긋한 복숭아꽃 냄새가 가득 담겨 있는 것 같았다. 이제 막 피어나기 시작하는 사랑의 향기.

"아이, 간지러워라."

아희는 발을 구르며 좋아하다가 편지를 다시 읽고 또 좋아했다. 마음 같아선 온 길을 되짚어 다시 약방으로 돌아가고 싶었다. 서효의 손을 잡고 좀 더 자세한 이야기를 시시콜콜 묻고 싶었다.

하지만 그런 행동을 해선 안 된다는 분별력쯤은 있었다. 일단 아희에겐 하루에 백 리를 달릴 수 있는 능력이 없다. 게다가 어떻게든 간다고 쳐도 자기 아가씨를 제외한 모두에게 가시를 세우는 집사는 어찌할 것이냐.

"여긴 또 왜 오셨습니까?"

냉기를 풀풀 날리는 집사.

서효와 아희, 두 사람은 오랜 친구다. 그리고 서효는 아희를 좋아한다. 이 두 가지 사실만 없었더라면 그 집사는 이미 옛날에 아희를 엿가락으로 만들었을지도 몰랐다.

불쌍한 중달에게서 이야기를 들었다. 중달은 약방을 떠난 지 이틀이 지나서야 자신이 뻗었던 사건의 전모를 겨우 털어놓을 수 있었다.

무섭단 말이지. 아암, 이 아희님은 오래오래 즐거움을 누리고 싶다 이 말이야. 그러니까 약방으로 돌아가는 건 안 된다. 당분간 이렇게 편지로만 왕래하는 수밖에 없다.

"답장을 써야겠지?"

아희는 얼른 필기구를 찾았다. 붓에 먹물을 묻혀 휙휙 써나가는 편지에는 조금의 망설임도 없었다. 어차피 하고 싶은 말은 잔뜩 쌓여 있다. 생각나는 대로 쓰기만 해도 작은 종이는 금방 가득 채워졌다.

"묻고 싶은 게 더 남아 있긴 하지만……. 그건 다음번에 쓰자."

먼 길을 날아가야 하는 귀여운 새도 신경 써줘야 한다. 양쪽 발목에 묵직한 종이를 매달면 힘들 것이다.

"이리 온."

아희는 직접 새의 발목에 편지를 달았다. 수고했다는 듯 새를 쓰다듬자, 하얀 새는 아희의 손길을 받아들이며 목을 울렸다.

"귀여운 새야. 힘들겠지만 내 친구에게 답장을 좀 전해주겠니?"

새를 쓰다듬는 아희의 손에서 오색 빛깔의 기운이 몽글몽글 피어올랐다.

"이걸로 기운이 날 거야. 그럼 부탁해."

새는 아희의 말에 답하기라도 하듯 고개를 끄덕였다. 파다닥!

공중으로 날리자 힘차게 날갯짓을 하기 시작했다.

기운차게 날아가는 모습을 지켜보던 아희는 다시금 편지 내용을 떠올리며 발을 동동 굴렀다.

늦게 배운 도둑질에 날 새는 줄 모른다더니, 우리 귀여운 서효가 뒤늦게 재미를 알았네!

"다음엔 어떤 내용이 돌아올까? 벌써부터 기대되는데."

과연 철벽 방어의 집사는 어디까지 버틸 수 있을 것인가? 그는 어떻게 버틸 것인가? 집사의 행보를 기대하시라. 그리고 이에 대항하는 주인 아가씨의 공략 또한…….

"이거 완전히 축제 때 하는 공연보다도 흥미롭잖아?"

아희는 키득거리며 웃다가 지금 머물고 있는 숙소로 들어가기 위해 몸을 돌렸다. 아희네 무리는 어제부터 커다란 집 하나를 통째로 빌려서 쉬는 중이었다. 새로운 놀이를 시작했는지, 담장 너머에서도 수하들이 자지러지는 소리가 들렸다. 얼른 자신도 가서 끼어야겠다는 생각이 들었다.

그때였다.

"……응?"

오직 노는 것에만 반응하는 아희의 본능이 이상한 곳에서 발현되었다. 정말 드문 일이었다. 누군가의 시선을 느낀 것도 아닌데, 고개가 저절로 한 지점을 향해 돌아갔다. 아희의 시선이 멀리 보이는 골목 모퉁이로 움직였다.

물론 그곳엔 아무도 없었다. 하지만 방금 전까지 누군가가 있었던 것 같았다. 아니, 그 정도로 아희의 걸음을 멈추게 할 순 없었다. 아희는 무언가를 봤다.

정확하게는 '누군가를' 봤다.

"잘못…… 본 건가?"

떨떠름한 기분으로 모퉁이를 한참 보고 있자, 누가 봐도 평범해 보이는 촌부가 손자들과 함께 골목을 돌아 나왔다. 좀 더 기다리고 있으려니 부부 한 쌍도 지나갔다. 더 지켜보고 있어봤자 아까 그 느낌은 다시 들지 않을 것 같았다.

"잘못 본 거겠지? 내가 듣기로 그분은 지금 근처에 안 계신다고 했는데."

고개가 갸우뚱 기울었다. 이 요상하고 찜찜한 느낌은 대체 뭘까.

"아희님! 여기서 뭘 하십니까요?"

"깜짝이야."

수하 한 명이 문밖까지 나왔다. 방에 간다고 해놓고 한참 소식이 없는 아희를 찾아다니다 여기까지 온 것 같았다.

"다들 아희님을 기다리고 있답니다."

"으응, 그래."

"이번에 새로 알아온 놀이가 장난이 아닌 게……."

아희는 수하의 말을 한 귀로 들으며 마지막으로 모퉁이 쪽을 보았다. 아무래도 잘못 본 게 아닐까. 밤새 논다고 잠이 부족해서 그럴지도 모른다.

"아희님, 무슨 문제라도?"

"아, 아니야. 아무것도."

아희가 손을 내저었다. 그러고는 얼른 밝은 표정을 지어 보였다. 아무리 먼저 놀라고 했다지만 이 녀석들이 나만 쏙 빼놓고 즐기고 있다니. 아희님이 가서 판을 뒤집어주지!

"가자!"

"예, 예!"

아희가 치맛단을 들어 잡고 달리기 시작했다. 역시 잘못 본 거겠지.

자언이 이불 안으로 손을 넣어 온노를 살폈다. 날이 점점 추워지면서 난방에 신경 쓰는 계절이 되었다. 서효의 방은 이미 불을 때어서 공기가 따뜻한데도 이불 안까지 꼼꼼히 살피는 게 집사다웠다.

뜨거운 돌을 천으로 감싸서 이불 안에 넣어두면, 자려고 누웠을 때 딱 좋을 만큼 따끈따끈해진다. 넓적한 돌이 무거울 텐데도 차언은 그것을 수건처럼 척척 겹쳐서 밖에 내다놓았다. 차언이 저 돌을 쓰는 경우는 보지 못했다. 저것은 오직 아가씨를 위한 거였다.

서효는 감청색 장삼을 옷걸이에 걸고 부드러운 실내화를 벗었다. 푹신한 이불 속으로 몸을 쏙 집어넣자 저절로 몸이 녹는 소리가 흘러나왔다.

"오늘 하루도 참 길었습니다."

차언이 장삼을 고쳐 걸면서 주인 아가씨를 흘겨보았다. 들으라고 하는 소리가 틀림없었다.

"매번 당한 쪽은 전데 왜 아가씨가 지친 기색이죠?"

"누가 들으면 내가 무슨 엄청 나쁜 짓이라도 저지른 줄 알겠네."

"뽀뽀 도둑."

차언이 느리게 네 음절을 입에 담았다. 그랬다가 영 마음에 들지 않는다는 듯 고개를 저었다.

“저지른 악행에 비하면 지나치게 귀엽네요.”

“뭐가 귀여운데? ……내가?”

집사의 눈초리가 아주 볼만해졌다.

“아가씨.”

“응, 차언?”

“인간은 모름지기 염치와 분수를 알아야 합니다.”

이 말을 하지 않을 수 없다.

“난 인간이 아니잖아.”

“신이라고 다를 줄 아십니까?”

“칫.”

“겸양, 겸손, 예의. 중요합니다.”

저답지 않게 애교를 조금 부려볼까 했더니 돌아오는 잔소리가 산더미다. 아, 안 하고 말지. 서효는 남몰래 한숨을 삼켰다. 사내들이 애교에 넘어간다는 말은 아희처럼 발랄하고 어여쁜 아가씨에게 한정되는 거였나. 아니면 아예 미랑님처럼 어려야 할까. 사랑의 여신님은 딱히 애교를 부리시지 않아도…….

아니구나. 그분은 초월적인 아름다움을 지녔으니 그런 잔재주가 필요 없으시다. 결국 내가 충분히 귀엽지 않고, 우리 집사가 필요 이상으로 딱딱하단 소리군.

왠지 김빠지는 기분.

서효가 입술을 삐죽거렸다. 그러다 ‘못된 입술’이라며 차언의 손가락 집게에 꾹 잡혔다. 집사는 굳이 제 말뜻을 확인시켜 주었다.

“귀여운 건 뽀뽀 도둑이라는 별명입니다.”

나는 왜 저런 목석을 좋아하게 되었지. 예쁨이라도 좀 받아보려 하면 세상의 어떤 창도 뚫을 수 없는 방패로 벽을 친다. 혼담 오가던 상대들이 보내온 거절 서신이 떠올랐다. 어디서 보고 베끼기라도 한 듯 죄다 똑같은 내용으로 정중하게 거리를 두더니.

철벽 중의 철벽이 옆에 있었구나.

"주무세요."

"차언."

왠지 이대로 보내기가 아쉬워 가는 걸음을 붙잡아보았다. 무슨 일이냐고 돌아보는 표정이 고요한 물 같았다.

"잠들 때까지 옆에 있어주지 않을 거야? 음, 아니면 자장가라든가."

"제가 언제부터 자장가 같은 걸 불러드렸다고."

차언이 헛소리는 적당히 하라는 양 싱긋 웃었다. 백화약방 집사가 웃는 모습에 동네 아가씨들 가슴이 발랑거린다지만, 서효의 가슴은 또 다른 의미로 두근거렸다.

나는 왜 저런 오싹한 남자를 좋아하게 되었지. 한 마디만 더 하면 성벽에 거꾸로 매달 것 같은 서늘함이라니.

"잘 자요."

차언이 문가에 선 채로 탁자 위의 등불을 껐다. 입김이 그만큼 셀 리 없다. 저번에 아희네 무리가 떠나는 날 벽을 부순 이후로, 그는 능력을 애써 감추려 하지 않았다. 문에서 탁자까지의 거리는 큰 보폭으로 네 걸음.

어떻게 하면 네 걸음 떨어진 곳의 불을 끌 수 있지? 손가락으로 뭘 쏘아서? 쏘았다면 무엇을?

"……장풍?"

서효는 잠에 들기 전, 되는 대로 중얼거려 봤다가 혼자 웃음을 터뜨리고 말았다. 손에서 장풍을 빵빵 쏘는 차언이라니. 떠올릴수록 웃긴 것이다. 실제로는 숨 쉬듯이 자연스럽게 손끝을 튕겼을 뿐이었다.

"벽도 무너뜨리고 손끝으로 불도 끄고. 우리 집사가 못 하는 게 뭘까."

놀라운 능력은 없어도 괜찮다. 그저 내일의 집사는 주인 아가씨께 좀 더 다정했으면 좋겠다고 바랄 뿐이었다. 그리고 서효는 이내 잠의 귀퉁이로 천천히 내려앉았다. 포근한 기운이 그녀를 깊은 꿈속으로 이끌었다.

여긴 어디지?

서효는 몽롱한 기분에 취해 주위를 둘러보았다. 여전히 잠에 취해 있는 것처럼 눈이 잘 떠지지 않았다. 손등으로 눈을 비비고 여러 번 눈을 깜박였다. 자신이 서 있는 곳은 아름다운 저택이었다. 한 번도 와본 적 없는 곳이다.

여기는 대체 어디지? 난 왜 여기 와 있는 거지?

상황 판단이 되지 않았다. 꿈인가 싶어 볼을 세게 꼬집어보았다. 엄청 아픈 것도, 그렇다고 아예 안 아픈 것도 아니다.

어쩌란 거야. 그냥 그 자리에 서 있을까 하다가 다리를 움직여봤다. 구름 위를 거닐면 이런 기분일까. 아니면 깃털 옷을 입고 걸으면 이럴까. 분명히 두 발을 땅에 대고 걷는데 온몸이 가볍게 공중에 떠 있는 기분이었다.

"아가씨."

어디서 낯선 목소리가 들렸다.

"어딜 가셨나 했더니 여기 계셨네. 도련님께서 돌아오셨어요."

목소리를 따라 고갤 돌리자 처음 보는 아낙이 말을 걸었다.

"아휴, 아가씨. 자수는 다 놓으셨어요?"

또 다른 목소리가 들렸다. 방금 말을 한 아낙 말고도 다른 사람이 있었다. 모두 서효를 보며 말하는 중이었다. 나보고 아가씨라고 그런 건가, 지금?

"낮잠을 주무시다 나오셨나. 왜 이리 멍하신 게지요?"

"정말이지 우리 아가씬 태평하셔요."

서효를 보면서 깔깔 웃는다. 그 모습에 악의가 없어 보여 서효는 경계심을 내려놓을 수 있었다.

"도련님……?"

여긴 어디냐. 차언처럼 나를 모시는 것도 아닌데 왜 존대를 하느냐. 물어보고 싶은 것이 한가득이었으나, 서효의 입에서 먼저 나온 것은 도련님이라는 어색한 단어였다.

"예, 아가씨의 사촌 오라버니요. 도련님께서 오셨답니다."

"도련님이 오시길 손꼽아 기다리셨잖아요."

"이제 오셨으니 저희들도 한시름 놓았네요. 이제나 오나 저제나 올까. 월력(月曆)에 가위표 치며 기다리시는 모습에 보는 저희 애간장이 탔는데 말이지요."

서효는 여전히 얼떨떨한데 두 아낙은 기쁜 얼굴이었다. 도련님이라는 사람도 모르겠고, 무엇보다 서효에겐 사촌 오라버니가 없었다.

이거 꿈인가? 아무래도 꿈인 것 같은데 이상하다. 꿈에서 그게 꿈인 줄 깨닫는 경우도 간혹 있다고는 들었는데. 그런 일도 있다고 들었을 때는 그저 재밌겠다고 생각했다. 하지만 막상 실제로 겪으니 묘한 기분이었다.

"저기, 죄송하지만 차언은 어디 있나요?"

꿈이든 현실이든 집사를 찾게 되었다. 뭔가 찜찜하거나 이상하면 차언부터 보고 싶어진다. 만약 이게 꿈속이라고 해도 차언을 호출하면 이럴 줄 알았다는 듯 스윽 나타날 것 같았다. 그런 다음엔 꿈에서도 절 피곤하게 하시는 거냐며 잔소리를 퍼붓겠지.

익숙한 잔소리를 들으면 마음이 편안해질 듯하였다. 그러나 아낙들은 서효가 희한한 소리를 하는 것처럼 바라보았다.

"차언은 뭔가요?"

"설마, 아가씨. 또 밖에 돌아다니는 강아지를 주워 오신 건 아니지요?"

한 아낙이 그렇게 되묻자 다른 아낙이 숨을 급히 들이쉬었다.

"저번엔 다리 다친 새를 주워 오시더니!"

"아뇨, 차언은 내……."

"어르신께는 비밀로 해드립지요. 뭐, 저희가 이래봤자 도련님께서 또 편을 들어주시겠지만요."

말이 통하지 않네. 아무래도 꿈에서 차언을 호출하는 건 실패인 듯하다. 그래, 안심할 새 없이 기습 입맞춤을 당했던 가여운 집사. 꿈에서나마 편히 쉬게 해줘야지. 서효는 그렇게 생각하며 양 갈래로 땋은 머리끝을 손가락에 감았다. 습관처럼 하던 동작인데.

"어?"

꿈속의 자신은 양 갈래 머리가 아니었다. 늘 이렇게 땋아서 비단 끈으로 묶지 않아도 물결처럼 굽이치는 머리가 되는 게 서효였다. 한데 지금 자신의 모습은 달랐다.

서효가 제 머리 모양을 손으로 더듬었다. 단순하고 귀여운 비단 끈은 어디 가고, 구슬과 보석을 박은 머리 장식이 자리했다. 절대 서효 혼자서는 할 수 없는 복잡한 머리 모양을 하고 있었다. 시녀 둘 이상이 달라붙어 매만진 듯 정교한 모양새였다.

그뿐만이 아니었다.

옷차림도 서효가 평소에 입던 것과는 완전히 달랐다. 잠자리 날개처럼 야들야들한 홑겹의 비단을 몇 개나 겹친 위에 날씬한 허리띠를 동여매고 예쁜 장식을 달았다.

당장 면경을 볼 순 없어도 자신이 어떤 모습인지 알 것 같았다. 인간계에서 대갓집 아가씨가 이런 차림일까.

"도련님 뵈러 간다고 머리 만지시네요."

"근데 그렇게 하시다간 더 엉망이 될 거랍니다."

아낙들이 웃는 얼굴로 주의를 주었다. 아까부터 어찌나 도련님 타령을 하는지, 서효는 벌써 귀에 딱지가 앉을 지경이었다. 대체 그 도련님이란 자는 누구지?

"혹시…… 차언이 도련님인가?"

만약 그렇다면 재밌겠다. 사촌 오라버니라고 했지만 어쨌든 꿈속이니까 무엇이든 상관없다. 도련님이 차언의 모습을 하고 있다면 이 기회에 실컷 골려줘야지. 아낙들에게 듣기로 그 도련님이란 자는 사촌 동생에게 약한 것 같으니까.

"차언은, 아니, 오라버닌 어디 계시죠?"

"새삼스럽게 존대를 하고 그러세요. 호호, 도련님은 정원에 계신답니다."

옳거니, 정원이라. 당장 치마를 들어 잡고 뛰어갈 기세인 서효를 다른 아낙이 말렸다.

"참, 내 정신 좀 봐. 도련님이 한동안 정원에 들어오지 말라고 하셨지 않나?"

"아이고, 맞네. 깜빡할 뻔했네."

"무슨 일인데요?"

서효가 의아한 얼굴로 묻자 아낙들이 도련님의 명이라고 다시 말했다. 노비를 서넛쯤 새로 들였는데, 그중 하나가 짐승처럼 난폭하단다. 맹수라느니, 괴물이라느니. 직접 모습을 보기라도 한 건지 혀를 차며 고개를 내저었다.

아무리 그래도 사람을 두고 괴물이라니. 듣기가 좋지 않았다.

신들의 세계에도 그들을 시중드는 자가 있다. 차언도 천제님께서 서효의 시중을 들라고 보내주신 것이다. 그렇다고 해도 인간계에서 천민이나 노비라고 일컫는 자들과는 다르다.

서효의 눈에는 하나하나가 모두 소중한 존재들이다. 지위에 따라, 주인의 뜻에 따라 처분이 결정되는 것은 너무 가혹해 보였다.

이미 서효의 마음속에서 도련님은 곧 차언이었다. 꿈속이라지만 이토록 자주 언급되는 남자가 차언 말고 다른 사람일 리 없었다. 그런데 그 '도련님'이 노비를 사왔다니. 기분이 이상해지는 건 당연한 수순이었다.

"정원이라고 했죠?"

"아이고, 아가씨. 또 말씀을 어기시려고!"

"이번엔 진짜 위험하다니까요!"

아낙들의 외침을 뒤로한 채 달리기 시작했다. 걸음을 내디딜 때마다 풍성한 치마가 바람에 흩날렸다. 아낙들도 쫓아오려 했지만 서효의 속도를 따라오지 못했다.

이게 꿈속이라고 해도 오늘 처음 보는 저택의 길을 알고 있다는 건 신기한 일이었다. 머리는 깨끗한 백지 같지만, 몸은 정원으로 향하는 길을 알고 있었다.

"밧줄! 아니다, 차꼬를 가져와!"

"쇠사슬도 필요해!"

"창고에 우리 같은 건 없나? 거, 예전에 도련님이 늑대개 키우실 때 썼던 거 말이야!"

"젠장! 누가 저놈 좀 기절시켜!"

정원 가까이 갈수록 주변이 소란스러워졌다. 아름답고 조용한 저택과는 어울리지 않게 사나운 소리가 오갔다. 자연히 서효의 걸음도 멈추게 되었다.

뒷짐을 지고 서 있는 사내의 모습이 매우 듬직해 보였다. 넓은 어깨에 걸친 피풍의(避風衣) 자락엔 뽀얀 먼지가 묻어 있었으나 자세히 보면 은실 자수까지 새긴 고급품이었다.

누가 봐도 대갓집 공자의 모습이다. 차언과 대갓집 공자라니. 웃음이 새어 나올 정도로 기이한 조합이었다. 정원 분위기가 워낙 험악해서 미소가 나오지 않는 건 어쩔 수 없지만.

"오라버니?"

최대한 장난스럽게 불러보았다. 그러자 사내가 미소 띤 얼굴로 돌아보았다.

"어……."

차언이 아닌데?

"너 이 녀석, 오라비 말은 기어코 안 들을 셈이구나?"

낯선 사내가 정다운 눈길로 서효를 보았다. 예상이 완전히 빗나가 버려 얼떨떨해진 서효는 아무리 자기 꿈이라도 자기 맘대로 할 순 없는 건가 생각했다.

"뭐야……."

"힘 좋은 노복(奴僕)으로 쓸까 해서 데려왔더니, 이거 광견이 따로 없구나."

맥이 빠져서 중얼거린 혼잣말을 다른 뜻으로 알아들은 사내가 말을 받았다.

"하지만 너도 알다시피 오라비 취미가 길들이기 아니냐."

사내가 서효를 향해 웃어 보였다.

"야생마도, 늑대개도, 송골매도 길들였다. 저놈이라고 못 하겠느냐."

"어이쿠, 도련님! 이 미친놈이!"

"물겠군! 물겠어!"

"에잇, 여기 몽둥이찜질 좀 받아라!"

사내의 수하들로 보이는 자들이 매타작을 시작했다. 서효는 그제야 두 팔이 사슬로 묶인 채 으르렁대고 있는 노예에게 눈길을 돌렸다. 그리고 그대로 얼어붙고 말았다.

"차언?"

그와 눈이 마주쳤다. 현실을 받아들이지 못하는, 상처 입은 짐승의 눈.

"크으으."

안광을 번득이는 모습은 한 번도 본 적 없는 위험한 것. 그러나 그는 차언이 분명했다.

"감히……. 크으으. 내게……!"

"어라? 이놈 말도 할 줄 아네?"

"할 줄 알면 뭐해? 어, 어어, 이봐, 또 날뛴다고!"

"때려!"

거침없이 몽둥이가 내려쳐졌다. 그 와중에 차언이 휘두른 주먹에 몽둥이가 날아가자 말채찍을 꺼내오는 자도 있었다.

이게 뭐야. 꿈이라지만 다들 뭐 하는 거야. 왜 이래. 왜 차언한테 이래.

"그만둬!"

서효가 차언을 향해 뛰어들려고 했다. 이마에 흐르는 피, 터져서 말라붙은 입술, 누더기가 된 옷차림. 어느 것 하나 마음이 안 쓰이는 구석이 없었다. 꿈속이라도 이런 모습은 보고 싶지 않다.

"그만두라고!"

"어허, 위험하단다."

도련님이라는 자가 그녀를 끌어안았다.

"여간내기가 아닌 놈이야. 네가 팔뚝이라도 물리면 숙부님을 어찌 뵈라고."

"그만둬! 그만두라고 해줘!"

"괜찮다. 서열을 가르치는 거니까."

"이거 놔! 그만두라니까!"

차언, 차언. 왜 맞고만 있는 거야? 차언은 맨주먹으로 벽을 무너뜨릴 수 있잖아. 쇠사슬 따위 그냥 툭 끊어버려. 다들 그만둬. 차언을 때리지 마!

"아가씨."

바로 다음 순간, 서효는 눈을 떴다.

"아가씨, 괜찮습니까?"

눈을 뜨고도 한동안 움직일 수가 없었다. 서효는 익숙한 천장을 올려다보며 가쁜 숨을 들이쉬었다. 딱딱하게 굳은 손을 누군가 주무르는 것이 느껴졌다.

"아가씨."

걱정 어린 목소리. 그럼에도 침착함이 묻어나는 낮은 음색. 서효는 간신히 고개를 돌렸다. 몸을 일으켜 앉으려는데 힘이 들어가지 않았다. 그녀는 집사의 도움을 받고야 허리를 세울 수 있었다.

침의로 입는 흰 장포 차림의 차언. 어찌나 급하게 달려왔는지 머리가 부스스했다. 창문으로 스며든 달빛에 그의 표정이 드러났다. 서효의 눈은 차츰 어둠에 익숙해져 갔다.

"차언……."

"갑자기 앓는 소리가 나서, 그래서."

커다란 손이 서효의 굳은 어깨와 팔을 주물렀다.

"이거 예전에 길에서 쓰러지셨을 때와 비슷한 증상 아닌가요?"

"차언."

서효는 저도 모르게 손을 뻗어 차언의 얼굴을 만졌다. 터지지 않은 입술, 매끈한 피부, 상처 하나 없는 모습을 확인하고도 모자라 침의를 풀어 헤칠 뻔했다.

꿈이 너무 생생해서 겁이 났다. 두 눈으로 차언의 무사함을 확인하고 싶을 정도였다. 서효의 증상에 대해 심각하게 고민하던 차언이 놀라 그녀의 손을 저지했다. 흔들리던 눈동자가 차언의 시선 속에 갇혔다.

다정한 눈빛이었다.

"아가씨?"

"차언, 나 꿈을 꿨어."

울먹이는 소릴 내고 싶지 않았지만 어쩔 수가 없었다.

"무서운……. 아주 이상한 꿈이어서."

"악몽이었나 보군요."

"응, 이상한 꿈."

서효는 악몽이라는 말 대신 굳이 이상한 꿈이라는 표현을 썼다. 그렇다. 단순히 악몽이라고 하기엔 너무 이상한 여운이 남았다. 분명 꿈에서 깨어났는데 왜 이토록 생생할까.

"차언, 가지 마."

서효는 단단한 허리를 끌어안았다. 익숙한 품, 편안한 체취, 다정한 어깨가 필요했다. 그냥 꿈이었군요, 하면서 차언이 방으로 돌아가는 것이 싫었다.

"가지 마."

"어디 안 갑니다."

차언은 그런 서효를 나무라지 않고 작은 등을 쓸어내렸다. 서효가 필요로 하는 것을 조용히 내어주었다.

"제가 곁에 있으니 걱정 마세요."

"다시 잠들 때까지 있어줘……."

"어련히 그럴까요."

서효가 더욱 품 안으로 파고들자 차언이 옅은 미소를 지으며 이불을 덮어주었다. 포근한 이불을 덮고 차언의 낮은 목소리를 듣고 있으려니 또다시 졸음이 밀려왔다.

아직 잠들고 싶지 않았다. 너무 갑자기 깨어난 탓일까. 차언의 품이 따스하고 편안해서 좀 더 이 느낌을 오래 간직하고 싶은데. 같이 있고 싶은데. 점차 눈꺼풀이 무겁게 내려앉았다. 다시 잠의 나락으로 떨어지는 순간까지도 차언의 이름을 조그맣게 부른 것 같았다.

안심하라는 대답을 잠결에 들었다.

"늘 곁에 있을 테니까……."

이번에야말로 서효는 평온한 꿈을 꿀 수 있었다.

동녘이 밝았다. 평소와 다름없는 하루가 시작되었다.

서효는 차언의 부름에 눈을 뜨고 씻고 아침을 먹었다. 집안일을 도운 뒤 탁자에 마주 보고 앉아 약재 포장을 하였다. 차언이 약재를 일일이 저울에 달아서 정확한 양을 확인하면, 서효는 그것을 네모난 약 종이에 일 회분씩 포장을 하는 일이었다.

백 년도 넘게 해온 일이다. 두 사람의 합(合)은 완벽했다. 손짓 하나에도 군더더기가 없었다. 다들 알다시피 너무 익숙한 일을 반복하면 괜히 딴생각을 하게 되는 법.

서효는 약재를 포장하는 한편, 간밤의 꿈을 떠올렸다.

"힘 좋은 노복(奴僕)으로 쓸까 해서 데려왔더니, 이거 광견이 따로 없구나."

"어이쿠, 도련님! 이 미친놈이!"

"감히……. 크으으. 내게……!"

꿈속에서 자신이 입었던 옷의 감촉이 여전히 생생했다. 바람에 흩날리던 치맛단과 찰랑거리던 머리 장식. 차르르 늘어뜨린 구슬.

심지어 공기의 냄새까지도 상세히 설명할 수 있었다.

'정말 이상한 꿈이었어. 대체 왜 그런 꿈을 꾼 걸까?'

밤의 차언은 다정해서 악몽을 꾸었냐며 위로해 주었다. 하지만 해가 중천에 뜬 대낮의 차언이라면? 건너편 사람의 표정으로 미루어보건대 감히 엄두도 내지 말아야 할 듯싶다.

아직도 꿈 타령이시냐. 인간계에선 그런 걸 두고 개꿈이라고 한다. 무슨 말을 할지 뻔할 뻔자다. 그래도 다른 누구도 아니고 차언이 나왔는데. 차언이 '그런' 모습으로 나왔는데. 그냥 하룻밤의 꿈으로 치부하기엔 뭔가 마음에 걸렸다.

'난 차언에게 꿈 내용은 아직 말하지 않았지.'

그럼 굳이 꿈이라고 밝히지 않고 넌지시 물어볼 수 있지 않을까. 서효는 앞으로 포장해야 하는 약재 양을 곁눈질로 확인한 다음, 슬쩍 말문을 열었다.

"우리 집사는 참 유능해. 난 복도 많단 말이야."

혼잣말하는 척 중얼거려 보았다. 차언은 예상대로 그녀의 말을 흘려들었다. 오직 저울의 수평을 맞추는 일에만 집중하는 듯 보였다.

"문득 든 생각인데 신들의 세계에는 노예가 없어 좋은 것 같아."

차언이 이쪽을 쳐다보았다.

"……무슨 꿍꿍이죠?"

"꿍꿍이라니. 그냥 그렇다고."

"갑자기 이런 말을 하시는 이유가 뭡니까?"

"그냥 문득 든 생각이라고 했잖아. 이유 같은 거 없어."

차언이 다시 저울로 눈길을 돌렸다. 그가 말린 약재를 집게로 집어 종이 위에 올렸다.

"물론 천제님이나 다른 신에게도 시중드는 이가 있고, 잘못을 하면 벌을 받긴 하지만 인간들의 노예와는 다르잖아. 노예는 뭐랄까."

서효는 힐끔 차언의 눈치를 보았다. 꿈에서 잔혹한 취급을 당하던 그의 모습이 겹쳐졌다.

"밧줄에 묶여서 매를 맞기도 하고……. 너무 좀."

"아가씨."

차언이 저울에서 눈을 떼지 않은 채 말했다.

"어디서 또 뭘 보신 거죠?"

"응? 아무것도 안 봤는데?"

"순순히 털어놓으세요. 제가 아가씨를 하루 이틀 모신 것도 아닌데 이 정도 눈치도 없을 것 같습니까?"

도무지 이놈의 집사는 쉽게 넘어가는 법이 없다. 어떻게 한 번을 모른 척 넘겨주질 않나, 진짜 단 한 번을. 아니면 애당초 집사를 떠볼 수 있으리라 생각한 자신의 오만이었을까. 서효는 한숨 쉬고 싶은 걸 참으며 약 종이를 반듯하게 접었다.

"꿈에서 봤어."

끼익. 저울이 한쪽으로 기울었다. 하지만 저울은 서효의 눈길이 닿기도 전에 수평으로 돌아갔다.

"꿈에서…… 뭘 봤는데요?"

일단 털어놓으면 응대는 해준다. 차언이 적당한 질문을 돌려주었다.

"사람들."

"아는 얼굴들이었습니까?"

"아니, 처음 보는 사람들이었어. 근데 그쪽은 나를 알더라."

서효는 제 앞에 나열된 약재를 다 포장한 뒤 별 뜻 없이 저울을 쳐다보았다. 아까는 차언의 일 처리가 빨랐는데, 이제는 반대가 되어 있었다.

"신기한 건 거기서 차언을 봤어."

"저를요."

"응, 차언이…… 노예의 모습을 하고 있었는데."

차마 짐승처럼 맞고 있었다는 것까지 말하기는 어려웠다. 어정쩡하게 끝맺은 말을 받은 건 차언이었다.

"이젠 하다하다 저를 꿈에 소환시키기까지 하시고요."

잠깐 저울을 쳐다보는 사이, 순식간에 서효 앞에 포장해야 할 약재들이 쌓였다.

"밧줄에 채찍이라고 하셨는데 전 그런 쪽에 흥미 없습니다."

"에."

뭔가 말이 이상하다. 차언의 한 마디에 분위기는 완전히 이상한 쪽으로 바뀌어 버렸다. 넘어가지 말아야지. 동요하면 안 된다. 이게 차언의 특기라는 거, 아직도 몰라?

그러나 서효의 의지와 달리 몸은 너무나도 정직했다. 집사의 말뜻을 이해하는 순간 얼굴이 홍시처럼 붉게 물들었다.

"말 되게 이상하게 한다? 나, 나도 그런 쪽엔 흥미 없거든."

관심 요만큼도 없거든. 역시 우리 집사는 저런 말도 눈 하나 깜짝 않고 하는 변태였어. 그런 생각을 하며 차언을 힐끗 쳐다본 순간이었다.

서효는 보았다. 두 눈으로 확실히 목격했다. 집게를 들고 있는 차언의 손이 가늘게 떨리고 있는 것을. 하지만 서효는 그것을 지적하는 대신 시선을 피했다.

가슴이 또다시 두근거리기 시작했다.

깊은 밤, 달그락거리는 소리가 약방 쪽에서 들렸다. 정체 모를 침입자는 무언가를 찾고 있었다. 방 안에서 한동안 동태를 살피던 차언은 천천히 방문을 열었다.

어둠이 내려앉은 집안. 닫혀 있던 문이 열리는데 어째 나뭇잎이 땅에 떨어질 때보다 더 조용했다. 소리는 어둠에 먹혀 들어갔다. 차언은 빠르지만 조용하게 약방 쪽으로 가로질렀다.

필시 보통 도둑은 아닐 것이다. 이곳은 도둑이 탐을 낼 만큼 부유해 보이는 가게가 아니었다. 더 의심스러운 점은 아무리 자고 있었다지만, 상대는 자신이 알아차리지 못하게 약방 안으로 들어왔다는 것이었다. 그리고 그리할 수 있는 자는 드물었다.

평범한 인간이 아니었다. 그럼 누구지? 서효는 괜찮은 건가?

차언이 한 치 정도 열린 약방 출입문을 향해 손을 뻗었다. 뒷짐 지고 있는 왼손에는 검푸른 기운이 구(球)의 형체를 띠며 모여들었다. 마음대로 형체를 바꿀 수 있는 검기를 맞으면 인간이든 신이든 몸이 베여 나간다. 출입문이 점차 열릴 때마다 왼손의 기운도 강하게 일렁였다.

드르륵. 툭.

"어디 있지……."

"서효?"

"어."

침의에 도톰한 장삼을 걸친 이는 서효였다. 잠기운이 묻어나는 눈으로 차언을 보더니 웬일이냐는 듯 눈을 크게 떴다.

"차언, 깼어?"

금방이라도 살기를 뿜을 듯한 왼손에서 검푸른 기운이 싹 가셨다. 차언은 뒷짐 진 손을 앞으로 가져오며 물었다.

"잠든 것 아니었습니까?"

"으응, 자긴 했어. 잠깐 잠들었는데."

서효의 얼굴에 짙은 피로감이 어려 있었다. 한기가 드는지 몸을 가볍게 떨기도 했다.

"꿈자리가 사나워서."

"또?"

자연스럽게 '또' 라는 말이 나왔다. 어젯밤에 서효는 앓는 소리를 내며 악몽을 꿨다. 그때까지만 해도 그저 나쁜 꿈을 꾸었을 뿐이라 생각했는데. 오늘 낮에 그게 아니란 걸 알게 되었다. 기분 나쁜 직감은 늘 적중한다. 한데 또 안 좋은 꿈을 꿨단 말이지.

"아예 꿈도 꾸지 않고 아침까지 자버릴까 하고 약을 찾던 중이었어."

불을 켜고 찾았더라면 금방 찾았을 텐데, 행여 차언이 알아차리고 나오기라도 할까 봐 그냥 찾고 있었던 모양이다. 그러다 보니 시간도 오래 걸렸다.

지금 서효가 서 있는 자리에서 오른쪽 위로 손을 쭉 뻗으면 원하던 환약을 얻을 수 있다. 아무리 또렷한 정신 상태에도 한 알만 씹어 먹으면, 이각 내에 깊은 잠에 빠지는 효능이었다. 꿈도 꾸지 않고 다음 날 해가 뜰 때까지 잘 수 있다.

다만 아주 미미한 부작용이 있다. 사실 모든 약이 그렇다. 문제는 약 먹는 거라면 질색하는 서효가 제 발로 약을 찾았다는 데 있었다. 그렇게나 꿈자리가 사나웠던 걸까.

차언의 가슴 한구석에 사늘한 바람이 불었다. 덜컥 불안감이 엄습했다. 멀쩡하게 두 발을 딛고 있는 땅이 언제라도 꺼질 듯 위태로운 기분이었다. 그는 여전히 몽롱한 상태의 서효에게 다가가 여린 어깨를 감싸 안았다.

안 돼. 무슨 수작인지 모르겠지만 벌써, 이렇게는 안 돼.

"약보다는 향을 피워보는 게 어떨까요? 예전에 환약 먹었을 때 기억하십니까? 당일에는 푹 주무셨지만 다음 날엔 깊은 밤이 되도록 정신이 또렷해서 오히려 애를 먹었었죠."

"흐음, 그랬던가."

"삼십 년 전 일이니 기억이 가물가물하실 겁니다만."

그가 이끄는 대로 서효가 걸음을 옮겼다.

"마침 제게 좋은 수면향이 있습니다."

"그래?"

"바로 가져오죠."

서효를 자리에 눕힌 다음 제 방에서 향을 가져왔다. 탁자에 올려놓고 불을 붙이자 이윽고 몸을 이완시키는 편안한 향기가 방 안에 퍼져 나갔다.

서효는 타들어가는 향을 가만히 지켜보았다. 그러는 내내 차언의 한쪽 옷소매를 잡고 있었다. 알고 있는 걸까. 거리에서 엄마를 놓칠까 걱정하는 아이처럼 애타게 꼭 붙들고 있다는 것을. 그녀는 지금 자각하고 있을까.

차언은 이불을 끌어 올려 서효의 어깨까지 덮어주었다. 꿈에서 무엇을 봤는지, 무엇이 그녀를 이렇게 괴롭히는지 묻고 싶었지만 당장은 모든 의문을 접어두기로 했다.

차언 스스로도 두렵다는 사실 또한 구석으로 밀쳐 버렸다. 일단 서효, 그녀가 우선이다. 자신의 사정은 늘 그다음이었다.

"어리광 피우는 것 같아서 마음에 안 들어."

향이 피워 올리는 연기를 보고 있던 서효가 나직하게 말했다.

"내가 부려보고 싶은 건 애교라고. 그것도 잠깐 동안일 뿐이야. 근데 요 며칠 차언에게 너무 기대는 것 같아."

"기대라고 있는 거니까, 그러셔도 됩니다."

"애 같잖아. 무서운 꿈꾸고 보채기나 하고."

서효는 지금 자신의 모습이 영 마음에 들지 않는 모양이었다. 꾹 다문 입매에서 저만의 고집이 느껴졌다.

"나 원래 이러지 않는데."

확실히 그녀는 애교도 어리광도 피우지 않는 쪽이었다. 나긋나긋하고 귀여운 외모와 달리 실생활에서 언행은 '될 대로 되라'는 식이랄까. 괜찮아, 괜찮아. 그거 좀 안 한다고 하늘 안 무너지네요, 집사 양반. 샐샐 웃는 것도 구박을 피하기 위한 수단이지, 맘먹고 부리는 애교는 아니었다.

그런데 요즘은 애교도 부리고 싶나 보다. 그리고 제 생각과 달리 그게 어리광 수준까지 가는 것 같아 기분이 나쁜 거고.

어느 쪽이든 내가 죽어나는 건 모르겠지, 아가씨. 차언은 자조하며 서효의 뺨을 쓸었다.

"뭐든 좋으니까 살살 하세요."

서효가 물끄러미 올려다보았다.

"애교든 어리광이든 지난 백오십 년간 안 하던 거 아닌가요. 그거 한꺼번에 풀었다가……."

목소리가 돌연 낮아졌다.

"뒷일 어찌 감당하시려고."

서효의 눈동자가 살짝 커졌다. 누가 들어도 묘한 의미가 실린 말이었지만, 차언은 농담이었다는 듯 넘겼다.

사실은 진짜 어느 쪽이든 상관없었다. 그에게 중요한 것은 서효의 안위니까. 밤중에 차언이 방을 들락거려도 세상모르고 자던 그녀가 꿈 때문에 잠을 설친다는 사실이 가장 중요했다. 이상한 내용이야 둘째치고 혹시 피로라도 쌓인다면. 그래서 건강을 해치기라도 한다면.

"그럼 차언."

서효가 말간 눈으로 바라보며 베개에 한쪽 뺨을 파묻었다.

"살살 하는…… 뽀뽀는 어때?"

이 아가씨가 또 기습 공격을 하는군. 아예 날 용광로에 집어넣지그래. 죽나 안 죽나 보려면 그쪽이 빠를 텐데. 차언은 어이없는 실소를 흘려냈다.

"오늘치 어리광은 부렸으니까 오늘치 애교."

서효가 생긋 웃었다.

"살살 하라며. 그래서 나 지금 살살 하는 거야. 응?"

잘 자라는 인사를 입맞춤으로 받고 나면 정말 좋은 꿈을 꿀 것 같단다. 그래, 왠지 공평하게 들린다. 서효의 꿀잠과 차언의 하룻밤 평화를 맞바꾸는 거다.

"싫구나."

서효의 눈이 게슴츠레 변했다.

"싫어하네. 완전 대놓고 비웃고 있네."

"그런 적 없는데요."

"내가 말 꺼내자마자 피식 웃었잖아."

그거야 내가 좋아 죽을 말만 하니까 그렇지, 아가씨.

"됐어. 오늘치 민망함도 잘 받았어. 그러니까 그만."

차언은 더 생각하지 않고 고개를 숙였다. 서효의 봉긋한 이마 위에 그의 입술이 살짝 내려앉았다. 이 정도면 서로를 위한 타협안이 아닌가 싶다.

예쁜 입술에 닿는다면 진짜 오늘 밤 잠은 다 잔 게 될 테니까.

"새침데기."

서효가 베개에 얼굴을 더욱 격렬하게 파묻으며 중얼거렸다. 저번부터 자꾸 그렇게 부르는데 정확히 무슨 뜻으로 하는 거냐고 물으니, 말과 행동이 일치하지 않는다고 했다. 입으론 싫다고 하면서 막상 실제로는 자신의 말을 들어준다나.

좀 더 나은 말이 없느냐고 묻자, 그런 거 모르겠고 알고 싶지도 않단다. 볼을 꼬집으려는 차언의 손을 피해 서효가 몸을 돌려 누웠다. 소리 죽여 웃는 모습이 귀엽다가도.

"……잘 때까지 옆에 있어줄래?"

미안, 이라며 작게 덧붙이는 소리에 가슴이 욱신거렸다.

수면향이 짧게 타들어가고 서효의 숨소리가 새근새근 안정적으로 바뀔 때까지, 차언은 내내 머리맡을 지켰다. 이대로 편안한 시간이 계속되었으면 싶었다.

서효의 곁을 지키다가 저도 모르게 잠에 들었나 보다. 차언은 이대로 아침까지 있을까 하다가 본능적으로 눈을 떴다. 섬뜩한 기운이 발목을 타고 뒷골까지 올라왔다.

무언가 있다. 그리고 차언의 직감은 실제로 이어졌다. 희끄무레한 안개 같은 연기가 서효의 위를 떠돌고 있었다. 차언이 눈을 감기 전까지만 해도 편안하던 서효의 표정이 나쁜 꿈을 꾸는 듯 일그러졌다. 이마 위로 식은땀이 조금씩 배어 나왔다.

불쾌한 연기는 더 가까이 내려앉으려고 했다. 그 즉시 차언의 손에서 날카롭게 벼린 검기가 날아갔다. 히이익! 연기는 마치 살아 있는 존재처럼 꿈틀거리더니 곧장 문밖으로 날아갔다.

놓칠까 보냐.

차언은 서효가 무사함을 확인한 다음, 바로 연기의 뒤를 쫓았다. 마당으로 뛰쳐나오자 연기는 그새 몸집을 부풀린 듯 아까보다 커져 있었다. 방 안에서보다 더 짙어져 있기도 하였다.

"자꾸 악몽을 꾼다고 했을 때부터 심상치 않았지."

차언이 얼음장 같은 목소리로 말했다.

"넌 처음 보는 녀석이군. 정체가 뭐지?"

축제여신 아희조차 가지고 있는 눈치가 이놈에겐 없단 말인가. 간이 배 밖으로 나왔던가, 아니면 남의 손에 죽기를 간절히 바라던가. 둘 중 하나였다. 그게 아니고서는 감히 차언에게 이리 대적할 수 없었다. 그것도 서효를 건드리는 방법으로.

"순순히 죽이진 않을 거다."

분명히 연기가 본체는 아닐 터. 반드시 본체를 잡아서 마디 하나하나를 끊어놓을 것이다. 서효를 건드릴 때부터 놈은 이런 결과를 예상했어야 했다.

차언의 손끝에서부터 검푸른 기운이 팔뚝을 타고 올랐다. 어차피 서효는 깊이 잠든 듯하다. 놈은 앞에 있고, 차언에겐 힘을 숨길 이유가 없었다.

휘이익. 핑.

주먹과 검기가 동시에 나갔다. 차언을 조롱하기라도 하듯 꿀렁이던 연기는 검기를 맞고 둘로 갈라졌다가 이내 다섯으로 나뉘었다. 그것은 여전히 살아 있었다. 연기는 한 번도 차언을 공격하지 않았다.

그저 쪼개지고 피하기를 반복할 뿐.

"어디 숨어 있지?"

그리고 말이 끝남과 동시에 차언은 어둠이 내린 모퉁이 쪽으로 날아갔다.

"컥!"

도무지 위치를 가늠할 수 없던 본체가 그의 손아귀에 들어왔다. 차언은 손속의 자비를 두지 않고 그대로 놈의 목을 움켜잡아 들어 올렸다. 이대로 목을 꺾는다면 너무 쉬울 터. 아직 그에겐 할 일이 남아 있었다. 그것도 꽤 많은 일이.

바로 그때였다.

"차언, 안 돼. 차언! 꺄악!"

다급한 비명이 서효의 방에서 터져 나왔다. 일말의 지체함도 없었다. 차언은 애써 손에 넣은 본체를 구석에 집어 던진 다음 즉시 서효에게 달려갔다.

서효는 여전히 잠이 들어 있는 상태였다. 허공을 애타게 헤집는 손이 안타까워 움켜잡았다. 잠에 취한 그녀를 일으켜 안고 등을 쓸어내렸다. 괜찮다고, 옆에 있다고 속삭여 주었다.

언제 그랬냐는 듯 서효의 얼굴이 평온하게 바뀌었다. 차언의 품에 안겨 다시 새근새근 숨을 내쉬기 시작했다. 곤히 잠든 그녀를 눕힌 뒤 밖으로 나왔다. 당연하게도 연기와 본체는 자취를 감춘 이후였다. 여전히 마당에 자리를 지키고 있었다면 그쪽이 훨씬 의아했을 것이다.

"아직은 안 된다고."

차언이 허공을 쳐다보며 중얼거렸다.

무언가를 결심한 듯 그의 눈빛이 조금씩 변해갔다.

6장.
낯설지만 달콤한

잠을 자긴 잤는데 뭔가 찜찜한 기분이다. 기억을 떠올려 보려고 해도 실마리조차 잡히지 않았다. 그렇다고 꿈이 기억나는 것도 아니고. 자긴 잤는데 말이지. 서효는 간밤의 기억을 떠올려 보려다 깊은 한숨을 내쉬었다.

어쩔 수 없나 보다. 괜히 머리 아프게 굴지 말자. 기억이 나려거든 언제라도 나겠지 싶었다. 그나저나 차언이 피워준 수면향이 효과가 괜찮은 것 같았다. 뒷맛이 개운하지 않긴 하지만 어쨌든 꿈꾸지 않고 잤다는 것. 그게 중요했다.

"산책이나 나가볼까?"

보아하니 오늘은 왠지 약방에 손님이 없을 것 같았다. 왠지 그런 예감이 들었다. 해야 할 일도 일찌감치 다 했겠다, 머리도 비울 겸 산책을 나갈까 했다.

"읏차."

계단을 두 개 남겨놓고 폴짝 뛰어내린 서효는 까치발을 한 채 기지개를 켰다. 바깥을 걸으며 맑은 공기를 마시면 좋은 기분 전환이 될 거다. 가는 길에 책방에 들러 빌린 책도 반납해야겠다.

말도 안 되게 궁중 요리책이라니. 아무리 손에 잡히는 대로 집어왔다곤 하나, 스스로도 너무한 게 아닌가 하는 생각이 들었다.

차언의 요리는 지금으로도 충분해. 염치를 알자, 서효. 인간이든 신이든 염치를 알아야 된댔어.

"그나저나 책이…… 차언 방에 있던가?"

아니나 다를까 요리책은 책상 위에 펼쳐져 있었다. 마지막 장에 책갈피가 끼워져 있는 걸 보면 끝까지 읽었다는 뜻인데. 우리 집사도 고생이 많다. 서효는 요리책을 집어 들었다.

외출을 할 때는 상대에게 알려주는 걸 약속으로 삼고 지켜왔다. 조용한 집 안에서 소리가 나는 곳을 따라가 보니 부엌에 도착하였다. 인기척을 낸 다음 문을 열자 달콤하고 맛있는 냄새가 훅 느껴졌다.

"와, 이게 뭐야?"

감탄을 하지 않을 수 없는 냄새다. 한껏 냄새를 들이마시는 서효를 보며 차언이 웃었다. 아주 다정하고 상냥한 웃음이었다. 그러니까 대낮의 차언에게서는 보기 힘든 표정이라 이 말이다.

뭐지, 좀 낯선데?

서효는 무의식적으로 멈춰 섰다. 오랜 세월을 거치며 체득한 방어 본능이랄까. 집사가 평소와 다른 짓을 한다. 눈치를 보자. 뒤로 내뺄 적기(適期)는 언제인가. 그러다가 몸이 위험 경고를 보내면 뒤도 안 돌아보고 도망치는 거다. 서효는 항상 그래왔다.

"어딜 가십니까?"

"책 갖다 주려고."

"아, 그 책이요. 마침 말이 나와서 말인데."

차언이 잠깐 기다려 보라며 작은 그릇을 하나 꺼냈다. 그릇을 들고 솥으로 다가가더니 국자로 무언가를 퍼 담았다. 먹어보라고 권하려는 것일까. 숟가락까지 집어 들기에 서효는 그쯤에서 손을 뻗었다. 어쨌든 맛있는 것을 만들어주었으니 기쁜 마음으로 맛을 봐야겠지.

어라? 허공에 뻗은 손이 민망할 일이 일어났다. 동글동글 새하얀 새알심을 숟가락에 담더니 직접 후후 불기 시작한 것이다.

누가 그런 짓을 저질렀냐고? 다름 아닌 차언이, 이 세상 냉기는 혼자 풍기고 다니는 그녀의 집사가. 뜨거운 새알심을 직접 식혀주고 있었다. 서효가 할 말을 잃은 채 멍하니 쳐다보자 차언이 말했다.

"뜨겁거든요."

응, 알아. 한눈에도 뜨거워 보여. 솥에서 금방 건져 내서 김이 무럭무럭 나는걸. 근데 중요한 건 그게 아니야. 서효는 집사에게 묻고 싶었다. 열 번, 스무 번, 백 번을 재차 묻고 싶었다. 차언, 근데 지금 무슨 짓이야?

"뭘 먼저 만들까 했는데, 이게 제일 쉬워 보였어요. 안에 들어간 소가 두 종류인데 하나는 흑임자를 넣었고, 다른 하나는 설탕을 졸여 넣었습니다."

말을 마친 그가 숟가락 안의 새알심을 내려다보았다.

"이런, 표시를 안 했군요. 무슨 맛인지는 먹어봐야 알겠네요."

서효는 아무 말도 할 수 없었다. 한 마디도 나오지 않았다.

"이제 어느 정도 식었을 겁니다. 먹어보세요."

숟가락을 넘겨받으려 했지만 어림도 없었다. 차언은 서효의 입 바로 앞까지 숟가락을 가져다주었다. 입만 벌리면 따끈한 새알심이 들어올 기세다. 나 이대로…… 받아먹어야 하는 건가?

"아, 하세요."

맙소사. 세상에.

"안 드실 겁니까?"

감히 황송해서 어디 넘어가기나 할까요. 서효는 굉장히 어색하게 입을 벌렸다. 고만큼 벌려서는 새알의 반쪽도 들어가지 않을 거라는 말이 날아왔다. 여느 때라면 타박인데 같은 말도 부드럽게 하니 또 다른 느낌이 되었다.

이상하다, 이거. 엄청 이상하다!

결국 서효는 새알심 하나를 입안에 넣었다. 안은 뜨거울지 모른다는 주의를 들으며 조심스럽게 깨물자 달콤하면서도 짭조름한 설탕 맛이 느껴졌다.

간장도 넣었나? 또 뭘 넣었지? 시장에서 파는 새알과는 뭔가 다른 맛이었다. 이게 황궁의 비법이란 건가. 한동안 오물오물 먹는 것에 집중하던 그녀는 제 앞의 존재에 대해 다시금 떠올렸다.

먹는 내내 매우 다정한 눈으로 지켜보고 있었다. 왠지 체할 것 같았다.

"무슨 맛입니까?"

"음, 맛있는 맛?"

"그게 아니라 안에 들어 있는 거요. 흑임자? 설탕?"

"방금 건 설탕이었어."

"그랬군요."

사르르 웃는데 눈이 반달이 되도록 녹아드는 미소였다. 서효는 심각하게 집사의 복수 가능성을 타진해 보았다. 뭐에 대한 복수냐고 묻는다면, 이제껏 저지른 죄가 너무 많아서 차마 한 가지만 딱 꼬집을 수 없다고 하겠다.

독을 넣은 쪽은 어느 쪽일까. 흑임자? 설탕?

독이라 하니 너무 심한 소리가 아닌가 싶지만, 서효가 알기로 독에도 여러 종류가 있었다. 가벼운 독은 사람을 며칠 괴롭히는 용도로 알맞았다. 온몸이 간지럽도록 만든다든가. 아니면 배가 살살 아픈데 정작 뒷간에 가면 아무 소식이 없다든가.

그런 게 아니고서야 우리 집사가 나한테 어찌 이래? 이러는 이유가 무엇이겠냐고?

"입에는 맞는 것 같습니까?"

열심히 고개를 끄덕였다. 차언의 미소는 입가를 떠나지 않았다.

"다행이네요."

"차언. 으음, 간식을 만들어줘서 고맙지만 내가 이걸 빌려온 건 진짜로 해달라는 게 아니라."

"뭐 어때요. 진짜로 만들면 어떻습니까."

차언이 별일 아니라는 듯 말했다.

"아가씨가 잘 드시면 그걸로 된 거죠."

그런 말을 태연하게 하면서 입가를 닦지 말아줄래? 차언이 손가락으로 서효의 입가를 훔쳤다. 새알심의 물기가 묻었던 모양이다. 어떻게 사람이 하루아침에 전혀 다른 사람으로 바뀔 수 있는 건지.

서효는 어안이 벙벙한 채로 자신의 집사를 하염없이 쳐다보았다. 집사의 괴이한 언행은 거기서 멈추지 않았다.

아가씨가 맛을 보았으니 되었다, 이건 좀 식혔다 먹어도 괜찮다며 부엌을 정리하더니 그가 외출 준비를 하고 나섰다. 어디를 가느냐고 묻자 서효의 산책에 동행할 거란다. 이젠 산책까지 따라나선다.

주인 아가씨는 굳은 머리를 나름대로 굴려보았다. 차언은 아무 이유 없이 이럴 사람이 아니다. 분명히 하룻밤 사이에 어떤 일이 생긴 것이다. 서효는 기억나지 않지만 차언은 기억하고 있는 것.

"무슨 일이 있었어?"

그녀는 집사를 빤히 쳐다보며 물었다. 진실이 얼마나 참담하든지 간에 모두 받아들일 준비가 되었다. 자신은 도대체 어떤 헛소리를 했을까.

"예?"

차언이 순진무구한 표정으로 반문했다.

"무슨 일이라뇨?"

"일단 사과부터 할게. 미안해. 나 어젯밤이 아예 기억 안 나거든. 그래서 물어보는 거야. 내가 혹시…… 실수한 거야?"

그는 여전히 서효의 말을 알아듣지 못한 눈치였다. 결국 이 말까지 내뱉어야 하나 싶지만 어쩔 수가 없었다. 자신이 직설적으로 나가면, 차언도 바로 말해줄 것이다.

"혹시…… 내가 차언을 덮쳤다든가……."

쿡.

아닌가? 맞는 건가? 저 웃음의 의미는 뭐람? 헷갈려 하는 서효를 앞에 둔 채 차언이 입을 막고 웃었다. 웃을 때마다 어깨가 들썩였다.

"아가씨는 어째 농담을 하셔도."

간신히 웃음을 멈춘 차언이 말을 이었다.

"덮쳐도 제가 덮치지, 아가씨가 절 어떻게."
"잠깐."
"산책 나간다고 하시지 않았나요? 날씨가 쌀쌀합니다. 이제 낮에도 외투를 걸쳐야 하죠."
차언이 어느새 챙겨온 외투를 직접 서효의 어깨에 둘러주었다. 목깃에 보들보들한 솜털이 달려 있고, 안쪽에 두툼한 안감을 대어서 초겨울까지 거뜬한 외투였다. 집사는 아가씨가 아기라도 된 것처럼 매듭단추까지 채워주었다.
가마를 대령하지 않은 것이 용할 지경이었다. 지금 기세라면 아예 책방까지 업고 간다고 하지 않을까?
'무엇보다 방금 엄청난 말을 들은 것 같은데.'
"가실까요."
차언이 자연스럽게 서효의 허리에 팔을 두르고 재촉했다. 허리에 두른 팔은 몇 걸음 걷고 나서 떨어져 나갔지만, 서효는 혼란스러운 마음을 주체하기가 힘들었다.
천제님. 이건 또 무슨 새로운 시련인 거죠? 어젯밤까지 멀쩡하던 제 집사는 어디로 사라졌나요?
하늘에 대고 물었지만 언제나 그랬듯 대답은 돌아오지 않았다.

차언의 변화는 책방 주인 아저씨도 놀라게 만들었다. 아저씨가 최선을 다해 눈짓으로 물어왔다. 이게 대체 무슨 일이냐고. 서효는 아희와 그랬듯 소리 없이 눈과 입 모양으로만 뜻을 전달했다.
'저도 모르겠어요. 죽겠어요.'
집사의 기행은 일시적인 변덕이 아닌 듯. 동네를 한 바퀴 도는 내내 늦봄의 햇살처럼 따스하게 굴어서 행인들의 시선을 사로잡았다.

사고 싶은 건 없느냐. 필요한 건 없으시냐. 일전에 이러이러한 게 갖고 싶다고 하지 않았느냐. 서효가 손을 내저으며 사양하면, 당시엔 납득한 것처럼 걷다가 문득 바람이 차진 않느냐고 물었다.

이놈의 외투 단추는 몇 번을 매만져 주었는지.

차언이 미소 지을 때마다 지나가는 아가씨들 한숨이 깊어졌지만, 정작 그의 눈은 서효에게서 떠나질 않았다. 끝내 서효는 약방으로 돌아가기 직전에 그를 멈춰 세웠다. 가슴이 콱 막힌 듯 편치 않았다. 이 답답함을 해소하기 전에는 약방에 돌아가지 않겠다.

"차언, 제발 말해줘. 어제 무슨 일이 있었던 거야?"

그가 입을 떼기도 전에 먼저 선수를 쳤다.

"아무 일 없다고 하기만 해봐. 내가 보기엔 분명 뭔가 있었어. 나 어땠어? 잠꼬대로 헛소리라도 했어?"

"아직도 그 얘긴가요."

차언이 재차 말했다. 아무 일도 없었다고. 그래도 서효가 믿을 수 없다는 기색을 보이자 한 마디 덧붙이긴 했다.

"자다가 비명을 지르시긴 했는데 금세 다시 잠들었죠."

"비명을 질렀다고?"

"네, 제 이름을 부르면서."

또 나쁜 꿈을 꿨나 본데 이거 기억이 나지 않으니 뭐라 할 말도 없다. 정말 그것뿐이라면 오늘 차언의 변화는 어찌 설명해야 하는가 말이다. 이에 차언은 고개를 절레절레 내저었다. 아가씨의 끈질김에 두 손 두 발 다 들었다는 듯한 태도였다.

"시인하죠."

옳거니. 이제야 속 시원한 답이 나오려나 보다. 서효는 귀를 쫑

굿 세웠다.

"더는 감추지 않기로 마음먹었으니까요."

서효를 응시하는 눈빛이 사뭇 진지했다.

"좋아하는 사람에게 좋아하는 티를 내는 거, 안 됩니까?"

이런 직설적인 고백. 서효는 잠시 말문을 잇지 못하고 차언을 쳐다보았다. 그다음에 서효가 한 일은 주변을 살핀 것이었다. 누가 들은 사람이 있을까 싶어서.

다행히 근처에 지나가는 사람은 없었다. 만약 있었다면 서효의 얼굴이 지금의 몇 배로 붉어졌을 것이다. 차언은 그런 아가씨를 지켜보다가 웃음기를 머금은 채 물었다.

"몇 번이나 입술을 훔쳐간 사람치고는 굉장히 부끄러워하는데요?"

부끄러워. 당연히 부끄럽지! 대낮에 길 한복판에서 이런 고백을 들었는데. 입맞춤이니 뭐니 해도 그건 모두 둘만 있는 집 안에서 일어난 일이다. 약방 밖에서 직격으로 고백을 들을 줄은 몰랐다.

그것도 차언이…… 나를 좋아한대. 이미 격정적인 입맞춤에서 느낀 바가 있지만 직접 말로 듣는 것의 충격은 제법 컸다.

"이런. 반응이 생각보다 미지근한 것 같기도 하고."

슬쩍 고개를 숙여 서효 쪽으로 다가왔다. 지금 여기서 입을 맞추려는 거야? 깜짝 놀란 표정을 하자 귀엽다는 듯이 웃었다.

"혹시 아가씨는 제가 싫으신지?"

"아니, 안 싫어. 싫은 거 아니야."

대답은 즉각 나왔다.

"하긴. 그렇게 시도 때도 없이 달려들었는데, 그게 진심이 아니었다면 좀 상처받았을 겁니다."

상처란다. 보통 때라면 옆집 강아지가 배를 잡고 구를 소리였다. 차언이 마음에 상처를 입는단다. 그렇게 되면 서효는 판단력에 상처를 입을 것이다. 머리가 제대로 굴러가지 않을 터였다.

차언은 여전히 연한 미소를 띤 채로 걸었다. 서효는 떨떠름한 얼굴로 그 뒤를 따랐다. 그가 보폭을 맞춰주는 게 느껴졌다.

우린 어쩌다 이렇게 된 걸까. 얼떨결에 고백을 받아들이고 만 서효는 둘의 행적을 되짚어보았다. 이뤄진 건가? 이걸 인연이 맺어졌다고 하는 건가? 막상 마음이 통하고 나니 실감이 나지 않았다. 반 각 후에라도 차언이 말을 번복할 것 같았다.

'속으셨죠?'

예의 얄미운 웃음을 지으면서. 하지만 그런 일은 일어나지 않았다.

느린 걸음으로 약방으로 돌아오는데 어디선가 떠들썩한 소리가 들렸다. 저쪽 골목에서 나는 소리였다. 잠깐 눈길을 주고 있자 잘 차려입은 부인이 몇몇 사람들과 함께 모퉁이를 돌아 나왔다. 붉은 장식을 몸에 걸치고 피리 부는 자들이 뒤에 딸렸다.

얼굴을 보니 얼마 전에 동네로 이사 온 사람 같은데, 벌써 혼례를 치른 듯 보였다. 저 집에 다 큰 아들이 있었지. 오며 가며 슬쩍 얼굴을 본 기억이 났다. 붉은 장식을 걸친 부인은 겸사겸사 이웃에 떡을 돌리는 중이었다.

왠지 불길한 예감.

서효는 웬만하면 동네 아주머니들과 잘 지내는 편이었지만, 지금 이 순간만큼은 저들 무리를 피하고 싶었다. 그러나 부인네들이 한발 빨랐다.

"어머, 약방 분들이시네."

저 멀리서부터 반가운 얼굴을 하고 다가오는데 어찌 모른 척할 수 있으랴. 서효는 모든 것을 체념한 사람처럼 말갛게 웃었다. 그 자리에 서서 기다렸다.

"약방에도 들를까 했는데 마침 이렇게 만났네요. 길이 어긋났으면 인사를 못 했을 텐데 잘됐지 뭐야?"

"안녕하세요, 부인."

"보다시피 우리 아들 녀석이 오늘 색시를 맞았답니다. 동네 분들에게 인사도 드릴 겸 이렇게 떡을 돌리고 있어요."

부인이 턱짓을 하자 하녀가 얼른 김이 나는 떡 한 접시를 나눠 주었다. 차언이 그것을 자연스럽게 넘겨받았다.

"그러고 보니 약방엔 한 번도 못 들렀네."

"아파서 오는 곳이니까 되도록 안 오시는 게 좋지요."

그래도 다음에 한 번 놀러 오시라 권하였다. 오늘 내내 웃고 다녔을 부인은 기분 좋은 얼굴로 손뼉을 쳤다. 이쯤에서 적당히 인사를 하고 빠지면 되겠지?

"지나가며 봤지만요."

아니구나. 부인의 말이 이어졌다. 서효는 얼른 접객의 미소를 다시 지어 보였다.

"젊은 부부가 참 보기 좋아요."

가만히 고개를 끄덕이며 웃던 서효는 부인의 말에 놀란 토끼 눈이 되었다. 안타깝게도 떡을 돌리는 무리 중엔 동네 사람이 없었다. 부인의 오해를 바로잡을 이가 없다는 말이 된다.

"새댁이 어려 보여도 밝고 야무지고. 그렇지! 남편은 보기만 해도 이렇게 훤칠하고 잘생긴 게. 나 정말 길에서 이 댁 남편을 보고 깜짝 놀랐다니까."

서효의 입이 달싹거렸다. 이렇게나 열렬하게 말을 이어가는데, 이제 와서 오해를 바로잡으면 상대가 민망해질 것 같았다. 그렇다고 듣고 있자니 낯이 뜨거워지는 건 서효다.

부인, 저기, 저흰 부부가 아니라요. 방금 고백 받은 따끈따끈한 사이거든요? 아직 저, 저, 정인이니 여, 여, 연인이니 하는 말보다는 집사가 더 편하다고요. 그러니까 제발.

"잘해봐요, 젊은 양반. 가게가 화려하진 않아도 소박한 멋이 있는 게 좋아 보여요."

부인은 어지간히 차언이 마음에 드는지 손을 잡고 두드렸다.

"나랑 우리 바깥양반도 작은 가게 열심히 꾸려서 이만큼 왔어요. 두 사람은 아직 젊으니까."

"예, 부인."

차언이 약방 손님들에겐 좀처럼 지어주지 않는 부드러운 미소를 부인에게 발사했다. 솔직히 저건 반칙이었다. 부인이 집에 있을 남편과 아드님의 존재를 잠시나마 잊어버리는 모습이 서효의 눈에 들어왔다.

"어쩜 이렇게 잘생겼을까……."

서효는 먼 곳으로 시선을 던졌다. 아예 다른 생각을 하는 게 좋겠다. 내가 이렇게 보고 있을 동안 새가 몇 마리 지나가려나.

"예쁘고 잘생긴 사람들이니까 아이들도 볼만할 거야. 그렇죠?"

"옥 반지 같이 매끈한 인물들이 나오겠어."

"아무렴."

부인의 말에 뒤따르던 지인들이 한 마디씩 보탰다. 하지만 그 모든 말들 중에서도 서효의 넋을 단번에 보내 버린 결정타는 따로 있었다. 일도 좋지만 슬슬 가족도 생각해 보라는 부인의 말에 차언은 이렇게 답했다.

여전히 아가씨 몇은 쓰러지게 만들 미소를 띠고서.

"힘닿는 데까지 노력해 보겠습니다."

까르르! 아주 흡족한 답변인 듯 웃음소리가 터져 나왔다. 떠들썩한 무리가 지나가고 난 다음에 찾아온 건 늦가을 바람 한 줄기. 아무리 차갑다 한들 서효의 정신을 일깨우진 못할 터였다.

"안 들어오십니까?"

차언이 의아한 얼굴을 하고 서효를 돌아보았다. 오늘따라 약방 대문이 몹시 위험해 보였다.

다정해진 차언이 좀처럼 적응이 되지 않았다. 어째서 이 남자는 극과 극을 달리는 걸까. 서효는 아직도 기억하고 있었다.

무더운 여름, 데친 배추처럼 흐늘흐늘해져서 대자리 깐 침상 위에 종일 누워 있을 때 자신을 보던 차언의 눈빛을. 얼음 띄운 과즙을 마시면서 계절이 바뀌기 전까진 숨만 쉬고 있을 거라고 말했을 때 차언의 표정을.

모두 기억했다. 정말 이 쌀벌레를 어찌해야 하나, 가슴 깊이 한탄하고 있었다. 그뿐만이 아니다. 탄식도 탄식이지만 화났을 땐 또 어떻고? 가 공자를 향해 번득이던 서늘한 살기. 인근 모든 마을을 깔아뭉갤 듯 엄청나던 검은 기운. 서효는 그 모든 것을 보았다.

'그래서 자꾸 흠칫 놀라게 된단 말이지.'

차언이 눈꼬리가 휘늘어지도록 상냥하게 웃으면 저절로 몸이 굳어버렸다. 혹은 놀란 토끼 눈이 되거나.

차언은 자신의 이런 모습에 익숙해져야 할 거라고 말했다. 그동안 딱딱한 표정을 짓느라 힘들었다나? 과거의 서효가 들었으면

기가 막히고 코가 막힐 발언이었다. 설마 예전의 무시무시했던 표정들이 연기라고 하는 건 아니겠지?

이보세요, 집사님. 이젠 볼 수 없는 어머닐 걸고 맹세하건대 당시 그쪽 표정은 완전히 진심이었거든요?

지나가 버린 과거라고 함부로 무지갯빛 기억을 덧씌우면 안 된다. 서효는 어림도 없다는 듯 코웃음을 쳤다.

'그건 그렇다 쳐도 자꾸 아까 들은 말이 생각나는데.'

서효는 창틀을 닦다 말고 스윽 차언 쪽을 보았다. 집사는 묵직한 솜이불의 먼지를 털고 있었다. 오늘 약방 문을 안 열어도 되냐고 묻자 차언은 좋을 대로 하라고 했다. 하루쯤은 쉬어도 좋을 거라고 덧붙였다. 평소라면 절대 있을 수 없는 일이었다.

"힘닿는 데까지 노력하겠습니다."

떡 나눠준 부인에게 선선히 답하던 차언.

'혹시…… 그것 때문인가?'

서효가 급히 숨을 들이켰다. 엄청난 기세로 돌진하는 모습이며, 부인의 말에 기다렸다는 듯 내놓는 대답까지. 모든 게 맞아떨어졌다.

'이 음흉한 변태 집사가 오늘 밤 나를 잡아먹으려고!'

서효는 다음 창문을 닦는 척하며 차언에게 더 가까이 다가갔다. 다른 건 몰라도 한 가지만은 분명히 해야지 싶었다.

"크흠."

괜히 목소리를 가다듬어 봤다. 소리가 너무 작았는지 차언은 이쪽을 일별도 하지 않았다.

"차언, 아까 말이야."

결국 서효는 먼저 입을 열었다.

"아주머니께 노력 운운하던 건 무슨 뜻이야?"

"노력이요?"

차언은 그새 자기가 한 말을 까먹은 얼굴로 그녀를 쳐다보았다. 저기요, 자꾸 귓가에 맴도는 발언을 던져 놓고 이제 와서 나 몰라라 하시면 곤란해요. 서효가 조금 힘주어 말했다.

"아까 떡 돌리던 아주머니께 그랬잖아. 힘닿는 데까지 노력해 보겠다고. 그건 무슨 뜻이야? 그냥 웃음으로 넘겨도 됐잖아."

"아아."

"왜 그렇게 준비된 대답이 나오는 건데."

너무 능청스러웠다고 해야 할까. 서효는 말을 마친 뒤 창틀 사이를 필요 이상으로 뽀득뽀득 닦았다. 한데 생각보다 맥 빠지는 답이 돌아왔다.

"애매하게 웃었으면 족히 다섯 마디는 덧붙였을걸요. 그렇게 슬렁슬렁 넘길 게 아니라느니, 이렇게 저렇게 해야 한다느니. 그럴 바에야 처음부터 확실한 답을 주는 게 낫죠."

"흐응."

창틀을 닦는 손놀림이 느려졌다.

"별다른 뜻이 있었던 건 아니네?"

왠지 김이 샜다. 그리고 김샌다고 느끼는 자신이 탐탁지 않았다. 샐 게 따로 있지. 난 대체 뭘 기대한 거람?

"네, 뭐."

차언도 서효의 시큰둥함을 알아차린 듯 바로 질문을 되돌렸다.

"아주머닌 제 대답에 만족해하던데, 아가씬 아니군요?"

그렇게 사람 속 들여다보는 미소는 짓지 않았으면 좋겠다.

"뭐가 마음에 안 드셨을까."

능글능글한 저 태도라니. 손바닥 위에 서효를 올려놓고 이리저리 굴리며 노는 것 같다. 아가씨는 다시 창틀 닦기에 집중했다. 겨울 이불은 부피도 크고 무거울 텐데 차언은 금세 먼지를 털어버렸다. 제 할 일을 끝낸 집사는 아가씨 곁으로 슬금슬금 다가오기 시작했다.

"또 엉큼한 생각 했군요?"

"또 사람 모함하네."

서효는 모서리 사이 먼지를 꼼꼼히 닦았다. 그녀 자신은 알고 있을지 모르겠지만, 반 각째 같은 곳을 닦고 있었다.

"이게 다 누구 때문인데."

한 마디 쏘아주자 대번에 답이 돌아왔다.

"방금 그 말은 제가 해야 되는 거 아닙니까?"

아니거든. 완전 아니거든요? 어딜 봐서 이게 서효 탓이란 말인가. 자꾸 야릇한 분위기로 몰아가는 건 전적으로 집사의 책임이다. 암, 그렇고말고. 서효는 속으로 수백 번 고개를 끄덕였다.

"만약에요."

여전히 창틀을 닦고 있는 서효 옆에 비스듬히 기대 선 차언이 말했다.

"만약 혼인을 하게 된다면."

서효의 손이 그대로 굳었다.

"미리 말해두죠. 한동안 아이는 없는 겁니다. 그러니까 한 삼백 년 동안은."

차언이 말을 내뱉은 즉시 번복했다.

"아니, '최소' 삼백 년 동안은 낳지 않을 거예요."

"누가."

누가 낳기라도 한댔나? 애초에 혼인을 한다고 말하기라도 했나? 이 남자는 왜 혼자 앞서 가서 사람을 이렇게 정신없게 만들지? 하지만…… 아기라니! 손톱만큼도 생각해 보지 않은 사안이라, 서효의 얼굴은 아주머니 말을 처음 들었을 때처럼 빨개지려고 했다. 이때 나서는 건 누구?

바로 집사다.

그녀의 충실한 집사는 이런 간지럽고 부끄러운 위기 상황에서 제 주인을 구출하는 법을 잘 알고 있었다. 위기 상황 자체가 행여 자신의 말에서 비롯한 것이라 해도.

"생각해 보시죠. 아가씨가 아기를 낳으면 말입니다. 애가 애를 낳는 거예요."

서효의 고개가 삐그덕삐그덕 옆으로 돌아갔다.

"그럼 고생은 누구 몫이겠습니까? 온전히 제 몫이죠."

"……잠깐만."

"약방 일도 도와야 하고 집안일도 해야 하는데 거기다 아이 둘까지 보살펴야 하다니. 아무리 저라도 그건 좀 힘들 것 같은지라."

서효는 들고 있던 걸레를 무기 삼아 휘두르고 싶어졌다. 마침 먼지가 뽀얗게 묻어 있는데 요걸 저 뻔뻔한 얼굴에 던져, 말아?

"누가 낳겠대? 나도 아기 생각은 조금도 없거든?"

그러고는 얼른 덧붙였다.

"내 말은 '혹시라도' 혼인한다면 말이야."

"잘 생각하셨습니다."

"말이 나온 김에 확실히 해둘게."

서효는 방금 전 대화에서 도출한 결론을 말했다. 서효 본인이 생각하기엔 흠잡을 데 없이 자연스러운 흐름이었다.

"그런 의미에서 '만약 혼인한다고 해도' 지금처럼 각자 방을 쓰는 거야."

차언의 표정이 싹 바뀌었다. 은은한 미소가 싸늘한 정색으로 바뀌기까지는 눈 깜짝하는 시간도 걸리지 않았다. 팔짱을 낀 채 벽에 기대어 있던 느긋한 자세도 달라졌다. 허리를 바로 세우고 서자 대번에 서효와의 체격 차가 두드러졌다.

"말도 안 되는 소리니까 안 들은 걸로 하겠습니다."

"왜 이게 말이 안 되는데?"

"그럼 그게 진심으로 타당하다고……."

차언이 말을 잇지 못하다가 앞머리를 확 쓸어 넘겼다. 제 성질 못 이기는 티가 나기 시작했다. 하지만 이해가 안 되기로는 서효 쪽도 마찬가지였다.

"근데 차언이 방금 최소 삼백 년은 아기 안 만들겠다고 했잖아. 그럼 당연히 각자 자는 게 맞지."

"아, 머리야……."

급기야 머리를 잡고 눈을 질끈 감았다. 집사가 왜 이러지? 내가 뭐 틀린 말이라도 했나? 서효는 언제나 뜨거운 활력이 넘치는 정사의 신을 떠올렸다. 그분이 늘 그러셨는데. 으쌰으쌰 뒤에는 올망졸망한 아기들이 감자 줄기처럼 따라오니까 조심해야 된다고 하셨는데.

"그러니까 아가씨는 제 말뜻을, 삼백 년간 각방 쓰자고 알아들었군요?"

이제 집사는 피식피식 헛웃음을 흘리기까지 했다. 조금씩 걱정이 되었다. 상태가 썩 좋아 보이지 않았다.

"진짜 누구 죽는 꼴 보려고……."

차언이 손바닥으로 눈가를 덮었다. 안마를 하듯 힘주어 누르다가 한숨과 함께 손을 내렸다.

"갈 길이 멉니다."

"누가?"

"아가씨나 저나, 다른 의미로 똑같아요."

알 수 없는 말을 남긴 채 차언이 자리를 떴다. 아무래도 충격이 극심한 듯 보였다.

밤이 되었다. 서효는 머리를 빗으며 침상을 힐끗 보았다. 집사는 여느 때처럼 이부자리 확인을 하고 있었다. 이불 안이 충분히 데워졌는지, 무언가 딱딱한 물건이 떨어져 있는 건 아닌지.

그것까진 좋았다.

"차언."

서효가 탁자 위에 빗을 내려놓았다. 얼마나 오래 빗질을 했는지 어깨가 저릴 지경이었다.

"예, 아가씨."

"왜 안 나가?"

정말 궁금한데 지금껏 물어보길 미루고 있었다. 이제 나가겠거니, 아니면 저것만 끝내고 나가겠거니 자꾸 미루다 보니 벌써 일각이 훌쩍 지났다. 침상을 부수고 새로 만들려는 게 아니라면 이제는 나가야 한다.

한데 그녀의 집사는 전혀 급해 보이지 않았다. 솔직히 말하자면 그다지 나갈 생각이 없어 보였다.

"설마 여기서 자려는 건 아니지?"

집사가 말없이 빤히 쳐다보기만 했다. 서효의 손이 탁자에 내려놓은 빗으로 향했다. 겁을 주려면 빗은 약한가? 그렇다고 화병을 던지는 건 너무 과격하지 않나.

"분명히 안 된다고 했어. 게다가 지금은 혼인하기도 전이거든?"

"알고 있습니다."

"아는데 왜 안 나가."

몸이 방어 태세에 돌입했다. 가시를 꼿꼿이 세워 보이자 차언이 웃었다.

"이제야 제가 좀 위험해 보입니까?"

재차 강조해 말했다.

"이제야?"

빗을 쥐고 있는 서효의 손이 꼼틀거렸다.

"겁도 없이 입 맞춰 달라 조르고 기습적으로 입술을 겹치기에, 전 또 아가씨가 겁을 상실했구나 했죠."

그는 신경을 곤두세우고 의심하는 것이 좋은 태도라고 말했다. 신력(神力)으로 다루는 수하 하나 없는 서효에게, 경계심은 스스로를 지킬 수 있는 무기가 되니까.

설령 그 상대가 차언이라고 해도 말이다. 자신을 너무 덜컥 믿으면 안 된다고 했다.

대부분의 경우 그는 아가씨를 우선시한다. 자신보다 서효의 안위를 소중히 한다. 하지만 그런 집사조차도 때때로 시험에 드는 경우가 있다고 했다.

"그래서 차언의 결론은 뭐야. 내가 차언을…… 더 경계해야 한다는 거야?"

"아니죠."
차언이 잘라 말했다.
"그건 얼마 전까지 제가 바랐던 겁니다. 아가씨가 저를 지나치게 믿고 의지하지 않도록 신경을 써왔죠. 저희 둘 사이에 선이 있다는 걸 아셨으면 했습니다."
그러나 얼마 전을 기점으로 입장이 바뀌었다고 했다.
"더는 절 경계할 필요가 없는데 이제 와서 선을 그으시면 곤란합니다."
왜 그런 줄 알아? 갑자기 차언이 완전히 딴사람으로 바뀌었으니까 그렇지! 서효는 그렇게 대꾸하고 싶어 입이 간지러웠다.
모름지기 변화란 상대도 적응할 수 있도록 좀 찬찬히 이뤄져야 좋은데, 그녀의 집사는 하루아침에 손바닥 뒤집듯 바뀌고 말았다. 뽀뽀 도둑이라고 매도할 때가 언제인가. 바로 얼마 전 일이 아닌가. 아가씨에게 철벽 세울 때가 엊그제란 말이다.
그랬던 집사가 오늘은 시도 때도 없이 안아주고 쪽쪽거렸다. 계단 내려갈 때 손을 잡아주더니 손등에 쪽. 맞은편에서 오는 수레를 피해 끌어안더니 이마 위에 쪽. 이젠 눈 마주치기도 겁날 지경이었다.
마주치기만 하면 쪽, 하러 달려들까 봐.
"아마 오늘 하루 동안 당했던 일을 떠올리시나 본데."
저번에도 느낀 거지만 우리 집사는 이제 속마음도 읽을 수 있다. 서효는 차언을 향해 눈을 흘겼다.
"이건 시작에 불과하다는 거."
"뭐?"
"제 계획은 말입니다. 틈만 나면 껴안고 쓰다듬고 물고 빨아서,

하루빨리 아가씨가 제게 적응하도록 만드는 겁니다."

"뭐……? 나를 뭐 어떻게, 물고, 뭐?"

"조금 얼떨떨하시겠지만."

조금이 아니야. 무슨 표현을 써야 될지 모를 정도로 당황스럽다고. 서효는 가까이 다가오는 차언을 보며 생각했다.

"싫지 않다고 말씀하셨으니까."

차언이 서효의 손에서 빗을 빼갔다. 서효는 잠자리에 들기 전에 머리를 풀고 여러 번 빗어 내린다. 오늘은 차언이 나가길 기다리면서 계속 빗질을 한 까닭에, 머리카락이 비단실처럼 찰랑거렸다.

차언은 머리카락 한 묶음을 부드럽게 그러쥐고 빗어 내렸다. 그리고 이내 자신이 도울 것이 없음을 알아차렸다. 빗질을 더 하지 않아도 되는 상태인 거다.

머리카락엔 감촉이 없는데 어째서 발끝까지 간지러운 기분일까. 서효는 등 뒤로 전해지는 차언의 존재감에 두근대는 가슴을 눌렀다. 어쩐지 오늘 밤은 달달한 꿈을 꿀 것 같았다.

이만 자겠다며 일어서자 뒤에서 차언이 낮은 목소리로 물었다.

"아가씬 누구 거죠?"

어떤 대답을 원하는지 알고 있다. 그래도 차언이 바라는 답을 들려주진 않을 거다. 서효는 야무진 말투로 대답했다.

"난 내 거."

뒤에서 뜻 모를 숨소리가 들렸다. 저건 웃음일까 한숨일까. 고개를 돌리지 않는 이상 알 수 없었다.

"무슨 소리 듣고 싶은지 아는데 나 아직 그렇게 해롱해롱하지 않거든? 분별을 똑바로 할 수 있다 이 말이야. 난 내 거야. 어느 누구 것도 아니라."

"그거 아쉽네요."

차언의 말끝에 잔잔한 웃음이 묻어났다. 이윽고 그가 서효의 어깨에 손을 올렸다. 가볍게 잡고 천천히 몸을 숙였다. 차언이 숨을 들이쉬고 내쉴 때마다 그의 숨결이 서효의 목덜미를 간질였다.

가까이, 너무 가까이 닿아 있었다. 입 맞출 때와는 다른 의미로 가까운 느낌이었다.

"전 아가씨 것인데."

웃음과 쓸쓸함과 달콤함이 뒤섞인 목소리.

"어느새 몸도 마음도 완전히 묶여 버려서 벗어날 수가 없거든요. 벗어나고 싶지도 않고……. 그야말로 미칠 노릇이죠."

서효의 심장이 가슴을 뚫고 나올 듯 콩닥거렸다.

"제가 바라던 바니 누굴 탓하겠습니까."

낮고 부드럽게 귓가를 간질이던 목소리가 조금 더 아래로 내려갔다. 차언이 내쉬는 숨결에 연한 머리카락이 살랑대었다.

"잘 자요, 아가씨."

차언의 입술이 여린 목에 내려앉았다.

그는 방을 나갔고 서효는 따스한 이불 안에 몸을 밀어 넣었다. 베개를 아무리 고쳐 베고, 다른 생각을 하려 애써도 자꾸 그의 입술이 닿았던 목이 신경 쓰였다. 순간의 뜨거움은 낙인 못지않았다.

'도장 찍어버린 건가.'

문득 든 생각에 서효는 목덜미를 더듬었다. 힘을 주어 문질러 봤지만 그곳은 여전히 뜨거울 뿐이었다.

❖

무언가가 서효의 볼을 가볍게 쓸었다. 할짝, 핥는 느낌에 잠결인데도 웃어버렸다. 차언이 또 줄무늬 고양이 영을 풀어놓았나 보다. 아무리 기분이 나쁠 때라도 녀석을 보면 서효의 얼굴이 확 밝아지곤 한다. 이걸 아는 차언은 녀석의 존재를 쏠쏠하게 이용해 왔다.

약재함 속 많은 영들 중에서도 장난과 애교가 많은 녀석. 서효의 귀여움을 잔뜩 받아온 지 어느덧 오 년이다.

또, 이것 봐라, 또 핥는다. 정말이지 집요하게 달라붙기론 일등이라니까.

"읏, 간지러워."

서효가 다시 웃었다. 집사는 아가씨를 깨우는 새로운 방법을 터득한 모양이다. 고양이 영을 풀어서 깨우다니. 이것만은 기발함을 인정해 줘야겠다.

"알았어, 일어날게. 그래, 그래, 그만하라니깐."

귓가를 간질이는 숨소리. 눈을 뜨면 장난꾸러기 표정을 하고 자신을 바라보겠지. 서효는 화사한 아침 햇살을 눈으로 받아들이기 전에 이불 안에서 기지개를 쭉 켰다. 어젯밤엔 꿈도 꾸지 않고 단잠을 잤다. 잠깐의 불면으로 쌓인 피로가 말끔히 날아갔다.

이 얼마나 상쾌한 기분인지!

"으으응."

눈을 비비며 뒤척이는데 녀석이 그새를 참지 못하고 귓불을 살짝 깨물었다. 요 몹쓸 고양이. 너도 우리 집사를 닮아서 점점 음흉해지는 거니?

"그렇게 누나 귀를 깨물면 돼요, 안 돼요?"

뒷덜미를 답삭 잡아 올릴 생각으로 손을 뻗었는데.

……응?

평소와는 다른 감촉이 느껴졌다. 촉촉한 물안개처럼 금방 흩어질 듯한 녀석의 감촉이 아니었다. 이건 훨씬 단단했고 온몸에 늘씬한 근육이 잡혀 있다.

'뭐야, 이건?'

서효가 눈을 떴다. 먀, 하고 귀엽게 우는 줄무늬 고양이 대신 느른한 미소를 머금고 있는 집사가 제 위에 있었다. 그가 아가씨를 내려다보며 말했다.

"돼요."

아가씨를 깨우는 새로운 방법은 즉시 효과를 나타냈다. 눈을 뜨고 난 다음에도 침상에서 한참 뒹굴거리는 서효가 벌떡 일어나 앉은 것이다. 차언은 아쉽다며 입맛을 다셨다. 그러고는 서효의 입술에 가볍게 입을 맞춘 뒤 방을 나갔다.

서효는 멍한 표정으로 제 이마에 손바닥을 갖다 대었다. 미열이 나는 것 같았다.

열린 창문으로 싸늘한 새벽 공기가 들어왔다. 아직 어둠이 깊숙이 깔린 시간.

막 자정이 되었을 때보다도 조금 있으면 날이 밝아올 이 시간의 공기가 제일 차갑다. 창문 너머 올려다본 하늘은 검푸른 색으로 어두웠다. 한숨을 뱉어내자 하얀 입김이 되어 흩어졌다.

'벌써 이런 날씨가 되었나.'

어깨에 외투를 걸친 채, 차언은 사라지는 입김을 물끄러미 쳐다보았다. 집집마다 키우는 닭이 울지도 않는 새벽은 참 조용했다. 차언은 창가에 기대서서 다시 하늘로 시선을 옮겼다.

그렇게 가만히 서 있는 동안 서서히 동녘이 밝아오기 시작했다. 누군가 동쪽 하늘에만 흰 물감을 떨어뜨린 듯 어둠이 옅어지더니, 검푸른 하늘이 옆으로 밀려났다. 이윽고 주홍빛 기운이 동쪽에서부터 퍼졌다.

매일 하루도 빠짐없이 봐온 풍경. 볼 때마다 가슴 한구석이 뻐근한 기분이었다. 누가 시킨 것도 아닌데 단 하루도 빼놓지 않고, 혼자 기적을 바라는 사람처럼 하늘을 봐왔다. 그렇게 오래도록 새벽에서 아침으로 넘어가는 시간을 지켜왔지만.

서녘이 먼저 밝아오는 날은 없었다.

'당연한 일이겠지.'

쓴웃음이 흘러나왔다. 알고 있다. 이대로 백 년, 천 년을 더 서 있어도 그런 일은 일어나지 않는다는 것을. 하지만 자신은 이뤄질 수 없는 기적을 미련하게 바라는 자가 되어버렸다.

벼락을 내리꽂고 땅을 뒤엎을 순 있어도 태양만은 건드릴 수가 없다. 해와 달과 별의 움직임은 천제라도 함부로 할 수 없는 것.

'참으로 공평한 한계지.'

이제는 동쪽과 서쪽을 나눌 것 없이 죄다 환해지고 만 하늘을 올려다보았다. 차언의 입가에 걸린 미소가 더욱 씁쓸해졌다.

'그리고 난 우습게도…….'

자승자박(自繩自縛). 자신이 한 말과 행동에 스스로 제약 당한다는 뜻이다. 지금 내 꼴을 두고 하는 말인가. 차언의 자조가 깊어졌다.

문득 손에 쥐고 있는 물건이 떠올랐다. 숨죽이고 하늘을 쳐다보느라 잠깐 잊고 있던 존재였다. 차언이 천천히 손을 폈다. 그의 손엔 취옥을 물린 동곳이 자리하고 있었다. 가 공자의 사연이 얽힌 동곳이었다.

"그러고 보니 그 자식은 어디로 도망친 거지. 땅으로 꺼졌나, 하늘로 솟았나……."

한낱 인간 따위가 제 손아귀를 벗어난다는 긴 있을 수 없는 일이었다. 근본을 알 수 없는 놈은 떠올리는 것만으로도 불쾌해진다. 차언은 머릿속을 가득 채운 가 공자의 흔적을 지워냈다.

지금은 그것보다 중요한 일이 있었다.

"이번은 달라. 이번은."

차언이 동곳을 힘주어 그러쥐었다.

바깥이 밝아오면서 사람들도 움직이기 시작했는지 동네 곳곳에서 작은 소리가 이어졌다. 늦게까지 자는 서효는 어지간해선 듣지 못하는 소리였다. 이렇게 또 하루가 밝았다. 백화약방의 집사 차언도 슬슬 활동을 시작할 시간이었다.

"이번만은……."

차언은 서랍을 열고 동곳을 원래 있던 자리에 돌려놓았다. 그의 눈빛이 무언가를 결심한 듯 달라져 있었다.

탁. 서랍이 닫혔다. 그는 방의 모든 창문을 열고 아침 환기를 시작했다.

"말도 없이 어딜 간 거야."

서효는 텅 빈 약방을 둘러보며 투덜거렸다. 대문을 닫고 잠시 제 방에 다녀온 사이 집사가 밖으로 나가 버렸다.

바로 길 건너 가게에 다녀오더라도 말하고 가는 게 서로 간의 약속이다. 한데 갑자기 무슨 일인지 모르겠다. 서효는 고개를 갸웃거리며 뒷정리를 하였다.

'오늘 하루도 수고 많았어.'

약방 아가씨는 스스로에게 토닥토닥 위로를 보냈다.

날씨가 본격적으로 추워지면서 감기 환자가 부쩍 늘었다. 콧물을 고드름처럼 달고 온 아이부터 의원이 처방해 준 약이 영 신통치 않다며 서효에게 넋두리를 하는 할아버지까지. 오늘따라 백화약방을 찾는 손님이 터져 나갔다.

감초를 더 넣어달라고요? 지금도 충분한걸요! 달달한 걸 원하시면 탕약 대신 꿀물을 드셔야죠. 이건 약이랍니다. 감초를 아무리 넣어도 절대 쓴맛이 옅어지지 않을 약이요. 어쩔 수 없어요. 딱 닷새만 참고 드셔보세요. 일단 그 괴로운 기침부터 잡아야 하지 않겠어요?

손님을 줄줄이 상대하는 게 아니었다. 차라리 한 명 보내고 숨 돌릴 틈 없이 다음 손님을 맞이하는 게 낫지.

오늘 서효는 제각기 다른 처방전을 들이미는 여러 손님을 동시에 상대해야 했다. 차언은 그런 서효 옆에서 묵묵히 약재 포장을 했고.

"오늘 따라 이상하게 말수가 적었네."

무슨 일이 있었나, 떠올려 봐도 별 다른 건 없었다. 생각보다 뒷정리는 금방 끝났다. 약재함 속 영들은 손님들이 빠져나간 이후부터 내내 자고 있었다.

차언도 없지, 영들도 조용하지. 갑자기 무료해진 서효는 차를 우려내 한 모금 머금었다. 따스하게 퍼져 나가는 꽃향기가 낮에 쌓인 피로를 약간이나마 덜어주었다. 똑똑, 대문 두드리는 소리가 나더니 문이 열렸다.

당연히 차언이 돌아왔다고 생각하던 서효는 틀에 찍어낸 듯한 소녀들을 보고 눈을 동그랗게 떴다.

"너희들이 어쩐 일이야?"

가 공자의 집을 찾아갔을 때 동행해 준 여우 소녀들이었다.

"기별도 없이 왔구나. 오늘은 그냥 놀러 온 거니?"

다정히 말을 걸다가 풉, 웃음을 터뜨리고 말았다. 서효의 시선은 오른쪽 소녀의 머리에 닿아 있었다.

"아무리 날이 저물고 있대도 귀는 제대로 숨겨야지."

"앗."

소녀가 황급히 머리에 손을 올렸다. 미처 숨기지 못한 여우귀가 쫑긋 솟아 있었다. 나란히 걸어 왔을 텐데 둘 다 알아채지 못했나 보다.

애초에 사람들과 어울려 사는 아이들이 아니니, 쫑긋 솟은 자매의 귀를 보고도 이상히 여기지 않았을 것이다. 오히려 왼쪽 소녀는 꺄륵꺄륵 웃어댔다. 하지만 자매의 실수를 보고 웃는 아이의 치마 밑에는 황갈색 꼬리가 넘실대고 있었다.

"치맛단을 늘리든지 꼬리를 집어넣든지 해야 될 것 같은데?"

"어어?"

"흥, 좋다고 웃더니 그런 실수를 해?"

"뭐래. 꼬리는 잘 안 보이거든."

"귀도 머리 장식인 줄 알았을 거야."

"바보냐?"

한시도 떨어지지 않고 붙어 다니지만, 이럴 때 보면 인간들의 형제자매와 다르지 않다. 아옹다옹 소리 높이는 게 그대로 두면 내일 아침까지 다툴 기세다.

"자, 그쯤 해둬."

서효는 차와 함께 먹으려고 했던 꿀 경단을 나눠주었다. 여우들은 단 음식과 술에 약하다. 어린 여우들은 말할 것도 없었다. 소녀들은 금세 기분이 좋아져 꿀 경단을 납죽 받아먹었다.

서효가 무슨 일로 왔냐고 재차 묻지 않았더라면 간식 잘 먹었노라 인사하고 돌아갔을 것이다. 자신들이 약방까지 온 진짜 이유도 까먹은 채 말이다.

"맞다, 깜빡할 뻔했네."

아직 집어넣지 못한 여우 귀가 꿈틀했다.

"이리 와, 서효."

"얼른얼른."

막무가내로 서효의 손을 잡아끌었다. 무슨 일이냐, 어딜 가느냐고 물어도 대답해 주지 않았다. 그럼 차언에게 쪽지 한 장만 쓰고 가자고 해도 그저 걸음만 재촉했다. 약방 대문을 잠그는 것도 겨우 했다. 서효는 소녀들의 손에 이끌려 어둑해지는 길을 걸었다.

"……뒷산?"

어두운 저녁이 되어 산에 오르는 사람은 없다. 사람들의 시선에서 자유롭게 되자 여우 소녀들은 대놓고 꼬리와 귀를 드러내었다. 어둠 속에서 소녀들의 눈이 반짝반짝 빛났다. 숲길을 걷는 발걸음이 자못 경쾌했다. 잘 안 보이는 산길을 오르면서도 서효가 넘어지지 않는 건 소녀들 덕분이었다.

"이 밤에 산은 왜 오르는 거야?"

"얼른얼른."

"올라가자, 서효."

오른쪽 소녀가 왼쪽을 향해 지적했다.

"차언 앞에서는 서효님이라고 불러야 돼. 아니면 아가씨라고 붙이거나."

"지금은 차언이 없잖아?"

"누가 알아. 지금도 어디 숨어서 보고 있을지?"

"으으, 무서워."

소녀들의 입에서 나온 익숙한 이름에 서효가 반응했다.

"차언? 차언이 너흴 보낸 거야?"

오른쪽, 왼쪽이 동시에 움찔거렸다.

"서효는 무서운 걸 키우고 있어."

왼쪽이 중얼거리자 이번에도 오른쪽이 지적했다.

"키우는 게 아니야."

"……듣자 하니 아까부터 자꾸 시비냐?"

차언이 보냈네. 확실하네. 서효는 소녀들의 답을 기다릴 것 없이 혼자서 결론을 냈다. 그나저나 차언이 뭘 어떻게 했기에 애들이 이럴까.

원래 겁이 많은 아이들이긴 하지만 무턱대고 누군가를 무서워하진 않는다. 우리 집사가 또 윽박지른 걸까. 설마 가 공자에게 그랬듯이 굴진 않았겠지? 애들은 누가 봐도 어린애들인데?

"도착!"

소녀들이 뿌듯한 얼굴로 손뼉을 쳤다. 서효는 가쁜 숨을 고르며 주위를 둘러보았다. 마을 뒷산에 오르지 않은 지 일 년이 넘었다. 앞이 안 보이는 밤이라 더 낯설게 느껴지는 듯했다. 밤에 오르는 산은 알고 있던 것보다 높고 깊은 느낌이었다.

여기 앉아서 쉬라는 소녀들의 말에 고개를 돌리자 낡은 정자가 보였다. 어째 올라오는 길이 거칠다 했더니 사람들이 안 쓰는 길이었던가. 정자 또한 처음 보는 것이었다.

"여기 이런 게 있었어?"

"응, 예전부터 있었어."

"사람들은 잘 몰라."

"여기로 안 오니까."

소녀들은 눈을 깜빡거리며 사이좋게 대답했다.

"그럼 여기서 잠깐 기다려, 서효."

손을 흔들더니 가려고 한다. 누가 봐도 퇴장하는 모양새다. 여기에 나만 혼자 두고? 서둘러 잡으니 소녀들은 뭐가 문제인지 모르겠다는 표정을 지었다.

"무서워서 그래? 여기, 어둡지 않아. 등롱을 켜놨잖아."

과연 정자 중앙의 탁자엔 등롱 하나가 올라와 있었다. 거기서 나오는 불빛 덕분에 정자가 낡았다는 것도 알았다. 아예 어두운 것보단 낫지만 그래도 깜깜한 산속에 남는 건 좀 그렇다.

왼쪽 소녀가 여전히 이해가 안 된다는 얼굴을 했다.

"진짜 무서운 건 따로 있는데."

"그만 중얼거려. 그럼 우린 갈게, 서효."

폴짝폴짝 사라지는 건 순식간이었다. 솜털 달린 겨울옷을 입고 있어서 춥진 않았으나, 영문도 모르고 산속에 앉아 있는 건 썩 즐거운 일이 아니었다.

차언이 시켜서 여기 데려왔다고 했지. 그럼 그 말을 한 당사자는 어디 있냔 말이다. 등롱을 쳐다보며 그런 생각을 하고 있는데 숲에서 바스락 소리가 났다.

"조금 늦었습니다."

드디어 모습을 드러낸 차언이었다.

쓸어 넘긴 앞머리, 은실 자수를 놓아 화려한 적자주색 옷. 약방에서 일할 때까지만 해도 평소 옷차림이었던 차언은 그새 좀 달라진 모습이었다. 차언 본인의 생일은 물론이고, 서효의 생일에도 저런 모습은 보지 못했다.

오늘이 무슨 특별한 날이냐고 묻자 딱히 그렇진 않다는 답이 돌아왔다.

"그럼 왜 이까지 불러냈는데?"

"굳이 말하면, 새로운 장소에서 아가씨를 공략해 보자는 생각이랄까요."

정말 그게 전부일까. 의심의 눈초리를 보냈지만 차언은 꿈쩍도 하지 않았다. 화제를 자연스럽게 뒷산으로 돌렸다. 이 동네에 십 년을 살았지만 여기 오신 건 처음이 아니냐고 하였다.

목적 캐묻기는 일단 보류. 서효는 선선히 고개를 끄덕였다.

"그러네."

예전엔 한 달에 두어 번씩 뒷산을 오르곤 했다. 하지만 이런 곳에 정자가 있을 줄은 몰랐다. 아까 어둠 속에 혼자 남아 있을 땐 낡은 정자가 으스스하게 느껴지더니, 지금은 고적한 분위기를 느낄 여유가 생겼다.

이는 옆에 있는 사람 때문이었다. 둔한 서효도 그 정도는 알고 있었다.

"슬슬 이 동네를 떠날 준비를 해야겠군요."

보통 인간들처럼 빨리 늙지 않는 둘은 십 년마다 사는 곳을 바꿔왔다. 여기도 꽤 정이 들었는데, 다음엔 또 어딜 가서 뿌리 내리고 살게 되려나. 서로 이곳저곳을 거론하는 도중에 서효는 저답지 않게 감상에 빠져들었다. 그런 서효를 일깨운 건 차언의 한마디였다.

"기억하실지 모르겠지만요. 아가씬 예전에 반딧불이가 있는 곳에서 청혼을 받고 싶다고 하셨죠."

"내가……? 그런 말을 했어?"

서효는 눈을 굴리며 기억을 더듬었다. 자기가 그런 말을 했던가? 혼인 타령이라면 너무 오랫동안 해와서 정확히 어떤 말을 했는지 떠오르지 않았다. 아마 온갖 말을 늘어놓았을 것이다. 그중에 반딧불이 어쩌고 하는 소리도 있었겠지.

근데 정말 그런 말을 했나?

서효의 고개가 옆으로 기울었다. 반딧불이 속에서 청혼이라니. 열여섯 살 인간 아가씨가 꿈꿀 만한 장면이었다. 과연 당시에 나는 어떤 소설에 빠져 있었단 말인가. 낭만적이다 못해 간지러웠다. 지금의 서효라면 그런 말은 못 했을 것이다.

말을 듣는 상대가 차언이라면 더더욱.

"그럴 줄 알았습니다. 기억 못 하시네요."

차언이 다소 허탈하다는 듯 말했다.

"하긴 그저께 저녁 반찬도 기억 못 하는데 예전에 흘러가듯 던진 말을 기억이나 하겠습니까."

"솔직히 그저께 저녁 반찬을 누가 다 기억해."

"전."

"차언 빼고."

얼른 선수를 쳤다.

"전 하는데요."

선수를 쳤으나 꿋꿋하게 할 말을 하는 집사였다. 어쨌든 집사의 기억력이 서효 자신보다 좋다는 건 인정. 그러니 차언이 말한 반딧불이 청혼도 제가 한 말이 맞을 터다.

아무래도 그 시절 자신은 퍽 소녀다웠던 것 같다. 그리고 변덕도 지금보다 심했겠지. 어제는 반딧불이 속에서 청혼을 꿈꿨지만, 다음 날엔 꽃밭, 그다음 날엔 바닷가가 좋겠다고 했을 수도 있다.

그럼 지금은 어떠냐고?

혼담 상대들로부터 줄줄이 퇴짜를 맞은 지금은 '날을 잡읍시다' 한 마디로도 충분할 것 같았다. 언젠가부터 그 혼담조차 뚝 끊겼지만.

"아가씨보다 좀 더 오래 산 자로서 말씀드리면요."

차언이 허탈한 표정을 지워내며 말했다.

"북서쪽 끄트머리에 하늘과 땅의 중간쯤에 걸쳐진 듯한 망월(罔月)이란 곳이 있습니다. 그곳 숲의 반딧불이가 예쁘다고 소문이 났죠."

처음 듣는 지명에 서효가 관심을 보였다. 그런 곳이 있었던가? 왜 나는 몰랐지? 평소 지도를 좀 주의 깊게 들여다볼 걸 그랬다. 아름다운 풍경에 관심 없는 집사도 알고 있는 곳이라면 눈에 띄게 예쁜 곳임이 틀림없었다.

지명도 독특하다. 해주, 표주, 영주 같은 이름이 아니라 망월이다. 그물로 달을 낚는다는 뜻인가?

"거긴 어디야? 다음엔 거기 가서 살까?"

북서쪽 끄트머리라니 꽤 오래 가야 할 터. 그래도 여름마다 싱그럽고 예쁜 풍경을 볼 수만 있다면 잠깐의 고생이 뭐 그리 대수일까. 한데 차언이 조용히 고개를 가로저었다.

"지금은 못 갑니다."

"왜?"

"폐쇄됐어요."

서효가 얼른 납득이 안 된다는 표정을 지었다.

"정확히 말하면 천제님께서 결계를 치고 닫으셨죠. 아무도 못 들어가는 땅입니다."

"아, 그런 거야?"

천제님 영역이구나. 그런 이유라면 답이 없다. 서효의 기분이 시들해졌다.

"사실 여기 뒷산의 반딧불이도 볼만하다고 들었는데…… 지금은 계절이 바뀌었으니 다음 여름 때나 볼 수 있겠네요."

그리고 다음 여름에 두 사람은 이곳에 없을 것이다. 이럴 거면 말해주지나 말지. 뚱한 표정이 된 서효는 나무의 검은 그림자만 가득한 저편으로 시선을 돌렸다.

반딧불이 청혼이 어린 생각으로 느껴졌어도, 반딧불이 자체가 싫은 건 아니었다. 찌르르, 찌르르 풀벌레 우는 소리. 그와 함께 어둠을 밝히는 작고 귀여운 불빛. 얼마나 예쁜 풍경이냔 말이다.

괜히 들었어. 차언의 말을 들으니까 갑자기 반딧불이가 보고 싶어졌잖아. 곧 함박눈이 내릴 절기인데 뜬금없이 반딧불이라니. 차라리 풀벌레 모양으로 작은 등을 만들어서 집 안 여기저기에 걸어놓을까.

"어……?"

그때였다.

날개 끝이 연녹색으로 빛나는 조그만 나비 한 마리가 팔랑팔랑 서효의 앞으로 날아왔다.

"예쁘다……."

이건 뭘까. 처음 보는 나비다. 반딧불이도 아닌데 이처럼 어둠 속에서 빛을 내는 나비가 있다는 말은 듣지 못했다. 조심스레 손을 뻗자 가느다란 손가락 끝에 나비가 사뿐히 앉았다.

영(靈)이구나.

약재함 속 줄무늬 고양이처럼 묘한 감촉이었다. 이제야 이해가 된 서효는 해사한 미소를 머금은 채 손끝을 움직였다. 나비의 영은 떨어질 듯 떨어지지 않고 서효의 손끝을 잘 따라다녔다.

"이것 봐, 차언. 엄청 예뻐!"

차언에게도 보여주자 집사가 슬며시 입꼬리를 올렸다.

"이곳 산신님이 돌보시는 영물일까? 꼭 반딧불이 같아."

더 가까이 가져가 보여주려는데 순간 등롱의 불이 훅 꺼졌다. 그나마 주위를 밝히던 불이 사라지자 두 사람은 말 그대로 어둠 속에 남게 되었다. 그와 동시에 손끝의 나비가 떠나갔다.

아쉬움에 나비의 움직임을 눈으로 좇던 서효는 이내 손을 입가로 가져갔다. 멀리서 나비의 영들이 줄지어 날아오고 있었다.

"와아……."

신비롭고도 아름다운 광경이었다. 서효의 주변으로 날아온 나비들은 저들에게만 들리는 노래에 맞추어 춤을 추는 것 같았다.

"실은 이걸 보여드리려고 올라오게 했습니다."

차언이 말했다. 여전히 나비의 날갯짓에서 눈을 떼지 못한 채 서효가 환히 웃었다.

"예뻐. 정말 예뻐. 어떻게 한 거야? 애들은 어디서 데려온 거야?"

"너무 해맑게 좋아만 하고 계셔서 다시 말씀드리는 건데…… 이거 반딧불이 대신입니다."

그제야 차언에게 눈길을 돌리는 서효였다.

"이거 반딧불이 대신이라고요."

뒤늦게 찾아온 깨달음.

영롱한 나비 불빛에 차언의 표정이 드러났다. 사뭇 진지해진 얼굴이었다. 아가씨, 하고 그가 운을 떼었다.

"저 지금 청혼하는 겁니다."

귀로 듣고도 믿기지가 않았다. 이상한 일이었다. 마음을 고백한 이후로 차언은 정말 뜨겁게 밀어붙여 왔는데.

'만약'이란 전제를 붙이긴 했지만 두 사람은 벌써 삼백 년 동안은 아이 없이 산다느니 하는 이야길 나누었다.

점점 진해지고 집요해지는 차언의 입맞춤. 서효가 빈틈을 보이기만 하면 기회를 놓치지 않고 끌어안는 행동들. 조만간 이런 날이 올 줄 알았다. 전혀 예상치 못했다면 오히려 그게 거짓말일 터.

하지만 막상 청혼받는 상황이 되자 실감이 나지 않았다.

'차언이 내게 청혼을 했어. 혼인을…… 하자고.'

이걸 받아들이면 두 사람은 진짜 부부가 되는 것이다. 혼례를 올리고 신부의 붉은 포를 걸어 올리고 꽃잠을 잔다. 그다음부턴 매일 아침 함께 눈 뜨는 삶의 시작이다. 백오십 년 넘게 혼자 잠들어 왔는데 이제부턴 누군가와 같이 자고 같이 일어나게 된다.

그리고 그 '누군가'는 차언.

'으, 너무 이상해. 뭐라 답하지? 어떻게 해야 되지?'

"고개 끄덕이세요."

차언이 서효의 속내를 읽기라도 한 듯 말해왔다.

"응, 이라고 한 마디만 하라고."

아까는 산속이 무섭도록 어두웠는데 지금은 필요 이상으로 밝았다. 나비들이 너무 많아! 여기 너무 환하잖아! 고개만 돌리면 서로의 표정을 읽을 수 있다. 서효는 저도 모르게 자리에서 일어나 낮은 계단 앞을 서성였다.

속 모르는 나비들은 서효의 앞을 신나게 날아다녔다.

콩닥거리는 가슴을 누르고 있자 뒤에서 차언이 다가왔다. 어깨를 잡혀 부드럽게 돌려세워졌다.

"대답하세요."

차언과 부부가 된다. 차언의 아내가 된다. 서효의 머릿속이 무지갯빛으로 엉망이 되었다. 때와 장소를 가리지 않고 으쌰으쌰를 외치는 누군가도 떠오르고, 환호성을 지르며 혼례 잔치는 저가 도맡겠다고 할 누군가도 생각났다.

청혼, 부부, 혼례, 차언.

그때, 있는 줄도 몰랐던 내면의 목소리가 들렸다. 안 그래도 물결 치고 있는 호수에 단단한 돌을 풍덩 던져 넣었다. 사랑을 잊지 마, 서효. 거기까진 생각도 못 했는데 내면의 목소리는 재차 서효를 일깨웠다. 드디어 맺어지는 거야.

"아가씨?"

"으응?"

"대답."

차언이 은근한 무게가 실린 말투로 재촉했다. 뜬금없이 들려온 내면의 목소리 덕분일까. 차츰 정신이 돌아온 서효는 아까부터 자꾸 답을 요구하는 집사를 흘겨보았다.

"좀 일방적이라는 생각 안 들어? 물어본 지 얼마 됐다고 계속 대답을 재촉하고."

"여기서 얼마나 더 쌍방적이어야 됩니까?"

이 와중에도 절대 말 한 마디 지는 법이 없는 집사였다.

"뽀뽀는 저랑 하고 혼인은 딴 놈과 하시겠다?"

차언의 눈이 가늘어졌다.

"뭐 그런 건가요?"

"……그런 뜻 아니거든."

"충분히 그런 것처럼 들려서 말이죠. 아니라면 다행입니다만."

차언이 슬쩍 고개를 숙였다. 두 사람 간의 거리가 가까워졌다. 서효가 불편함을 느끼도록 일부러 몰아붙이는 게 틀림없었다.

"그럼 대답은요, 아가씨?"

구석에 밀어붙여서 원하는 답을 얻어내려고. 이러면 순순히 넘어가 주지 않겠다는 결심이 든다. 서효가 입을 오물거렸다.

"받아주세요."

일방적이라는 말 때문인지 그나마 조금 부탁하는 듯한 말투가 되었다.

"아침에 억지로 안 깨울 테니까."

"그게 신랑으로서 내세우는 공약의 전부야?"

이미 서효의 입가엔 웃음기가 번지고 있었지만, 말투만은 엄숙하려고 노력했다. 해가 중천에 걸리도록 자는 잠을 보장한다는데 여기 뭐가 더 필요한가. 방금 중얼거린 건 들으라고 한 소리렷다.

서효가 차언의 어깨를 쿡 찌르려고 하자 다음 언약이 나왔다.

"아가씨가 모르는 예쁜 곳에 데려가 주죠."

오, 이건 꽤 혹한다. 서효는 만족스러운 표정을 짓지 않으려 애썼다. 계속 해보라는 듯 고개를 끄덕이자 부연 설명이 잇따랐다.

"아마 인간들도 잘 모르는 절경일 겁니다. 생일 때마다 새로운 곳에 데려가 드리겠습니다."

완전 좋은 것 같아. 이 혼인, 생각보다 훨씬 괜찮은데? 인연을 주관하는 신이 들으셨으면 진짜 그걸로 괜찮겠느냐며 기함했을 것이다. 그럼 자신은 활짝 웃으면서 말하겠지.

'좋은데요?'

하지만 축제여신 아희는 너무 쉽게 넘어가는 모습을 보이지 말라고 충고했다. 남편의 사랑을 듬뿍 받고 있는 친구의 말이니 서효는 그저 따를 뿐이다.

서효가 여전히 확답은 하지 않고 미소만 짓고 있자, 차언이 더 가까이 내려왔다. 그는 아가씨의 귓가에 대고 속삭였다.

"아직 부족합니까?"

그가 말할 때마다 귓가에 듣기 좋은 저음이 울렸다.

"슬며시 고백하자면 저 나비들, 이곳 산신이 부리는 영 맞습니다. 사정을 말하고 빌려온 애들인데 말이죠. 아가씨가 답을 주지 않으면 쟤들은 내일 동틀 때까지 저기서 춤춰야 돼요."

서효의 시선이 팔랑팔랑 날고 있는 나비들에게 향했다. 어쩐지 초반보다 기력이 많이 떨어진 것 같다. 아까 너무 힘차게 날아다니긴 했다. 떼를 지어 불꽃놀이처럼 솟구치기도 했으니까. 그것도 수십 번이나.

"가여운 나비들."

하나도 가엾게 여기지 않는 목소리로 차언이 속삭였다.

"진짜 설득력 없어."

결국 서효는 참고 참던 웃음을 터뜨리고 말았다. 차언이 재차 대답을 요구했다. 넓은 품에 얼굴을 파묻은 아가씨는 이윽고 고개를 끄덕였다.

귓가에 들리는 집사의 심장 소리가 제 것보다 컸다.

혼인 준비는 일사천리로 진행되었다.

아희가 들으면 슬퍼하겠지만, 두 사람 모두 혼례를 간소하게 치르자는 데에 동의했기 때문에 크게 준비할 게 없었다.

굳이 동네 사람들을 부르진 말자. 어차피 새로 이사 온 사람들에게도 부부라고 둘러댔으니 괜히 이곳에서 식을 올릴 필요는 없다. 그렇다고 아예 손님이 없으면 쓸쓸하니 알고 지내는 가까운 신들만 부르자. 아희와 여우 소녀들과 다른 몇몇만 부르면 충분할 것이다.

차언의 말에 서효는 그저 고개만 끄덕이면 되었다.

오붓하게 치러지는 혼례야말로 서효가 바라던 바다. 여기에 아희네 무리가 더해진다면 백 명은 참석한 기분이 날 터다.

'나만 괜찮다고 한다면 차언은 훨씬 더 조용하게 치르고 싶어 하는 것 같지만.'

그게 유일하게 묘한 점이었다.

'그냥 성격 때문인가?'

서효는 차언이 주문해 준 분홍빛 초대장에 준비한 문구를 써 내려가다 문득 생각에 잠겼다. 혼례 준비를 하는 차언은 때때로 신기한 모습을 보였다. 어제와 오늘의 앞뒤가 들어맞지 않았다.

간소하게 식을 치르자던 그는 호젓한 장소를 하나 빌리자고 했다. 여기엔 서효도 동의한 바. 그가 후보로 꼽은 장소를 쭉 듣고 있자니, 어째 점점 지금 사는 곳과 멀어지는 기분이었다. 어디 멀어진다 뿐인가. 가만히 놔두면 인적 드문 산속에서 식을 치를 기세였다.

"아예 섬에 들어가지?"

어이가 없어서 그렇게 말했더니 차언의 눈이 빛났다.

"그럴까요? 참신한데."

"이게 참신함을 따질 문제야?"

"섬이라……."

더 깊이 생각하려는 걸 간신히 뜯어 말렸다. 우린 혼례를 올리는 거냐, 아니면 대역 죄인처럼 도망치는 거냐고 물은 게 주효했다. 차언은 표정을 바꾸며 그냥 여러 가지 방법을 떠올린 것일 뿐이라고 대꾸했다.

'과연 그럴까.'

그럴 때 차언은, 아무도 보지 못하는 곳에 서효를 꽁꽁 숨겨두고 식을 올리려는 사람처럼 보였다.

한편으로는 정반대의 모습을 보이기도 했다.

마치 서효가 왕의 딸이라도 되는 양, 값비싸고 화려한 물건을 무차별적으로 주문하는 것이다.

"이 색깔이 마음에 드십니까, 아니면 저 색깔이 낫겠습니까?"

서효가 조금만 오래 고민한다 싶으면 그냥 두 개 다 주문하면 된다고 넘겼다. 그렇게 처리하는 물건들은 하나같이 비싼 것들. 인간계의 귀족 저택 혹은 왕궁에나 상납할 수준의 물건을 태연하게 몇 개씩 주문하곤 했다.

혼례복은 그렇다 쳐. 도대체 내가 왜 동해 진주로 만든 목걸이를 혼수로 가져야 하는데? 어차피 난 따로 혼수를 해서 시집가는 게 아니라, 차언과 그냥 계속 사는 거 아니야?

그런 내가 왜 순금 세공을 한 청금석 반지랑 피처럼 붉은 홍옥 귀걸이랑 금실로 공작을 수놓은 최고급 비단을 가져야 하냐고?

"아, 공작이 아니라 주작인가. 자세히 보면, 으음, 봉황인가?"

뭐가 됐든 되게 크고 화려하고 비싸 보이는 새다. 장인이 직접 옷감을 전달하러 와서는 꼭 좋은 곳에서 옷을 맞추도록 당부했다. 일일이 금실로 놓은 자수가 뒷자락에 보이도록 해야 한다고.

장인에게 직접 가격을 묻는 건 예의가 아닌 것 같아서, 서효는 차언 몰래 장부를 들여다보았다. 그리고 자신들의 앞날에 대해 진지한 걱정을 하였다.

이 엄청난 값을 다 지불하려면 족히 오백 년은 허리띠를 졸라매야 하지 않을까. 아니, 애초에 지불이 가능하긴 한 건가? 이러려고 아이 안 낳겠다고 한 거니? 애 키울 돈은커녕 우리 둘 입에 풀칠할 돈도 없을 테니까?

'저기요, 신랑님. 나 몰래 빚이라도 졌어?'

현재 상황이 계속된다면 조만간 차언에게 따져 물을 생각이었다. 집 안의 창고와 서효의 방에 비단을 곱게 바른 상자들이 차곡차곡 쌓여갔다.

오늘 오전에도 여기에 두 개가 추가되었다. 배달 온 가게 직원들이 허리를 숙여도 너무 숙였다. 저 공손한 태도를 보아하니 상자 안에 든 게 뭔지는 몰라도 대단히 비싸겠다 싶었다.

"이게 뭐야?"

상자를 들여다본 서효는 눈을 떼지 못했다. 탐스러운 백매화가

핀 나뭇가지를 비녀로 구현해 놓았다. 깨끗한 순백의 꽃잎들은 과연 어떤 보석으로 만들었을까.

이제 집사는 그냥 장신구로도 만족할 수 없나 보다. 아예 예술 작품을 사들였다.

"간소하게 치르자던 거 다 뻥이었어. 이렇게 질러대면 이웃 나라 왕까지 우리 혼인을 알게 될 거라고……."

서효는 장부에 올라간 비녀 값이 얼마일지 가늠해 보다가 이마를 짚었다. 백오십 년간 애타게 기다려 온 혼인.

일단 파산부터 하고 시작할 것 같았다.

"다 왔습니다. 내리세요."

차언의 말에 서효가 마차 문을 열었다. 오늘은 혼례식을 올릴 장소를 보는 날이다. 가만 놔두면 세상 끝까지 갈 기세인 집사를 뜯어말린 보람이 있었다. 그래도 결국 마차를 타고 이동할 거리긴 하지만.

"마당 딸린 아늑한 집이라고 했지?"

"예, 축제여신 무리도 참석한다면 마당은 필수니까요."

"그렇긴 해."

오는 동안 몇 번이나 재확인을 했다. 너무 넓진 않지? 과하게 큰 건 아니지? 우리 살고 있는 집의 몇 배야?

혼수랍시고 엄청난 물건을 사들인 전적이 있기에 드는 불안이었다. 차언은 말 그대로 아담한 집이니까 그리 전전긍긍하지 않아도 된다고 대꾸했다. 괜찮다고 확언하는 사람에게 계속 물어보는

데도 한계가 있다.

이렇게나 물어봤는데 문제없다고 했으니까 이번엔 진짜 '단출' 하겠지, 라고 안일하게 군 게 잘못이었을까?

"어디로 가는 겁니까?"

눈에 들어온 호젓한 집 대문으로 향하려는데 차언이 불러 세웠다.

"응? 여기가 대문 아니야?"

"거기 사람 사는 데예요."

"아, 그래?"

하마터면 실수할 뻔했다. 그럼 우리가 빌린 집은 어디냐고 물어보려는 순간 차언이 턱짓으로 한 곳을 가리켰다.

"저기라고?"

"예."

"진심이야……?"

차언이 가만히 서효를 쳐다보았다.

"제가 아가씨 놀리는 걸 좋아하는 편인데요. 이런 사소한 걸로 거짓말하진 않습니다."

"사소하다고? 이게?"

서효는 제 앞에 펼쳐진 기나긴 돌담을 눈으로 훑었다. 참으로 길고 번듯하다. 아주 저 혼자 골목 하나를 차지하고 계신다.

"이래 봬도 안에 들어가면 생각보다 안 큽니다."

대문이 이렇게 크고 담장 길이가 얼만데 안으로 들어가면 안 크다고? 점점 좁아지는 집이 있다는 소린 못 들었다.

그리고 서효의 예상은 맞아떨어졌다. 마당 딸린 아담한 집이라더니 이중에서 사실인 부분은 그저 '집'이라는 것 하나였다. 참,

아희네 무리를 맞이할 마당이 있긴 했다.

그게 드넓은 정원, 건물 안쪽의 내원(內院), 둘을 합친 크기의 후원이라서 문제지. 거기에 후원에 자리한 연못, 돌다리, 그 너머의 정자까지 포함이다. 방 개수? 차마 세어보지 못했다.

눈대중으로 건물이 일고여덟 채 있는 것 같으니 방은 스무 개가 넘으려나? 어쩌면 서른 개일지도 모르겠다.

"차언, 이건 전혀 호젓한 집이 아니잖아. 아담하지도 않아."

서효가 지끈대는 머리를 누르며 말했다.

"어디서 이런 저택을 구한 거야?"

"꽤 아담해 보이는데요."

집사가 한 마디를 덧붙였다.

"제 눈에는."

"내 눈엔 아니야."

서효는 후원 한구석에 매달아놓은 그네를 쳐다보았다. 아희네 무리가 저 위에서 묘기를 부리는 모습이 눈에 선했다.

여우 소녀들은 해맑게 웃으며 저택 안을 뛰어다닐 것이다. 고작은 애들은 몇 바퀴 뛰고 나면 지쳐 쓰러질 터다. 어째 자기들이 사는 뒷산보다 넓은 것 같다면서.

"마음에 안 들면 딴 데 가도 됩니다. 거긴 여기보다 넓어요."

어디 궁궐을 빌리기라도 했나. 더 이상 둘러볼 기력도 없어진 서효는 적당한 자리에 앉았다. 이미 늦은 감이 있지만, 남편이 될 사람과 진지한 이야기를 할 시간이 온 것 같았다.

위기의 재정 상황. 대체 어찌하면 좋은가!

"차언, 난 사실 좀 혼란스러운 게……. 지금껏 함께 살아오면서 차언이 그랬잖아. 게으름 피우지 말고 일해야 한다고. 인간의 형체를 하고 있는 이상 밥을 먹어야 하고, 그러려면 돈이 필요하다고.”

서효는 가능한 차분히 말을 이었다.

“근데 요즘 차언이 하는 걸 보면 걱정이 돼. 나는 이름도 모르는 보석을 사들이지 않나, 왕비나 입을 화려한 옷을 열 몇 벌씩 마련하질 않나.”

이밖에도 차언이 벌인 기행을 나열하자면 끝이 없으리라.

“갑자기 왜 이러는 거야? 우리 빚더미와 함께 시작하는 거야?”

지금 본 저택도 마찬가지다. 서효는 솔직히 묻고 싶었다. 이 저택도 하루 빌린 게 아니라 산 게 아니냐고. 한데 그렇게 물으면 어떻게 알았냐고 반문할까 봐 겁이 나서 못 묻는 거였다.

차언은 그런 서효를 빤히 보다가 이제 알겠다는 표정을 지었다.

지금껏 새 물건을 들일 때마다 얼굴이 떨떠름했던 것도 방금 말한 이유 때문이냐고 물어왔다. 모든 수수께끼가 풀렸군. 차언은 입을 다물고 있지만 어딘가에서 그의 목소리가 들리는 듯했다.

“아가씨의 말뜻은 잘 알겠습니다. 뭘 걱정하시는지도 알겠고요.”

서효는 해명을 들을 준비를 했다.

“그런데 저희 파산 안 합니다.”

여기서 아가씨가 모르는 사실이 하나 있다며 그가 말을 이었다.

“아가씬 돈이 없죠. 제가 그리 말했는데도 태평하게 놀고먹었으니 따로 언급할 필요가 있나요?”

혼인을 한다고 해서 집사의 입담이 어디 가진 않는 모양이다. 듣는 사람 굉장히 찔리게 말을 하시네. 서효는 반박하지 못한 채 잠자코 있었다.

“하지만 전 있습니다.”

“있다고……?”

"예, 지금 쓴 것보다 훨씬 많이 남아 있으니까 걱정 마세요."

차언은 이때까지 쓴 돈이 얼마인 줄 알고 저렇게 호언장담하는 것일까. 백매화 비녀 하나만 팔아도 어지간한 집 한 채를 살 수 있을 것이다. 그만큼 많은 돈을 썼는데…….

그보다 훨씬 더 남아 있다고?

"이해가 잘 되지 않아. 차언은 언제, 대체 언제 그만큼 많은 돈을 모은 거야?"

"아가씨가 자고 있을 때?"

"하나도 안 재밌거든. 진짜 뭐야. 날뛰는 마수(魔獸)를 때려잡아서 천제님께 포상을 받기라도 한 거야?"

아무렇게나 든 예시지만 정말 그런 게 아니고서야 이만큼 많은 돈을 가질 순 없을 터. 아니다. 마수를 잡아도 몇 마리는 잡아야 겠다.

좀처럼 감을 못 잡는 서효를 보며 차언이 웃었다. 비슷한 거라고 해두자는 대답이 돌아왔다. 설명해 줘도 아가씨는 믿지 못할 거란다. 그저 부정한 방법으로 번 돈이 아니란 것만 알아두시라 하였다. 차언이 곁에 다가와 서효의 뺨을 쓸었다.

"상식적으로 남편이 부유하다고 하면 좋아해야 되는 거 아닌가요?"

좋긴 하다. 가난해서 백 년을 갚아도 못 다 갚을 빚을 지고 있는 것보다야 낫다. 근데 그 부유함의 정도가 상식을 벗어나서 그렇다. 뺨을 쓰는 손길이 부드러웠다.

"이왕 이까지 왔으니 대답은 하셔야죠. 혼례를 올릴 장소로 마음에 드십니까?"

"……싫다고 하면 다음 후보로 넘어가는 거지?"

여기보다 더 크다고 한 대저택. 차언이 웃는 얼굴로 고개를 끄덕였다.

"그럼 좋다고 할 수밖에 없네. 이보다 큰 집은 진짜 버거워."

"할 수밖에 없다니. 좋은 겁니까, 싫은 겁니까?"

이 남자의 집요함이란. 서효가 미소를 지었다. 분위기도 그렇고 모든 게 훌륭하다고 답하자 그제야 차언이 안심을 했다.

"좋아요. 차츰 이렇게 익숙해지는 겁니다."

음, 왠지 불안한 소리를 들은 것 같은데.

"솔직히 전 이제 시작이거든요."

서효의 눈동자가 겨울바람 맞는 나뭇가지처럼 흔들렸다.

서효는 아희와 연락을 주고받는 수단인 비둘기 발목에 쪽지를 묶어 보냈다. 조금 갑작스럽지만 차언과 혼례를 올리게 되었다는 내용이었다.

진한 입맞춤을 했다는 데까지만 썼었는데, 아희 입장에선 갑자기 혼인으로 넘어간 기분일 거다.

하지만 사실이 그런걸.

서효 본인도 어쩌다 이까지 왔는지 설명할 수가 없었다. 차언이 좋은 것 같아서 입을 맞춰봤더니 걷잡을 수 없이 더 좋아졌다. 불 속에 뛰어드는 나방처럼 몸을 던지려는 찰나, 집사가 갑자기 철벽을 세웠다.

벽을 무너뜨릴 방법을 고민했다. 그 와중에 쪽쪽 입도 맞췄다. 달달한 시간을 보내다 보니 집사의 고백이 있었다. 청혼, 그리고 혼인. 멍하니 꿈길을 걷다가 정신을 차리니 어느새 여기라고 답할 수밖에.

'근데 얘들이 어디쯤 있으려나?'

아희네는 이웃 나라 축제를 야무지게 즐긴 다음 다른 곳으로 이동하는 중이었다. 정확히 어디에 머물고 있는지는 듣지 못했다.

'멀리 있으면 혼례 날에 맞춰 오기 힘들 텐데.'

그러나 서효의 걱정은 기우로 드러났다. 이는 차언이 예상한 바기도 했다.

"무조건 올 겁니다, 무조건."

어떤 면에서 차언은 자신보다 아희를 더 잘 아는 것 같았다. 아니나 다를까 아희는 근육이 대단한 흑마를 끌고 등장했다. 보통 마구간에서 기르는 말이 아니다. 자르르 흐르는 윤기하며 질주를 갈망하는 눈동자며.

무려 전쟁의 신에게서 빌린 군마(軍馬)라고 했다.

"전쟁의 신? 그럼 재들이 하루에 천 리를 달리는 바로 그 말이란 말이야? 천리마? 한혈마?"

"우리가 하필 국경 근처에 있었거든. 서효의 쪽지를 받고 안타까운 나머지."

"그분은 또 어떻게 만났대."

국경 근처는 전신(戰神)이 머무는 곳이 아니다. 의아해서 묻자 아희가 눈썹을 들썩이며 웃었다.

"내 남편이 누구니?"

"두척님."

"그럼 내 낭군님의 직분이 뭐지, 서효?"

"행운의 신."

그까지 말하자 저절로 납득이 되었다. 아희는 이런 순간을 위해 두척님과 혼인한 게 아닌가. 가끔 그런 생각이 드는 서효였다.

"운이 좋았지."

아희의 말이 끝나자마자 수하들이 저마다 입을 떼었다. 기다렸다는 듯 쏟아내는 축하 인사에 서효의 넋이 나가려고 했다.

"축하드립니다, 서효님!"

"세상에, 우리 서효님이 혼인이라니요!"

"이렇게 귀여운 분이 왜 이백 년이 되도록 혼자인 건지 신기했는데 말이지요!"

저기, 아무리 그래도 이백 년까진 아니야. 나 그렇게 오랫동안 혼자 살진 않았다고. 잘못 알고 있는 사실을 정정해 주고 싶었지만, 서효는 그냥 제 의견을 고이 접었다.

무리들은 벌써 차언에게 다가가 떠들썩한 인사를 하고 있었다. 참 전환이 빠른 자들이다.

"어쨌거나, 서효."

아희가 밝게 웃으며 서효의 손을 답삭 잡았다.

"결국 하는구나. 저렇게 무서운 차언이랑 혼인이라니. 아니, 솔직히 말해서 잘생기긴 했지만 살벌한 건 사실이잖아."

적어도 그런 말을 하려면 당사자 귀에 들리지 않을 크기로 말해야 하지 않을까. 하지만 아희의 목소리는 그대로였고, 저쪽에서 무표정으로 서 있던 차언이 눈을 흘겼다.

"저것 봐. 당장에라도 날 가마솥에 집어넣을 듯이 보잖아."

"그러니까 목소리 좀 낮추는 게."

"서효에겐 잘해주니 그거 하난 다행이야."

먼저 시집간 언니 입장에서 그거 믿고 보내는 거라고 뻔뻔한 말을 해본다. 언니 입장이라니. 아희가 서효보다 늦게 태어났다는 건 모두가 아는 사실인데.

"혼인이다! 혼인 잔치는 내게 맡기는 거야, 서효!"

아희는 마냥 해맑게 웃으면서 서효와 원을 그리며 돌았다. 기가 막히다가도 웃음이 터지게 하는 밝음이다.

아이, 모르겠다. 서효 역시 모든 걱정 근심을 집어던지고 아희와 함께 제자리를 돌았다. 팔짝팔짝 뛰다 보니 없던 흥도 나는 것 같았다. 이래서 단순하게 사는 아희가 늘 행복한 건가.

한편 아희는 분위기를 타 차언의 손도 잡고 돌려다가 찌릿 노려봄을 당했다. 역시 우리 서효는 만만찮은 자와 혼인한다고 중얼거리는 축제여신이었다.

"맙소사, 이것 좀 보세요. 일 년에 다섯 필만 내놓는다는 금주(金州)의 공단 아닌가요?"

"어머, 서효님. 여기 완전히 보물 창고네요!"

"제가 아는 보석이 여기 다 있어요."

창고로도 모자라 서효의 방에까지 쌓인 혼수를 본 무희들의 반응이었다. 어찌나 환호성을 질러대는지 장신구에 관심 없는 자들도 서효의 방을 기웃대고 갔다.

하긴 우리 집사 의욕이 지나치긴 했어. 무희들이 이러는 게 이해는 되었다. 그야말로 가게를 차려도 될 만큼 사재기를 했으니. 보물 창고라는 말이 딱 들어맞았다. 아희 또한 눈을 빛내며 옷감을 쓸어보았다.

"차언, 진짜 장난 아니구나."

"어디서 난 돈으로 샀는지는 묻지 말아줘. 내가 모르는 그런

게 있대."

"물을 생각 없는데? 난 별로 안 궁금해."

아희가 붉은 공단을 펼쳐 서효의 얼굴 아래에 대어보며 말했다.

"설마 너희 집사가 무력으로 왕궁을 털어오기라도 했겠어?"

"……왜 차언이 못 할 거라고 생각하는데."

"음, 하긴."

아희가 쉽게 수긍한 뒤 다른 색깔 비단을 펼쳐 보았다. 축제여신 옆에는 무희 하나가 찰싹 달라붙어 이런저런 의견을 내는 중이었다. 서효는 가만히 인형이 된 채 서 있었다. 익숙한 일이었다.

"내가 보기에 차언은 할 수만 있다면 천계 궁전까지 올라갈 인물이야. 거기에 네가 가지고 싶은 게 있다면 말이지."

"예전이라면 설마 했겠지만."

"지금은 부정 못 하겠지?"

서효는 넘쳐 나는 보석들을 눈으로 훑었다. 지나가면서 저거 예쁘다고 딱 한 번 눈길을 주었던 것부터 과분하기 그지없는 것까지 모두모두 산더미였다. 이젠 어떤 물건이 괜찮아 보이더란 말도 못 꺼내겠다. 고삐가 풀린 차언 앞에서는 말이다.

"다홍색보다는 진한 빨강이 잘 어울리겠어."

"역시 아희님은 안목이 남다르세요. 저도 동의해요."

서효의 방에 쌓인 모든 옷감을 펼치고 대어보던 아희가 무희와 의견을 주고받았다. 그들의 머릿속에선 이미 열두 벌의 옷이 만들어지고 있을 터였다. 무엇보다 서효 본인이 그만큼 많은 옷은 필요 없다고 하는데도!

눈에 보이니까 산다. 있으니까 만든다.

이런 점에선 차언이나 이들이나 크게 다를 바가 없었다. 저항

하려는 마음은 일찌감치 접어두는 게 편하다. 본격적인 인형 놀이가 시작되려나.

"서효님, 부탁드려요. 제가 혼례복을 지을 수 있도록 허락해 주세요."

아희 옆에 있던 무희가 두 손을 모으며 간청했다.

"이토록 훌륭한 옷감을 시시한 인간 침모(針母)에게 맡길 순 없어요. 허락해 주시면! 왕비님도 부러워할 옷을 지어드릴세요."

"저는 머리를 만져 드릴게요."

"저는 화장을 해드릴게요."

"서효님."

다들 어미 새가 먹이를 주길 기다리는 새끼 제비들처럼 입을 모아 합창했다. 꾸미고 노는 것을 좋아하는 건 천성이다. 한데 아무리 그렇다고 해도, 아무리 천리마를 타고 왔다고 해도 국경에서부터 온 자들의 피부가 서효보다 매끈매끈해선 안 되는 거였다.

저 빛나는 눈들을 보라. 생기가 도는 뺨은 어떻고. 한껏 기분 낼 수 있는 혼례 준비를 앞둔 아희네의 표정이 남다르게 밝았다.

인형 놀이, 괜찮지. 한두 번 당해보는 것도 아니다. 그렇지만 이번엔 다른 것도 아니고 혼례 준비이니만큼 시달리는 강도가 대단할 터였다.

과연 얼마나 다양한 화장을 얼굴에 올려볼 것인가. 이 세상에 존재하는 모든 머리 모양이 서효의 머리카락으로 표현될 예정이었다. 저도 모르게 머뭇거리자 아희가 나서서 권유했다.

"우리 애들 믿을 만할 거야. 특히 이 아이는 규방 여신님도 후계자로 눈여겨보고 있는 후보인걸."

아희가 제 옆에 선 무희를 가리키며 말했다.

"어차피 차언은 이런 거 하라고 우릴 불렀을 거야. 그러니까 서효, 순순히 포기해."

무서운 말을 더없이 환한 표정으로 한다. 서효는 눈을 질끈 감았다가 떴다. 어차피 혼례복은 지어야 한다. 자, 인형이 되는 거다.

"좋아. 너희들 원하는 대로 맘껏 꾸며줘."

"꺄하하, 서효님! 감사합니다. 잘 생각하셨어요!"

"그럼 오늘은 가볍게 치수부터 재고 모양 정하기 들어갈게요."

전혀 가볍지 않게 들린다마는. 그리고 그날 내내 서효는 예상했던 시간을 보냈다. 참, 한 가지는 예상을 빗나갔다. 이들이 열두 벌의 옷을 만들 거라던 것. 서효가 틀렸다.

아희네가 만들기로 한 것은 자그마치 열네 벌이었다.

'왜 아희님은 내게 이런 심부름을.'

중달은 어기적어기적 차언의 방으로 향했다. 호되게 당한 전적이 있는지라 다른 무리들처럼 차언을 편히 대하기가 어려웠다. 아희는 그것도 모르고 마침 지나가던 중달을 불러 세웠다.

"차언을 데려와. 서효 방으로 오라고 해."

"에, 차언님을요?"

"맞다. 그리고 올 때 눈 감고 오도록 해. 신랑에게 깜짝 공개하는 거니까 다 보면서 들어오면 시시하잖아."

아희가 옆에 굴러다니던 기다란 천 조각을 쥐어주었다.

"이걸로 눈 가리고 오라고 하면 되겠다."
"으엑, 아희님."
"부탁해, 중달."

해맑고 발랄하신 우리 아희님. 다 좋은데 한 번씩 수하의 어려움도 돌봐주셨으면. 무려 차언에게 이유도 밝히지 않고 안대를 씌워서 내려오는 일이다. 중달은 커다란 손을 들어 너무도 조심스럽게 방문을 두드렸다.
"저어, 차언님."
장부 정리를 하던 차언이 중달을 슬쩍 쳐다보았다. 일별에 묻어나는 서늘함에 중달이 한 걸음 뒤로 물러났다.
"저기, 바쁘지 않으면 서효님 방에 좀 오라시는데 말입니다."
"바쁘다면?"
"어, 우어어, 그, 그래도."
"목을 꺾지 않을 테니 편히 말해라."
차언이 장부를 덮었다. 왜 상대는 편하게 말하라고 하는데 장승같은 몸이 점점 움츠러드는지 모르겠다.
"누가 날 불렀지?"
"아희님께서."
"아가씨 방으로 오라고 했다고?"
"예, 예."
"하."
차언이 앞머리를 쓸어 넘겼다. 그가 창 쪽을 쳐다보더니 아무렇지 않게 중얼거렸다.

"혼례복이 다 됐나 보군."

"히익."

아희는 깜짝 공개라고 했는데 서효의 방 근처에도 가지 않은 차언이 이미 알아버렸다. 어쩔 줄 몰라 하는 중달을 보며 차언이 옅게 웃었다.

"네 주인 하는 일이야 빤하지."

차언이 자리에서 일어섰다. 먼저 앞서려는 그를 막고 꽃분홍색 천을 들어 보이자 입가에 걸려 있던 연한 미소가 대번에 지워졌다. 순식간에 눈빛이 바뀌었다.

"지금 그걸 내 눈에 두르려는 건 아니겠지?"

맞는데요, 라고 말할 수가 없다. 중달은 커다란 덩치에 어울리지 않는 애먼 천 조각만 만지작거렸다.

"그래."

차언이 여전히 사늘한 표정을 풀지 않은 채 말을 이었다.

"알아서 몸을 사리는 건 좋은 자세야. 한 해 동안 코뼈가 두 번 부러지는 건 너무 안된 일일 테니까."

아희님의 타박이 무서운가, 차언님의 주먹이 무서운가.

중달이 어수룩하긴 했지만 그 정도 머리는 돌아가는 자였다. 그는 두말없이 꽃분홍색 천을 접어 제 손에 쥐었다. 그제야 차언이 다소 만족스런 표정으로 방을 나섰다.

방문을 열기도 전에 안에서는 이미 호들갑을 떨고 있었다. 너무 잘 어울린다느니, 눈부시게 예쁘다느니. 칭찬이 문밖까지 새어 나왔다. 차언은 그 자리에 서서 한동안 이어지는 칭찬을 들었다.

당연하다. 모두 맞는 말이다.

아무것도 안 하고 가만히 있어도 예쁜데 거기다 혼례복을 입혀 놨으니 도대체 얼마나 고운 모습일까.

그는 뻐근해지는 가슴께를 눌렀다. 준비됐나? 그녀의 모습을 볼 준비가 됐냐고. 아직 식은 올리지도 않았고 그저 완성한 예복을 걸쳐 보는 것뿐이다. 벌써부터 이렇게 긴장하면 혼례 당일엔 어쩔 텐가.

청심환을 씹는 신랑이라. 그런 신랑이 내가 처음은 아니겠지.

"……차언님?"

문 앞에 당도하였는데도 차언이 들어갈 생각을 않자 중달이 말을 걸었다. 고개를 돌리기도 전에 움찔거린다. 저렇게 주눅 들 거면서 왜 괜히 사람을 재촉해 가지고.

가볍게 문을 두드린 후 다른 말없이 방에 들어갔다. 갑작스런 등장에 아희 무리가 당황했다.

"중달, 눈 가려서 오랬잖아."

"아희님, 그게."

"오글오글한 발상은 역시 아희님에게서 나온 거군요."

차언이 잘라 말하자 아희가 어깨를 으쓱했다. 칭찬으로 한 말은 아니었는데.

"혼례복이 완성되었거든."

아희가 제 수하를 대신해 그동안 만든 과정을 줄줄이 읊으려 했다. 서효의 피부색이 어쩌고, 허리선을 강조하여 어쩌고. 차언의 눈이 차츰 가늘어지자 아희가 딱 입을 다물었다.

한 마디만 더 하면, 이라고 생각했는데 입 다무는 시점이 기가 막혔다. 진짜 남편이 행운의 신이라 그 혜택을 평소에도 보는 건가. 묘한 데서 발현하는 눈치다.

"헷, 말이 좀 길어졌지? 알아요, 알아. 얼른 보고 싶어 하는 차언 마음 내가 다 안다고."

이 쪼그만 여신은 예전부터 본의 아니게 차언을 가지고 놀았다. 서효의 친구만 아니었으면 손봐줬을 얄미움이었다.

"한 번만 더 까불면 때리겠네?"

그러니까 바로 저런 얄미움. 저런 눈치.

예나 지금이나 여자라고 봐주지 않는데. 차언은 이를 악물고 심호흡을 하였다. 아희가 키득키득 웃으며 수하들에게 눈짓했다.

"휘장을 걷어봐."

차언의 등장에 소리 지르며 서효를 숨겼던 무희들이 미소를 되찾았다. 여유와 자신감도 되찾았다. 무희들은 뿌듯한 얼굴로 차언을 보며 휘장을 걷었다.

그 너머엔 화사한 혼례복을 걸친 서효가 있었다.

직선으로 떨어지는 보통 혼례복과 달리 넓은 비단 허리띠를 매어 나긋한 허리를 드러내었다. 활짝 피어난 꽃송이와 날개처럼 흩날리는 꽃잎 자수가 돋보였다. 진한 빨강의 비단이 우윳빛 피부를 더욱 빛나게 해주었다.

발그레 홍조를 띠고 있는 서효는 눈부시게 어여뻤다.

"어때, 어때, 차언? 예쁘지? 우리 애들 솜씨 괜찮지?"

아희는 자기가 더 신나서 발을 굴렀다. 반면 차언은 미동도 않고 아무 말 없이 서효를 쳐다보았다. 침묵이 너무 오래 이어진다 싶었다.

"차언? 뭐라고 한마디 좀 해봐."

아희가 고개를 불쑥 들이밀었다. 주인의 말에 수하들도 입을 모았다.

"서효님이 예쁘지 않으신가요?"

"저희 정말 열심히 했어요."

"신부에게 칭찬을 해주세요, 차언님."

그렇게 했는데도 차언이 가만히 있자 이번엔 서효가 입을 열었다. 신부다운 수줍음이 묻어나는 목소리로 달콤하게.

"이상해, 차언?"

절대 그럴 리 없는 말을 속삭인다.

"평소 안 하던 화장을 했어. 그래서 어색해 보일 수도 있나 봐."

무희들이 옆에서 전혀 이상하지 않다고 종알거렸다. 차언은 문가에 계속 서 있다가 천천히 서효에게 다가갔다. 혼례복을 입은 신부는 가까이서 보니 가슴이 죄어들 만큼 사랑스러웠다. 청심환이 아니라 지혈제를 먹어야 할까. 왠지 코에서 피가 흐르는 기분인데.

차언이 서효의 땋은 머리를 만졌다. 양 갈래로 내린 머리는 평소와 같다. 이것 때문에 반응이 미적지근한 건가 하고 오해한 서효가 말을 이었다.

"아희가 머리는 그냥 두라고 했어. 혼례 당일과 똑같은 모습을 보여줘선 안 된다고."

"……제가 아직 아무 말도 안 했죠."

그윽한 목소리로 차언이 말했다.

"안대를 쓰라고 할 땐 웬 터무니없는 요구인가 싶더니."

다정한 눈빛이 서효의 곳곳에 닿았다.

"맞는 말이었네요. 안대를 쓰라던 이유가 있었어요."

"그건 아마."

"눈이 부셔서 좀 아릴 지경이군요."

제 말의 파급효과는 생각지도 않은 채 차언이 부드럽게 웃었다. 다른 누구도 아닌 차언의 입에서 저런 말이 나오다니.

저런, 낯 뜨거운, 달달한.

아희를 위시한 무리들의 턱이 아래로 떨어졌다. 중달은 말뜻을 아예 이해하지 못하고 눈만 이리저리 굴렸다.

"예쁩니다, 아가씨."

서효가 눈을 내리 깔며 곱게 웃었다. 꿀이 뚝뚝 떨어지는 분위기에 아희가 휘청거렸다. 서효에게 말만 들었을 뿐. 차언의 애정 공세를 직접 보는 건 처음이었다.

"아희님?"

무희가 주인을 부축하며 물었다.

"저희 나가야 하나요?"

"그런가?"

"왠지 분위기가."

"그렇지?"

눈치 없는 아희의 수하들마저 움직이게 하는 힘이 차언에게 있었다. 그게 무력이 아니라 달콤한 말이라는 게 충격이었지만. 옷자락이 바닥을 스치는 소리가 이어지더니 문이 닫혔다.

차언은 오늘 들어 두 번째로 만족스런 표정을 지었다.

혼례복도 완성되었겠다, 교류하고 지내는 신들 중에 주례 세울 이도 찾았겠다. 서효와 차언의 혼인 준비는 막힘없이 진행되었다. 그러던 중 차언이 의견을 냈다.

원래는 저택에서 식을 치르고 여행을 떠날 예정이었다. 한데 차언은 아예 새로 살 곳으로 여행 겸 이사를 가자고 하였다. 조금 갑작스럽긴 하지만 어차피 이 동네를 떠날 때도 다 되었다고 했다.

그건 맞는 말이었다.

내년이면 이곳에서 산 지 십일 년째가 된다. 아무리 머리 모양이나 화장법, 옷을 바꾼다 한들 늙지 않는 얼굴로 인간들을 십 년 이상 속이긴 힘들다.

떠날 때는 조용히. 그게 원칙이었다.

그러나 이번 동네는 특히 정이 든 곳이라, 서효는 약재를 바리바리 싸서 책방 아저씨에게 안겨주고 돌아왔다. 한 번 살았던 곳은 다시 돌아오지 않는다. 적어도 책방 아저씨의 외아들이 늙어 백발노인이 되기 전엔 이 동네에 올 일이 없는 거다.

"정이 단단히 들었는데 이거 섭섭하네요."

책방 주인이 산더미 같은 약재 꾸러미를 쳐다보았다. 그러더니 자기는 줄 게 이것밖에 없다며 새로 들어온 책을 몇 권 묶어주었다. 사양하며 떠밀어도 막무가내다. 결국 서효는 남의 손에 한 번도 들어가지 않은 새 책을 받아 들었다.

"건강하세요, 아저씨."

"예, 아가씨도 잘 지내시고요."

"나오지 마세요."

"이런 배웅도 못 하게 하면 안 됩니다. 아들놈도 인사시켜야 되는데 요놈이 오늘 성에 놀러갔네요."

손을 흔들고 고개를 숙이길 수차례. 서효는 또박또박 걸어서 약방으로 돌아왔다. 마침 아희네 무리가 와서 일손도 많겠다. 약방 안에서는 이삿짐 꾸리기가 한창이었다.

"오셨습니까."

기둥 옆에 고고히 서서 남의 집 수하들에게 지시를 내리던 차언이 그녀를 맞았다.

"울진 않았고요?"

"울긴 왜 울어."

"매번 동네를 뜰 때마다 코가 빨개지도록 울었잖습니까."

차언의 눈이 서효를 살폈다.

"오늘은 좀 괜찮은 것 같네요. 골목에서 얼굴을 닦고 오셨는지."

"진짜 안 울었거든."

집사가 그녀를 빤히 보았다.

"약간…… 찡하긴 했는데 안 울었어. 웃으면서 인사 잘하고 왔다고."

선물도 교환했다며 품 안의 책을 보여주었다. 예전의 내가 아니라면서 어깨를 으쓱거리는 아가씨였다.

"사람이 모름지기 발전이 있어야지."

"그 말을 아가씨 입에서 들으니 기분이 묘합니다만."

"그게 무슨 뜻이야."

"……거기, 화병은 조심해서 옮겨."

서효가 눈을 찌릿 흘겼다.

"방금 말 돌린 거지?"

차언은 듣고도 못 들은 척 다음 지시를 내렸다.

떠들고 놀기만 하는 줄 알았던 아희네 수하들은 의외로 쓸 만한 일꾼이었다. 묘기를 부리는 재주꾼이나 극단 배우나 다들 무거운 물건 들기에 이골이 난 자들이다. 추운 겨울에도 하늘하늘한 옷을 고수하는 무희들은 어떻고. 서효의 화장품과 옷을 싸는 손끝이 아주 야무졌다.

아마 이들에겐 이삿짐 싸기도 혼인 준비의 하나일 것이다. 힘든 일이 아니라 떠들썩한 놀이였다. 그래서 다들 며칠 전부터 싱글벙글하며 일을 돕고 있는 거다.

서효 눈엔 이 모든 게 차언의 술수처럼 보였다. 자신과 차언 둘이서만 하면 집사 혼자 생고생이기 때문에.

워낙 뛰어난 집사이니 단 하루 만에 이사 준비가 끝나긴 하지만, 그동안 차언은 정말 쉴 새 없이 일해야 하기 때문이다. 서효가 하는 모든 것들이 그의 성에 차지 않는다고나 할까.

왜 그리 무거운 걸 들려고 하느냐. 아예 가만히 계시라. 정 그렇다면 이거라도 하는데, 조금이라도 힘들면 바로 그만두어라.

그놈의 잔소리.

이쯤 되면 문제는 차언이다 싶은 것이다. 손끝 하나 까닥 못 하게 할 땐 언제고, 아가씨 시중이 만만찮다느니 어쩌니 하는 거.

누가 잊은 줄 알고?

"혹시 이러려고 아희네 부르자고 한 거야?"

차언은 원래 이들을 끔찍하게 여긴다. 천하의 민폐라고 대놓고 말한다. 아무리 서효의 혼례식이고 아희가 그녀의 친구라고 하나, 차언이 먼저 아희 이름을 언급할 줄은 몰랐다. 축제여신님도 불러야죠, 라는 말을 들었을 때 얼마나 의아했던지.

차언이 그녀를 돌아보며 말했다.

"그럼 제가 왜 이 정신 나간 녀석들을 불렀겠습니까."

"좀 조용히 말해."

"잔치를 한답시고 저희 고생시킨 값 받아내야죠. 이때 아니면 기회 없을 겁니다."

역시 우리 집사는 무섭다니까. 은근히, 아니지, 완전히 뒤끝이 길어요.

서효는 혀를 내두르며 자리를 떴다. 그대로 걸음을 옮겨 한쪽 벽을 가득 채우는 약재함 앞에 섰다. 서효네는 무거운 가구나 그릇 같은 건 놔두고 옷이랑 장식품만 들고 간다. 여기 와서 새로 맞춘 약재함도 그대로 두고 가는 것이다.

"이사 가자, 얘들아."

잃어버린 여신만이 할 수 있는 일. 서효가 허공에 천천히 원을 그린 뒤 제 몸 쪽으로 손을 당겼다.

그러자 이백 개가 훌쩍 넘는 약재함 서랍이 일시에 열렸다. 새로운 곳에 간다며 기뻐 날뛰는 영들을 끌어모았다. 나긋한 손짓에 영들의 크기가 줄어들었고, 모든 영들이 합쳐져 작은 공 크기가 되었다.

서효는 늘 쓰던 자개함을 열어 그 안에 연홍빛 기운을 넣었다.

탁!

마지막 손짓에 약재함 서랍이 한꺼번에 닫혔다. 경쾌한 소리가 났다. 십 년간 온갖 영들을 담아온 약재함은 이제 보통 약방에서 볼 수 있는 평범한 물건으로 돌아갔다.

"녀석들은 다 들어갔습니까?"

차언이 안쪽 출입문을 열고 들어왔다.

"이제 짐을 마차에 싣기만 하면 끝나거든요."

"응, 난 다 했어."

서효가 자개함을 들어 보였다. 그 말이 끝나자마자 아희네 수하들이 짐을 들고 밖으로 나갔다. 덩치 큰 중달은 한 번에 보따리를 서너 개씩 옮길 수 있으니 진짜 금방 끝날 터였다.

"서효, 마차에 올라! 내가 든 게 끝이래."

아희가 옷 보따리를 들고 깡충깡충 뛰면서 말했다.

마지막으로 올려다본 약방 건물이 정겨우면서도 쓸쓸했다. 사람과 작은 물건만 쏙 빼냈으니 내일 다시 돌아와도 그대로 살 수 있을 모습이었다. 하지만 서효와 차언은 돌아오지 않을 것이다.

코끝이 찡해진다. 헤어질 때는 항상 이런 기분이었다.

"정 생각나면 성에서 축제가 열릴 때 다시 오죠."

차언이 어깨를 다독이며 말했다.

"그땐 가면을 쓰니까 아무도 모를 겁니다."

예전 같았으면 어차피 달포 뒤에 아무렇지 않아진다고 했을 집사다. 그런 차언이 눈에 띄게 다정해졌다. 서효는 차언의 손을 꼭 잡은 다음 고개를 끄덕였다. 자개함을 챙겨서 마차에 올랐다.

마차가 출발했다. 서효는 약방이 조그만 점이 될 때까지 창밖을 내다보았다. 고마웠어, 라고 속으로 몇 번이고 속삭이면서.

반 시진을 달려 저택에 도착하였다. 차언은 저택만 며칠 빌렸다고 했는데, 무리들이 도착했을 때 본 것은 푹신한 이불과 화로와 온갖 크기의 그릇이 완비된 부엌이었다. 혼례에 쓰는 물건까지 얌전히 쌓여 있는 건 두말할 것 없었다.

무리들은 신이 나서 즉시 붉은 종이를 오리고 휘장을 다는 일을 시작했다. 차언의 준비성에 입을 딱 벌린 건 서효뿐이었다.

일꾼들도 동원했겠지. 또 얼마를 쓴 것이야.

저택 곳곳을 돌아다니며 차언의 씀씀이에 재차 경악하다 보니 날이 바뀌었다. 하루만 더 있으면 손꼽아 기다리던 혼례가 치러진다. 백오십 년간 기다려 왔지만 너무도 뜻밖의 사람과 다소 갑작스럽게 하게 되었다.

서효는 여전히 얼떨떨한 기분이었다. 하지만 그것과 두근거림은 별개다. 차언을 좋아하는 마음만은 확실하기에 얼떨떨하긴 해도 혼인이 주저되지는 않았다.

"차언, 뭐 해?"

서효는 당장 내일이 혼례인데 부엌에서 나올 생각을 않는 신랑을 찾아갔다. 차언은 책을 펼쳐 놓은 채 음식 준비에 한창이었다.

"설마 내일 음식 준비하는 건 아니지?"

"맞는데요."

"혼례상에 올라가는 거랑 잔치 음식?"

"예, 은근히 까다롭군요."

가만히 놔두면 내일 아침까지 음식 준비를 할 태세다. 열심인 건 좋은데 이건 너무 과하다.

"이걸 직접 준비하는 신랑이 어디 있어."

"여기 있잖습니까."

"아희랑 두척님은 혼례 사흘 전부터 편히 먹고 쉬기만 했대. 다른 집도 다 그런다던데."

차언은 아랑곳하지 않고 국자로 솥 안을 휘저었다.

"그건 다른 집 얘기죠."

"그냥 일꾼들에게 맡겨, 차언."

서효가 차언의 팔을 살살 흔들었다.

"번화가에 나가면 괜찮은 요릿집이 있더라고. 거기서 시키자."

"지금."

차언의 표정이 엄격해졌다.

"혼례용 음식을 주문하자고요?"

"바로 그 말이야."

"격식에도 맞지 않고."

"격식은 그만 따져."

뭐라 더 말하려는 차언을 생긋 짓는 눈웃음으로 막았다.

"난 차언이 중요해. 피곤에 찌든 신랑은 너무 슬플 거라고."

"그렇지만."

주문하는 음식은 성에 차지 않는다고 하려는 거겠지. 무슨 말을 할지 빤하다. 서효는 차언의 손가락을 쥐고 꼼지락거렸다.

"차언이 저번에 나보고 살살 하라고 했잖아."

말 안 듣는 신랑을 일깨우기 위해 손톱에 힘을 주었다. 큰 손바닥에 아프지 않을 정도로만 박아 넣었다.

"차언이야말로 살살 해."

이만큼 애교를 부리는데 견딜 수 있을 리 없다. 차언이 픽 웃으며 국자를 내려놓았다. 아직 미련이 남아 있는 표정이지만 어쨌든 하던 것에서 손을 떼게 만들었다.

"흠 하나 없이 치르고 싶습니다."

"그 맘, 알다가도 모르겠어."

서효는 차언이 보던 책을 집어 들었다. 몇 장 넘겨보기도 전에 차언을 말리길 잘했다는 생각이 들었다. 이걸 혼자 하도록 두었다가는 내일 자정이 될 때까지 신랑 얼굴을 못 볼 수도 있었다.

국수는 또 어떻고? 아희네 무리만 해도 스물다섯 명이다. 여기에 여우 소녀들, 초대한 작은 신들 너덧 명을 합치면 서른 명이 넘어간다.

혼인 잔치에 국수가 빠질 수 없는 법. 차언은 정말 그들이 모두 먹을 국수 가락을 뽑을 생각이었을까? 들어 안은 신부를 사랑스러운 눈으로 보면서 침상에 눕히는 것도 신랑의 일이다.

'종일 일한 팔로는 날 안아 올리지 못할 거야.'

그것만 못 하면 다행이게? 피곤에 찌들었으면 당연히 눈 붙이기 바쁠 텐데.

'으, 벌써부터 야릇한 생각이지?'

서효는 제 속내가 차언에게 들리지 않길 빌었다.

"아가씨와의 혼인이니까요."

조금 늦게 대답이 돌아왔다. 문득 궁금해졌다. 차언은 혼인한 이후로도 높임말을 쓸까 하는 것. 차언, 하고 부른 뒤 궁금증을 털어놓자 그가 묘한 표정을 짓더니 웃었다.

"기다렸다는 듯이 말 놓는 남자, 별로지 않습니까."

"어디서 그런 걸 들었대?"

"예전에 말하신 걸로 기억하는데요."

"그래?"

평소 한 말은 일일이 기억나지 않았다. 차언이 아, 하는 탄성과 함께 말을 이었다.

"정확하게는 혼인과 동시에 남자는 말을 놓고, 여자는 존대하는 게 싫다고 하셨네요. 아마 성에서 연극을 보고 오신 날 같습니다만."

그가 어깨를 으쓱했다.

"저야 아가씨가 원하는 대로 따를 뿐. 크게 상관없습니다."

"내용이 기억나진 않는데……. 그냥 지금 듣기로도 별로야."

차언이 쿡쿡 소리 죽여 웃었다.

"그럼 계속 이대로 하죠."

"흐음."

역시 상관없으려나?

보통 부부간에는 부인이 말을 높이는 경우가 많으니까 신경이 쓰였다. 친구인 아희만 해도 남편에게 존대를 한다. 그런데 아희는 두척님보다 훨씬 어리니까 그게 자연스러운 것 같고. 이런저런 생각을 해보는 중이었다.

"갑자기 말을 놓으면."

차언이 슬쩍 이쪽을 보았다.

"어색할 것 같은데."

서효가 그대로 멈춰 섰다. 차언의 입매가 천천히 호를 그렸다.

"벌써부터 이상하지 않나?"

"어……."

어떻게 반응해야 할지 몰라서 서효는 그저 눈을 깜빡였다. 가끔 가다가 차언이 짧은 말을 하긴 했지만 주로 서효를 야단칠 때나 화가 났을 때였다. 알기나 하냐면서 볼을 쫙 늘린다든가, 이 상황이 웃기냐며 눈을 번득인다든가.

우리 집사가 화가 난 나머지 주종 관계를 하얗게 잊어버렸네요. 속으로 그리 생각하며 궁얼대었다.

한데 지금은.

"안 그래도 아가씨는 지금 정신없이 끌려오고 있잖습니까. 여기서 제가 말까지 놓았다간…… 아예 아가씨 혼이 빠질 텐데요."

차언이 본래 말투로 돌아왔다. 저도 모르게 안심이 되는 이유는 뭘까.

"아가씨껜 썩 즐거운 일이 아니겠죠."

"뭐 그렇다기보다는 조금 놀라서."

서효는 쟁반에 가득 쌓인 빨간 열매를 내려다보았다. 잠깐이긴 했지만 충격은 제법 강했다. 어색한 건 문제가 아니었다. 문제는 말을 놓는 차언이 하나도 어색하지 않다는 것에 있었다.

'와, 옛날부터 그래왔던 것처럼 자연스러워.'

아가씨로서의 지위가 위태로울 지경이었다. 어디 내가 안 보는 곳에서 연습이라도 하고 왔나?

차언의 말이 맞았다. 집사는 지금으로도 충분히 아가씨를 흔들고 있다. 여기서 한 발 더 나아갔다간 좁쌀만큼 확보한 주도권조차 잃을 판이다.

"놀라셨습니까."

미소 띤 얼굴로 덤덤히 되물어왔다. 역시 계속 존대하게 하는 쪽이 낫겠다. 말을 놓았을 뿐인데 순식간에 사람까지 달라지는 기분이었다. 서효는 조그맣게 고개를 끄덕이다가 빨간 열매를 집어 들었다. 계속 눈길이 닿던 것이다. 손가락으로 집자 손끝에 찐득한 게 묻어났다.

"이게 뭐야?"

"설탕 옷을 입힌 대추입니다."

달콤한 간식을 만들 거라면 대추보단 과일이 낫지 않을까? 이건 후식이냐고 물으니 혼례 절차 중의 하나라는 답이 돌아왔다.

"입에 물고 반씩 나눠 먹는 순서가 있더군요."

"입에 물고 나눠 먹는다고? 크기가 작아서 힘들 것 같은데……."

"연습해 보면 되죠."

차언이 서효를 달랑 들어 탁자에 앉혔다. 서 있는 것보다는 이쪽이 눈높이도 맞고 안정적이었다.

"제가 물고 있을까요? 아니면 아가씨가?"

물고 있는 쪽은 가만히 있기만 하면 된다는 데까지 계산이 끝났다. 서효는 고민할 것 없이 대추 한쪽을 앙 물었다.

"그럼."

차언이 짧게 말하더니 주저 없이 다가와 대추를 깨물었다. 베어 무는 힘이 얼마나 센지 그만 이 사이에 물고 있던 대추를 놓치고 말았다. 작은 대추가 딸려감과 동시에 차언의 입술이 닿았다.

쪽, 하고 가볍게 닿는 느낌을 남긴 채 그가 멀어졌다.

"실패입니다."

그렇게 말하면서 달달한 대추를 씹어 먹는 표정이 얼마나 얄미워 보이는지. 서효는 별수 없이 입술에 묻은 설탕 가루만 핥았다.

"제대로 물고 있어야죠."

"차언이 너무 세게 했잖아."

"사탕도 아닌데 빨아 먹을 수도 없는 노릇 아닌가요? 당연히 깨물어야죠."

하여간 이놈의 집사는 입만 살아 있다. 절대 말로 지는 법이 없지. 서효는 분한 듯 다시 대추를 입에 물었다.

이번에도 대추는 차언의 입으로 사라졌다. 자기가 만들어놓고 굉장히 맛있게 먹는다. 그래봤자 설탕 맛 나는 대추일 텐데. 서효는 뿌루퉁하게 볼을 부풀렸다.

이상하게 승부욕이 돋는 게, 반드시 반쪽을 나눠 먹고 말겠다는 의지가 샘솟았다. 하지만 결과는?

쪽, 쪽, 쪽. 차언의 입술만 실컷 왔다 갔다.

"일부러 이러는 거지?"

"아가씨가 잘못해 놓고 왜 제 탓을 하시는 건지. 뭐, 저야 마침 허기졌는데 간식도 먹고 좋네요."

시침 떼기가 수준급이시다. 얄밉다는 표정으로 설탕을 핥는데 입가를 쳐다보는 차언의 눈빛이 왠지 심상치 않았다. 그는 웃는 것도 멈추고 뭘 보고 있는 걸까.

도톰한 입술 사이로 보이는 말랑한 혀에 그의 시선이 꽂혔다는 걸 서효가 알 리 없었다. 그러니 바로 다음 순간 그가 입을 맞춰 왔을 때 굳어버린 것이다.

"으읏……."

차언은 남은 설탕을 모조리 먹어치울 기세로 서효를 삼켰다. 더 이상 단맛이 느껴지지 않을 때까지 입술을 빨았다. 젖은 소리가 나며 고개가 비틀렸다. 살며시 벌어진 입술 사이로 그가 혀를 밀어 넣었다.

짙게 문질러 올릴 때마다 서효는 머릿속이 하얗게 비는 기분이었다. 오늘따라 뜨거운 입맞춤은 집요하고 격렬했다.

정신없이 차언을 따라가던 서효는 등 뒤로 닿는 탁자의 감촉에 눈을 떴다.

'눕혀졌어.'

차언의 손이 서효의 매듭단추에 닿았다. 입맞춤은 계속되는데 단추 하나가 툭 끌러졌다. 하아, 하아, 몰아쉬는 숨소리가 야했다. 단단하고 기다란 손가락이 두 번째 단추에 닿을 무렵, 차언이 입술을 떼더니 한숨을 쉬었다.

곧 서효의 어깨에 얼굴을 묻고 가늘게 몸을 떨었다. 내일이 혼례니까, 하고 약해지는 쪽은 서효였다. 반면 차언은 순서를 지켜야 한다고 했고.

"한데 미치겠군요."

힘겨워 보이는 차언이 애써 미소를 흘렸다.

"솔직히…… 참기 힘드네요."

참지 말라고 할 자신까진 없었다. 다만 쉽게 식지 않는 여운에 아쉬움을 비치자 차언이 벼르듯 말했다.

"깜찍하게 구는 것도 오늘까지입니다. 진짜 내일 밤엔, 두고 보시죠."

손가락이 내려가더니 서효의 옆구리를 간질이기 시작했다. 기습 공격에 서효가 몸을 말며 웃었다. 그만해, 간지럽다고. 꺄르꺄르 웃는 소리가 한동안 부엌 밖으로 새어 나왔다.

아침이 되었다.

침상에 친 휘장 너머로 겨울의 아침 햇살이 스며들었다. 바깥 공기는 싸늘할지 몰라도 방 안은 따뜻했다. 매끄러운 감촉의 솜이불 안은 더욱 포근했다.

서효는 나른한 기분을 만끽하며 눈을 떴다. 눈을 뜨자 옆에 누워 있는 사람이 보였다. 차언이 아직 잠들어 있었다.

'와.'

하마터면 소리 내어 말할 뻔했다. 서효는 아차 싶어 혀끝을 깨물었다. 자신이 집사보다 먼저 일어나다니. 이건 두고두고 회자할 사건이었다. 서효가 기억하기로 이런 적은 단 한 번도 없었다.

마음 같아선 당장 차언을 깨워 이것 보라고, 드디어 나보다 늦게 일어나는 날이 왔다고 뻐기고 싶었지만 잠깐 동안 참기로 했다. 잠든 차언을 가까이서 보는 건 처음이었다. 서효는 달콤했던 어젯밤을 떠올렸다.

"차언, 옆에 누워서 재워줘."

하루만 참으면 되는 걸 아는데도 자꾸 응석을 부리고 싶었다. 그래서 이부자리 확인을 하고 나가는 차언을 잡은 것이다.

"악의 없이 사악한 아가씨."

차언이 고개를 내저으며 말했다.

"혼례 전날 밤까지 아주 탈탈 털어야 속이 시원하신 겁니까?"

하지만 그렇게 말하는 차언의 입가엔 연한 미소가 걸려 있었다. 팔베개를 부탁했지만 단칼에 거절당했다. 대신 아기에게 하듯 등을 토닥여 주었다.

'그다음에 이어진 건 절대 아기에게 하는 게 아니었지만.'

예상하지 못했다면 새빨간 거짓말이다. 차언은 부엌에서 못다 한 입맞춤을 더 했다. 서효는 반가워하며 응했다. 너른 품에 안겨 잠드는 순간까지 낮게 울리는 목소리를 들었다.

잊을 수 없는 밤이었다.

'그리고 지금은 잊을 수 없는 아침이고.'

서효는 새삼 두근거리는 마음을 누르며 잠든 차언을 눈에 담았다. 어쩜 이렇게 길고 풍성할까 싶은 속눈썹부터 쭉 뻗은 콧날, 입술의 결, 아침 햇살이 닿았을 때의 색까지.

내 사람이라고 생각하니 더욱 마음이 가면서 잘생겨 보였다.

자리를 잡는 동네마다 먼발치에서나마 차언을 보겠다던 아가씨들이 넘쳐 났었다. 이제야 아가씨들이 왜 그토록 한숨을 쉬어댔는지 알 것 같았다.

'좀 심각하게 잘생긴 것 같아.'

새로 이사 가는 동네에서도 비슷한 일이 일어날 터. 처음부터 부부라고 밝히면 매일 약방에 얼굴을 비추는 아가씨들이 약간이라도 줄어들까. 차언이야 거기서도 냉기를 풀풀 풍기겠지만 문제는 서효였다.

'질투가 나서 손님을 쫓아내고 마는 건 아니겠지?'

진지하게 아무도 없는 산속에 들어가서 살까 고민해 보았다.

예전의 차언이라면 산에서 무엇으로 돈을 벌겠느냐 타박했을 텐데. 지금의 차언이라면 서효가 말을 꺼내는 즉시 깊고 깊은 산으로 신나게 달려갈 것 같았다. 왠지 그런 분위기였다.

차언도 혹시 나와 같은 기분일까? 어딘가에 꼭꼭 숨겨두고 나만 보고 싶은 그런 기분? 하지만 나는 누구처럼 특출 난 미인은 아닌데. 그나저나 잠든 차언의 얼굴은 의외로 순한 분위기구나, 하던 차였다.

"아침부터 자극하시는 겁니까?"

차언이 말했다. 잠기운이라고는 요만큼도 묻어나지 않는 목소리였다.

"그렇게 가까이서, 그렇게 빤히."

눈을 떴다. 방금 전까지의 순한 분위기는 사라지고 서효를 정신 못 차리게 하는 남자로 돌아와 있었다. 자는 게 아니었단 말인가.

"깨어 있었어?"

"한 시진 전에요. 주변을 걷고 씻고 아침 차까지 한 잔 마셨는데도 여전히 주무시더군요. 그래서 다시 누웠죠."

그럼 그렇지. 차언이 서효보다 늦게 일어날 리 없었다. 알고 있기 때문에 더더욱 신기했던 건데 말이다.

"깨우지."

"제가 왜요?"

그가 서효의 머리를 쓸어 넘겨주며 말했다.

"아침에 깨우지 않기로 약속한 거, 저만 기억하는 건가요?"

"아, 맞네."

"게다가 입을 오물거리거나 코를 실룩이는 걸 보고 있으니 재밌기도 하고."

"그런 거 보지 마."

"귀엽기도 하고."

"그런 거……."

서효가 말을 하다 말고 입을 다물었다. 잠든 제 얼굴을 들여다봤다니 뒤늦게 부끄러웠다. 한데 저런 식으로 말해 버리면 어쩔 수가 없었다. 밉지 않게 눈을 흘기며 웃음을 꾹 참는 수밖에.

"혼례식 날입니다, 아가씨."

차언이 몸을 일으키며 말했다.

"따뜻한 목욕부터 하실까요?"

침상에서부터 달랑 들려서 욕실로 옮겨졌다. 차언은 부인이 땅을 밟고 다니지 못하도록 할 셈인가 보다. 요즘 들어 안아 옮기는 일이 잦았다.

몸이 나른하게 풀리는 목욕물에 들어간 서효는 꽃잎을 만지작거리며 생각했다. 어제 요리를 그만두게 한 건 잘한 처사라고. 덕분에 신랑이 아침부터 신부를 번쩍번쩍 들어 안고 다닌다. 오늘 밤, 침상까지 옮기는 것은 걱정하지 않아도 될 것 같았다.

"꺄, 나 무슨 생각을 자꾸 하는 거야."

서효는 두 손으로 입을 가린 채 풍덩 몸을 밀어 넣었다. 물 아래서 올려다본 위쪽은 어여쁜 색의 꽃잎으로 가득했다.

마치 서효의 마음처럼 온 세상이 꽃밭이었다.

"기러기와 원앙은 어디 둘까요?"

"거기, 그렇지, 거기야."

"여기 종이 장식 하나 더!"

"자넨 그 옷 말고 다른 것을 입는 게 좋겠는데?"

"누가 이거 같이 들어줘!"

혼례를 치르는 넓은 방에는 막바지 준비가 한창이었다. 아희는 노는 것에서라면 의외로 실력 발휘인지 수하들을 제법 잘 지휘했다. 어제저녁에 나란히 도착한 여우 소녀들도 오랜만에 치장을 하고 즐거이 웃었다.

혼인 당사자만 긴장을 하였지, 모두가 축제 분위기였다.

"아희님, 이제 여긴 문제없으니 서효님께 가보세요."

"네, 아희님. 신부 단장을 도와주세요."

무희들의 말에 아희가 후다닥 서효의 처소로 달려갔다. 차언은 식장을 돌아다니며 모든 상황을 제 눈으로 확인하다가 누군가의 재촉을 받았다.

"차언님도 옷을 갈아입으셔야지요."

화장이나 머리 장식 등 다른 이의 도움이 필요한 신부와 달리 신랑은 혼자서 준비를 할 수 있었다. 차언은 재촉을 받고서야 처소로 향했다. 방문을 닫자 떠들썩한 소리가 한결 멀어졌다.

드디어 그날이 왔다.

평상복을 벗고 준비된 혼례복을 집어 드는데 손이 떨렸다. 떨리는 게 손뿐이면 다행이다. 솔직히 아까 전부터 숨쉬기조차 힘들어 몇 번이나 심호흡을 해야 했다.

“이러다 식장에 들어서기도 전에 죽겠군.”

차언은 가슴께를 누른 채 헛웃음을 흘렸다. 긴장과 걱정과 기쁨이 뒤섞여서 감정을 제어할 수가 없게 되었다.

서효와의 혼인.

‘이게 꿈은 아니겠지.’

주먹을 움켜쥐었다. 손바닥에 대고 손톱을 힘주어 눌렀다. 살을 파고들자 따끔함이 느껴졌다. 너무나 생생한 감각이었다.

감히 내가 혼인이라. 이런 기쁨을 누려도 되는 건가. 아직도 확신은 들지 않았다. 차언은 풀지 않은 짐 속에서 손수건에 싸인 무언가를 꺼냈다. 취옥을 박은 동곳이었다. 모든 준비가 끝났는데도 방을 나서지 않고 한참 동안 동곳을 내려다보던 그는 품에 그것을 넣었다.

다른 건 몰라도 서효를 행복하게 만들어줄 자신은 있었다. 그것만은 확실했다. 지난 시간 동안 오로지 그녀의 행복만을 위해 살아왔으니까.

끼이익.

차언은 방문을 열고 식장으로 향했다. 동곳을 넣은 왼쪽 가슴께가 두근거렸다. 오늘 그는 드디어, 혼례를 올린다.

차언이 들어설 무렵 모든 준비는 끝난 상태였다. 혼례상에 올라갈 물건은 제대로 올라갔고, 주례는 두 번이나 낭독 연습을 마친 다음이었다. 신랑이 모습을 드러내자 사람들은 저마다 떠들고 있다가 박수를 쳤다.

"멋지십니다, 차언님!"

"훌륭한 신랑입니다!"

"혼례 올리기 정말 좋은 날이에요!"

아희네 무리는 호들갑이 일상인 자들답게 유난을 떨었다. 환호하는 자도 있었고 벌써부터 음악을 연주하려는 자도 있었다. 평소라면 시끄러운 녀석들이라며 미간을 구겼을 텐데.

오늘은 그걸 듣는 기분이 썩 나쁘지 않았다.

사실 차언의 입꼬리는 자꾸 위로 올라가려는 중이었다. 화려하게 꾸민 식장으로 들어서자 제대로 혼례 분위기에 젖어든 것이다. 그는 자신의 자리로 가서 기다렸다.

원래 신부 치장은 오래 걸리는 법이다. 모두들 알고 있기에 여유롭게 차를 홀짝이며 이야기를 나누었다.

이각이 지나자 차언은 신부의 미소가 그리워졌다. 목소리가 듣고 싶었다. 얼른 제 앞에 데려다 놓고 혼인으로 맺어진 부부임을 확실히 하고 싶었다. 신랑이 너무 안달 낸다고 뭐라 하진 않겠지. 왜냐면 그게 사실이니까.

이쯤 되면 사람을 보내 진행 상황을 물어도 큰 흉이 되지 않겠다 싶었다. 차언은 만만한 아희의 수하들 중에서도 가장 만만한 자를 눈짓으로 불렀다. 덩치 큰 중달이 두 손을 모은 채 다가왔다.

"네 주인께 가서 얼마나 기다려야 할지 물어봐라."

"예, 차언님."

중달이 고개를 꾸벅 숙인 뒤 식장을 나섰다. 서효의 처소는 일부러 식장과 거리가 먼 별채에 잡았다. 그걸 감안해도 중달이 돌아오기까지는 생각보다 시간이 걸렸다. 주인에게 물어보라고 했더니 아예 주인을 데려왔나. 차언은 중달과 함께 나타난 아희를 보면서 생각했다.

"다 됐습니까?"

저답지 않게 독촉하듯 물었다. 아희는 단장 자체는 끝났다며 말을 이었다.

"근데 서효가 차언이 필요하대."

"예?"

"긴장이 뒤늦게 왔나 봐. 약간 몸을 떨면서 차언이 왔으면 좋겠다고 했어."

"그거라면 잠시."

차언은 두 번 생각할 것 없이 곧장 자리를 떴다. 별채로 향하는 걸음이 빨라졌다. 서효가 그를 필요로 한다면 부름에 응하는 게 당연했다. 어깨를 토닥이고 등을 쓸어줘야겠다. 제멋대로인 집사의 속도에 맞추느라 고생하신다고 다독일 것이다.

서효의 처소 옆은 신방(新房)이었다. 비단을 접어 만든 꽃과 장식 술로 꾸며진 그곳을 힐끗 본 차언은 조심스레 문을 두드렸다.

"차언이야?"

안에서 서효의 목소리가 들렸다. 아희가 말한 대로 말끝이 살짝 떨리고 있었다. 그렇다고 하자 들어오라는 대답이 돌아왔다. 차언은 문을 열고 방으로 들어섰다.

칸막이 대용으로 세워둔 병풍을 지나 안쪽으로 들어가니 화장대 앞에 앉아 있는 서효가 보였다. 화관과 붉은 포만 쓰면 바로 식장으로 가도 될 모습이었다. 이쪽을 등지고 있어 뒷모습만 보였지만, 그것만으로도 충분히 어여뻤다.

감히 꿈에서나마 그려볼 수 있던 장면이다. 제 신부가 된 서효의 자태에 차언은 울렁이는 가슴을 꾹 눌렀다.

"식 자체는 길지 않으니 괜찮을 겁니다."

차언이 부드러운 말투로 달랬다.

"많이 떨리십니까?"

서효는 대꾸도 못 하고 떨었다. 고운 혼례복으로 감싸인 어깨가 떨리는 게 눈에 보일 정도였다. 그제야 심각하게 걱정이 된 차언이 그녀에게 다가갔다.

"아가씨, 어디 불편한 데라도……."

"무서워."

서효가 조그맣게 말했다.

"무서워서 다리에 힘이 들어가지 않아. 일어설 수가 없어."

몸 어딘가가 아픈 줄 알았더니 겁을 먹은 것이란 말인가. 긴장을 심하게 했다면 그건 이해가 갔다. 식장에 들어서기 직전까지 차언 자신도 긴장을 했으니까.

하지만 겁을 먹었다니.

가 공자의 폐가에도 혼자 찾아가곤 했던 서효다. 차언이 잔소리를 달고 살 정도로 부주의하다면 부주의하달까. 경계심이 없다. 겁도 별로 없었다. 너무 느긋해서 걱정이라고 생각했는데, 일어설 수도 없을 만큼 무서움을 느낀단다. 서효가 아무 이유 없이 이럴 리는 없었다.

"무슨 일입니까? 무슨 말을 듣기라도 했나요?"

차언이 서효의 어깨를 잡고 물었다. 자신이 옆에 있다는 걸 알려주기 위해 일부러 힘을 주어 잡았는데도 서효의 떨림은 잦아들지 않았다.

"누가 찾아왔습니까?"

무희들이 계속 옆을 지켰을 텐데 혼자 남겨진 시간이 있었을까. 왔다면 누가 왔을까. 짧은 시간 동안 차언의 머릿속에 몇 사람이 스쳐 지나갔다. 갑자기 행적이 걸리는 이가 있어 물었다.

"가 공자? 놈이 왔던가요?"

"아니……."

"그럼 왜 이렇게 떨죠? 불안하게."

차언이 서효를 끌어안았다. 방 안은 봄날처럼 따뜻한데 서효는 자꾸 한기를 느끼듯이 떨었다. 탐스러운 꽃송이 같은 어여쁨도 이유 모를 시름에 가려졌다. 서효가 차언을 안으려고 손을 올리다가 한숨을 쉬었다. 마주 끌어안는 대신 살짝 힘을 주어 차언을 떼어냈다.

"차언, 나 어디 달라진 것 없어?"

갑작스러운 질문에 차언이 서효를 아래위로 훑었다. 경황이 없어 제대로 보진 못했다. 그러나 서효는 같은 것을 재차 물었다.

"자세히 봐. 어디 눈에 띄는 점 없어?"

"특별히는……."

예쁜 사람을 더 예쁘게 만들어놓았다는 것 말고는 달라진 점을 모르겠다. 눈썰미라면 차언도 빠지지 않는 축인데 서효가 원하는 답을 짐작할 수가 없었다. 차언은 본능적으로 방 안을 훑어보다가 다시 서효에게 시선을 돌렸다.

의도한 것은 아니었다. 맨 처음 눈길이 닿은 곳이 절반만 틀어 올린 머리였다. 무희들이 솜씨 좋게 만들어놓은 머리. 거기엔 새하얀 꽃 비녀가 꽂혀 있었다.

처음엔 자신이 선물한 백매화 비녀인 줄 알았다. 공방에서 보자마자 서효에게 어울릴 거라 직감했던 비녀다.

어찌 보면 투명하고 다른 각도에서 보면 유백색으로 보이는 백옥으로 매화꽃을 세공했다. 아래로 늘어뜨린 구슬은 서효가 걸을 때마다 찰랑거릴 것이다. 가격 같은 건 상관없었다. 마음에 든 나머지 그 자리서 바로 주문한 것인데.

"비녀가."

차언의 눈이 비녀에서 떨어지지 않았다. 제대로 보니 백매화 비녀가 아니었다. 그것보다 훨씬 단순한 모양새였다. 다른 장식도 더하지 않은 진주 비녀가 서효의 머리에 꽂혀 있었다.

너무 오래전에 본 물건이다. 그 뒤로 다시 보이지 않아서 잠깐 잊고 있던 물건이기도 했다. 한데 서효가 어찌 이것을 하고 있단 말인가.

그의 귓가에 아주 오래전 들었던 말들이 스쳤다.

"차언님, 이 비녀 예쁘지 않나요? 어머니가 물려주신 거랍니다."

"저, 약소하지만 이런 걸 마련해 봤어요."

"동곳이에요. 이래 봬도 진산(晉山)의 백금으로 대를 잡고 순은 세공을 한 취옥을 물린 거예요."

"차언님께 드리고 싶어서."

"정표로 받아주시면……."

차언이 입술을 깨물었다. 아직도 너무 생생한 목소리에 가슴이 쓰렸다. 말간 눈빛, 상냥하던 목소리, 티 한 점 묻지 않았던 선량함. 그런 사람에게 자신은 무슨 짓을 저질렀던가.

"너 같은 건 넌덜머리가 나."

차언의 무릎이 꺾였다. 자꾸 몸을 떠는 서효를 걱정했는데, 이번엔 그의 몸이 떨리기 시작했다. 떠올리는 것만으로도 지독한 상처가 되어 돌아오는 말들이었다.

그땐 상대를 상처 입히려고 뱉었지만, 지나고 나니 제 심장을 할퀴는 말이었다.

"지겨워."

"내가 그리 좋은가? 이렇게 널 끔찍해하는데도?"

"약해빠져서 샐샐 웃기나 하지. 아니면 울던가. 이 정도면 백치 아냐?"

"제발 내 삶에서 사라져."

"치워."

"그냥 죽어."

그때 그 비녀였다. 서효가 어머니에게 물려받았다며 해사한 미소를 지었던 진주 비녀. 수백 년 전 모습을 감추었던 그것을, 지금 서효가 꽂고 있었다.

"안 돼……."

차언이 주먹을 그러쥐었다. 상실감, 무력함, 괴로움이 누가 먼저랄 것도 없이 밀려왔다. 차마 서효를 다시 쳐다볼 자신이 없어 바닥만 내려다보고 있었다. 화장대와 침상 사이, 휘장으로 공간을 분리해 놓은 그 뒤쪽에서 누군가 걸어 나왔다.

한 걸음. 또 한 걸음.

특유의 걸음걸이. 그 또한 너무나 오랜만에 보는 것이었지만 위를 올려다볼 필요도 없었다. 차언은 이미 상대가 누군지 알고 있었다. 흰 비단옷에 관을 쓴 자. 천제(天帝)가 차언을 조용히 응시했다.

안 돼. 제발, 제발, 이번만은.

두 사람의 옷자락을 잡고 매달리라면 그리할 수 있었다. 바닥을 기라면 두말할 것 없이 기어보일 터였다. 무엇이든 요구하기만 한다면. 제발 내게 뭐라도 원해 달라고. 그게 뭐든 해보일 테니까. 차언은 속으로 바라고 또 바랐다.

"차언."

이제 떨림이 사라진 목소리로 서효가 그를 불렀다. 망연히 주저앉은 채 고개를 들자 햇살 가득했던 아침과는 확연히 다른 서효가 거기 있었다.

"오랜만이네요."

짧은 한 마디가 차언의 가슴에 못을 박았다.

7장.

과거,
그 지독한 엇갈림

오백 년 전.

서효는 콧노래를 흥얼거리며 약재함을 닦았다. 나무 서랍 안에서 놀아달라고 까불거리는 영(靈)들이 느껴졌다.

서효의 어머니 무조부인은 잃어버린 것들의 여신. 그녀의 딸인 서효는 시간이 날 때마다 약재함 안의 영들과 놀아주곤 했다. 어머니는 영들에게 따뜻했지만 서효처럼 깃털 장난감으로 놀아주진 않았다.

"처음부터 버릇을 잘못 들였어."

영들의 장난을 받아주고 매일 놀아주는 서효에게 어머닌 그렇게 말했다. 한 번 놀아주기 시작하면 서효가 여신 직분을 물려받은 이후에도 계속 그래야 할 거라고. 그럼 서효는 태평하게 웃으며 대꾸했다.

"에이, 저 안에서 얼마나 심심하겠어요?"

"나이 먹고 느는 건 넉살밖에 없지?"

"점점 예뻐지고 있기도 한데."

"말이나 못 하면."

인간계에서 작은 약방을 꾸리며 살아가는 일상. 특별히 대단한 사건은 없어도 나름대로 재미난 하루하루였다. 평화롭고 따스한 나날이었다.

"이거 보렴."

무조부인이 계산대 위에 무언가를 내려놓았다. 약재함을 닦다 말고 힐끔 쳐다본 서효는 눈을 굴리며 한숨을 쉬었다. 그러니까 평화롭고 따스한 나날이긴 한데.

"어머니, 진짜 궁금해서 묻는 건데 우리 이래도 돼요?"

아니, 말을 잘못 했다.

"어머니 이래도 돼요?"

"무슨 뜻인지."

"이분은 또 뉘 댁 공자시죠? 어디 보자. 아, 여기 있네. 풍요의 여신님 댁 막내 공자시네요."

서효가 종이를 접어 다시 봉투에 넣었다. 무조부인은 초상화도 있으니까 꼼꼼히 보라고 덧붙였다. 서효가 찌릿 눈을 흘겼다.

"어머니, 저 정혼했다고요. 이미 일 년 전에 했다고요."

"아직 식을 올린 건 아니잖니."

"헉, 저 약재함 좀 뒤져 봐야겠어요. 여신님 양심 찾아보게."

"내 말 들으렴."

무조부인이 딸의 손을 잡으며 목소리를 차분히 가라앉혔다. 아직 본론이 나오기 전이지만 서효는 이어질 말을 알고 있었다. 지난 일 년 동안 몇 번이고 들어온 말이었다. 지치지도 않고, 잊을 만하면 계속.

웬만하면 딸의 말을 들어주는 무조부인답지 않게 서효의 정혼에 대해서는 그 태도가 한결같았다.

“남편이란 자고로 네 말에 귀 기울이며 다정다감한 사람이 제일이란다. 평생을 함께할 사람이잖니.”

“그렇긴 하죠.”

“그리고 엄밀히 말해서, 아직 예물도 주고받지 않았고 그쪽과 교류도 없으니 혼인이 확정됐다고 볼 순 없지.”

서효가 손을 뺐다. 이에 대해서라면 자신도 할 말이 있었다.

“그거야 어머니가 미뤘으니까요. 아직 가르칠 게 많다며 차일피일 미루고, 예물도 까다롭게 고르고…….”

무조부인이 하는 대로 두었다간 서효는 백 년 뒤에도 혼례를 올리지 못할 판이었다. 뭔가 더 말하려는 기색이기에, 서효는 얼른 선수를 쳤다. 머리를 다시 묶어야겠다며 방으로 도피한 것이다.

방문을 닫고 책상 앞으로 간 서효는 조심스레 서랍을 열었다. 서랍 안에는 종이에 곱게 포장한 편지 뭉치가 들어 있었다. 두근대는 마음으로 꺼내보려던 서효는 멈칫하였다.

약재함을 닦는다고 수건을 잡았던 손이다. 혹시 쾨쾨한 냄새가 배이진 않았을지. 냄새를 맡아보니 괜찮은 것 같았다.

“차언님 편지에 이상한 냄새를 묻힐 순 없지.”

서효가 배시시 웃으며 편지를 꺼냈다. 얼핏 보면 무뚝뚝한 듯해도 은근한 배려가 깃들어 있는 편지였다. 이것은 서효가 사랑에 빠지게 된 계기기도 했다.

일 년 전, 혼처가 정해졌다는 말에 얼마나 놀랐던가. 무조부인은 작은 직분의 여신. 그 딸인 서효라면 비슷한 가문의 아들과 혼담을 주고받는 게 보통이었다. 한데 하늘로부터 통보가 내려왔다. 무조의 딸 서효가 차언의 짝으로 정해졌다고.

차언이 누군가. 살고 있는 지명(地名)을 따 '망월의 차언'이라고도 불리는 그는 천제의 아들이었다. 다섯 아들 중에서도 가장 강하고 빛나는 신이었다.

무조부인은 한쪽이 너무 기우는 혼인이라며 부담스러워했다. 당혹스럽기는 서효도 마찬가지였다.

"그때였지. 약방으로 몰래 편지가 온 건."

어머니도 잠든 깊은 밤. 늦게까지 책을 읽던 서효는 저절로 열리는 창문에 기겁했다. 한 뼘 정도 열린 틈으로 들어온 것은 온몸에서 푸르스름한 빛이 나는 새였다. 새의 발목에는 돌돌 말린 편지가 묶여 있었다.

정혼녀 서효 낭자 앞. 난생처음 사내로부터 받은 편지는 그런 문구로 시작했다. 이후로 한 달에 두어 번씩 오는 편지는 서효만의 비밀이 되었다.

—볕이 따스하다 해도 공기가 찹니다. 감기에 걸리지 않도록 주의해요.

—소문에 너무 신경 쓰지 마세요. 사람마다 장단점이 있는 법이니까.

—만날 날을 기다리고 있습니다.

"차언님, 다정하고 상냥하신 차언님."

서효가 달콤한 한숨을 내쉬었다. 그녀의 손에는 어렵게 입수한 차언의 초상화가 들려 있었다. 꼿꼿하게 들어 올린 턱과 슬며시 지은 미소에서 남다른 우월함이 느껴졌다.

어쩜 보고 또 봐도 한숨 나오게 잘생겼는지. 다른 사람은 모르겠지. 이분이 정혼녀에게 얼마나 잘해주시는지 상상도 못 할 거야.

"서효야! 얼른 나오렴."

무조부인이 큰 소리로 딸을 불렀다.

"아, 네네, 갑니다요."

그새를 못 참고 또 부르신다. 서효는 편지와 초상화를 조심스레 갈무리한 다음 서랍에 넣었다. 방문을 열기 전에 뒤돌아본 그녀는 서랍을 향해 눈을 찡긋했다.

"다녀올게요, 차언님."

봄바람 같은 콧노래가 절로 나왔다.

약재함은 다 닦았으니 이번엔 또 무슨 일을 시키시려나. 마당 쓸기? 창틀 닦기? 그러나 서효의 예상은 완벽하게 빗나갔다. 무조부인은 딸의 얼굴을 보자마자 팔을 잡고 뒷마당으로 끌고 가기 시작했다.

"응? 뭐예요, 갑자기."

대낮의 집 안인데도 자꾸 주변을 힐끔거리는 모양이 이상했다.

"왜 그러세요, 어머니?"

"자세히 설명할 시간이 없구나."

"설명이라니……."

가타부타 말없이 뒷문 쪽으로 끌고 간 무조부인은 보따리 하나를 서효 품에 안겨주었다. 무엇이 들었는지 몰라도 제법 묵직했다.

"잘 들어라, 서효야. 내가 따로 연락을 보내기 전까지 독(毒)의 신께 가 있어라."

"거긴 왜요?"

"그러니까…… 휴, 시간이 촉박한데."

독의 신이라면 세 번 뵌 적이 있다. 약(藥)과 독은 떼려야 뗄 수 없는 관계. 처음엔 독을 다루는 분이라고 해서 막연한 무서움을 느꼈었다. 하지만 실제로 마주한 상대는 그저 독초가 너무 좋아서 정원 가득 키우는 애호가였다.

"이 귀여운 꽃을 보렴, 서효야. 병아리 같은 색이 아주 앙증맞지?"

"……이건 또 무슨 독인가요."

"하하하! 꽃 한 줌이면 황소 열 마리도 단숨에 쓰러뜨릴 수 있단다! 요, 요, 요렇게 귀엽게 생겨서는 말이야. 얼마나 대단하니!"

여러모로 좋은 분이었다. 독초 얘기만 나오면 시간 가는 줄 모르는 게 좀 힘들긴 하지만 어쨌든 유쾌하고 밝은 분이었다. 자신보다 급이 낮은 무조부인과도 격의 없이 지내시곤 했다.

한데 갑자기 독의 신께 가라니?

"약초 공부 때문에요?"

서효는 막 떠오른 질문을 꺼냈다. 언젠가 독의 신 아래에서 심화 공부를 하기로 했는데 그것 때문일까. 만약 그렇다고 해도 이건 너무 갑작스러웠다.

"그렇다고 해두자."

무조부인이 말했다. 그러면 그런 거지, 그렇다고 '해두는 것'은 또 뭔가. 무조부인은 여전히 얼떨떨해하는 서효의 등을 떠밀었다. 뒷문을 열자 마차가 한 대 서 있었다. 진녹색 피풍의를 걸친 마부는 독의 신의 저택에서 봤던 사람이었다. 서효가 마차에 오를 동안 무조부인이 마부에게 당부했다.

"쉬지 말고 달려주세요."

마부가 말없이 고개를 끄덕였다. 뭐가 이렇게 급하지. 독의 신께 가면 자세한 설명을 들을 수 있으려나.

"무조님?"

당황해서 보따리만 끌어안고 있는데 밖에서 낭랑한 목소리가 들렸다. 창문으로 내다보니 자신을 닮은 아가씨가 어머니를 부르고 있었다. 그것은 그저 닮은 정도가 아니었다. 또 다른 서효였다. 목소리조차 비슷한 또 다른 서효였다.

"엇, 머리 위로 귀가."

서효의 지적에 또 다른 서효가 깜짝 놀라 손으로 제 머리를 덮었다. 쫑긋 솟은 여우 귀 한 쪽이 모습을 감추었다. 그제야 평소 약방에 놀러 오곤 하는 여우란 걸 알 수 있었다.

한데 왜 여우가 서효의 모습을 하고 여기에 온 건지 모르겠다. 진짜 서효는 영문도 모른 채 독의 신께 가는데 말이다.

"어서 출발하세요. 달리세요."

무조부인이 마부를 재촉했다.

"이랴!"

마차가 움직이기 시작했다. 서효는 대체 무슨 일이냐고 외쳤지만, 무조부인은 독의 신께 이야기를 들으라고 했다.

아무리 빨리 달려도 저택에는 사흘 뒤에나 도착할 텐데. 그 전까지 아무것도 모르는 상태로 계속 있어야 하는 걸까.

"이, 일단 갔다 올게요!"

어쨌든 작별 인사를 해야 한다. 서효는 창문 너머로 몸을 내민 채 손을 흔들었다. 제 모습을 한 여우가 팔짝팔짝 뛰며 손을 마주 흔들어주었다.

그리고 성을 벗어날 무렵. 서효는 우연히 창밖을 내다봤다가 성으로 들어오는 어떤 무리를 보았다. 부유한 상인들처럼 보였지만 실은 강력한 신들이었다. 무조부인은 물론이고 독의 신도 상대가 되지 않을 상급의 신.

'저렇게 여러 명이 한꺼번에 움직이는 것도 드문데.'

혹시 어머니가 자신을 보내는 일과 관련이 있을까 하는 생각이 들었다. 하지만 어디 물을 곳은 없었다.

이윽고 서효의 마차와 그들은 엇갈려 멀어졌다. 이따 저녁 먹으러 멈추면 마부 아저씨에게 한번 물어봐야겠다. 늘어만 가는 궁금함을 잠깐 참아보는 서효였다.

쿵, 하는 소리에 눈을 떴다. 밖은 이미 깜깜한 밤이었다. 얼마나 오래 달렸을까. 마부 아저씨는 진짜 어머니의 말씀대로 쉬지 않고 달릴 셈인가. 지쳐 잠들었던 서효는 눈을 비볐다. 여기가 어디쯤인지 감도 오지 않았다.

창문을 열자 낯선 풍경이 눈에 들어왔다. 아무리 어두운 밤이라지만 이곳이 한 번도 와보지 않은 곳이라는 것쯤은 알 수 있었다.

저택에 가는 길은 이 길이 아닌데. 내가 모르는 사이 새로운 길이 생겼나?

"저, 아저씨."

서효는 마차 문밖으로 고개를 내밀었다.

"피곤하실 텐데 죄송해요. 근데 여기가 어디지 모르겠어서요."

말발굽 소리에 못 들은 것 같다. 마부는 등만 보인 채 묵묵부답이었다. 서효는 좀 더 큰 소리를 내어보았지만 마부는 미동도 하지 않았다. 약간 무안해져서 다시 마차 안으로 고개를 들였다.

"이상하다……."

베개 대신 베었던 보따리를 끌어안았다. 뭔가를 끌어안고 있으니 불안감이 덜했다. 바꿔 말하면 서효는 지금 묘한 불안감을 느끼고 있었다.

어디로 가는지 감을 잡고 싶어서 창문을 열어두었다. 창밖으로 숲의 검은 그림자만 휙휙 지나갔다. 그러다 어느 순간부터 앞이 제대로 보이지 않을 만큼 짙은 안개가 깔렸다.

"도대체 어디로 가고 있는 거지."

아저씨가 이상하다. 하지만 영 모르는 낯선 사람도 아니고 저택에서 뵌 분인데. 그리고 불안하다고 해서 별다른 수가 있는 것도 아니었다. 마차 창문으로 뛰어내리기라도 할 거냔 말이다.

어딘지 모르는 곳에, 깊은 밤에, 안개가 자욱한 숲에. 산짐승이라도 나오면 어쩌려고.

"이랴!"

지금도 느리지 않은 속도인데 마부가 말채찍을 휘둘렀다. 말들이 더욱 속도를 내기 시작했다. 숲을 벗어나는 게 느껴졌다. 비탈진 곳을 지나 평지로 내려왔다. 그러고도 달리기를 한참. 불안해하는 서효 눈에 커다란 바위가 들어왔다.

동네 어귀에 세워두는 장승만큼이나 높고 큰 바위였다. 흐릿한 불빛이 비쳐 바위의 글자가 보였다.

망월(罔月).

서효의 눈이 휘둥그레졌다.

"망월? 차언님이 계신 망월? 여긴…… 어떻게."

머릿속이 혼란스러웠다. 온갖 가정이 떠올랐다가 연기처럼 사라졌다. 일이 어디서 꼬인 걸까. 무조부인은 분명 독의 신께 가라며 서효를 마차에 태웠다. 마부에게 당부도 했다. 그러고는 성으로 들어가는 상급 신 무리를 보았다.

몇 시진을 꾸벅꾸벅 졸고 일어났더니 망월이었다. 북서쪽의 끝에 있다고 들었는데 이렇게 빨리 올 수 있는 것도 이상했다. 사실 모든 게 이해가 가지 않았다.

펑! 펑!

어디선가 불꽃 터지는 소리가 들렸다. 본능적으로 창밖을 내다본 서효는 망월의 화려한 밤에 입을 벌렸다. 저도 모르게 탄성이 흘러나왔다.

"아름다워……."

축제도 아닌데 가게마다 오색 빛깔의 등을 내걸고 손님을 맞았다. 야시장이 열렸는지 가게에서는 저마다 맛있는 냄새를 풍기는 간식들을 팔았고, 아이들은 까르르 웃음을 터뜨리며 사람들 사이를 헤집고 다녔다.

거리에서 악기를 연주하는 사람들도 있었다. 까마득하게 쌓아 올린 의자 위에서 물구나무서기를 하는 기예단도 보였다. 보통 다른 곳에서는 밤이 되면 여관을 제외한 가게는 문을 닫는데 이곳 망월은 달랐다. 조용한 분위기의 성에서 살아온 서효는 색다른 풍경에 넋이 나갈 지경이었다.

마차는 시끌벅적하고 화려한 대로를 지나 어느 골목으로 꺾어 들었다. 두 번을 더 꺾고 그대로 길을 따라 달리던 마차가 멈춰 섰다.

"……도착인가?"

서효는 쭈뼛거리며 창밖으로 고개를 내밀었다. 마부가 고삐를 놓더니 가볍게 뛰어내렸다. 몸을 날리기 전에는 분명 사람의 모습이었는데, 바닥에 내려설 때는 흑여우의 형상이었다.

'여우였구나.'

약방에 놀러 오는 여우가 서효 모습이 되었듯, 흑여우는 독의 신의 수하로 모습을 바꾼 것이었다. 그럼 진짜 마부 아저씨는 어디 계신 거지? 어머니는 마부가 흑여우의 둔갑인 줄은 꿈에도 모르는 눈치셨는데.

"서효님, 내리시지요."

어쩔 줄 모르고 마차 안에 앉아 있는 서효를 누군가 불렀다. 얌전하면서도 예의 바른 목소리였다. 일단 젊은 여자라는 점에 서효의 경계심이 조금 누그러졌다. 단정하게 차려입은 네 명의 여자가 서효 쪽으로 돌아왔다.

"여기는 망월, 차언님의 궁궐입니다."

"안심하고 내리시어요."

차언님의 궁궐.

그 말에 서효의 다리가 움직였다. 여전히 보따리를 끌어안은 채 땅에 내려서자 여자들이 무릎을 굽혀 인사했다.

"처음 뵙겠습니다. 저흰 차언님의 궁녀입니다."

"아, 안녕하세요."

차언이야 천제의 아드님이니 이런 대우에 익숙하겠지만, 서효는 당황스러울 따름이었다. 궁녀들이 일제히 무릎이 땅에 닿도록 인사한다. 예의 차릴 필요 없으니 어서 일어나시란 말이 먼저 나왔다. 궁녀들은 머리까지 조아린 다음에야 몸을 바로 세웠다.

"노곤하실 테니 먼저 처소로 안내해 드리겠습니다."

대문으로 들어서자 두 명의 궁녀가 더 있었다. 등롱을 들고 기다리던 그들은 방금 전 궁녀들과 같은 식으로 인사한 뒤 앞장서

서 길을 안내했다.

궁궐은 아까 본 야경과는 또 다른 방식으로 화려하고 웅장했다. 그냥 저택도 아니고 '궁궐'이라고 부르는 이유가 있었다.

'어디까지 걷는 거지?'

수십 채에 달하는 전각(殿閣)과 기나긴 회랑을 지나 도착한 곳은 조용한 별채. 나직한 담장과 푸른 대나무가 좋았다. 웅장한 궁궐 안에서도 한갓진 분위기였다. 옥으로 기둥을 세우고 번쩍번쩍한 금테를 두른 전각으로 떠밀지 않아서 얼마나 고마운지.

서효는 처소에 불씨를 옮겨주는 궁녀들을 보다가 입을 열었다. 오는 도중에도 두 번이나 물었지만 궁녀들은 일단 안내부터 하겠다며 답을 미뤘다.

"저기, 독의 신께서도 이곳에 계시나요?"

궁녀들이 서로 눈짓을 주고받았다.

"어머니는 제가 그분께 가는 줄 알고 계시거든요."

"으음, 서효님."

"그런데 갑자기 망월로 와서 놀랐어요. 마부 아저씨도 알고 보니 흑여우였고."

"서효님?"

"……네?"

궁금했던 것이 한꺼번에 쏟아져 나왔다. 아직 시작도 못 했는데 궁녀가 끼어들었다.

"의문이 많으시겠지만 우선 쉬고 내일 물으시지요. 시장하실까 봐 간단히 상을 올렸습니다. 뜨거운 목욕물도 봐두었으니 먼지를 씻어 내리세요. 필요한 게 있으시면 언제든 부르시고요."

"아."

"그럼 저희는 이만 물러가겠습니다."

궁녀들은 예의 그 부담스러운 무릎 인사를 하더니 방을 나가버렸다. 말에 은근한 위엄이 서려 있어서 가는 걸음을 붙들지 못했다.

간단히 올렸다는 상은 평소 어머니와 먹는 것보다 훨씬 호화로웠다. 목욕물에는 향유와 꽃잎을 풀어놓아 방 전체에 향기가 감돌았다. 고상하고 우아하고 아름다운 방. 서효는 그곳에 홀로 남았다.

"누가 대답 좀 해줬으면……."

침상에는 비단 금침이 깔려 있는데도 보따리를 끌어안는 서효였다. 내일은 정혼자를 만날 수 있을까. 차언을 만나게 된다면 궁금한 것을 모두 물어봐야겠다.

"궁궐, 어색하구나."

어느 물건에도 쉽게 손을 대지 못한 채, 침상에 엉덩이를 걸치고 앉아 있었다. 멀뚱히 흐르는 시간. 먼 곳에서 불꽃 터지는 소리가 희미하게 들렸다.

낯선 곳이라 잠이 안 올 줄 알았는데 눈을 떠보니 아침이었다. 집에 있을 땐 어머니가 매일 깨워주었는데 여기 궁녀들은 서효를 따로 깨우지 않은 모양이었다.

얼마나 오래 잔 거지? 서둘러 일어나 보니 목욕통은 사라져 있고, 상이 차려졌던 탁자 위도 깨끗했다. 궁녀들이 다녀간 듯했다.

"깨워도 되는데……."

서효는 방 안을 두리번거리다가 면경을 발견했다. 얼굴을 살핀 다음 부스스한 머리도 정리했다. 문밖으로 고개를 빼꼼 내밀자마자 어디선가 궁녀가 나타났다.

"편안히 주무셨습니까, 서효님."

아, 또 무릎 인사. 눈 뜨자마자 부담스러운 인사. 서효는 어찌 할 바를 모르고 고개를 숙였다.

"세숫물을 들이겠습니다."

그런 것은 스스로 할 수 있다고 하려 해도 낯선 곳이라 어쩔 수 없었다. 어디에 무엇이 있는지 모르니 눈뜬장님이나 마찬가지다.

서효는 따뜻한 물에 세수를 하고 아침상을 받았다. 밥 먹는 내내 옆에 서 있으면 어쩌나 했는데, 다행히 자리를 비켜주었다. 넓은 방에서 혼자 먹는 아침밥은 아주 이상한 느낌이었다.

"어머닌 한참 전에 일어나셨겠지?"

차언님께 설명을 들은 뒤, 바로 편지를 써야겠다고 생각했다. 독의 신과 정혼자 간에 어떤 대화가 오갔는지 몰라도, 어머니가 이 상황에 대해 모르는 것은 확실하니까.

'여우가 나 대신 딸 노릇을 잘해주었으면 싶은데.'

애교도 부리고 별일 없을 거라 다독여 드린다면 참 고맙겠다. 서효는 나중에 집에 돌아갔을 때 여우가 좋아하는 과자를 잔뜩 사주리라 마음먹었다.

"서효님, 양칫물입니다."

밥을 다 먹고 나니 양치 도구를 갖고 들어왔다. 모든 게 이런 식이면 귀하신 분들은 웬만해선 방 밖으로 나갈 일이 없겠다. 밥 들여와, 목욕물 들여와, 말만 하면 무엇이든 방으로 가져다준다. 나도 이런 생활에 익숙해져야 할까?

장작 패기도 서효 스스로 하도록 했던 무조부인의 방침과는 정반대였다.

"서효님."

수건으로 입을 닦고 있는데 궁녀가 미소 띤 얼굴로 말했다.

"차언님을 뵈러 가시지 않겠습니까."

"기다리던 바예요."

행여 궁녀의 마음이 바뀔까 얼른 대답했다.

"그럼 의복과 장신구, 화장품을 들이겠습니다."

"앗, 잠깐만요!"

서효가 손을 내저은 뒤 침상 머리맡에 둔 보따리를 향해 뛰어갔다. 어젯밤 자기 전에 무엇이 있나 풀어보았다.

무조부인은 서효의 옷가지와 새 신발 한 켤레, 마른 과일, 머리끈, 약간의 돈을 챙겨주었다. 집에서 쓰는 미안수(美顔水)와 연지까지 넣어두어서 잠깐이지만 코끝이 찡해졌다.

"갈아입을 옷은 갖고 있어요."

네 벌의 옷 중 가장 아끼는 것으로 꺼내 들자 궁녀의 표정이 미묘해졌다. 옆에 서 있는 다른 궁녀들 표정도 바뀌었다. 조용하게 오가는 눈짓. 어제도 비슷한 상황을 겪은 것 같은데.

"물론 서효님이 가져오신 옷도 어여쁘지만, 이건 차언님이 내리신 옷이라서 말이지요."

어느새 들고 들어온 옷은 서효의 옷들과 비교도 안 되게 화사했다. 정교한 자수며 같이 하게끔 되어 있는 장신구까지. 왕궁에 사는 공주에게나 어울릴 물건들이었다.

"선물을 받아주시면 차언님께서 기뻐하실 거랍니다."

"선물…… 이요."

난감했다. 한눈에도 값진 물건이라 궁녀들의 무릎 인사보다도 열 배는 부담스러웠다. 하지만 차언님의 선물이라고 하니 무조건

제 뜻대로 하기도 곤란했다. 옷을 입지 않으면 그의 성의를 무시하는 것처럼 보일 수도 있었다.

"그럼 이번만 입을게요."

서효가 어쩔 수 없다는 웃음을 지었다.

"선물이 마음에 안 드는 게 아니라, 제가 아직 화려한 물건에 익숙하지 않아서요."

"예, 그럼 바로 치장해 드리겠습니다."

궁녀들이 여럿 달라붙어 서효의 단장을 도왔다. 아예 다른 사람처럼 보이는 건 내키지 않아서 머리 모양만은 그대로 해달라고 부탁했다.

치장에는 오랜 시간이 걸렸다. 내내 어색한 미소를 짓고 있던 서효는 궁녀들이 기교를 부려 꼬아놓은 부분에 어머니가 물려주신 진주 비녀를 꽂았다. 방을 나서기 전 다시 한 번 면경을 들여다보니, 낯선 공주님이 자신을 마주 보고 있었다.

"서효님 드십니다."

궁녀들의 안내에 따라 도착한 곳은 궁궐 중앙의 대전이었다. 밖에 서 있던 하인이 서효의 도착을 알렸다. 먼 길 걸어오는 내내 옷자락을 밟지 않으려고 얼마나 애를 썼는지. 서효는 비로소 앉을 수 있다는 사실에 안도의 한숨을 내쉬었다.

"모셔라."

안쪽에서 울림 좋은 저음이 들려왔다. 차언님의 목소리. 서효의 가슴이 콩닥거리기 시작했다. 옷자락에 쏠려 있던 신경이 순식간에 대전 안의 사람에게로 옮겨졌다.

드디어 만나 뵙는 거야.

치맛자락을 그러쥔 손에 땀이 배어났다. 긴장을 하고 있다는 증거다. 제발 이상한 헛소리는 하지 않길. 바보 같은 실수도 안 하길. 차언님 앞이니까 예쁜 모습만 보일 수 있었으면.

대전 문이 천천히 열렸다. 서효는 감히 고개를 들지 못하고 바닥만 내려다보았다. 차언님이 날 마음에 들어 하시면 얼마나 좋을까. 천제님, 부탁드려요. 차언님께 사랑받을 수 있도록 도와주세요. 굽어살펴 주세요. 이렇게, 간곡히 부탁드려요.

"들어가시지요."

궁녀의 말에 서효가 걸음을 옮겼다. 높은 문턱을 넘어서는 순간이 아슬아슬했지만 넘어지지 않고 무사히 지났다. 넓은 대전으로 걸어가 단상 아래에 섰다.

"이리 올라오세요."

차언이 권유했다. 서효는 그제야 단상 위를 올려다보았고, 초상화보다 훨씬 수려하게 생긴 미청년과 눈이 마주쳤다.

"어서요."

다정한 목소리. 부드러운 미소. 일말의 걱정은 봄눈 녹듯 사라졌다. 차언은 편지에서처럼 상냥하고 따스했다. 평소 업무를 보는 곳인지 책상 한쪽에 양피지 두루마리가 쌓여 있었다. 이 모든 것이 신기할 뿐이다.

서효는 조심조심 계단을 올랐다. 단 세 칸이었지만 체감은 열두 칸과도 같았다.

"옷은 마음에 드십니까?"

차언이 건넨 첫 질문이었다. 궁녀들 앞에서 머뭇거린 기억은 어느새 잊은 지 오래였다. 서효는 모든 것이 마음에 든다고 대답했고, 생일 때도 입어보지 못한 고운 옷이라는 말까지 덧붙였다. 거기서 입을 다물었으면 좋았을 텐데 들뜬 마음은 쉬이 가라앉지 않았다.

"차언님, 이 비녀 예쁘지 않나요? 어머니가 물려주신 거랍니다."

묻지도 않은 비녀 자랑을 한 데다,

"저…… 동곳이에요. 이래 봬도 진산(晉山)의 백금으로 대를 잡고 순은 세공을 한 취옥을 물린 거예요. 저, 정표로 받아주시면……."

오늘은 그냥 품고 있기만 하려던 동곳까지 냉큼 건네고 말았다. 그에 그치지 않고 궁궐에 대한 감상을 늘어놓던 서효는 돌연 입을 다물었다. 차언이 자신을 가만히 쳐다보고 있었다. 뒤늦게야 부끄러워졌다.

차언은 직접 찻주전자를 기울여 두 잔을 따랐다. 자신의 것과 서효의 것. 차를 권하는 친절에 서효가 미소를 머금었다. 감사히 찻잔을 받아 들고 늦은 인사를 했다.

"안녕하세요, 차언님. 긴장한 탓에 너무 떠들고 말았네요. 저는 무조부인의 딸 서효라고 합니다."

"내 소개는 따로 할 필요 없겠죠."

"네, 물론이에요."

떨림을 감추기 위해 차를 홀짝였다. 뜨거워서 혀끝을 데고 말았다. 이런, 또 실수하는 거야? 차언님께서 식은 차를 내주실 리 없잖아. 후후 불기 싫으면 당연히 기다렸다 마셨어야지. 이틀 정도는 밥 먹을 때마다 신경이 쓰일 것 같았다.

"우선 내 독단적인 행동에 대해 사과하겠습니다. 어젯밤엔 많이 놀랐을 겁니다."

차언이 찻잔의 가장자리를 따라 만지며 말을 이었다.

"어제 독의 신이 보낸 마부로 둔갑한 것은 흑여우. 내 수하입니다. 서효님을 데리러 가던 중인 진짜 마부와 마주친 건 뜻밖의 행운이었죠."

"……행운이요?"

"예, 그자가 잠깐 볼일 보러 간 틈을 타 마차를 가로챘다더군요. 대놓고 자랑할 일은 아니지만 워낙 사정이 급했습니다."

무조부인도 경황이 없었는데, 차언도 급했다고 한다. 궁금한 점이 산더미였지만 서효는 우선 이어질 말을 기다렸다.

"천제, 그러니까 아버지께서 서효님의 집으로 사신(使臣)들을 보냈거든요. 서효님을 천계로 데려가려는 거죠. 명목이야 신부 수업인데 사실 서효님이 따로 배울 건 없습니다."

차언이 픽 웃었다. 자식 혼사에 극성인 아버지를 떠올리는 것 같았다. 절레절레 고개를 내젓기도 했다.

"무조부인께서 어련히 잘 가르치셨을까요. 게다가 어제부터 느낀 바겠지만, 대부분의 일은 궁녀들이 하고 있습니다."

"네, 맞는 말씀이에요."

제가 말하기 전에 차언이 먼저 알아줘서 반가운 마음이 들었다.

"황송할 정도로 모든 시중을 들어주세요. 제가 아무것도 못 하는 아기라도 된 것처럼."

차언의 표정이 살짝 변했다.

"아무래도 불편하셨나 보군요."

다소 엄격한 눈초리가 대전 저편으로 향했다. 주인의 시선에 궁녀들이 서둘러 무릎을 꿇고 머리를 조아렸다.

"서효님을 모시는 데 있어 불편을 끼쳐 드렸단 말이냐."

"송구하옵니다."

"내 그리 몇 번이고 당부하였거늘."

"송구하옵니다."

"앵무새처럼 같은 말만 반복할 셈이냐. 서효님께도 사과를."

"저, 차언님. 전 괜찮아요."

뭔가 일이 커지는 것 같아서 서효가 말을 끊고 나섰다. 궁녀들의 사과를 받으려고 꺼낸 말이 아니었다. 그냥 너무 잘해주셔서 몸 둘 바를 모르겠다는 뜻이었는데.

"저는 괜찮아요. 저분들이 잘못하신 건 없어요."

"……정말입니까?"

"네, 정말이에요."

그렇다면 다행이라며 차언이 다시 미소했다. 소문이 아예 틀린 것만은 아니었구나. 서효는 속으로 가슴을 쓸어내렸다. 천제의 아들로 살아온 시간 때문인지. 아랫사람을 다스리는 차언의 모습은 매우 서늘하면서도 자연스러웠다.

"어디까지 얘기했죠?"

서효가 입을 떼기 전에 차언이 아, 하고 말을 이었다.

"신부 수업. 아무리 생각해 봐도 시간만 잡아먹을 것 같아서 정혼녀를 빼돌리기로 했습니다. 그게 사건의 전말이에요."

"저를 빼돌려요……?"

"정혼 후 일 년이나 지났는데 이번엔 또 얼마나 천계에 있을지 모르잖습니까."

차언의 말도 일리가 있었다. 한 가지 이상한 점을 빼고는 말이다. 천제께선 예비 며느리에게 여러 가지를 가르치려고 사신을 보내셨다. 이것은 어머니인 무조부인에겐 반갑지 않은 소식이었다. 무조부인은 이 혼사를 기꺼워하지 않았으니까.

그래서 그녀는 딸을 독의 신의 저택에 숨기려 했다. 이는 서효를 빼돌리는 행동이었다. 결과적으로 마부로 둔갑한 흑여우에 의해 또 한 번 빼돌려졌지만 말이다. 그럼 여기서 드는 의문이 있다.

무조부인은 어떻게 천제의 사신들이 오는 걸 알았을까?

서효가 약재함을 닦고 방으로 들어가기 전까지도 그녀는 평소처럼 다른 혼처를 들이밀었다.

"혹시……."

"왜 그러시죠?"

"어머니께 사신의 소식을 전달한 것도 차언님의 수하인가요?"

차언이 빙긋 웃으며 고개를 끄덕였다. 그렇구나. 그럼 말이 된다. 독의 신께서 급히 보내셨다며 소식을 전달하면, 평소 침착하던 어머니도 덜컥 믿을 수밖에 없었을 것이다.

"천제님의 결정에 다들 나름대로 바빴네요."

서효도 차언을 따라 웃었다. 모든 게 납득되고 나니 개운한 기분이었다.

"한데 사신 보내는 걸 용케 아셨군요."

"이런 말하긴 뭣하지만, 수가 빤한 분이죠."

차언이 찻잔 가장자리를 톡톡 두드렸다.

"그래도 이번엔 정말 아슬아슬했어요. 깜빡 속을 뻔했거든요."

아쉽지만 대화는 이쯤에서 일단락해야겠다고 했다. 처리할 일이 쌓였다는 말에 서효는 미안한 마음이 들었다. 바쁜 사람의 시간을 뺏은 건 아닐지. 옷이 마음에 드느냐고 예의상 건넨 질문에도 길게 대답하는 등 눈치가 없었다. 차언이 일깨워 주지 않았다면 계속 눌러앉아 있을 뻔했다.

"그럼 전 이만 가보겠습니다."

"심심하면 궁녀들에게 궐 안내를 해달라고 해요."

"네, 그럴게요. 감사합니다."

그는 끝까지 다정하게 챙겨주었다. 그 배려에 진심 어린 미소가 새어 나왔다.

"저……."

두루마리로 손을 뻗던 차언이 무슨 일이냐는 듯 돌아보았다. 자신의 말에 귀 기울이는 이 모습을 보면 어머니도 차츰 마음을 여실 텐데.

"듣고 있어요."

차언이 상냥하게 덧붙였다.

"저, 차언님의 짝이 저라서 너무 기뻐요."

이 말을 직접 하게 되어 얼마나 기쁜지 모른다. 차언의 얼굴을 보며 제 목소리로 직접 전할 수 있어서 다행이었다.

"열심히 최선을 다할게요."

"큭."

차언이 어깨를 들썩이며 웃었다. 웃는 모습이 더없이 싱그러워 보였다.

"난 또 무슨 말을 하나 했죠. 알았어요. 살펴 가요."

그렇다고 너무 애쓰진 말고, 라는 뒷말이 끝나기도 전에 서효는 발을 헛디디고 말았다. 찌이익, 하는 불길한 소리와 함께 치맛단이 찢어졌다. 계단 밑으로 넘어져 무릎을 박았다. 대리석 바닥에 무릎을 부딪친 아픔보다도 당혹스러움이 앞섰다.

어떻게 이런 일이. 어쩜 이럴 수가.

나풀나풀한 치마가 찢어져 종아리가 훤히 드러났다. 무릎까지 보이는 것도 당황스러운데 자칫 허벅지까지 드러날 판이었다. 발을 헛디딘 것과는 별개로 치마가 어디 툭 튀어나온 곳에 걸렸나 보다. 생각지도 못한 대참사에 눈물이 맺혔다.

"괜찮습니까? 아니, 어쩌다가."

차언이 단상 아래로 달려왔다. 그에게 이런 꼴을 보일 순 없었다. 선물을 엉망으로 만든 것도 미안하지만 이제 첫 대화를 한 사이에 맨다리를 보이다니.

"아뇨, 아뇨. 괜찮아요. 죄송합니다. 죄송해요."

"사과할 일이 아니잖습니까. 여봐라, 서효님을 처소로 모셔라!"

의원을 부르겠다기에 필사적으로 사양했다. 하인에게 업혀 가는 동안 궐 안의 모든 사람이 서효의 맨다리를 힐끔 쳐다보았다. 대체 이게 무슨 추태인지. 서효는 소매에 얼굴을 묻고 눈물을 훔쳤다.

처소에 돌아온 서효는 의자에 걸쳐두고 간 제 옷으로 갈아입었다. 굳이 궁녀들을 물린 까닭은 연고를 바르다가 또 울 것 같아서였다. 차언의 사람들에게 더는 흉한 모습을 보이고 싶지 않았다. 그러다가 문득 묘한 위화감을 느꼈다.

이상한데. 뭔가 이상한데. 얼마 지나지 않아 기분이 이상한 이유를 깨닫게 되었다. 침상 머리맡에 둔 보따리가 없어진 것이다.

어린아이 같긴 하지만 한 번 울고 나니 어머니가 챙겨준 단 것이 생각났다. 향긋한 마른 과일이 떠올라서 하나만 꺼내 먹을 생각이었다.

그런데 넓은 방 곳곳을 뒤져봐도 보따리가 보이지 않았다. 게

다가 없어진 것은 보따리뿐만이 아니었다. 옷 갈아입을 때 빼놓은 비녀도 사라졌다. 내실에서 연고를 바르는 동안 도둑이 들기라도 한 것일까? 하지만 여긴 평범한 민가도 아니고 철통경비의 궁궐이다. 도둑이 돌아다닐 리 없다.

"저기요."

다리를 절뚝이며 처소를 나선 서효는 아까 물린 궁녀들을 불렀다. 그러고 보니 아직 이름도 몰랐다.

"저기, 궁녀님들? 제 보따리가 안 보여서 그런데요."

아침에 얼굴을 빼꼼 내밀기만 해도 기다렸다는 듯 나타났던 궁녀들이 흔적도 보이지 않았다. 그들이 처소 근처에 있을 줄 알았던 서효는 조금 당황스러웠다. 다들 다른 일을 보러 갔나. 한데 이게 무슨 냄새지?

"타는 냄새……. 어, 어떡해. 불이 났나 봐."

검은 연기가 피어오르는 곳으로 허겁지겁 달려간 서효는 아연실색하고 말았다. 소중한 보따리가 활활 타고 있었다. 벌써 절반은 검은 재가 되었고 남은 절반이 장작과 함께 없어지는 중이었다.

"무슨 짓이에요! 제 짐을 왜 태우는 거예요!"

어머니가 싸주셨는데. 전낭(錢囊)도 들어 있는데. 내 옷도, 새 신발도. 요기하라고 넣어주신 간식도 저기 있는데. 어째서. 어째서.

"차언님의 지시입니다."

궁녀가 동요하지 않고 답했다.

"외부에서 들여온 더러운 물건이니 깨끗이 태우라 하셨습니다."

"무슨……. 말도 안 돼요. 제 짐이 더럽다니."

무엇보다 차언이 그런 말을 했다는 게 믿기지 않았다. 시커멓게 변한 보따리를 보고 있자니 눈물이 날 것 같아서 서효는 황급히 자리를 떴다. 차언에게 제대로 된 대답을 듣고 싶었다.

대전에서 서효를 맞이한 이는 차언의 쌍둥이 형제였다. 완전히 다른 성격을 지닌 형제. 그렇지 않고서야 이게 가능할 리 없었다.

아까 차언은 등허리를 꼿꼿이 펴고 기품 있게 앉아 있었다. 한데 지금은 팔걸이에 몸을 기댄 채 지겨운 표정으로 두루마리를 들여다보았다. 가슴을 반쯤 드러낸 차림의 궁녀가 그의 어깨를 안마하는 중이었다. 요염하게 생긴 또 다른 궁녀는 그의 옆에 걸터앉아 부채를 살랑였다.

"다시 처음부터. 무릎걸음으로 기어서 들어와라."

차언의 쌍둥이는 그렇게 명령했다.

"한낱 미천한 계집이 천제의 아들을 뵙는 자리에서 고개를 빳빳이 세우다니. 너의 어미는 여식을 그따위로 가르치던가?"

저 목소리. 저 얼굴. 저 옷차림. 모든 것이 아까와 같은 사람인데. 모든 면에서 아까 이야기를 나눈 사람과 달랐다.

"혹시…… 다른 아드님이신가요? 차언님의 쌍둥이."

말을 채 끝내기도 전에 비소(誹笑)가 터져 나왔다. 아, 웃겨. 진짜 웃긴단 말이지. 단상 위의 그가 서효를 쳐다보았다. 서효도 차언에게 쌍둥이가 없다는 건 알고 있었다. 하지만 제 생각이 틀리길 바랐다.

"정말 어리석고 귀찮기 짝이 없구나."

차언이 두루마리를 책상 위로 아무렇게나 집어 던졌다.

"내 아비란 자도 그렇지. 늙은이가 노망이 났나. 왜 이딴 계집을 내 짝으로 정했는지."

입 밖으로 나오는 한 마디 한 마디가 너무도 충격적이었다.

"내가 그리도 싫다고 말했는데. 몇 번이나 말했는데. 귓등으로도 듣질 않았지. 입만 열면 그놈의 균형, 균형."

차언이 자세를 바꾸었다. 이제 그는 아예 절반쯤 드러누운 자세가 되었다.

"너도 알고 있겠지? 왜 하잘것없는 네가 내 반려로 정해졌는지."

"그건……. 그건 그저……."

"모르나 보군."

차언이 짧게 내뱉었다가 그럴 줄 알았다는 듯 피식 웃었다.

"균형 때문이다. 천계, 인간계, 하계. 3세계를 통틀어 위협적인 존재가 태어났거든. 그게 바로 나지. 망월의 차언. 다른 넷을 합친 것보다 뛰어난 존재. 어쩌면 아비의 자리까지 넘볼 수 있는 위력."

그가 제 손톱을 들여다보았다. 왜 아까는 알아채지 못했을까. 그에겐 냉소가 참 잘 어울렸다.

"솔직히 난 천제 따위 되고 싶지 않거든."

"저……."

"그냥 누구의 간섭도 받지 않았으면 좋겠어."

"저기, 그럼."

서효의 입술이 달싹였다. 묻고 싶은 게 있는데 목소리가 제대로 나오지 않았다. 그럼 저는 왜 데려오셨나요? 제 어머니까지 속이며 데려온 이유가 뭔가요? 제게…… 왜 이러세요? 많은 질문이 머릿속에 맴돌았다. 그러다 간신히 한 마디를 뱉을 수 있었다.

"그럼 제게 보내신 편지는."

"아, 그거."

차언의 눈빛이 일순 달라졌다. 표정이 더욱 차게 변했다. 그가 문가의 하인을 향해 명령했다.

"놈을 데려와."

차언의 말이 떨어지자 하인들이 대전을 나갔다. 여전히 믿기지 않는 상황에 서효가 멍하니 서 있는 동안 누군가가 대전으로 들어왔다.

철컹, 철컹. 발을 움직일 때마다 쇠사슬 끌리는 소리가 났다. 묵직하면서도 낯선 소리에 서효의 고개가 돌아갔다.

하인들이 데려온 이는 웬 사내였다. 감옥에 갇혀 있기라도 한 걸까. 낡은 옷 곳곳엔 갈색으로 변한 핏자국이 있고, 발목은 사슬로 묶여 있었다. 수염 정리를 하지 못하여 얼굴과 머리가 엉망이었다.

멍한 와중에도 이상하다는 생각이 들었다. 만약 이 사람이 죄수라면 왜 다리만 묶어두었는지.

보통 팔도 같이 묶지 않나? 손이 자유로우면 사슬을 풀 수도 있고, 어쩌면 열쇠를 빼돌려 감옥 문을 열 수도 있는데.

서효의 의문은 이내 풀렸다. 사내는 손이 없었다.

오른쪽, 왼쪽 모두.

처음엔 그저 소매가 긴 줄만 알았는데, 있어야 할 부분이 없는 거였다. 그래서 소매가 힘없이 펄럭이는 것이었다.

"아버지가 내 쪽에 사람을 심어두었더군."

차언이 처리해야 할 '물건'을 대하는 눈으로 사내를 쳐다보았다.

"그런 건 나만 하는 줄 알았는데. 부전자전이란 말이 왜 있는지 알겠더라고."

스스로 말하고도 웃긴지 가볍게 실소하는 그였다. 그러다가 서효에게 시선을 옮겼다. 그가 턱짓으로 사내를 가리키며 말했다.

"저놈이다. 네게 일 년 동안이나 편지를 보낸 자가."

"……네?"

"나를 사칭해서 네게 연서를 보냈지. 일 년이나 내 밑에서 그 짓을 해왔다니, 자다가도 문득 소름이 끼치는 거다. 세상에."

차언이 이를 갈며 말했다.

"일 년이다. 무려 일 년."

다시 사내를 쳐다보는 눈에는 명백한 살기가 어려 있었다.

"간이 배 밖에 나오지 않고서야 감히 내 궁궐 안에서 그런 짓을 해?"

하인이 차언의 눈치를 살피더니 사내의 무릎 뒤쪽을 찼다. 윽, 하는 신음과 함께 사내가 무릎을 꿇었다. 원래 몸이 앞으로 기울면 손을 짚어 체중을 받친다. 그러나 사내에겐 손이 없었고, 그는 한 번 나동그라진 다음에야 간신히 몸을 세울 수 있었다.

"참 가관이더군."

차언도 편지를 읽었나 보다. 정확히는 사내가 보낸 편지에 서효가 답장한 것일 터.

"손발이 다 오그라드는 게, 놈이 잘도 너를 구워삶았다 싶었지. 편지 속의 넌 껌뻑 속아 넘어간 눈치더군."

아둔하고 우스꽝스러웠다는 말이 그리 아플 수가 없었다. 차언의 한 마디 한 마디가 서효의 속을 날카롭게 파고들었다.

"진짜 솔직히 하나만 묻지."

차언이 고개를 저으며 웃음을 흘렸다.

"내가 정말 네가 요즘 읽는 책에 대해 궁금해할 거라 생각하나? 정말, 진심으로?"

기가 막힌 듯 웃음소리가 커졌다.

"내가?"

"저는……."

"하긴 아까 장난삼아 해본 연기에도 속아 넘어간 걸 보면……. 아직도 그리 멍청한 머리로 세상을 살아갈 수 있다는 게 신기할 뿐이다."

"그럼……."

이번엔 서효가 물을 차례였다. 정성스런 편지를 보낸 이가 차언이 아니란 것에 또 한 번 충격을 받았지만, 지금 그녀의 머릿속에 떠오른 가정보다 충격적일 리 없었다. 만약 눈앞의 사내가 서효에게 편지를 보낸 이라면 어째서 손이 없는 건가. 어쨌거나 편지는 손으로 붓을 잡고 써야 하는 것인데 말이다.

"저분이, 저분의 손이."

"네가 생각하는 그대로다."

차언은 일말의 주저함도 없이 대답했다. 산뜻하기까지 한 말투였다.

"잘랐느니라."

"세상에……."

"하인이 묻더라고. 배신의 죄를 저지른 오른쪽으로 자를까요. 그래서 내가 대답했다. 오른손이 한 일을 왼손이 모를 리 없을 테니, 발칙한 양쪽을 모두 없애라."

다리에 힘이 풀렸다. 너무도 끔찍한 말에 서효는 제자리에 풀썩 주저앉고 말았다. 이건 꿈이야. 지독한 악몽이야. 이렇게 끔찍한 일이 현실일 순 없어. 망연한 얼굴로 현실을 부정하는 서효를 내려다보며 차언이 실소했다. 지금 그녀가 어떤 상태인지 알겠다는 표정으로.

"네게 왜 이러냐고 했느냐?"

차언이 안마하는 여인의 손을 잡았다. 서효에게서 눈을 떼지 않은 채, 나른하게 그 손등을 쓸었다.

"천제가 너를 내 짝으로 간택했기 때문이다."

그의 손가락이 희롱을 멈추지 않았다. 간지럽습니다, 하며 여인이 손을 빼려 했다. 아양이 듬뿍 묻어나는 말투였다.

"내가 그리도 싫다고 말했거늘. 혼인하지 않겠다, 누구도 들이지 않고 홀로 제멋대로 살겠다 말했거늘. 균형을 운운하며 하찮은 미물을 짝으로 정해주었지."

순식간에 미물 취급을 받은 서효는 눈물을 꾹 참았다. 편지 속의 정혼자는 그녀를 어떻게 불렀더라.

여름 햇살. 분홍빛 꽃송이. 담 너머 들려오는 풀피리 소리에 그녀를 빗대었다. 그리고 자신은, 이것이 차언의 본모습이라고 의심 없이 믿었다.

주변에서 간혹 들려오는 소문에는 귀를 닫았다. 수려한 미모에 어울리지 않는 냉정함이라든가, 수하에 대한 몰인정한 처사가 주된 내용이었다. 어머니 무조부인이 혼사를 께름칙하게 여긴 이유도 이 때문이었을 것이다. 소문이 과장되었다고 해도 아예 거짓말이진 않을 터.

서효가 그런 남자를 감당할 순 없다. 진지한 얼굴로 말하던 어머니의 모습이 새삼 떠올랐다.

"노인네가 이참에 날 단단히 휘어잡기로 결심했는지, 여차하면 무력까지 쓸 기세더라고. 그래서 난 상대를 바꾸어 너를 공략하기로 했어."

차언의 손끝이 서효를 가리켰다.

"그러고 보면 참 아슬아슬했지. 아버지가 보낸 사신들 말이야.

그들은 널 안전하게 지키라는 부름을 받고 간 거거든. 시기가 아주 기가 막혔지?"

그의 아름다운 입술에 만족스런 미소가 걸렸다.

"편지 무더기를 발견한 이후로 개심(改心)한 아들 연기를 했는데. 안 먹혔나 봐. 근데 내 앞에선 또 노인네가 웃는 얼굴을 했거든? 속였다고 생각했는데 하마터면 역으로 속을 뻔했지 뭔가."

서효의 귓가에 아침에 들었던 차언의 말이 맴돌았다. 그땐 전혀 의심하지 않았다. 하지만 이제야 모든 아귀가 맞아떨어졌다.

"이런 말하긴 뭣하지만, 수가 빤한 분이죠."

"그래도 이번엔 정말 아슬아슬했어요. 깜빡 속을 뻔했거든요."

그게 이런 뜻이었구나. 서효의 볼을 타고 눈물이 뚝 떨어졌다.

"우는군."

차언이 착한 일을 한 아이를 칭찬하듯 고개를 끄덕였다. 본모습을 드러낸 이후 처음으로 서효를 마음에 들어 하는 기색이었다.

"눈물은 좋은 징조지. 내 계획이 성공하고 있다는 증거거든."

"……차언님."

이러지 말라고. 제게 이렇게 무섭게 하지 말아달라고 간청하고 싶었다. 서효의 온몸이 부들부들 떨리기 시작했다. 차언이 돌연 웃음기를 싹 지운 채 말했다.

"기대해라."

시퍼런 칼날보다 차가운 목소리로.

"망월의 차언은 소문보다 훨씬 잔혹한 놈이란 걸 알게 해줄 테니. 그때쯤이면 너도 깨닫겠지. 살려면 천제의 옷자락을 붙들고 늘어지면서, 제발 이 혼인을 취소해 달라고 빌어야 한다는 걸."
"제발……."
"내가 원하는 답을 내놓을 때까진 이 궁궐에서 빠져나갈 생각 따위 하지 마라."
그가 일어섰다. 자리를 뜨기 전에 그가 마지막으로 내린 명령은, 사내를 참수하라는 내용이었다.
"대면시켰으니 놈의 가치는 이걸로 끝났다."
차언이 나가고 사내와 하인들도 나가고 텅 빈 대전에 홀로 남을 때까지 서효는 한 발짝도 움직일 수가 없었다. 너무도 무서운 일이 일어났다.

넋이 나간 사람처럼 터덜터덜 처소로 돌아왔다. 이제부터 시작이라던 차언의 말이 무슨 뜻인지 실감났다. 반나절 만에 바뀐 처지를 대번에 깨달을 수 있었다. 서효가 자리를 비운 동안, 처소의 모든 가구가 사라졌다. 우아했던 꾸밈새들이 모두 빠져나가고 남은 자리엔 침상과 낡은 이불 한 채뿐이었다.
휑한 분위기.
아침까지만 해도 햇살이 스며드는 대나무를 쳐다보며 참 호젓한 곳이구나, 했는데. 이렇게 보니 호젓한 별채가 아니라 격리된 폐가 같았다. 냉궁(冷宮)…… 이라고도 하던가.
치맛자락을 걷어 올리자 시커먼 피멍이 눈에 들어왔다. 연고를 발랐어도 멍이 드는 것까지는 어쩔 수 없나보다. 뒤늦게야 쓰라림이 밀려들었다.
"집에 돌아가고 싶어……."
참고 참았던 울음이 터졌다. 서효는 무릎에 얼굴을 파묻고 흐

느꼈다. 자신에게 일어난 모든 일이 너무도 무서웠다. 의심 없이 믿었던 차언의 잔인한 모습이 뇌리에서 떠나질 않았다.

그때 기척도 없이 문이 열렸다. 엉겁결에 눈물을 닦고 고개 들자 아까 보따리를 태운 궁녀가 방으로 들어왔다.

"이럴 때가 아닙니다. 얼른 일을 시작하세요."

"일이요?"

"어서요. 할 일이 잔뜩 쌓였습니다."

아직 정신이 돌아오질 않았다. 재촉하는 대로 따라나섰다. 멍한 정신에 따라간 곳은 빨래터.

궁녀의 말은 사실이었다. 그야말로 산더미처럼 쌓인 빨랫감이 서효를 기다리고 있었다. 목욕통만큼 커다란 통을 가득 채우고도 모자라 산을 이루었다. 그렇게 쌓인 빨래가 세 통이었다.

"혼자 끝내시라는 지시입니다."

자신의 할 일은 이까지라는 듯 자리를 뜨려고 했다. 서효가 허겁지겁 궁녀를 불러 세웠다.

"전서구를 쓸 수 있게 허락해 주세요. 어머니께 편지를 보내 드리고 싶어요. 많이 걱정하고 계실 텐데 일단 안심시켜드리는 쪽지라도……."

"이 일을 끝내고 나면."

궁녀가 조용히 말을 잘랐다.

"그때 다시 얘기하지요."

서효는 자신 없는 얼굴로 빨랫감을 돌아보았다. 혼자 하기엔 터무니없이 많은 양이었다. 하지만 어머니께 보내는 편지가 걸려 있었다. 다른 건 몰라도 연락은 꼭 드려야 해.

흠씬 두드려 맞은 듯한 통증과 함께 처소로 돌아온 것은 자정을 넘긴 시각이었다. 그때까지 물 한 모금 입에 대지 못한 서효는 침상 위의 쟁반을 발견했다. 식은 죽이었다. 찻잔에 담긴 맹물을 숨도 쉬지 않고 들이켠 그녀는 바닥에 쓰러지듯 주저앉았다.

눈물이 자꾸 뺨을 타고 흘러내렸다.

망월에 온 지도 닷새가 지났다. 정확히 둘째 날 오후부터 서효는 노비처럼 부려졌다. 집에 있을 때 매일같이 집안일을 했는데도 매끌매끌 고왔던 손은 단 며칠 만에 거칠게 변했다. 전서구를 쓰게 해준다는 허락은 기약이 없었다. 대신 서효가 해야 할 일거리는 늘어갔다.

넷째 날은 도무지 몸이 아파서 일어날 수 없다고 호소했다. 온몸이 천 갈래로 쪼개지는 것 같아서 가만히 누워만 있어도 눈물이 났다.

그러자 차언은 너 같은 자들을 일으키는 방법이 있다며 궁녀들을 소집시켰다. 하인들이 말채찍을 가져왔을 때 이미 서효의 손이 떨리기 시작했다.

"잘못했습니다!"

"부디 화를 푸세요!"

하인들은 궁녀들의 등을 사정없이 때렸다. 비명과 울음이 터졌다. 아무리 제게 태도를 싹 바꾼 이들이라지만, 어찌 보면 그들도 주인의 명을 따랐을 뿐이었다.

"이, 일어날게요!"

서효가 눈물이 그렁그렁한 얼굴로 외쳤다.

"그러니 제발 그만두세요!"

"……진작 말을 들었으면 좋잖아?"

차언은 유유히 처소를 떠났다. 그것이 이틀 전의 일이다. 오늘도 서효는 부서질 듯한 몸을 끌고 아침부터 요리를 하였다. 오늘은 연못 한가운데 누각에서 주연(酒宴)이 열린다고 들었다. 눈 뜨자마자 부엌에 끌려온 뒤로 두 시진 째 불 앞을 떠나질 못했다.

"자, 자, 이제 주요리가 나갈 차례야."

궁녀장이 손뼉을 치며 목소릴 높였다.

"손님들마다 상이 다르니까 정신 똑바로 차리라고. 일단 너부터 들어가. 맨 오른쪽 주홍색 옷을 입은 분부터 차례로 맡는 거야."

서효는 이제까지 요리를 하기만 했다. 그런데 갑자기 궁녀장이 그녀에게도 쟁반을 들이밀었다.

"차언님 상을 맡으세요."

설명도 더 하지 않고 그대로 등을 떠밀었다. 서효는 검댕이 묻은 손을 미처 씻을 겨를도 없이 대열에 합류하였다.

이곳 망월의 궁궐에서는 각자 정해진 옷이 있었다. 궁녀들은 궁녀들대로, 하인들은 하인들대로 정복을 입었다. 대문을 지키는 장수들은 검은 옷 위에 붉은 갑주를 걸쳤다. 모두가 정복이 있는데 큰 궁궐에서 오로지 서효만 다른 옷을 입었다.

그건 정말 튀는 모습이었고, 서효는 그제야 옷 한 벌을 남겨준 까닭을 알았다. 한 벌쯤은 너그러이 봐주는 게 아니었다. 눈에 띄게 감시하기 위함이었다. 혹시라도 궁녀들 틈에 끼어 궐 밖으로 빠져나가지 못하도록. 자리에서 이탈하는 즉시 알아차릴 수 있게 하기 위해.

"이 얼마만의 주연인가. 모쪼록 양껏 들라."

누각에 들어서자 차언의 목소리가 들렸다. 앞선 궁녀 무리가 빈 그릇을 치우면, 새로 들어가는 궁녀들이 주요리를 내려놓는 방식이었다. 서효는 조금의 실수도 저지르지 않기 위해 신경을 곤두세웠다. 최대한 차언과 눈이 마주치지 않으려 애쓰면서 쟁반 위의 접시를 내려놓았다.

"앗!"

요 며칠 먹는 게 부실해서인지, 아니면 너무 긴장한 탓인지. 접시를 내려놓고 물러나는데 무릎이 휘청거렸다. 이대로 요란하게 쓰러지나 싶었다.

한데 강건한 팔이 그녀를 받쳐 주었다. 고개를 들자 차언이 어쩔 수 없다는 미소를 짓고 있었다. 다정함이 느껴지는, 그날 아침을 떠올리게 하는 상냥함.

"이번엔 제대로 잡았구나."

목소리 또한 달콤하였다. 한발 늦게 정신을 차린 서효는 얼른 몸을 바로 세웠다. 죄송하다고 거듭 사과하는 그녀를 향해 차언이 고개를 저었다.

뭘 그리 긴장하느냐고. 이왕 온 김에 통 안의 제비나 하나 뽑고 가라고.

서효는 하들하들 떨리는 손을 내밀었다. 여기엔 무슨 내용이 적혀 있을까. 또 어떤 무서운 벌칙이 그녀를 기다리고 있을까. 차언의 잔인함은 언제나 제 상상력을 쉽게 벗어나곤 했다.

"그만 좀 떨고."

차언이 해사하게 웃었다.

"누가 보면 내가 널 잡아먹기라도 할 줄 알겠다."

"죄, 죄송해요."

"사과도 그만하고."

"죄송……. 네, 알겠습니다."

서효의 말이 끝나자마자 차언이 또 웃었다.

또, 또 그 웃음. 움츠러들었던 마음도 녹아내리게 만드는 웃음. 눈꼬리가 살짝 접히며 햇살처럼 부드럽게 번지는 그 미소. 손님이 있는 자리라서 태도를 달리하는가 보다. 서효는 그렇게 생각했다.

사실 자신을 몸서리치게 싫어한다는 걸 알고 있었다. 어떻게 잊을 수 있을까. 그는 서효가 행여 그 사실을 잊기라도 할까, 마주칠 때마다 독가시 같은 말을 뱉었다.

잔인한 이였다. 절대 가까이 해서는 안 되는 분이었다.

'그런데 왜 미련하게 흔들릴까. 조금 웃어주셨다고 바보 같이. 왜 또…….'

"잡았으면 내용을 읽어야지."

차언이 멍하게 굳은 그녀를 일깨워 주었다. 서효는 이게 무엇을 위한 제비인지도 모르고 빼든 다음, 끝에 적힌 단어를 읽었다.

"솥 정(鼎), 기쁠 희(喜)."

"아, 다행히 쉬운 글자군."

차언이 박수를 짝 쳤다. 앉아 있던 손님들이 제각기 무언가를 중얼거리기 시작했다. 상을 두드리며 곰곰이 생각하는 이도 있었다. 옆 사람에게 슬쩍 의견을 묻기도 했다.

이만 물러나도 될까요. 이제 자기가 할 일은 없는 것 같아서 자리를 뜨려는데 입이 차마 떨어지지 않았다. 순간 바보처럼 설렌 것은 사실이다. 그렇다고 며칠간 쌓인 두려움을 잊은 건 아니었다.

"너무 쉽지 않은가? 나는 좀 맥이 빠질 정도인데. 이건 뭐, 내 궁궐의 아무 아이나 잡고 물어도 문장이 나올 판이야."

차언이 술잔을 비운 뒤 서효를 쳐다보았다. 여전히 따스한 눈빛이었다.

"그렇지. 여기 내 정혼녀도 쉽게 지을 수 있을 터."

"짓다니. 무엇을요?"

"단어로 문장 짓기. 주연에 어울리는 놀이지. 그냥 멋대로 마시는 것보다야 흥취도 있고."

솥 정, 기쁠 희. 차언이 다시 한 번 단어를 읊었다.

"아무 문장이나 지어봐."

손님들의 시선이 서효에게 쏠렸다. 갑자기 주목을 받게 된 서효는 당황하여 어쩔 줄을 몰랐다. 차언이 너무 아무렇지 않게 자신을 정혼녀라고 일컬어서 놀란 참이었다. 요 며칠 그의 행각을 보면 잡일하는 궁녀라고 폄하는 게 자연스러운데 말이다.

"갑자기 이런 건."

"어려운 단어는 아니지 않느냐."

"그렇긴 한데 저는, 전……."

차언이 고개를 갸웃했다. 손님들의 시선이 더욱 뜨거워지고 있었다. 오랜 침묵 끝에 차언이 먼저 입을 뗐다.

"설마 한 번도 해보지 않았다든지……?"

무언의 동의를 하자 차언의 표정이 믿을 수 없다는 듯 바뀌었다. 서효의 얼굴이 점점 붉게 물들었다. 그때였다.

"큭."

익숙한 비소가 터졌다.

"정말 어디부터 손을 대야 할지 모르겠군. 무식이 뚝뚝 떨어지는 게."

다정하던 목소리가 바뀌었다. 미소 또한 사라졌다.

“아버지도 참. 아무리 균형이 중요하대도 이건 좀 심하잖나.”

기다렸다는 듯 여기저기서 웃음이 터졌다. 오랫동안 참았는지 아예 배를 잡고 폭소하는 자도 있었다. 풍류가 흐르던 잔치는 금세 조롱의 자리로 바뀌었다. 서효의 낯이 뜨거워졌다.

속이려 한 차언보다도 거기에 흔들리고 만 자신이 더 미웠다. 도무지 고개를 바로 들 수가 없었다.

“이래도 버텨?”

차언이 자세를 바꿔 앉으며 말끝을 올렸다.

“그새 내성이 생겼나. 이 정도로는 울지 않는구나?”

서효가 입술을 깨물었다. 이러다 피가 배어나오는 게 아닐까 싶을 만큼 강하게 깨물었지만, 그 무엇도 속을 헤집는 말을 듣는 것보다 고통스럽지 않았다. 몇 번이나 덧난 상처를 잔혹하게 긁어내리는 그의 말이 너무도 괴로웠다.

아뇨, 울고 있어요. 저는 이미 울고 있는걸요. 서효의 안에서 하지 못할 말들이 맴맴 돌았다.

‘여우가 내 연기를 너무 잘하고 있는 걸까?’

서효는 아궁이에 땔감을 집어넣으며 생각했다. 어머니는 필사적으로 천제의 사신(使臣)들을 속이려 하고, 여우는 장단을 잘 맞추고, 사신들은 꺼림칙하지만 일단 속아 넘어간다. 일이 그런 식으로 진행되고 있는 걸까.

‘설마.’

남을 속이는 데도 한계가 있는 법. 아무리 어머니 무조부인이 시침을 뗀다고 해도, 일이 꼬였다는 걸 아직 못 깨달을 린 없었다. 자신이 망월로 납치당한 지 열흘이나 되었는데 아무도 모른다는 게 말이 되나? 위험을 무릅쓰고 망월 밖으로 나가 도움을 구하는 수밖에 없단 말인가.

'하지만 탈출 자체가 불가능해…….'

인간과 신이 어울려 사는 망월은 차언의 철저한 지배 아래 있었다. 인간들은 신의 존재에 대해 몰랐다. 그저 낮보다 밤이 떠들썩한 성에 살고 있다고 여길 뿐.

다만 한 가지, 궁궐의 주인 차언에게만은 납작 엎드렸다. 망월에서 차언의 뜻을 거스를 이는 없다. 그럼 운이 좋아 궁궐을 나간다고 해도, 성문까지 무사히 간다는 보장이 없다.

갇혔다.

결론은 그거였다. 간단했다. 서효는 망월궁에 갇혔다. 그리고 아무도 그녀를 구하러 와주지 않았다.

"아얏!"

들고 있던 땔감을 놓쳤다. 오른쪽 손가락이 따끔했다. 아궁이에 너무 깊이 손을 집어넣었는지 손을 데고 말았다. 금세 빨갛게 부푸는 게 물집이 잡힐 것 같았다. 바람을 불어 아픔을 달래던 서효에게 궁녀장의 목소리가 들렸다. 대전으로 가보라는 전언(傳言)이었다.

'심장이 오그라드는 것 같아.'

긴 회랑을 걷는 내내 서효는 두려움에 떨었다. 아직 차언의 앞에 서지도 않았는데 온몸이 개미처럼 작아지는 듯했다. 아니다. 차라리 개미가 되었으면 좋겠다. 그럼 그의 눈에 보이지도 않을 테고, 미움 받지도 않을 테니까.

"그냥 들어와."

대전에 들어서면서부터 무릎을 꿇으려고 하자 차언이 말했다. 말을 들었다가 또 처음부터 다시 기어오라고 하진 않을까. 그가 머뭇머뭇하고 있는 서효를 힐끗 쳐다보았다.

"그냥 오라고."

같은 말을 세 번 다시 하게 하는 것도 좋지 않다. 서효는 얼른 걸음을 재촉해 앞으로 다가갔다. 한동안 다른 지시가 없었다.

그동안 차언은 작은 함 하나를 뚫어져라 들여다보았다. 서효가 서 있는 아래쪽에서는 내용물이 보이지 않았다. 그러다가 차언이 불쑥 물었다.

"네가 보기에도 내가 천제 자리를 탐하는 것 같나?"

예, 아니오. 어느 쪽을 택해도 위험했다. 그렇다고 대답을 거부할 수도 없는 노릇이었다. 특유의 나른한 자세로 팔걸이에 기대 앉아 있던 차언이 재차 말했다.

"내가 정말 저 자리를 원하는 것처럼 보여?"

"……아뇨."

서효는 겨우 목소리를 냈다. 자신에게 쓰디쓴 진실을 알려주었던 둘째 날, 그는 이미 말했다. 자기는 절대 천제가 되고픈 마음이 없다고. 그사이 마음이 바뀌었을지도 모르지만 일단 아는 대로 대답하기로 했다. 아예 대답 안 하는 것보단 이쪽이 나을 것 같았다.

"그래, 그렇지. 한낱 너도 알고 있는 사실을 왜 다른 자들이 모를까."

차언이 손으로 눈가를 문질렀다. 새어 나오는 한숨에서 피곤함이 묻어났다. 망월에 온 이후로 처음 보는 모습이었다.

"그딴 거 하고 싶지 않다고. 잘난 아버지 혼자 천년만년 해먹고 살라고 해도 말을 안 들어. 입만 열면 균형 타령이지. 천제보다 아래에 있는 놈이 쓸데없이 힘만 커서 싫다. 그냥 솔직하게 털어놓으면 좀 좋아?"

그가 다리를 바꿔 꼬았다.

"하긴 어제오늘 일이 아니지."

픽 웃는 표정엔 어딘가 씁쓸함이 배어 있었다.

"늙은이는 옛날부터 그랬거든. 내게 주어진 힘은 너무 큰 데 반해 성품이 너그럽지 못하다고. 그럼 사악한 길로 빠지기 쉽다고 했어."

길게 뻗은 손가락으로 무릎을 두드렸다. 차언은 옛일을 떠올리고 있었다.

"그런 말이 나를 더 비틀리게 한 건 모를 테지."

그가 눈을 가늘게 떴다.

"나는 사악하지 않다. 부족하지 않다. 어떻게든 증명하려고 해도 늙은이와 원로 눈엔 모자랄 뿐이었어. 그러고는 말끝마다 정명, 정명."

차언의 시선이 서효에게 닿았다. 서효는 어깨를 더욱 움츠려 몸을 작게 만들었다.

"정명이 누군지 아느냐?"

"네."

"그래?"

"차언님의…… 동생 분으로 알고 있어요."

"그렇지. 동생."

차언이 고개를 끄덕이며 조소했다.

"망나니 형에게도 깍듯하게 예의를 갖추는 동백(東柏)의 정명."

동백은 지명이었다. 북서쪽의 망월과는 정반대 방향. 동쪽 바다에 인접해 있는 곳이라고 알고 있었다.

"그 녀석은 너 같은 자를 좋아한다."

무슨 뜻인지 몰라 이번에는 입을 다물었다.

"너처럼 작고, 약하고, 어리석은 자에게 몹시도 관대해."

하지만 지금 서효 앞에 있는 이는 차언이다. 그리고 얼핏 들어도 그가 제 동생을 좋아하지 않음을 알 수 있었다. 서효는 말을 아끼며 존재감을 지우려고 했다. 그때 차언이 슬쩍 고개를 기울였다.

"다쳤나."

"……네?"

"손가락. 아까부터 그것만 들여다보는데. 지금 보니 빨갛군."

"아, 눈을 어디 둬야 될지 몰라서. 죄, 죄송합니다."

"올라와 봐."

서효는 떨리는 가슴을 누르며 천천히 단상 위로 올랐다. 손을 내어보란 말에 손톱 끝까지 힘을 넣었다. 안 그랬다간 사시나무처럼 떠는 모습을 보일 테니깐.

"불에 덴 건가?"

"네에."

낯선 것을 대하는 눈으로 상처를 들여다보던 차언이 손을 올렸다. 때리려는 걸까? 끌어당길까? 밀어낼까? 뭘 집어 들기라도 할까? 겁에 질린 눈으로 차언의 손을 쳐다보던 서효는 가만히 손을 겹치는 행동에 굳어버렸다.

"……안 되는군."

뭐가 안 되냐고 물어보기도 두려웠다.

"치유 말이다. 정명이 이렇게 하면 상처가 씻은 듯 낫던데."

차언이 손을 다른 쪽으로 뻗었다. 검푸른 기운이 번져 나감과 동시에 대전 밖에 있던 두 개의 드므가 쾅 부딪치며 산산조각이 났다. 서효가 두셋은 들어가도 될 만큼 커다란 청동 솥이었는데, 원래 형태도 알아보기 힘들 만큼 산산이 부서졌다.

"이런 거나 되고."

차언이 쓰게 웃었다.

어찌할 바를 모르던 서효의 눈에 함이 들어왔다. 아까 차언이 들여다보던 것이다. 거기에 든 내용물은 서효가 전혀 생각지도 못한 물건이었다.

"아, 이거?"

서효의 시선을 알아챘는지 차언이 물건을 꺼내 들었다. 동곳 끝의 취옥이 영롱하게 빛났다.

"버리지…… 않으셨나요?"

무조부인은 돈이 부족하면 팔아 쓰라고 넣어준 것이겠지만, 보따리에서 동곳을 발견한 서효는 다른 뜻에서 기뻤다.

그것은 무조부인이 미래의 사위를 위해 마련한 것. 서효는 차언과 대면한 날, 망설임 없이 그에게 정표로 주었다. 그의 궁궐은 이미 금은보화로 넘쳐 나는 것 같지만, 모쪼록 자신의 소중한 마음이 전해지길 빌면서 수줍게 건넸다.

그때는 몰랐다. 상황이 이렇게 될 줄은 정말 몰랐다.

"버리다니. 내가 왜?"

"두 번 생각할 것도 없이 당연히 버리셨을 줄 알았는데."

“네가 싫어서 네가 준 물건도 버릴 줄 알았다는 건가? 아니, 이건 별개야. 이 동곳은 제법…… 내 취향에 맞다.”

동곳을 보고 놀랐으니 이걸 보면 더 놀라겠다며 그가 함 속의 비단을 젖혔다.

“진주 비녀!”

서효가 나지막하게 탄성을 터뜨렸다.

“보따리와 같이 없어져서…… 함께 불탄 줄 알았어요.”

“궁녀가 처분을 묻기에 내게 달라고 했다.”

차언이 동곳을 내려놓고 이번엔 비녀를 집어 들었다.

“이상한 일이지.”

그가 중얼거렸다.

“나는 왜 이걸 남겼을까.”

서효를 향한 질문이 아니었다. 그는 스스로에게 묻고 있었다. 차언은 생각에 잠긴 얼굴로 자리에서 일어났다. 서효는 본능적으로 한 걸음 뒤로 물러났다.

“어머니가 물려준 거라고 했던가?”

“네.”

“이렇게, 하는 거겠지?”

서효는 숨도 제대로 쉬지 못하고 얼어붙었다. 차언이 진주 비녀를 직접 서효에게 꽂아주고 있었다.

이토록 가까이 붙은 적은 처음이었다. 넘어지는 몸을 받쳐주는 것도 아니고 이렇게 숨결이 닿을 만큼 마주 보고 선 것은. 잘 어울린다며 짧은 평을 한 차언이 이내 속삭였다.

“나를 도와주겠느냐?”

그가 서효를 똑바로 쳐다보았다.

"속박당하기 싫다고, 난 그저 자유롭고 싶을 뿐이라고. 네가 대신 아버지께 전해주겠나?"

"그건."

"내 말은 이제 들으려 하지 않으시거든. 내게 눈과 귀를 닫은 지 오래다. 그러고는 억지 혼인으로 나를 제압하려 하시지."

차언이 이를 악문 채 덧붙였다.

"다른 형제들에겐 결코 그러시지 않으면서, 내게만."

순간 그의 눈을 스친 상처와 씁쓸함은 진짜였다. 거짓이 아니었다. 잔혹한 줄만 알았던 그에게도 이런 상처가 있을 줄은 몰랐다.

한편 '억지 혼인'이란 말에 움찔하는 서효였다. 그는 정말 이 혼인을 싫어하는구나. 그에게 이 혼인은 아버지가 내리는 벌이나 다름없구나. 그까지 생각이 미치자 가슴 한구석이 쓰라렸다.

왜냐면 자신은 아직 마음을 거두지 못했기 때문에. 이러면 안 된다고, 나만 상처 입을 뿐이라고 스스로를 타일러도 어쩔 수 없었다.

차언에 대한 마음은 지난 일 년 동안 차곡차곡 쌓인 것이다. 그동안 서효는 차언과의 입맞춤을 상상했고, 꿈에서도 그와 꽃밭을 걸었다. 아무리 편지가 다른 사람이 쓴 거라 해도, 하루아침에 그 감정이 식기란 힘든 일.

'내 첫사랑.'

시작부터 어긋났지만 차언은 자신의 마음을 온전히 차지한 사람이었다. 하지만 두 사람은 이루어질 수 없을 것이다.

슬프게도.

'어떻게 나를 좋아하실 수 있겠어.'

"서효."

차언이 여린 어깨를 붙잡았다. 그는 자꾸 바닥으로 내려가는 서효의 시선을 붙들었다.

"아버지께 이 혼인을 없던 것으로 해달라고, 말해주겠느냐?"

난감한 상황이 되었다. 서효의 목소리가 자신 없이 줄어들었다.

"제가 말씀드린다고 해서 들으실지……."

"그러니까 간곡하게 청해야지."

"저는, 잘……."

친아들 말도 안 듣는 분이 자신의 말을 귀담아들을까. 게다가 이제 와서 혼인이 싫다고 하면 천제는 차언의 부탁인 줄 알아챌 것이다. 서효가 강하게 부정할수록 천제의 의심은 확고해질 터.

조심스레 말을 잇자 차언이 한숨을 쉬었다. 진주 비녀가 쑥 뽑혀 나갔다. 그는 다시 의자에 앉은 뒤 두 손으로 이마를 짚었다.

"여봐라."

하인을 부르는 음성은 조용했지만, 대전 밖에 있던 하인은 용케 듣고 들어왔다. 차언이 한숨과 함께 비녀를 던졌다. 비녀는 삼십보(步)나 되는 거리를 날아가 하인의 무릎에 떨어졌다.

"그자, 오늘도 나왔나?"

"그자라 하오시면."

"궁궐 앞을 서성이는, 그 한쪽 눈이 먼 놈."

"아아, 거지 말씀이십니까."

알아들었으면 됐다는 듯, 차언이 손을 휘휘 내저었다.

"놈에게 던져 줘라."

서효의 눈동자가 흔들렸다. 어머니가 물려준 진주 비녀가 거지의 손에 떨어진다. 보따리와 함께 불타 버려졌다고 생각할 땐 너무도 슬펐다.

한데 비녀는 무사했다. 처음 모습 그대로였다. 그 안도감이 아직 가시지도 않았는데. 차언이 고개를 돌려 그녀를 쳐다보았다.

"제발 살려 달라, 무섭다, 아니면 이 혼인을 하느니 차라리 죽는 게 낫다, 죽여 달라. 이 정도는 빌어야지. 안 그래?"

서효의 뺨을 타고 눈물이 흘렀다.

"좀 알아서 할 순 없나? 왜 꼭 내가 경험을 시켜주도록 만들어."

이제 서효에게 남은 건 정말 옷 한 벌뿐이었다.

욱신거리지 않는 곳이 없었다. 오늘도 자정이 되도록 혼자서 빨래를 했다. 어깨를 주무르며 빨래터를 나서던 서효는 눈앞이 아찔한 것을 느끼고 벽을 짚었다.

"너무 못 먹었나……."

집에서는 삼시 세끼에 간식까지 야금야금 챙겨먹었다. 한데 지금은 하루 두 번 주는 죽을 먹고 몸이 부서져라 일을 하니 쇠약해질 만도 했다.

"과일이 먹고 싶어."

혼자 조그맣게 중얼거려 보았다.

"김이 무럭무럭 나는 따뜻한 고깃국도."

어머니가 해주던 밥이 떠오르자 입안에 침이 고였다. 눈물마저 핑 돌려고 했다. 딸이 이곳에 갇혀 노비처럼 굴려지고 있다는 걸,

어머니는 아실까. 좋은 생각. 좋은 생각만 하자. 울면 안 돼. 소리가 날 거야.

그때 이상한 소리가 들려왔다.

"우욱, 윽!"

소스라치게 놀란 서효는 주변을 두리번거렸다. 빨래터에 두고 온 나무방망이가 생각났다. 그거라도 있으면 그나마 위안이 될 것 같았다. 하지만 이제 와서 돌아가는 건 그것대로 위험할 듯했다.

방망이를 찾느라 소리를 냈다가 상대를 자극하기라도 하면 어쩌나. 차라리 최대한 소리 죽여 도망치자. 그렇게 마음먹고 벽을 더듬으며 나아가는데, 또다시 들려온 소리가 낯설지 않았다.

"으윽, 망할……. 욱!"

"이건 차언님 목소린데."

"거기 누구냐!"

서효가 움츠러들었다. 어쩌지. 이걸 어쩐다. 알아채고 말았다. 목소리의 주인은 차언이었다. 이렇게 운이 나쁠 데가. 차언이 알아챈 이상 도망치는 것은 불가능하다. 서효는 뻣뻣하게 굳은 다리를 움직여, 소리가 들리는 곳으로 걸어갔다.

"하, 너였나."

커다란 나무를 짚고 헛구역질을 하던 차언이 서효를 보고 싸늘하게 웃었다. 입가를 슥 닦는데 미처 닦이지 않은 피가 보였다.

피.

달빛도 희미한 밤이지만 그게 피란 것은 알 수 있었다. 마침 서효 쪽으로 부는 바람에 비릿한 피 냄새가 실려 왔기 때문이다.

"어제도 그렇고 지금도 그렇고. 본의 아니게 약한 모습을 보이는군."

차언이 입가의 피를 마저 닦았다.

"아, 말은 바로 해야지. 어젠 의도한 거였어."

숨을 몰아쉬는 모습이 조금 힘겨워 보였다. 안 그래도 피부가 흰데, 오늘따라 안색이 창백해 보였다.

"괜찮으신가요?"

"너무 괜찮아서 탈이다."

그가 나무에 기대어 섰다. 비스듬하게 기울어진 나무라 반쯤 걸터앉을 수 있었다.

"몸이 힘을 견디지 못하는 거다. 끓어오르는 힘을 눌렀거든. 일 년 동안 어디에서도 산사태나 홍수가 난 적 없으니까."

그 말인즉슨 차언이 한 번 힘을 풀어내면 땅이 뒤집히는 정도라는 것. 서효는 새삼 몸을 떨었다.

그러다가 천제가 유독 차언을 경계할 법하다는 데에 생각이 미쳤다. 아버지는 아들의 힘이 걱정스럽다. 신경 쓰인다. 아들은 그것을 원치 않는다. 일부러 제압하지 말길 바란다. 양쪽 다 틀리지 않았다.

'그리고 양쪽 다 한 발도 물러서질 않지.'

엇나갈 수밖에 없는 관계다.

'안타깝다는 생각이 들면…… 토끼가 호랑이 걱정을 하는 걸까.'

"지독한 늙은이 같으니."

차언이 한숨을 쉬며 머리를 뒤로 기댔다. 복잡한 눈으로 구름 낀 밤하늘을 올려다보았다.

"넌 노인네가 원망스럽지 않나?"

그가 서효를 향해 물었다.

"난 네게 잔인해. 그리고 놈은 내가 이럴 줄 알면서도 너를 일 년 동안이나 속였어. 졸개에게 내 행세를 하게 해서 달콤한 말로 널 옭아맸다고."

차언이 고개를 바로 했다.

"왜 너랑 혼인하면 균형이 맞을 거라 생각한 걸까?"

이건 서효도 모르는 일이라 대답할 수가 없었다.

"힘은 없고 연민은 넘쳐 나지. 나와 정반대야. 그런 둘을 붙여 놓으면, 내가 너한테서 부족한 사랑을 채우고 다시 태어날 줄 알았을까?"

웃기지 말라는 듯 차언이 쿡쿡 비웃었다. 또 저런 눈이 되었다. 어제와 같은 눈. 상처를 품고 있는 눈.

"자기가 준 적도 없는 걸 어떻게 생판 남인 너한테서 받겠어?"

차언이 그 눈 그대로 서효를 보았다. 상처로 얼룩진 눈과 피비린내 도는 입가. 맹수처럼 보이는데, 신기하게도 그르렁대는 소린 나지 않았다.

"그냥 혼인해?"

서효가 숨을 들이켰다.

"그게 쉽겠지. 일단 늙은이 말을 듣는 척하고 혼례 올리는 거."

"하지만."

"일이 년 살다가 도저히 안 되겠다고 갈라서는 거야."

많은 말이 안에서 맴도는데, 입 밖으로 나오지 않았다. 차언은 혼자 말을 이어갔다.

"혹시 누가 알아? 소름 끼치게도 늙은이 예상이 적중할지. 그러니까 내가 진짜 개심하고 너와 행복하게 살지도 모르지."

차언이 서효를 직시했다.

"넌 거부할 리 없겠지."

목소리가 나오지 않는다.

"아직 나를 좋아하니까."

애꿎은 입술만 파르르 떨렸다. 차언이 틀렸다고 반박할 수 없었다. 너무 슬프게도, 너무 바보 같게도 그의 말이 맞았으니까. 잔인한 말과 행동에 상처를 입으면서도, 서효는 마음을 끊어내지 못했다. 난생처음 겪었던 설렘과 행복은 생각보다 깊었다. 서효 본인의 예상보다 훨씬 깊었다.

아직도 상처받을 마음이 남아 있는 거냐고 스스로에게 물어보면 내면에서 가냘픈 목소리가 들려왔다.

'차언님이 안타까워. 저분 곁엔 아무도 없는걸…….'

"하지만 난 그러지 않을 거다."

서효의 감상이 흩어졌다. 차언이 다짐하듯 이를 악물고 말했다. 그의 한 마디 한 마디에서 분노와 오기가 뚝뚝 떨어졌다.

"복종하지 않겠다. 갖은 수를 써서 널 들이민 걸, 놈이 후회하게 해줄 터."

그의 차디찬 시선이 서효의 몸을 꿰뚫었다.

"그러니 죽기 전에 놈에게 가서 전해."

앞으로 꿈에서조차 잊지 못할 말이 차언의 입에서 흘러나왔다.

"산이 닳고, 강물이 마르고, 겨울에 천둥이 치고, 여름에 눈이 내리고."

핏빛으로 붉게 물든 맹세가 이어졌다.

"내일 아침 서녘이 밝아오면."

결코 잊을 수 없을 한 마디.

"그때서야 이 혼인을 고려해 보겠다고."

◈

콜록, 콜록. 서효는 소매로 입을 가린 채 기침했다. 몸이 쇠약해진 탓인지 감기가 좀처럼 낫질 않았다. 급기야 어지러움이 밀어닥쳤다.

빨랫감 가득한 바구니를 들고 가다가 제자리에 멈춰 섰다. 벽을 짚고 눈을 깜빡였다. 한참을 기다려 봐도 어지러움은 가시지 않았다.

망월에 온 지 어언 한 달이 되었다. 차언은 이제 그녀를 부르지도 않았다. 직접 얼굴을 맞댄 지 며칠이 지났더라. 얼마 전 우연히 마주쳤을 때도, 싸늘한 눈빛만 던진 뒤 스쳐 지나갔다.

그리고 오늘 부엌에서 궁녀들의 이야기를 들었다. 일부러 들으려 한 건 아니다. 밀려드는 잠을 쫓으면서 불을 때는데 구석에서 수군대는 소리가 들렸다.

"그게 정말이야? 천제님 생신 연회에 차언님만 제외됐다고?"

"쉿, 목소리 좀 낮춰."

먼저 말을 꺼낸 궁녀가 주변을 두리번거렸다. 서효는 저도 모르게 고개를 푹 숙이고 조는 척했다. 평소라면 잠은 밤에 주무시라는 한 마디가 날아왔을 텐데, 궁녀들은 조는 서효를 보고 안심하였다.

"천제님 생신이 보름 뒤인 건 알지?"

"그래, 매번 이맘때쯤 선물을 준비한다고 난리였잖아."

"한데 이번엔 아무 언질이 없잖아? 이러다 또 우리만 죽어나는 게 아닌가 해서 알아봤더니."

"알아봤더니?"

서효의 귀도 쫑긋 섰다.

"다른 자제분들은 이미 올라갈 채비를 마치셨대. 정명님은 며칠 전부터 올라가 계시고."

"차언님만 그냥 당일에 올라가시는 게 아니고?"

"아니래. 아예 초대장 자체가 안 왔다니깐?"

궁녀들 사이에 잠깐 정적이 흘렀다. 그다음에 들려온 건 깊은 한숨이었다.

"진짜 눈 밖에 나버리신 건가."

"차언님이 몇 번 깽판을 놓은 전적은 있으시지만, 그래도……."

"이런 적은 처음이네."

그때 슬그머니 부엌문이 열리더니 또 다른 궁녀가 동참했다. 아마 문밖에서 듣고 있던 모양이었다.

"알고 보면 차언님한테만."

"아, 깜짝이야!"

"얘, 소리 좀 내고 다녀."

"미안."

짧게 사과한 궁녀가 서효 쪽을 힐끔 쳐다보더니 말을 이었다.

"알고 보면 차언님한테만 저런…… 짝을 붙여주신 거 아냐?"

궁녀들의 시선이 제게 쏠리는 것을 느낀 서효는 몸을 더 움츠리고 조는 척을 했다. 연기가 그럴싸했는지, 대화가 계속 이어졌다.

"저런 짝이라니?"

"약하고 별 볼 일 없는 짝."

새로 끼어든 궁녀가 더더욱 목소리를 낮추며 말했다.

"듣자 하니 현록님 짝도 물색 중이신데 하나같이 상급 신의 빼어난 여식이래."

현록은 다섯 아들 중 둘째로, 첫째 차언의 바로 아래였다. 셋째는 이미 백 년 전에 혼인을 했는데, 그 상대는 불을 다루는 신의 딸이었다. 궁녀들 사이에 또다시 침묵이 흘렀다.

"……난 차언님이 정말 무섭거든?"

누군가 조용히 운을 뗐다.

"진짜 언제 목 날아갈지 몰라서 무섭긴 한데. 그런데."

"좀…… 그렇지?"

"으응, 좀 그래."

궁녀들이 너 나 할 것 없이 고개를 끄덕였다. 어쩔 수 없이 계속 조는 척을 해야 하는 서효도 그들과 같은 마음이었다.

차언은 따돌림을 당하고 있었다. 분명 천제 앞에서도 험한 말을 할 것이다. 아무도 그를 제어할 수 없는 상황이 닥친 것일까. 그래서 아예 자리에 부르지 않는 걸까.

"넌 노인네가 원망스럽지 않나?"

"자기가 준 적도 없는 걸 어떻게 생판 남인 너한테서 받겠어?"

저번에 차언이 했던 말이 떠올랐다. 그때 그는 정말 상처 입은 표정이었다. 씁쓸함과 안타까움이 서효의 안에서 먹물처럼 번져갔다. 내가 더 좋은 가문의 딸이었으면 차언님의 미움도 덜했을까? 다른 형제들에게 한 것처럼, 아버지가 자신에게도 신경을 써 주는 거라고 받아들였으려나.

그것까진 자신이 없었다.

서효는 잠에서 깬 척 화들짝 놀라는 시늉을 했다. 그런 다음 부엌을 나섰다. 잠깐 혼자 있고 싶어서 빨랫감 바구니를 챙겼다.

넓은 빨래터엔 서효 혼자뿐이니까, 복잡한 표정을 드러내도 괜찮을 거다. 한숨을 참으며 모퉁이를 도는데, 믿을 수 없는 일이 일어났다. 저쪽에 궁궐 출입문이 열려 있었다.

"문이…… 열렸어."

대문은 아니고 궁녀와 하인들이 드나드는 옆문이었다. 그렇다고 해도 평소엔 네 명의 문지기가 지키는데, 지금은 넷 다 자리를 비웠다. 한 달을 갇혀 있는 동안 한 번도 일어나지 않은 일이었다.

혹시 밖에 스무 명이 버티고 있진 않을까. 내가 고개를 내밀자마자 기다렸다는 듯 포박하진 않을까. 고문을 당하거나, 아니면, 아니면.

서효가 주춤거리며 걸음을 옮겼다. 홀린 듯이 출입문으로 걸어갔다. 문 옆에 바구니를 내려놓는 손이 떨렸다. 그녀는 숨을 멈춘 채 문밖으로 고개를 내밀었다. 정말 아무도 없었다.

"이제 가도 된다는 뜻인가?"

차언이 얼마나 무서운 주인인데, 문지기들 간이 배 밖에 나오지 않고서야 이렇게 자리를 비울 순 없는 거였다. 서효가 한 달 동안 담장 넘을 엄두도 못 낸 이유가 있단 말이다.

"정말 이렇게?"

여전히 믿기지가 않았다. 서효는 문간에서 방황하다가 뒤를 돌아보았다. 장엄한 궁궐이 눈에 들어왔다.

"정말…… 가요?"

집으로 갈 수 있다. 꿈에도 그리던 날이 왔는데, 손꼽아 기다리던 순간이 왔는데. 아무리 갑작스럽다고 해도 왜 이리 마음 한 구석이 휑한 것인지 이유를 설명할 수도 없었다. 자유의 몸이 되었는데도 가슴에 찬바람이 부는 이유.

팽!

다음 순간, 어디선가 날아온 화살이 문 옆에 꽂혔다. 따끔한 느낌이 들어 뺨에 손을 대자 피가 옅게 묻어났다. 서효를 죽이려고 했다면 곧장 몸 가운데에 맞혔을 것이다. 그러나 화살은 그녀의 뺨을 스치고 지나갔다.

이건 경고였다. 다시는 차언 제 눈앞에 나타나지 말라는 경고. 그리고 천제에게 호소해 이 혼인을 끝내라는 경고. 목숨을 살려 주는 대가였다.

그럼에도 서효가 머뭇거리자 두 번째 화살이 날아왔다. 서효는 그제야 고개를 숙인 뒤 문을 나섰다.

'이상해……. 왜 눈물이 나지.'

걸음걸음마다 눈물이 떨어져 앞을 볼 수가 없었다. 해진 소매로 훔치고 또 훔쳐도, 서효의 눈에서는 새로운 눈물이 흘러나왔다.

"생각이 짧았어."

밖에서 이슬 맞으며 자는 한이 있더라도 오늘은 성 안에서 보냈어야 했다. 서효는 노을을 보며 후회했다. 아무 생각도 못 하고 그저 눈물을 닦으며 걷다 보니 망월 밖이었다.

온몸이 피곤했다. 그렇다고 이제 와서 돌아가기엔 늦었다. 아니, 늦었다기보다는 한 걸음도 더 걸을 수 없다는 말이 맞겠지.

"노을……."

붉은 서쪽 하늘을 보고 있으니 차언의 말이 다시금 떠올랐다.

"내일 아침 서녘이 밝아온다면, 그때서야 이 혼인을 고려해 보겠다."

해는 동쪽에서 뜬다. 동에서 떠서 서로 진다. 그건 서효가 태어나기 전부터 그래왔고, 나중에 그녀가 깊은 안식에 든 이후에도 변치 않을 사실이었다.

차언은 진심으로 이 혼인이 끔찍했던 것이다. 싫었던 일이라도 막상 사람을 만나면 마음이 누그러질 수도 있건만, 둘에겐 그런 일이 일어나지 않았다. 처음부터 완전히 어긋나 버렸다.

"그중에서도 가장 잘못된 건 내 마음이겠지."

서효가 젖은 뺨을 닦았다.

"아직도 못 끊어낸 내 마음."

운명의 장난이 이를 두고 하는 말일까. 차언에게서 마음을 거둘 기회가 몇 번이나 있었는데도 불구하고 서효는 그리하질 못했다.

거둘 만하면 상처 입은 그와 마주치게 되었다. 그의 약한 모습과 맞닥뜨렸다. 아무도 들여다보지 못했고, 아무에게도 보여주지 않았던 내면의 한 자락을 오직 서효만이 보았다.

그는 정말 해사하게 웃을 수 있는 사람인데.

그게 비록 서효를 조롱하기 위해 꾸며낸 미소라도 말이다. 일단 웃을 수 있으면 된 거였다. 웃을 수만 있다면. 그리고 서효 자신이 그 웃음을 진심으로 바꿀 수 있었다면.

'얼마나 좋았을까.'

문득 불어온 바람에 서효가 몸을 떨었다.

"언제 이렇게 시간이 흘렀지?"

노을을 멍하니 보고 있었을 뿐인데, 정신을 차려보니 어느새 날이 저문 뒤였다. 서효는 몹시 당황하고 말았다.

한 달 전에 지났던 산을 오르는 중이었기 때문이다. 이제 겨우 야트막한 언덕을 지났다. 본격적인 산길은 시작되지도 않았다. 다행이긴 하나 그것도 날이 밝을 때의 이야기일 뿐.

"산이라서 그런가. 해가 지니까 바로 추워지네."

앞이 보이지 않는 길을 내려가는 건 위험했다. 날이 밝을 때까지 산바람을 피해보려던 서효는 바위 틈새로 몸을 밀어 넣었다.

그러기도 잠시. 온몸을 스며드는 한기를 견딜 수가 없었다. 수십 년을 살아왔지만 어두운 산에 고립되긴 처음이다. 여기엔 산신님도 안 계시나?

"저기요……."

서효가 조그맣게 소리를 내보았다.

"아무도 안 계시나요?"

흔한 여우 일족 하나 살지 않는 산이란 말인가. 불 피우기까지는 바라지도 않았다. 몸을 덮을 나뭇잎 더미라도 좋았다. 지금보다 조금 따뜻해지기라도 한다면.

"아앗!"

사고는 순간이라고들 한다. 아궁이불에 손가락을 데었던 것처럼, 사고는 순식간에 서효를 찾아왔다. 길 안쪽으로 가고 있다고 생각했는데 발을 헛딛자 그대로 비탈길이었다.

"꺅! 아앗! 앗!"

굴러 떨어지는 동안 나무에 부딪치고 가지에 할퀴어졌다. 따끔하고 아프고 정신이 없다. 마침내 맨 아랫바닥에 떨어진 서효는 몸을 웅크리며 신음했다. 눈을 뜨자마자 바로 옆에 쌓인 나뭇잎 더미가 보였다.

너무 아픈 와중에 헛웃음이 났다. 어쨌거나 찾던 걸 찾았구나 싶었다.

"으응……?"

몸을 일으킬 수가 없었다. 상체를 바로 세울 만하면 눈앞이 핑 돌아 쓰러졌다. 날이 밝는 대로 산열매를 따 먹어야겠다. 이건 분명 기력이 없어서.

"아."

무심코 머리를 만졌는데 피가 묻어났다. 그제야 서효는 자신이 자꾸 쓰러지는 이유를 알게 되었다.

돌부리에 머리를 찧고 말았다. 알아채지 못한 사이 피를 많이 흘렸다. 몸이 점점 식고 있는 것이 느껴졌다. 그렁그렁 차오르는 눈물만 뜨거울 뿐이다. 신의 딸로서 장차 어머니의 자리를 물려받을 서효지만, 일단은 인간의 형상을 하고 있다. 그리고 인간의 몸은 연약했다.

"죽는 거구나."

한숨보다 자그만 소리가 새어 나왔다.

"나 여기서 이대로."

차츰 흐려지는 시선 끝에 낯익은 꽃이 들어왔다. 짙은 자주색 꽃은 서효가 아는 약초였다. 아주 희귀한 것인데 뿌리를 씹으면 산삼과 같은 효과가 났다. 아득한 정신이 돌아오는 것이다.

어떻게든 몸을 움직여서 저걸 먹고, 나뭇잎으로 지혈을 하자. 날이 밝을 때까지 그렇게 버티자. 어쨌든 언덕을 내려온 것 같으니 아침이 되면 사람들이 지나다닐 거야.

"그러면……."

꼼지락거리던 서효의 손이 멈췄다. 대신 눈물이 뚝 떨어져 내렸다.

차언은 자신을 빈손으로 쫓아냈다. 이미 그녀의 몸이 쇠약해졌는데도, 서효의 집은 여기서 아주 먼데도. 그냥 얼른 사라져 버리라는 듯 화살을 쏘아 쫓아내고 말았다.

차언은 혹시 이 모든 걸 예상하지 않았을까. 아니면 아예 강하게 바란 것은 아닐까. 아무리 괴롭혀도 끝내 천제를 설득하겠다고 말하지 않는 그녀가 미워서 아무 데서나 죽길 바란 것이다.

'바보 같은 서효. 아직도 모르겠어? 아직도 혼자 미련을 버리지 못한 거야? 네겐 미움조차 허락되지 않았어. 넌 그분에게 아무런 가치도 없어. 그분은 아마…… 상관없으실 거야. 네가 살아서 천제님께 빌든, 아니면 그냥 길에서 죽든.'

가슴이 슬픔으로 조여들었다. 숨을 쉬는 것조차 너무 아팠다.

"저는 그저 사랑하고, 사랑받길 바랐을 뿐인데……."

자주색 꽃이 몇 걸음 앞에 있었지만 서효는 눈을 감았다. 사랑이 이토록 괴로운 것이라면 다시 누군가를 사랑하고 싶지 않았다. 그럼에도 반드시 누군가를 사랑해야 한다면 부디 따스한 사람이기를 바랐다.

그러나 마지막 숨을 내쉬는 순간까지도 아른거리는 것은 차언의 상처 입은 얼굴뿐이라. 서효는 차마 묻지 못한 말을 가슴 속으로 삼켰다.

차언님, 저는 정말 당신에게 조금의 의미도 없었나요? 제 존재는 그저 증오스러울 뿐이었나요? 미처 깨닫지 못할 찰나의 순간조차도 제겐…… 없었을까요?

영원히 대답을 듣지 못할 질문. 듣는다 한들, 아픔만 더할 말. 나뭇잎을 움켜쥔 서효의 손에서 스르르 힘이 빠져나갔다. 눈물이 차갑게 식어가는 뺨을 적셨다.

〈2부에 계속〉